本书获得中国博士后科学基金第四十一批面上资助
本书获得浙江大学董氏文史哲研究奖励基金出版资助

两宋茶诗词与茶道

黄杰 著

浙江大学出版社
ZHEJIANG UNIVERSITY PRESS

图书在版编目(CIP)数据

两宋茶诗词与茶道 / 黄杰著. —杭州：浙江大学出版社，2021.5(2023.12 重印)

ISBN 978-7-308-21165-9

Ⅰ.①两… Ⅱ.①黄… Ⅲ.①宋诗—诗歌欣赏②宋词—诗歌欣赏③茶道—中国 Ⅳ.①I207.23②TS971.21

中国版本图书馆 CIP 数据核字(2021)第 044300 号

两宋茶诗词与茶道

黄 杰 著

责任编辑 吴 超 宋旭华

责任校对 吴 庆

封面设计 周 灵

出版发行 浙江大学出版社

(杭州市天目山路 148 号 邮政编码 310007)

(网址：http://www.zjupress.com)

排 版 杭州朝曦图文设计有限公司

印 刷 浙江新华数码印务有限公司

开 本 710mm×1000mm 1/16

印 张 22.5

插 页 8

字 数 435 千

版 印 次 2021 年 5 月第 1 版 2023 年 12 月第 5 次印刷

书 号 ISBN 978-7-308-21165-9

定 价 78.00 元

序

黄 霖

黄杰曾从吴熊和先生学习宋代诗词多年，所以不时会读到她自创的诗作，特别是在除岁迎新的时节，年年都能读到她的贺年诗。2018 年底，也就是她离开复旦博后站十年之后的元旦前，收到她的贺卡上写道：

年光不觉快如驰，又到建阳祈吉时。
寒叶霜柯犹瑟瑟，琼苞玉蕾已参差。

后两句，读后使人充满着希望。如今她的新书稿将面世，不正是当时的“琼苞玉蕾”绽放了吗？尽管在时间上稍稍迟了一点。

记得当年，她在吴先生的指引下，做的是有关宋代诗词与茶道的课题，而作为联系导师的我，不要说对于宋代的茶诗茶词从来没有关注过，就是对于一般的茶品、茶器、茶艺、茶礼、茶道之类也知之甚少，平时就压根儿连茶也不喝的，这是由于读书时深深地中了邓拓所说的“白开水最好喝”的“毒”。尽管后来在 1967 年的“渔阳鼙鼓动地来”时，这句“三家村”的名言被上纲为攻击“大跃进”，但我实在没有嗅出《燕山夜话》中的《白开水最好喝》有什么“毒”。当然，我也不会幼稚地去相信“服水自可追飞仙”（邓文引用的陆游语）之类的美梦，喝喝白开水，只不过是求个简单与清白而已。好在黄杰当年谈这个课题时我的头脑还没有僵化，自己不喝茶，对人家关心中国的茶文化还是有兴趣的。悠悠数千年，我们的老祖宗对于酒，对于茶，尽管一个是令人亢奋、令人欲颠欲狂，一个是引人淡定、引人心清神悦，各有各的妙境，但我都学不来，不知何以都能使那么多的人如痴如迷、经久不衰呢？记得 1986 年在东京读了当时难以读到的邓志谟的一批“争奇”书，写的都如“山、水”“花、鸟”“果、蔬”“风、月”等同类风物之间的互争短长，其中有一本就叫作《茶酒争奇》，这是从唐代《茶酒论》发展而来的游戏文字，写了“茶神”与“酒神”率众各执一端、对垒大争其孰高孰低，孰贵孰贱，喧喧嚷嚷，甚觉好玩。其实，正如作者所说的“茶酒诚天下之至重，日月之至常”，皆“不可废者也”。他特意安排了这场争论，让各自在大谈“茶之异品”与“酒之异品”，“茶之有益于人”与“酒之有益于人”等时，竭力地张扬了茶、酒各有其“道”在焉。这种“道”，恐怕是与中国传统的文化精神，与中华民族的心理特征，都是息息相关的吧。因此，我觉得黄杰要从颇具代表意义的宋代诗词入手，探求中国“茶道”之精神所在，还是值得一试的。

不过，要真正研究这个课题是不容易的，几乎要白手起家。尽管当时已有一些数据库提供了方便，但真正要遍找有关材料，还是要花不少工夫的。当时她还要在浙大上课，家里又有一堆非常的家务事需要操劳。课题刚起步时，还遇到了一些问题。但每当她到上海来谈课题时，总见她充满着信心，好像没有什么克服不了的困难。当她离开我家，看着她快步走向车站的那一刻，我心里总暗暗赞叹她：“真是不容易啊！”就在这样状态的两年中，她完成了《两宋茶诗词与茶道》的出站报告，对于现存两宋茶诗词进行了系统研究，发掘了其中蕴藏的丰富的茶道信息，分析了饮茶生活方式与诗词创作的互动关系，并对现存两宋茶词进行了集录和详注。尤其是在认真全面归纳两宋茶诗词所载丰富的茶道资料的基础上，提出了茶道是中华文化结晶的观点，认为茶道为中国古来的独有的道思想体系之具体而微者，具有鲜明的民族文化特征和时代特征。因此得到了专家们的好评，认为她的研究具有积极的现实意义，为中国茶道、中日茶道关系、中国诗歌的研究提供了新的参考。但是，她还不满足于此。几年来，尽管工作的安排时有变化，但一直还在深入地思考这个问题，又作了一定的打磨与增补，现在交给大家的，应该会给“有缘人”有所助益的吧！

然而，她的《后记》中又说付印此书是“肘柳频生，郁悒憔悴”云云，说得有些低沉，这或许真实地透露了她内心的另一面。一路走来，恐怕她遇到的是太多的艰难：“病骨支离易感秋，青山满目是闲愁。倩谁传递春消息，鼓送东风解我忧。”（黄杰《感秋》）我想，解愁的东风，先得靠自己鼓送。不妨先抛开书本，擎起茶杯，一口了断那俗世尘心，几杯饮尽那人生苦涩，像王安石那样，“肘上柳生浑不管，眼前花发即欣然”，真正进入你所研究的茶道禅定的境界。尽管在这个境界中，品到的生、清、和、美、悦等的玄味都是刹那的、不全的、虚幻的，无非只是得到了一时精神上的超脱而已，那也聊胜于无吧！

2019 年 7 月 22 日

目录

Contents

图版目录

Contents

绪 言

“茶之为饮，发乎神农氏，闻于鲁周公。”①在中华民族的文明进程中，茶是个重要的因子。茶原生于中国，“茶者，南方之嘉木也”②。中国人在成功地发现、利用、培植她的同时，也成功地提升了自己的精神，创造了绚烂多彩、博大深沉、富有民族特色的茶文化——茶道，为人类文明做出了重要贡献。茶道涉及农艺、食品、生化、陶瓷、工艺、园林、宗教、哲学、文学、艺术、民俗等领域，而在每一个领域，又复以综合之态势出现，譬如茶盏，唐人尚青，宋人尚黑，明人尚白，都既反映了当时的人文精神，也体现了当时茶叶加工与陶瓷制造等科技生产力的发展。小小一片茶叶，联系着中华文明的方方面面，千千万万，以梵网天珠喻之，实不为过。

而特别需要指出的是，中国还有一个根深蒂固的诗性文化传统，即不仅以诗抒情，以诗成教化，而且以诗作为正统的基本的文体，如《礼记·经解》记曰：“孔子曰：‘入其国，其教可知也。其为人也，温柔敦厚，诗教也。……其为人也，温柔敦厚而不愚，则深于诗者也。’”③如《论语·阳货》记曰：“子曰：‘小子何莫学夫诗？诗，可以兴，可以观，可以群，可以怨。迩之事父，远之事君；多识于鸟兽草木之名。’”④又记曰：“子谓伯鱼：‘女为周南、召南矣乎？人而不为周南、召南，其犹正墙面而立也与？’”⑤因此，历代诗人将茶纳入笔底，表现其方方面面，也是自然而然的了，而由此所形成的中国诗歌文学中富有特色的茶诗词品类，则不仅是茶

---

① [唐]陆羽：《茶经》卷下，“六之饮”，阮浩耕、沈冬梅、于良子点校注释《中国古代茶叶全书》，浙江摄影出版社 1999 年版，第 7 页。按，当代农史学家游修龄先生认为茶应起源于更早的新石器时代的母系氏族社会时期，而神农氏是男性的农神。参见游修龄《说茶》(《中华茶文化》之代序)，黄志根主编《中华茶文化》，浙江大学出版社 2007 年版。

② [唐]陆羽：《茶经》卷上，“一之源”，阮浩耕、沈冬梅、于良子点校注释《中国古代茶叶全书》，第 2 页。

③ 《礼记·经解第二十六》，王文锦译解《礼记译解》本，中华书局 2001 年版，第 727 页。

④ 杨伯峻译注：《论语译注》，中华书局 1980 年版，第 185 页。

⑤ 杨伯峻译注：《论语译注》，第 185 页。

道的有机组成部分，也是其重要的载体。

迄今为止，中华茶道已走过三次高峰时期——唐、宋、明，且都是与当时中国文化的高度发展相伴而生，成为当时中国文化的重要表征。而两宋茶道，承前启后，渊深博大，尤具深究之价值。何以如此？以下五个方面显然是重要的因素：

其一，文化昌盛。虽然两宋在武力上乏善可陈，终两宋之世，中国也没有得到统一，但由于统治者"兴文教"①政策的推行及印刷术的提高等，两宋人整体文化水平较前代大为提高，从而大大推动了两宋文化与科技生产力的长足进步。一时间真可谓风物昌熙，在中华文化史上乃有着殊胜的光荣。对此，陈寅恪先生亦有著名之论断："华夏民族之文化，历数千载之演进，而造极于赵宋之世。后渐衰微，终必复振。譬诸冬季之树木，虽已凋落，而本根未死，阳春气暖，萌芽日长，及至盛夏，枝叶扶疏，亭亭如车盖，又可庇阴百十人矣。"②

其二，茶叶为当时国民经济的重要支柱。起于唐代的与诸蕃的茶马互市及榷茶之制，在宋朝得到了有力的推行，且为了保证两者的顺利实施，宋廷还创设了各级榷茶机构及茶马司③，又复为其后各代所沿用。茶马互市即以茶换马，对边防

---

① ［宋］李焘：《续资治通鉴长编》卷一八："薛居正等言取人太多，用人太骤，上意方欲兴文教，抑武事，弗听。"上海古籍出版社 1986 年版，第 149 页。

② 陈寅恪：《邓广铭宋史职官志考证序》，《金明馆丛稿二编》，生活·读书·新知三联书店 2001 年版，第 277 页。

③ ［元］脱脱等《宋史·食货志》："宋榷茶之制，择要会之地，曰江陵府，曰真州，曰海州，曰汉阳军，曰无为军，曰蕲州之蕲口，为榷货务六。初，京城、建安、襄复州皆置务，后建安、襄复州务废，京城务虽存，但会给交钞往还，而不积茶货。在淮南则蕲、黄、庐、舒、光、寿六州，官自为场，置吏总之，谓之山场者十三；六州采茶之民皆隶焉，谓之园户。岁课作茶输租，余则官悉市之。其售于官者，皆先受钱而后入茶，谓之本钱；又民岁输税愿折茶者，谓之折税茶。总为岁课八百六十五万余斤，其出鬻皆就本场。在江南则宣、歙、江、池、饶、信、洪、抚、筠、袁十州，广德、兴国、临江、建昌、南康五军；两浙则杭、苏、明、越、婺、处、温、台、湖、常、衢、睦十二州；荆湖则江陵府、潭澧鼎鄂岳归峡七州、荆门军；福建则建、剑二州，岁如山场输租折税。总为岁课江南千二十七万余斤，两浙百二十七万九千余斤，荆湖二百四十七万余斤，福建三十九万三千余斤，悉送六榷务鬻之。"（《宋史》卷一百八十三，志第一百三十六，食货下五，第 4477 页，中华书局 1977 年版）［清］徐松《宋会要辑稿》职官四三之七十九："（崇宁）二年九月十六日，以朝请大夫直龙图阁提举成都府利州陕西竺路茶事兼陕西买马监牧程之邵，为集贤殿修撰熙河路都转运使兼川陕茶马。"（第 84 册，中华书局 1957 年版，第 3313 页）

有着重要意义[①]。榷茶即茶叶专卖，意在茶税与贡茶，亦对国计民生具重要影响[②]。

其三，统治者的爱好与有意提倡。两宋十八帝，除去亡国的宋恭帝、宋端宗、末帝，15位皇帝中存有茶诗者有6位，合计存茶诗14首，可参见本书附录之《〈全宋诗〉录茶诗诗人简表》《〈全宋诗辑补〉录茶诗诗人简表》。如宋太宗现存茶诗3首，于中可见其对茶的爱赏及对茶禅的深悟，如其《缘识·秋镍烟岚日未曦》言："秋镍烟岚日未曦，道情欲话老僧期。旋烹茶灶心先喜，摇撼松风睡思迟。鹤唳九霄堪入画，云平三界化无私。真宗象教非虚说，对境成空是我师。"[③]《缘识·患脚法师不解走》言："争知道味却无言，时得茶香全胜酒。"[④]《缘识·中秋八月祥风遍》言："景致融怡露添寒，薄茶佳客随情斟。"[⑤]特别是宣和主人宋徽宗，大力倡茶，著有茶道的总结之作《大观茶论》，存有茶诗6首，曾在内廷以茶招待群臣，甚至亲自制茶汤赐于臣下。[⑥] 其传世著名的"欲借风霜"帖上的第二首

---

① [元]脱脱等《宋史·食货志》："宋初，经理蜀茶，置互市于原、渭、德顺三郡，以市蕃夷之马；熙宁间，又置场于熙河。南渡以来，文、黎、珍、叙、南平、长宁、阶、和凡八场，其间卢甘蕃马岁一至焉，洮州蕃马或一月或两月一至焉，叠州蕃马或半年或三月一至焉，皆良马也。其他诸蕃马多驽，大率皆以互市为利，宋朝曲示怀远之恩，亦以是羁縻之。绍兴二十四年，复黎州及雅州碉门灵西砦易马场，乾道初，川、秦八场马额九千余匹，淳熙以来，为额万二千九百九十四匹，自后所市未尝及焉。"(《宋史》卷一百八十四，志第一百三十七，食货下六，中华书局1977年版，第4511页)

② 如单单蜀茶，就使朝廷获得了巨大的利益，如宋李心传《建炎以来朝野杂记》甲集卷十四，财赋一，"蜀茶"："蜀茶旧无榷禁，熙宁间始令官买官卖，置提举司以专榷收之政，其始，岁课三十万，李稷为提举，增至五十万缗，其后，岁益多至百万缗。"(中华书局2000年版，第305页)

③ [宋]宋太宗：《缘识·秋镍烟岚日未曦》，北京大学古文献研究所编《全宋诗》第1册，卷三四，北京大学出版社1998年第2版，第416页。

④ [宋]宋太宗：《缘识·患脚法师不解走》，《全宋诗》第1册，卷三七，第438页。

⑤ [宋]宋太宗：《缘识·中秋八月祥风遍》，《全宋诗》第1册，卷三七，第440页。

⑥ 参见[宋]蔡京《太清楼特宴记》："政和二年三月，皇帝制诏，臣京宥过省愆，复官就第。……诏以是月八日，开后苑宴太清楼……又以惠山泉、建溪毫琖烹新贡太平嘉瑞斗茶饮之。"(收[宋]王明清《挥麈录》"后录余话"卷之一，第882—889页，《丛书集成初编》本)[宋]蔡京《保和殿曲燕记》："宣和元年九月十二日，皇帝诏臣蔡京、臣王黼、臣越王俣、臣燕王似、臣嘉王楷、臣童贯、臣嗣濮王仲忽、臣冯熙载、臣蔡攸宴保和殿。……赐茶全真殿，上亲御击注汤，出乳花盈面。臣等惶恐，前曰：'陛下略君臣夷等，为臣下烹调，震悸惶怖，岂敢啜？'顿首拜，上曰：'可少休。'"(同上，第892—895页)[宋]蔡京《延福宫曲燕记》："宣和二年十二月癸巳，召宰执亲王等曲宴于延福宫。……次诣平成殿，凤烛龙灯，灿然如画，奇伟万状，不可名言。上命近侍取茶具，亲手注汤击沸，少顷，白乳浮醆面，如疎星淡月，顾诸臣曰：'此自布茶。'饮毕，皆顿首谢。既而命坐，酒行无算，复出宫人合曲，妙舞蹁跹，态有余妍，凡目创见。"(同上，第902—905页)

诗，就是一首茶诗[①]。

其四，承前代之遗，饮茶风俗在全社会空前盛行。如前已引之宋徽宗以茶招待蔡京等大臣事，不再赘举。又如《萍洲可谈》卷一："今世俗客至则啜茶，去则啜汤。汤取药材甘香者屑之，或温或凉，未有不用甘草者，此俗遍天下。"[②]

其五，承唐代茶道之余绪。唐人陆羽撰《茶经》，于唐大历十四年(779)最后定稿，是世界上第一部关于茶的专著，标志着茶道的完美形成与经典化。特别是陆羽所高标的清饮[③]，所拈示的茶之俭德[④]，至今仍是茶之为道之根本。唐代最有创造性的诗人李白、王维、杜甫、储光曦、皎然、白居易、杜牧、卢仝、皮日休、陆龟蒙等，都写有咏茶的诗篇，记载了唐人对于茶道的审美体验，为宋人的进一步凝练提升打下了坚实的基础，如卢仝《走笔谢孟谏议寄新茶》中的"七碗""两腋清风"意象，就直接成了宋人及后来者谈茶最习用的典故。关于此，下面第一章第三节"茶诗词与茶道"还会讲到，兹且打住。

因此，在这样的环境中，两宋茶道不惟成为中华茶道之又一次高峰，也成为两宋文化之杰出代表。且相比于唐代，两宋在茶的采造、品饮、器具以及精神等方面都有很大的进步。如在制作方面，"唐则熟碾细罗，宋为龙团金饼"[⑤]，尤其是宋代皇家的御茶，制作工艺简直达到了登峰造极。流风所及，不论贫贱，整个社会都沉浸在茶的清芬之中。并且越来越注重茶精神之发越，讲求茶的自然之性，如北宋蔡襄《茶录》曰："茶有真香。而入贡者微以龙脑和膏，欲助其香。建安民间皆不入香，恐夺其真。若烹点之际，又杂珍果香草，其夺益甚，正当不用。"[⑥]北宋末熊

---

① 按，此帖之两首诗，《全宋诗》(第26册，卷一四九五，第17077页)已据清人卞永誉《式古堂书画汇考》卷九收录，而名曰"诗二首"。其第一首"欲借嵯峨万仞崇"诗，描写宫中一处园林景观，与岩寺之幽寂气氛完全一致；其第二首"风霜正腊辰"诗，写宫苑中茶树于风霜腊月早萌新枝，清健而喜气。第一首并无涉茶一字，但若将两诗通读，所得意象正为宋人茶诗中所常见者。

② [宋]朱彧：《萍洲可谈》卷一，丛书集成初编本，第2页。

③ [唐]陆羽《茶经》卷下，"六之饮"："饮有粗茶、散茶、末茶、饼茶者，乃斫、乃熬、乃炀、乃舂，贮于瓶缶之中，以汤沃焉，谓之痷茶。或用葱、姜、枣、桔皮、茱萸、薄荷之等，煮之百沸，或扬令滑，或煮去沫，斯沟渠间弃水耳，而习俗不已。"(阮浩耕、沈冬梅、于良子点校注释：《中国古代茶叶全书》，浙江摄影出版社1999年版，第8页)

④ [唐]陆羽《茶经》卷上，"一之源"："茶之为用，味至寒，为饮，最宜精行俭德之人。"(阮浩耕、沈冬梅、于良子点校注释：《中国古代茶叶全书》，第2页)陆羽《茶经》卷下，"五之煮"："茶性俭，不宜广，[广]则其味黯澹。"(阮浩耕、沈冬梅、于良子点校注释：《中国古代茶叶全书》，第7页)

⑤ [明]黄龙德：《茶说》，阮浩耕、沈冬梅、于良子点校注释《中国古代茶叶全书》，浙江摄影出版社1999年版，第378页。

⑥ [宋]蔡襄：《茶录》，阮浩耕、沈冬梅、于良子点校注释《中国古代茶叶全书》，浙江摄影出版社1999年版，第65页。

蕃《宣和北苑贡茶录》:"初,贡茶皆入龙脑,至是(宣和)虑夺真味,始不用焉。"① 这其实也是孕育明代茶道革命的因素。明茶道之变革,固然有明太祖朱元璋废团茶之偶然②,但从宋茶道之发展看,也势所必至。明茶道的根本标志就是讲求"茶性之真"③,"味之隽永,无假于穿凿"④,溯其源则在于宋。

而宋诗与唐诗历来各占风光,宋词更是有着"一代之胜"⑤之誉,反映并参与两宋茶道的两宋茶诗词,更是两宋诗词世界的亮丽风景线。这些茶诗词,在琅函缃帙,固属些微⑥,单篇断句所涉亦不免零碎琐屑,然而,一旦我们将它们荟聚在一起,就会发现广大而幽玄⑦之道正在其中,洵为茶道之重要文献。而从诗歌文

---

① [宋]熊蕃:《宣和北苑贡茶录》,阮浩耕、沈冬梅、于良子点校注释《中国古代茶叶全书》,浙江摄影出版社 1999 年版,第 102 页。

② 《明太祖实录》卷二百十二:"(洪武二十四年九月)庚子,诏建宁岁贡上供茶,听茶户采进,有司勿与。敕天下产茶去处,岁贡皆有定额,而建宁茶品为上,其所进者必碾而揉之,压以银板,大小龙团,上以重劳民力,罢造龙团,惟采芽茶以进。其品有四,曰探春、先春、次春、紫笋。置茶户五百,免其徭役,俾专事采植。既而有司恐其后时,常遣人督之,茶户畏其逼迫,往往纳赂,上闻之,故有是命。""中研院"1962 年,第 3143—3144 页。

③ [明]黄龙德:《茶说·总论》,阮浩耕、沈冬梅、于良子点校注释《中国古代茶叶全书》,浙江摄影出版社 1999 年版,第 378 页。

④ [明]黄龙德:《茶说·总论》,阮浩耕、沈冬梅、于良子点校注释《中国古代茶叶全书》,浙江摄影出版社 1999 年版,第 378 页。

⑤ 王国维《宋戏曲史·自序》:"凡一代有一代之文学:楚之骚,汉之赋,六代之骈文,唐之诗,宋之词,元之曲,皆所谓一代之文学,而后世莫能继焉者也。"上海古籍出版社 1998 年版。

⑥ 如《全宋诗》凡收诗 254240 首(含句),诗家 9204 人(据"《全宋诗》分析系统");《全宋诗订补》凡收诗诗人 1436 人,其中增加了《全宋诗》漏收的诗人 182 名;《全宋词》凡收宋词近 2 万首,词人 1330 余家。

⑦ 按:"幽玄"为隋唐以来言道、言美的常用词,检索文献,"幽玄"之用,真是数不胜数。如[隋]智觊《金刚般若经疏》:"般若幽玄,微妙难测,假斯譬况,以显深法。"(大正大藏本)[唐]窥基《成唯识论述记》卷一:"昧形声于胡晋,虽则髣髴糟粕,未能曲尽幽玄,大义或乖,微辞致爽。"(台湾新文丰出版公司 1974 年版)[唐]骆宾王《代女道士王灵妃赠道士李荣》:"自言少小慕幽玄,只言容易得神仙。"(《全唐诗》第 3 册,卷七七,第 838 页)[宋]宋太宗《缘识·忙即但忙》"道大幽玄,世使如然。"(《全宋诗》第 1 册,卷三五,第 422 页)[宋]胡则《别方岩》"宴心资寂寞,琢句极幽玄。"(《全宋诗》第 2 册,卷九六,第 1082 页)[宋]张继先《金丹诗四十八首·存神认取本来身》:"存神认取本来身,此理幽玄可学人"(《全宋诗》第 20 册,卷一一九七,第 13525 页)[宋]王十朋《县学落成百韵》:"壮夫羞篆刻,童子悟幽玄。"(《全宋诗》第 36 册,卷二〇一六,第 22601 页)[宋]朱熹《诵经》:"坐厌尘累积,脱躧味幽玄。"(《全宋诗》第 44 册,卷二三八三,第 27474 页)[宋]真德秀《赠梓潼袁君西归》:"所挟大易数,自谓探幽玄。"(《全宋诗》第 56 册,卷二九二一,第 34844 页)[宋]释元肇《赠日者》:"君推造化最幽玄,白屋曾经定状元。"(《全宋诗》第 59 册,卷三〇九二,第 36921 页)……

学的角度看，两宋茶诗词无疑也集中展现了中国人审美理想中的诸如清淡、闲逸、优雅、荒寒、幽寂等意境，表现出对于精神世界的极大关注与思索，乃见出天地之大美，人生之庄严，千载之下，犹感人至深，实为研究中国文学不应忽视的一个重要研究对象。

又特别值得庆幸的是，经过数代学者的持续努力，现存两宋诗词的整理已经取得巨大的成绩，可依据的文献有《全宋诗》（全 72 册）①、《全宋词》（全 5 册）②、《全宋诗订补》（全 1 册）③、《全宋词补辑》（全 1 册）④、《全宋诗辑补》（全 12 册）⑤、《宋代禅僧诗辑考》（全 1 册）⑥、《珍本宋集五种—日藏宋僧诗文集整理研究》（全 2 册）⑦等⑧，已形成宋代诗词研究较为完备的资料库。可以说，对其中的两宋茶诗词进行系统研究，总结其承载的两宋茶道，已经完全可行了。

据笔者统计⑨，这些文献中所存录的两宋茶诗词情况，可简单列表如下，详情请见书尾所附录相关表格。

两宋茶诗词的收录情况简表

集名	录茶诗/茶词数目	录茶诗人/茶词人数目	录茶诗词句	录有茶诗词句的诗词人
全宋诗	4503（已去除 5 首重复）	836（已去除 5 家重复）	17	15
全宋词	87	53	未计	未计

① 北京大学古文献研究所编：《全宋诗》，北京大学出版社 1991—1998 陆续出版。

② 唐圭璋编：《全宋词》，中华书局 1965 年版。

③ 陈新、张如安等补正：《全宋诗订补》，大象出版社 2005 年版。

④ 孔凡礼辑：《全宋词补辑》，中华书局 1981 年版。

⑤ 汤华泉辑撰：《全宋诗辑补》，黄山书社 2016 年版。

⑥ 朱刚、陈珏著：《宋代禅僧诗辑考》，复旦大学出版社 2012 年版。

⑦ 许红霞辑著：《珍本宋集五种——日藏宋僧诗文集整理研究》，北京大学出版社 2013 年版。

⑧ 按：自 1997 年，学界就开始了《全宋诗》补遗工作。有关辑佚之论文，据杨玉锋 2017 年 12 月发表的《2005 年以来〈全宋诗〉辑佚成果文献综述》统计，“2005 年之前专门辑佚的论文有 20 余篇，而 2005 年迄今同类文献有 100 余篇。”但辑佚的失误、重复也不容忽视，参见张如安、傅璇琮《求真务实 严格律己——从关于〈全宋诗〉的补订谈起》（《文学遗产》2003 年第 5 期）、杨玉锋《2005 年以来〈全宋诗〉辑佚成果文献综述》（《华北电力大学学报（社会科学版）》2017 年第 6 期）等。因此，暂不统计这些辑佚论文中的茶诗。又，高志忠、张福勋编著《〈全宋诗〉补阙》（商务印书馆 2018 年版）为补诗人、补诗事、补诗评而非辑佚诗之作。

⑨ 按：有关《全宋诗》的统计数据，为笔者借助北大李铎教授开发的“《全宋诗》分析系统”并通览《全宋诗》所得，其他文献数据均为笔者阅读并统计所得。

续表

集名	录茶诗/茶词数目	录茶诗人/茶词人数目	录茶诗词句	录有茶诗词句的诗词人
全宋诗订补	34	21(去除与《全宋诗》重复之10家,净得11家)	0	0
宋代禅僧诗辑考	178(去除与《全宋诗》之重复,净得172首)	106(去除与《全宋诗》之重复,净得103家)	0	0
珍本宋集五种	101(去除与《全宋诗》《宋代禅僧诗辑考》之重复,净得18首)	44(去除与《全宋诗》《宋代禅僧诗辑考》之重复,净得2家)	0	0
全宋词补辑	0	0	0	0
全宋诗辑补	127(去除与《宋代禅僧诗辑考》、《全宋诗》之重复,净得76首)	85(去除与《宋代禅僧诗辑考》、《全宋诗》之重复,净得51家)	4	4
笔者辑	3	3	0	0

但由于宋代已是遥远的过去,明代以后我国民众饮茶习惯的巨大改变以及诗词本身的窅邈风致,使得今天的人们对于茶诗词的理解已比较困难。一些诗词注本中,于涉及茶事者,也存在失注、误注的情况,这些都影响了相关研究对于两宋茶诗词的文献性运用。

已有之相关研究论著,存在的情况则是:系统专著少而多关注于文学思想艺术方面,如台湾石韶华专著《宋代咏茶诗研究》①,台湾吕瑞萍《宋代咏茶词研究》②硕士论文,对茶诗词中的茶文化资料的关注是不够的;付玲玲《陆游茶诗研究》③硕士论文,对陆游茶诗中的茶事茶俗进行了分析,但仅是对陆游一家的研究;黄杰《宋词与民俗》④有"茶词""汤词""熟水词"三节,系统挖掘了宋人茶词中的茶事资料,并指出"茶词""汤词""熟水词"之不能混同,但囿于全书体例,艺术分析不足。单篇论文不少,却多关注于茶事,少有系统而深入的文学分析。重要者有沈松勤《两宋饮茶风俗与茶词》⑤,深入探讨了两宋饮茶风俗对于茶词创作的促进作用;扬之水《两宋茶诗与茶事》⑥,精细地分析了两宋茶诗中的分茶、点

---

① 石韶华:《宋代咏茶诗研究》,台湾文津出版社1996年版。
② 吕瑞萍:《宋代咏茶词研究》,台湾师范大学2000年硕士学位论文。
③ 付玲玲:《陆游茶诗研究》,曲阜师范大学2006年硕士学位论文。
④ 黄杰:《宋词与民俗》,商务印书馆2007年重印版。
⑤ 沈松勤:《两宋饮茶风俗与茶词》,《浙江大学学报》2001年第1期。
⑥ 扬之水:《两宋茶诗与茶事》,《文学遗产》2003年第2期。

汤、斗茶等茶事。其他还有欧阳世彬《建窑兔毫盏与〈大云寺茶诗〉》[①]，吴水金、陈伟明《宋诗与茶文化》[②]，刘玉红《苏轼咏茶诗与宋代茶俗》[③]及《宋代的分茶诗与分茶习俗》[④]，刘德清《欧阳修咏茶诗的文化意蕴》[⑤]，李亚静《浅论宋代茶事茶词与文人生活》[⑥]，付以琼《宋代茶词与宋代文人日常生活审美化》[⑦]等[⑧]。

因此，笔者拟在前人时贤研究的基础上，系统发掘整理两宋茶诗词中的茶文化资料，勾勒两宋茶道风貌，对两宋茶诗词创作与茶道之间的关系予以探讨，并为中日文化交流研究，提供一个新参考，具体为以下三个方面：揭示两宋茶诗词所反映的宋人茶道精神、茶艺、茶人文化性格；考证相关茶学、诗学问题；选取两宋最具代表性的苏轼、黄庭坚、陆游三位茶诗词作家进行个案分析，以探索两宋茶诗词创作与茶道之间的关系。

学力不逮，错误难免，尚祈方家正之。

---

① 欧阳世彬：《建窑兔毫盏与〈大云寺茶诗〉》，《陶瓷学报》1997 年第 3 期。

② 吴水金、陈伟明：《宋诗与茶文化》，《农业考古》2001 年第 4 期。

③ 刘玉红：《苏轼咏茶诗与宋代茶俗》，《华夏文化》1999 年第 04 期。

④ 刘玉红：《宋代的分茶诗与分茶习俗》，《华夏文化》2001 年第 3 期。

⑤ 刘德清：《欧阳修咏茶诗的文化意蕴》，《农业考古》2007 年第 2 期。

⑥ 李亚静：《浅论宋代茶事茶词与文人生活》，《青海师专学报（教育科学）》2007 年第 2 期。

⑦ 付以琼：《宋代茶词与宋代文人日常生活审美化》，《农业考古》2006 年第 5 期。

⑧ 按：以上文献综述部分，为笔者 2008 年 5 月博士后出站之前所作，此番修订，本应就学界最新成果予以增补，但在搜检相关著述时，发现有些人仅以“檃栝”为事，拙著《宋词与民俗》中相关的茶词等部分均幸入其彀，几经斟酌，决定不再增补，尚祈读者诸君恕谅。

上篇

两宋茶诗词与茶道论

第一章 茶诗词与茶道正名

孔子曰:“必也正名乎!”又曰:“名不正,则言不顺;言不顺,则事不成。”[①]我们不能以诗词中有茶,即认其为茶诗词,而茶道之含义则更为复杂,兹试正之。

第一节 茶诗词辨义

作为人生的一种反映的中国诗歌,很早就涉及了茶。《诗经》中是否留有茶的踪迹,尚无统一认识[②],但西汉王褒《僮约》有“武阳买茶”[③]之句,乃是确定无疑。晋杜育《荈赋》则对茶(荈)进行了歌咏,情致十分优美:

> 灵山惟岳,奇产所钟。厥生荈草,弥谷被岗。承丰壤之滋润,受甘霖之霄降。月惟初秋,农功少休。结偶同旅,是采是求。水则岷方之注,挹彼清流。器择陶简,出自东隅。酌之以匏,取式公刘。惟兹初成,沫成华浮。焕如积雪,晔若春敷。[④]

据唐陆羽搜辑,在唐以前,还有晋左思《娇女诗》、张孟阳(载)《登成都楼》、孙楚《出歌》、南朝宋王微《杂诗》、南朝宋鲍令晖《香茗赋》[⑤],写到了茶。唐朝以后,

---

① 杨伯峻译注:《论语译注》,中华书局1980年版,第133—134页。

② [唐]陆羽《茶经》卷下,“七之事”引《本草注》:“按《诗》云‘谁谓荼若’,又云‘堇荼如饴’,皆苦菜也。陶谓之苦荼,木类,非菜流。茗,春采,谓之苦樣。”阮浩耕、沈冬梅、于良子点校注释:《中国古代茶叶全书》,浙江摄影出版社1999年版,第11页。

③ [汉]王褒:《僮约》,[明]张溥辑《汉魏六朝百三家集》卷六,清光绪十八年善化章经济堂重刊本。

④ [晋]杜育:《荈赋》,[唐]欧阳询《艺文类聚》卷八二,上海古籍出版社1982年版。

⑤ [唐]陆羽:《茶经》卷下,“七之事”,阮浩耕、沈冬梅、于良子点校注释《中国古代茶叶全书》,第9—10页。

由于饮茶生活的普遍化，涉及茶的诗歌作品，更是不胜枚举。但是，涉茶者，未必都是咏茶者。我们只能把那些主旨在咏茶，包括咏茶叶、咏茶树、咏茶花、咏茶饼、咏茶末、咏采茶、咏制茶、咏碾茶、咏煎茶、咏茶具、咏茶汤、咏茶泉、咏茶人、咏茶园、咏茶山、咏茶画、咏茶政、咏饮茶之意境等的诗词称为茶诗词。所以，晋杜育《荈赋》、鲍令晖《香茗赋》，为专咏者；张载《登成都楼》、孙楚《出歌》、左思《娇女诗》、王微《杂诗》，则均不能称为茶诗，而只能是涉茶者。

再就两宋诗词来言。同言酒与茶，张耒《近清明二首》(其二)："冉冉春向老，昏昏日复斜。鲜欢常止酒，不睡更烹茶。幡起烟中刹，鸡鸣林外家。陈王斗鸡道，风柳不胜斜。"①言止酒而烹茶，诗中之景，即饮茶之境，此诗是茶诗；朱翌《猗觉寮晚饭》："卒律葛答美，钩辀格磔肥。翁川茶不媚，何氏酒今非。砚水添池浅，棋盘下子稀。姮娥怜我独，未暮款窗扉。"②此诗言：煎饼虽美，鹧鸪乱叫，一声声"行不得也哥哥"，听得我心焦。茶不招我喜欢，酒也不是当年的味道。不想写字，懒得下棋，只有月亮可怜我这孤独人，天还未黑，就照上了我的窗扉。说的却是无聊孤独的情绪，不属于茶诗。

同是言政治的长诗，王安石《酬王詹叔奉使江南访茶法利害见寄》③，开篇言制定政策法则与任用官员之大要，次言东南茶法之利害，末叮咛王詹叔应注意之事项，情意殷殷，是一首言茶政的茶诗；李纲《建炎行》追叙建炎年间，国步之维艰，自身之沉浮，慷慨与幽恨溢满诗篇。虽有"茶药宠赐予"④之句，但不是茶诗。

苏轼《望江南·超然台作》：

> 春未老，风细柳斜斜。试上超然台上看，半壕春水一城花。烟雨暗千家。　寒食后，酒醒却咨嗟。休对故人思故国，且将新火试新茶。诗酒趁年华。⑤

虽然此词副题为"超然台作"(一作"暮春")，词上片纯为暮春之景，下片两句都在言酒，其中一句还是压轴的最后一句，只有倒数第二句说到了茶，但此词是

---

① [宋]张耒：《近清明二首》(其二)，《全宋诗》第20册，卷一一八三，第13363页。

② [宋]朱翌：《猗觉寮晚饭》《全宋诗》第33册，卷一八六四，第20833页。

③ [宋]王安石：《酬王詹叔奉使江南访茶法利害见寄》，《全宋诗》第10册，卷五四二，第6505页。

④ [宋]李纲：《建炎行》，《全宋诗》第27册，卷一五五七，第17690页。

⑤ [宋]苏轼：《望江南·暮春》，邹同庆、王宗堂《苏轼词编年笺注》，中华书局2002年版，第164页。

茶词。此词大意：超然台外春景好，微风吹拂柳摇摇。寒食节里，我已因思家而醉酒。如今对此美景，又勾起了想家的忧愁。忧闷满怀叹息频，醉酒刚刚醒，头脑肠胃都不适，已经不能再饮。算了吧，不要再对着老友想家，让他也跟着难受，还替我担心。咱们暂且饮茶吧，茶能解酒，又能释滞去闷。等把身体调养好，趁着美妙的春色，趁着大好的年华，咱们再来饮酒作诗吧。可见其旨正在于茶，所谓的暮春之景以及诗与酒，乃构成饮茶之境。当然视之为酒词，也没有问题，毕竟它也写了酒。

苏轼《浣溪沙·徐门石潭谢雨，道上作五首》（其四）：

> 簌簌衣巾落枣花，村南村北响缫车。牛衣古柳卖黄瓜。　酒困路长唯欲睡，日高人渴漫思茶。敲门试问野人家。①

此词向被视为描写农村风光的田园词，也是苏轼打破词“尊前花下”“娱宾遣兴”之窠臼的实证，但这首词也是一首茶词。此词大意：枣花簌簌落在我的衣服和头巾，村南村北缫车响阵阵。着牛衣的人，在古柳下卖着黄瓜②。黄瓜虽解渴，我却不会考虑它。饮酒犯困路漫漫，不由自主要睡眠。太阳升高热又渴，要是能有茶一碗，驱困解渴真不错。且让我敲敲这户农家的门，客客气气试着问一声。词中“日高人渴漫思茶”为从唐皮日休《闲夜酒醒》“酒渴漫思茶”之句化出。词旨端在于茶，开篇之农村风光，不过是饮茶之境。茶在当时已是遍及天下，客来敬茶更是常礼，苏轼又是当地的知州，哪能会喝不到一盏茶呢？苏轼肯定是喝到了。苏轼被接待的情形怎样呢？喝的农家茶又是怎么样的滋味？请你猜猜看吧。不用猜了，一定是被热情接待了，那茶一定也是别有风味，因为前面出现的境界已是那么的纯朴清新啊！这首小词，就是这样被苏轼经营起来了。既质朴又含蓄，真是一首精妙的田园茶歌。

然而，就两宋诗词来言，字面了不涉茶者，则未必不是咏茶者。如程公许《汲惠山泉烹日铸》：

> 小艇冲风过惠山，石螭引脰伫漪涟。白头未了红尘债，再酌人间第二泉。

---

①　[宋]苏轼：《浣溪沙·徐门石潭谢雨，道上作五首(其四)》，邹同庆、王宗堂《苏轼词编年笺注》，第235页。

②　此句如依宋曾季狸《艇斋夜话》“牛衣”作“半依”之说，就应是：有人斜靠着老柳树卖黄瓜。参见后附宋人茶词详注。[宋]曾季狸：《艇斋夜话》，丁福保《历代诗话续编》本，中华书局1983年版。

瓦瓶挹注溢微澜，仙掌两分瑞露涉。自候燎炉烹日铸，杜陵肺渴耐甘寒。[1]

此诗所言之“惠山泉”，为唐人刘伯刍、陆羽评第为天下第二[2]，所言之“日铸”乃宋代的名茶，产于绍兴会稽山日铸岭，陆游《试茶》亦有“日铸焙香怀旧隐，谷帘试水忆西游”[3]之句。诗大意：驾小艇迎风经过惠山，二泉的石螭长伸着脖子，把泉水引入池潭，久久停伫在涟漪里，不知它离开在何年。早先我来过二泉，一直想着再重返。现在我头发都白了，还是不能把这事看淡。现在我又来了，总算了却一桩心愿。慢慢汲水把我的瓦瓶装满满，瓶水好像微微泛波澜。如仙掌露似的泉水，一下被我分成了两半，一个在池，一个在我瓶罐，都似瑞露多涉涉。我亲自候在燎炉旁，把那有名的日铸茶来烹煎。杜甫我正害肺渴病，咱不怕这泉水出奇的甘寒。生动刻画了老茶人对于名泉名茶的一片痴情。

又如释德洪《次韵无诤见怀三首》其二：“数篙云碧卷晴空，无数岩花落醉红。满袖东风疏雨后，却欣春露一瓯同。”[4]其中“春露”乃是宋人对于好茶的常见比喻，如欧阳澈《子贤同游岐原》：“清风麈尾驱尘态，春露瓯心破宿酲。”[5]章甫《送茶与人》：“赠君江南春露芽，恐君诵诗眼生花。”[6]此诗大意：几缕青云卷舒在晴空，无数山花飘落，花瓣像美人醉酒脸泛红。雨后的东风真多情，轻轻吹满我袖中。在这样的天气里，要是能跟好朋友无诤同饮一杯春露茶，那快乐真是无穷。所以释德洪的这首诗也是一首描写饮茶之愉快的茶诗。

然而，也有一些诗，题目虽然与茶相关，却不是茶诗。如《全宋诗》中大约有咏红色的山茶花或玉茗花诗60余首，不是茶诗。又如韩淲有4首名为《方斋子潜留瀹茗》诗，原注曰：“此诗四首，其一见五言古，其一见七言绝句。”其中的2首七律，笔者以为也很难算作茶诗。诗曰：

东吴南楚江湖外，城郭方斋尚得朋。意象古人无索寞，谭锋尔汝有凭陵。花开薝卜疑非俗，林拥旃檀祇欠僧。梅雨未收吾欲醉，山桥归路

---

① [宋]程公许：《汲惠山泉烹日铸》，《全宋诗》第57册，卷二九九四，第35628页。

② 参见[唐]张又新：《煎茶水记》，阮浩耕、沈冬梅、于良子点校注释《中国古代茶叶全书》，浙江摄影出版社1999年版，第29页。

③ [宋]陆游：《试茶》，《全宋诗》第39册，卷二一五九，第24385页。

④ [宋]释德洪：《次韵无诤见怀三首》其二，《全宋诗》第23册，卷一三四一，第15299页。

⑤ [宋]欧阳澈：《子贤同游岐原》，《全宋诗》第32册，卷一八五一，第20676页。

⑥ [宋]章甫：《送茶与人》，《全宋诗》第47册，卷二五一四，第29053页。

发鬅鬙。

蕙亩分青长复低，菊梅连绿密仍稀。墙阴未午风声急，窗外从朝雨力微。坐待酒杯来肃肃，案翻书册净晖晖。几年来往徒多感，今是那知较昨非。①

诗中所言与茶并不相干，只是诗题有“瀹茗”，最多算是饮茶的环境描写吧。

第二节　原道

道是中国人原创的文化观念。其本义是“所行道也”②，今天我们能见到的最早的“道”字，“见于《尚书》、貉子卣”③，在漫长的历史文化进程中，获得了丰富的文化内涵。

《周易·系辞上传》曰：“一阴一阳谓之道，继之者善也，成之者性也。仁者见之谓之仁。知者见之谓之知。百姓日用而不知，故君子之道鲜矣。”④

而且，此道还是统摄儒、释、道的观念，道本为华夏固有之思想体系。所谓诸子之说，不过是对道的内容体认不同，侧重不同而已。诚如《庄子·天下篇》：“后世之学者，不幸不见天地之纯，古人之大体，道术将为天下裂。”⑤儒、道，本来就是基于“道”而发生发展的思想，道家、道教固然是讲“道”的，儒也是言“道”的，只不过两家观点不同而已：

道可道，非常道。⑥（《老子·一章》）

上善若水。水善利万物而不争，处众人之所恶，故几於道。⑦（《老子·八章》）

有物混成，先天地生。寂兮寥兮，独立而不改，周行而不殆，可以为

---

① [宋]韩淲：《方斋子潜留瀹茗》，《全宋诗》第52册，卷二七六五，第32683页。

② [汉]许慎撰，[清]段玉裁注：《说文解字注》，上海古籍出版社1988年版，第75页。

③ 周法高主编：《金文诂林》第二册，香港中文大学出版社1975年版，第959页。

④ [宋]朱熹：《周易本义》卷三，天津古籍书店1988年影印宋元人注《四书五经》本，第58页。

⑤ [清]郭庆藩撰，王孝鱼点校：《庄子集释》卷十下，中华书局1961年版，第1069页。

⑥ 高亨：《（重订）老子正诂》卷上，一章，古籍出版社1956年版，第1页。

⑦ 高亨：《（重订）老子正诂》卷上，八章，古籍出版社1956年版，第20页。

天下母，吾不知其名，字之曰道，强为之名曰大。大曰逝，逝曰远，远曰反。故道大，天大，地大，王亦大。域中有四大，而王居其一焉。人法地，地法天，天法道，道法自然。(《老子·二十五章》)①

子曰：朝闻道，夕死可矣。(《论语·里仁》)②

子曰：道不行，乘桴浮于海。(《论语·公冶长》)③

子贡曰：夫子之文章，可得而闻也；夫子之言性与天道，不可得而闻也。(《论语·公冶长》)④

(孟子曰：)得道者多助，失道者寡助。(《孟子·公孙丑下》)⑤

诚如韩非子《解老》对“道”所作的阐发：“道者，万物之所然也，万理之所稽也。理者，成物之文也；道者，万物之所以成也。”⑥

至于佛教，自输入中国，就自视并被视作“道”。如时在东汉，中国译出的第一部佛经《四十二章经》开篇即称：“世尊成道已，作是思惟，离欲寂静，是最为胜。”且处处言道，如：

佛言：夫为道者，譬如一人与万人战。挂铠出门，意或怯弱。或半路而退，或格斗而死，或得胜而还。沙门学道，应当坚持其心，精进勇锐，不畏前境，破灭众魔，而得道果。⑦

佛言：夫为道者，如被干草，火来须避。道人见欲，必当远之。⑧

《高僧传·汉雒阳安清传》言来汉洛阳传法的安息僧人安清(世高)，本安息太子，初嗣大位，即“让国与叔，出家修道”⑨。

《高僧传·汉雒阳支楼迦谶传》言来汉洛阳传法的月支僧人支楼迦谶“志宣

---

① 高亨：《(重订)老子正诂》卷上，二十五章，第59—61页。

② 杨伯峻译注：《论语译注》，中华书局1980年版，第37页。

③ 杨伯峻译注：《论语译注》，第43页。

④ 杨伯峻译注：《论语译注》，第46页。

⑤ [宋]朱熹：《孟子章句集注》卷四，天津古籍书店1988年影印宋元人注《四书五经》本，第27页。

⑥ [战国]韩非撰，陈奇猷校注：《韩非子新校注》，上海古籍出版社2000年版，第411页。

⑦ 《四十二章经》，大正新修大藏经本。

⑧ 《四十二章经》，大正新修大藏经本。

⑨ [梁]慧皎撰，汤用彤校注：《高僧传》，中华书局1992年版，第4页。

经典,常与沙门讲论道义"①。

不仅如此,佛教还自觉地比附于黄老之道,讲生死报应,行善修道,息意去欲,归于无为:

> 佛言:今子骂我,我今不纳。子自持祸,归子身矣,犹响应声,影之随形,终无免离,慎勿为恶。佛言:恶人害贤者,犹仰天而唾,唾不至天,还从己堕。逆风扬尘,尘不至彼,还坌己身。贤不可毁,祸必灭己。②
>
> 佛言:辞亲出家,识心达本,解无为法,名曰沙门,常行二百五十戒,进止清净,为四真道行,成阿罗汉。③
>
> 佛言:出家沙门者,断欲去爱,识自心源,达佛深理,悟无为法,内无所得,外无所求,心不系道,亦不结业,无念无作,非修非证,不历诸位,而自崇最,名之为道。④

诚如汤用彤所言:"佛教在汉世,本视为道术之一种。其流行之教理行为,与当时中国黄老方技相通。……及至魏晋,玄学清谈渐盛,中华学术之面目为之一变,而佛教则更依附玄理,大为士大夫所激赏。"⑤与此同时,中国思想文化史也开始了"三教合流"的进程。葛兆光曾总结说:"从公元五世纪到七世纪这两三百年间的思想史,往往被看作是儒、道、佛三种思潮纷争角立与彼此融合的历史过程,在这种互相渗透、交锋与砥砺中,中国思想界这三大思潮各自确立了自己的思想畛域,也逐渐接纳了异端的思想成分。"⑥葛兆光还为我们拈出了一个南齐时人张融的"临终遗令":"三千买棺,无制新衾。左手执《孝经》《老子》,右手执《小品》《法华经》。"⑦终而至于在隋唐时代,出现了接纳中国传统思想文化与宗教习俗、富有本土特色的天台宗、三论宗、法相宗、律宗、华严宗、净土宗、密宗、禅宗等佛教宗派,尤以天台宗、华严宗、禅宗为最,也最受士大夫拥戴;还出现了唐玄宗先后颁布《御注孝经》《御注道德经》《御注金刚经》的盛况。儒、道、佛杂糅,也成了知识人士思想的一般格局。

---

① ［梁］慧皎撰,汤用彤校注:《高僧传》,第 11 页。
② 《四十二章经》,大正新修大藏经本。
③ 《四十二章经》,大正新修大藏经本。
④ 《四十二章经》,大正新修大藏经本。
⑤ 汤用彤:《汉魏两晋南北朝佛教史》,北京大学出版社 1997 年版,第 81 页。
⑥ 葛兆光:《中国思想史》第一卷,复旦大学出版社 2001 年版,第 426 页。
⑦ ［梁］萧子显:《南齐书》卷四一,《张融传》,中华书局 1972 年版,第 729 页。

到了宋代，佛教继续盛行，诸宗融合会通，禅宗逐渐成为中国佛教的主体，并最为盛行，三教圆融更加突出。

道教一代宗师北宋张伯端于其《悟真篇》序中，大谈儒、释、道之“混一同归”：

> 释氏以空寂为宗，若顿悟圆通，则直超彼岸，如有习漏未尽，则尚徇于有生。老氏以炼养为真，若得其要枢，则立跻圣位，如其未明本性，则犹殢于幻形。其次《周易》有穷理尽性至命之词，鲁语有毋意、必、固、我之说，此又仲尼极臻于性命之奥也。然其言之常略而不至于详者，何也？盖欲序正人伦，施仁义礼乐有为之教，故于无为之道未尝显言，但以命术寓诸易象，以性法混诸微言故耳。至于庄子推穷物累逍遥之性，孟子善养浩然之气，皆切几之矣。迨夫汉魏伯阳引易道阴阳交姤之体作《参同契》，以昭大丹之作用，唐忠国师于《语录》首序老庄言，以显至道之本末如此，岂非教虽分三，道乃归一，奈何后世黄缁之流，各自专门，互相非是，致使三家宗要迷没邪歧，不得混一而同归矣。①

南宋朱熹绍述孔、程，则以道为最高之范畴，曰：

> 天地之化，往者过，来者续，无一息之停，乃道体之本然也。然其可指而易见者，莫如川流。故于此发以示人，欲学者时时省察，而无毫发之间断也。程子曰：“此道体也。天运而不已，日往则月来，寒往则暑来，水流而不息，物生而不穷，皆与道为体，运乎昼夜，未尝已也。是以君子法之，自强不息。及其至也，纯亦不已焉。”又曰：“自汉以来，儒生皆不识此意。此见圣人之心，纯亦不已也。纯亦不已，乃天德也。有天德，便可语王道，其要只在谨独。”②

至于宋以后的元、明、清以至于今日，依旧如此。所以在中华文化思想中，道，乃是一个可以贯通一切的观念，可大可小，既可指抽象的形而上的哲学范畴，也可指具体的形而下的道路、技艺等；可指道家、道教，也可统称儒、释、道；不惟

---

① [宋]张伯端撰，[宋]翁葆光注，[元]戴起宗疏《紫阳真人悟真篇注疏》之张伯端原序，《道藏》本。

② 朱熹对《论语·子罕》“子在川上曰：逝者如斯夫，不舍昼夜”之注释。见[宋]朱熹：《论语集注》卷五，天津古籍书店 1988 年影印宋元人注《四书五经》本，第 38 页。

见诸圣贤的经典著述中，也鲜活地存在于日常的口语中，所谓“一人得道，鸡犬升天”，“医道高深”；所谓“大道”，“小道”；所谓“君子爱财，取之有道”，“盗亦有道”，等等，不一而足。

清末徐世昌亦有很好的总结：“民受天地之中以生，天所赋于人者谓之性。尽人以合天，其进焉有程，其行焉有轨，体天地以为化育谓之道，范天下之人，使循是道以复其性。”①

第三节 茶诗词与茶道

而见证此“道”与茶发生关联的现存最早的文献，目前已知是唐代诗僧皎然的诗篇《饮茶歌诮崔石使君》：

> 越人遗我剡溪茗，采得金芽爨金鼎。素瓷雪色飘沫香，何似诸仙琼蕊浆。一饮涤昏寐，情思爽朗满天地。再饮清我神，忽如飞雨洒清尘。三饮便得道，何须苦心破烦恼。此物清高世莫知，世人饮酒徒自欺。愁看毕卓瓮间夜，笑向陶潜篱下时。崔侯啜之意不已，狂歌一曲惊人耳。孰知茶道全尔真，唯有丹丘得如此。②

皎然，生卒年不详，俗姓谢，字清昼，吴兴（今浙江湖州）人，生活于唐大历(766—779)至贞元(785—804)年间。皎然的这首茶歌，既言饮茶可得道，又提出“茶道”一词，还道出了茶道清高真美的精神内涵。

皎然的好朋友陆羽(733—804)则著有《茶经》，被后世奉为茶圣。陆羽，字鸿渐，一名疾，字季疵，号竟陵子、桑苎翁、东冈子，唐复州竟陵（今湖北天门）人。《茶经》是世界上最早的茶学著作，更是赫然以“经”名之，“经”也者，载“道”之经也。此《茶经》历叙茶之源、具、造、器、煮、饮、事、出、略、图，包括茶的采摘、制作、饮用、产地、水品、器具、精神、历史、功用、艺文等，堪称茶的百科全书，既有精神的追求，也有技艺的考究，体用不二，其旨与古来之“道”意亦无二致。

与皎然、陆羽同时人封演《封氏见闻记·饮茶》亦言及“茶道”。封演，生卒年

---

① [清]徐世昌：《清儒学案序》，[清]徐世昌纂，周骏富编《清儒学案小传》本，明文书局1985年版。

② [唐]释皎然：《饮茶歌诮崔石使君》，[清]彭定求等编《全唐诗》第23册，卷八二一，中华书局1960年版，第9260页。

不详，玄宗天宝末登进士第，约卒德宗贞元后期[1]。封氏曰："楚人陆鸿渐为《茶论》，说茶之功效并煎茶炙茶之法，造茶具二十四事，以都统笼贮之。远近倾慕，好事者家藏一副。有常伯熊者，又因鸿渐之论广润色之。于是茶道大行，王公朝士无不饮者。"[2]应是当时人对于陆羽建立茶道之功的实录。

陆羽创立的茶道，乃是末茶的清饮的煎茶道：

> 其始，若茶之至嫩者，蒸罢热捣，叶烂而牙笋存焉。假以力者，持千钧杵亦不之烂。如漆科珠，壮士接之，不能驻其指，及就，则似无穰骨也。炙之，则其节若倪倪如婴儿之臂耳。既而承热用纸囊贮之，精华之气无所散越。候寒末之。[3]
>
> 或用葱、姜、枣、橘皮、茱萸、薄荷之等，煮之百沸，或扬令滑，或煮去沫，斯沟渠间弃水耳，而习俗不已。[4]

这种茶道，处处散发着精神之光：

> 茶之为用，味至寒，为饮最宜精行俭德之人，若热渴、凝闷、脑疼、目涩、四支烦、百节不舒，聊四五啜，与醍醐、甘露抗衡也。采不时，造不精，杂以卉莽，饮之成疾。茶为累也，亦犹人参。[5]
>
> 风炉灰承：风炉以铜铁铸之，如古鼎形，厚三分，缘阔九分，令六分虚中，致其圬墁。凡三足，古文书二十一字，一足云"坎上巽下离于中"，一足云"体均五行去百疾"，一足云"圣唐灭胡明年铸"。[6]
>
> 沫饽，汤之华也。华之薄者曰沫，厚者曰饽。细轻者曰花，如枣花漂漂然于环池之上；又如回潭曲渚，青萍之始生；又如晴天爽朗，有浮云

① 参见李成甲：《〈封氏见闻记〉说明》，[唐]封演撰，李成甲校点《封氏见闻记》，辽宁教育出版社1998年版。

② [唐]封演撰，李成甲校点：《封氏见闻记》卷六，辽宁教育出版社1998年版，第29页。

③ [唐]陆羽：《茶经》卷下，"五之煮"，阮浩耕、沈冬梅、于良子点校注释《中国古代茶叶全书》，浙江摄影出版社1999年版，第7页。

④ [唐]陆羽：《茶经》卷下，"六之饮"，阮浩耕、沈冬梅、于良子点校注释《中国古代茶叶全书》，第8页。

⑤ [唐]陆羽：《茶经》卷上，"一之源"，阮浩耕、沈冬梅、于良子点校注释《中国古代茶叶全书》，第2页。

⑥ [唐]陆羽：《茶经》卷中，"四之器"，阮浩耕、沈冬梅、于良子点校注释《中国古代茶叶全书》，第4页。

鳞然。其沫者，若绿钱浮于水湄，又如菊英堕于镆俎之中。饽者以滓煮之，及沸则重华累沫，皤皤然若积雪耳。①

如上所引，毋庸讳言，《茶经》中，此类精神内涵的表述，往往不够具体，大多要靠意会，像猜谜一样。后来，又有一些茶书问世，如斐汶著《茶述》，张又新著《煎茶水记》，苏廙著《十六汤品》，温庭筠著《采茶录》，虽从各方面对《茶经》进行补充，但在精神内涵方面，并未有太多的具体增补。值得注意的是，与陆羽同时的唐人所作的茶诗，对于此茶道却有着说明和补足的功用，如前引皎然之诗，又如皇甫曾《送陆鸿渐山人采茶回》："千峰待逋客，香茗复丛生。采摘知深处，烟霞羡独行。幽期山寺远，野饭石泉清。寂寂燃灯夜，相思一磬声。"②又如卢仝《走笔谢孟谏议寄新茶》：

日高丈五睡正浓，军将打门惊周公。口云谏议送书信，白绢斜封三道印。开缄宛见谏议面，手阅月团三百片。闻道新年入山里，蛰虫惊动春风起。天子须尝阳羡茶，百草不敢先开花。仁风暗结珠琲瓃，先春抽出黄金芽。摘鲜焙芳旋封裹，至精至好且不奢。至尊之余合王公，何事便到山人家。柴门反关无俗客，纱帽笼头自煎吃。碧云引风吹不断，白花浮光凝碗面。一碗喉吻润，两碗破孤闷。三碗搜枯肠，唯有文字五千卷。四碗发轻汗，平生不平事，尽向毛孔散。五碗肌骨清，六碗通仙灵。七碗吃不得也，唯觉两腋习习清风生。蓬莱山，在何处？玉川子，乘此清风欲归去。山上群仙司下土，地位清高隔风雨。安得知百万亿苍生命，堕在巅崖受辛苦！便为谏议问苍生，到头还得苏息否？③

这首茶歌言茶的"至精至好且不奢"、言茶表示的纯洁的情谊、言饮茶的美妙飞升境界，而且在最美妙的飞升中，也没有忘记讯问苍生，在中国茶文化上影响深远。而事实远非止于此，唐代也是中华诗歌的高峰时代，这高峰时代的茶与诗的因缘聚会，自然也迸发出耀眼的光芒。笔者据《全唐诗》统计④，计有涉茶诗

---

① ［唐］陆羽：《茶经》卷下，"五之煮"，阮浩耕、沈冬梅、于良子点校注释：《中国古代茶叶全书》，第7页。

② ［唐］皇甫曾：《送陆鸿渐山人采茶回》，《全唐诗》第6册，卷二一〇，第2181页。

③ ［唐］卢仝：《走笔谢孟谏议寄新茶》，《全唐诗》第12册，卷三八八，第4379页。

④ 按，此统计借助了北京青苹果《全唐诗》软件。

551首，诗人147家①。几乎当时最负盛名、也可以说是在中国诗歌史上最富有艺术创造力、最富有浪漫想象力的大部分诗人，都在他们的生命行次中，参加了这个艺术创造：王维、裴迪、储光羲、王昌龄、刘长卿、孟浩然、李白、杜甫、韦应物、岑参、张谓、皇甫曾、高适、钱起、张继、韩翃、顾况、戴叔伦、卢纶、王建、于鹄、刘禹锡、柳宗元、孟郊、贾岛、张籍、卢仝、皎然、李贺、白居易、元稹、许浑、杜牧、李商隐、温庭筠、皮日休、陆龟蒙、杜荀鹤……这些诗人年辈于陆羽，或早或晚，但都从不同的角度，特别是在精神价值方面，对于茶道有积极的补充与拓展。

茶道在两宋时代得到了很好的继承和发扬，发展出了末茶的清饮的点茶道。具体情形可参见北宋蔡襄《茶录》、宋徽宗《大观茶论》所记。而感发于时代、特具思致的两宋文人，亦往往以精粹的诗的语言对此茶道作出经典之表达，并对相关的茶事作出形象之描绘，留下大大多于前代的脍炙人口的茶诗词作品。且以苏轼五言长诗《寄周安孺茶》为例，此诗之前部，叙中国植茶利茶咏茶的源流——从周公姬旦开始发现，到南朝桐君的著录；从晋杜育的最先赋咏到唐陆羽的专著；经李季卿、常伯熊等清流之提倡，乃成天下人之习俗，又谈到了晚唐的皮日休和陆龟蒙的茶的咏唱，尤为粲然之华章：

> 大哉天宇内，植物知几族。灵品独标奇，迥超凡草木。名从姬旦始，渐播桐君录。赋咏谁最先，厥传惟杜育。唐人未知好，论著始于陆。常李亦清流，当年慕高躅。遂使天下士，嗜此偶于俗。岂但中土珍，兼之异邦鬻。鹿门有佳士，博览无不瞩。邂逅天随翁，篇章互赓续。开园颐山下，屏迹松江曲。有兴即挥毫，粲然存简牍。②

此诗之中部，历叙苏轼自己接触、研讨、探究、求教的过程以及当时人鉴茶、采茶、制茶、饮茶、品水、乐茶的情状。诗人特意用了“研讨”与“探究”，与他相切磋的，则是“僧侣”与“高人”，那么试问何物值得如是对待？在这样的语境中，别无其他，只是个“道”。

> 伊予素寡爱，嗜好本不笃。粤自少年时，低徊客京毂。虽非曳裾

① 按：另有残句8句(其中无名氏3句，有名氏5句)，未计人。《全唐诗》所收诗人徐铉(有3首茶诗)、梁藻(有1首茶诗)、孟贯(有2首茶诗)、伍乔(有1首茶诗)、廖融(有1首茶诗)、释乾康(有1首茶诗)、宋白(有1首茶诗)，又收人《全宋诗》，兹以《全宋诗》为准，不两录。

② [宋]苏轼：《寄周安孺茶》，[宋]苏轼撰，[清]王文诰辑注，孔凡礼点校《苏轼诗集》卷二十二，中华书局1982年版，第1162—1163页。

者，庇荫或华屋。颇见纨绮中，齿牙厌粱肉。小龙得屡试，粪土视珠玉。团凤与葵花，碔砆杂鱼目。贵人自矜惜，捧玩且缄椟。未数日注卑，定知双井辱。于兹事研讨，至味识五六。自尔入江湖，寻僧访幽独。高人固多暇，探究亦颇熟。闻道早春时，携篮赴初旭。惊雷未破蕾，采采不盈掬。旋洗玉泉蒸，芳馨岂停宿。须臾布轻缕，火候谨盈缩。不惮顷间劳，经时废藏蓄。髹筒净无染，箬笼匀且复。苦畏梅润侵，暖须人气燠。有如刚耿性，不受纤芥触。又若廉夫心，难将微秽渎。晴天敞虚府，石碾破轻绿。永日遇闲宾，乳泉发新馥。香浓夺兰露，色嫩欺秋菊。闽俗竞传夸，丰腴面如粥。自云叶家白，颇胜中山醁。好是一杯深，午窗春睡足。清风击两腋，去欲凌鸿鹄。嗟我乐何深，水经亦屡读。陆子咤中泠，次乃康王谷。蟆培顷曾尝，瓶罂走僮仆。①

此诗之后部则是苏轼自己对于茶道的新感悟——不必一定是清饮，也无须计较茶之优劣，无事挂心，意爽神清，就是饮茶之真：

如今老且懒，细事百不欲。美恶两俱忘，谁能强追逐。姜盐拌白土，稍稍从吾蜀。尚欲外形骸，安能徇口腹。由来薄滋味，日饭止脱粟。外慕既已矣，胡为此羁束。昨日散幽步，偶上天峰麓。山圃正春风，蒙茸万旗簇。呼儿为招客，采制聊亦复。地僻谁我从，包藏置厨簏。何尝较优劣，但喜破睡速。况此夏日长，人间正炎毒。幽人无一事，午饭饱蔬菽。困卧北窗风，风微动窗竹。乳瓯十分满，人世真局促。意爽飘欲仙，头轻快如沐。昔人固多癖，我癖良可赎。为问刘伯伦，胡然枕糟曲。②

如此等等，亦是体用兼到，与陆羽《茶经》之内容，几无二致，直是一部诗的茶经，且更加注重精神价值的表述。而且，两宋茶诗中正面提到的茶道也很多：

吕陶《以茶寄宋君仪有诗见答和之》："日高睡觉懒慵起，不欲世态昏瞳睛。诚宜玉筒摘佳品，或向武夷搜早英。汲将楚谷水，就取石鼎烹。可以助君淳深

① ［宋］苏轼：《寄周安孺茶》，［宋］苏轼撰，［清］王文诰辑注，孔凡礼点校《苏轼诗集》卷二十二，第1163—1165页。

② ［宋］苏轼：《寄周安孺茶》，［宋］苏轼撰，［清］王文诰辑注，孔凡礼点校《苏轼诗集》卷二十二，第1165—1166页。

幽寂之道味，高古平淡之诗情。”[①]陈著《次韵僧仁泽》其二：“茶腴参道味，诗瘦出饥脾。”[②]文彦博《蒙顶茶》：“旧谱最称蒙顶味，露牙云液胜醍醐。公家药笼虽多品，略采甘滋助道腴。”[③]王炎《过风隐山》：“香鼎生云穗，茶瓯涌雪花。胸襟添道气，隐几息喧哗。”[④]言茶助道。

袁燮《谢吴察院惠建茶》：“佳茗世所珍，声名竞驰逐。建溪拔其萃，余品皆臣仆。先春撷灵芽，妙手截玄玉。形模正而方，气韵清不俗。故将比君子，可敬不可辱。御史万夫特，刚肠憎软熟。味此道之腴，清泠肺肝沃。”[⑤]将茶比作“道之腴”。

乐雷发《与李盘翁知县登七星山吊石道士》：“苔荒碑意古，茗苦道情深。”[⑥]言茶即道，茶愈苦，道愈深。潘玙《书道者庵》：“心与道相安，幽居远市廛。分花栽别圃，煮茗试新泉。”[⑦]言煮茗即道的表现。李处权《谢养源惠茶兼陪士特清啜》：“仰止先生道不穷，爱茶直似玉川翁。”[⑧]言爱茶即有道。

释师观《偈颂七十六首》其三七：“赵州吃茶，云门胡饼。如何是道，明眼落井。”[⑨]释正觉《偈颂二百零五首》其一三七：“吃茶去，吃茶去，明明指人无异语。家风平展没机关，谁道赵州谩院主。苦苦苦，往往邯郸学唐步。恰恰长安道上行，分明有眼如天瞽。”[⑩]释绍昙《日本慈源禅人归国请偈》：“牧间今年六十八，湖上掩关期养拙。万缘不挂一丝头，对客懒饶三寸舌。问吾道，秧田泼绿农夸好。问吾禅，烟林噪晚声未闻。无端外国人瞒我，插片木头讨甚么。吃盏粗茶送出门，海山啼断催归鸟。”[⑪]此言茶即道，则是禅子之言，体认了，也就觉悟了。关于这个问题，我们将在下面的“茶道精神”一章继续讨论。

与此相反，两宋茶学著述在茶道精神方面的表述不能说没有，如宋徽宗赵佶《大观茶论》所云“祛襟涤滞，致清导和，则非庸人孺子可得而知矣。冲淡简洁，韵

---

① [宋]吕陶：《以茶寄宋君仪有诗见答和之》，《全宋诗》第12册，卷六六三，第7762页。

② [宋]陈著：《次韵僧仁泽》其二，《全宋诗》第64册，卷三三六六，第40180页。

③ [宋]文彦博：《蒙顶茶》，《全宋诗》第6册，卷二七四，第3500页。

④ [宋]王炎：《过风隐山》，《全宋诗》第48册，卷二五六一，第29718页。

⑤ [宋]袁燮：《谢吴察院惠建茶》，《全宋诗》第50册，卷二六四六，第30996页。

⑥ [宋]乐雷发：《与李盘翁知县登七星山吊石道士》，《全宋诗》第66册，卷三四七三，第41335页。

⑦ [宋]潘玙：《书道者庵》，《全宋诗》第64册，卷三三四一，第39920页。

⑧ [宋]李处权：《谢养源惠茶兼陪士特清啜》，《全宋诗》第32册，卷一八三三，第20422页。

⑨ [宋]释师观：《偈颂七十六首》其三七，《全宋诗》第48册，卷二六一四，第30375页。

⑩ [宋]释正觉：《偈颂二百零五首》其一三七，《全宋诗》第31册，卷一七八〇，第19771页。

⑪ [宋]释绍昙：《日本慈源禅人归国请偈》，《全宋诗》第65册，卷三四二五，第40747页。

高致静，则非遑遽之时可得而好尚矣”①，但毕竟不多。虽然不能否认两宋茶学著述进入了一个大发展时期，现存宋人茶书约有15种，著名者就有蔡襄《茶录》、宋子安《东溪试茶录》、黄儒《品茶要录》、宋徽宗赵佶《大观茶论》、熊蕃《宣和北苑贡茶录》等，但多停留于制茶、点茶等方面技艺的记载。

因之，就精神价值方面而言，了解两宋之茶道，还要研读两宋遗存下来的大量的茶诗词作品。或者更准确地说，若对两宋茶道及相关之茶事具全面之了解，舍两宋茶诗词即无异于弃通途而入险隘。因为通览过两宋茶诗词就可以知道，其对于两宋茶道之表述，乃是对于陆羽等人所开创之茶道的更圆满的继承与发展。仍以苏轼《寄周安孺茶》为例，如前所述，此诗尾所表述的茶道思想，就是对于陆羽茶道思想的一种修正。陆羽极力提倡清饮，但又在“七之事”中照录《广雅》云：“荆巴间采叶作饼，叶老者，饼成以米膏出之，欲煮茗饮，先炙，令赤色，捣末置瓷器中，以汤浇覆之，用葱、姜、橘子芼之，其饮醒酒，令人不眠。”又照录《孺子方》：“疗小儿无故惊蹶，以葱须煮服之。”此对于陆羽而言，不能说不是一种矛盾。又，直到宋代，混饮仍是饮茶的重要方式，苏轼此诗中所记其家乡的“姜盐拌白土”的饮茶方式自不待言，如黄庭坚《煎茶赋》还倡导一种改良的混饮：“于是有胡桃、松实、庵摩、鸭脚、勃贺、靡芜、水苏、甘菊。既加臭味，亦厚宾客。前四后四，各用其一。少则美，多则恶，发挥其精神，又益于咀嚼。”难道混饮就一定无道了？非也。《孺子方》记以葱须煮茶服，可疗小儿无故惊蹶，就是一种道。所以苏轼之悟，既是对于多样饮茶形式的一种宽容，也是对于陆羽茶道思想的一种突破和补充——既忘“美恶”，又外“形骸”；既无“外慕”，又无“羁束”；“何尝较优劣，但喜破睡速”，这不也是一种道吗？

总之，历代茶的诗词，特别是唐宋以来的茶诗词，不惟生动记载了人们饮茶的精神享受，更生动记载了茶道发展的方方面面，与历代茶书一样，也是我们研究茶道的重要文献，甚至可以大大弥补茶书之不足。也许是注意到了茶书的这种不足，明代之后的茶书，对茶精神价值即予以了特别关注，如明陆树声《茶寮记》、明屠本畯《茗笈》堪为杰出者；明喻政《茶集》则专门汇辑历代茶诗文词；清刘源长《茶史》、清陆廷灿《续茶经》则更是煌煌大著。但在笔者看来，明以后的茶诗，仍然有着茶书不可取代的价值。

那么何以如此呢？答案仍是我们在绪言中提到过的中国文化的诗性传统的作用，即中国人不仅以诗抒情，以诗成教化，还以诗作为正统的基本的文体。因此，历代诗人将茶纳入笔底，表现其方方面面，也是再正常不过了，而单就其丰富性而言，超过专门的茶书也是必然的了。

---

①　[宋]宋徽宗：《大观茶论·序》，阮浩耕、沈冬梅、于良子点校注释《中国古代茶叶全书》，浙江摄影出版社1999年版，第89页。

第四节 茶道与茶艺

孔子曰："志于道，据于德，依于仁，游于艺。"①此处之艺，指礼、乐、射、御、书、数六艺。②《礼记》曰："不兴其艺，不能乐学。故君子之于学也，藏焉，修焉，息焉，游焉。"③《庄子·养生主》记解牛技艺高妙的庖丁乃对文惠王曰："臣之所好者道也，进乎技矣。"④《庄子·田子方》所记的画史，因为其行为合于自然之道，虽然并没有作画，已被宋元君许为真画者了：

> 宋元君将画图，众史皆至，受揖而立；舐笔和墨，在外者半。有一史后至者，儃儃然不趋，受揖不立，因之舍。公使人视之，则解衣般礴赢。君曰："可矣，是真画者也。"⑤

以上所引，均表明了道艺一体的观念。因之，艺也可以称为道。子夏曰："虽小道，必有可观者焉。"⑥著名者有"诗道""画道""剑道""书道""棋道""琴道"，等等。如南朝宋宗炳撰《画山水序》曰："圣人含道映物，贤者澄怀味象。至于山水，质有而灵趣，是以轩辕、尧、孔、广成、大隗、许由、孤竹之流，必有崆峒、具茨、藐姑、箕、首、大蒙之游焉。又称仁智之乐焉。夫圣人以神法道，而贤者通；山水以形媚道，而仁者乐。不亦几乎？"⑦唐符载《观张员外画松图》称张璪画曰："观夫张公之艺，非画也，真道也。"⑧宋《唐王昌龄〈诗格·论文意〉》："以名教为宗，则文

---

① 杨伯峻译注：《论语译注》，中华书局1980年版，第67页。

② 《周礼·地官·保氏》："保氏掌谏王恶，而养国子以道，乃教之六艺：一曰五礼，二曰六乐，三曰五射，四曰五驭，五曰六书，六曰九数。"《周礼注疏》卷一四，北京大学出版社1999年版，第352页。

③ ［宋］陈澔：《礼记集说》卷六，《学记》，天津古籍书店1988年影印宋元人注《四书五经》本，第200页。

④ ［清］郭庆藩撰，王孝鱼点校：《庄子集释》卷二上，中华书局1961年版，第119页。

⑤ ［清］郭庆藩撰，王孝鱼点校：《庄子集释》卷七下，第719页。

⑥ 杨伯峻译注：《论语译注》，第200页。

⑦ ［南朝宋］宗炳撰：《画山水序》，载［唐］唐彦远《历代名画记》卷六，卢辅圣主编《中国书画全书》本，上海书画出版社1993年版。

⑧ ［唐］符载：《观张员外画松图》，何志明，潘运告编著《唐五代画论》本，湖南美术出版社2006年版，第70页。

章起于皇道,兴乎《国风》耳。"[①]《诗式·重意诗例》曰:"两重意已上,皆文外之旨。若遇高手如康乐公,但见情性,不睹文字,盖诗道之极也。"[②]宋朱长文《琴史》直是一部琴道之史,记师旷"以道自将,谏诤无隐"[③],记隋唐时,"缙绅多以是道为务"[④]。

对于道与艺关系的阐发,也有不少,苏轼曰:"有道有艺。有道而不艺,则物虽形于心,不形于手。"[⑤]南宋陆九渊亦曰:"主于道,则欲消,而艺亦可进。主于艺,则欲炽而道亡,艺亦不进。"[⑥]又曰:"棋所以长吾精神,瑟所以养吾德性。艺即是道,道即是艺,岂惟二物。"[⑦]清刘熙载《艺概》之叙,开篇即称:"艺者,道之形也。"[⑧]

而通观两宋茶诗词,我们也可以真切体会到中国的这个一以贯之的道艺一体的观念。茶艺即是茶道,茶道即是茶艺,以茶体道,即茶艺之所以为艺之目的。为了体会高妙的道意,达到高妙的道境,无论对茶的种植、采摘、制作,还是对茶的饮用、饮用的器具、饮用的环境、饮用的气氛,都有精心的讲究,或者说正是借助这些精心的讲究,才觉悟出高妙的道意道境。当然,这种讲究,这种意趣,也是对于前人有所继承的。

总之,茶道,作为中华文明之结晶,甫一出现,就表现出特别丰富的内涵,但其核心则是体用之合一,精神价值与具体技艺之合一,即饮茶不单以解渴或食疗为目的,而是讲究道艺一体,讲究在饮茶中的精神发越。茶道,就是中国人对于这种特具民族历史传统特征的饮茶方式的一种同样特具民族历史传统特征的指称。

第五节 茶道之当代迷失

与此相关,十分有必要辨析的,是滕军博士在其专著《日本茶道文化概论》中的一些提法。

---

① [唐]王昌龄:《诗格》,张伯伟撰《全唐五代诗格汇考》本,江苏古籍出版社 2002 年版,第 160 页。

② [唐]释皎然:《诗式》,张伯伟撰《全唐五代诗格汇考》本,江苏古籍出版社 2002 年版,第 233 页。

③ [宋]朱长文:《琴史》,中华书局 2010 年版,第 18 页。

④ [宋]朱长文:《琴史》,第 173 页。

⑤ [宋]苏轼:《书李伯时山庄图》,孔凡礼点校《苏轼文集》卷七十,"题跋",中华书局 1986 年版,第 2211 页。

⑥ [宋]陆九渊:《象山先生全集》卷二二,《杂说》,四部丛刊初编本。

⑦ [宋]陆九渊:《象山先生全集》卷三五,《黄元吉荆州日录》,四部丛刊初编本。

⑧ [清]刘熙载:《艺概》,上海古籍出版社 1978 年版。

“茶道是日本文化的结晶。”①这句话是其开篇第一句。滕军博士还谈到：

“道”字的意思，在日本有一个演变的过程。“道”字随同大陆文化一起传到日本，平安时期，“道”字受中国文化的影响，偏重于学术、技能方面。如明经（经书研究）、纪传（史学研究）、明法（法律研究）、算（算学研究）之四道，诗歌、管弦、书画等诸道。可是到了中世，随着日本自身的艺术观形成，“道”字的含义发生了变化。“道”变成了通向彻悟人生之路、之行程。首先大歌人藤原俊成的儿子藤原定家制定了歌道的理论。在其代表作《和歌大观》中，定家提出了“汉诗言志，和歌唱情”的理论，指出了日本文化的特点，给其后的“道”观以极大影响。继歌道之后，便有联歌之道、能乐之道，接下来，便把茶汤也称作茶汤之道。这些道综合在一起，称之为“艺道”。②

滕军博士所言，正应了“虚妄”一词，对于中国传统文化缺乏基本的了解是其原因，所谓“拘于墟也”。且不论“道”在中国的绝非“偏重于学术、技能方面”，当今中国还有许多古已有之、至今常用、活着的“道”，譬如“诗道”“书道”“剑道”“琴道”等，如“书道”一词与“书法”类似，从未停止通用于书学界，且含义更广博，使用更庄重：

心存委曲，每为一字，各一象其形，斯道妙矣，书道毕矣。（传晋王羲之《书论四篇》其二）③

书之妙道，神采为上，形质次之，兼之者方可绍于古人。（南朝齐王僧虔《笔意赞》）④

尧、舜王天下，焕乎有文章，文章发挥，书道尚矣。……猛兽鸷鸟，神彩各异，书道法此。（唐张怀瓘《书议》）⑤

书道之妙，焕乎其有旨焉。（唐颜真卿《张长史十二意笔法》）⑥

故知书道玄妙，必资於神遇，不可以力求也。（唐虞世南《笔髓

① 滕军：《日本茶道文化概论》，东方出版社1992年版，第1页。

② 滕军：《日本茶道文化概论》，第5页。

③ 传[晋]王羲之：《书论四篇》，载[宋]朱长文编《墨池编》卷一，文渊阁四库全书本。

④ [南朝齐]王僧虔：《笔意赞》，收[清]《御定佩文斋书画谱》卷五，文渊阁四库全书本。

⑤ [唐]张怀瓘：《书议》，收[唐]张彦远撰《法书要录》卷四，文渊阁四库全书本。

⑥ [唐]颜真卿：《张长史十二意笔法》，收[唐]韦续纂《墨薮》卷二，文渊阁四库全书本。

论·契妙》)①

张钦元亡其传,官至奉礼郎,作真字,喜书道。(宋《宣和书谱》卷五“今体诗上下”)②

日前,笔者更见到一个尖新的“股道”,乃指股市股民之运作股票云云。但是滕军博士持此论并非空穴来风。现代以来的日本学者,据我之陋见,大概只有青木正儿,在他的《末茶源流》中比较诚恳地称:“这样看来,我国(按:指日本)的‘茶道’可能是由留学僧们继承了宋元间的‘分茶’传统。”③而中国的周作人在他为日本人冈仓天心所著《茶之书》的中译本作的序,则有如下言论:

近日得方君电信,知稿已付印,又来催序文,觉得不能再推托了,只好设法来写,这回却改换了方法,将那古旧的不切题法来应用,似乎可以希望对付过去。我把冈村氏的关系书类都收了起来,书几上只摆着一部陆羽的《茶经》,陆廷灿的《续茶经》,以及刘源长的《茶史》。我将这些书本胡乱的翻了一阵之后,忽然的似有所悟。这自然并不真是什么的悟。只是想起了一件事,茶事起于中国,有这么一部《茶经》,却是不曾发生茶道,正如虽有《瓶史》而不曾发生花道一样。这是什么缘故呢?中国人不大热心于道,因为他缺少情绪,这恐怕是真的,但是因此对于道教与禅也就不容易有甚深了解了罢。④

茶道有宗教气,超越矣,其源盖本出于禅僧。中国的吃茶是凡人法,殆可称为儒家的,《茶经》云:“啜苦咽干,茶也。”此语尽之。中国昔有四民之目,实则只是一团,无甚分别,搢绅之间反多俗物,可为实例。日本旧日阶级俨然,风雅所寄多在僧侣以及武士,此中同异正大有考索之价值。中国人未尝不嗜茶,而茶道独发生于日本,窃意与武士之为用盖甚大。⑤

言其“虚妄”已不足矣,不仅一笔勾销了中国的茶道,还顺道把道教与禅宗也

① ［唐］虞世南:《笔髓论》,收［唐］韦续纂《墨薮》卷二,文渊阁四库全书本。

② ［宋］《宣和书谱》卷五,文渊阁四库全书本。

③ (日)青木正儿著,范建明译:《中华名物考(外一种)》,中华书局2005年版,第310页。

④ 周作人:《〈茶之书〉序》,陈平原,凌云岚编《茶人茶话》,生活·读书·新知三联书店2007年版,第7页。

⑤ 周作人:《〈茶之书〉序》,陈平原、凌云岚编《茶人茶话》,第8页。

派赠了，只是至今对方尚无人来认领。周作人的这篇胡乱写于1944年的文字，在2007年，又堂而皇之被选入现代茶散文集《茶人茶话》，当亦是编者不具了解之故。当然，编者若是以史为念，录以备考，则也是可以理解的，但说明是要做一些的。

而周作人的这番言论，也并非空穴来风。周作人（1885—1967），生活于19世纪末20世纪中，正当中华板荡时刻。近现代以来中国国运的衰落，也导致了民族文化的虚无主义。茶道中衰，正是民族命运的写照。清末程雨亭“慨茶务日衰，力图整顿”①，所撰《整饬皖茶文牍》，即真实地记录了家国风雨飘摇中皖茶的衰颓：

> 迨同治以后，茶利日薄，而作伪之风渐起，不知创自何人，始于何地。……于是转相效尤，变本加厉，年甚一年。纵有持正商号，始终恪守前模，方且笑为愚，而讥为拙。狂澜莫挽，言之寒心。②
>
> 窃查近年中国丝茶两项，几有江河日下之势。③
>
> 故西人现行之新法，即系中国旧时制茶之法，不过分上用与民已耳。惜年远代湮，无人指授，以致失传。④

像这样言之心寒的情况，文牍中比比皆是，百年之下，读之犹痛。何况当周作人所处之时刻，生民更加不遑启处，连作为名作家的他自己也归顺了，正注解了其本人所言之“搢绅之间反多俗物”，而救亡图存的烽火燃烧之处，也是不可能给茶道一个位置了。哪里还有什么茶道，能够喝上茶，已是莫大的福分。所以，他说的也许是1944年前后的实情，却绝不能套用到整个传统中国。但正如摧毁比建设来得快一样，数典忘祖的情况，直至最近，似乎也未有太多的改善，甚至退而言“茶艺”了。

然而，我们毕竟是茶、是茶道的母国，毕竟我们还没有忘了喝茶。各地各民族饮茶方式，依旧丰富多彩，由于幅员广大，生态环境的差异以及民族、地区发展的不平衡，甚至不同时代的饮茶方式，依然在今日之同一天空下活生生地展现

---

① ［清］罗振玉：《〈整饬皖茶文牍〉序》，［清］程雨亭撰《整饬皖茶文牍》，阮浩耕、沈冬梅、于良子点校注释：《中国古代茶叶全书》，浙江摄影出版社1999年版，第590页。

② ［清］程雨亭撰《整饬皖茶文牍》之《请禁绿茶阴光详稿》，阮浩耕、沈冬梅、于良子点校注释：《中国古代茶叶全书》，浙江摄影出版社1999年版，第594页。

③ ［清］程雨亭撰《整饬皖茶文牍》之《整饬茶务第二示　光绪二十三年十二月》，阮浩耕、沈冬梅、于良子点校注释：《中国古代茶叶全书》，浙江摄影出版社1999年版，第599页。

④ ［清］程雨亭撰《整饬皖茶文牍》之《整饬茶务第二示　光绪二十三年十二月》，阮浩耕、沈冬梅、于良子点校注释：《中国古代茶叶全书》，浙江摄影出版社1999年版，第600页。

着，俨若时间与空间之坐标轴发生了错位，可谓我们的活着的茶文化遗产。如云南基诺族的凉拌茶，德昂族与景颇族的腌茶，都是一种以茶为菜的原始食茶方式遗留。藏族的酥油茶，北疆的奶茶，南疆的香茶，湖南及闽粤一带的擂茶，岭南的凉茶，都是陆羽提倡的清饮煎茶道之前的混饮茶的遗留。黑茶中的云南普洱茶，多为紧压茶，饮用前要先打碎，再冲泡，则是宋元清饮点茶道的孑遗。至于现今汉族大部分区域之清饮茶（包括绿茶、红茶、青茶、黄茶、白茶以及部分黑茶），则是明代茶道革命后的清饮茶的直接遗存，最符合茶道之精神，较之并世其他饮茶方式，实乃处于演化进程之最高端。可惜的是，我们多数人已经对身边这些饮茶方式、饮茶礼仪，习以为常，少去关注其中蕴含的精神智慧，对于茶道境界，也仅保留了其浅易，而忘却了其高深；仅保留其形而下，而漠视其形而上。即便是懵无所知，也失去了阙如之心、敬畏之心。正所谓“百姓日用而不知，故君子之道鲜矣”。①

所幸的是典章载记尚在，保存了从先秦至近现代的大量茶文献；地下之考古发现，也在不断增补着我们的知见，如浙江临安天目山宋元时代古窑址的考古发现②，找到了名副其实的真正的天目黑釉盏，揭开了日本称黑釉茶盏为天目盏之缘由，也证实了日本泛称黑釉茶盏为天目盏之偏差，更再一次证实了日本茶道传自中国之事实。

结语

道是中国文化独有而重要的观念与思想体系，两宋茶诗词乃是茶道的重要载体。道与艺一体，茶道、茶艺二而一，乃为茶道之实相。茶道，作为中华文明之结晶，甫一出现，就表现出特别丰富的内涵，但其核心则是体用之合一，精神价值与具体技艺之合一，即饮茶不单以解渴或食疗为目的，而是讲究道艺一体，特别讲究饮茶中的精神发越。茶道，就是中国人对于这种特具民族历史传统特征的饮茶方式的一种同样特具民族历史传统特征的指称。当代中华茶道之迷失，起于近代中华之衰运及日人之铺张，“茶道”今多为日人所用，中国人则退而多言“茶艺”，实则毋须如此。根据地上、地下之中华茶文化遗存，谓言中华茶道，自是毋须迟疑。其来也有自，得名至少千又余年③，其传也有绪，其衰也亦有迹。放

---

① 《周易·系辞上传》第五章，［宋］朱熹：《周易本义》卷三，天津古籍书店 1988 年影印宋元人注《四书五经》本，第 58 页。

② 参见李家治：《浙江临安天目窑黑釉瓷的科学技术研究》，《陶瓷学报》1997 年第 4 期。

③ 按，此据唐代诗僧皎然活动年代推算。皎然《饮茶歌诮崔石使君》诗有“孰知茶道全尔真，唯有丹丘得如此”（《全唐诗》第 23 册，卷八二一，第 9260 页）之句，乃目前所知“茶道”之首现。皎然，生卒年不详，约生活于唐大历（766—779）至贞元（785—804）年间。

眼当下，中国茶叶及相关产业蒸蒸日上，可以相信，根植于中华土地的中华茶道，必能抖落蒙尘，走向更为新美的境界。

笔者不揣谫陋作此课题，其旨亦正在于斯。惟愿凭对现存两宋茶诗词之探赜钩深，见出天水一朝茶道之风貌，以有益于当代中华茶文化之保护与发展，并能为中日茶道的关系研究提供一个新的参考。

第二章　两宋茶诗词与茶道精神

人类乃自然之子，人类的发展史表明，人们总是将自己与自己关系密切的自然物象加以类比，这在人类发展的早期，表现为各式各样的自然崇拜、动物崇拜，进入文明时代以后，则表现为对于各种物象的比拟、象征的热情，将某种人格、精神赋予某种物象，诸如对于日月风雷、山川草木、鸟兽虫鱼的歌咏，等等。我们的先民在长期的生产实践中，发现了茶，培植改良了茶，认知了茶的种种物性和功用，渐渐地也把某些思想意志、道德操守等精神价值意蕴赋予茶，视茶为真善美的一种象征，从而形成了对于茶的崇拜，顺理成章，茶也成了我们民族文化精神的一个载体，具体乃表现为茶道的精神价值。

中华茶道在两宋时代得到了很好的继承和发扬。感发于时代，反映于两宋茶诗词中的茶道精神，既包含了中国古来的哲学思想观念，也融汇了儒释道的思想成果，尤以禅宗思想为显著特征，显示出时代的风尚。如宋王炎《过凤隐山》诗所咏："落日孤村静，青松一径斜。问程愁客路，托宿到僧家。香鼎生云穗，茶瓯涌雪花。胸襟添道气，隐几息喧哗。"①据笔者粗浅知见，约有生、和、静、清、闲、淡、敬、省、俭、坚、仙、禅等方面，且互有关联，而以生为中心，以道为终极指向。诚如《文子》所谓"静漠恬淡，所以养生也；和愉虚无，所以据德也。外不乱内，即性得其宜；静不动和，即德安其位。养生以安世，抱德以终年，可谓能体道矣"②。"君子之道，静以修身，俭以养生。"③又如《中庸》所谓"天命之谓性，率性之谓道，修道之谓教。道也者，不可须臾离也。可离非道也。是故君子戒慎乎其所不睹，

---

① [宋]王炎：《过凤隐山》，《全宋诗》第48册，卷二五六一，第29718页。

② 旧题[周]辛钘撰《文子》卷上《守静》，文渊阁四库全书本。按，《文子》内容与《淮南子》多同，双方关系为一桩学术公案，然不害其至少为汉代著作。又，此语与《淮南子·俶真训》大致同，云："静漠恬澹，所以养性也；和愉虚无，所以养德也。外不滑内，则性得其宜，性不动和，则德安其位。养生以经世，抱德以终年，可谓能体道矣。"（何宁撰：《淮南子集释》本，中华书局1998年版，第152页）

③ 旧题[周]辛钘撰《文子》卷下《上仁》，文渊阁四库全书本。

恐惧乎其所不闻。莫见乎隐，莫显乎微。故君子慎其独也。喜怒哀乐之未发，谓之中；发而皆中节，谓之和。中也者，天下之大本也；和也者，天下之达道也。致中和，天地位焉，万物育焉”①。

因此，即便语中无一“道”字，亦未必不在言道。如唐裴汶《茶述》“（茶）其性精清，其味浩洁，其用涤烦，其功致和”②，又如宋徽宗赵佶《大观茶论》“祛襟涤滞，致清导和，则非庸人孺子可得而知矣。冲淡简洁，韵高致静，则非遑遽之时可得而好尚矣”③，字面了无一“道”字，然所言皆道也。顺便补充一句，这也许就是唐以后，中国人言茶道而字面多不言“道”的原因，现存茶书中，盖只有明张源《茶录》有“茶道”专条，直言：“造时精，藏时燥，泡时洁，精、燥、洁，茶道尽矣。”④原因就在于中国本有这个道的思想体系在，具体地说，就是中国本有茶道的思想体系在，言“和”、言“静”、言“俭”、言“清”……道自在其中矣。明乎此，言中国无“茶道”者，可以休矣。

第一节　生

生命是可喜的。中国的本原哲学即为生命哲学。《周易·系辞上》曰：“日新之谓盛德，生生之谓易。”⑤意为：日日增新叫做盛德，生生不息叫做易。《周易·系辞下》又曰：“天地之大德曰生。”⑥意为：天地的大德是生成万物。其核心就是生，就是生命的不息的运行代谢，生生为美，生生为德。

生命也是可悲的，《庄子·知北游》：“人生天地之间，若白驹之过隙，忽然而已。”⑦《古诗十九首》之十三：“驱车上东门，遥望郭北墓。白杨何萧萧，松柏夹广

---

① ［宋］朱熹：《中庸章句集注》，天津古籍书店1988年影印宋元人注《四书五经》本，第1页。

② ［唐］裴汶：《茶述》，阮浩耕、沈冬梅、于良子点校注释《中国古代茶叶全书》，浙江摄影出版社1999年版，第26页。

③ ［宋］宋徽宗：《大观茶论·序》，阮浩耕、沈冬梅、于良子点校注释《中国古代茶叶全书》，浙江摄影出版社1999年版，第89页。

④ ［明］张源：《茶录》，阮浩耕、沈冬梅、于良子点校注释《中国古代茶叶全书》，浙江摄影出版社1999年版，第222页。

⑤ 《周易·系辞上传》第五章，［宋］朱熹：《周易本义》卷三，天津古籍书店1988年影印宋元人注《四书五经》本，第58页。

⑥ 《周易·系辞下》第一章，［宋］朱熹：《周易本义》卷三，第64页。

⑦ ［清］郭庆藩撰，王孝鱼点校：《庄子集释》卷七下，中华书局1961年版，第746页。

路。下有陈死人,杳杳即长暮。潜寐黄泉下,千载永不寤。浩浩阴阳移,年命如朝露。人生忽如寄,寿无金石固。万岁更相送,贤圣莫能度。服食求神仙,多为药所误。"①

《左传·成公十三年》:"刘子曰:'吾闻之:民受天地之中以生,所谓命也。是以有动作礼义威仪之则,以定命也。能者养以之福,不能者败以取祸。'"②

因此养生,包括身、心的养护,也就成为了中华文化的一个要义。《论语》记载了不少孔子的养生言论:

知者乐,仁者寿。(《论语·雍也》)③

食不厌精,脍不厌油,食饐而餲。鱼馁而肉败,不食。色恶,不食。臭恶,不食。失饪,不食。不时,不食。……(《论语·乡党》)④

君子有三戒。少之时,血气未定,戒之在色;及其壮也,血气方刚,戒之在斗;及其老也,血气既衰,戒之在得。(《论语·季氏》)⑤

《庄子》内篇则专门有《养生主》一篇,讲述了顺应自然,安时处顺,哀乐不入的养生要道。《孟子·公孙丑上》有一段孟子与公孙丑的对话,反映了孟子的养生主张:

孟子曰:"我知言,我善养吾浩然之气。""敢问何谓浩然之气?"曰:"难言也。其为气也,至大至刚,以直养而无害,则塞于天地之间。其为气也,配义与道;无是,馁也。是集义所生者,非义袭而取之也。行有不慊于心,则馁矣。"⑥

正如一切饮食之物一样,茶之所以被我们的先民鉴别,就是因为茶对人有功用,可以养生护生,为"天地之美"。《茶经·一之源》:"茶之为用,味至寒,为饮最宜精行俭德之人,若热渴、凝闷、脑疼、目涩、四支烦、百节不舒,聊四五啜,

---

① 逯钦立辑校:《先秦汉魏晋南北朝诗》,中华书局 1983 年版,第 332 页。

② 《左传·成公十三年》,杨伯峻编著:《春秋左传注》,中华书局 2009 年第 3 版,第 860—861 页。

③ 杨伯峻译注:《论语译注》,中华书局 1980 年版,第 62 页。

④ 杨伯峻译注:《论语译注》,第 102 页。

⑤ 杨伯峻译注:《论语译注》,第 176 页。

⑥ [宋]朱熹:《孟子章句集注》卷三,天津古籍书店 1988 年影印宋元人注《四书五经》本,第 20—21 页。

与醍醐、甘露抗衡也。”[①]《茶经·七之事》还引有唐前历代典籍中对于茶功的记载：

《神农食经》：“茶茗久服，令人有力，悦志。”

陶弘景《杂录》：“苦茶轻换膏，昔丹丘子青山君服之。”

《本草·木部》：“茗，苦茶，味甘苦，微寒，无毒，主瘘疮，利小便，去痰渴热，令人少睡。秋采之苦，主下气消食。”

《孺子方》：“疗小儿无故惊蹶，以葱须煮服之。”[②]

与前代相比，宋代还是中医大发展的一个时代，据南宋王应麟《玉海》卷六十三记载，从北宋开宝至政和（968—1117）年间，政府计组织专人编撰并颁布医学著作有10部之多，著名的有《开宝重定本草》《天圣针经》《太平惠民和剂局方》《政和圣济经》等，包括本草、药方、针灸、保健等各方面[③]，对后世影响深远。又出于社会伦理的观念，很多士人也留心于医，以“济世”“寿亲”。而印刷术在宋代的巨大进步，也使得当时的人们很容易直接阅读历代医学名著而掌握传统医学理论。如苏轼就不仅能为百姓治病，还有药书传世[④]。因此，社会上医学知识比较普及，养生之道风行并形成富有特色的生活习俗，饮茶的日常化、普泛化，实际也是这种时代的反映。

中国还是一个丧乱灾荒频仍的国度。距离北宋人最近的丧乱，是自唐末以迄五代十国的大乱，距离南宋人最近的丧乱是靖康之乱，其时金兵大举侵入，北宋徽、钦二帝及宋王室被虏，大批的衣冠贵族、平民百姓南渡江淮，来到南方异地，甚至来到尚未开发的蛮夷瘴疠之地，筚路蓝缕，无论贵贱，无不饱尝乱离之苦。颠沛流离，朝不保夕，死亡载道，妻离子散，生灵涂炭，况且生命本来如梦幻泡影，如露亦如电！而终宋之世，先后与辽、西夏、金、元等少数民族政权对峙，外患频数，求和输币不断。因此，即便战乱有间歇时期，有相对的承平，甚至有所谓的太平盛世，依然难以消去人们的忧生之嗟，况且人生本来不如意事常十之八

---

① ［唐］陆羽：《茶经》卷上，“一之源”，阮浩耕、沈冬梅、于良子点校注释《中国古代茶叶全书》，浙江摄影出版社1999年版，第2页。

② ［唐］陆羽：《茶经》卷下，“七之事”，阮浩耕、沈冬梅、于良子点校注释《中国古代茶叶全书》，浙江摄影出版社1999年版，第8—11页。

③ ［宋］王应麟：《玉海》卷六十三，文渊阁四库全书本。

④ 即《苏沈良方》，又名《苏沈内翰良方》，系后人将苏轼与沈括二人药学著述合编，今有四库本。

九！因此，生存成了第一，一切为了生存，成了民族的共识。“宁为太平犬，莫作乱离人”①，从中不难感受到乱离给民族带来的大创痛。

而且，北宋与南宋朝廷最主要的政治问题，就是党争问题。北宋是新旧之争，中心是个变法；南宋是和战之争，中心是个北伐。其斗争之激烈、牵连之广泛、延续之长久、影响之深远，为整个中国封建时代所仅见。并且，无论是北宋的新旧党之争，还是南宋的和战之争，到最后都演变成了意气之争，党同伐异，一旦失势，即流放海角天涯，穷愁寂寞，蛮荒瘴疠，九死一生，还要带累亲人朋友，真是十分残酷。而参加这些斗争的文人士大夫，同时也是两宋茶诗词创作的主体，政治斗争带给他们的忧生之嗟，甚至还要超过乱离带给他们的创痛。

但是，人的天性毕竟是爱美的，毕竟是有调适性的。美化生活，正是在各种苦难中生存的两宋人所惯常的对于生活态度，以自我超越或及时行乐形容之，似都不过分。宋哲宗元祐三年(1088)，正处于党争旋涡的苏轼作《哨遍·春词》曰：“君看今古悠悠，浮宦人间世。这些百岁，光阴几日，三万六千而已。醉乡路稳不妨行，但人生、要适情耳。”②南宋人向滈《临江仙》称：“乱后此身何计是，翠微深处柴扉。即今双鬓已如丝。虚名将底用，真意在鸥夷。　治国无谋归去好，衡门犹可栖迟。不妨沈醉典春衣。人生行乐耳，须富贵何时。”③宋吴自牧《梦粱录》卷四“中秋”：

> 八月十五日中秋节……王孙公子，富家巨室，莫不登危楼，临轩玩月，或开广榭，玳筵罗列，琴瑟铿锵，酌酒高歌，以卜竟夕之欢。至如铺席之家，亦登小小月台，安排家宴，团圞子女，以酬佳节。虽陋巷贫窭之人，解衣市酒，勉强迎欢，不肯虚度。④

这样具体的情形是非常多的，饮茶生活，便是其中的经典。宋人对于茶、茶具、饮茶的环境等的讲究，对于茶道的精神与艺术的提升，便都是人们美化凡庸、卑琐、丑恶生活的一种积极方式，体现了宋人将生活艺术化、艺术生活化的情趣，

① 此俗语两出于明冯梦龙辑宋元话本《醒世恒言》卷三《卖油郎独占花魁》与卷十九《白玉娘忍苦成夫》，可见其为常言。两则故事一发生于南宋初，一发生于南宋末，不难推测这句俗语的流行当在明之前。《续修四库全书》据明叶敬池刻本影印本。

② 邹同庆、王宗堂：《苏轼词编年笺注》，中华书局2002年版，第591页。

③ ［宋］向滈：《临江仙》，《全宋词》第3册，第1518页。

④ ［宋］吴自牧：《梦粱录》卷四，周峰点校《东京梦华录(外四种)》本，文化艺术出版社1998年版，第146页。

其本质仍是对于生命的珍惜，将生命的历程美化起来，属于一种高层次的养生方式。因此，重生养生，在整个两宋茶道精神价值体系中，实则处于核心的地位。

宋茶诗词中记载了大量的养生思想，真可谓"养生茶做命"①，大致表现为身、心两个方面。

一、妙解酒醉

杨亿《黄少卿惠绿云汤》："谁研露叶和云液，几宿春酲一啜消。"②黄庭坚《品令·茶词》："汤响松风，早减了、二分酒病。味浓香永。醉乡路、成佳境。"③杨万里《食车螯》："老子宿酲无解处，半杯羹后半瓯茶。"④黄庚《夏夜小酌》："分茶醒醉客，添烛了残棋。"⑤

二、消烦解闷

宋庠《观文丁右丞求赐茶因奉短诗二章》其一："金门高隐宰官身，尽把功名付客尘。慧露真腴内消热，可烦霞脚一瓶春。"⑥欧阳修《感事》："病骨瘦便花蕊暖，烦心渴喜凤团香。"⑦孔平仲《建茶一首》："建茶一杯午睡起，除渴蠲烦无此比。"⑧朱松《次韵张漕茶山喜雨》："金銮谏舌夜生尘，回首山中记同啜。"⑨张孝祥《丙戌七夕入衡阳境独游岸傍小寺》："喜闻拄杖声，扫地自点茶。何以为我娱，冰雪汲井花。一洗十日渴，分凉到童髽。"⑩释文珦《煎茶》："一碗复一碗，尽啜祛忧烦。"⑪

谢逸《送姜和父》："归谒黄龙老比邱，乞取囊中万金药。吾体溃闷假双井，信信致之亦不恶。"⑫徐鹿卿《和张直学送新茶韵》："搜枯破闷功神速，数到卢仝碗

① ［宋］李新：《羌俗》，《全宋诗》第 21 册，卷一二五六，第 14184 页。

② ［宋］杨亿：《黄少卿惠绿云汤》，《全宋诗》第 3 册，卷一一九，第 1385 页。

③ ［宋］黄庭坚：《品令·茶词》，《全宋词》第 1 册，第 405 页。

④ ［宋］杨万里：《食车螯》，《全宋诗》第 42 册，卷二二九二，第 26307 页。

⑤ ［宋］黄庚：《夏夜小酌》，《全宋诗》第 69 册，卷三六三六，第 43559 页。

⑥ ［宋］宋庠：《观文丁右丞求赐茶因奉短诗二章》其一，《全宋诗》第 4 册，卷二〇一，第 2293 页。

⑦ ［宋］欧阳修：《感事》，《全宋诗》第 6 册，卷二九五，第 3715 页。

⑧ ［宋］孔平仲：《建茶一首》，《全宋诗》第 16 册，卷九三一，第 10968 页。

⑨ ［宋］朱松：《次韵张漕茶山喜雨》，《全宋诗》第 33 册，卷一八五五，第 20721 页。

⑩ ［宋］张孝祥：《丙戌七夕入衡阳境独游岸傍小寺》，《全宋诗》第 45 册，卷二四〇〇，第 27745 页。

⑪ ［宋］释文珦：《煎茶》，《全宋诗》第 63 册，卷三三一八，第 39546 页。

⑫ ［宋］谢逸：《送姜和父》，《全宋诗》第 22 册，卷一三〇五，第 14833 页。

两三。”[①]黄裳《龙凤茶寄照觉禅师》:“为我对啜延高谈,亦使色味超尘凡。破闷通灵此何取,两腋风生岂须御。”[②]欧阳澈《重九日醉中与世弼游华严寺》:“遣怀诗笔摛春锦,破闷茶瓯捧雪花。”[③]

三、驱除困倦

陆游《幽事二首》其二:“愁赖橐泉存旧法,困凭顾渚策新功。”[④]刘跂《舍弟寄茶》:“病子头风如得药,酒家中圣殆忘眠。”[⑤]曾几《述侄饷日铸茶》:“谈多转生睡,此味正时须。”[⑥]徐鹿卿《和张直学送新茶韵》:“便遏鼻雷醒睡思,仍浇舌本发清谭。”[⑦]

四、延年益寿

刘挚《石生煎茶》:“一杯酌官寿,云腴浮乳英。”[⑧]刘敞《时会堂二首》其二:“故移蒙顶延年味,共献无穷甘露杯。”[⑨]胡寅《黄倅生日送茶寿之》:“北苑仙芽紫玉方,年年包篚贡甘香。愿君饮罢风生腋,飞到蓬莱日月长。”[⑩]

五、畅快心神

文彦博《蒙顶茶》:“旧谱最称蒙顶味,露牙云液胜醍醐。公家药笼虽多品,略采甘滋助道腴。”[⑪]文彦博《和公仪湖上烹蒙顶新茶作》:“蒙顶露牙春味美,湖头月馆夜吟清。烦酲涤尽冲襟爽,暂适萧然物外情。”[⑫]宋庠《谢答吴侍郎惠茶二绝句》其二:“一夜真茗慰铃斋,更伴仙卿逸藻来。夜啜晓吟俱绝品,心源何处著尘埃。”[⑬]蔡

---

① [宋]徐鹿卿:《和张直学送新茶韵》,《全宋诗》第 59 册,卷三〇九三,第 36954 页。

② [宋]黄裳:《龙凤茶寄照觉禅师》,《全宋诗》第 16 册,卷九三五,第 11017 页。

③ [宋]欧阳澈:《重九日醉中与世弼游华严寺》,《全宋诗》第 32 册,卷一八五一,第 20669 页。

④ [宋]陆游:《幽事二首》其二,《全宋诗》第 41 册,卷二二二三,第 25504 页。

⑤ [宋]刘跂:《舍弟寄茶》,《全宋诗》第 18 册,卷一〇七二,第 12205 页。

⑥ [宋]曾几:《述侄饷日铸茶》,《全宋诗》第 29 册,卷一六五五,第 18540 页。

⑦ [宋]徐鹿卿:《和张直学送新茶韵》,《全宋诗》第 59 册,卷三〇九三,第 36954 页。

⑧ [宋]刘挚:《石生煎茶》,《全宋诗》第 12 册,卷六七九,第 7922 页。

⑨ [宋]刘敞:《时会堂二首》其二,《全宋诗》第 9 册,卷四八九,第 5925 页。

⑩ [宋]胡寅:《黄倅生日送茶寿之》,《全宋诗》第 33 册,卷一八七五,第 21009 页。

⑪ [宋]文彦博:《蒙顶茶》,《全宋诗》第 6 册,卷二七四,第 3500 页。

⑫ [宋]文彦博:《和公仪湖上烹蒙顶新茶作》,《全宋诗》第 6 册,卷二七四,第 3499 页。

⑬ [宋]宋庠:《谢答吴侍郎惠茶二绝句》其二,《全宋诗》第 4 册,卷二〇一,第 2294 页。

襄《和杜相公谢寄茶》:“鲜明香色凝云液,清彻神情敌露华。”[①]黄庭坚《碾建溪第一奉邀徐天隐奉议并效建除体》:“建溪有灵草,能蜕诗人骨。”[②]李廌《杨元忠和叶秘校腊茶诗相率偕赋》:“东堂退食公宫晚,金鼎新烹欲沁脾。”[③]李弥逊《西山次林尉韵》:“妙香□瓅源,慰子千古心。”[④]吴芾《和王知府惠双井茶》:“摘从双井尚余香,远寄山翁见未尝。咀嚼新芽味新句,陡惊冰雪沃枯肠。”[⑤]孙发《绝句二首》其一:“林亭长夏爱浓阴,来引茶瓯一散襟。”[⑥]刘子翚《次韵新乡诸公雪诗二首》其一:“已傍余光窥蠹简,更消清液试龙团。杜门自觉心神莹,老去追随只强欢。”[⑦]韩淲《何文蔚以瑞莲新笋见饷因以双井茶报之》:“饮尽却愁君共醉,更将双井洗肝肠。”[⑧]张扩《次韵昌时寺丞侄避暑》:“客来棋局时招隐,饭罢茶瓯快洗心。”[⑨]

总之,茶养生已成为人们之常识,亦为人们所乐道。“店门邂逅绨袍客,共把茶瓯说养生。”[⑩]平常得就像人们相逢时的谈天气一样。

六、激发灵感

刘挚《煎茶》:“诗思一坐爽,睡魔千里遐。茂陵病解渴,顿觉肺气嘉。玉川风腋兴,直欲凌烟霞。”[⑪]孔武仲《和黄鲁直送茶二首》其一:“喜君屡致云溪茗,值我正校琅函书。饮罢清风生肘腋,吟成碧海登明珠。”[⑫]王澧《和吴顾道暑雪轩》:“茶人清谈里,风生两腋间。诗成似西岭,高崄不容攀。”[⑬]袁说友《和赵周锡咏魏

① [宋]蔡襄:《和杜相公谢寄茶》,《全宋诗》第7册,卷三九〇,第4804页。

② [宋]黄庭坚:《碾建溪第一奉邀徐天隐奉议并效建除体》,《全宋诗》第17册,卷一〇一五,第11585页。

③ [宋]李廌:《杨元忠和叶秘校腊茶诗相率偕赋》,《全宋诗》第20册,卷一二〇三,第13628页。

④ [宋]李弥逊:《西山次林尉韵》,《全宋诗》第30册,卷一七〇九,第19245页。

⑤ [宋]吴芾:《和王知府惠双井茶》,《全宋诗》第35册,卷一九六五,第21995页。

⑥ [宋]孙发:《绝句二首》其一,《全宋诗》第20册,卷一一九九,第13554页。

⑦ [宋]刘子翚:《次韵新乡诸公雪诗二首》其一,《全宋诗》第34册,卷一九二一,第21446页。

⑧ [宋]韩淲:《何文蔚以瑞莲新笋见饷因以双井茶报之》,《全宋诗》第52册,卷二七六九,第32746页。

⑨ [宋]张扩:《次韵昌时寺丞侄避暑》,《全宋诗》第24册,卷一三九八,第16082页。

⑩ [宋]陆游:《记乙丑十月一日夜梦二首》其一,《全宋诗》第40册,卷二二一七,第25412页。

⑪ [宋]刘挚:《煎茶》,《全宋诗》第12册,卷六七九,第7922页。

⑫ [宋]孔武仲:《和黄鲁直送茶二首》其一,《全宋诗》第15册,卷八八一,第10270页。

⑬ [宋]王澧:《和吴顾道暑雪轩》,《全宋诗》第27册,卷一五八二,第17938页。

南伯家葱茶韵》："武夷十月尝先春，风生两腋撩诗人。"①陈造《次韵答高宾王》其一："行处西湖作西子，静中佳茗是佳人。秋风暗凝金茎露，香雾潜浮海树春。唤莩绿华书玉叶，人间新笔有通神。"②

值得注意的是，任何事物都是有限度的，过犹不及，陆羽《茶经·一之源》："采不时，造不精，杂以卉莽，饮之成疾。茶为累也，亦犹人参。……知人参为累，则茶累尽矣。"③两宋茶诗，对茶之为累，亦有反映：

赵鼎《明庆僧房夜坐》："老眼病余嫌细字，枯肠寒甚怯清茶。"④郭印《和曾端伯安抚劝道歌》："保形保生保命，戒色戒酒戒茶。"⑤罗与之《卧疴》："妇言伐性多因酒，医戒伤生少试茶。"⑥

第二节　和

和，即和谐，为我们民族文化的重要观念，其来亦久矣，可以说，是中国人处理天人、人伦、政治、民族等方面问题所依循的重要法则：

> 九族既睦，平章百姓，百姓昭明，协和万邦，黎民于变时雍。(《尚书·虞书·尧典》)⑦
>
> 八音克谐，无相夺伦，神人以和。(《尚书·虞书·舜典》)⑧
>
> 万物负阴而抱阳，冲气以为和。(《老子·四十二章》)⑨
>
> 育万物，和天下，泽及百姓。(《庄子·天下》)⑩

---

① [宋]袁说友：《和赵周锡咏魏南伯家葱茶韵》，《全宋诗》第 48 册，卷二五七五，第 29898 页。

② [宋]陈造：《次韵答高宾王》其一，《全宋诗》第 45 册，卷二四三六，第 28193 页。

③ [唐]陆羽：《茶经》卷上，"一之源"，阮浩耕、沈冬梅、于良子点校注释《中国古代茶叶全书》，浙江摄影出版社 1999 年版，第 2 页。

④ [宋]赵鼎：《明庆僧房夜坐》，《全宋诗》第 28 册，卷一六四五，第 18430 页。

⑤ [宋]郭印：《和曾端伯安抚劝道歌》，《全宋诗》第 29 册，卷一六七三，第 18743 页。

⑥ [宋]罗与之：《卧疴》，《全宋诗》第 62 册，卷三二九七，第 39286 页。

⑦ [宋]蔡沈：《书经集传》卷一，天津古籍出版社 1988 年影印宋元人注《四书五经》本，第 1 页。

⑧ [宋]蔡沈：《书经集传》卷一，第 9 页。

⑨ 高亨：《(重订)老子正诂》卷下，四十二章，古籍出版社 1956 年版，第 97 页。

⑩ [清]郭庆藩撰，王孝鱼点校：《庄子集释》卷十下，天下第三十三，中华书局 1961 年版，第 1067 页。

礼之用，和为贵。先王之道，斯为美；小大由之。有所不行，知和而和，不以礼节之，亦不可行也。(《论语·学而》)①

君子和而不同，小人同而不和。(《论语·子路》)②

天地之气，莫大于和。和者，阴阳调，日夜分，而生物。春分而生，秋分而成，生之与成，必得和之精。(《淮南子·氾论训》)③

喜怒哀乐之未发，谓之中；发而皆中节，谓之和。中也者，天下之大本也；和也者，天下之达道也。致中和，天地位焉，万物育焉。(《中庸》)④

大乐与天地同和，大礼与天地同节。和故百物不失，节故祀天祭地。(《礼记·乐记》)⑤

乐者，天地之和也；礼者，天地之序也。和故百物皆化，序故群物皆别。(《礼记·乐记》)⑥

《文子》则有"守和"之专论：

老君曰：天地未形，窅窅冥冥。浑而为一，自然清澄。凝浊为地，清微为天。离为四时。分为阴阳。精气为人，烦气为虫。刚柔相成，万物乃生。精神本乎天，骨骼根乎地，精神入其门，骨骼及其根，我尚何存？故圣人法天顺地，不拘于俗，不诱于人；以天为父，以地为母，阴阳为纲，四时为纪。天静以清，地定以宁，万物失者死，顺者生。故静寞者，神明之宅也，虚无者，道之所居也。夫精神所受于天也，而骨骼所禀于地也。故曰：一生二，二生三，三生万物。万物负阴而抱阳，冲气以为和，故贵在守和。⑦

---

① 杨伯峻译注：《论语译注》，中华书局1980年版，第8页。

② 杨伯峻译注：《论语译注》，第141页。

③ 《淮南子》卷十三，何宁撰：《淮南子集释》本，中华书局1998年版，第934页。

④ [宋]朱熹：《中庸章句集注》，天津古籍书店1988年影印宋元人注《四书五经》本，第1页。

⑤ [宋]陈澔：《礼记集说》卷七，天津古籍书店1988年影印宋元人注《四书五经》本，第207页。

⑥ [宋]陈澔：《礼记集说》卷七，第208页。

⑦ [宋]张君房纂辑：《云笈七签》卷九一，《七部名数要记部·九守》录《文子·九守》，华夏出版社1996年版，第553页。又按，此未如前引文渊阁四库全书之《文子》传本，盖《云笈七签》本，此节文义更胜。

因此，和实为我国文化思想的一个极其重要的观念。在两宋茶诗词中，“和”也是出现得特别频繁，包涵面特别广的一个概念，主要表现为以下几个方面。

一、自然之和

此自然之和，指的是诗人们认为茶是天地自然之和所生。如释重显《送新茶》其一：“元化功深陆羽知，雨前微露见枪旗。”①郭祥正《谢君仪寄新茶二首》其二：“北苑藏和气，生成绝品茶。”②张商英《苦根》：“鋈源山势上连云，合占南州第一春。自有化工锺粹气，时生灵叶奉严宸。”③其意与宋徽宗《大观茶论·序》所言正同：“至若茶之为物，擅瓯闽之秀气，钟山川之灵禀。”④

因此，他们对于茶的自然本真之性，非常在意。如张扩《清香》：“北苑珍膏玉不如，清香入体世间无。若将龙麝污天质，终恐薰莸臭味殊。”⑤葛立方《次韵陈元述见寄谢茶》其二：“露窠那畏主林神，小摘筠篮手自亲。旋转注汤云作脚，缤纷出磨曲为尘。睡魔已战三竿日，诗社聊尝一信春。不把膏油涂首面，要须色里认天真。”⑥释文珦《煎茶》：“吾生嗜苦茗，春山恣攀缘。采采不盈掬，浥露殊芳鲜。虑溷仙草性，崖间取灵泉。石鼎乃所宜，灌濯手自煎。择火亦云至，不令有微烟。初沸碧云聚，再沸雪浪翻。一碗复一碗，尽啜祛忧烦。良恐失正味，缄默久不言。”⑦黎廷瑞《陪外舅谨斋泊雅山准轩三吴先生游西园摘新茶汲泉煮之香味殊胜焙者》：“云根得奇草，金芽撷芳鲜。石鼎生古澜，松风语寒烟。虽微龙凤制，而得雨露全。玉尘飞素涛，信美非其天。”⑧汪炎昶《咀丛间新茶二绝》其一：“湿带烟霏绿乍芒，不经烟火韵尤长。铜瓶雪滚伤真味，石硙尘飞泄嫩香。”⑨

---

① ［宋］释重显：《送新茶》其一，《全宋诗》第3册，卷一四八，第1666页。

② ［宋］郭祥正：《谢君仪寄新茶二首》其二，《全宋诗》第13册，卷七六九，第8917页。

③ ［宋］张商英：《苦根》，《全宋诗》第16册，卷九三四，第11003页。

④ ［宋］宋徽宗：《大观茶论·序》，阮浩耕、沈冬梅、于良子点校注释《中国古代茶叶全书》，浙江摄影出版社1999年版，第89页。

⑤ ［宋］张扩：《清香》，《全宋诗》第24册，卷一三九九，第16092页。

⑥ ［宋］葛立方：《次韵陈元述见寄谢茶》其二，《全宋诗》第34册，卷一九五二，第21806页。

⑦ ［宋］释文珦：《煎茶》，《全宋诗》第63册，卷三三一八，第39546页。

⑧ ［宋］黎廷瑞：《陪外舅谨斋泊雅山准轩三吴先生游西园摘新茶汲泉煮之香味殊胜焙者》，《全宋诗》第70册，卷三七〇六，第44496页。

⑨ ［宋］汪炎昶：《咀丛间新茶二绝》其一，《全宋诗》第71册，卷三七二五，第44810页。

二、天人之和

此天人之和，指饮茶与自然环境的和谐，最喜在野外饮茶，所谓“野色宜茶灶”①，即使在室内饮茶，也要着意营造一种自然之趣。

张栻《淳熙乙未春予有桂林之役自湘潭往省先茔以二月二日过碧泉与客煮茗泉上徘徊久之》：“下马步深径，洗盏酌寒泉。念不践此境，于今复三年。人事苦多变，泉色故依然。缅怀德人游，物物生春妍。当时疏辟功，妙意太古前。屐齿不可寻，题榜尚觉鲜。书堂何寂寂，草树亦芊芊。于役有王事，未暇谋息肩。聊同二三子，煮茗苍崖边。”②生动描写了在苍崖边饮茶的情景。

欧阳澈《春霁》：“绣出园林霁色新，长郊芳草绿无垠。日笼瑞气轻浮幌，风掠花芬暗袭人。蝶慕窃香争趁暖，莺思求友竞啼春。试将何物浇诗胆，活火调汤溅玉尘。”③描写了与郊外的园林中饮茶的欢乐。

曾几（又作曾逮诗）《清樾轩》：“开轩在独园，绕屋得清樾。不知何年树，殆为今日设。窗扉落林影，时复乱风月。喧声了不闻，幽呀极可悦。玉溪僧所庐，无似许明洁。颇疑三昧手，断取从二浙。禅房花木深，此语信佳绝。何以落其成，炉薰荐茗雪。”④张栻《过高台寺》：“着屋悬崖畔，开窗迭嶂秋。半龛云榭冷，不断石泉流。茗碗味能永，竹风声更幽。平生版庵老，得句似汤休。”⑤则分别描写了筑茶轩、茶屋于园林、崖畔，于其中饮茶的怡悦。

宋人最爱梅花，在饮茶时，他们也是最喜欢有梅花的了。邹浩《同长卿梅下饮茶》：“不置一杯酒，惟煎两碗茶。须知高意别，用此对梅花。”⑥吴芾《梅花下饮茶又成二绝》其一：“不应辜负花枝去，且嗅清香倍饮茶。”⑦杜耒《寒夜》：“寒夜客来茶当酒，竹炉汤沸火初红。寻常一样窗前月，才有梅花便不同。”⑧

当然，对牡丹饮茶，也是他们的爱好，如苏辙《同迟赋千叶牡丹》：“未换中庭三尺土，漫种数丛千叶花。造物不违遗老意，一枝颇似洛人家。名园不放寻

---

① ［宋］冯山：《和徐之才浮萍》，《全宋诗》第 13 册，卷七四三，第 8656 页。

② ［宋］张栻：《淳熙乙未春予有桂林之役自湘潭往省先茔以二月二日过碧泉与客煮茗泉上徘徊久之》，《全宋诗》第 45 册，卷二四一六，第 27886 页。

③ ［宋］欧阳澈：《春霁》，《全宋诗》第 32 册，卷一八五〇，第 20664 页。

④ ［宋］曾几：《清樾轩》，《全宋诗》第 29 册，卷一六五三，第 18514 页。按，此又作曾逮诗，个别文字小异，见《全宋诗》第 38 册，卷二一四九，第 24217 页。

⑤ ［宋］张栻：《过高台寺》，《全宋诗》第 45 册，卷二四一七，第 27903 页。

⑥ ［宋］邹浩：《同长卿梅下饮茶》，《全宋诗》第 21 册，卷一二四四，第 14058 页。

⑦ ［宋］吴芾：《梅花下饮茶又成二绝》其一，《全宋诗》第 35 册，卷一九六五，第 21995 页。

⑧ ［宋］杜耒：《寒夜》，《全宋诗》第 54 册，卷二八二三，第 33637 页。

芳客，陋巷希闻载酒车。未忍画瓶修佛供，清樽酌尽试山茶。"[①]言不忍摘下牡丹插瓶供佛，却对牡丹饮茶。释慧空《和刘天启对牡丹歠茶》："优昙惟时乃现，余芳得暖争抽。谁肯不萌枝上，折来一洗春柔。小智劳乎刻画，钝根溺在熏修。纵是根同体一，皆为蝶戏蜂游。所以南泉一指，顿开陆子双眸。披秀因斋庆赞，东山助出茶瓯。"[②]则言对牡丹饮茶，并开示南泉禅师指庭前牡丹的一段公案[③]。

在室内，他们则往往要布置插花，来增添自然之趣。高似孙《小阁》："料理闲如旧，依还略似家。自添磨砚水，多买入瓶花。有客谈游墅，催奴设赐茶。悠悠江海意，风雪满兼葭。"[④]韩淲《野趣轩夜坐煮茶栗瓶中木樨香甚》："窗静明灯看木樨，秋声吹雨欲凄凄。余凉倍觉花撩乱，尽夜尤宜叶整齐。瓶浸冷香书案小，座围幽艳屋山低。从容茶果归来处，桥踏涧云迷断蹊。"[⑤]胡仲弓《雪中杂兴四首》其二："独坐看诗话，瓶梅相对清。瓦灯寒不晕，雪屋夜偏明。煨栗填饥腹，煎茶长道情。"[⑥]

洪适《赠护国昌老》："缓辔到禅扃，高谈得细听。茗花泛轻碗，烟篆度虚棂。门外云千片，轩中水一瓶。我来无好语，留此待丹青。"[⑦]则描绘了饮茶人与自然和合一片的悠然。

三、雅事之和

宋人饮茶还特别讲究茶与其他雅事的和谐，如南宋灌圃耐得翁《都城纪胜·四司六局》曰："故常谚曰：烧香点茶，挂画插花，四般闲事，不讦（许）戾家。"[⑧]即将饮茶与烧香、挂画、插花等并举。两宋茶诗词中，这样的情形是非常多的。插花我们前已提到，不再赘举。

---

① [宋]苏辙：《同迟赋千叶牡丹》，《全宋诗》第15册，卷八六九，第10125页。

② [宋]释慧空：《和刘天启对牡丹歠茶》，《全宋诗》第32册，卷一八四九，第20641页。

③ [宋]普济著，苏渊雷点校《五灯会元》卷三，南泉普愿禅师："陆大夫向师道：'肇法师也甚奇怪，解道天地与我同根，万物与我一体。'师指庭前牡丹花曰：'大夫！时人见此一株花，如梦相似。'"中华书局1984年版，第141页。

④ [宋]高似孙：《小阁》，《全宋诗》第51册，卷二七二一，第32007页。

⑤ [宋]韩淲：《野趣轩夜坐煮茶栗瓶中木樨香甚》，《全宋诗》第52册，卷二七六二，第32620页。

⑥ [宋]胡仲弓：《雪中杂兴四首》其二，《全宋诗》第63册，卷三三三三，第39764页。

⑦ [宋]洪适：《赠护国昌老》，《全宋诗》第37册，卷二〇七七，第23436页。

⑧ [宋]灌圃耐得翁：《都城纪胜》，周峰点校《东京梦华录（外四种）》本，文化艺术出版社1998年版，第84页。

苏轼《龟山辩才师》:“尝茶看画亦不恶,问法求诗了无碍。”[①]石待举《谢梵才惠茶》:“郡园名荈制犹新,分惠眠云跂石人。色斗琼瑶因地胜,香殊兰茝得天真。开时好对稜稜月,碾处应飞瑟瑟尘。寄语高僧宜郑重,能诗方遣雨前春。”[②]黎廷瑞《陪外舅谨斋泊雅山准轩三吴先生游西园摘新茶汲泉煮之香味殊胜焙者》:“云根得奇草,金芽撷芳鲜。石鼎生古澜,松风语寒烟。虽微龙凤制,而得雨露全。玉尘飞素涛,信美非其天。临风勿浪啜,侑以离骚篇。”[③]曾几《盛夏东轩偶成五首》其四:“因病不举酒,况当朱明天。客至但茗碗,谈诗复谈禅。”[④]言茶与诗、禅之宜。

米芾《元祐己巳岁维扬后斋为亳州使君蒋公写二首》其一:“水竹风清一梦苏,涛生月破紫瓯须。满堂爱客谈书画,且展宣王扇暍图。”[⑤]言茶与书画之宜。

王迈《和赵簿题席麻林居士小隐四韵》其三:“棋声响苍石,茶灶烧枯松。”[⑥]刘辰翁《春景·禅房花木深》:“棋电惊青子,茶烟出半林。”[⑦]言茶与棋之宜。

曾几《廿一兄以手和四清香见饷用心清闻妙香为韵成五小诗》其四:“拟去竹坞间,煎茶炷新料。从容二士谈,领会一语妙。”[⑧]陆游《过湖上僧庵》:“奇香炷罢云生岫,瑞茗分成乳泛杯。”[⑨]许棐《醉起》:“午醉醺醺到日晡,起呼茶盌炷熏炉。”[⑩]言茶与炷香之宜。

林景熙《新晴偶出》:“琴床茶鼎澹相依,偶为寻僧出竹扉。”[⑪]胡宿《寄题斋馆》:“汲井试茶腴,援琴和松吹。”[⑫]洪适《过妙缘寺听怀上人琴》:“煮茗对清话,

---

① [宋]苏轼:《龟山辩才师》,《全宋诗》第14册,卷八〇七,第9353页。

② [宋]石待举:《谢梵才惠茶》,《全宋诗》第4册,卷二二六,第2631—2632页。

③ [宋]黎廷瑞:《陪外舅谨斋泊雅山准轩三吴先生游西园摘新茶汲泉煮之香味殊胜焙者》,《全宋诗》第70册,卷三七〇六,第44496页。

④ [宋]曾几:《盛夏东轩偶成五首》其四,《全宋诗》第29册,卷一六五三,第18513页。

⑤ [宋]米芾:《元祐己巳岁维扬后斋为亳州使君蒋公写二首》其一,《全宋诗》第18册,卷一〇七五,第12263页。

⑥ [宋]王迈:《和赵簿题席麻林居士小隐四韵》其三,《全宋诗》第57册,卷三〇〇二,第35710页。

⑦ [宋]刘辰翁:《春景·禅房花木深》,《全宋诗》第67册,卷三五五二,第42464页。

⑧ [宋]曾几:《廿一兄以手和四清香见饷用心清闻妙香为韵成五小诗》其四,《全宋诗》第29册,卷一六五八,第18581页。

⑨ [宋]陆游:《过湖上僧庵》,《全宋诗》第41册,卷二二三三,第25647页。

⑩ [宋]许棐:《醉起》,《全宋诗》第59册,卷三〇八九,第36843页。

⑪ [宋]林景熙:《新晴偶出》,《全宋诗》第69册,卷三六三三,第43525页。

⑫ [宋]胡宿:《寄题斋馆》,《全宋诗》第4册,卷一七九,第2054页。

弄琴知好音。"[①]言茶与琴之宜。

陆游《闲居书事》:"园林绿叶一番新,桃李吹成陌上尘。玩易焚香消永日,听琴煮茗送残春。"[②]总言茶与自然环境、《易》、香、琴之宜。

刘应李《上陈县尹》其一:"满院茶香敲句稳,一帘花影韵琴清。"[③]总言茶与自然环境、诗、琴之宜。

四、仁者之和

《说文》:"仁:亲也。从人,从二。"[④]仁是儒家思想的核心,《论语》所记的孔子说仁有105处。孟子亦曰:"君子所以异于人者,以其存心也。君子以仁存心,以礼存心。仁者爱人,有礼者敬人。爱人者,人恒爱之,敬人者,人恒敬之。"[⑤]仁而礼之,乃是处理人际关系的理想准则。

1. 茶礼

两宋茶诗词中,体现最多的首先是人与人之间以茶为纽带的情谊。他们以茶馈赠,以茶待客,形成茶的人际交往礼仪。

(1)茶为馈赠

李之仪《满庭芳》题云:"有碾龙团为供求诗者,作长短句报之。"[⑥]夏元鼎《西江月》题云:"送腊茶答王和父。"[⑦]曹勋《水龙吟》:"待收拾大翁,茶盐贺喜,兴村东醉。"[⑧]张孝祥《浣溪沙·以贡茶、沈水为扬齐伯寿》:"北苑春风小凤团。炎州沈水胜龙涎。殷勤送与绣衣仙。玉食乡来思苦口,芳名久合上凌烟。天教富贵出长年。"[⑨]姚述尧《如梦令·寿茶》:"龙焙初分丹阙。玉果轻翻琼屑。彩仗挹香风,搅起一瓯春雪。"[⑩]是宋人词中对以茶为馈赠的歌咏。

黄庭坚《以团茶洮州绿石砚赠无咎文潜》:"晁无咎,赠君越侯所贡苍玉璧,可

---

① [宋]洪适:《过妙缘寺听怀上人琴》,《全宋诗》第37册,卷二〇七六,第23426页。

② [宋]陆游:《闲居书事》,《全宋诗》第39册,卷二一六九,第24613页。

③ [宋]刘应李:《上陈县尹》其一,《全宋诗》第70册,卷三六五六,第43913页。按:此诗又作刘爚诗,《全宋诗》第50册,卷二六四八,第31019页。

④ [汉]许慎撰,[清]段玉裁注:《说文解字注》,上海古籍出版社1988年版,第365页。

⑤ 《孟子·离娄下》,[宋]朱熹:《孟子章句集注》卷八,天津古籍书店1988年影印宋元人注《四书五经》本,第65页。

⑥ [宋]李之仪:《满庭芳》,《全宋词》第1册,第339页。

⑦ [宋]夏元鼎:《西江月》,《全宋词》第4册,第2714页。

⑧ [宋]曹勋:《水龙吟》,《全宋词》第2册,第1236页。

⑨ [宋]张孝祥:《浣溪沙·以贡茶、沈水为扬齐伯寿》,《全宋词》第3册,第1703页。

⑩ [宋]姚述尧:《如梦令·寿茶》,《全宋词》第3册,第1557页。

烹玉尘试春色。浇君胸中过秦论，斟酌古今来活国。”①释重显《送新茶》其二：“乘春雀舌占高名，龙麝相资笑解醒。莫讶山家少为送，郑都官谓草中英。”②王之道《次韵因上人谢徐守遗顾渚茶》：“相从聊罢致书邮，情寄诗筒早晚休。顾我未忘童子好，评君还向古人求。缃奁启处云英馥，石鼎煎来雪浪浮。多谢徐卿分顾渚，报之琼玖两相收。”③周麟之《以珠子香建茶寄皖公山马先生》：“筠谷珠玑北苑春，寸诚千里托灵芬。为投白鹿岩前客，何日容分半席云。”④刘黻《送茶》：“我得新焙珍如金，持以饷君将我心。纵无龙文与棋局，白云一碗搜书林。玉川不作陆羽沈，茫茫世上谁知音。县济道人亦复往，八公山顶留荒岑。我生与渠似有分，一日不见几成瘖。槟榔是弟橄榄兄，大抵苦涩味乃深。”⑤表现了相互馈赠的款款深情。

王十朋《薛师约抚幹召饭于圆通寺主僧瀹茗索诗》：“官舍厌卑湿，僧庐访清幽。儒餐惯蔬饭，道话便茶瓯。”⑥邹浩《雪中简次萧求团茶》：“蓬门不识苍龙璧，借问风流宰相家。”⑦方回《索云叔新茶》：“谷雨已过又梅雨，故山犹未致新茶。清风两腋玉川句，三百团应似太夸。”⑧表现了朋友间索茶索诗的亲切。

林希逸《忆在》：“忆在云深处，身曾侍紫宸。元无讲三昧，那得笔千钧。分赐茶犹在，批依墨尚新。汗颜恩莫报，窃禄谩娱亲。”⑨丁谓《北苑焙新茶》：“缄封瞻阙下，邮传渡江滨。特旨留丹禁，殊恩赐近臣。”⑩韩淲《次韵建倅德久林秘书寄贡余》：“密云寿圭脱宝胯，锁钥银白罗帕黄。春风玉食睿思殿，岁岁属望天一方。恩沾臣邻讲读处，赐啜更觉昭回光。”⑪则描写了君王赐茶的荣宠。

---

① [宋]黄庭坚：《以团茶洮州绿石砚赠无咎文潜》，《全宋诗》第 17 册，卷九八四，第 11361 页。

② [宋]释重显：《送新茶》其二，《全宋诗》第 3 册，卷一四八，第 1666 页。

③ [宋]王之道：《次韵因上人谢徐守遗顾渚茶》，《全宋诗》第 32 册，卷一八一八，第 20241 页。

④ [宋]周麟之：《以珠子香建茶寄皖公山马先生》，《全宋诗》第 38 册，卷二〇八七，第 23547 页。

⑤ [宋]刘黻：《送茶》，《全宋诗》第 65 册，卷三四二二，第 40687 页。

⑥ [宋]王十朋：《薛师约抚幹召饭于圆通寺主僧瀹茗索诗》，《全宋诗》第 36 册，卷二〇二七，第 22723 页。

⑦ [宋]邹浩：《雪中简次萧求团茶》，《全宋诗》第 21 册，卷一二三七，第 13981 页。

⑧ [宋]方回：《索云叔新茶》，《全宋诗》第 66 册，卷三五〇一，第 41761 页。

⑨ [宋]林希逸：《忆在》，《全宋诗》第 59 册，卷三一一八，第 37236 页。

⑩ [宋]丁谓：《北苑焙新茶》，《全宋诗》第 2 册，卷一〇一，第 1146 页。

⑪ [宋]韩淲：《次韵建倅德久林秘书寄贡余》，《全宋诗》第 52 册，卷二七五七，第 32505 页。

杨万里《谢木韫之舍人分送讲筵赐茶》："故人鸾渚紫微郎，金华讲彻花草香。宣赐龙焙第一纲，殿上走趋明月珰。御前啜罢三危露，满袖香烟怀璧去。归来拈出两蜿蜒，雷电晦冥惊破柱。北苑龙芽内样新，铜围银范铸琼尘。九天宝月霏五云，玉龙双舞黄金鳞。老夫平生爱煮茗，十年烧穿折脚鼎。下山汲井得甘冷，上山摘芽得苦硬。何曾梦到龙游窠，何曾梦吃龙芽茶。故人分送玉川子，春风来自玉皇家。锻圭椎璧调冰水，烹龙庖凤搜肝髓。石花紫笋可衙官，赤印白泥牛走尔。故人气味茶样清，故人风骨茶样明。开缄不但似见面，叩之咳唾金石声。曲生劝人堕巾帻，睡魔遣我抛书册。老夫七碗病未能，一啜犹堪坐秋夕。"①则生动描写了朋友分送御赐茶给自己的激动心情。

(2)以茶迎客

陆羽《茶经》"七之事"引《桐君录》："煮盐人但资此饮，而交广最重，客来先设，乃加以香芼辈。"朱彧《萍洲可谈》卷一："元丰间，诏僧慈本住慧林禅院，召见赐茶，以为荣遇。"②

傅大询《水调歌头》："一月山翁高卧，踏雪水村清冷，木落远山开。唯有平安竹，留得伴寒梅。唤家童，开门看，有谁来。客来一笑，清话煮茗更传杯。"③

史浩《画堂春·茶词》：

> 小槽春酿香红。良辰飞盖相从。主人着意在金钟。茗碗作先容。
> 欲到醉乡深处，应须仗、两腋香风。献酬高兴渺无穷。归骑莫匆匆。④

"先容"意为先加修饰、事先的致意或介绍推荐⑤，史浩的这首茶词正描绘了先饮茶，后饮酒的情形。

程公许《贺秀岩李工侍七首》其二："潇洒精庐此托家，暑风一幅岸乌纱。客来只可烹茶待，旋督山童汲水花。"⑥许棐《木山父书院》："占得文房一丈强，地幽

① [宋]杨万里：《谢木韫之舍人分送讲筵赐茶》，《全宋诗》第 42 册，卷二二九一，第 26293 页。

② [宋]朱彧：《萍洲可谈》卷一，第 15 页，丛书集成初编本。

③ [宋]傅大询：《水调歌头》，《全宋词》第 3 册，第 1829 页。

④ [宋]史浩：《画堂春·茶词》，《全宋词》第 2 册，第 1284 页。

⑤ 《史记》卷八十三《邹阳传》："蟠木根柢，轮囷离诡，而为万乘器者。何则？以左右先为之容也。"(《史记》第 2476 页)《旧唐书》卷七十八《张行成传》记唐太宗谓房玄龄曰："观古今用人，必因媒介，若行成者，朕自举之，无先容也。"(《旧唐书》第 2703 页)

⑥ [宋]程公许：《贺秀岩李工侍七首》其二，《全宋诗》第 57 册，卷二九九四，第 35626 页。

虽夏亦清凉。瓶花误倒水侵案，书叶乱掀风满床。薜长密藤遮半壁，桐分疏影出低墙。客来莫道无祗待，只啜茶瓯却味长。”①陆游《睡起试茶》：“笛材细织含风漪，蝉翼新裁云碧帷。端溪砚璞斲作枕，素屏画出月堕空江时。朱栏碧甃玉色井，自候银瓶试蒙顶。门前剥啄不嫌渠，但恨此味无人领。”②描写了客来敬茶的陶陶之乐。

(3)留客送客

以茶留客、送客，前代也有。宋晁以道《晁氏客语》引王沂公《笔录》曰：“五代以前，宰相奏事罢，赐茶方退。”③

可能是相信茶能解酒的缘故，宋词中以茶留客、送客的情况，似乎比以茶迎客更普遍。饮筵结束后，主人总是殷勤地献茶，让宾朋感念不已。黄庭坚《阮郎归·效福唐独木桥体作茶词》：

> 烹茶留客驻金鞍。月斜窗外山。别郎容易见郎难。有人思远山。
> 归去后，忆前欢。画屏金博山。一杯春露莫留残。与郎扶玉山。④

黄庭坚《阮郎归·茶词》：

> 歌停檀板舞停鸾。高阳饮兴阑。兽烟喷尽玉壶干。香分小凤团。
> 雪浪浅，露花圆。捧瓯春笋寒。绛纱笼下跃金鞍。归时人倚阑。⑤

黄庭坚《惜馀欢·茶词》：

> 四时美景，正年少赏心，频启东阁。芳酒载盈车，喜朋侣簪合。杯觞交飞劝酬献，正酣饮、醉主公陈榻。坐来争奈，玉山未颓，兴寻巫峡。
> 歌阑旋烧绛蜡。况漏转铜壶，烟断香鸭。犹整醉中花，借纤手重插。相将扶上，金鞍騕褭，碾春焙、愿少延欢洽。未须归去，重寻艳歌，更留时霎。⑥

---

① [宋]许棐：《木山父书院》，《全宋诗》第59册，卷三〇八九，第36844页。

② [宋]陆游：《睡起试茶》，《全宋诗》第39册，卷二一五八，第24352页。

③ [宋]晁以道：《晁氏客语》，第13页，丛书集成初编本。

④ [宋]黄庭坚：《阮郎归·效福唐独木桥体作茶词》，《全宋词》第1册，第390页。

⑤ [宋]黄庭坚：《阮郎归·茶词》，《全宋词》第1册，第402页。

⑥ [宋]黄庭坚：《惜馀欢·茶词》，《全宋词》第1册，第404页。

黄庭坚《看花回·茶词》：

夜永兰堂醺饮，半倚颓玉。烂熳坠钿堕履，是醉时风景，花暗烛残，欢意未阑，舞燕歌珠成断续。催茗饮、旋煮寒泉，露井瓶窦响飞瀑。

纤指缓、连环动触。渐泛起、满瓯银粟。香引春风在手，似粤岭闽溪，初采盈掬。暗想当时，探春连云询篁竹。怎归得，鬓将老，付与杯中绿。①

曹冠《朝中措·茶》：

春芽北苑小方圭。碾畔玉尘飞。金箸春葱击拂，花瓷雪乳珍奇。
主人情重，留连佳客，不醉无归。邀住清风两腋，重斟上马金卮。②

李元膺《浣溪沙》：

饮散兰堂月未中。骅骝娇簇绛纱笼。玳簪促坐客从容。
已醉人间千日酒，赐来天上密云龙。蓬仙清兴欲乘风。③

王庭珪《好事近·茶》：

宴罢莫匆匆，聊驻玉鞍金勒。闻道建溪新焙，尽龙蟠苍璧。
黄金碾入碧花瓯，瓯翻素涛色。今夜酒醒归去，觉风生两腋。④

赵鼎《好事近·倅车还阙，分得茶词》：

兰烛画堂深，歌吹已终瑶席。碾破密云金缕，送蓬莱归客。
看看宣诏未央宫，草诏侍宸极。拜赐一杯甘露，泛天边春色。⑤

---

① [宋]黄庭坚：《看花回·茶词》，《全宋词》第1册，第404页。
② [宋]曹冠：《朝中措·茶》，《全宋词》第3册，第1534页。
③ [宋]李元膺：《浣溪沙》，《全宋词》第1册，第448页。
④ [宋]王庭珪：《好事近·茶》，《全宋词》第2册，第823页。
⑤ [宋]赵鼎：《好事近·倅车还阙，分得茶词》，《全宋词》第2册，第942页。

程垓《朝中措·茶词》：

华筵饮散撤芳尊。人影乱纷纷。且约玉骢留住，细将团凤平分。
一瓯看取，招回酒兴，爽彻诗魂。歌罢清风两腋，归来明月千门。①

刘过《临江仙·茶词》：

红袖扶来聊促膝，龙团共破春温。高标终是绝尘氛。两箱留烛影，一水试云痕。

饮罢清风生两腋，余香齿颊犹存。离情凄咽更休论。银鞍和月载，金碾为谁分。②

无名氏《西江月》③：

灯火楼台欲下，笙歌院落将归。冰瓷金缕胜琉璃。春笋捧来纤细。
饮罢高阳人散，曲终巫峡云飞。千万修合斗新奇。须带别离滋味。

无名氏《渔家傲》④：

轻拍红牙留客住。韩家石鼎联新句。珍重龙团并凤髓。君王与。春风吹破黄金缕。

往事不须凭陆羽。且看盏面浓如乳。若是蓬莱鳌稳负。知何处。玉川一枕清风去。

苏轼《行香子·茶词》写席终酒阑，主宾欢意犹浓又行斗茶的游艺，使宴乐再入佳境：

绮席才终。欢意犹浓。酒阑时、高兴无穷。共夸君赐，初拆臣封。看分香饼，黄金缕，密云龙。　　斗赢一水，功敌千钟。觉凉生、两腋清

① ［宋］程垓：《朝中措·茶词》，《全宋词》第3册，第1999页。
② ［宋］刘过：《临江仙·茶词》，《全宋词》第3册，第2152页。
③ ［宋］无名氏：《西江月》，《全宋词》第5册，第3653页。
④ ［宋］无名氏：《渔家傲》，《全宋词》第5册，第3657页。

风。暂留红袖，少却纱笼。放笙歌散，庭馆静，略从容。①

曹冠《使牛子》写宾主饮酒、啖瓜、饮茶之后，进行投壶游戏，使宴乐再掀高潮：

> 晚天雨霁横雌霓。帘卷一轩月色。纹簟坐苔茵，乘兴高歌饮琼液。
> 翠瓜冷浸冰壶碧。茶罢风生两腋。四座沸欢声，喜我投壶全中的。②

宋人词中还记有一边饮酒一边饮茶的情况，如张元幹《浣溪沙》："曲室明窗烛吐光。瓦炉灰暖炷瓢香。夜阑茗碗间飞觞。坐稳蒲团凭几，熏馀纸帐掩梨床。个中风味更难忘。"③但饮茶于饮酒之后的情况更多。

黄庭坚《阮郎归》："青箬裹，绛纱囊。品高闻外江。酒阑传碗舞红裳。都濡春味长。"④

李清照《鹧鸪天》："酒阑更喜团茶苦，梦断偏宜瑞脑香。"⑤

倪偁《南歌子》："露下衣微湿，杯深意甚欢。西风吹暑十分阑。月满中秋、仍共故人看。酒好鹅黄嫩，茶珍小凤盘。醉吟不觉曙钟残。犹记归来扑面、井花寒。"⑥

汪晫《沁园春·次韵李明府劝农》："公筵既彻，更共烹茶。"⑦

李元膺《浣溪沙》："饮散兰堂月未中，……已醉人日千日酒，赐来天上密云龙。"⑧

李光《列之告别为之怅然小诗送别》："小桥西巷每徜徉，忽趁南风返故乡。旋汲双泉烹日铸，从今谁共北窗凉。"⑨释德洪《登洪崖桥与通端三首》其一："行尽几重添秀，雷犇响落晴空。散坐煮茶为别，云间一径微通。"⑩描写了送别的依依不舍。

(4)以茶代酒

唐陆羽《茶经》"七之事"引《吴志·韦曜传》："孙皓每飨宴坐席，无不率以七

---

① ［宋］苏轼：《行香子·茶词》，《全宋词》第1册，第302页。
② ［宋］曹冠：《使牛子》，《全宋词》第3册，第1542页。
③ ［宋］张元幹：《浣溪沙》，《全宋词》第2册，第1084页。
④ ［宋］黄庭坚：《阮郎归》，《全宋词》第1册，第390页。
⑤ ［宋］李清照：《鹧鸪天》，《全宋词》第2册，第929页。
⑥ ［宋］倪偁：《南歌子》，《全宋词》第2册，第1332页。
⑦ ［宋］汪晫：《沁园春·次韵李明府劝农》，《全宋词》第4册，第2288页。
⑧ ［宋］李元膺：《浣溪沙》，《全宋词》第1册，第448页。
⑨ ［宋］李光：《列之告别为之怅然小诗送别》，《全宋诗》第25册，卷一四二七，第16459页。
⑩ ［宋］释德洪：《登洪崖桥与通端三首》其一，《全宋诗》第23册，卷一三四〇，第15282页。

升为限。虽不尽入口,皆浇灌取尽,曜饮酒不过二升,皓初礼异,密赐茶荈以代酒。"白居易《宿蓝溪对月》:"新秋松影下,半夜钟声后。清影不宜昏,聊将茶代酒。"①

李曾伯《贺新凉》题云"巧夕雨,不饮,啜茶而散"②,也说的是以茶代酒。

(5)清词侑茶

就像以词送酒(侑酒)一样,宋人也以词送茶(侑茶):

毛滂《蝶恋花》题云:"送茶。"③毛滂《西江月》题云:"侑茶词。"④毛滂《玉楼春》"泥银四壁盘蜗篆"亦题云:"仆前年当重九,微疾不饮,但掇菊叶煎小云团,用酬节物。戏作短句以侑茗饮。逮去年,曾登山高会。今年客东都,依逆旅主人舍,无游从,不复出门,不知时节之变。或云今日重九,起坐空庭月下,复取云团酌一杯。盖用仆故事,以送佳节。又作侑茶一首以和韵。"⑤冯取洽《贺新郎》题云:"可授散花女,俾歌之以侑茗饮否……"⑥

杨无咎《朝中措》词:

> 杯盘狼藉烛参差。欲去未容辞。春雪看飞金碾,香云旋涌花瓷。
>
> 雍容四座,矜夸一品,重听新词。归路清风生腋,不妨轻捻吟髭。⑦

其"重听新词"即明言宴会中,饮茶要与饮酒一样听词。

毕良史有《临江仙·席上赋》《好事近·席上赋》,一写良宵美景,应尽情畅饮开怀,是为席上之酒词;一写酒罢再饮茶,则为席上之茶词:

临江仙·席上赋

> 霜月穿簾乍白,蘋风入坐偏凉。麾灯促席诧时光。桃花歌扇小,杨柳舞衫长。
>
> 别乘平分风月,词人剩引觥觞。莫将幽恨搅刚肠。尽添金掌露,频注玉猊香。⑧

---

① [唐]白居易:《宿蓝溪对月》,《全唐诗》第13册,卷四三一,第4755页。
② [宋]李曾伯:《贺新凉·巧夕雨不饮啜茶而散》,《全宋词》第4册,第2814页。
③ [宋]毛滂:《蝶恋花·送茶》,《全宋词》第2册,第679页。
④ [宋]毛滂:《西江月·侑茶词》,《全宋词》第2册,第680页。
⑤ [宋]毛滂:《玉楼春·仆前年当重九……》,《全宋词》第2册,第670页。
⑥ [宋]冯取洽:《贺新郎》,《全宋词》第4册,第2655页。
⑦ [宋]杨无咎:《朝中措》,《全宋词》第2册,第1188页。
⑧ [宋]毕良史:《临江仙·席上赋》,《全宋词》第2册,第939页。

好事近·席上赋

高会罢飞觞。方锦再移珍席。雷鼎乍烹甘液，试问侯苍璧。
翠虬宝钏捧殷勤，明灭粲金碧。宾主放怀谈笑，满华堂春色。①

根据以上茶词的描绘，正如以词送酒一样，人们也以词送茶，情调是多么清雅啊。

2. 茶悲

仁者之和，在两宋茶诗词中体现最鲜明的，还是诗人对于茶民疾苦的同情。在宋代，茶叶经济已经成为国家的支柱产业，有榷茶之制，政府专卖，茶法峻严。《宋史·食货下》：

天下茶皆禁，唯川峡、广南听民自买卖，禁其出境。凡民茶折税外，匿不送官及私贩鬻者没入之，计其直论罪。园户辄毁败茶树者，计所出茶论如法。旧茶园荒薄，采造不充其数者，蠲之。当以茶代税而无茶者，许输他物。主吏私以官茶贸易，及一贯五百者死。自后定法，务从轻减。太平兴国二年，主吏盗官茶贩鬻钱三贯以上，黥面送阙下；淳化三年，论直十贯以上，黥面配本州牢城，巡防卒私贩茶，依本条加一等论。凡结徒持杖贩易私茶、遇官司擒捕抵拒者，皆死。太平兴国四年，诏鬻伪茶一斤杖一百，二十斤以上弃市。雍熙二年，民造温桑伪茶，比犯真茶计直十分论二分之罪。②

如此之茶政给茶民带来了沉重的负担，实为不仁，诗人对此多有抨击。如张咏《赠刘吉》："如今竟陵城，榷司茶菽利。鹤情终是孤，仁性困亦至。劳劳忧众民，咄咄骂贪吏。方期与叫阍，此实不可弃。"③沈继祖《送阁学袁尚书帅蜀》其一："嗟哉作俑茶盐酒，久矣疲民战守和。"④韩淲《次韵建倅德久林秘书寄贡余》："丁蔡好事作土贡，到今题裹归朝纲。密云寿圭脱宝胯，锁钥银白罗帕黄。"⑤释居简《题张于潜画轴五首》其五："飙生凉腋策茶勋，欲御刚风度海云。任是蓬莱

① ［宋］毕良史：《好事近·席上赋》，《全宋词》第2册，第940页。

② ［元］脱脱等：《宋史》卷一八三，中华书局1977年版，第4478—4479页。

③ ［宋］张咏：《赠刘吉》，《全宋诗》第1册，卷四八，第524页。

④ ［宋］沈继祖：《送阁学袁尚书帅蜀》其一，《全宋诗》第48册，卷二五七二，第29866页。

⑤ ［宋］韩淲：《次韵建倅德久林秘书寄贡余》，《全宋诗》第52册，卷二七五七，第32505页。

更高处，叫苍生苦有谁闻。”[①]感兴吟《春日田园杂兴》：“前村犬吠无他事，不是搜盐定榷茶。”[②]董嗣杲《寄湖口茶局臧尚幹》：“天寒茶课收征倍，雪霁梅吟寄驿频。”[③]杨公远《连日雪次黄仲宣韵》其二：“闭门僵卧嗟寒士，煮水烹茶任巨卿。但喜遗蝗深入地，休夸李愬把吴平。”[④]

赵汝腾《陪饶计使至北苑焙》：“东风未绿无边草，北苑先抽绝品芽。六辔行山清雾潦，一枪入焙带烟霞。凤呈奇羽名仙麓，龙护香泉供帝家。万碾玉尘飞动处，鬼犹劳矣况人耶。”[⑤]十分同情皇家茶苑茶工制茶劳动的艰辛。

刘子翚《寄题郑尚明煮茶轩三首》其三：“一点春回枯枿，万家噪动寒墟。凤饼龙团玉食，伤心半入穹庐。”[⑥]则讽刺了南宋将茶民血泪制成的精美的茶大半缴贡给金人以乞和的卑怯。

五、茶、水、具之和

唐陆羽《茶经》“四之器”专论茶器，“五之煮”有专论水之内容，又于“六之饮”中提出“九难”之说，其中有器之难，水之难，即“膻鼎腥瓯，非器也”，“飞湍壅潦，非水也”[⑦]。唐张又新《煎茶水记》则专论水，此后论器与水例成历代茶书之重要内容。两宋茶诗词也大量展现了宋人对于茶、水、器具之和谐的追求。

苏辙《答荆门张都官维见和惠泉》：“甘凉最宜茶，羊炙可用雪。”[⑧]汪藻《徽州班春古岩寺呈诸僚友》：“石室广百肘，嵌空自天成。泉甘与茶宜，就挹岩下清。”[⑨]陆游《三游洞前岩下小潭水甚奇取以煎茶》：“汲取满瓶牛乳白，分流触石佩声长。囊中日铸传天下，不是名泉不合尝。”[⑩]杨万里《题盱眙军玻瓈泉》：“清如淮水未为佳，泉迸淮山好煮茶。锵出玻瓈开海眼，更和月露瀹春芽。仰看绝壁

① [宋]释居简：《题张于潜画轴五首》其五，《全宋诗》第53册，卷二七九五，第33179页。

② [宋]感兴吟：《春日田园杂兴》，《全宋诗》第71册，卷三七二二，第44726页。

③ [宋]董嗣杲：《寄湖口茶局臧尚幹》，《全宋诗》第68册，卷三五七四，第42738页。

④ [宋]杨公远：《连日雪次黄仲宣韵》其二，《全宋诗》第67册，卷三五二四，第42120页。

⑤ [宋]赵汝腾：《陪饶计使至北苑焙》，《全宋诗》第62册，卷三二六二，第38880页。

⑥ [宋]刘子翚：《寄题郑尚明煮茶轩三首》其三，《全宋诗》第34册，卷一九二〇，第21436页。

⑦ [唐]陆羽：《茶经》卷下，“六之饮”，阮浩耕、沈冬梅、于良子点校注释《中国古代茶叶全书》，浙江摄影出版社1999年版，第8页。

⑧ [宋]苏辙：《答荆门张都官维见和惠泉》，《全宋诗》第15册，卷八四九，第9821页。

⑨ [宋]汪藻：《徽州班春古岩寺呈诸僚友》，《全宋诗》第25册，卷一四三三，第16509页。

⑩ [宋]陆游：《三游洞前岩下小潭水甚奇取以煎茶》，《全宋诗》第39册，卷二一五五，第24287页。

一千丈，削下青琼无点瑕。从事不浇愁肺渴，临泓带雪吸冰花。"①言茶与泉之相宜。

唐张又新《煎茶水记》将雪水列为第二十等。两宋茶诗则于冰雪之水格外会心，如徐照《和翁灵舒冬日书事》其一："石缝敲冰水，凌寒自煮茶。"②孙应时《鄞城通守厅和潘文叔梅花韵》："不厌相过娱夜永，摘芳和雪试煎茶。"③卫宗武《为僧赋梅庭》："缁经觅句无尘事，坐对尤宜雪煮茶。"④卫宗武《和野渡雪消二律》其一："消成滴沥原归旧，润入根荄生有涯。剩洗瓶罂储此水，待驱炎暑煮春茶。"⑤均陶醉于冰雪与茶的相宜。

廖刚《次韵卢骏给事试茶》："蟹眼翻云连色起，兔毫扶雪带香浮。"⑥此"兔毫"为名贵的兔毫茶盏。王安中《进和御制芸馆二诗》其二："风好知从宫扇动，茶香宜入御瓯分。"⑦释文珦《煎茶》："石鼎乃所宜，灌濯手自煎。"⑧言茶水与茶盏、石鼎的相宜。

苏辙《次韵李公择以惠泉答章子厚新茶二首》其一："无锡铜瓶手自持，新芽顾渚近相思。故人赠答无千里，好事安排巧一时。蟹眼煎成声未老，兔毛倾看色尤宜。枪旗携到齐西境，更试城南金线奇。"⑨邹浩《雪中简次萧求团茶》："竹上松间敲玉花，最宜石鼎荐灵芽。"⑩释仁钦《灵岩十二景·白鹤泉》："云鹤双飞去几年，遗踪依旧涌灵泉。澄澄皎洁无增减，石铫煎茶味更全。"⑪吕定《雪夜》："便应石鼎融冰水，乌帽笼头自煮茶。"⑫则总言茶与水、具和谐之赏心悦目。

---

① [宋]杨万里：《题盱眙军玻璨泉》，《全宋诗》第42册，卷二三〇一，第26439页。

② [宋]徐照：《和翁灵舒冬日书事》其一，《全宋诗》第50册，卷二六七一，第31390页。

③ [宋]孙应时：《鄞城通守厅和潘文叔梅花韵》，《全宋诗》第51册，卷二六九六，第31771页。

④ [宋]卫宗武：《为僧赋梅庭》，《全宋诗》第63册，卷三三一二，第39477页。

⑤ [宋]卫宗武：《和野渡雪消二律》其一，《全宋诗》第63册，卷三三一二，第39481页。

⑥ [宋]廖刚：《次韵卢骏给事试茶》，《全宋诗》第23册，卷一三四八，第15409页。

⑦ [宋]王安中：《进和御制芸馆二诗》其二，《全宋诗》第24册，卷一三九一，第15977—15978页。

⑧ [宋]释文珦：《煎茶》，《全宋诗》第63册，卷三三一八，第39546页。

⑨ [宋]苏辙：《次韵李公择以惠泉答章子厚新茶二首》其一，《全宋诗》第15册，卷八五四，第9896页。

⑩ [宋]邹浩：《雪中简次萧求团茶》，《全宋诗》第21册，卷一二三七，第13981页。

⑪ [宋]释仁钦：《灵岩十二景·白鹤泉》，《全宋诗》第18册，卷一〇九三，第12393页。

⑫ [宋]吕定：《雪夜》，《全宋诗》第50册，卷二六五二，第31076页。

第三节　俭

《说文》:“俭:约也,从人,佥声。”段注:“不敢放侈之意。”[①]实为顾念民力物力维艰的一种美德。《易·否》:“象曰:天地不交,否。君子以俭德辟难,不可荣以禄。”[②]《老子·六十七章》:“我有三宝,持而保之。一曰慈,二曰俭,三曰不敢为天下先。慈故能勇;俭故能广;不敢为天下先,故能成器长。”[③]《论语·学而》:“子贡曰:‘夫子温、良、恭、俭、让以得之。’”[④]《左传·庄公二十四年》:“俭,德之共也;侈,恶之大也。”[⑤]《礼记·表记》:“恭近礼,俭近仁,信近情。”[⑥]又曰:“是故君子恭俭以求役仁,信让以求役礼。”[⑦]墨家更是以俭立宗。《墨子》有《节用》之专篇。墨子具有伟大的人格,他以为万民兴利除害为使命,自苦为极,以利天下。《汉书·艺文志》评曰:“墨家者流,盖出于清庙之守。茅屋采椽,是以贵俭;养三老五更,是以兼爱。”[⑧]至于佛家,则有苦行一门,所谓头陀行,与“摩顶放踵,利天下为之”[⑨]之墨家有相似者。

茶与俭德相关最早。陆羽《茶经·一之源》:“茶之为用,味至寒,为饮,最宜精行俭德之人。”[⑩]《茶经·五之煮》:“茶性俭,不宜广,(广)则其味黯澹。”[⑪]《茶经·七之事》引《晋中兴书》:“陆纳为吴兴太守,时卫将军谢安常欲诣纳,纳兄子

---

① [汉]许慎撰,[清]段玉裁注:《说文解字注》,第376页。

② [宋]朱熹:《周易本义》卷一,天津古籍书店1988年影印宋元人注《四书五经》本,第15页。

③ 高亨:《(重订)老子正诂》卷下,六十七章,古籍出版社1956年版,第135—136页。

④ 杨伯峻译注:《论语译注》,中华书局1980年版,第6页。

⑤ 《左传·庄公二十四年》,杨伯峻编著:《春秋左传注》,中华书局2009年第3版,第229页。

⑥ [宋]陈澔:《礼记集说》卷九,天津古籍书店1988年影印宋元人注《四书五经》本,第292页。

⑦ [宋]陈澔:《礼记集说》卷九,天津古籍书店1988年影印宋元人注《四书五经》本,第293页。

⑧ [汉]班固:《汉书》卷三〇,中华书局1962年版,第1738页。

⑨ 《孟子·尽心上》,[宋]朱熹:《孟子章句集注》卷十三,天津古籍书店1988年影印宋元人注《四书五经》本,第105页。

⑩ [唐]陆羽:《茶经》卷上,“一之源”,阮浩耕、沈冬梅、于良子点校注释《中国古代茶叶全书》,浙江摄影出版社1999年版,第2页。

⑪ [唐]陆羽:《茶经》卷下,“五之煮”,阮浩耕、沈冬梅、于良子点校注释《中国古代茶叶全书》,第7页。

俶怪纳无所备,不敢问之,乃私蓄十数人馔。安既至,所设唯茶果而已。俶遂陈盛馔,珍羞必具。及安去,纳杖俶四十,云:'汝既不能光益叔父,奈何秽吾素业?'"[①]又引《晋书》:"桓温为扬州牧,性俭,每燕饮,唯下七奠拌茶果而已。"[②]《封氏闻见记》卷六,"饮茶"条,还记载了一个有关茶之俭的故事:

> 有常伯熊者,又因鸿渐之论广润色之。于是茶道大行,王公朝士无不饮者。御史大夫李季卿宣慰江南,至临淮县馆,或言伯熊善茶者,李公请为之。伯熊著黄被衫、乌纱帽,手执茶器,口通茶名,区分指点,左右刮目。茶熟,李公为歠两杯而止。既到江外,又言鸿渐能茶者,李公复请为之。鸿渐身衣野服,随茶具而入。既坐,教摊如伯熊故事。李公心鄙之,茶毕,命奴子取钱三十七文酬煎茶博士。鸿渐游江介,通狎胜流,及此羞愧,复著《毁茶论》。[③]

陆羽行茶道,"身衣野服,随茶具而入",体现的正是茶之俭德。这个故事实际反映的是贵人李季卿的粗鄙不通。

两宋茶诗词对于俭德有着最富有诗意的表现。苏轼《寄周安孺茶》:"有如刚耿性,不受纤芥触。又若廉夫心,难将微秽渎。"[④]晁说之《高二承宣以长句饷新茶辄次韵为谢》其二:"明时不见来求女,俭德唯闻罢贡茶。"[⑤]沈与求《戏酬尝草茶》:"待摘家山供茗饮,与君盟约去骄奢。"[⑥]于石《对雪》:"烹茶何俭,饮羔何丰。"[⑦]表现了茶俭之内涵。

但两宋茶诗词更着意表的则是对贫俭的安然、淡然与超然,正如孔子所赞美的颜回的境界:"一箪食,一瓢饮,在陋巷,人不堪其忧,回也不改其乐。贤

---

① [唐]陆羽:《茶经》卷下,"七之事",阮浩耕、沈冬梅、于良子点校注释《中国古代茶叶全书》,第9页。

② [唐]陆羽:《茶经》卷下,"七之事",阮浩耕、沈冬梅、于良子点校注释《中国古代茶叶全书》,第9页。

③ [唐]封演撰,李成甲校点:《封氏见闻记》卷六,"饮茶",辽宁教育出版社1998年版,第29页。

④ [宋]苏轼:《寄周安孺茶》,《全宋诗》第14册,卷八〇五,第9328页;[宋]苏轼撰,[清]王文诰辑注,孔凡礼点校:《苏轼诗集》卷二十二,第1164页。

⑤ [宋]晁说之:《高二承宣以长句饷新茶辄次韵为谢》其二,《全宋诗》第21册,卷一二一二,第13815页。

⑥ [宋]沈与求:《戏酬尝草茶》,《全宋诗》第29册,卷一六七七,第18798页。

⑦ [宋]于石:《对雪》,《全宋诗》第70册,卷三六七六,第44135页。

哉，回也！"[1]欧阳修《答杜相公惠诗》："药苗本是山家味，茶具偏于野客宜。"[2]释冲邈《翠微山居诗》其一："山水煎茶拗柳枝，禅衣百结任风吹。看经只在明窗下，得失荣枯总不知。"[3]曾几《煎茶》："贫中有佳设，石鼎事煎烹。顾渚草芽白，惠山泉水清。酌多风可御，薰歇雾犹横。"[4]傅察《次韵烹茶四首》其二："吏隐从人号懒仙，一瓯常及日高眠。要令万卷浇胸次，便觉三山到眼前。客至不须樽有酒，家贫肯厌突无烟。"[5]陆游《即事》："安贫炊麦饭，省事嚼茶芽。池满浮雏鸭，庭荒噪渴蛙。诗成赏音绝，自向小儿夸。"[6]陆游《戏作三首》其一："飕飕松韵生鱼眼，汹汹云涛涌兔毫。促膝细论同此味，绝胜痛饮读离骚。"[7]释如琰《颂古五首》其五："赵州老汉热心肠，一盏粗茶验当行。"[8]唐庚《午起行》："细藤簟展波纹绿，瓦枕竹床殊不俗。白日寥寥午眠熟，起来更觉精神足。万缘寂静数瓯茶，千偈消磨碁一局。"[9]王十朋《会同僚于郡斋煮惠山泉烹建溪茶酌瞿唐春》："肠似玉川堪七碗，兴如太白谩三杯。月团不许无诗得，霜蘗端因有分开。石铫瓦盆吾已具，竹林它日定相陪。"[10]释德洪《赠僧》："已浮春露浇诗胆，更炷水沉熏道情。忧患撼床闻蚁斗，功名殷鬓作蚊声。欲依净社陪香火，僻处安排折脚铛。"[11]蒲寿宬《登北山真武观试泉》："雀舌最嫩弱植耳，嘉树一发如针然。灵苗合让武夷贡，清香不与罗浮专。北山古丘神所授，以泉名郡天下传。置邮纵可走千里，不如一掬清且鲜。人生适意在所便，物各有产尽随天。蹇驴破帽出近郭，裹茶汲井手自煎。泉鲜水活别无法，瓯中沸出酥雪妍。"[12]杨公远《雪》："吾侬喜有煎茶兴，不羡销金帐底杯。"[13]

虽然俭朴，甚至破败，然却有一种挣脱名利富贵后的轻快，体现出不役于物的人的自由和尊严，乃是真正的诗意地栖居。所以，连宰相郑清之也要以荒寒来标榜："三年宰相食无鲑。长须赤脚供井臼，荒寒政类山人家。虡虡炊尽瓶笙吼，

① 《论语·雍也》，杨伯峻译注：《论语译注》，中华书局1980年版，第59页。

② ［宋］欧阳修：《答杜相公惠诗》，《全宋诗》第6册，卷二九三，第3694页。

③ ［宋］释冲邈：《翠微山居诗》其一，《全宋诗》第28册，卷一六三二，第18308页。

④ ［宋］曾几：《煎茶》，《全宋诗》第29册，卷一六五五，第18541页。

⑤ ［宋］傅察：《次韵烹茶四首》其二，《全宋诗》第30册，卷一七二七，第19455页。

⑥ ［宋］陆游：《即事》，《全宋诗》第40册，卷二一八七，第24940页。

⑦ ［宋］陆游：《戏作三首》其一，《全宋诗》第41册，卷二二三九，第25725页。

⑧ ［宋］释如琰：《颂古五首》其五，《全宋诗》第50册，卷二六六九，第31351页。

⑨ ［宋］唐庚：《午起行》，《全宋诗》第23册，卷一三二三，第15022页。

⑩ ［宋］王十朋：《会同僚于郡斋煮惠山泉烹建溪茶酌瞿唐春》，《全宋诗》第36册，卷二〇三六，第22851页。

⑪ ［宋］释德洪：《赠僧》，《全宋诗》第23册，卷一三三八，第15232页。

⑫ ［宋］蒲寿宬：《登北山真武观试泉》，《全宋诗》第68册，卷三五七七，第42761页。

⑬ ［宋］杨公远：《雪》，《全宋诗》第67册，卷三五二三，第42063页。

何曾敲雪春云走。”①释宝印《梅林分韵得泽字》：“同时饮中仙，著我林下客。春槽沸滴红，满坐喧举白。浇胸独茗碗，臭味曾不隔。”②则写座中皆饮酒，作为僧人的自己，独自饮茶的清高绝尘。

释法忠《颂古五首》其四：“曾到不曾到，且吃一杯茶。待客只如此，冷淡是僧家。”③王庭珪《谢向提刑见访》其一：“陆纳家风元冷澹，口将茶果荐杯盘。”④释云《偈颂二十九首》其二〇：“乍离千圣林间寺，来汲城头石罅泉。相见杯茶虽淡薄，往来无惜为君煎。”⑤史弥宁《青山》：“石鼎车声煎玉乳，竹炉云缕试花沉。三杯暖热渊明酒，一曲凄清叔夜琴。莫怪相看能冷淡，交游如此却情深。”⑥胡斗南《题汪水云诗卷》其八：“诗家冷淡作生涯，有客相过旋煮茶。”⑦朱翌《简韩仲朋》：“野人无酒可留公，一酌山泉荐佳茗。”⑧则是一种淡淡的君子之交，虽淡却是浓情，诚如《礼记·表记》所云：“故君子之接如水，小人之接如醴。君子淡以成，小人甘以坏。”⑨

此俭的直接的标志，就是提倡茅庵茶。陆游《述意》：“频唤老僧同夜粥，间从邻叟试秋茶。结茅林下从来事，瓦屋三间已太奢。”⑩留元崇《慈济庵二首》其二：“归自星坛日未斜，草庵留住一杯茶。道人自点花如雪，云是新收白露芽。”⑪葛庆龙《赠僧》：“七轴莲经供茗瓢，一龛绣佛挂松寮。”⑫张孝祥《丙戌七夕入衡阳境独游岸傍小寺》：“茅屋四五间，往昔佛所家。经禅劫火尽，旧观初萌芽。墙迭古瓦盆，僧披破袈裟。喜闻拄杖声，扫地自点茶。何以为我娱，冰雪汲井花。一洗十日渴，分凉到童髽。盈盈牛女期，不着雨洗车。疏星银汉动，新月玉钩斜。更呼老奚官，卷芦作鸣笳。莫惊潭中龙，聊起栖树鸦。”⑬

---

① [宋]郑清之：《育王老禅屡惠佳茗比又携日铸为饷因言久则味失师授以焙藏之法必有以专之笑谓非力所及谩成拙语解嘲录以为谢》，《全宋诗》第55册，卷二八九八，第34624页。

② [宋]释宝印：《梅林分韵得泽字》，《全宋诗》第36册，卷二〇〇八，第22523页。

③ [宋]释法忠：《颂古五首》其四，《全宋诗》第28册，卷一六三〇，第18283页。

④ [宋]王庭珪：《谢向提刑见访》其一，《全宋诗》第25册，卷一四七〇，第16832页。

⑤ [宋]释云：《偈颂二十九首》其二〇，《全宋诗》第35册，卷一九六八，第22055页。

⑥ [宋]史弥宁：《青山》，《全宋诗》第57册，卷三〇二六，第36038页。

⑦ [宋]胡斗南：《题汪水云诗卷》其八，《全宋诗》第70册，卷三六七一，第44069页。

⑧ [宋]朱翌：《简韩仲朋》，《全宋诗》第33册，卷一八六三，第20827页。

⑨ [宋]陈澔：《礼记集说》卷九，天津古籍书店1988年影印宋元人注《四书五经》本，第297页。

⑩ [宋]陆游：《述意》，《全宋诗》第40册，卷二二一二，第25332页。

⑪ [宋]留元崇：《慈济庵二首》其二，《全宋诗》第55册，卷二八七三，第34304页。

⑫ [宋]葛庆龙：《赠僧》，《全宋诗》第70册，卷三六九八，第44378页。

⑬ [宋]张孝祥：《丙戌七夕入衡阳境独游岸傍小寺》，《全宋诗》第45册，卷二四〇〇，第27745页。

第四节　闲

《庄子·齐物论》:“大知闲闲,小知间间。”成疏曰:“闲闲,宽裕也。间间,分别也。”①闲与忙正对,不拘于形物,不役于尘劳,乃是一种自由自在,是一种放松休息,是一种对于生命的享受,而且在闲中,人们还可以观照,可以感悟,可以超越,一句话,闲是一种生而为人的幸福。南宋灌圃耐得翁《都城纪胜·四司六局》记有“烧香点茶,挂画插花,四般闲事”②之俗谚,将饮茶称为“闲事”。

两宋茶诗词中对闲的抒写,简直是举不胜举,茶就是闲,无闲哪有茶?卢襄《玉虹亭试茶》其一:“何时闲散无公事,洗钵重来汲浅清。”③陆游《送张叔潜编修造朝四首》其三:“北窗铜碾破云腴,扪腹翛然一事无。”④杨公远《再韵奉酬》其一:“公退只应无个事,山泉石鼎煮枪旗。”⑤戴表元《寒食》:“闲情正尔无归宿,石鼎新芽手自煎。”⑥潘玙《书道者庵》:“心与道相安,幽居远市廛。分花栽别圃,煮茗试新泉。地僻全成隐,身闲半是仙。金丹非易炼,此法向谁传。”⑦赵蕃《次韵元衡病酒伏枕》:“每烦从事与料理,百战不能图一胜。几思屏去不复亲,茗碗薰炉事闲静。”⑧

但闲却有雅俗之分,两宋的茶诗人们则把这个闲经营得特别雅逸优美。黄庭坚《送莫郎中致仕归湖州》:“静泛苕溪月,闲尝顾渚春。”⑨鲍慎由《与郑公华自朐山邻舟行》:“水花来幽香,岸柳过疏雨。登舻各乘风,解帆会联浦。闲携小龙团,睡起就君煮。”⑩王庭珪《和施通判以诗惠茶》:“彩笔题夸北苑春,南来草木始称珍。江湖风味极不浅,翰墨篇章老更新。落日清吟招恶客,此时佳境属闲

---

① [清]郭庆藩撰,王孝鱼点校:《庄子集释》卷一下,中华书局1961年版,第51页。

② [宋]灌圃耐得翁:《都城纪胜》,周峰点校《东京梦华录(外四种)》本,文化艺术出版社1998年版,第84页。

③ [宋]卢襄:《玉虹亭试茶》其一,《全宋诗》第24册,卷一四〇八,第16220页。

④ [宋]陆游:《送张叔潜编修造朝四首》其三,《全宋诗》第39册,卷二一五五,第24279页。

⑤ [宋]杨公远:《再韵奉酬》其一,《全宋诗》第67册,卷三五二四,第42108页。

⑥ [宋]戴表元:《寒食》,《全宋诗》第69册,卷三六四四,第43701页。

⑦ [宋]潘玙:《书道者庵》,《全宋诗》第64册,卷三三四一,第39920页。

⑧ [宋]赵蕃:《次韵元衡病酒伏枕》,《全宋诗》第49册,卷二六二三,第30521页。

⑨ [宋]黄庭坚:《送莫郎中致仕归湖州》,《全宋诗》第17册,卷一〇一七,第11598页。

⑩ [宋]鲍慎由:《与郑公华自朐山邻舟行》,《全宋诗》第22册,卷一二七〇,第14347页。

人。”[①]陆游《起晚戏作》:“睡到僧廊响木鱼,庄周蝴蝶两蘧蘧。数声林下华亭鹤,一卷床头笠泽书。云子甑香炊熟后,露芽瓯浅点尝初。若论身逸心无事,台省诸公恐不如。”[②]方一夔《苦热五首》其三:“午醉醒来濯碧泉,水亭况是晚凉天。横眠莲叶半晞发,静对杨枝双袒肩。蹇蝘声乾林更静,碧梧阴转月初圆。茶瓯更试纤纤手,不仗清风送玉川。”[③]都描写了在闲中与自然的亲近,境界十分优美。

第五节　静

静,本是一种安然的状态,却被中国人赋予了一种哲学意味,其所指往往关乎本体之状态。老子曰:“致虚极,守静笃。万物并作,吾以观复。夫物芸芸,各复归其根。归根曰静,静曰复命。复命曰常,知常曰明。”[④]孔子曰:“知者乐水,仁者乐山;知者动,仁者静。”[⑤]屈原《远游》:“漠虚静以恬愉兮,澹无为而自得。”[⑥]《文子》曰:“非淡漠无以明德,非宁静无以致远。”[⑦]《大学》曰:“大学之道,在明明德,在亲民,在止于至善。知止而后有定,定而后能静,静而后能安,安而后能虑,虑而后能得。物有本末,事有终始,知所先后,则近道矣。”[⑧]《天机经》曰:“老君以无为有母,静为躁君。夫静者,元气未分之初,形于元气之中,故能生天地万物。亦犹人弘静。其心不挠,则能生天下万物也。”[⑨]苏轼《送参寥师》:“欲令诗语妙,无厌空且静。静故了群动,空故纳万境。”[⑩]

而另一方面,由于静之后,能够使人更加理性聪明,自然也就具备了一种美感,所以《诗经·邶风》之《静女》篇有“静女其姝”“静女其娈”[⑪]之句。

---

① [宋]王庭珪:《和施通判以诗惠茶》,《全宋诗》第25册,卷一四六六,第16808页。

② [宋]陆游:《起晚戏作》,《全宋诗》第40册,卷二一九四,第25049页。

③ [宋]方一夔:《苦热五首》其三,《全宋诗》第67册,卷三五三七,第42299页。

④ 《老子·第十六章》,高亨《(重订)老子正诂》卷上,十六章,古籍出版社1956年版,第38—40页。

⑤ 《论语·雍也》,杨伯峻译注:《论语译注》,第62页,中华书局1980年版。

⑥ 《楚辞·九章·远游》,[宋]洪兴祖撰,白化文等点校:《楚辞补注》卷五,中华书局1983年版,第164页。

⑦ 旧题[周]辛钘撰:《文子》卷下《上仁》,《文渊阁四库全书》本。

⑧ [宋]朱熹:《大学章句集注》,天津古籍书店1988年影印宋元人注《四书五经》本,第1页。

⑨ [宋]张君房纂辑:《云笈七签》卷十五,华夏出版社1996年版,第88—89页。

⑩ [宋]苏轼:《送参寥师》,《全宋诗》第14册,卷八〇〇,第9273页。

⑪ [宋]朱熹:《诗经集传》卷二,天津古籍书店1988年影印宋元人注《四书五经》本,第18页。

两宋茶诗词之言静，举不胜举，乃是一种智性美的呈现。如李昉《和夏日直秘阁之什》："静卧蓬山养道情，百司繁冗尽堪轻。窗前竹撼森疏影，树杪蝉吟断续声。闲蹋绿莎芒作履，旋烹芳茗石为铛。"①韦骧《别李世美》："御茶贡了文书阒，静一堂深生昼寂。"②晁说之《自乐》其一："碾茶势软春心静，捣药香多病意除。"③唐庚《午起行》："万缘寂静数瓯茶，千偈消磨棋一局。"④张扩《次韵昌时寺丞侄避暑》："眼看平地欲流金，暂借僧园数亩阴。束带市朝谁刺促，闭门松桧自幽深。客来棋局时招隐，饭罢茶瓯快洗心。便静乞闲吾有味，墙东诗老许同襟。"⑤吕本中《游山》："僧窗有静供，茗碗侑炉香。"⑥于石《春晚》："夕阳门巷静无尘，茶灶烟凝碧树阴。千尺游丝萦远思，一声幽鸟伴孤吟。落红庭院春多少，新绿池塘水浅深。每向静中观物态，荣枯过眼不关心。"⑦

胡融《葛仙茗园》则着意描写了茶园之静美："绝巘匿精庐，苍烟路孤迥。草秀仙翁园，春风坼幽茗。野僧四五人，脑绀瞳子炯。携壶汲飞瀑，呼我烹石鼎。风涛泻江滩，松籁起林岭。七碗鏖郝源，一水斗双井。我虽冠屦缚，心乐祗园静。濯足卧禅扃，幽梦堕蒙顶。"⑧

第六节 清

清，即清洁、清净，本身就有一种审美的意味。它是闲静而后呈现的一种境界，是道家思想的重要观念。老子曰："孰能浊以止，静之徐清。孰能安以久，动之徐生。"⑨又曰："天得一以清。地得一以宁。"⑩又曰："躁胜寒，静胜热。清静为天下正。"⑪屈原曰："保神明之清澄兮，精气入而粗秽除。"⑫

---

① [宋]李昉：《和夏日直秘阁之什》，《全宋诗》第1册，卷一三，第184页。

② [宋]韦骧：《别李世美》，《全宋诗》第13册，卷七二七，第8427页。

③ [宋]晁说之：《自乐》其一，《全宋诗》第21册，卷一二一二，第13809页。

④ [宋]唐庚：《午起行》，《全宋诗》第23册，卷一三二三，第15022页。

⑤ [宋]张扩：《次韵昌时寺丞侄避暑》，《全宋诗》第24册，卷一三九八，第16082页。

⑥ [宋]吕本中：《游山》，《全宋诗》第28册，卷一六二二，第18200页。

⑦ [宋]于石：《春晚》，《全宋诗》第70册，卷三六七七，第44140页。

⑧ [宋]胡融：《葛仙茗园》，《全宋诗》第47册，卷二五二〇，第29117页。

⑨ 《老子·十五章》，高亨：《（重订）老子正诂》卷上，十五章，古籍出版社1956年版，第37—38页。

⑩ 《老子·三十九章》，高亨：《（重订）老子正诂》卷下，三十九章，第88页。

⑪ 《老子·四十五章》，高亨：《（重订）老子正诂》卷下，四十五章，第100页。

⑫ 《楚辞·九章·远游》，[宋]洪兴祖撰，白化文等点校：《楚辞补注》卷五，中华书局1983年版，第164页。

道教还有三清的观念，“原夫道家由肇，起自无先。垂迹应感，生乎妙一。从乎妙一，分为三元。又从三元变成三气，又从三气变生三才。三才既滋，万物斯备。其三元者，第一混洞太无元，第二赤混太无元，第三冥寂玄通元。从混洞太无元化生天宝君；从赤混太无元化生灵宝君；从冥寂玄通元化生神宝君。大洞之迹，别出为化主，治在三清境。其三清境者，玉清、上清、太清是也。亦名三天。其三天者，清微天、禹馀天、大赤天是也。天宝君治在王清境，即清微天也。其气始青。灵宝君治在上清境，即禹馀天也。其气元黄。神宝君治在太清境，即大赤天也。其气玄白。故《九天生神章经》云：此三号虽殊，本同一也”。[①] 又据《老子》“道生一，一生二，二生三，三生万物”[②]，此三清实为道之化身。

而茶，很早便与“清”有了关联。据《茶经·七之事》引，有二例：引晋张载（孟阳）《登成都楼诗》：“芳荼冠六清，溢味播九区。”据《周礼·天官·膳夫》：“凡王之馈，……饮用六清。”郑注：“六清，水、浆、醴、醇、醫、酏。”[③]又引《桐君录》：“西阳、武昌、庐江、晋陵好茗，皆东人作清茗。”[④]唐裴汶《茶述》：“（茶）其性精清，其味浩洁”[⑤]北宋初陶縠《茗荈录》则有“清人树”条：“伪闽甘露堂前两株茶，郁茂婆娑，宫人呼为‘清人树’。”[⑥]

两宋茶诗词所表现的“清”，多为美好的韵致、境界或情感、品德。强至《公立煎茶之绝品以待诸友退皆作诗因附众篇之末》：“茶品众所知，茶德予能剖。烹须清泠泉，性若不容垢。味回始有甘，苦言验终久。”[⑦]有茶德之说。

王炎《用元韵答李郎中》：“起来无以助清兴，铜瓶煮茗松风鸣。恍疑拔脚尘寰外，玉田万顷无疆界。”[⑧]刘才邵《谢人惠花栽以龙涎及小团答之》：“多谢高情无所吝，欲将俗物报应难。鲸波荐液香难比，龙焙先春玉作团。寄与文房助清

---

① ［宋］张君房纂辑：《云笈七签》卷三，《道教本始部·道教三洞宗元》，华夏出版社 1996 年版，第 12 页。

② 《老子·第四十二章》，陈鼓应《老子今注今译》，商务印书馆 2003 年版，第 233 页。

③ 《周礼注疏》卷四，北京大学出版社 1999 年版，第 79 页。

④ ［唐］陆羽：《茶经》卷下，阮浩耕、沈冬梅、于良子点校注释《中国古代茶叶全书》，浙江摄影出版社 1999 年版，第 10 页。

⑤ ［唐］裴汶：《茶述》，阮浩耕、沈冬梅、于良子点校注释《中国古代茶叶全书》，浙江摄影出版社 1999 年版，第 26 页。

⑥ ［宋］陶縠：《清异录》卷四，宝颜堂秘籍本，民国十一年三月（1922）文明书局印行。

⑦ ［宋］强至：《公立煎茶之绝品以待诸友退皆作诗因附众篇之末》，《全宋诗》第 10 册，卷五八七，第 6906 页。

⑧ ［宋］王炎：《用元韵答李郎中》，《全宋诗》第 48 册，卷二五六五，第 29782 页。

兴，诗魂莫怕月边寒。”[①]言茶助清兴。

释重显《谢鲍学士惠腊茶》：“使君分赐深深意，曾涤禅曹万虑清。”[②]胡宿《斋祠小饮资政吴侍郎以真如茶二绝句为寄》其二：“宝刀玉尺裁佳句，雪溜云腴试早芽。睡魄顿消清到骨，一成僧味似僧家。”[③]言茶清心。

姚勉《雪中雪坡十忆》其九：“帐窣销金旧党家，未知清处在煎茶。”[④]赵孟坚《食雪》：“玉堂退直清兴生，谩把烹茶夸婢子。”[⑤]言茶即为清。

傅察《次韵烹茶四首》其四：“中秋风月佳辰近，应把云腴对竹煎。”[⑥]史浩《与东湖寿老》：“茗碗昼看花坠影，吟窗夜与月为邻。清凉境界天家予，自是全无一点尘。”[⑦]周牧《资圣寺》：“烹茶汲取盈瓯雪，一味清霜齿颊寒。”[⑧]方岳《入局》：“茶话略无尘土杂，荷香剩有水风兼。”[⑨]洪咨夔《作茶行》：“不交半谈共细啜，山河日月俱清凉。桑苎翁，玉川子，款门未暇相倒屣。予方抱易坐虚明，参到洗心玄妙旨。”[⑩]真是一派清凉世界。

释道潜《次韵景文会朱充仁大夫魏敏中朝奉于望湖楼长句》：“将军恋清绝，劝客颓玉壶。道人烹露芽，满盏浮云腴。傥无方外姿，未可同此娱。”[⑪]李昭玘《赠子常二首》其一：“汗流不舍浯溪刻，粮绝犹须北苑芽。束帛不来人已老，只将清白付吾家。”[⑫]唐庚《午起行》：“万缘寂静数瓯茶，千偈消磨碁一局。此间真味有余清，未羡纷纷厌粱肉。”[⑬]王洋《和曾祐父促丛珍之集》：“老去欢娱少，茶多怀抱清。”[⑭]

---

① [宋]刘才邵：《谢人惠花栽以龙涎及小团答之》，《全宋诗》第29册，卷一六八二，第18860页。

② [宋]释重显：《谢鲍学士惠腊茶》，《全宋诗》第3册，卷一四八，第1671页。

③ [宋]胡宿：《斋祠小饮资政吴侍郎以真如茶二绝句为寄》其二，《全宋诗》第4册，卷一八四，第2125页。

④ [宋]姚勉：《雪中雪坡十忆》其九，《全宋诗》第64册，卷三三九八，第40435页。

⑤ [宋]赵孟坚：《食雪》，《全宋诗》第61册，卷三二四〇，第38671—38672页。

⑥ [宋]傅察：《次韵烹茶四首》其四，《全宋诗》第30册，卷一七二七，第19455—19456页。

⑦ [宋]史浩：《与东湖寿老》，《全宋诗》第35册，卷一九七七，第22167页。

⑧ [宋]周牧：《资圣寺》，《全宋诗》第51册，卷二七二三，第32025页。

⑨ [宋]方岳：《入局》，《全宋诗》第61册，卷三二〇九，第38389页。

⑩ [宋]洪咨夔：《作茶行》，《全宋诗》第55册，卷二八九五，第34580页。

⑪ [宋]释道潜：《次韵景文会朱充仁大夫魏敏中朝奉于望湖楼长句》，《全宋诗》第16册，卷九一六，第10760页。

⑫ [宋]李昭玘：《赠子常二首》其一，《全宋诗》第22册，卷一二九一，第14638—14639页。

⑬ [宋]唐庚：《午起行》，《全宋诗》第23册，卷一三二三，第15022页。

⑭ [宋]王洋：《和曾祐父促丛珍之集》，《全宋诗》第30册，卷一六八八，第18971页。

朱松《书护国上方》："为问脱靴吟芍药，何如煮茗对梅花。"[①]杨万里《谢木韫之舍人分送讲筵赐茶》："故人气味茶样清，故人风骨茶样明。"[②]陈造《再次韵杨宰七首》其一："小憩山村无与语，熏炉茶鼎斗僧清。"[③]韩淲《何文蔚以瑞莲新笋见饷因以双井茶报之》："饮尽却愁君共醉，更将双井洗肝肠。"[④]魏了翁《夏港僧舍》："邀我供煮饼，心地陡清凉。官焙破苍璧，桃笙涨寒江。"[⑤]黄庚《雪》："羔羊金帐应粗俗，自掬水泉煮石茶。"[⑥]翁森《四时读书乐》其四："地炉茶鼎烹活火，一清足称读书者。"[⑦]则展现了清美的心灵世界。

最极端者，如赵蕃《次韵元衡病酒伏枕》所言，即便病中也要享受茶事之闲静清美：

> 阴从元日到人日，四体不佳真若病。每烦从事与料理，百战不能图一胜。几思屏去不复亲，茗碗薰炉事闲静。[⑧]

第七节　淡

东汉许慎《说文》："淡，薄味也。"段注："醲之反也。西部曰：醲，厚酒也。"[⑨]淡，本为一种薄味，却引申为一种淡泊的德性。《老子·十二章》曰："五味令人口爽。"[⑩]《礼记·表记》："君子之接如水，小人之接如醴。君子淡以成，小人甘以坏。"[⑪]

---

① [宋]朱松：《书护国上方》，《全宋诗》第 33 册，卷一八五七，第 20746 页。

② [宋]杨万里：《谢木韫之舍人分送讲筵赐茶》，《全宋诗》第 42 册，卷二二九一，第 26293 页。

③ [宋]陈造：《再次韵杨宰七首》其一，《全宋诗》第 45 册，卷二四三九，第 28240 页。

④ [宋]韩淲：《何文蔚以瑞莲新笋见饷因以双井茶报之》，《全宋诗》第 52 册，卷二七六九，第 32746 页。

⑤ [宋]魏了翁：《夏港僧舍》，《全宋诗》第 56 册，卷二九三七，第 35013 页。

⑥ [宋]黄庚：《雪》，《全宋诗》第 69 册，卷三六三七，第 43573 页。

⑦ [宋]翁森：《四时读书乐》其四，《全宋诗》第 68 册，卷三五九三，第 42916 页。

⑧ [宋]赵蕃：《次韵元衡病酒伏枕》，《全宋诗》第 49 册，卷二六二三，第 30521 页。

⑨ [汉]许慎撰，[清]段玉裁注：《说文解字注》，上海古籍出版社 1988 年版，第 562 页。

⑩ 高亨：《(重订)老子正诂》卷上，十二章，古籍出版社 1956 年版，第 27 页。

⑪ [宋]陈澔：《礼记集说》卷九，天津古籍书店 1988 年影印宋元人注《四书五经》本，第 297 页。

扬雄《解难》:"大味必淡,大音必希;大语叫叫,大道低回。"①

吕陶《以茶寄宋君仪有诗见答和之》:"汲将楚谷水,就取石鼎烹。可以助君淳深幽寂之道味,高古平淡之诗情。"②陆游《初夏闲居八首》其六:"野水枫林久寄家,惯将枯淡作生涯。小楼有月听吹笛,深院无风看硙茶。"③陈造《病起四诗·二止酒》:"卒岁办僧过,茗粥安淡泊。"④赵汝鐩《听琴》:"摘茗烹沙铫,推窗拂石几。高山流水音,屡弹不肯止。我心本虚淡,无用宫商洗。"⑤程公许《游灵隐寺》:"斋盂乳铺玉,茗碗花糁琼。两腋扶清风,取意岩壑行。冷泉掬清泚,五峰凌峥嵘。真赏味无味,内观湛空明。"⑥都是在讲淡的精神。从中可见,淡实乃一种至高的得道的境界。

第八节 敬

敬,是人的一种心理状态,表现在行动上,就是一种对人、对事的郑重、严肃、认真的态度,也是一种重要的美德。《周易·坤》:"直,其正也;方,其义也。君子敬以直内,义以方外。敬义立而德不孤。"⑦《论语·子路》:"樊迟问仁。子曰:'居处恭,执事敬,与人忠。虽之夷狄,不可弃也。'"⑧《论语·宪问》"子路问君子。子曰:'修己以敬。'"⑨宋程伊川(颐)曰:"涵养须用敬,进学则在致知。"⑩《左传·成公十三年》则记孟献子曰:"郤氏其亡乎?礼,身之干也。敬,身之基也。"⑪又记曰:"刘子曰:'吾闻之:民受天地之中以生,所谓命也。是以有动作礼义威仪之则,以定命也。能者养以之福,不能者败以取祸。是故君子勤礼,小人

---

① [汉]班固:《汉书》卷八十七上,中华书局1962年版,第3578页。

② [宋]吕陶:《以茶寄宋君仪有诗见答和之》,《全宋诗》第12册,卷六六三,第7762页。

③ [宋]陆游:《初夏闲居八首》其六,《全宋诗》第40册,卷二二一九,第25444页。

④ [宋]陈造:《病起四诗·二止酒》,《全宋诗》第45册,卷二四二四,第27989页。

⑤ [宋]赵汝鐩:《听琴》,《全宋诗》第55册,卷二八六六,第34218页。

⑥ [宋]程公许:《游灵隐寺》,《全宋诗》第57册,卷二九八五,第35494页。

⑦ [宋]朱熹:《周易本义》卷一,天津古籍书店1988年影印宋元人注《四书五经》本,第6页。

⑧ 杨伯峻译注:《论语译注》,中华书局1980年版,第140页。

⑨ 杨伯峻译注:《论语译注》,第159页。

⑩ 《河南程氏遗书》卷十八,《二程集本》,中华书局2004年第2版,第188页。

⑪ 《左传·成公十三年》,杨伯峻编著:《春秋左传注》,中华书局2009年第3版,第860页。

尽力。勤礼莫如致敬，尽力莫如敦笃。敬在养神，笃在守业。'"①

此敬与佛家所言之"精进"，应是同义。精进为佛家六波罗蜜义之一，也即菩萨行的六度之一，隋慧远《大乘义章》："毗离耶者，此名精进。练心于法故说为精。精心务达故称为进。"②《茶经·一之源》云："茶之为用，味至寒，为饮，最宜精行俭德之人。"③其"精行"亦此也。

两宋茶诗词中所记之客来敬茶、馈赠茶，固已属敬，兹不再赘述。许及之《高峰寺》："四面峰峦玉斫成，团栾真是梵王城。名山胜绝兹为冠，墨客冥搜远作程。清酌献茶修薄供，摄心归敬誓余生。全家饱暖君恩重，佛日光中祝圣明。"④陆游《题斋壁三首》其三："平生所慕孤山老，剩欲怀茶奠旧祠。"⑤释重显《送新茶》其一："收来献佛余堪惜，不寄诗家复寄谁。"⑥则以茶为祭供，表达内心之虔敬。

刘挚《石生煎茶》："石生兰溪来，手提溪泉瓶。谓言长官政，如此泉水清。欢然展北焙，小鼎亲煎烹。一杯酌官寿，云腴浮乳英。惭非百壶饯，真意不自轻。涧沼苹藻细，王公享其诚。冠盖岂不至，纷纷空涕横。珍重石子者，端有古人情。"⑦则赞美了兰溪来的石生煎茶之艺高，所用心之精诚，所含情之古朴。

第九节　省

此省即内省，反省。《论语·学而》："曾子曰：'吾日三省吾身。'"⑧《论语·里仁》："子曰：'见贤思齐焉，见不贤而内自省也。'"⑨《论语·颜渊》："内省不疚，夫何忧何惧？"⑩而注重内省，则是宋人为学为人之基本精神。如朱熹所言："盖意

① 《左传·成公十三年》，杨伯峻编著：《春秋左传注》，中华书局 2009 年第 3 版，第 860—861 页。

② [隋]慧远：《大乘义章》卷十二，大正新修大藏经本。

③ [唐]陆羽：《茶经》卷上，"一之源"，阮浩耕、沈冬梅、于良子点校注释《中国古代茶叶全书》，浙江摄影出版社 1999 年版，第 2 页。

④ [宋]许及之：《高峰寺》，《全宋诗》第 46 册，卷二四五〇，第 28349 页。

⑤ [宋]陆游：《题斋壁三首》其三，《全宋诗》第 40 册，卷二二〇六，第 25240 页。

⑥ [宋]释重显：《送新茶》其一，《全宋诗》第 3 册，卷一四八，第 1666 页。

⑦ [宋]刘挚：《石生煎茶》，《全宋诗》第 12 册，卷六七九，第 7922 页。

⑧ 杨伯峻译注：《论语译注》，第 3 页。

⑨ 杨伯峻译注：《论语译注》，第 30 页。

⑩ 杨伯峻译注：《论语译注》，第 124 页。

诚则真无恶而实有善矣，所以能存是心以检其身。然或但知诚意，而不能密察此心之存否，则又无以直内而修身也。”[①]

茶因为能使人头脑清醒，所以在茶诗中往往有很多诗人的自警自省。这些自省一般都以清高纯洁的情操为指归。苏轼诗残句（其三一）：“饮非其人茶有语，闭门独啜心有愧。”[②]李洪《和人松江》：“高秋枫落哦佳句，斜日江边脍细鳞。谁解扁舟载西子，独怜茶灶老诗人。自惭遮日长安道，深愧渔蓑浪漫身。”[③]徐自明《华盖仙山院》：“寂中洊雷震，悟处狮子吼。百物自四时，六凿通九有。风松静度曲，山花相与友。心远境更幽，先生室无垢。茶鼎苍蝇鸣，香几黄金纽。澄神天籁息，见性籓篱剖。对语彼上人，一笑开户牖。自愧逐喧尘，成佛灵运后。”[④]黄庭坚《送莫郎中致仕归湖州》：“霅上多高士，君今又乞身。中年谢事客，白日上升人。静泛苕溪月，闲尝顾渚春。滔滔夜行者，能不愧清尘。”[⑤]

陈宓《复堂独坐》：“花柳无心对，诗书隐几眠。杯茶时猛省，事业媿先贤。”[⑥]则是理想事业未成的愧疚。

郑刚中《磨茶寄罗池一诗随之后以无便茶与诗俱不往今谩录于此过眼便焚切勿留》：“有人遗我建溪香，茶具邻家自借将。亲磨无从亲付汝，一推惟是一回肠。趋庭愧我缪知鲤，证父怜儿那得羊。浅啜饭余深自省，再生天地属君王。”[⑦]这样的自省则是忠君的情怀。

第十节　坚

坚，即坚定、坚固、坚贞。“岁寒，然后知松柏之后彫也。”[⑧]“士不可不弘毅，任重而道远。”[⑨]坚固耐久是我们中国人自古就推崇的一种美德。而比此德于

---

① 朱熹释《大学》“正心修身”章语。见［宋］朱熹：《大学章句集注》，天津古籍书店1988年影印宋元人注《四书五经》本，第4页。

② ［宋］苏轼诗残句（其三一），《全宋诗》第14册，卷八三二，第9638页。

③ ［宋］李洪：《和人松江》，《全宋诗》第43册，卷二三六六，第27162页。

④ ［宋］徐自明：《华盖仙山院》，《全宋诗》第50册，卷二六五九，第31171页。

⑤ ［宋］黄庭坚：《送莫郎中致仕归湖州》，《全宋诗》第17册，卷一〇一七，第11598页。

⑥ ［宋］陈宓：《复堂独坐》，《全宋诗》第54册，卷二八五四，第34027页。

⑦ ［宋］郑刚中：《磨茶寄罗池一诗随之后以无便茶与诗俱不往今谩录于此过眼便焚切勿留》，《全宋诗》第30册，卷一六九三，第19067页。

⑧ 杨伯峻译注：《论语译注》，中华书局1980年版，第95页。

⑨ 杨伯峻译注：《论语译注》，第80页。

茶，则最好不过了。

在古代，茶树很难移植，种茶多以茶子播种[①]。故人多以茶为媒聘之礼，取其不移之意。据宋吴自牧《梦粱录》卷十八“嫁娶”，从“定礼”“下财礼”到新娘三日回娘家的“送三朝礼”，均以茶为礼品之一[②]。明许次纾《茶疏》释此俗曰：“茶不移本，植必子生。古人结婚，必以茶为礼，取其不移植子之意也。”[③]《红楼梦》第二十五回，有一段王熙凤以茶戏谑林黛玉的情节，也反映了这个以茶为聘的习俗：

> 黛玉听了笑道：“你们听听：这是吃了他一点子茶叶，就使唤起人来了。”凤姐笑道：“你既吃了我们家的茶，怎么还不给我们家作媳妇儿？”众人都大笑起来，黛玉涨红了脸，回过头去，一声儿不言语。宝钗笑道：“二嫂子的诙谐真是好的。”黛玉道：“什么诙谐，不过是贫嘴贱舌的讨人厌罢了！”说着又啐了一口。凤姐笑道：“你给我们家做了媳妇，还亏负你么？”指着宝玉道：“你瞧瞧，人物儿配不上？门第儿配不上？根基儿家私儿配不上？那一点儿玷辱你？”黛玉起身便走。[④]

茶花凌寒开放，亦令人敬佩。茶树寿命十分长久，茶又能延年益寿，所以茶又是长寿久视的象征。唐李白《答族侄僧中孚赠玉泉仙人掌茶》序云：“其水边处处有茗草罗生，枝叶如碧玉。惟玉泉真公常采而饮之，年八十余岁，颜色如桃李。而此茗清香滑熟，异于他者，所以能还童振枯，扶人寿也。”[⑤]

两宋茶诗词中有不少这方面的内容。无名氏《靖州歌》：“小娘子，叶底花，无事出来吃盏茶。”[⑥]这首民歌实即《诗经》“有女怀春，吉士诱之”[⑦]之类。

---

① 按：现代茶科学已克服此难。

② [宋]吴自牧：《梦粱录》卷十八，周峰点校《东京梦华录（外四种）》本，文化艺术出版社1998年版，第297—300页。

③ [明]许次纾：《茶疏》，阮浩耕、沈冬梅、于良子点校注释《中国古代茶叶全书》，浙江摄影出版社1999年版，第242页。

④ [清]曹雪芹、高鹗著，段炼校点：《红楼梦》第二十五回，凤凰出版社2001年版，第163页。

⑤ [唐]李白：《答族侄僧中孚赠玉泉仙人掌茶》，《全唐诗》第5册，卷一七八，第1817—1818页。

⑥ [宋]无名氏：《靖州歌》，《全宋诗》第71册，卷三七三八，第45071页。

⑦ 《诗经·召南·野有死麕》，[宋]朱熹：《诗经集传》卷一，天津古籍书店1988年影印宋元人注《四书五经》本，第9页。

魏了翁《再赋》:“茶华新移根,脱命斤斧中。”①此言茶之坚定不移也。

岳珂《小春六花·茶花》:“万峰落叶木槎牙,春色初回垄上茶。浅蕊黄金韵栀子,嫩容白玉沁梨花。西风凝露才成颗,北苑喊雷应未芽。苦口味言终有益,莫将容悦比浮葩。”②曾几《绍兴帅相公遗小春新茶且折简云对瑞香啜之大胜暖帐中饮羔儿酒也小诗两绝以谢》其一:“打门将军得人惊,十月茶牙照眼明。漏泄春光凌雪色,柳条萱草太迟生。”③华岳《上詹仲通县尉》其一:“松竹不著花,密叶徒如帚。江梅不藏叶,寒花缀枯朽。独有龙焙茶,花叶秀而耦。冰霜著群木,冻死十八九。惟此百草灵,名可缀三友。”④此言茶之坚贞也。

王十朋《九日寄表叔贾司理》:“朋尊聊献非蒙泉,赐茗仍分小团凤。愿公一饮寿千龄,三物年年敢驰贡。”⑤项安世《荆江渔父竹枝词九首和夔帅□侍郎韵为荆帅范侍郎寿》其三:“三曲渔人献寿茶,新翻衢样织茶花。”⑥姜夔《寿朴翁》:“与师同月不同年,归墨归儒各自缘。想得山中无寿酒,但携茶到菊花前。”⑦此以茶为寿也。

第十一节　仙(两腋生风)⑧

飞升成仙,长生不死,是道教徒努力追求的根本目标。说道教,也就是在说长生。如真山民《修真院访崔道士》:“竹扉苍藓墙,林下小丹房。风定香烟直,月斜帘影长。瀹茶泉味别,点易露痕香。安得栖尘外,求师却老方。”⑨

道教认为,得法的修炼,可以成仙。《上清黄庭内景经·仙人章第十八》:“仙

---

① [宋]魏了翁:《再赋》,《全宋诗》第 56 册,卷二九二八,第 34901 页。

② [宋]岳珂:《小春六花·茶花》,《全宋诗》第 56 册,卷二九六八,第 35363 页。

③ [宋]曾几:《绍兴帅相公遗小春新茶且折简云对瑞香啜之大胜暖帐中饮羔儿酒也小诗两绝以谢》其一,《全宋诗》第 29 册,卷一六五九,第 18585 页。

④ [宋]华岳:《上詹仲通县尉》其一,《全宋诗》第 55 册,卷二八七九,第 34370 页。

⑤ [宋]王十朋:《九日寄表叔贾司理》,《全宋诗》第 36 册,卷二〇三〇,第 22760 页。

⑥ [宋]项安世:《荆江渔父竹枝词九首和夔帅□侍郎韵为荆帅范侍郎寿》,《全宋诗》第 44 册,卷二三七四,第 27335 页。

⑦ [宋]姜夔:《寿朴翁》,《全宋诗》第 51 册,卷二七二四,第 32042 页。

⑧ 按:原文以《茶通仙:两宋茶诗词中所反映的茶道与道教的渊源关系》为题,发表于《荣西〈吃茶养生记〉研究》,中国农业出版社 2019 年版。

⑨ [宋]真山民:《修真院访崔道士》,《全宋诗》第 65 册,卷三四三四,第 40868 页。

人道士非有神(修学以得之也),积精累气以成真。”[①]修炼有导引调息、服食丹药等各类方法,而丹尤其重要,所谓“长生之事,功由于丹”[②],唐宋以来,又分为外丹、内丹之法。外丹即丹药,内丹则是以人身为丹鼎,使精运神,炼成内丹。所谓“人人本有长生药,自是愚痴枉把抛”[③],“时人要识真铅汞,不是凡砂及水银”[④]。比之外丹,内丹相对安全得多,流行更广,宋代还逐渐形成了内丹的南宗和北宗。其目的无非是飞升上界,位列仙班,长生久视。而茶因为有着非凡的功用,很早就与神仙有了关联。以下均为陆羽《茶经·七之事》所引录之与神仙有关者:

《神异记》:“余姚人虞洪入山采茗,遇一道士,牵三青牛,引洪至瀑布山曰:‘予丹丘子也。闻子善具饮,常思见惠。山中有大茗可以相给。祈子他日有瓯牺之余,乞相遗也。’因立奠祀。后常令家人入山,获大茗焉。”

《续搜神记》:“晋武帝时,宣城人秦精,常入武昌山采茗,遇一毛人,长丈余,引精至山下,示以丛茗而去。俄而复还,乃探怀中橘以遗精,精怖,负茗而归。”

《广陵耆老传》:“晋元帝时有老姥,每旦独提一器茗,往市鬻之,市人竞买,自旦至夕,其器不减,所得钱散路傍孤贫乞人。人或异之,州法曹縶之狱中,至夜,老姥执所鬻茗器,从狱牖中飞出。”

《艺术传》:“敦煌人单道开不畏寒暑,常服小石子。所服药有松桂蜜之气,所余茶苏而已。”

陶弘景《杂录》:“苦茶轻换膏,昔丹丘子青山君服之。”

其中尤其值得注意的是一条唯一与佛教有关的引文:

释道悦《续名僧传》:“宋释法瑶,姓杨氏,河东人,永嘉中过江,遇沈台真,请真君武康小山寺,年垂悬车,饭所饮茶,永明中敕吴兴礼致上京,年七十九。”

---

① [宋]张君房纂辑:《云笈七签》卷十二,《三洞经教部·经》,华夏出版社1996年版,第66页。

② [宋]张君房纂辑:《云笈七签》卷十三,《内丹部·太清神丹中经叙》。

③ [宋]张伯端撰,[宋]翁葆光注,[元]戴起宗疏:《紫阳真人悟真篇注疏》卷二,《道藏》本。

④ [宋]张伯端撰,[宋]翁葆光注,[元]戴起宗疏:《紫阳真人悟真篇注疏》卷三,《道藏》本。

言南朝宋释法瑶，为北方之河东人，过江之后，遇沈台真，才开始饮茶。此时他本已是日薄西山，不料饮茶之后，竟活到七十九的高寿。据上述引文，很显然，茶与道教相关要早于其与佛教之相关。

而能够“轻换骨”，则茶无异于丹药。最先将这种意象写入诗中的是唐李白《答族侄僧中孚赠玉泉仙人掌茶》：“茗生此中石，玉泉流不歇。根柯洒芳津，采服润肌骨。丛老卷绿叶，枝枝相接连。曝成仙人掌，似拍洪崖肩。”①而将这种意象写得出神入化，则是唐卢仝《走笔谢孟谏议寄新茶》，全诗已见前《绪言》所引，其中描写饮茶后的惬意的意象“唯觉两腋习习清风生。蓬莱山，在何处？玉川子，乘此清风欲归去。山上群仙司下土，地位清高隔风雨”②，简直是贯穿了两宋诗人的饮茶生活，直至今天仍是茶文化的经典。

两宋的茶诗人承此，又有更多的诗意的补充，如陆游《道室夜意》：“寒泉漱酒醒，午夜诵仙经。茶鼎声号蚓，香盘火度萤。斋心守玄牝，闭目得黄宁。”③言夜中煎茶读仙经，斋心闭目，以求长生的惬意。白玉蟾《见鹤吟》：“纸上画仙挂古壁，朝朝暮暮被烟熏。泥塑锺离木雕木，不是元皇大道君。近来尘世无丹诀，哑口道人俱不说。武夷散人不辱仙，只图一日三碗雪。”④直言日饮茶三碗（而不是卢仝的七碗）就可成仙。

而通观现存两宋茶诗词，亦不难感受到，两腋生风，飞升登仙，可谓道家精神在茶道上的最直接的显现。笔者以为，可具体概括为以下三点。

一、以茶为外丹

以茶为外丹，即以茶为丹药。苏轼《游诸佛舍一日饮酽茶七盏戏书勤师壁》：“何须魏帝一丸药，且尽卢仝七碗茶。”⑤

黄庚《赠通玄观道士竹乡》：“通玄道士苦修行，坐见桑田几变更。云屋苔封烧药灶，风林花落煮茶铛。休粮剩有青松啖，却老应无白发生。月满竹乡乘鹤去，欲邀子晋学吹笙。”⑥将药与茶对举。

李光《饮茶歌》：“轻身换骨有奇功，一洗尘劳散昏俗。卢仝七碗吃不得，我

① ［唐］李白：《答族侄僧中孚赠玉泉仙人掌茶》，《全唐诗》第5册，卷一七八，第1817—1818页。

② ［唐］卢仝：《走笔谢孟谏议寄新茶》，《全唐诗》第12册，卷三八八，第4379页。

③ ［宋］陆游：《道室夜意》，《全宋诗》第39册，卷二一六二，第24451页。

④ ［宋］白玉蟾：《见鹤吟》，《全宋诗》第60册，卷三一三六，第37515—37516页。

⑤ ［宋］苏轼：《游诸佛舍一日饮酽茶七盏戏书勤师壁》，《全宋诗》第14册，卷七九三，第9187页。

⑥ ［宋］黄庚：《赠通玄观道士竹乡》，《全宋诗》第69册，卷三六三七，第43589页。

今日饮亦五六。修仁土茗亦时须，格韵卑凡比奴仆。客来清坐但饮茶，鏊源日铸新且馥。炎方酷热夏日长，曲蘖薰人仍有毒。古来饮流多丧身，竹林七子俱沉沦。饮人以狂药，不如茶味真。君不见古语云，欲知花乳清泠味，须是眠云卧石人。”①言茶胜丹药。

洪咨夔《作茶行》：“碧瑶宫殿几尘堕，蕊珠楼阁妆铅翻。慢流乳泉活火鼎，淅瑟微波开溟涬。”②将碾茶、煎茶比作炼丹。

范心远《题云溪庵》：“云溪高隐卧烟霞，默饮阳晶与月华。雾敛丹台生瑞草，云收灵腑结琼葩。青龙吐火烹金茗，白虎跑泉溉玉芽。龙虎媾交功九转，刀圭一粒捧丹砂。”③将煎茶比做炼丹，乃更加形象。

郑清之《育王老禅屡惠佳茗……》：“摘鲜封裹须焙芳，湿蒸为寇防侵疆。朝屯暮蒙要微火，九转温养如丹房。育王老慧老茶事，新授秘诀乃如此。”④记载育王老僧焙茶如炼丹。

赵师秀《喜徐道晖至》：“嗜茶身益瘦，兼恐欲通仙。”⑤仇远《次萧饶州韵》其三：“酒杯时乐圣，茶碗欲通仙。”⑥吕陶《答岳山莲惠茶》：“春芽不染焙中烟，山客勤勤惠至前。洗涤肺肝时一啜，恐如云露得超仙。”⑦言茶能通仙。

郭祥正《谢君仪寄新茶二首》其二：“北苑藏和气，生成绝品茶。岂宜分旅馆，只合在仙家。”⑧言茶与仙同在。

舒岳祥《绿阴》：“野色蒙茸翠羽盖，山光滃荡碧油幢。午烟时引煎茶灶，晓雾还沾读易窗。隐映掷金莺点点，分明藉玉鹭双双。莫疑蛇动杯中影，一笑开襟钓大江。”⑨言茶有如《易》一样，有开启胸襟之妙。

二、以茶为内丹

此内丹，指的是将饮茶的美的心灵体验比喻为炼内丹。

孔平仲《建茶一首》：“建茶一杯午睡起，除渴蠲烦无此比。满庭叶暗啼野莺，平地雨足生春水。定心宁息守丹灶，执固养和归赤子。破须速补勉旃修，危可求

① ［宋］李光：《饮茶歌》，《全宋诗》第 25 册，卷一四二二，第 16399 页。

② ［宋］洪咨夔：《作茶行》，《全宋诗》第 55 册，卷二八九五，第 34580 页。

③ ［宋］范心远：《题云溪庵》，《全宋诗》第 72 册，卷三七六六，第 45418 页。

④ ［宋］郑清之：《育王老禅屡惠佳茗……》，《全宋诗》第 55 册，卷二八九八，第 34624 页。

⑤ ［宋］赵师秀：《喜徐道晖至》，《全宋诗》第 54 册，卷二八四一，第 33851 页。

⑥ ［宋］仇远：《次萧饶州韵》其三，《全宋诗》第 70 册，卷三八六〇，第 44191 页。

⑦ ［宋］吕陶：《答岳山莲惠茶》，《全宋诗》第 12 册，卷六七〇，第 7826 页。

⑧ ［宋］郭祥正：《谢君仪寄新茶二首》其二，《全宋诗》第 13 册，卷七六九，第 8917 页。

⑨ ［宋］舒岳祥：《绿阴》，《全宋诗》第 65 册，卷三四四〇，第 40982 页。

安灼然理。”[①]说的就是调息养和炼内丹。不过以茶来讲内丹，还是著名的道士白玉蟾（葛长庚），讲的最为生动透彻，如白玉蟾《茶歌》：

> 吾侪烹茶有滋味，华池神水先调试。丹田一亩自栽培，金翁姹女采归来。天炉地鼎依时节，炼作黄芽烹白雪。味如甘露胜醍醐，服之顿觉沉疴苏。身轻便欲登天衢，不知天上有茶无。[②]

其中“华池神水”，在道教中意义有多种，可指口内舌下津液，也可指心性等。这里应是心性之意。白玉蟾本人《丹法参同七鉴》中的解释：“华池心源性海，谓之华池。神水性犹水也，谓之神水。”[③]

在外丹中，铅(Pb)被称为金翁、金公，炼铅所得精华为黄芽等；朱砂及炼朱砂所得汞(Hg)(水银)为姹女、白雪等。在内丹中，铅（金翁、黄芽等）所指则为元精（真精、肾精），即坎（水）中阳，为太阴月华所生；朱砂及炼朱砂所得汞（水银、姹女、白雪等）为元神（心气、心神），即离（火）中阴，为太阳日精所生。紫阳真人张伯端曰：“日居离位反为女，坎配蟾宫却是男。不会个中颠倒意，休将管见事高谈。”[④]而在内丹中，黄芽、白雪更指虚无寂静的境界，张伯端《金丹四百字》：“虚无生白雪，寂静发黄芽。玉炉火温温，金鼎飞紫霞。”[⑤]张伯端《悟真篇》：“黄芽白雪不难寻，达者须凭德行深。”[⑥]白玉蟾《丹法参同七鉴》：“黄芽心地开花，谓之黄芽。白雪虚室生白，谓之白雪。”[⑦]

“丹田”，为人脐下三寸处。其“天炉地鼎”，指以人身为鼎器养炼。宋周无所住《金丹直指·或问》：“炉鼎药物，其义云何？答曰：炉鼎以身譬之，药物以心中之宝喻之。身外无心，心外无宝，岂离此心而求药物，舍此身而觅鼎炉，所以道不远人，而人自远耳。桓真人云：心天本是六虚乾，身中自有无限火符。紫阳张真人云：心属乾，身属坤，故曰乾坤鼎器。”[⑧]

因此，此词实际是个谜语。面上说首先要讲究调试好烹茶用的水，烹茶才有

---

① ［宋］孔平仲：《建茶一首》，《全宋诗》第16册，卷九三一，第10967—10968页。

② ［宋］白玉蟾（葛长庚）：《茶歌》，《全宋诗》第60册，卷三一四〇，第37656—37657页。

③ ［宋］白玉蟾：《海琼传道集·丹法参同七鉴》，《道藏本》。

④ ［宋］张伯端撰，［宋］翁葆光注，［元］戴起宗疏：《紫阳真人悟真篇注疏》卷四，《道藏》本。

⑤ ［宋］张伯端撰，［明］陆西星测疏：《紫阳真人金丹四百字测疏》，《藏外道书》本，巴蜀书社1992年版。

⑥ ［宋］张伯端撰，［宋］翁葆光注，［元］戴起宗疏：《紫阳真人悟真篇注疏》卷三，《道藏》本。

⑦ ［宋］白玉蟾：《海琼传道集·丹法参同七鉴》，《道藏》本。

⑧ ［宋］周无所住：《金丹直指》，《道藏》本。

滋味。采来自家种的茶，烹制成溢出雪乳的茶汤，饮用后身轻欲登天，可又担心上了天之后，再喝不上茶了。实际的意思则是：炼内丹，先要调节好心性，再调适好丹田之气，采来肾精与心气为药，以丹田为炉，以头（心气元神之所）为鼎，达到虚无寂静的境界，炼成真精玉液之内丹。其味如甘露，胜过醍醐，服之顿觉沉痾都消散，身轻欲登仙。

王千秋《风流子・夜久烛花暗》："清风生两腋，尘埃尽，留白雪、长黄芽。解使芝眉长秀，潘鬓休华。"[①]亦言饮茶，使津液元气增多，如同炼了内丹。

夏元鼎《西江月・送腊茶答王和父》："先天一气社前升。唤出昆仑峰顶。要得丁公煅炼，飞成宝屑窗尘。"[②]其"先天一气社前升"，即春社日前的元气。其"昆仑峰顶"，即道家内丹之泥丸、上丹田，位于人体的最高处头顶。"丁公"，即火。"窗尘"，即明窗尘，为化作粉尘的丹药。汉魏伯阳《周易参同契》："三物相含受，变化状若神。下有火阳气，伏蒸须臾间。先液而后凝，号曰黄轝焉。岁月将欲讫，毁性伤寿年。形体为灰土，状若明窗尘。"[③]五代后蜀彭晓注曰："金母始因太阳精气伏蒸，遂能滋液而后凝结，是名黄轝焉。以至周星阴阳五行功考互满，退位藏形，尽归功于中宫黄帝土德也，故云毁性伤寿年，归土德而化土，则精神状若明窗尘也。"[④]宋朱熹注："此是第二变也。"[⑤]均言炼成的丹药，随着时间推移，变成闪烁之明窗尘状。宋张伯端《悟真篇》有《西江月》词，描写了内丹的养炼过程："二八谁家姹女？九三何处郎君？自称木液与金精，遇土却成三性。便假丁公锻炼，夫妻始结欢情。河车不敢暂停留，运入昆仑峰顶。"[⑥]"姹女"，前已有释，为汞，为木、为木液；"郎君"亦指铅，为金、为金精；"河车"为精气运行的过程。可见，夏元鼎的这首茶词也是把制茶与炼内丹相比类。

白玉蟾还有一首专门展现炼内丹过程的著名的《沁园春》词，稍作对比，就可以发现它与以上茶诗词的一致性：

> 要做神仙，炼丹工夫，譬之似闲。但姹女乘龙，金公御虎，玉炉火炽，土釜灰寒。铅里藏银，砂中取汞，神水华池上下间。三田内，有一条

① [宋]王千秋：《风流子・夜久烛花暗》，《全宋词》第3册，第1466页。

② [宋]夏元鼎：《西江月・送腊茶答王和父》，《全宋词》第4册，第2714页。

③ 据[后蜀]彭晓：《周易参同契通真义》卷上，以金为隄防章第三十七，文渊阁四库全书本。

④ [后蜀]彭晓：《周易参同契通真义》卷上，以金为隄防章第三十七，文渊阁四库全书本。

⑤ [宋]朱熹撰：《周易参同契考异・上篇》，文渊阁四库全书本。

⑥ [宋]张伯端撰，[宋]翁葆光注，[元]戴起宗疏：《紫阳真人悟真篇注疏》七，《道藏》本。

径路，直透泥丸。一声雷震昆山。真橐钥、飞冲夹脊关。见白雪漫天，黄芽满地，龟蛇缭绕，乌兔掀翻。自古乾坤，这些坎离，九转烹煎结大还。灵丹就，未飞升上阙，且在人寰。①

当然，还有一种不明说的内丹。白玉蟾《张道士鹿堂》："清梦绕罗浮，羽衣延我游。新茶寻雀舌，独芋煮鸱头。春鹤饮药院，夜猿啼石楼。丹炉犹暖在，聊为稚川留。"②白玉蟾《卧云》："满室天香仙子家，一琴一剑一杯茶。羽衣常带烟霞色，不惹人间桃李花。"③借饮茶之意境，抒写精神之逍遥，如闲云野鹤，快人心神。

三、以茶助飞升

两宋言饮茶后的神清意爽，几乎没有不用飞升做比喻的，所在即是，可以说根本就无须劳烦举出哪一首来说明。所谓"建溪有灵草，能蜕诗人骨"④，所谓"华堂饮散纤纤捧，气爽神清作地仙"⑤……

需要注意的却是两宋茶诗词言飞升意象的丰富多样，反映了道教对茶道的深刻影响。道教一代宗师张继先（张天师）《恒甫以新茶战胜因咏歌之》："人言青白胜黄白，子有新芽赛旧芽。龙舌急收金鼎火，羽衣争认雪瓯花。蓬瀛高驾应须发，分武微芳不足夸。"⑥承卢仝之意，言飞升到蓬莱，固不足为奇。释文珦《焙茶》："异荈云边得，山房手自烘。颇思同陆羽，全觉似卢仝。孤闷当先破，仙灵更可通。蓬莱知远近，我欲便乘风。"⑦则身为释子，亦作飞升之想。

司马光《汉宫词》："逆旅聊怀玺，田间共斗鸡。犹思饮云露，高举出虹蜺。"⑧此"云露"为茶之美称。"虹蜺"，唐钟离权《灵宝毕法》曰"阴阳不匹配，乱交而生虹蜺"⑨，此言要高举出尘。

道教还有奔日、奔月、奔星之飞升炼养法。《黄气阳精三道顺行经》曰："日，

---

① ［宋］葛长庚（白玉蟾）：《沁园春》，《全宋词》第4册，第2587页。

② ［宋］白玉蟾：《张道士鹿堂》，《全宋诗》第60册，卷三一三六，第37518页。

③ ［宋］白玉蟾：《卧云》，《全宋诗》第60册，卷三一三八，第37611页。

④ ［宋］黄庭坚：《碾建溪第一奉邀徐天隐奉议并效建除体》，《全宋诗》第17册，卷一〇一五，第11585页。

⑤ ［宋］李正民：《刘卿任尝新茶于佛舍元叔弟赋诗次韵》其二，《全宋诗》第27册，卷一五四〇，第17485页。

⑥ ［宋］张继先：《恒甫以新茶战胜因咏歌之》，《全宋诗》第20册，卷一一九七，第13519页。

⑦ ［宋］释文珦：《焙茶》，《全宋诗》第63册，卷三三二三，第39624页。

⑧ ［宋］司马光：《汉宫词》，《全宋诗》第9册，卷五〇二，第6081页。

⑨ ［唐］钟离权：《秘传正阳真人灵宝毕法》卷上《烧丹炼药》，《道藏》本。

阳之精，德之长也。纵广二千三十里。金物、水精晕于内，流光照于外。其中有城郭人民、七宝浴池；池生青黄、赤、白、莲花。”①“月晖之围，纵广二千九百里，白银琉璃水精映其内城郭人民，与日宫同有七宝浴池。”②《玄门宝海经》曰：“阳精为日，阴精为月。分日月之精为星辰。”③《三奔录》则曰：

> 三奔之道，当按奔景之神经。经中节度，晓夕修行，不得传及非人。如怠慢不专，轻泄漏慢之者，身受冥责，一如经戒。
>
> 奔日
>
> 日中赤气上皇真君，讳将车梁，字高骞奕。此位号尊秘，《经》虽无存修之法，而云知者不死。当宜行事之始，心存以知，不得辄呼。月法亦然。
>
> 奔月
>
> 月中黄气上黄神母，讳曜道支，字玉荟条。其奔月斋静存思，具如日法。
>
> 奔辰
>
> 木春王，火夏王，金秋王，水冬王，皆依历以四立日前夜半为王之始。冬七十二日至分、至日前各王十八日，分、至日之前夜夜半为王之始。有星时可出庭中，坐立适意，有五星中相见者。次当修服之时而出庭中，坐胜于立。可于庭坛向星敷席施按，烧香礼拜讫，正坐而为之。若无星之时，天阴之夕，可于寝室中存修之也。星行不必在方面，亦随所在向而修行，谓五星所在而向之，不必依星本方之面，犹如木或在西也。一夕服五星，常令周遍。随王月以王星为先。若静斋道士，亦可通于室中，存五星之真文、方面而并修之。不闲筭术，不知星之所在。又久静长斋者，可常于室中，依五星本位之方面而存修之也。④

唐钟离权《灵宝毕法》则说明了日月星辰的真阳之性：

> 积真阳以成神而丽乎天者星辰，积真阴以成形而壮乎地者土石。

---

① [宋]张君房纂辑：《云笈七签》卷二三，《日月星辰部·总叙日月》，华夏出版社 1996 年版，第 131 页。

② [宋]张君房纂辑：《云笈七签》卷二三，《日月星辰部·总叙日月》，第 131 页。

③ [宋]张君房纂辑：《云笈七签》卷二四，《日月星辰部·总说星》，第 136 页。

④ [宋]张君房纂辑：《云笈七签》卷二三，《日月星辰部·总叙日月》，第 131—132 页。

星辰之大者日月，土石之贵者金玉。阴阳见于有形，上之日月，下之金玉也。真原曰：阴不得阳不生，阳不得阴不成。积阳而神丽乎天而大者，日月也，日月乃真阳而得真阴以相成也。积阴而形壮于地而贵者，金玉也，金玉乃真阴而得真阳以相生也。①

范心远《题云溪庵》："云溪高隐卧烟霞，默饮阳晶与月华。"②就是对吸日月光华以炼养的描写。

陆佃《呈张邃明舍人》："世掌丝纶美，声名壮紫微。赐茶天上坐，退食日边归。"③其"日边"，既指皇帝身边，也指道教的奔日炼养。因之，此"退食日边归"，还有从饮茶后的奔日飞升中返回的意味。

黄庭坚《满庭芳》（北苑龙团）："饮罢风生两腋，醒魂到、明月轮边。"④刘才邵《谢人惠花栽以龙涎及小团答之》："鲸波荐液香难比，龙焙先春玉作团。寄与文房助清兴，诗魂莫怕月边寒。"⑤此言奔月。

陶弼《茶溪亭》："茶溪亭上绿沿回，溪上孤城照水开。谁趁落潮离晚渡，自寻芳草上春台。年华有限忙中去，人事无涯暗里来。安得病躯开病眼，碧云瞻拱帝星回。"⑥李处权《雨后凝秀阁口占呈子方》："凿石为渠水有声，四垣惟欠竹青青。壁含霁月光千丈，黛拂云峰画一屏。香异定应来绝岛，茶甘初不藉中泠。主人莫惜千金费，更作飞楼拟摘星。"⑦则皆言奔星。

张九成的《勾漕送建茶》，则是一首饮茶仙游诗：

我谪庾岭下，年年饷焦坑。味虽轻且嫩，越宿苦还生。分甘尝此品，敢望建溪烹。勾公道义重，不与炎凉并。持节漕七闽，风采照百城。冤苦尽昭雪，草木亦欣荣。得新未肯尝，包封寄柴荆。罪罟敢当此，自碾供百灵。捧杯啜其余，云腴彻顶清。爽气生几席，清飚起檐楹。顿觉凡骨蜕，疑在白玉京。整冠朝金阙，鸣佩谒东皇。须臾还旧

---

① ［唐］钟离权：《秘传正阳真人灵宝毕法》卷上《烧丹炼药》，《道藏》本。

② ［宋］范心远：《题云溪庵》，《全宋诗》第 72 册，卷三七六六，第 45418 页。

③ ［宋］陆佃：《呈张邃明舍人》，《全宋诗》第 16 册，卷九〇六，第 10648 页。

④ ［宋］黄庭坚：《满庭芳》，《全宋词》第 1 册，第 401 页。

⑤ ［宋］刘才邵：《谢人惠花栽以龙涎及小团答之》，《全宋诗》第 29 册，卷一六八二，第 18860 页。

⑥ ［宋］陶弼：《茶溪亭》，《全宋诗》第 8 册，卷四〇七，第 5004 页。

⑦ ［宋］李处权：《雨后凝秀阁口占呈子方》，《全宋诗》第 32 册，卷一八三四，第 20426 页。

观，坐见百虑平。[①]

玉京为道教三十六天最高端。“自玄都玉京已下，合有三十六天。”[②]《玉京山经》曰：“玉京山冠于八方诸大罗天，列世比地之枢上中央矣。山有七宝城，城有七宝宫，宫有七宝玄台。其山自然生七宝之树。一株乃弥覆一天，八树弥覆八方大罗天矣。即太上无极虚皇大道君之所治也。”[③]而神游八极，又是道教的重要修行，可以延年。《太上飞行九神玉经》：“太上大道君告北极真公曰：吾昔游于北天，策驾广寒；足践华盖，手排九元；逸景云宫，遨戏北玄；逍遥朔阴之馆，赏于洞毫之门；眄璇玑以召运，促劫会以舞轮；叹万物之凋衰，俯天地而长存；乃觉九星之奇妙，悟斗魁之至灵也。”[④]《西王母授紫度炎光神变经颂》其一：“啸歌九玄台，崖岭凝凄端。心理六觉畅，目弃尘滓氛。流霞耀金室，虚堂散重玄。积感致灵降，形单道亦分。倏欻盼万劫，岂觉周亿椿。”[⑤]

所以，张九成的这首茶诗，乃言饮茶之后，神游到了最上界玉京，又来到了日边，拜谒了日神。经过这一番神游的养炼，自然是会“百虑平”了。

陆游《南堂》：“取泉石井试日铸，吾诗邂逅亦已成。何由探借中秋月，与子同游白玉京。”[⑥]亦作玉京之想。

刘才邵《次韵刘克强寄刘齐庄并见寄》后半篇也是游仙：

> 因念玉川子，茅屋无藩篱。搜肠五千卷，不救寒与饥。弄笔颇惊众，取谤祇自疵。闭门烹月团，笼头帽斜攲。险语已绝俗，忧世良可师。公诗足高韵，千载若同时。思得素涛瓯，一洗中肠悲。飘然游八极，追琢娥与羲。封题幸早寄，伫看清风随。蓬莱见群仙，为诵玉川诗。群仙司下土，闻此应忸怩。却须问人世，徐徐说津涯。上言天子圣，盛德方应期。下言苍生苦，梗莽须平治。他官地位多，主者当为谁。愿速扫奸孽，不复烦灵旗。神京朝万国，复见汉官仪。归来颂中兴，当才勿吾欺。[⑦]

---

① [宋]张九成：《勾漕送建茶》，《全宋诗》第31册，卷一七九二，第19989页。
② [宋]张君房纂辑：《云笈七签》卷三，《道教本始部·道教三洞宗元》，第12页。
③ [宋]张君房纂辑：《云笈七签》卷二一，《天地部·总序天》，第119页。
④ [宋]张君房纂辑：《云笈七签》卷二十，《三洞经教部·经》，第110页。
⑤ [宋]张君房纂辑：《云笈七签》卷九十六，《赞颂部·赞颂歌》，第579页。
⑥ [宋]陆游：《南堂》，《全宋诗》第40册，卷二二一〇，第25310页。
⑦ [宋]刘才邵：《次韵刘克强寄刘齐庄并见寄》，《全宋诗》第29册，卷一六八〇，第18831页。

杨冠卿有一《仙游》长诗，其中有“饮之以云腴，锡之以琼英”之句，因为“云腴”，“琼英”，乃是两宋茶诗词中对于茶的常见喻称，而且篇终有“钧天认帝所，昨梦怆难成”之句，因之，这一首诗应该是一首想象在天界饮茶的诗：

> 迢迢秋夜长，娟娟霜月明。隐几观万变，俯仰周八纮。人间厌谪堕，翳凤骑长鲸。寥天排云征，高步抚流星。群仙罗道周，有若相逢迎。旌羽绚虹蜺，环佩锵葱珩。问我来何迟，携手上玉京。陛级扣灵琐，班联篷紫庭。绿章奏封事，清问殊哀矜。饮之以云腴，锡之以琼英。下拜亟登受，倏然云雾兴。杳不知其所，变化无留形。俄顷双青鸾，衔笺报归程。望舒肃前驱，徒御了不惊。归时夜未央，仰视河汉横。天风西南来，隐隐笙竽声。钧天认帝所，昨梦怆难成。①

所以，凭着这些充满浪漫想象的游仙茶诗，我们还能再说浪漫只是唐人的风调么？

第十二节　禅(茶禅一味)

禅，为梵语“禅那”(Dhyāna)之略译，为六波罗蜜义之一，即菩萨行的六度之一。隋慧远《大乘义章》卷十二，有释曰：“言禅那者，此名思惟修，亦名功德丛林。上界静法审观方成名思惟修。能生诸德，故复说为功德丛林。”②

另一方面，禅又是禅宗之禅。禅宗，可谓中国化了的佛教③，是杂糅中国道家、儒家思想而成的佛教宗派，因为特别盛行，甚至可代指整个佛教。

佛家的根本问题是如何成佛，佛家本土化的禅宗的根本问题则是如何明心见性。为了明心见性，接引学人，一代又一代的高僧大德们创造了难以计数的公

---

① [宋]杨冠卿：《仙游》，《全宋诗》第47册，卷二五五五，第29627页。

② [隋]慧远《大乘义章》卷十二，六波罗蜜义十门分别，大正新修大藏经本。[隋]慧远《大乘义章》卷十三，八禅定义四门分别，亦释曰：“禅者，是其中国之言，此翻名为思惟修习，亦云功德丛林。思惟修者，从因立称，于定境界，审意筹虑，名曰思惟。思心渐进，说为修习。从克定名，思惟修寂。亦可此言，当体为名。禅定之心，正取所缘，名曰思惟。思心增进，说为修习。功德丛林者，从果为名。智慧神通，四无量等，是其功德。众德积聚，说为丛林，定能生之，因从果目，是故说为功德丛林。”(大正新修大藏经本)[宋]释子璿《首楞严义疏注经》卷一：“十方如来得成菩提妙奢摩他三摩禅那最初方便。”注：“禅那，云静虑。”(大正新修大藏经本)

③ 按：如今人麻天祥亦有“禅宗思想是大众化的老庄哲学”之断语。(麻天祥：《中国禅宗思想史略·前言》，中国人民大学出版社2007年版)

案话头，茶可谓其中最富有创造性、最富有诗意的一个公案话头。

茶与禅相关联，较早而著名的是唐代从谂禅师“赵州茶”（“吃茶去”）公案：

> 师（赵州从谂禅师）问新到：“曾到此间么？”曰：“曾到。”师曰：“吃茶去。”又问僧，僧曰：“不曾到。”师又曰：“吃茶去。”后院主问曰：“为什么曾到也云‘吃茶去’，不曾到也云‘吃茶去’？”师召院主，主应喏，师曰：“吃茶去。”①

茶与禅最直接的关联，则是著名的宋圆悟克勤禅师的“茶禅一味”的开示②。而从“赵州茶”到“茶禅一味”，不变的是临济大师的上指一路，所以“茶禅一味”，虽出自禅宗临济一派，却能代表茶道的禅宗方面的旨趣。

现如今有关“茶禅一味”的解读已然不少，但比起两宋茶诗词中既深且广的描写与解读，实在还是相差太远。而通观两宋茶诗词，则不仅可见当时茶禅之盛，亦可见“茶禅一味”正乃是当时茶诗词创作的重要动机与表现的重要内容③，往往诗人们的一句佳言，就足以冰释吾人对于茶禅的种种疑难。如王庭珪《春日山行》“云藏远岫茶烟起，知有僧居在翠微”④，直言僧茶之对应；张道洽《梅花二十首》其六“竹屋纸窗清不俗，茶瓯禅榻两相宜”⑤，言茶禅之相宜；李石《梦西曹夜直》“老境人情变，韶华物色新。只堪携茗碗，禅观对幽人”⑥，亦直言茶与禅同一。兹试从形下与形上两方面，对两宋茶诗词中所反映的禅的精神，也即“茶禅一味”，作一些梳理与总结。

一、茶禅一味之迹

若从六根六识层面来看，两宋茶诗词所言之茶禅一味，可以归纳为以下三个方面。

---

① ［宋］普济著，苏渊雷点校：《五灯会元》卷四，赵州从谂禅师，中华书局 1984 年版，第 204 页。

② 李明权《佛学典故汇释》“茶禅（赵州茶）”条云：“日僧珠光访华，就学于著名的克勤禅师。珠光学成回国，克勤书‘茶禅一味’相赠，今藏日本奈良大德寺中。”浙江古籍出版社 1990 年版，第 254 页。

③ 按：个中原因，笔者以为首先在于无论禅宗大德，还是文苑翘楚，都不约而同地将诗作为他们谈茶禅抑或禅茶的最精妙的载体，这自然是中国诗国的文化基因的缘故，此不细论。

④ ［宋］王庭珪：《春日山行》，《全宋诗》第 25 册，卷一四六二，第 16784 页。

⑤ ［宋］张道洽：《梅花二十首》其六，《全宋诗》第 62 册，卷三二九三，第 39250 页。

⑥ ［宋］李石：《梦西曹夜直》，《全宋诗》第 35 册，卷一九八七，第 22289 页。

1.茶助禅

茶有去困睡清神，消烦止渴等功效，而禅是高级的思维活动，在禅定、禅思、禅话中，得茶之助，真可谓事半功倍。

文彦博《送弥陀实师访积庆西堂顺老》诗之自注："茶汤各一角，聊资禅话。"①吕陶《以茶寄宋君仪有诗见答和之》："可以助君淳深幽寂之道味，高古平淡之诗情。"②郭祥正《招孜祐二长老尝茶二首》其一："无物滋禅味，来烹北苑茶。"③张扩《过龙井辩才退居》："笋芽供羹坐取饱，茶乳沃舌听谈禅。"④李石《送叔规》："更须南去共舟楫，竹火江茶谭夜禅。"⑤柳桂孙《花山寺看黄山》其二："茶垆谩着松枝火，趺坐蒲团听夜禅。"⑥陈著《次韵僧仁泽》其二："茶腴参道味，诗瘦出饥脾。"⑦胡仲弓《雪中杂兴四首》其二："煨栗填饥腹，煎茶长道情。"⑧

2.茶解忧，禅亦解忧

茶有生理上的去烦满之药效，禅则能化解精神上的烦忧，茶禅可谓天然同调。

释义青《第三十六云门明教颂》："竭力为人须是彻，方知茶味解人愁。"⑨陈著《次云岫惠茶》："满啜禅林五味茶，清风吹散事如麻。"⑩赵希逢《和寄江子岗》："属厌茶味能消闷，搜搅书肠觉有香。"⑪韩淲《晴窗》："茶甘泛松实，舌本味亦长。温乎气忽平，兀然梦相忘。"⑫此言茶解忧愁。

陈襄《题积善院》："幽寺访禅客，烦襟此一开。"⑬释怀深《偈一百二十首·十年做长老》："盛点两瓯茶，多陪一面笑。大家说些快活禅，免教拄杖生烦恼。"⑭此言禅解忧愁。

---

① [宋]文彦博：《送弥陀实师访积庆西堂顺老》，《全宋诗》第6册，卷二七七，第3528页。

② [宋]吕陶：《以茶寄宋君仪有诗见答和之》，《全宋诗》第12册，卷六六三，第7762页。

③ [宋]郭祥正：《招孜祐二长老尝茶二首》其一，《全宋诗》第13册，卷七七〇，第8922页。

④ [宋]张扩：《过龙井辩才退居》，《全宋诗》第24册，卷一三九六，第16063页。

⑤ [宋]李石：《送叔规》，《全宋诗》第35册，卷一九八六，第22281页。

⑥ [宋]柳桂孙：《花山寺看黄山》其二，《全宋诗》第67册，卷三五一九，第42028页。

⑦ [宋]陈著：《次韵僧仁泽》其二，《全宋诗》第64册，卷三三六六，第40180页。

⑧ [宋]胡仲弓：《雪中杂兴四首》其二，《全宋诗》第63册，卷三三三三，第39764页。

⑨ [宋]释义青：《第三十六云门明教颂》，《全宋诗》第12册，卷七一一，第8206页。

⑩ [宋]陈著：《次云岫惠茶》，《全宋诗》第64册，卷三三五九，第40131页。

⑪ [宋]赵希逢：《和寄江子岗》，《全宋诗》第62册，卷三二六六，第38927页。

⑫ [宋]韩淲：《晴窗》，《全宋诗》第52册，卷二七五五，第32455页。

⑬ [宋]陈襄：《题积善院》，《全宋诗》第8册，卷四一三，第5079页。

⑭ [宋]释怀深：《偈一百二十首·十年做长老》，《全宋诗》第24册，卷一四〇一，第16123页。

3. 茶有味，禅亦有味

味，即滋味、气味，是用舌尝东西、用鼻闻东西所得到的感觉。但在中国文化里，还可以指事物带给人的感受，并进而有“情趣”“体会”“研究”之意。《周易·系辞上》：“二人同心，其利断金。同心之言，其臭如兰。”①《论语·述而》：“子在齐闻《韶》，三月不知肉味。”②《史记·张释之冯唐列传》之太史公赞：“冯公之论将率，有味哉！有味哉！”③《晋书·成公简传》：“性朴素，不求荣利，潜心味道。”④《文心雕龙·情采》：“繁采寡情，味之必厌。”⑤在两茶诗词中，“味”字频繁出现，既有茶味，也有乡味、世味、情味、诗味、风味等，更有道味、禅味：

王禹偁《陆羽泉茶》：“甃石封苔百尺深，试茶尝味少知音。”⑥许景衡《试茶》：“莫怪年来有茶癖，要看滋味在余甘。”⑦曹勋《山居杂诗九十首·前岩有兰若》：“路纡疲脚力，僧老识茶味。”⑧张伯玉《后庵试茶》：“莫笑后庵茶，闲中好滋味。”⑨此言茶味。

欧阳修《次韵再作》：“吾年向老世味薄，所好未衰惟饮茶。”⑩邵雍《小车六言吟》：“静处光阴最好，闲中气味偏长。”⑪司马光《太傅同年叶兄以诗及建茶为贶家有蜀笺二轴辄敢系诗二章献于左右亦投桃报李之意也》其一：“雅意不忘同臭味，先分畴昔桂堂人。”⑫苏轼《元祐六年六月自杭州召还汶公馆我于东堂阅旧诗卷次诸公韵三首》其一：“半熟黄粱日未斜，玉堂阴合手栽花。却思三十年前味，

---

① [宋]朱熹：《周易本义》卷三，天津古籍书店 1988 年影印宋元人注《四书五经》本年版，第 59 页。

② 杨伯峻译注：《论语译注》，中华书局 1980 年版，第 70 页。

③ [汉]司马迁撰：《史记》卷一〇二，中华书局 1982 年版，第 2761 页。

④ [唐]房玄龄等撰：《晋书》卷六一，中华书局 1974 年版，第 1665 页。

⑤ [南朝梁]刘勰著，范文澜注：《文心雕龙注》卷七，人民文学出版社 1958 年版，第 539 页。

⑥ [宋]王禹偁：《陆羽泉茶》，《全宋诗》第 2 册，卷六三，第 691 页。

⑦ [宋]许景衡：《试茶》，《全宋诗》第 23 册，卷一三六〇，第 15578 页。

⑧ [宋]曹勋：《山居杂诗九十首·前岩有兰若》，《全宋诗》第 33 册，卷一八九七，第 21201 页。

⑨ [宋]张伯玉：《后庵试茶》，《全宋诗》第 7 册，卷三八三，第 4727 页。

⑩ [宋]欧阳修：《次韵再作》，《全宋诗》第 6 册，卷二八八，第 3647 页。

⑪ [宋]邵雍：《小车六言吟》，《全宋诗》第 7 册，卷三七四，第 4605 页。

⑫ [宋]司马光：《太傅同年叶兄以诗及建茶为贶家有蜀笺二轴辄敢系诗二章献于左右亦投桃报李之意也》其一，《全宋诗》第 9 册，卷五〇六，第 6156 页。

未饭钟时已饭茶。”[①]苏辙《扬州五咏·蜀井》:“早知乡味胜为客,游宦何须更着鞭。”[②]孔武仲《招竹元珍赏江洲新茶》:“我生世味薄,所好唯真茶。”[③]陆佃《依韵和赵令畤三首》其二:“更住一年方五十,不应情味薄于纱。”[④]毛滂《立秋日破晓入山携枕簟睡于禅静庵中作诗一首》:“平生世味总如水,老大纵健肝膈凉。”[⑤]张扩《次韵昌时寺丞侄避暑》:“便静乞闲吾有味,墙东诗老许同襟。”[⑥]周紫芝《送元素》:“自载笔床茶灶去,喜君风味似天随。”[⑦]李纲《春昼书怀》:“静中图史尤多味,身外功名已厚颜。”[⑧]朱翌《宣城书怀》:“斯言诚有味,端不减醍醐。”[⑨]陆游《临安春雨初霁》:“世味年来薄似纱,谁令骑马客京华。”[⑩]周必大《次韵章茂献谢茶》:“新诗有味知何似,双井春来试白芽。”[⑪]李兼《戒事魔十诗》其九:“肉味鱼腥吃不妨,随宜茶饭守家常。”[⑫]赵汝鐩《宿妙果寺赠洪上人》:“若道吾言没滋味,请师且去坐蒲团。”[⑬]此言乡味、世味、情味、诗味、风味等各种滋味。

周紫芝《湖居无事日课小诗》其四:“老向华胥占一窗,无心更梦小云郎。城居可似湖居好,诗味颇随茶味长。”[⑭]吕陶《和毅甫惠茶相别》:“茶新诗亦新,垂贶及羁客。有味皆清真,无瑕可指摘。”[⑮]周才《游虞山兴福寺》:“禅家识得诗风味,清供杯茶熟煮汤。”[⑯]此言茶味等同诗味。

张耒《病肺齿痛对雪》:“惟有烹茶心未厌,故知淡泊味能长。”[⑰]此言茶味乃

---

① [宋]苏轼:《元祐六年六月自杭州召还汶公馆我于东堂阅旧诗卷次诸公韵三首》其一,《全宋诗》第14册,卷八一六,第9442页。

② [宋]苏辙:《扬州五咏·蜀井》,《全宋诗》第15册,卷八五七,第9942页。

③ [宋]孔武仲:《招竹元珍赏江洲新茶》,《全宋诗》第15册,卷八七九,第10239页。

④ [宋]陆佃:《依韵和赵令畤三首》其二,《全宋诗》第16册,卷九〇七,第10666页。

⑤ [宋]毛滂:《立秋日破晓入山携枕簟睡于禅静庵中作诗一首》,《全宋诗》第21册,卷一二四七,第14088页。

⑥ [宋]张扩:《次韵昌时寺丞侄避暑》,《全宋诗》第24册,卷一三九八,第16082页。

⑦ [宋]周紫芝:《送元素》,《全宋诗》第26册,卷一五〇七,第17180页。

⑧ [宋]李纲:《春昼书怀》,《全宋诗》第27册,卷一五四六,第17556页。

⑨ [宋]朱翌:《宣城书怀》,《全宋诗》第33册,卷一八六五,第20864—20866页。

⑩ [宋]陆游:《临安春雨初霁》,《全宋诗》第39册,卷二一七〇,第24638页。

⑪ [宋]周必大:《次韵章茂献谢茶》,《全宋诗》第43册,卷二三二九,第26791—26792页。

⑫ [宋]李兼:《戒事魔十诗》其九,《全宋诗》第54册,卷二八三〇,第33701页。

⑬ [宋]赵汝鐩:《宿妙果寺赠洪上人》,《全宋诗》第55册,卷二八六九,第34253页。

⑭ [宋]周紫芝:《湖居无事日课小诗》其四,《全宋诗》第26册,卷一五一八,第17275页。

⑮ [宋]吕陶:《和毅甫惠茶相别》,《全宋诗》第12册,卷六六四,第7773页。

⑯ [宋]周才:《游虞山兴福寺》,《全宋诗》第69册,卷三六一三,第43265页。

⑰ [宋]张耒:《病肺齿痛对雪》,《全宋诗》第20册,卷一一六九,第13202页。

淡泊之味，也有一种思想色彩。杨公远《雪》其十："何如榾柮炉边坐，雪水煎茶兴味高。"[①]言以雪水煎茶勾起了精神上的特别兴味。

葛立方《次韵陈元述见寄谢茶》其一："年来直欲配茶神，石鼎山泉日日亲。竹里烹煎嗤左计，舌端绵味认前尘。"[②]此以茶比喻人生。

陆游《闲中偶题二首》其一："只知闲味如茶永，不放羁愁似草长。"[③]此言茶味等同闲味。

吴钢《题褒亲崇寿寺》："饱参尘世味，得似野僧茶。"[④]此言茶味等同世味。

石介《游灵泉山寺》："餐霞充道味，采术验丹经。"[⑤]吕陶《以茶寄宋君仪有诗见答和之》："可以助君淳深幽寂之道味，高古平淡之诗情。"[⑥]陈著《次韵僧仁泽》其二："洒洒忘家客，相逢若有期。茶腴参道味，诗瘦出饥脾。"[⑦]此言道味。

郭祥正《招孜祐二长老尝茶二首》其一："无物滋禅味，来烹北苑茶。"[⑧]彭汝砺《予十一月甲申以使来武冈……》："会观禅味足，还见讲花飘。"[⑨]苏辙《和子瞻宿临安净土寺》："不知禅味深，但取饥肠餍。"[⑩]此言禅味。

吴则礼《同李汉臣赋陈道人茶匕诗》："何当为我调云腴，豆饭藜羹与扫除。个中风味太高彻，问取老师三昧舌。"[⑪]此言舌能辨三昧，实即心悟禅定之意。三昧，为梵文 samādhi 音译，又译三摩提、三摩帝。译言定，正受，调直定，正心行处，息虑凝心。《大智度论》卷七："诸菩萨禅定心调，清净智慧方便力故，能生种种诸三昧。何等为三昧？善心一处住不动，是名三昧。"[⑫]隋慧远《大乘义章·八禅定义四门分别》卷十三："所言定者，当体为名，心住一缘，离于散动，故名为定。言三昧者，是外国语，此名正定。"[⑬]

---

① ［宋］杨公远：《雪十首》其十，《全宋诗》第 67 册，卷三五二三，第 42080 页。

② ［宋］葛立方：《次韵陈元述见寄谢茶》其一，《全宋诗》第 34 册，卷一九五二，第 21806 页。

③ ［宋］陆游：《闲中偶题二首》其一，《全宋诗》第 39 册，卷二一六〇，第 24400 页。

④ ［宋］吴钢：《题褒亲崇寿寺》，《全宋诗》第 57 册，卷三〇〇八，第 35821 页。

⑤ ［宋］石介：《游灵泉山寺》，《全宋诗》第 5 册，卷二七一，第 3426 页。

⑥ ［宋］吕陶：《以茶寄宋君仪有诗见答和之》，《全宋诗》第 12 册，卷六六三，第 7762 页。

⑦ ［宋］陈著：《次韵僧仁泽》其二，《全宋诗》第 64 册，卷三三六六，第 40180 页。

⑧ ［宋］郭祥正：《招孜祐二长老尝茶二首》其一，《全宋诗》第 13 册，卷七七〇，第 8922 页。

⑨ ［宋］彭汝砺：《予十一月甲申以使来武冈……》，《全宋诗》第 16 册，卷九〇五，第 10642 页。

⑩ ［宋］苏辙：《和子瞻宿临安净土寺》，《全宋诗》第 15 册，卷八五二，第 9865 页。

⑪ ［宋］吴则礼：《同李汉臣赋陈道人茶匕诗》，《全宋诗》第 21 册，卷一二六七，第 14295 页。

⑫ ［后秦］龟兹国三藏鸠摩罗什译：《大智度论》卷七，释初品中佛世界愿，大正新修大藏经本。

⑬ ［隋］慧远：《大乘义章》卷十三，八禅定义四门分别，大正新修大藏经本。

陈知柔《题石桥》:“巨石横空岂偶然,万雷奔壑有飞泉。好山雄压三千界,幽处常栖五百仙。云际楼台深夜见,雨中钟鼓隔溪传。我来不作声闻想,聊试茶瓯一味禅。”[①]写景阔大雄奇,竟收拾于一瓯茶之味中。陈岩《煎茶峰》:“缓火烘来活水煎,山头卓锡取清泉。品茶懒检茶经看,舌本无非有味禅。”[②]林景熙《剑池》:“岩前洗剑精疑伏,林下烹茶味亦禅。”[③]亦言茶禅一味。

二、“茶禅一味”之微

但若从精微的层面来谈“茶禅一味”,则是一件很困难、甚至是不能谈的事情。“茶禅一味”所指向之本体,实际就是禅宗所言的道,或者说是实相,是要靠直觉去领悟的,不容拟议,不由分说,“说似一物即不中”[④],否则,就会落入窠臼,平地生出葛藤,正所谓“有人问著,但教合取狗口”[⑤],“马祖升堂,百丈捲席。象王回转,狮子返掷,拟议青天轰霹雳。”[⑥]而回到“赵州茶”的公案本身,茶也不过与“镇州出大萝蔔头”“庭前柏树子”“青州布衫重七斤”[⑦]之类一样,不过是从谂禅师为了打住学人惯常的理思而已,亦如同其后的云门文偃禅师以“春来草自青”来答僧问“如何是佛法大意”[⑧]一样。

两宋茶诗词中,大多也是用譬喻、否定、联想、暗示等手法,富有艺术性地讲茶禅一味及其含义,就像在灯史、语录、公案中一样。诗僧们如此,自不待言,如释法泰《颂古四十四首·赵州三度吃茶》:“赵州三度吃茶,禾山打鼓难比。休于句下寻求,识取口中滋味。若识得,观音院里有弥勒。”[⑨]就是通过譬喻、否定,来暗示茶禅一味。

文人们亦无二致,如彭汝砺《瑛首坐访及颁示四颂而有选佛选官俱第一之

---

① [宋]陈知柔:《题石桥》,《全宋诗》第37册,卷二〇四六,第22987页。

② [宋]陈岩:《煎茶峰》,《全宋诗》第69册,卷三六一四,第43302页。

③ [宋]林景熙:《剑池》,《全宋诗》第69册,卷三六三二,第43504页。

④ [宋]普济著,苏渊雷点校《五灯会元》卷三,南岳怀让禅师:“祖问:‘甚麽处来?’曰:‘嵩山来。’祖曰:‘甚麽物甚麽来?’师无语。遂经八载,忽然有省。乃白祖曰:‘某甲有个会处。’祖曰:‘作麽生?’师曰:‘说似一物即不中。’”中华书局1984年版,第126页。

⑤ [宋]普济著,苏渊雷点校:《五灯会元》卷四,赵州从谂禅师,中华书局1984年版,第200页。

⑥ [宋]释智颖:《偈》,汤华泉辑撰《全宋诗辑补》第10册,黄山书社2016年版,第4906页。

⑦ 所列均为赵州从谂禅师接引学人的公案,见《五灯会元》卷四之赵州从谂禅师传。

⑧ [宋]普济著,苏渊雷点校:《五灯会元》卷十五,第928页。

⑨ [宋]释法泰:《颂古四十四首·赵州三度吃茶》,《全宋诗》第29册,卷一六四九,第18468页。

句既赓元韵因寄末章》其三："向火一杯茶似雪，莫嫌居士没家风。"[①]韩驹《出宰分宁别旧同舍五首》其二："王程倘余暇，兹焉著幽禅。自撷双井茶，与僧酌云泉。"[②]同样暗示茶禅合一。

又如陆游《余邦英惠小山新芽作小诗三首以谢》其一："家园破社得鹰爪，舌本初参便到眉。忽喜云腴来建苑，坐令渴肺生华滋。"[③]其中"初参便到眉"，出自药山惟俨禅师求道的公案[④]。因此，陆游"舌本初参便到眉"句，实以舌品茶比喻参禅，且言一参即悟。

又如戴复古《庐山》其一："山灵未许到天池，又作西林一宿期。寺是晋时陶侃宅，记传隋代率更碑。山椒云气易为雨，客子情怀多费诗。暂借蒲团学禅寂，茶烟飞绕鬓边丝。"[⑤]其中"一宿"，典出永嘉玄觉禅师一见五祖，即被印可之"一宿觉"[⑥]。其末句言茶禅一味，乃更加含蓄。

那么"茶禅一味"究竟为何？既然是做课题研究，什么"狗口""霹雳"，亦不过虚相，吾人自可跳出，兹且就两宋茶诗词中的表述，略作分说。然"说似一物即不中"，诸君不妨姑妄听之。

1. 无分别心

笔者以为，"茶禅一味"首先指向的就是佛家所主张的无分别心，无分别即空，也即不二法门、名相俱遣、圆融无碍、无是非、无人我、无高下、无善恶，等等。正如《大乘密严经》所言："名为遍计性，相是依他起，名相二俱遣，是为第一义。"[⑦]

---

① [宋]彭汝砺：《瑛首坐访及颁示四颂而有选佛选官俱第一之句既赓元韵因寄末章》其三，《全宋诗》第16册，卷九〇四，第10625页。

② [宋]韩驹：《出宰分宁别旧同舍五首》其二，《全宋诗》第25册，卷一四三九，第16590页。

③ [宋]陆游：《余邦英惠小山新芽作小诗三首以谢》其一，《全宋诗》第41册，卷二二三九，第25725页。

④ [宋]普济著，苏渊雷点校《五灯会元》卷五，药山惟俨禅师："首造石头之室，便问：'三乘十二分教，某甲粗知。常闻南方直指人心，见性成佛。实未明了，伏望和尚慈悲指示。'头曰：'恁么也不得，不恁么也不得，恁么不恁么总不得。子作么生？'师罔措。头曰：'子因缘不在此，且往马大师处去。'师禀命恭礼马祖。仍伸前问。祖曰：'我有时教伊扬眉瞬目，有时不教伊扬眉瞬目，有时扬眉瞬目者是，有时扬眉瞬目者不是。子作么生？"师于言下契悟。"中华书局1984年版，第257页。

⑤ [宋]戴复古：《庐山》其一，《全宋诗》第54册，卷二八一八，第33559页。

⑥ [宋]普济著，苏渊雷点校：《五灯会元》卷二，永嘉玄觉禅师，第91页。

⑦ [唐]天竺三藏地婆诃罗译：《大乘密严经》卷三，大乘密严经阿赖耶微密品第八，大正新修大藏经本。

又如《坛经·般若第二》言："心量广大，犹如虚空，无有边畔，亦无方圆大小，亦非青黄赤白，亦无上下长短，亦无瞋无喜，无是无非，无善无恶，无有头尾。诸佛刹土，尽同虚空。世人妙性本空，无有一法可得。自性真空，亦复如是。善知识！莫闻吾说空，便即着空。第一莫着空，若空心静坐，即着无记空。"①《坛经·顿渐第八》言："师曰：无常者，即佛性也；有常者，即一切善恶诸法分别心也。"②

又如唐德山宣鉴禅师所称："这里无祖无佛，达磨是老臊胡，释迦老子是干屎橛，文殊普贤是担屎汉。等觉妙觉是破执凡夫，菩提涅槃是系驴橛，十二分教是鬼神簿、拭疮疣纸。四果三贤、初心十地是守古冢鬼，自救不了。"③

总之，就是一种自由解放状态，无分别而破除一切执着，终成无漏，茶即是禅，茶即是道。两宋茶诗词在这方面的描述十分丰富，特别是那些彻悟的高僧及诗人们所写的有关茶诗，直是可作参悟的津筏。

如苏轼《游诸佛舍一日饮酽茶七盏戏书勤师壁》："示病维摩元不病，在家灵运已忘家。何须魏帝一丸药，且尽卢仝七碗茶。"④言病与不病、在家与忘家、药与茶之不二。

如黄庭坚《题息轩》："僧开小槛笼沙界，郁郁参天翠竹丛。万籁参差写明月，一家寥落共清风。蒲团禅板无人付，茶鼎薰炉与客同。万水千山寻祖意，归来笑杀旧时翁。"⑤则道尽本来面目。

又如释印肃《赞三十六祖颂》其三五："一口吸尽西江水，子细思量未足奇。身含无尽之虚空，个事元来非拟议。非心非佛又较些，即心即佛犹寐语。"⑥言吸尽西江水⑦都是平常，可谓彻底虚空，不容拟议。

又如释净覃《颂古》："一撅成狼籍，茶川路转迂。却将泥弹子，认作夜明珠。"⑧虽然嘲戏不可谓不尖刻，却也见出其接引学人的老婆心切。

陈渊《留龙居士试建茶既去辄分送并颂寄之》："未下钤锤墨如漆，已入筛罗

---

① [元]宗宝编：《六祖大师法宝坛经》，般若第二，大正新修大藏经本。

② [元]宗宝编：《六祖大师法宝坛经》，顿渐第八，大正新修大藏经本。

③ [宋]普济著，苏渊雷点校：《五灯会元》卷七，德山宣鉴禅师，第 374 页。

④ [宋]苏轼：《游诸佛舍一日饮酽茶七盏戏书勤师壁》，《全宋诗》第 14 册，卷七九三，第 9187 页。

⑤ [宋]黄庭坚：《题息轩》《全宋诗》第 17 册，卷一〇一一，第 11554 页。

⑥ [宋]释印肃：《赞三十六祖颂》其三五，《全宋诗》第 37 册，卷二〇五六，第 23120 页。

⑦ [宋]普济著，苏渊雷点校：《五灯会元》卷三，庞蕴居士，第 186 页。

⑧ [宋]释净覃：《颂古》，朱刚、陈珏《宋代禅僧诗辑考》卷九，复旦大学出版社 2012 年版，第 628 页。

白如雪。从来黑白不相融，吸尽方知了无别。老龙过我睡初醒，为破云腴同一啜。舌根回味只自知，放盏相看欲何说。”①言茶饼墨如漆，一经碾碎筛罗又白如雪，则为黑白不二。

强至《公立煎茶之绝品以待诸友退皆作诗因附众篇之末》：“茶品众所知，茶德予能剖。烹须清泠泉，性若不容垢。味回始有甘，苦言验终久。”②言茶甘苦为一。

张耒《赠僧介然》：“寒窗写就白云篇，客至研茶手自煎。儒佛故应同是道，诗书本是不妨禅。”③洪咨夔《作茶行》：“太一真人走上莲花舫，维摩居士惊起狮子床。不交半谈共细啜，山河日月俱清凉。桑苎翁，玉川子，款门未暇相倒屣。予方抱易坐虚明，参到洗心玄妙旨。”④均言在饮茶的环境中，儒与佛不二，诗书与禅不二。

释慧空《送茶头并化士》其五：“瓦盆雷动千山晓，横岭香传两袖风。添得老禅精彩好，江西一吸兔瓯中。”⑤晁冲之《谢胡御史寄茶兼简深明》：“谏议茶犹寄，郎官迹已疏。斜封三道印，不奉一行书。会远长安去，终临顾渚居。大江清见底，为问渴如何。”⑥均化用马祖道一向庞居士示道之典（见前引），言小大之相即。魏了翁《夏港僧舍》：“虚室千世界，圆满一钵囊。”⑦也是小大相即。释崇岳《颂古六首》其二：“一口吸尽西江水，庞老不曾明自己。烂醉如泥胆似天，巩县茶瓶三只嘴。”⑧则既言小大相即，又言一多之无二。

释慧空《送茶化士》其三：“正味森严来处异，丛林多用显家风。赵州一味客心尽，风穴三巡主意浓。要使人人开睡眼，且烦小小现神通。郝源北苑大云际，尽入吉山茶碗中。”⑨言福建产的郝源、北苑的茶，都装入了江西吉山产的茶碗中，正是远近不分。

陆游《戏述渊明鸿渐遗事》：“桑苎柴桑一世豪，区区玩物亦徒劳。品茶未及

---

① ［宋］陈渊：《留龙居士试建茶既去辄分送并颂寄之》，《全宋诗》第28册，卷一六四三，第18386页。

② ［宋］强至：《公立煎茶之绝品以待诸友退皆作诗因附众篇之末》，《全宋诗》第10册，卷五八七，第6906页。

③ ［宋］张耒：《赠僧介然》，《全宋诗》第20册，卷一一六九，第13199页。

④ ［宋］洪咨夔：《作茶行》，《全宋诗》第55册，卷二八九五，第34580页。

⑤ ［宋］释慧空：《送茶头并化士》其五，《全宋诗》第32册，卷一八四九，第20631页。

⑥ ［宋］晁冲之：《谢胡御史寄茶兼简深明》，《全宋诗》第21册，卷一二三〇，第13903页。

⑦ ［宋］魏了翁：《夏港僧舍》，《全宋诗》第56册，卷二九三七，第35013页。

⑧ ［宋］释崇岳：《颂古六首》其二，《全宋诗》第45册，卷二四一一，第27840页。

⑨ ［宋］释慧空：《送茶化士》其三，《全宋诗》第32册，卷一八四九，第20612页。

毁茶妙，饮酒何如止酒高。”[①]言品茶、毁茶不二，饮酒、止酒不二。嗜茶易，毁茶难；嗜酒易，止酒难，因此毁茶妙，止酒高。

邹浩《题慈德寺颐堂为长老宗颢作》：“龙隐岩前忽转头，翛然瓶锡此淹留。十方法界元无限，一片心田自有秋。草木曲躬归白足，江山依位拱青眸。我来不问西来意，独喜茶香啜满瓯。”[②]此言万法归一。

饶节《别用韵寄诸同参》：“好笑多知一老翁，须言妙用及神通。我无佛说并魔说，谁问南宗与北宗。粗饭有时聊饱腹，破衣随分且遮风。他年同道如相过，沙铫煨茶竹叶中。”[③]言佛说与魔说、南宗与北宗的同一。

戴昺《次黄叔粲茶隐倡酬之什》：“苦涩知余甘，淡薄见真嗜。肯随世俱昏，宁堕众所弃。灵雨滋山腴，迅雷起龙睡。野草未敢花，春芽早呈瑞。斗水须占一，焙火不落二。趣深同谁参，隽永时自试。葱姜勿容溷，瓜芦定非类。标名寓玄思，微吟写清致。成我君子交，从彼俗客恚。嚼芳憩泉石，包贡免邮置。辽辽玉川翁，千载共风味。”[④]诗中不仅感叹“趣深同谁参”，而且不厌其烦地交待了他所参得的深趣：茶集苦涩与余甘、淡薄与真嗜为一体；不随世俱昏，宁堕众所弃；斗水时须占一水之先；焙火时不落二次；可成君子交，又致俗客之恚；玉川翁卢仝虽与我不同时代，却与我同一风味，都是不二之趣。

吴龙翰《心远堂》：“诗瓢贮烟云，茶鼎烹银蟾。”[⑤]是充满活力的想象，更是无分别心的显现。

释慧空《送茶化士》其二：“五湖云水访山家，不问亲疏尽与茶。若省此茶来处者，出门风摆绿杨斜。”[⑥]释法忠《颂古五首》其四：“曾到不曾到，且吃一杯茶。待客只如此，冷淡是僧家。”[⑦]释慧空《送茶头并化士》其一：“古佛老赵州，到与不到共。今者披秀翁，又作如是供。”[⑧]释慧空《送茶头并化士》其二：“老僧得之其梦圆，张喉引喙欲谈禅。小僧得之忘百虑，挑囊直入茶山去。僧无老少俱喜茶，问讯武夷仙子家。待我明年春睡醒，借尔郝源作茶鼎。”[⑨]释印肃《颂十玄谈·还源》其四：“一带峰峦云更遮，倒骑铁马过流沙。东西南北中央佛，共饮乾

① [宋]陆游：《戏述渊明鸿渐遗事》，《全宋诗》第40册，卷二二〇五，第25226页。

② [宋]邹浩：《题慈德寺颐堂为长老宗颢作》，《全宋诗》第21册，卷一二四三，第14047页。

③ [宋]饶节：《别用韵寄诸同参》，《全宋诗》第22册，卷一二八七，第14573页。

④ [宋]戴昺：《次黄叔粲茶隐倡酬之什》，《全宋诗》第59册，卷三〇九四，第36967页。

⑤ [宋]吴龙翰：《心远堂》，《全宋诗》第68册，卷三五八七，第42878页。

⑥ [宋]释慧空：《送茶化士》其二，《全宋诗》第32册，卷一八四九，第20612页。

⑦ [宋]释法忠：《颂古五首》其四，《全宋诗》第28册，卷一六三〇，第18283页。

⑧ [宋]释慧空：《送茶头并化士》其一，《全宋诗》第32册，卷一八四九，第20630页。

⑨ [宋]释慧空：《送茶头并化士》其二，《全宋诗》第32册，卷一八四九，第20630页。

坤一碗茶。"[①]许及之《又复次韵为酬答说禅偈言》:"密传当正受,谛听勿高哗。要结菩提果,须开顿悟花。祖师禅上阵,大将拥高牙。赴了斋时饭,大家同吃茶。"[②]郑清之《默坐偶成》其一:"洹河见水老如新,此见云何别妄真。心本佛心须作佛,境皆尘境莫随尘。空中花果浮生眼,梦里悲欢现在身。万事卢胡吃茶去,不知谁主更谁宾。"[③]真是无论亲疏、到不到、老少、僧道、贵与贱、主宾及各方佛,大家吃茶。

2.寂灭空相

中国本有寂的观念,老子曰:"有物混成,先天地生。寂兮寥兮,独立而不改,周行而不殆,可以为天地母。"[④]然着意在"有"。屈子吟:"山萧条而无兽兮,野寂漠其无人。"[⑤]则主要是对一种环境状态之形容。

佛教的寂灭则不然,其着意根本乃在空。如《心经》:"观自在菩萨,行深般若波罗蜜多时,照见五蕴皆空。"[⑥]《金刚经》:"一切有为法,如梦幻泡影,如露亦如电,应作如是观。"[⑦]又言:"凡所有相,皆是虚妄。若见诸相非相,即见如来。"[⑧]《华严经·须弥顶上偈赞品》:"法性本空寂,无取亦无见,性空即是佛,不可得思量。"[⑨]《大智度论》卷十九:"一切诸法因缘生故,无有自性,是为实空,实空故无有相,无有相故无作,无作故不见法若生若灭。"[⑩]《解深密经》:"一切诸法无生、无灭、本来寂静、自性涅槃。"[⑪]

两宋茶诗词于此最为会心,盖因分点茶之雪白乳花幻出幻灭,最能触动茶人之心吧。如郭祥正《送吴山人二首》其二:"生死波中止一沤,离家失子已忘忧。

① [宋]释印肃:《颂十玄谈·还源》其四,《全宋诗》第37册,卷二〇五六,第23155页。

② [宋]许及之:《又复次韵为酬答说禅偈言》,《全宋诗》第46册,卷二四四八,第28333页。

③ [宋]郑清之:《默坐偶成》其一,《全宋诗》第55册,卷二八九八,第34618页。

④ 《老子·二十五章》,高亨《(重订)老子正诂》卷上,二十五章,古籍出版社1956年版,第59—60页。

⑤ [战国]屈原:《远游》,[宋]洪兴祖撰,白化文等点校《楚辞补注》卷五,中华书局1983年版,第168页。

⑥ [唐]三藏法师玄奘译:《般若婆罗蜜多心经》,大正新修大藏经本。

⑦ [姚秦]三藏法师鸠摩罗什译:《金刚般若波罗蜜经·应化非真分第三十二》,杭州上天竺法喜寺流通本。

⑧ [姚秦]三藏法师鸠摩罗什译:《金刚般若波罗蜜经·如理实见分第五》,杭州上天竺法喜寺流通本。

⑨ [北周]于阗国三藏实叉难陀译:《大方广佛华严经》卷十六,大正新修大藏经本。

⑩ [后秦]龟兹国三藏法师鸠摩罗什译:《大智度论》卷十九,释初品中三十七品,大正新修大藏经本。

⑪ [唐]三藏法师玄奘译:《解深密经》卷二,无自性相品第五,大正新修大藏经本。

只思北苑春芽熟，安得骑鲸逐俊游。”①言人只不过生死水波中一浮沤而已。

李处权《普月新寮》：“百年均梦幻，俯仰在一室。况乃物外人，身闲有余力。朝来忽改作，轩牖开虚寂。匡床竹火炉，棐几贝叶帙。清风常入座，飞尘不沾席。煮茗焚香净扫除，剩种松杉障西日。”②欧阳澈《和答国镇五绝》其二：“年时煮茗共敲冰，澡雪襟怀一种清。回首旧游浑似梦，翻惭困踣未知名。”③言人生如梦。

释妙弘《和静照诗韵》其一：“莫辞迢递供杯茶，香喷云腴映彩霞。两两梦中休说梦，觉来浑是梦中花。”④其“梦中花”，典出自唐南泉禅师。“(南泉禅师)师指庭前牡丹花曰：大夫！时人见此一株花如梦相似。”⑤此诗言人生如梦中花。

仇远《八拍蛮》：“翠袖笼香醒宿酒，银瓶汲水瀹新茶。几处杜鹃啼暮雨，来禽空老一春花。”⑥此词言人生美好之虚幻。

朱松《书护国上方》：“久知喧寂两空华，分别应缘一念邪。为问脱靴吟芍药，何如煮茗对梅花。”⑦其“空华”，即空虚不实之华。如《圆觉经》卷二：“善男子，有作思惟从有心起，皆是六尘妄想缘气，非实心体，已如空华，用此思惟辩于佛境，犹如空华复结空果，辗转妄相，无有是处。”又偈曰：“金刚藏当知，如来寂灭性。未曾有始终，若以轮回心。思惟即旋复，但至轮回际。不能入佛海，譬如销金矿。金非销故有，虽复本来金。终以销成就，一成真金体。不复重为矿，生死与涅槃。凡夫及诸佛，同为空华相。思惟犹幻化，何况诘虚妄。”⑧

宋之瑞《游石桥二绝》其二：“应缘心在已心空，方广那知只此中。金爵茗花时现灭，不妨游戏小神通。”⑨则直言茶乳花之幻灭。

而对此寂灭描绘最深切者，则当推陆游。我们将会在下面的专论中述及，兹从略。

3.真如缘起

真如缘起，亦称如来藏缘起，始出于《大乘起信论》，认为宇宙万物是心(真

---

① ［宋］郭祥正：《送吴山人二首》其二，《全宋诗》第13册，卷七七六，第8979页。

② ［宋］李处权：《普月新寮》，《全宋诗》第32册，卷一八三一，第20392页。

③ ［宋］欧阳澈：《和答国镇五绝》其二，《全宋诗》第32册，卷一八五二，第20685页。

④ ［宋］释妙弘：《和静照诗韵》其一，《全宋诗》第64册，卷三三四二，第39938页。

⑤ ［宋］普济著，苏渊雷点校：《五灯会元》卷三，南泉普愿禅师，中华书局1984年版，第141页。

⑥ ［宋］仇远：《八拍蛮》，《全宋词》第5册，第3400页。

⑦ ［宋］朱松：《书护国上方》，《全宋诗》第33册，卷一八五七，第20746页。

⑧ ［唐］佛陀多罗译：《圆觉经》卷二，大正新修大藏经本。

⑨ ［宋］宋之瑞：《游石桥二绝》其二，《全宋诗》第46册，卷二四六六，第28602页。

如)的显现[1]。其“立义分”曰:“摩诃衍者,总说有二种:云何为二?一者法,二者义。所言法者,谓众生心。是心则摄一切世间法出世间法,依于此心显示摩诃衍义。何以故?是心真如相,即示摩诃衍体故。是心生灭因缘相,能示摩诃衍自体相用故。所言义者,则有三种。云何为三?一者体大,谓一切法真如平等不增减故。二者相大,谓如来藏具足无量性功德故。三者用大,能生一切世间出世间善因果故,一切诸佛本所乘故,一切菩萨皆乘此法到如来地故。”[2]

《坛经·般若第二》:“世界虚空,能含万物色像,日月星宿,山河大地,泉源溪涧,草木丛林,恶人善人,恶法善法,天堂地狱,一切大海,须弥诸山,总在空中。世人性空,亦复如是。善知识!自性能含万法是大,万法在诸人性中。”又曰:“不悟即佛是众生,一念悟时众生是佛,故知万法尽在自心。何不从自心中,顿见真如本性?”[3]

《楞伽经》:“佛告大慧:我说如来藏,不同外道所说之我。大慧,有时说空、无相、无愿、如、实际、法性、法身、涅槃、离自性、不生不灭、本来寂静、自性涅槃,如是等句说如来藏已。如来应供等正觉,为断愚夫畏无我句故,说离妄想无所有境界如来藏门。大慧,未来现在菩萨摩诃萨,不应作我见计著。”[4]

因此,世界万象都是所谓真如、法性、自性等的显现,所谓触目菩提、无情说法是也,所谓即心即佛是也。因此有“青青翠竹,总是法身,郁郁黄华,无非般若”[5]之说;因此有香严禅师击竹[6]、灵云禅师见桃华而悟道[7]、苏轼以溪声举似东林[8];因此有丹霞天然骑圣僧颈[9],马祖道一向庞居士言“待汝一口吸尽西江

---

① 按:真如缘起,又称如来藏缘起、真常唯心,与印度大乘正统中观(空宗)、瑜伽(有宗)颇为异调,自隋代已引起疑惑,1906 年,日本人舟桥水载撰文提出《大乘起信论》为中国人所造,其后至今已得到越来越多的研究者的支持或默认。参见高振农:《大乘起信论校释序言》之《本论真伪问题的争论》,中华书局 1992 年版。

② [梁]真谛译,高振农校释:《大乘起信论校释》,中华书局 1992 年版,第 12 页。

③ [元]宗宝编:《六祖大师法宝坛经》,大正新修大藏经本。

④ [刘宋]天竺三藏求那跋陀罗译:《楞伽阿跋多罗宝经》卷二,一切佛语心品第一之二,福建莆田广化寺印行本。

⑤ [宋]普济著,苏渊雷点校:《五灯会元》卷三,大珠慧海禅师,第 157 页。

⑥ [宋]普济著,苏渊雷点校:《五灯会元》卷九,香严智闲禅师,第 537 页。

⑦ [宋]普济著,苏渊雷点校:《五灯会元》卷四,灵云志勤禅师,第 239 页。

⑧ [宋]普济著,苏渊雷点校《五灯会元》卷十七,内翰苏轼居士:“因宿东林,与照觉论无情话,有省。黎明献偈曰:‘溪声便是广长舌。山色岂非清净身。夜来八万四千偈,他日如何举似人。’”第 1146 页。

⑨ [宋]普济著,苏渊雷点校:《五灯会元》卷五,丹霞天然禅师,第 261 页。

水，即向汝道”[1]之类的豪迈，更有德山宣鉴“呵佛骂祖”[2]的狂禅。

两宋茶诗词中，于此真如缘起，多有会心，盖茶为天地之英，正当为真如之显现，而饮茶复能清睡涤烦，亦使诗人们易于感知万象及自身所蕴藏之真如。反过来，对此真如之感悟，也使得他们格外讲求饮茶之环境、意境。

如苏轼《参寥上人初得智果院会者十六人分韵赋诗轼得心字》：“涨水返旧壑，飞云思故岑。念君忘家客，亦有怀归心。三间得幽寂，数步藏清深。攒金卢橘坞，散火杨梅林。茶笋尽禅味，松杉真法音。”[3]苏轼《惠山谒钱道人烹小龙团登绝顶望太湖》：“独携天上小团月，来试人间第二泉。石路萦回九龙脊，水光翻动五湖天。孙登无语空归去，半岭松声万壑传。”[4]李正民《客有以茶易竹次韵》：“琅玕黝璧两清虚，不比山阴鹅换书。花乳试烹应有味，龙孙新种未嫌疏。轻身通气宜君饮，冒雪停霜称我居。斜曲短长休更问，森罗万象已如如。”[5]释如琰《颂古五首》其五：“赵州老汉热心肠，一盏粗茶验当行。回首路傍桥断处，白苹红蓼映斜阳。”[6]徐瑞《五月初一日煮茶偶作》：“读书了清暇，空斋长闭门。冥冥晚雨润，啃啃时禽喧。悠悠白云度，沉沉绿阴繁。枯桐觅古意，石鼎烹山泉。清吟振岩木，乱以离骚篇。此道无不在，但觉山林尊。意根渐无有，世累何时捐。即事良可娱，一笑俱忘言。”[7]真乃万事万物，都在诉说着法音，是为无情说法。

白玉蟾《慵庵》：“绛阙清都旧姓名，此生落魄任天真。横窗古砚前朝水，挂壁闲琴几日尘。幽草莫锄沿石静，落花不扫衬苔匀。倩风来作关门仆，借月权为伴酒人。书吏无言舌滋味，关山不动画精神。有茶不作蜗牛战，无梦可为蝴蝶身。一得自家慵底事，幽禽檐外一般春。”[8]释印肃《行住坐卧三十二颂》其十一：“不亏扫地与煎茶，门户开关用法华。云迹雨踪来不住，个中谁肯速还家。”[9]则是对于自性的观照，对于自性迷失的反思。

---

① ［宋］普济著，苏渊雷点校：《五灯会元》卷三，庞蕴居士，第 186 页。

② ［宋］普济著，苏渊雷点校：《五灯会元》卷七，德山宣鉴禅师，第 374 页。

③ ［宋］苏轼：《参寥上人初得智果院会者十六人分韵赋诗轼得心字》，《全宋诗》第 14 册，卷八一四，第 9419 页。

④ ［宋］苏轼：《惠山谒钱道人烹小龙团登绝顶望太湖》，《全宋诗》第 14 册，卷七九四，第 9193 页。

⑤ ［宋］李正民：《客有以茶易竹次韵》，《全宋诗》第 27 册，卷一五四〇，第 17481 页。

⑥ ［宋］释如琰：《颂古五首》其五，《全宋诗》第 50 册，卷二六六九，第 31351 页。

⑦ ［宋］徐瑞：《五月初一日煮茶偶作》，《全宋诗》第 71 册，卷三七二〇，第 44693 页。

⑧ ［宋］白玉蟾：《慵庵》，《全宋诗》第 60 册，卷三一四〇，第 37647 页。

⑨ ［宋］释印肃：《行住坐卧三十二颂》其十一，《全宋诗》第 37 册，卷二〇五七，第 23169 页。

郭祥正《送吴山人二首》其二："生死波中止一沤，离家失子已忘忧。只思北苑春芽熟，安得骑鲸逐俊游。"①言我已经自悟，获得欢喜，不需要作骑鲸之仙游了。方一夔《苦热五首》其三："横眠莲叶半晞发，静对杨枝双袒肩。蹇蝘声乾林更静，碧梧阴转月初圆。茶瓯更试纤纤手，不仗清风送玉川。"②亦言既已自悟，玉川我也不再需要清风扇动两腋飞升了。平静的语气下，是掩不住的豪俊。

洪咨夔《又答景扬》："朝家久设礼为罗，小寄禅窗共讲磨。红锦障泥飞騕褭，黄金宝校琢盘陀。冰齑荐饭乡风古，雪汁烹茶雅道多。领取单传心法去，会将佛祖一时呵。"③则有呵佛祖之气魄。

曾几《黄嗣深尚书自仰山来惠茶及竹薰炉》："茗碗中超舌界，薰炉上悟香尘。坐我集云峰顶，对公小释迦身。"④（按：舌界，佛教谓能尝味之根，名为舌界。）洪适《赠护国昌老》："缓辔到禅扃，高谈得细听。茗花泛轻碗，烟篆度虚棂。门外云千片，轩中水一瓶。我来无好语，留此待丹青。"⑤释崇岳《颂古六首》其二："一口吸尽西江水，庞老不曾明自己。烂醉如泥胆似天，巩县茶瓶三只嘴。"⑥陈著《似僧一宁》："邂逅交情云水闲，茶瓯香鼎话清闲。他年燕坐千峰上，认取一山山外山。"⑦既然万事万物在本质上都是真如之显现，把那些不对等的现象，放在一起，也就没有什么匪夷所思的了。这实际也是我们前面谈到的无分别心。在茶诗中创造这种意境，最早又最豪俊的是苏轼，下面我们亦将有专论，兹从略。

4. 日用随缘

日用随缘，也称平常心是道，一切现成，方便，既是万法心出的日常显现，也是庄子任运自然思想的发挥。《庄子·齐物论》：

"何谓和之以天倪？曰：是不是，然不然。是若果是也，则是之异乎不是也亦无辩；然若果然也，则然之异乎不然也亦无辩。化声之相持，若其不相持。和之以天倪，因之以曼衍，所以穷年也。忘年忘义，振于无竟，故寓诸无竟。"⑧指出了

---

① ［宋］郭祥正：《送吴山人二首》其二，《全宋诗》第13册，卷七七六，第8979页。

② ［宋］方一夔：《苦热五首》其三，《全宋诗》第67册，卷三五三七，第42299页。

③ ［宋］洪咨夔：《又答景扬》，《全宋诗》第55册，卷二八九四，第34551页。

④ ［宋］曾几：《黄嗣深尚书自仰山来惠茶及竹薰炉》，《全宋诗》第29册，卷一六五八，第18581页。

⑤ ［宋］洪适：《赠护国昌老》，《全宋诗》第37册，卷二〇七七，第23436页。

⑥ ［宋］释崇岳：《颂古六首》其二，《全宋诗》第45册，卷二四一一，第27840页。

⑦ ［宋］陈著：《似僧一宁》，《全宋诗》第64册，卷三三六〇，第40137页。

⑧ ［清］郭庆藩撰，王孝鱼点校：《庄子集释》卷一下，中华书局1961年版，第108页。

一种随物而化，任运自然，所谓“和之以天倪”的人生方式。

《维摩诘经·方便品第二》也描写了维摩诘居士的日常修道生活：

> 毗耶离大城中，有长者名维摩诘，已曾供养无量诸佛，深植善本，得无生忍；辩才无碍，游戏神通，逮诸总持；获无所畏，降魔劳怨；入深法门，善于智度，通达方便，大愿成就；明了众生心之所趣，又能分别诸根利钝，久于佛道，心已纯淑，决定大乘；诸有所作，能善思量；住佛威仪，心大如海，诸佛咨嗟！弟子、释、梵、世主所敬。欲度人故，以善方便，居毗耶离；资财无量，摄诸贫民；奉戒清净，摄诸毁禁；以忍调行，摄诸恚怒；以大精进，摄诸懈怠；一心禅寂，摄诸乱意；以决定慧，摄诸无智；虽为白衣，奉持沙门清净律行；虽处居家，不著三界；示有妻子，常修梵行；现有眷属，常乐远离；虽服宝饰，而以相好严身；虽复饮食，而以禅悦为味；若至博奕戏处，辄以度人；受诸异道，不毁正信；虽明世典，常乐佛法；一切见敬，为供养中最；执持正法，摄诸长幼；一切治生谐偶，虽获俗利，不以喜悦。①

《坛经·定慧第四》：“一行三昧者，于一切处行住坐卧，常行一直心是也。《净名》云：直心是道场，直心是净土。”②

《景德传灯录》记马祖道一曰：

> 故三界唯心，森罗万象，一法之所印，凡所见色，皆是见心。心不自心，因色故有。汝但随时言说，即事即理，都无所碍。菩提道果，亦复如是。于心所生，即名为色。知色空故，生即不生。若了此心，乃可随时着衣吃饭，长养圣胎，任运过时。更有何事汝受吾教。③
>
> 道不用修，但莫污染。何为污染？但有生死心、造作、趣向，皆是污染。若欲直会其道，平常心是道。谓平常心，无造作，无是非，无取舍，无断常，无凡无圣。经云：非凡夫行，非贤圣行，是菩萨行。只如今行住坐卧，应机接物，尽是道。道即是法界。乃至河沙妙用，不出法界。若不然者，云何言心地法门？云何言无尽灯？一切法皆是心法，一切名皆是心名。万法皆从心生，心为万法之根本。④

---

① [姚秦]三藏鸠摩罗什译：《维摩诘所说经》，大正新修大藏经本。

② [元]宗宝编：《六祖大师法宝坛经》，大正新修大藏经本。

③ [宋]释道元撰：《景德传灯录》卷六，大正新修大藏经本。

④ [宋]释道元撰：《景德传灯录》卷二十八，大正新修大藏经本。

茶为平常生活代表，而且通过对茶的品饮，可以达到禅定，进入到体会寂灭、明心见性的境界，所以最得"平常心是道"之旨，临济的"茶禅一味"，也许最多的就是指这个方面。两宋茶诗中，于此意之揭橥亦最为丰富。

黄庭坚《题默轩和遵老》："平生三业净，在俗亦超然。佛事一盂饭，横眠不学禅。松风佳客共，茶梦小僧圆。"①张耒《雨歇二首》其一："雨歇山园竹引芽，老禅睡起日初斜。今朝却忆香严老，解点沩山一碗茶。"②二诗均用香严点茶圆梦一典。《五灯会元·沩山灵祐禅师》："师睡次，仰山问讯，师便回面向壁。仰曰：'和尚何得如此！'师起曰：'我适来得一梦，你试为我原看。'仰取一盆水，与师洗面。少顷，香严亦来问讯。师曰：'我适来得一梦，寂子为我原了，汝更与我原看。'严乃点一碗茶来。师曰：'二子见解，过于鹙子。'"③因此，二诗之旨均为：茶即禅，茶即道。

释正觉《禅人并化主写真求赞》其二一六："目瞳秋炯炯，颠发雪毵毵。饭塞肚皮饱，茶湔舌颊甘。龊家有彩，机事无堪。白牯鳌奴却知有，而今赢得放痴憨。"④陆游《题徐子礼宗丞自觉斋》："末俗纷纷只自谩，惟公肯向静中观。闲看此事从何得，正自它人著力难。茶熟松风生石鼎，香残云缕绕蒲团。江湖多少痴禅衲，踢破青鞵觅话端。"⑤释智愚《颂古一百首》其八四："入门句子已先酬，唤去呼来第二头。到此不知茶味者，纷纷空买洞庭舟。"⑥许及之《和转庵与洪共之说诗谈禅之什》："铛坐听清话，鼎来宜笑哗。诗谈五字律，禅说一枝花。未肯传衣钵，先须借齿牙。老婆心更切，黄檗正栽茶。"⑦郑清之《和敬禅师茶偈》其一："饭罢茶来手接时，个中日日是真机。建溪顾渚君休问，冷暖如鱼只自知。"⑧释师范《颂古四十四首》其六："春生夏长，淡饭粗茶。鱼投臭水，彩奔龊家。"⑨亦言茶即禅，茶即道。

释慧空《送茶头并化士》其一："四海建溪茶，古今人所重。惟有禅家流，端的得受用。风穴出送行，香严用原梦。古佛老赵州，到与不到共。今者披秀翁，又

---

① [宋]黄庭坚：《题默轩和遵老》，《全宋诗》第17册，卷九九六，第11430页。

② [宋]张耒：《雨歇二首》其一，《全宋诗》第20册，卷一一七八，第13300页。

③ [宋]普济著，苏渊雷点校：《五灯会元》卷九，中华书局1984年版，第525—526页。

④ [宋]释正觉：《禅人并化主写真求赞》其二一六，《全宋诗》第31册，卷一七八三，第19863页。

⑤ [宋]陆游：《题徐子礼宗丞自觉斋》，《全宋诗》第39册，卷二一五五，第24278页。

⑥ [宋]释智愚：《颂古一百首》其八四，《全宋诗》第57册，卷三〇一六，第35921页。

⑦ [宋]许及之：《和转庵与洪共之说诗谈禅之什》，《全宋诗》第46册，卷二四四八，第28333页。

⑧ [宋]郑清之：《和敬禅师茶偈》其一，《全宋诗》第55册，卷二九〇三，第34653页。

⑨ [宋]释师范：《颂古四十四首》其六，《全宋诗》第55册，卷二九一八，第34785页。

作如是供。阶也分化权，空生与之颂。但得出处真，一用一切用。”[①]言茶之用中有一切之用，饮茶是最好的日用修道方式。

范成大《寄题西湖并送净慈显老三绝》其三：“中秋月了又黄花，卯后新醅午后茶。别没工夫谭不二，文殊休更问毗耶。”[②]释慧晖《偈颂四十一首》其三〇：“小春霜刃，大家雪机。一堂禅侣，三世结制。时光可惜，岁花不留。自晨至暮，吃饭饮茶。道者一个，无得禅心。”[③]员兴宗《春日过僧舍》：“青春了无事，挈客上伽蓝。遥指翠微树，来寻尊者庵。不须谈九九，何必论三三。且坐吃茶去，留禅明日参。”[④]王十朋《题灵峰三绝》其三：“三宿灵峰不为禅，茶瓯随分结僧缘。”[⑤]陈造《检旱宿香云》：“山僧共话岂须禅，但爱茶瓯如泼乳。”[⑥]甚至说茶是最好的禅。

释正觉《送慧禅人往上江籴麻米》其二：“云门糊饼赵州茶，里许明明著得些。公案见成知味底，一千二百衲僧家。”[⑦]其“云门糊饼”典出云门文偃禅师。《五灯会元·云门文偃禅师》：“上堂：‘闻声悟道，见色明心。’遂举起手曰：‘观世音菩萨，将钱买糊饼。’放下手曰：‘元来只是馒头。’”[⑧]“赵州茶”之典已见前。释正觉拈出此茶典，正是勉励将往上江籴麻米的慧禅人，要好好做，此行也是在修道。

释印肃《行住坐卧三十二颂》其一一：“不亏扫地与煎茶，门户开关用法华。云迹雨踪来不住，个中谁肯速还家。”[⑨]言在饮茶之类的平常修道中，不知谁会开悟。郭祥正《送吴山人二首》其二：“生死波中止一沤，离家失子已忘忧。只思北苑春芽熟，安得骑鲸逐俊游。”[⑩]言在已悟之人看来，茶最好，道不在别处，就在茶。陆游《题徐子礼宗丞自觉斋》：“末俗纷纷只自谩，惟公肯向静中观。闲看此事从何得，正自它人着力难。茶熟松风生石鼎，香残云缕遶蒲团。江湖多少痴禅

① [宋]释慧空：《送茶头并化士》其一，《全宋诗》第32册，卷一八四九，第20630页。

② [宋]范成大：《寄题西湖并送净慈显老三绝》其三，《全宋诗》第41册，卷二二七二，第26039页。

③ [宋]释慧晖：《偈颂四十一首》其三〇，《全宋诗》第33册，卷一八六八，第20888页。

④ [宋]员兴宗：《春日过僧舍》，《全宋诗》第36册，卷二〇一一，第22549页。

⑤ [宋]王十朋：《题灵峰三绝》其三，《全宋诗》第36册，卷二〇一七，第22612页。

⑥ [宋]陈造：《检旱宿香云》，《全宋诗》第45册，卷二四二九，第28063页。

⑦ [宋]释正觉：《送慧禅人往上江籴麻米》其二，《全宋诗》第31册，卷一七八二，第19818页。

⑧ [宋]普济著，苏渊雷点校：《五灯会元》卷十五，第928页。

⑨ [宋]释印肃：《行住坐卧三十二颂》其十一，《全宋诗》第37册，卷二〇五七，第23169页。

⑩ [宋]郭祥正：《送吴山人二首》其二，《全宋诗》第13册，卷七七六，第8979页。

衲，蹋破青鞵觅话端。”[①]亦言道就在茶里。郑清之《和敬福禅师茶偈》其三，说得更夸张，称一滴茶就能知解道：

> 鱼鼓才休客至时，摸头元是最先机。不须吸尽西江水，一滴曹溪味便知。[②]

唐庚《嘲陆羽》：“陆子作茶经，竟为茶所困。其中无所主，复著毁茶论。简贤傲长者，彼自愚不逊。茶好固自若，于我有何恨。便当脱野服，洗琖为一献。饮罢挈茶去，譬彼浇畦畹。君看祢正平，意气真能健。达与不达人，何啻相千万。”[③]则嘲陆羽之著相，不能放下而随缘。

方回《次韵仇仁近晴窗二首》其二：“苦海爱河争没溺，禅窗一榻篆茶烟。”[④]则写自己挣脱出苦海爱河，一归于茶道之平静。

5. 大道无言

中国自古就有大道无言之说。《周易·系辞上》：“子曰：书不尽言，言不尽意。”[⑤]《老子·一章》：“道可道，非常道。”[⑥]《庄子·齐物论》：“夫大道不称，大辩不言。”[⑦]《庄子·知北游》：“天地有大美而不言，四时有明法而不议，万物有成理而不说。”[⑧]又曰：“道不可闻，闻而非也；道不可见，见而非也；道不可言，言而非也。”[⑨]《维摩诘经》有维摩诘无言之描述。禅宗亦有“拈花微笑”之说：

> 世尊在灵山会上，拈花示众。是时众皆默然，唯迦叶尊者破颜微笑。世尊曰：“吾有正法眼藏，涅槃妙心，实相无相，微妙法门，不立文字，教外别传，付嘱摩诃迦叶。”[⑩]

---

① [宋]陆游：《题徐子礼宗丞自觉斋》，《全宋诗》第39册，卷二一五五，第24278页。

② [宋]郑清之：《和敬禅师茶偈》其三，《全宋诗》第55册，卷二九〇三，第34653页。

③ [宋]唐庚：《嘲陆羽》，《全宋诗》第23册，卷一三二五，第15032页。

④ [宋]方回：《次韵仇仁近晴窗二首》其二，《全宋诗》第66册，卷三四九〇，第41572页。

⑤ [宋]朱熹：《周易本义》卷三，天津古籍书店1988年影印宋元人注《四书五经》本，第63页。

⑥ 高亨：《(重订)老子正诂》卷上，一章，古籍出版社1956年版，第1页。

⑦ [清]郭庆藩撰，王孝鱼点校：《庄子集释》卷一下，中华书局1961年版，第83页。

⑧ [清]郭庆藩撰，王孝鱼点校：《庄子集释》卷七下，第735页。

⑨ [清]郭庆藩撰，王孝鱼点校：《庄子集释》卷七下，第757页。

⑩ [宋]普济著，苏渊雷点校：《五灯会元》卷一，第10页。

宋释道行更是直接开示："十语九中，不如一默。"[①]这实际与我们前面已谈过的无分别心、不容拟议是一个事情。而饮茶的快乐也很难表达，需要静静体会，如释文珦《煎茶》："一碗复一碗，尽啜祛忧烦。良恐失正味，缄默久不言。"[②]在这方面，禅与茶的确有贯通者。

宋太宗《缘识》："患脚法师不解走，少年心尽爱花柳。争知道味却无言，时得茶香全胜酒。"[③]邹浩《示愚溪守道山主》："叉手前来问我禅，我无言句与人传。一杯茶罢抽身起，笑指长松直上天。"[④]释慧空《送茶化士》其二："五湖云水访山家，不问亲疏尽与茶。若省此茶来处者，出门风摆绿杨斜。"[⑤]陈造《村居二首》其二："卷书揩目小披襟，睡起初便茗碗深。一缕碧檀无与语，坐窗闲看竹移阴。"[⑥]徐瑞《五月初一日煮茶偶作》："读书了清暇，空斋长闭门。冥冥晚雨润，喈喈时禽喧。悠悠白云度，沉沉绿阴繁。枯桐觅古意，石鼎烹山泉。清吟振岩木，乱以离骚篇。此道无不在，但觉山林尊。意根渐无有，世累何时捐。即事良可娱，一笑俱忘言。"[⑦]触目菩提，万物都是真如、佛性之显示，还有什么可说的呢？

程少逸《月珠寺明月楼》其六："饮罢茶瓯未有言，各归窗底默参禅。僧房睡息齁齁起，倒着绳床我亦眠。"[⑧]亦言日用即道，遵照办就行了，不用说什么了。

陈渊《留龙居士试建茶既去辄分送并颂寄之》："舌根回味只自知，放盏相看欲何说。"[⑨]郑清之《和敬禅师茶偈》其一："饭罢茶来手接时，个中日日是真机。建溪顾渚君休问，冷暖如鱼只自知。"[⑩]言广大的佛性，我已了然觉悟，有什么必要再说出来呢？因为语言是有限的，"说似一物即不中"也。

结语

两宋茶诗词全方位呈现了茶道的精神内涵，不仅可与现存茶书载记相对照，亦可弥补其不足。这些精神内涵，具体包括生、和、静、清、闲、淡、敬、省、俭、坚、

---

① [宋]释道行：《偈》，《全宋诗辑补》第4册，第1830页。

② [宋]释文珦：《煎茶》，《全宋诗》第63册，卷三三一八，第39546页。

③ [宋]宋太宗：《缘识·患脚法师不解走》，《全宋诗》第1册，卷三七，第438页。

④ [宋]邹浩：《示愚溪守道山主》，《全宋诗》第21册，卷一二四一，第14018页。

⑤ [宋]释慧空：《送茶化士》其二，《全宋诗》第32册，卷一八四九，第20612页。

⑥ [宋]陈造：《村居二首》其二，《全宋诗》第45册，卷二四三八，第28210页。

⑦ [宋]徐瑞：《五月初一日煮茶偶作》，《全宋诗》第71册，卷三七二〇，第44693页。

⑧ [宋]程少逸：《月珠寺明月楼》其六，《全宋诗》第72册，卷三七七二，第45510页。

⑨ [宋]陈渊：《留龙居士试建茶既去辄分送并颂寄之》，《全宋诗》第28册，卷一六四三，第18386页。

⑩ [宋]郑清之：《和敬禅师茶偈》其一，《全宋诗》第55册，卷二九〇三，第34653页。

仙、禅等方面，看似散碎，实则紧密相关，而以生为中心，以道为终极指向。其中的生、和、静、清、闲、淡、敬、省、俭、坚，在先秦以前就已经含义明确，为上古中国思想之旧绩；其中的仙、禅则成熟于唐，光大于宋，也可以狭意地说是二种立场不同的得道状态，为中古中国思想之新成。特别值得我们珍视的是，作为茶道之禅的表述的“茶禅一味”，其源流和内涵在两宋茶诗词中亦均有全面而生动的展现，也是宋人所着重发展的方面，足可释解长久以来的对“茶禅一味”的悬疑。所以，茶道实为中国独有之道思想体系之具体而微者，茶之成道的可能性与必然性，仅只存在于中华文化的体系中。茶道广大而幽玄，历久而弥新，为华夏文明的结晶。茶道从远古走来，与华夏同命，破除历史的迷障，即能见其庄严妙相。

第三章　两宋茶诗词与茶艺[1]

中国悠久的道艺一体的观念[2]，使得茶亦成了一种重要的体道方式。茶艺即是茶道，茶道即是茶艺，茶艺之所以为艺之目的，端为体道也。为了体会高妙的道意，达到高妙的道境，无论对茶的种植、采摘、制作，还是对茶的饮用方式，宋人都有精心的讲究，或者说正是借助这些精心的讲究，才能觉悟出高妙的道意道境。当然，这种方式，这种意趣，也有很多来自对前人的继承。北宋前期的蔡襄感于本朝饮茶烹试未有著录，乃作《茶录》列叙宋人的点茶(分茶)即烹试茶之法：[3]

色　茶色贵白，而饼茶多以珍膏油其面，故有青黄紫黑之异。善别茶者，正如相工之视人气色也，隐然察之于内。以肉理润者为上，既已末之，黄白者受水昏重，青白者受水鲜明，故建安人斗试，以青白胜黄白。

香　茶有真香，而入贡者微以龙脑和膏，欲助其香。建安民间皆不入香，恐夺其真。若烹点之际，又杂珍果香草，其夺益甚。正当不用。

味　茶味主于甘滑，惟北苑凤凰山连属诸焙所产者味佳。隔溪诸山，虽及时加意制作，色味皆重，莫能及也。又有水泉不甘，能损茶味，前世之论水品者以此。

藏茶　茶宜箬叶而畏香药，喜温燥而忌湿冷。故收藏之家，以箬叶封裹入焙中，两三日一次用火，常如人体温温，以御湿润。若火多，则茶

---

① 注：拙著《宋词与民俗》(商务印书馆 2005 年 12 月 1 版，2007 年 7 月重印)第四章有“茶词”一节，本章以其为基础，有大幅度增删修改。

② 参见第一章第四节“茶道与茶艺”之论述。

③ [宋]蔡襄《茶录》前序：“昔陆羽《茶经》，不第建安之品；丁谓《茶图》，独论采造之本。至于烹试，曾未有闻。”阮浩耕、沈冬梅、于良子点校注释：《中国古代茶叶全书》，浙江摄影出版社 1999 年版，第 65 页。

焦不可食。

炙茶　茶或经年，则香色味皆陈。于净器中以沸汤渍之，刮去油膏一两重乃止，以钤箝之，微火炙干，然后碎碾。若当年新茶，则不用此说。

碾茶　先以净纸密裹槌碎，然后熟碾。其大要，旋碾则色白，或经宿，则色已昏矣。

罗茶　罗细则茶浮，粗则水浮。

候汤　候汤最难，未熟则沫浮，过熟则茶沉。前世谓之"蟹眼"者，过熟汤也。况瓶中煮之，不可辨，故曰候汤最难。

熁盏　凡欲点茶，先须熁盏令热，冷则茶不浮。

点茶　茶少汤多，则云脚散；汤少茶多，则粥面聚。建人谓之云脚粥面。钞茶一钱匕，先注汤，调令极匀，又添注之，环回击拂。汤上盏，可四分则止，视其面色鲜明、着盏无水痕为绝佳。建安斗试以水痕先者为负，耐久者为胜，故较胜负之说，曰相去一水、两水。①

这实际是当时最时尚的最尊贵的闽式点茶，亦称分茶，两宋茶诗词描写的茶的烹试过程正与此一一对应，乃更加丰富优美生动，并且两宋诗词也大量记载了与此不同的或者更为古老的饮茶方式，全方位展示了中国两宋时代饮茶方式的多彩多姿。

第一节　植生高洁

茶性洁，人们亦每以生长于高山云雾中的茶为贵。如吴中复《谢惠茶》："我闻蒙山之巅多秀岭，烟岩抱合五峰顶。岷峨气象压西垂，恶草不生生菽茗。"②杨万里《梦作碾试馆中所送建茶绝句》："天上蓬山新水芽，群仙远寄野人家。坐看宝带黄金銙，吹作春风白雪花。"③徐安国《茶岭》："天柱峰头拨晓云，灵芽一寸得先春。"④

---

① ［宋］蔡襄：《茶录》上篇论茶，阮浩耕、沈冬梅、于良子点校注释《中国古代茶叶全书》，浙江摄影出版社 1999 年版，第 65—66 页。

② ［宋］吴中复：《谢惠茶》，《全宋诗》第 7 册，卷三八二，第 4705 页。

③ ［宋］杨万里：《梦作碾试馆中所送建茶绝句》，《全宋诗》第 42 册，卷二二九九，第 26405 页。

④ ［宋］徐安国：《茶岭》，《全宋诗》第 46 册，卷二五〇三，第 28956 页。按，此诗又作陈中孚诗，《全宋诗》第 37 册，卷二〇六三，第 23280 页。

王柏《和遁泽武夷石乳吟》："云根不受尘土污，舌本岂带台阁芗。"[①]均言茶性之高洁无染。

第二节　采摘赶早

强至《谢通判国博惠建茶》："建溪春早地未暖，建俗巧计催春阳。茶傍万口噪地烈，惊破芽英不得藏。犹嫌旂枪已老硬，独爱鸟嘴嫩未长。"[②]沈辽《德相惠新茶复次前韵奉谢》："吾闻北苑胜，不与群山接。山下几千家，以此为生业。新阳一日至，东风方猎猎。百草尚勾甲，灵芽已先捷。"[③]魏了翁《贺新郎·赵茶马师岃生日》"见说山深人睡稳，细雨自催茶户"[④]，方岳《西江月》"蔬甲初肥雨润，茶枪小摘春明"[⑤]，均反映了茶乡摘茶趁早春，即便下雨也不能影响的情形。而为了尽早得到最嫩的新茶，茶乡甚至会大动干戈，以喊山鼓号来催茶，并由此而形成开茶的仪式。

欧阳修于宋嘉祐三年(1058)作《尝新茶呈圣俞》："建安三千里，京师二月尝新茶。人情好先务取胜，百物贵早相矜夸。年穷腊尽春欲动，蛰雷未起驱龙蛇。夜闻击鼓满山谷，千人助叫声喊呀。万木寒痴睡不醒，惟有此树先萌芽。乃知此为最灵物，宜其独得天地之英华。"[⑥]反映了嘉祐年间建州建安北苑御用茶园的

---

① ［宋］王柏：《和遁泽武夷石乳吟》，《全宋诗》第 60 册，卷三一六七，第 38016 页。

② ［宋］强至：《谢通判国博惠建茶》，《全宋诗》第 10 册，卷五八九，第 6923 页。

③ ［宋］沈辽：《德相惠新茶复次前韵奉谢》，《全宋诗》第 12 册，卷七一九，第 8304 页。

④ ［宋］魏了翁：《贺新郎·赵茶马师岃生日》，《全宋词》第 4 册，第 2373 页。

⑤ ［宋］方岳：《西江月》，《全宋词》，第 2841 页。

⑥ ［宋］欧阳修：《尝新茶呈圣俞》，《全宋诗》第 6 册，卷二八八，第 3646 页。按：宋胡仔《苕溪渔隐丛话》后集卷十一："《文昌杂录》云：'库部林郎中说，建州上春采茶时，茶园人无数，击鼓声闻数里。……'苕溪渔隐曰：欧阳永叔《尝茶诗》云：'年穷腊尽春欲动……'余官于富沙凡三春，备见北苑造茶，但其地暖，才惊蛰，茶芽已长寸许，初无击鼓喊山之事，永叔与文昌所纪，皆非也。"(中华书局聚珍仿宋版《四部备要》本)笔者按：胡仔言之凿凿，固不应为诬，但他是南宋时人，世易时移，安知北宋时人庞元英、欧阳修所言之必诬也。又，南宋赵汝砺《北苑别录》："采茶之法，须是侵晨，不可见日。侵晨则露未晞，茶芽肥润。见日则为阳气所薄，使芽之膏腴内耗，至受水而不鲜明。故每日常以五更挝鼓，集群夫于凤凰山(山有打鼓亭)。监采官人给一牌入山，至辰刻复鸣锣以聚之，恐其逾时贪多务得也。"(阮浩耕、沈冬梅、于良子点校注释：《中国古代茶叶全书》，第 117 页)则是采茶时，以锣鼓为号令，与喊山不是一事。宋徽宗时人熊蕃作《御苑采茶歌十首》其一："雪腴贡使手亲调，旋放春天采玉条。伐鼓危亭惊晓梦，啸呼齐上苑东桥。"(熊蕃《宣和北苑贡茶录》后附，阮浩耕、沈冬梅、于良子点校注释：《中国古代茶叶全书》，浙江摄影出版社 1999 年版，第 105 页)反映的可能也是这个以锣鼓为号令的情形。

催茶开茶情形。欧阳修这里所呈的“圣俞”即其挚友梅尧臣，后者也有一首《宋著作寄凤茶》：“春雷未出地，南土物尚冻。呼噪助发生，萌颖强抽蕻。”①“凤茶”即凤团茶，为御茶形制之一，此诗所述与欧诗正相同。张侃《象田老馈山茶用东坡先生韵奉寄》：“建溪早芽细如针，来春喊声徧山岭。”②所记录实为宋代是重要的建茶区的开茶仪式，又称作“喊山”，目的是模拟雷声，催醒茶芽。颇具仿生学意义，因为惊雷一声，则生机发动，乃茶之物性，所谓“雷鼓殷山春，枪苗第一新”③。

建茶的另一个重要产区武夷山，据元谙都剌《喊山台记》④、明徐㶿《武夷茶考》的记载，亦有喊山之事。明徐㶿《武夷茶考》：“喊山者，每当仲春惊蛰日，县官诣茶场致祭毕，隶卒鸣金，击鼓同声喊曰：茶发芽。”⑤此武夷山在建州建阳北，稍长于欧阳修的范仲淹有《和章岷从事斗茶歌》“年年春自东南来，建溪先暖冰微开。溪边奇茗冠天下，武夷仙人从古栽”⑥，似表明武夷茶的种植比建溪近旁的北苑茶更早一些。稍晚于欧阳修的苏轼《荔支叹》云“君不见武夷溪边粟粒芽，前丁后蔡相笼加。争新买宠各出意，今年斗品充官茶”⑦，则表明武夷茶的品级同样非凡。谙都剌《喊山台记》曰：“惊蛰喊山，循彝典也。”所以，虽然武夷山的这种喊山开茶仪式为元明人所记载，但至少在宋代，就已经在其地举行了，应无多大问题。

这种仪式甚至偏僻的黔州也有。黄庭坚《踏莎行》：“画鼓催春，蛮歌走响，雨前一焙谁争长。低株摘尽到高株，株株别是闽溪样。”⑧黄庭坚《阮郎归》：“黔中桃李可寻芳。摘茶人自忙。”⑨据马兴荣、祝振玉所编黄庭坚世系年谱，以上这两首词为宋绍圣四年(1097)黄庭坚在贬所黔州所作⑩，亦生动反映了黔州茶乡“画鼓催春”的开茶仪式。

---

① [宋]梅尧臣：《宋著作寄凤茶》，《全宋诗》第5册，卷二四一，第2788页。

② [宋]张侃：《象田老馈山茶用东坡先生韵奉寄》，《全宋诗》第59册，卷三一一〇，第37126页。

③ [宋]宋祁：《通判茹太博惠家园新茗》，《全宋诗》第4册，卷二一一，第2430页。

④ 收录[明]喻政辑《茶集》，阮浩耕、沈冬梅、于良子点校注释：《中国古代茶叶全书》，浙江摄影出版社1999年版，第336页。

⑤ 收录[明]喻政辑《茶集》，阮浩耕、沈冬梅、于良子点校注释：《中国古代茶叶全书》，浙江摄影出版社1999年版，第337页。

⑥ [宋]范仲淹：《和章岷从事斗茶歌》，《全宋诗》第3册，卷一六五，第1868页。

⑦ [清]王文诰辑注，孔凡礼点校：《苏轼诗集》卷三九，第2126页。

⑧ [宋]黄庭坚：《踏莎行》，《全宋词》第1册，第388页。

⑨ [宋]黄庭坚：《阮郎归》，《全宋词》第1册，第389页。

⑩ 马兴荣、祝振玉：《黄庭坚世系年谱简编》，马兴荣、祝振玉校注《山谷词》附录一，上海古籍出版社2001年版，第304页。

第三节 焙制惟精

两宋茶诗词中有很多团茶的制作过程的记载，也有一些花茶工艺的记载，可作为中国茶叶史的重要文献。

一、团茶制作

1. 蒸研

沈辽《德相惠新茶复次前韵奉谢》："所采仅毛发，厥工巧烹爨。甘泉列盎釜，炽炭浩旁迭。"①葛长庚《水调歌头·咏茶》："二月一番雨，昨夜一声雷。枪旗争展，建溪春色占先魁。采取枝头雀舌，带露和烟捣碎，炼作紫金堆。"②形象地描写了建茶的蒸榨捣研工序。请详参本书末章之考证。

丁谓《煎茶》："轻微缘入麝，猛沸却如蝉。"③丁谓是北宋前期时人，他的这首诗反映了宋前期建茶制作加龙脑、麝香的习惯。蔡襄《茶录》曰："茶有真香。而入贡者微以龙脑和膏，欲助其香。建安民间皆不入香，恐夺其真。若烹点之际，又杂珍果香草，其夺益甚，正当不用。"宋熊蕃《宣和北苑贡茶录》："初，贡茶皆入龙脑，至是(宣和)虑夺真味，始不用焉。"④

葛胜仲《试建溪新茶次元述韵》："舶舟初出建溪春，红笺品题苞蒻叶。低昂轻重如美人，等衰铢较知难躐。格高玉雪莹衷肠，品下膏油浮面颊。"⑤则表示了对膏油的摒弃。

2. 成模

范仲淹《和章岷从事斗茶歌》："研膏焙乳有雅制，方中圭兮圆中蟾。"⑥袁燮《谢吴察院惠建茶》："先春撷灵芽，妙手截玄玉。形模正而方，气韵清不俗。故将比君子，可敬不可辱。"⑦强至《谢通判国博惠建茶》："犹嫌旂枪已老硬，独爱鸟嘴

① [宋]沈辽：《德相惠新茶复次前韵奉谢》，《全宋诗》第 12 册，卷七一九，第 8304 页。

② [宋]葛长庚：《水调歌头·咏茶》，《全宋词》第 4 册，第 2566 页。

③ [宋]丁谓：《煎茶》，《全宋诗》第 2 册，卷一〇一，第 1149 页。

④ [宋]熊蕃：《宣和北苑贡茶录》，阮浩耕、沈冬梅、于良子点校注释：《中国古代茶叶全书》，浙江摄影出版社 1999 年版，第 102 页。

⑤ [宋]葛胜仲：《试建溪新茶次元述韵》，《全宋诗》第 24 册，卷一三六四，第 15623 页。

⑥ [宋]范仲淹：《和章岷从事斗茶歌》，《全宋诗》第 3 册，卷一六五，第 1868 页。

⑦ [宋]袁燮：《谢吴察院惠建茶》，《全宋诗》第 50 册，卷二六四六，第 30996 页。

嫩未长。搁而焙之一朝就，更范圭璧为圆方。”[①]此言研膏制成圭形或璧形的饼茶。

苏颂《再次韵》：“露芽轻嫩研香馥，云朵纤浓印迹重。”[②]湛俞《建茶和罗拯韵》：“御茗毓何峰，烟岚十二重。玉泉新吐凤，金饼五盘龙。”[③]沈辽《德相惠新茶复次前韵奉谢》：“形摹各臻妙，制作易妥帖。至尊所虚伫，守臣方愓慑。其上为虬龙，蜿蜒奋鳞鬣。稍降乃交凤，文翼相盘跕。”[④]张侃《象田老馈山茶用东坡先生韵奉寄》：“铜模新制号凤团，绛纱斜纫护龙饼。”[⑤]此言茶饼上所压制出的龙凤图案。

3. 焙制

苏轼《西江月·茶词》：“龙焙今年绝品，谷帘自古珍泉。”[⑥]黄庭坚《踏莎行》：“画鼓催春，蛮歌走饷。雨前一焙谁争长。”[⑦]黄庭坚《惜馀欢·茶词》：“相将扶上，金鞍騕袅，碾春焙、愿少延欢洽。”[⑧]黄庭坚《西江月·茶》：“龙焙头纲春早。”[⑨]黄庭坚《阮郎归》：“月团犀胯斗圆方。研膏入焙香。”[⑩]姚述尧《如梦令·寿茶》：“龙焙初分丹阙。”[⑪]言茶之焙制。

沈辽《德相惠新茶复次前韵奉谢》：“所采仅毛发，厥工巧烹燮。甘泉列盎釜，炽炭浩旁迭。修竹为之规，黄金为之梜。”[⑫]言以甘泉研茶膏，以竹编为规、黄金为梜烘焙茶。对照宋黄儒《品茶要录·伤焙》：“夫茶本以芽叶之物就之棬模，既出棬，上笪焙之。”[⑬]乃多出黄金为梜，梜者，函也，应是更为合理具体的记载。

经过以上这些工序之后所成的茶饼，其正色为苍青，有时还泛紫，质地坚硬，

---

① [宋]强至：《谢通判国博惠建茶》，《全宋诗》第10册，卷五八九，第6923页。

② [宋]苏颂：《再次韵》，《全宋诗》第10册，卷五二九，第6401页。

③ [宋]湛俞：《建茶和罗拯韵》，《全宋诗》第6册，卷三四七，第4275页。

④ [宋]沈辽：《德相惠新茶复次前韵奉谢》，《全宋诗》第12册，卷七一九，第8304页。

⑤ [宋]张侃：《象田老馈山茶用东坡先生韵奉寄》，《全宋诗》第59册，卷三一一〇，第37126页。

⑥ [宋]苏轼：《西江月·茶词》，《全宋词》第1册，第284页。

⑦ [宋]黄庭坚：《踏莎行》，《全宋词》第1册，第388页。

⑧ [宋]黄庭坚：《惜馀欢·茶词》，《全宋词》第1册，第404页。

⑨ [宋]黄庭坚：《西江月·茶》，《全宋词》第1册，第397页。

⑩ [宋]黄庭坚：《阮郎归》，《全宋词》第1册，第389—390页。

⑪ [宋]姚述尧：《如梦令·寿茶》，《全宋词》第3册，第1557页。

⑫ [宋]沈辽：《德相惠新茶复次前韵奉谢》，《全宋诗》第12册，卷七一九，第8304页。

⑬ [宋]黄儒：《品茶要录·伤焙》，阮浩耕、沈冬梅、于良子点校注释《中国古代茶叶全书》，浙江摄影出版社1999年版，第79页。

有如金石，堪称金饼。黄庭坚《送李德素归舒城》："篁翻寒江浪，茶破苍璧影。"[①]释居简《经筵赐茶杨文昌席上得贵字》："龙泓荐春甘，茶荈绝众卉。屑琼作玄玉，不惜万金费。"[②]葛胜仲《试建溪新茶次元述韵》："更看正紫小方珪，价比连城真称惬。"[③]许景衡《和酬张敏叔》："东嘉匕箸琢红玉，北苑枪芽模紫金。野人何知敢持饷，诗老发兴为高吟。"[④]张侃《象田老馈山茶用东坡先生韵奉寄》："竹窗拂拭金石坚，碾破霏霏光炯炯。"[⑤]湛俞《建茶和罗拯韵》："玉泉新吐凤，金饼五盘龙。"[⑥]

4.金装

夏元鼎《西江月·送腊茶答王和父》："蜜脾神用脱金形。送与仙翁体认。"[⑦]此句言以金缕包装的甘香茶饼最宜脾脏。详参本书下篇茶词注对此词之详细注释。苏轼《行香子·茶词》："共夸君赐，初拆臣封。看分香饼，黄金缕，密云龙。"[⑧]无名氏《渔家傲》："轻拍红牙留客住。韩家石鼎联新句。珍重龙团并凤髓。君王与。春风吹破黄金缕。"[⑨]秦观《满庭芳·茶词》："雅燕飞觞，清谈挥麈，使君高会群贤。密云双凤，初破缕金团。"[⑩]赵鼎《好事近·倅车还阕，分得茶词》："碾破密云金缕，送蓬莱归客。"[⑪]亦同此意。唐宋笔记中对此类包装习惯多有记载，本书下篇茶词注已列举，兹仅录宋欧阳修《归田录》卷二所言以资对照：

> 庆历中，蔡君谟为福建路转运使，始造小片龙茶以进。其品绝精，谓之小团，凡二十饼重一斤，其价直金二两。然金可有，而茶不可得，每因南郊致斋，中书、枢密院各赐一饼，四人分之。宫人往往缕金花于其上，盖其贵重如此。[⑫]

---

① [宋]黄庭坚：《送李德素归舒城》，《全宋诗》第17册，卷九八五，第11364页。

② [宋]释居简：《经筵赐茶杨文昌席上得贵字》，《全宋诗》第53册，卷二七九三，第33115页。

③ [宋]葛胜仲：《试建溪新茶次元述韵》，《全宋诗》第24册，卷一三六四，第15623页。

④ [宋]许景衡：《和酬张敏叔》，《全宋诗》第23册，卷一三五八，第15546页。

⑤ [宋]张侃：《象田老馈山茶用东坡先生韵奉寄》，《全宋诗》第59册，卷三一一〇，第37126页。

⑥ [宋]湛俞：《建茶和罗拯韵》，《全宋诗》第6册，卷三四七，第4275页。

⑦ [宋]夏元鼎：《西江月·送腊茶答王和父》，《全宋词》第4册，第2714页。

⑧ [宋]苏轼：《行香子·茶词》，《全宋词》第1册，第302页。

⑨ [宋]无名氏：《渔家傲》，《全宋词》第5册，第3657页。

⑩ [宋]秦观：《满庭芳·茶词》，《全宋词》第1册，第464页。

⑪ [宋]赵鼎：《好事近·倅车还阕，分得茶词》，《全宋词》第2册，第942页。

⑫ [宋]欧阳修撰，李伟国点校：《归田录》卷二，中华书局1981年版，第24页。

沈辽《德相惠新茶复次前韵奉谢》则描写了因其贵重而引发的一系列政治经济现象：

> 大为权势迫，小或盗贼劫。其间起斗夺，亦数冒刑槢。南夷出重购，不惮浮海楫。北虏比尤好，喜笑开胡睫。岂不产邛蜀，岂不生楚叶。厥品乃大戾，固难一理摄。朱门厌酒肉，辩士厉舌颊。儒生备夜诵，农夫困朝馌。禅翁过工煮，老获空腹喋。绮席梦腾腾，玉山头嶫嶫。无余乃尚可，非此意不厌。①

为此则又带来了一个负面的掺假入杂问题，由此又需要茶的精鉴了。“君谟号精鉴，才翁亦相躐。”②关于此，拙著《宋词与民俗》之“茶词”一节已有论述③，不再赘言。

二、花茶制作

以下茶词反映了宋人花茶的制作：

宋自逊《贺新郎·七夕》：“雪藕调冰花熏茗，正梧桐、雨过新凉透。”④其“花熏茗”，说的便是用鲜花熏茶的制茶工艺。施岳《步月·茉莉》⑤则完整记录了茉莉花茶的制作过程，请详见本书下编第二章之考证。

第四节　茶盏尚黑

陆羽《茶经》“四之器”：“碗　碗，越州上，鼎州次，婺州次，岳州次，寿州、洪州次。或者以邢州处越州上，殊为不然。若邢瓷类银，越瓷类玉，邢不如越一也；若邢瓷类雪，则越瓷类冰，邢不如越二也；邢瓷白而茶色丹，越瓷青而茶色绿，邢不如越三也。晋杜毓《荈赋》所谓‘器择陶拣，出自东瓯’。瓯，越也。瓯，越州上口

---

① [宋]沈辽：《德相惠新茶复次前韵奉谢》，《全宋诗》第12册，卷七一九，第8304—8305页。

② [宋]沈辽：《德相惠新茶复次前韵奉谢》，《全宋诗》第12册，卷七一九，第8304—8305页。

③ 黄杰：《宋词与民俗》，商务印书馆2007年7月第2次印，第194—199页。

④ [宋]宋自逊：《贺新郎·七夕》，《全宋词》第4册，第2688页。

⑤ [宋]施岳：《步月·茉莉》，《全宋词》第5册，第3136页。

唇不卷，底卷而浅，受半升已下。越州瓷、岳瓷皆青，青则益茶，茶作白红之色。邢州瓷白，茶色红；寿州瓷黄，茶色紫；洪州瓷褐，茶色黑，悉不宜茶。”①此说明唐人一般以茶绿为贵，而贵似玉、冰而色青的越瓷。

而宋人则不然，蔡襄《茶录》“茶盏”：“茶色白，宜黑盏，建安所造者绀黑，纹如兔毫，其坯微厚，熁之久热难冷，最为要用。出他处者，或薄或色紫，皆不及也。其青白盏，斗试家自不用。”②

宋徽宗《大观茶论》“盏”：“盏色贵青黑，玉毫条达者为上，取其焕发茶采色也。底必差深而微宽，底深则茶直立，易以取乳，宽则运筅旋彻，不碍击拂。”③

宋审安老人《茶具图赞》戏称茶盏姓名字号云：“陶宝文，去越，自厚，兔园上客。”④乃文字游戏，其中“宝文”“兔园上客”均言其珍贵的兔毫文，“去越”即非越产，“自厚”即“其坯微厚，熁之久热难冷”⑤。

宋祝穆《方舆胜览》卷十一：“兔毫出瓯宁之水吉。黄鲁直诗曰‘建安瓷碗鹧鸪斑’，又君谟《茶录》‘建安所造黑盏纹如兔毫’，然毫色异者，土人谓之毫变盏，其价甚高，且艰得之。”⑥

两宋茶诗词于此也有充分反映：

秦观《满庭芳·茶词》：“窗外炉烟似动，开瓶试、一品香泉。轻淘起，香生玉尘，雪溅紫瓯圆。”⑦程邻《西江月》：“琼碎黄金碾里，乳浮紫玉瓯中。”⑧其中的“紫瓯”“紫玉瓯”乃泛言宋人所用之暗色茶盏。

黄庭坚《西江月·茶》：“兔褐金丝宝碗，松风蟹眼新汤。”⑨葛长庚《水调歌头·咏茶》：“放下兔毫瓯子，滋味舌头回。”⑩均言建盏中珍贵的兔毫盏。

---

① [唐]陆羽：《茶经》卷中，“四之器”，阮浩耕、沈冬梅、于良子点校注释《中国古代茶叶全书》，浙江摄影出版社1999年版，第6页。

② [宋]蔡襄：《茶录》下篇论茶器，“茶盏”，阮浩耕、沈冬梅、于良子点校注释《中国古代茶叶全书》，浙江摄影出版社1999年版，第67页。

③ [宋]宋徽宗：《大观茶论》，阮浩耕、沈冬梅、于良子点校注释《中国古代茶叶全书》，浙江摄影出版社1999年版，第91页。

④ [宋]审安老人：《茶具图赞》，阮浩耕、沈冬梅、于良子点校注释《中国古代茶叶全书》，浙江摄影出版社1999年版，第132页。

⑤ [宋]蔡襄：《茶录》下篇论茶器，“茶盏”，阮浩耕、沈冬梅、于良子点校注释《中国古代茶叶全书》，第67页。

⑥ [宋]祝穆：《方舆胜览》卷十一，文渊阁四库全书本。

⑦ [宋]秦观：《满庭芳·茶词》，《全宋词》第1册，第464页。

⑧ [宋]程邻：《西江月》，《全宋词》第2册，第914页。

⑨ [宋]黄庭坚：《西江月·茶》，《全宋词》第1册，第397页。

⑩ [宋]黄庭坚：《西江月·茶》，《全宋词》第4册，第2566页。

黄庭坚《满庭芳》:“碾深罗细，琼蕊暖生烟，一种风流气味，如甘露、不染尘凡。纤纤捧，冰甆溅玉，金缕鹧鸪斑。”①周紫芝《摊破浣溪沙·茶词》:“醉捧纤纤双玉笋，鹧鸪斑。”②乃言黑釉茶盏中的另一种珍贵的鹧鸪斑盏。

虽然宋人所言之鹧鸪斑盏到底是哪一种黑釉盏，目前陶瓷学界存有不同意见，如有把黑釉白卵点纹称为鹧鸪斑的，也有把黑釉上带黄褐斑彩称为鹧鸪斑的(请见彩图17、18;本书下编对此也有专文考证),但无论如何，纹理绚烂是两者共同的，所以，黄庭坚《满庭芳》词中的“金缕”,应该便是对华丽灿烂的鹧鸪斑盏的贴切形容。无名氏《西江月》“冰甆金缕胜琉璃。春笋捧来纤细”③之“金缕”,也是这个用意。

马兴荣、祝振玉校注《山谷词》,于其《满庭芳》之“金缕鹧鸪斑”句注云:“金缕谓茶饼包装之华贵。宋欧阳修《归田录》卷二:‘庆历中，蔡均谟为福建路转运使，始造小片龙茶以进。其品绝精，谓之小团，凡二十饼重一斤，其价直金二两。然金可有，而茶不可得，每因南郊致斋，中书、枢密院各赐一饼，四人分之。宫人往往缕金花于其上，盖其贵重如此。鹧鸪斑，谓沏茶后碗面呈现之斑点。宋杨万里《陈蹇叔郎中出闽漕别送新茶诗》:‘鹧鸪碗面云萦字，兔褐瓯心雪作泓。’”④此注并不确切。

茶饼固可言金缕、缕金、黄金、紫金。苏轼《行香子·茶词》:“共夸君赐，初拆臣封。看分香饼，黄金缕，密云龙。”⑤无名氏《渔家傲》:“轻拍红牙留客住。韩家石鼎联新句。珍重龙团并凤髓。君王与。春风吹破黄金缕。”⑥秦观《满庭芳·茶词》:“雅燕飞觞，清谈挥麈，使君高会群贤。密云双凤，初破缕金团。”⑦赵鼎《好事近·倅车还阕，分得茶词》:“碾破密云金缕，送蓬莱归客。”⑧葛长庚《水调歌头·咏茶》:“采取枝头雀舌，带露和烟捣碎，炼作紫金堆。”⑨王庭珪《好事近·茶》:“黄金碾入碧花瓯，瓯翻素涛色。”⑩

但“金缕”并非“茶饼”专用，如王千秋《风流子》:“夜久烛花暗，仙翁醉、丰颊

---

① [宋]黄庭坚:《满庭芳》,《全宋词》第1册，第401页。

② [宋]周紫芝:《摊破浣溪沙·茶词》,《全宋词》第2册，第873页。

③ [宋]无名氏:《西江月》,《全宋词》第5册，第3653页。

④ 马兴荣、祝振玉校注:《山谷词》,上海古籍出版社2001年版，第22—23页。

⑤ [宋]苏轼:《行香子·茶词》,《全宋词》第1册，第302页。

⑥ [宋]无名氏:《渔家傲》,《全宋词》第5册，第3657页。

⑦ [宋]秦观:《满庭芳·茶词》,《全宋词》第1册，第464页。

⑧ [宋]赵鼎:《好事近·倅车还阕，分得茶词》,《全宋词》第2册，第942页。

⑨ [宋]葛长庚:《水调歌头·咏茶》,《全宋词》第4册，第2566页。

⑩ [宋]王庭珪:《好事近·茶》,《全宋词》第2册，第823页。

缕红霞。正三行钿袖，一声金缕，卷茵停舞，侧火分茶。”①刘辰翁《摸鱼儿·赋云束楼》：“歌残金缕。恰黄鹤飞来，月明三弄，仍是岳阳吕。”②所指是著名的《金缕曲》。周紫芝《摊破浣溪沙·茶词》：“醉捧纤纤双玉笋，鹧鸪斑。雪浪溅翻金缕袖，松风吹醒玉酡颜。”③所指是侍女华贵的缕金衣袖。

所以，黄庭坚《满庭芳》“金缕鹧鸪斑”之“金缕”，不是指用金花缕茶饼，不是言“茶饼包装之华贵”，而是言茶盏之华贵；其“鹧鸪斑”，当然也不是“谓沏茶后碗面呈现之斑点”。

王庭珪《好事近·茶》：“黄金碾入碧花瓯，瓯翻素涛色。今夜酒醒归去，觉风生两腋。”④此“碧花瓯”，可能是黑釉瓷之一种窑变类型。现存日本有三个宋建窑乌金釉曜变天目盏，可资参观。请见彩图。

杨无咎《朝中措》：“春雪看飞金碾，香云旋涌花瓷。”⑤曹冠《朝中措·茶》：“春芽北苑小方圭。碾畔玉尘飞。金箸春葱击拂，花瓷雪乳珍奇。”⑥其“花瓷”是否与王庭珪《好事近·茶》之“碧花瓯”同类？

王千秋《风流子》：“夜久烛花暗，仙翁醉、丰颊缕红霞。正三行钿袖，一声金缕，卷茵停舞，侧火分茶。笑盈盈，溅汤温翠盌，折印启缃纱。”⑦其“翠盌”为茶盏，唐陆龟蒙《秘色越器》：“九秋风露越窑开，夺得千峰翠色来。”⑧说的便是越窑的青瓷，所以彼“翠碗”，也很可能是青瓷。

黄庭坚《阮郎归·茶词》：“金瓯雪浪翻。”⑨本书彩图为一宋代黑釉茶盏，金彩缕缕，可资参观。

以下诗中还记有一种铜叶盏。苏轼《次韵蒋颖叔钱穆父从驾景灵宫》之二：“病贪赐茗浮铜叶，老怯香泉滟宝樽。”赵次公注曰：“铜叶，言茶盏也。”⑩孔平仲《梦锡惠墨答以蜀茶》：“开缄碾泼试一尝，尤称君家铜叶盏。”⑪魏了翁《鲁提幹献

---

① [宋]王千秋：《风流子》，《全宋词》第 3 册，第 1466 页。

② [宋]刘辰翁：《摸鱼儿·赋云束楼》，《全宋词》第 5 册，第 3250 页。

③ [宋]周紫芝：《摊破浣溪沙·茶词》，《全宋词》第 2 册，第 873 页。

④ [宋]王庭珪：《好事近·茶》，《全宋词》第 2 册，第 823 页。

⑤ [宋]杨无咎：《朝中措》《全宋词》第 2 册，第 1188 页。

⑥ [宋]曹冠：《朝中措·茶》，《全宋词》第 3 册，第 1534 页。

⑦ [宋]王千秋：《风流子》，《全宋词》第 3 册，第 1466 页。

⑧ [唐]陆龟蒙：《秘色越器》，《全唐诗》第 18 册，卷六二九，第 7216 页。

⑨ [宋]黄庭坚：《阮郎归·茶词》，《全宋词》第 1 册，第 403 页。

⑩ [宋]苏轼：《次韵蒋颖叔钱穆父从驾景灵宫》之二，《集注分类东坡先生诗》卷三，《四部丛刊》初编本。

⑪ [宋]孔平仲：《梦锡惠墨答以蜀茶》，《全宋诗》第 16 册，卷九二四，第 10830 页。

子以诗惠分茶碗用韵为谢》则专门描写了这种朋友送的铜叶盏："秃尽春窗千兔毫，形容不尽意陶陶。可人两碗春风焙，涤我三升玉色醪。铜叶分花春意闹，银瓶发乳雨声高。试呼陶妓平章看，正恐红绡未足褒。"①据之，此铜叶盏正是分茶之碗。又按，铜叶为薄铜片。南宋程大昌《演繁录》卷十一，"铜叶盏"：解释苏轼《次韵蒋颖叔钱穆父从驾景灵宫》诗之"铜叶"曰："按今御前赐茶皆不用建盏，用大汤甓，色正白，但其制样似铜叶汤甓耳。铜叶色黄褐色也。"②据之则可知此铜叶盏之样式。

又，现存世还有一些宋吉州窑漏花吉语盏，大小、形状均与传世的宋建茶盏相若（请参见彩图 15、16），质地花式确也可与黄庭坚词描写的"金瓯"相当。这些似乎都说明了当时用来试茶的茶盏也并非黑釉建盏的一统天下，而是习惯以黑釉为上罢了。

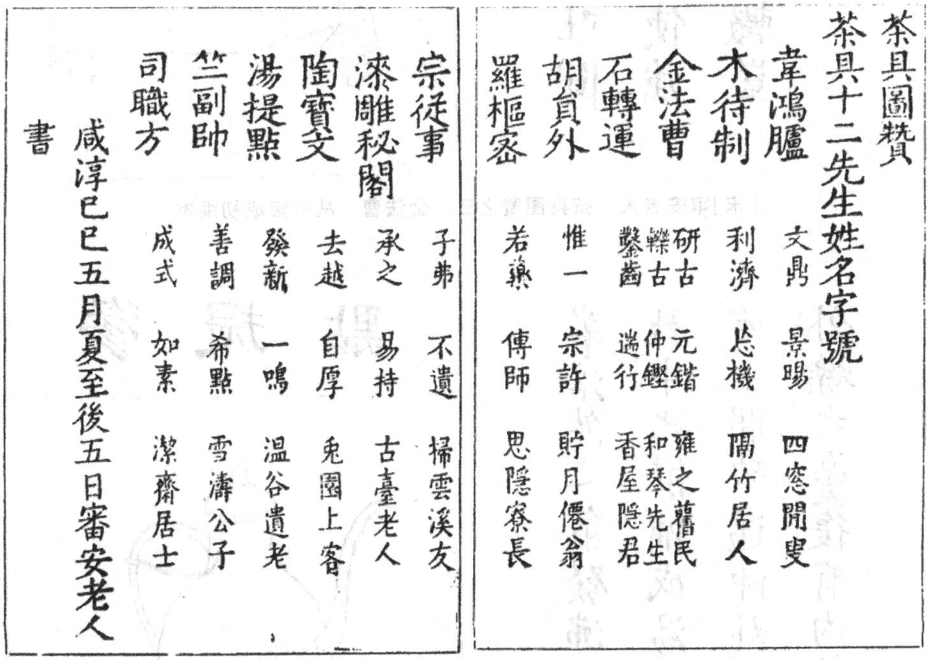
茶具圖贊

茶具十二先生姓名字號

韋鴻臚	文鼎	景暘	四窻閒叟
木待制	利濟	忘機	隔竹居人
金法曹	研古 轢古	元鍇 仲鑾	雍之舊民 和琴先生
石轉運	鑿齒	遄行	香屋隱君
胡員外	惟一	宗許	貯月僊翁
羅樞密	若藥	傳師	思隱寮長
宗從事	子弗	不遺	掃雲溪友
漆雕秘閣	承之	易持	古臺老人
陶寶文	去越	自厚	兔園上客
湯提點	發新	一鳴	温谷遺老
竺副帥	善調	希點	雪濤公子
司職方	成式	如素	潔齋居士

咸淳己巳五月夏至後五日審安老人書

［宋］审安老人　茶具十二先生名号　丛书集成初编本

① ［宋］魏了翁：《鲁提幹献子以诗惠分茶碗用韵为谢》，《全宋诗》第 56 册，卷二九三一，第 34937 页。

② 宋程大昌：《演繁露》卷十一，文渊阁四库全书本。

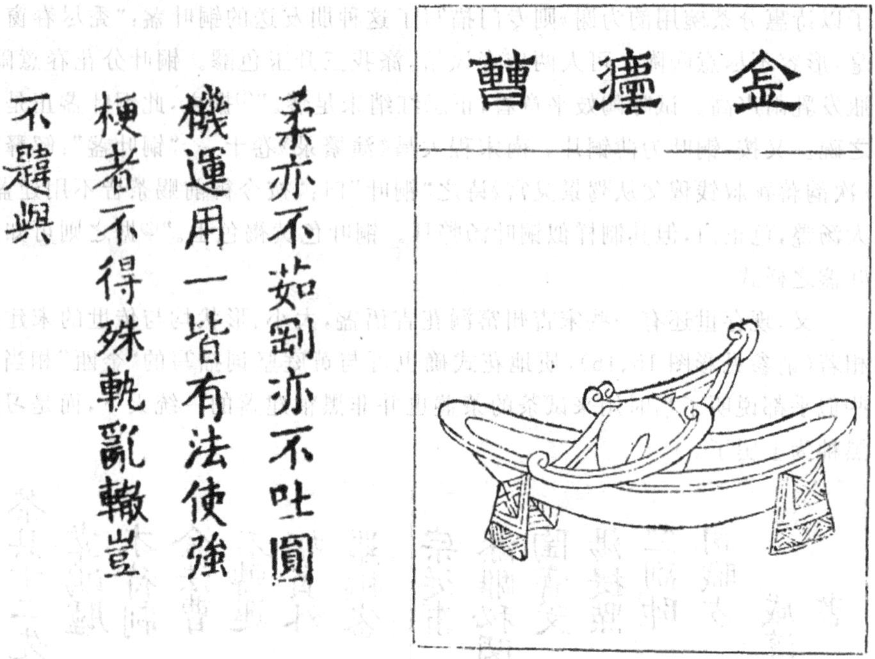
金灋曹
柔亦不茹剛亦不吐圓
機運用一皆有法使強
梗者不得殊軌亂轍豈
不韙與

[宋]审安老人　茶具图赞之三　金法曹　丛书集成初编本

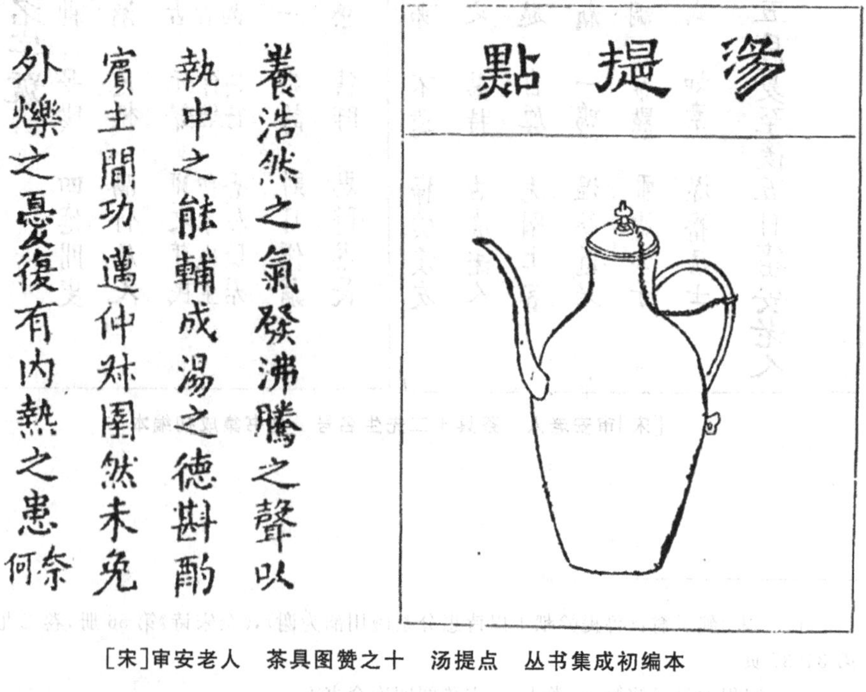
湯提點
養浩然之氣發沸騰之聲以
執中之能輔成湯之德斟酌
賓主間功邁仲叔圉然未免
外爍之憂復有內熱之患何奈

[宋]审安老人　茶具图赞之十　汤提点　丛书集成初编本

第五节　水为茶母

饮茶重水不自宋人始，陆羽《茶经》“五之煮”：“其水，用山水上，江水中，井水下。其山水，拣乳泉石地慢流者上，其瀑涌湍漱勿食之，久食令人有颈疾。又多别流于山谷者，澄浸不泄，自火天至霜郊以前，或潜龙畜毒于其间，饮者可决之以流其恶，使新泉涓涓然酌之。其江水，取去人远者。取汲多者。”两宋茶诗词于此也有描写：

苏颂《石缝泉清轻而甘滑传闻有年矣前此数欲疏引入州治久不克就予至则命工人寻旧迹相地架竹旬月而水悬听事又析一支以给中堂一支以入西合其下流则酾出外庑往来取汲人以为利因抒长篇以纪其功云》：“峨峨凤凰山，有泉出其腋。初微才滥觞，渐大乃穿石。灵苗荫茶櫰，宝气近金锡。毖彼渊源长，兹惟云雾液。人传煮茗奇，味与中泠敌。陆生不到此，云谁能赏识。”①

苏轼《西江月・茶词》：

龙焙今年绝品，谷帘自古珍泉。雪芽双井散神仙。苗裔来从北苑。
汤发云腴酽白，盏浮花乳轻圆。人间谁敢更争妍。斗取红窗粉面。②

程大昌《浣溪沙》：

水递迢迢到日边。清甘夸说与茶便。谁知绝品了非泉。
旋挹天花融湩液，净无土脉污芳鲜。乞君风腋作飞仙。③

陈与义《玉楼春・青镇僧舍作》：“儿汲水添茶鼎。甘胜吴山山下井。一瓯清露一炉云，偏觉平生今日永。”④

尹济翁《声声慢・禁酿》：“残春又能几许，但相从、评水观茶。”⑤

---

① ［宋］苏颂：《石缝泉清轻而甘滑……》，《全宋诗》第 10 册，卷五二一，第 6329 页。

② ［宋］苏轼：《西江月・茶词》，《全宋词》第 1 册，第 284 页。

③ ［宋］程大昌：《浣溪沙》，《全宋词》第 3 册，第 1523 页。

④ ［宋］陈与义：《玉楼春・青镇僧舍作》，《全宋词》第 2 册，第 1069 页。

⑤ ［宋］尹济翁：《声声慢・禁酿》，《全宋词》第 5 册，第 3256 页。

颜奎《醉太平》："茶边水经，琴边鹤经，小窗甲子初晴。"①

魏野《新井》："林间凿井新，里巷汲来频。及见羸瓶者，翻思抱瓮人。乍尝牙觉冷，试煮茗尤珍。从此前溪水，潜轻似不仁。"②

蒋堂《尧峰新井歌》："白云莽莽青山头，一穴四面飞泉流。其初山间旧井涸，枯肠燥吻海众羞。于时大士宝云者，颐指土脉智虑周。山灵所感道心爽，檀施聿来工力鸠。云锸齐下远雷动，石光内击飞星稠。百尺虚空廓地表，一泓清冽呀深幽。人疑从天随月窟，或问何处移龙湫。次则其徒骇殊胜，竞持应器尝甘柔。饥狖连臂喜跳掷，渴鸟引喙鸣钩辀。碧甃光中辘轳晓，银床侧畔梧桐秋。宝方金地互相映，谷鲋坎蛙难此留。傍睨江形小衣带，下窥湖面卑浮沤。何兹凿饮有功利，一掬入口醍醐优。热者濯之昏钝决，病者沃之沈痼瘳。而我时邀墨客去，松涧远挈都篮游。淨瓶汲引试香荈，雅具罗列无腥瓯。比之玉乳不差别，诮彼炼丹多谬悠。今兹泉眼在鲁坞，所喜云液邻菟裘。苎翁既往乏鉴者，水记未载予将修。此山此井永不废，此歌其庶传南州。"③

郭祥正《谢胡丞寄锡泉十瓶》："怜我酷嗜茗，远分名山泉。兹山固多锡，泉味甘尤偏。幸遇佳客便，十缸附轻船。开缸漱清泠，不待同茗煎。想君民事休，时时造泉边。入碾龙凤碎，浮瓯乳花圆。一啜未能止，七杯夸玉川。两腋生清风，飞逐蓬莱仙。江心与谷帘，较之孰为妍。欲报吾子惠，仍思陆生贤。"④

曾几《吴傅朋送惠山泉两瓶并所书石刻》："锡谷寒泉双玉瓶，故人捐惠意非轻。疾风骤雨汤声作，淡月疏星茗事成。新岁头纲须击拂，旧时水递费经营。银钩虿尾增奇丽，并得晴窗两眼明。"⑤

蒲寿宬《登北山真武观试泉》："北山古丘神所授，以泉名郡天下传。置邮纵可走千里，不如一掬清且鲜。人生适意在所便，物各有产尽随天。蹇驴破帽出近郭，裹茶汲井手自煎。泉鲜水活别无法，瓯中沸出酥雪妍。山中道士不识此，哆口咋舌称神仙。从今决意修茗事，典衣买树莳井边。"⑥

像这样热情赞美用作饮茶之水的两诗作还有不少，其他时代真是无法与之相比。

---

① [宋]颜奎：《醉太平》，《全宋词》第5册，第3255页。

② [宋]魏野：《新井》，《全宋诗》第2册，卷八五，第949页。

③ [宋]蒋堂：《尧峰新井歌》，《全宋诗》第3册，卷一五〇，第1705页。

④ [宋]郭祥正：《谢胡丞寄锡泉十瓶》，《全宋诗》第13册，卷七六五，第8884页。

⑤ [宋]曾几：《吴傅朋送惠山泉两瓶并所书石刻》，《全宋诗》第29册，卷一六五七，第18570页。

⑥ [宋]蒲寿宬：《登北山真武观试泉》，《全宋诗》第68册，卷三五七七，第42761页。

第六节　候汤有术

饮茶煮水也很关键，以炭火（即活火）煮之，刚刚烧开，呈蟹眼泡即可，否则水煮太老，影响茶性，饮之不美。蔡襄《茶录·候汤》："候汤最难，未熟则沫浮，过熟则茶沉。前世谓之"蟹眼"者，过熟汤也。况瓶中煮之，不可辨，故曰候汤最难。"[①]南宋人罗大经《鹤林玉露》"茶瓶汤候"对此候汤则有系统的论辩：

> 余同年李南金云："《茶经》以鱼目涌泉连珠为煮水之节，然近世瀹茶，鲜以鼎镬，用瓶煮水，难以侯视，则当以声辨一沸二沸三沸之节。又陆氏之法，以未就茶镬，故以第二沸为合量而下，未若以今汤就茶瓯瀹之，则当用背二涉三之际为合量。乃为声辨之诗云：砌虫唧唧万蝉催，忽有千车捆载来。听得松风并涧水，急呼缥色绿瓷杯。"其论固已精矣。然瀹茶之法，汤欲嫩而不欲老，盖汤嫩则茶味甘，老则过苦矣。若声如松风涧水而遽瀹之，岂不过于老而苦哉。惟移瓶去火，少待其沸止而瀹之，然后汤适中而茶味甘。此南金之所未讲者也。因补以一诗云：松风桧雨到来初，急引铜瓶离竹炉。待得声闻俱寂后，一瓯春雪胜醍醐。[②]

两宋茶诗词于此也有生动的记载。如吴潜《谒金门·和韵赋茶》亦言"汤怕老，缓煮龙芽凤草"[③]，而诗人们更是常常将煮水的沸响声比作松风、笙竹等，十分优美。

苏轼《试院煎茶》："蟹眼已过鱼眼生，飕飕欲作松风鸣。蒙茸出磨细珠落，眩转遶瓯飞雪轻。银瓶泻汤夸第二，未识古人煎水意。君不见昔时李生好客手自煎，贵从活火发新泉。"[④]写煮水烧开时的水泡如蟹眼、鱼眼生，水响如松风之鸣。

汪炎昶《咀丛间新茶二绝》其一："湿带烟霏绿乍芒，不经烟火韵尤长。铜瓶

---

① ［宋］蔡襄：《茶录》上篇论茶，"候汤"，阮浩耕、沈冬梅、于良子点校注释《中国古代茶叶全书》，浙江摄影出版社1999年版，第65—66页。

② ［宋］罗大经撰，王瑞来点校：《鹤林玉露》丙编，卷三，中华书局1983年版，第279—280页。

③ ［宋］吴潜：《谒金门·和韵赋茶》，唐圭璋编《全宋词》，中华书局1965年版，第2770页。

④ ［宋］苏轼：《试院煎茶》，《全宋诗》第14册，卷七九一，第9160页。

雪滚伤真味，石硙尘飞泄嫩香。”①

韩淲《感风发汗卧病数日推枕翛然叙事为十诗》其三：“病起思新茗，催煎蟹眼汤。”②

王炎《用元韵答李郎中》：“何人唤得滕六应，遗我通宵银海明。起来无以助清兴，铜瓶煮茗松风鸣。”③

苏轼还有一首著名的《瓶笙并引》诗，其引曰：“庚辰八月二十八日，刘几仲饯饮东坡。中觞闻笙箫声，杳杳若在云霄间，抑扬往返，粗中音节。徐而察之，则出于双瓶，水火相得，自然吟啸，盖食顷乃已。坐客惊叹得未曾有，请作瓶笙诗记之。”其诗曰：

孤松吟风细泠泠，独茧长缫女娲笙。陋哉石鼎逢弥明，蚯蚓窍作苍蝇声。

瓶中宫商自相赓，昭文无亏亦无成。东坡醉熟呼不醒，但云作劳吾耳鸣。④

其中“陋哉石鼎逢弥明，蚯蚓窍作苍蝇声”之句，典出唐韩愈《石鼎联句》假托轩辕弥明的联句“时于蚯蚓窍，微作苍蝇鸣”⑤。由于石鼎本为唐宋时习用作煎茶之鼎⑥，韩愈此《石鼎联句》中也有假托侯喜的联句“岂能煮仙药，但未污羊羹”⑦，则苏轼的这首诗《瓶笙》诗，正是一篇赋咏点茶煮水之诗。事实上，此后“瓶笙”的确也成了煎茶水的又一个著名的典故，如邓肃《道原惠茗以长句报谢》：

① ［宋］汪炎昶：《咀丛间新茶二绝》其一，《全宋诗》第71册，卷三七二五，第44810页。

② ［宋］韩淲：《感风发汗卧病数日推枕翛然叙事为十诗》其三，《全宋诗》第52册，卷二七六〇，第32572页。

③ ［宋］王炎：《用元韵答李郎中》，《全宋诗》第48册，卷二五六五，第29782页。

④ ［宋］苏轼：《瓶笙并引》，《全宋诗》第14册，卷八二六，第9571页。

⑤ ［唐］韩愈：《石鼎联句诗》，《新刊五百家注音辨昌黎先生文集四十卷》卷二十一，民国上海商务印书馆涵芬楼依宋板影印本。

⑥ 注：如唐齐己《题真州精舍》：“石鼎秋涛静，禅回有岳茶。”（《全唐诗》第24册，卷八百四十，第9482页。）唐崔橹《和友人题僧院蔷薇花三首》其一：“无缘影对金尊酒，可惜香和石鼎茶。看取老僧齐物意，一般抛掷等凡花。”（《全唐诗》第25册，卷八百八十四，第9995页）宋黄裳《简无咎学士》：“紫犀锛破雪花浓，石鼎煎声绕窗户。准拟七碗邀卢仝，清涤烦襟出新句。”（《全宋诗》第16册，卷九三五，第11015页）宋邹浩《雪中简次萧求团茶》：“竹上松间敲玉花，最宜石鼎荐灵芽。”（《全宋诗》第21册，卷一二三七，第13981页）

⑦ ［唐］韩愈：《石鼎联句诗》，《新刊五百家注音辨昌黎先生文集四十卷》卷二十一。

“瓶笙已作鱼眼从，杨花傍碾轻随风。”[①]如宋伯仁《久坐》：“瓶笙声未绝，更点土山茶。”[②]宋末人黄庚甚至还专门写了一首《瓶笙》茶诗，从中不难看出他对韩愈、苏轼的典故因袭：

热中竟日自煎烹，音节都从一气生。缓缓煮汤方蟹眼，微微聒耳忽蝇声。

频惊清梦愁无寐，似诉羁情叹不平。却笑书生那解此，联诗石鼎羡弥明。[③]

第七节　碾罗惟细

由于茶饼十分坚硬，饮用时必须先碾碎，有时还要在火上炙烤一下，并以茶罗轻筛，以求得极细的茶粉，碾碎之粉则以白为尚。对此工序，诗人们也是格外地不吝描写赞美。

如李虚己《建茶呈使君学士》：“石乳标奇品，琼英碾细文。试将梁苑雪，煎勋建溪云。”[④]梅尧臣《答建州沈屯田寄新茶》：“春芽研白膏，夜火焙紫饼。价与黄金齐，包开青蒻整。碾为玉色尘，远及芦底井。一啜同醉翁，思君聊引领。”[⑤]苏轼《试院煎茶》：“蒙茸出磨细珠落，眩转绕瓯飞雪轻。”[⑥]黄庭坚《双井茶送子瞻》：“我家江南摘云腴，落硙霏霏雪不如。”[⑦]邓肃《道原惠茗以长句报谢》：“瓶笙已作鱼眼从，杨花傍碾轻随风。”[⑧]张侃《象田老馈山茶用东坡先生韵奉寄》：“铜模新制号凤团，绛纱斜纫护龙饼。竹窗拂拭金石坚，碾破霏霏光炯炯。”[⑨]所表现的均是事先尽量将茶饼碾碎的点茶法。

---

① [宋]邓肃：《道原惠茗以长句报谢》，《全宋诗》第31册，卷一七七一，第19693页。

② [宋]宋伯仁：《久坐》，《全宋诗》第61册，卷三一八一，第38182页。

③ [宋]黄庚：《瓶笙》，《全宋诗》第69册，卷三六三七，第43584页。

④ [宋]李虚己：《建茶呈使君学士》，《全宋诗》第2册，卷七三，第844页。

⑤ [宋]梅尧臣：《答建州沈屯田寄新茶》，《全宋诗》第5册，卷二六〇，第3327页。

⑥ [宋]苏轼：《试院煎茶》，《全宋诗》第14册，卷七九一，第9160页。

⑦ [宋]黄庭坚：《双井茶送子瞻》，《全宋诗》第17册，卷九八四，第11358页。

⑧ [宋]邓肃：《道原惠茗以长句报谢》，《全宋诗》第31册，卷一七七一，第19693页。

⑨ [宋]张侃：《象田老馈山茶用东坡先生韵奉寄》，《全宋诗》第59册，卷三一一〇，第37126页。

夏元鼎《西江月·送腊茶答王和父》:"要得丁公煅炼,飞成宝屑窗尘。"①则以丹药随着时间推移而变成闪烁之明窗尘,来写碾得极细的茶粉,正见以茶为丹药之意。黄庭坚《谢王炳之惠茶》:"平生心赏建溪春,一邱风味极可人。香包解尽宝带胯,黑面碾出明窗尘。"②亦是以茶为丹药之意。

曾几《李相公饷建溪新茗奉寄》:"一书说尽故人情,闽岭春风入户庭。碾处曾看眉上白,分时为见眼中青。"此诗曾几自注曰:"茶家云'碾茶须碾者眉白乃已'。"③方回评曰:"茶以碾而白为上品,'摘处佳人指甲黄,碾时童子眉毛绿',未极茶之妙也,此第三句得之矣。"④于中亦可见出宋人对于碾茶惟细的孜孜以求。

丁谓《煎茶》:"罗细烹还好,铛新味更全。"⑤王洋《尝新茶》:"僧窗虚白无埃尘,碾宽罗细杯勺匀。"⑥韩驹《又谢送凤团及建茶》其二:"山瓶惯识露芽香,细蒻匀排讶许方。犹喜晚涂官样在,密罗深碾看飞霜。"⑦则言用极细的轻罗,再将碾得的茶粉罗一遍,便得茶味更好。

第八节 分点矜才

关于宋人饮茶,最不能明了的就是分茶,因为宋人茶载记中并没有交代清楚。然细绎两宋茶诗词,则可认为分茶即是点茶,乃着意于击拂而言,有一种游艺性质,进而亦可代指点茶,是在建茶(闽茶)制作基础上形成,最初始于建茶区(闽茶区)的一种饮茶方式,因备受宫廷上层喜好而在全社会风行,乃是一种颇能考验心智手艺及耐心的游戏,本书末章专有分茶考可资参考,兹仅从分茶所至为追求的茶乳花着眼,予以分说。

宋人点茶特重乳花。乳花,即茶乳花。词中常以云脚、云露、雪、花等名之。重茶乳亦不自宋人始。陆羽《茶经》卷下"五之煮":"凡酌置诸碗,令沫饽均。沫饽,汤之华也。华之薄者曰沫,厚者曰饽,细轻者曰花,如枣花漂漂然于环池之上;又如回

---

① [宋]夏元鼎:《西江月·送腊茶答王和父》,《全宋词》第4册,第2714页。

② [宋]黄庭坚:《谢王炳之惠茶》《全宋诗》第17册,卷一〇二二,第11686页。

③ [宋]曾几:《李相公饷建溪新茗奉寄》,《全宋诗》第29册,卷一六五七,第18570—18571页。

④ [元]方回撰,李庆甲集评校点:《瀛奎律髓汇评》卷十八,"茶类",上海古籍出版社1986年版,第723页。

⑤ [宋]丁谓:《煎茶》,《全宋诗》第2册,卷一〇一,第1149页。

⑥ [宋]王洋:《尝新茶》,《全宋诗》第30册,卷一六八七,第18960页。

⑦ [宋]韩驹:《又谢送凤团及建茶》其二,《全宋诗》第25册,卷一四四二,第16632页。

潭曲渚青萍之始生；又如晴天爽朗有浮云鳞然。其沫者，若绿钱浮于水湄，又如菊英堕于镈俎之中。饽者以滓煮之。及沸则重华累沫，皤皤然若积雪耳。《荈赋》所谓'焕如积雪，烨若春藪'，有之。"其"七之事"又引《桐君录》："茗有饽，饮之宜人。"

宋人茶词往往着意描绘茶乳，营造如诗如画的境界。

苏轼《西江月·茶词》："汤发云腴酽白，盏浮花乳轻圆。人间谁敢更争妍。斗取红窗粉面。"①

黄庭坚《阮郎归·茶词》："雪浪浅，露花圆。捧瓯春笋寒。绛纱笼下跃金鞍。归时人倚阑。"②

黄庭坚《阮郎归·茶词》："金瓯雪浪翻。只愁啜罢水流天。余清搅夜眠。"③

黄庭坚《西江月·茶》："龙焙头纲春早，谷帘第一泉香。已醺浮蚁嫩鹅黄。想见翻成雪浪。"④

毛滂《西江月·侑茶词》："汤点瓶心未老，乳堆盏面初肥。留连能得几多时。两腋清风唤起。"⑤

舒亶《醉花阴·试茶》："露芽初破云腴细。玉纤纤亲试。香雪透金瓶，无限仙风，月下人微醉。"⑥《菩萨蛮·湖心寺席上赋茶词》："金船满引人微醉。红绡笼烛催归骑。香泛雪盈杯。云龙疑梦回。"⑦

王之道《南乡子·寄和潘教授元宾喜晴》："天午醉醒来，红日欲平西。一碗新茶乳面肥。"⑧

晁端礼《金蕉叶》："主人无计留宾住。溪泉泛、越瓯春乳。醉魂一啜都醒，绛蜡迎归去。"⑨

李之仪《满庭芳·有碾龙团为供求诗者，作长短句报之》："龙团细碾，雪乳浮瓯。问殷勤何处，特地相留。"⑩

---

① [宋]苏轼：《西江月·茶词》，《全宋词》第1册，第284页。

② [宋]黄庭坚：《阮郎归·茶词》，《全宋词》第1册，第402页。

③ [宋]黄庭坚：《阮郎归·茶词》，《全宋词》第1册，第403页。

④ [宋]黄庭坚：《西江月·茶》，《全宋词》第1册，第397页。

⑤ [宋]毛滂：《西江月·侑茶词》，《全宋词》第2册，第680页。

⑥ [宋]舒亶：《醉花阴·试茶》，《全宋词》第1册，第360页。

⑦ [宋]舒亶：《菩萨蛮·湖心寺席上赋茶词》，《全宋词》第1册，第364页。

⑧ [宋]王之道：《南乡子·寄和潘教授元宾喜晴》，《全宋词》第2册，第1142页。

⑨ [宋]晁端礼：《金蕉叶》，《全宋词》第1册，第436页。

⑩ [宋]李之仪：《满庭芳·有碾龙团为供求诗者，作长短句报之》，《全宋词》第1册，第339页。

无名氏《渔家傲》:"往事不须凭陆羽。且看盏面浓如乳。"①

彭汝砺《瑛首坐访及颁示四颂而有选佛选官俱第一之句既赓元韵因寄末章》其三:"向火一杯茶似雪,莫嫌居士没家风。"②

宋人茶词对于茶乳产生的过程也有具体说明。

曹冠《朝中措·茶》:"金箸春葱击拂,花甆雪乳珍奇。"③姚述尧《如梦令·寿茶》:"彩仗挹香风,搅起一瓯春雪。"④均言击拂振荡产生茶乳。刘过《好事近·咏茶筅》描写用茶筅击拂,"起一窝香雪"的美妙境界,最为具体:

> 谁斫碧琅玕,影撼半庭风月。尚有岁寒心在,留得数茎华发。
> 龙孙戏弄碧波涛,随手清风发。滚到浪花深处,起一窝香雪。⑤

宋徽宗赵佶《大观茶论》于此也讲得很明白:

> 点:点茶不一。而调膏继刻,以汤注之,手重筅轻,无粟文蟹眼者,谓之静面点。盖击拂无力,茶不发立,水乳未浃,又复增汤,色泽不尽,英华沦散,茶无立作矣。有随汤击拂,手筅俱重,立文泛泛,谓之一发点。盖用汤已故,指腕不圆,粥面未凝。茶力已尽,雾云虽泛,水脚易生。妙于此者,量茶受汤,调如融胶。环注盏畔,勿使侵茶。势不欲猛,先须搅动茶膏,渐加击拂,手轻筅重,指绕腕旋,上下透彻,如酵蘖之起面。疏星皎月,灿然而生,则茶面根本立矣。第二汤自茶面注之,周回一线,急注急止,茶面不动,击拂既力,色泽渐开,珠玑磊落。三汤多寡如前,击拂渐贵轻匀,周环旋复,表里洞彻,粟文蟹眼,泛结杂起,茶之色十已得其六七。四汤尚啬,筅欲转稍宽而勿速,其清真华彩,既已焕然,轻云渐生。五汤乃可少纵,筅欲轻匀而透达,如发立未尽,则击以作之。发立已过,则拂以敛之,结浚霭,结凝雪,茶色尽矣。六汤以观立作,乳点勃然,则以筅着居,缓绕拂动而已。七汤以分轻清重浊,相稀稠得中,可欲则止。乳雾汹涌,溢盏而起,周回凝而不动,谓

---

① [宋]无名氏:《渔家傲》,《全宋词》第5册,第3657页。

② [宋]彭汝砺:《瑛首坐访及颁示四颂而有选佛选官俱第一之句既赓元韵因寄末章》其三,《全宋诗》第16册,卷九〇四,第10625页。

③ [宋]曹冠:《朝中措·茶》,《全宋词》第3册,第1534页。

④ [宋]姚述尧:《如梦令·寿茶》,《全宋词》第3册,第1557页。

⑤ [宋]刘过:《好事近·咏茶筅》,《全宋词》第3册,第2151页。

之咬盏。宜匀其轻清浮合者饮之。《桐君录》曰“茗有饽，饮之宜人”，虽多不为过也。[1]

现代茶叶学认为，茶乳即茶皂素。它是一类比较复杂的甙(dài)类化合物，因其水溶液振荡时能产生持久性的、似肥皂溶液样的泡沫，故有皂甙之名。[2] 宋人之生动描绘，正与此一一对应。[3]

但宋人咏此茶乳花，似更着意于人的巧技的发露，可以说这种乳花的产生，既离不开栽植、焙制、选水、碾罗、温盏，更在于分茶击拂人的心智与手艺。

王千秋《风流子》：“卷茵停舞，侧火分茶。笑盈盈，溅汤温翠盌，折印启缃纱。”[4]是言点茶前，还要先温盏。宋蔡襄《茶录》有曰：“熁盏凡欲点茶。先须熁盏令热。冷则茶不浮。”[5]

丁谓《煎茶》：“罗细烹还好，铛新味更全。花随僧箸破，云逐客瓯圆。”[6]言碾罗细、茶铛新，僧人以箸击拂所得乳花圆好。

王珪《和公仪饮茶》：“北焙和香饮最真，绿芽未雨带旗新。煎须卧石无尘客，摘是临溪欲晓人。云迭乱花争一水，凤团双影贡先春。”[7]言斗茶争一水之争。蔡襄《茶录·点茶》：“茶少汤多，则云脚散；汤少茶多，则粥面聚。钞茶一钱七，先注汤调令极匀，又添注入环回击拂。汤上盏可四分则止，视其面色鲜白，著盏无水痕为绝佳。建安斗试，以水痕先者为负，耐久者为胜，故较胜负之说，曰相去一水两水。”[8]《大观茶论·点》：“有随汤击拂，手筅俱重，立文泛泛，谓之一发点。盖用汤已故，指腕不圆，粥面未凝，茶力已尽，雾云虽泛，水脚易生。”[9]

---

① [宋]宋徽宗：《大观茶论》，阮浩耕、沈冬梅、于良子点校注释《中国古代茶叶全书》，浙江摄影出版社 1999 年版，第 92 页。

② 陈宗懋主编：《中国茶经》之“茶皂素的利用”条，上海文化出版社 1992 年版，第 528 页。

③ 按：关于此茶乳，扬之水先生认为是“其中掺入米粉、薯蓣、楮芽之类。”（扬之水：《两宋茶诗与茶事》，载《文学遗产》2003 年第 2 期），笔者著《宋词与民俗·茶词》之“饮茶法”，已有辨析。（黄杰：《宋词与民俗》，商务印书馆，2007 年 7 月第 2 次印，第 194—199 页）

④ [宋]王千秋：《风流子》，《全宋词》第 3 册，第 1466 页。

⑤ [宋]蔡襄：《茶录》上篇论茶，“熁盏”，阮浩耕、沈冬梅、于良子点校注释：《中国古代茶叶全书》，浙江摄影出版社 1999 年版，第 66 页。

⑥ [宋]丁谓：《煎茶》，《全宋诗》第 2 册，卷一〇一，第 1149 页。

⑦ [宋]王珪：《和公仪饮茶》，《全宋诗》第 9 册，卷四九四，第 5982 页。

⑧ [宋]蔡襄：《茶录》上篇论茶，“点茶”，阮浩耕、沈冬梅、于良子点校注释《中国古代茶叶全书》，第 66 页。

⑨ [宋]宋徽宗：《大观茶论》，阮浩耕、沈冬梅、于良子点校注释《中国古代茶叶全书》，第 92 页。

邓肃《道原惠茗以长句报谢》："击拂共看三昧手，白云洞中腾玉龙。堆胸磊块一浇散，乘风便欲款天汉。"[①]则极言击拂出茶乳花的人的高妙手艺及饮用完茶乳花的身心大快。

第九节 煎茶存古

宋代是团茶（饼茶）最盛的时代，宋人饮用团茶是以冲点为上的，也即是闽式的建茶饮用法，但当时的情形也并非全是如此。

欧阳修《归田录》卷一："腊茶出于剑、建，草茶盛于两浙。两浙之品，日注为第一。自景祐已后，洪州双井白芽渐盛，近岁制作尤精，囊以红纱，不过一二两，以常茶十数斤养之，用辟暑湿之气，其品远出日注上，遂为草茶第一。"[②]那么，什么是草茶呢？

宋张舜民《画墁录》："有唐茶品，以阳羡为上供，建溪北苑未著也。贞元中，常衮为建州刺史，始蒸焙而研之，谓之研膏茶。其后稍为饼样其中，故谓之一串。陆羽所烹，惟是草茗尔。殆至本朝，建溪独盛，采焙制作，前世所未有也。"[③]然而陆羽《茶经》"三之造"云："晴，采之，蒸之，捣之，拍之，焙之，穿之，封之，茶之干矣。"所以，陆羽所烹也属于饼茶，张舜民所言并不允当，但从中也可见出"草茗"却是与饼茶相对立的一种茶类。

葛立方《韵语阳秋》卷五："唐陆羽《茶经》于建茶尚云未详。而当时独贵阳羡茶，岁贡特盛。……卢仝《谢孟谏议茶》诗云'天子须尝阳羡茶，百草不敢先开花'是已。然又有云：'开缄宛见谏议面，手阅月团三百片。'则团茶已见于此。当时李郢《茶山贡焙歌》云：'蒸之馥之香胜梅，研膏架动声如雷。茶成拜表贡天子，万人争啖春山摧。'观研膏之句，则知尝为团茶无疑。自建茶入贡，阳羡不复研膏，只谓之草茶而已。"[④]宋彭□《续墨客挥犀》卷七："茶古不著所出……当时饮茶，尚杂以苏椒之类，故德宗尝令李泌赋《茶》诗，有句云：'旋沫翻成碧玉池，添苏散出琉璃眼。'遂以碧色为贵，亦只谓之前（煎）茶，不知点试之妙，大率皆草茶也。……今建安茶遂为天下第一。"[⑤]据此，草茶即散茶。

---

① ［宋］邓肃：《道原惠茗以长句报谢》，《全宋诗》第 31 册，卷一七七一，第 19693 页。

② ［宋］欧阳修撰，李伟国点校：《归田录》卷一，中华书局 1981 年版，第 8 页。

③ ［宋］张舜民：《画墁录》，文渊阁四库全书本。

④ ［宋］葛立方：《韵语阳秋》卷五，上海古籍出版社影印宋刻本 1984 年版。

⑤ ［宋］彭□辑撰，孔凡礼点校：《续墨客挥犀》卷七，中华书局《侯鲭录 墨客挥犀 续墨客挥犀》本，2002 年版，第 492 页。按：孔凡礼点校按语云此则出自《遁斋闲览》。笔者见《苕溪渔隐丛话》前集卷四十六引《遁斋闲览》，确与此大同小异。（中华书局聚珍仿宋版《四部备要》本）

宋人茶诗词极好地反映了这个事实。据笔者统计，大部分的宋人茶诗词是以极言烹点团茶之妙为务的，但也有别样：

苏轼《寄周安孺茶》在列叙了当时最流行的闽茶隆宠，双井茶、日注茶不受爱重后，描写了自已家乡蜀地之饮茶法，实际也是最古老的饮茶法："如今老且懒，细事百不欲。美恶两俱忘，谁能强追逐。姜盐拌白土，稍稍从吾蜀。"①苏辙《和子瞻煎茶》则说更详细：

年来病懒百不堪，未废饮食求芳甘。煎茶旧法出西蜀，水声火候犹能谙。相传煎茶只煎水，茶性仍存偏有味。君不见闽中茶品天下高，倾身事茶不知劳。又不见北方俚人茗饮无不有，盐酪椒姜夸满口。我今倦游思故乡，不学南方与北方。铜铛得火蚯蚓叫，匙脚旋转秋萤光。何时茅檐归去炙背读文字，遣儿折取枯竹女煎汤。②

南宋陆游《效蜀人煎茶戏作长句》："午枕初回梦蝶床，红丝小硙破旗枪。正须山石龙头鼎，一试风炉蟹眼汤。岩电已能开倦眼，春雷不许殷枯肠。饭囊酒瓮纷纷是，谁赏蒙山紫笋香。"③

据之可知，蜀式的饮茶式，首先也是需要碾碎茶的，但是只煎水，乃更好保留了茶性。简单添加了姜、盐，有时还拌白土。相比于南方的闽式，冲点是一样的，但没有那么烦琐；相比于北方的俚人茗饮，没有酪、椒等满口的杂味。

林正大《括意难忘》檃栝黄庭坚《煎茶赋》：

汹汹松风。更浮云皓皓，轻度春空。精神新发越，宾主少从容。犀箸厌，涤昏懵。茗碗策奇功。待试与，平章甲乙，为问涪翁。　建溪日铸争雄。笑罗山梅岭，不数严邛。胡桃添味永，甘菊助香浓。投美剂，与和同。雪满兔瓯溶。便一枕，庄周蝶梦，安乐窝中。④

则所言之饮茶又有不同，且不说增加了胡桃、甘菊等，更是全部投入水中混

① [宋]苏轼：《寄周安孺茶》，《全宋诗》第14册，卷八〇五，第9327—9328页。[宋]苏轼撰，[清]王文诰辑注，孔凡礼点校：《苏轼诗集》卷二十二，第1165页。

② [宋]苏辙：《和子瞻煎茶》，《全宋诗》第15册，卷八五二，第9872页。

③ [宋]陆游：《效蜀人煎茶戏作长句》，《全宋诗》第40册，卷二一八四，第24889页。

④ [宋]林正大：《括意难忘》，《全宋词》第4册，第2458页。

煎。完全是煎药了，山谷黄庭坚自称“酌岐雷之醪醴，参伊圣之汤液”①，倒也是实情。

曾几《煎茶》：“贫中有佳设，石鼎事煎烹。顾渚草芽白，惠山泉水清。酌多风可御，薰歇雾犹横。饮罢妻孥笑，枯肠百转鸣。”②讲的是煎煮顾渚草芽茶。杨泽民《荔枝香》：“相与。共煮新茶取花乳。”③刘辰翁《摸鱼儿·赋云束楼》：“况双井泉甘，汲遍茶堪煮。”④也说的是煎茶。

杨万里《澹庵坐上观显上人分茶》主要记述观看“分茶”的情景，但首言“分茶何似煎茶好，煎茶不似分茶巧”⑤，却也道出了煎茶与分茶（点茶）的主要区别。

第十节　荐伴清华

两宋茶诗词中还描写了以菊花、桂花、橄榄、薄荷、豆蔻等花果来荐茶的讲究，有似今日花草茶的搭配。

一、荐以菊花

毛滂《玉楼春》“泥银四壁盘蜗篆”题云“掇菊叶煎小云团，用酬节物”，⑥毛滂《玉楼春》“西风吹冷沉香篆”亦题云：“戊寅重阳，病中不饮，惟煎小云团一杯，荐以菊花。”⑦陆游《冬夜与溥庵主说川食戏作》“何时一饱与子同，更煎土茗浮甘菊。”⑧

二、荐以桂花

张镃《浣溪沙》：“无计长留月里花。收英巧付火前茶。绿尘飞处粉芳华。午夜露浓天竺径，一秋香满玉川家。扫除残梦入云涯。”⑨

---

① ［宋］黄庭坚：《煎茶赋》，《全宋词》第4册，第2457页，林正大《括意难忘》所附。

② ［宋］曾几：《煎茶》，《全宋诗》第29册，卷一六五五，第18541页。

③ ［宋］杨泽民：《荔枝香》，《全宋词》第4册，第3001页。

④ ［宋］刘辰翁：《摸鱼儿·赋云束楼》，《全宋词》第5册，第3250页。

⑤ ［宋］杨万里：《澹庵坐上观显上人分茶》，《全宋诗》第42册，卷二二七六，第26085页。

⑥ ［宋］毛滂：《玉楼春·掇菊叶煎小云团，用酬节物》，《全宋词》第2册，第670页。

⑦ ［宋］毛滂：《玉楼春·戊寅重阳病中不饮惟煎小云团一杯荐以菊花》，《全宋词》第2册，第670页。

⑧ ［宋］陆游：《冬夜与溥庵主说川食戏作》，《全宋诗》第39册，卷二一七〇，第24623页。

⑨ ［宋］张镃：《浣溪沙》，《全宋词》第3册，第2130页。

三、荐以橄榄

吴礼之《浣溪沙·橄榄》:"于中小底最珍藏。荐酒荐茶些子涩,透心透顶十分香。可人回味越思量。"①

四、荐以薄荷

李纲《献花铺唐相李德裕谪海南道此有山女献花因以名之次壁间韵》:"我亦乘桴向海涯,无人复献雨中花。却愁春梦归吴越,茗饮浓斟薄荷芽。"②

五、荐以玉果

姚述尧《如梦令·寿茶》:"龙焙初分丹阙。玉果轻翻琼屑。彩仗挹香风,搅起一瓯春雪。清绝。清绝。更把兽烟频爇。"③玉果即豆蔻,《证类本草》"白豆蔻":"味辛,大温,无毒。主积冷气,止吐逆,反胃,消谷下气。"④这样饮茶,也是别有风味。

第十一节　茶食琳琅

现代科学研究表明,茶叶中含有较高的咖啡碱(caffeine)。咖啡碱是一种中枢神经兴奋剂,也是重要的解热镇痛剂,空腹饮茶,会引起心慌等肾上腺皮质功能亢进的症状。古代中国人对此也有一定认识。

如《证类本草》卷十三引《唐本草》:"茗　苦樣　茗:味甘苦,微寒,无毒。主瘘疮,利小便,去痰热渴,令人少睡,春采之。苦樣:主下气,消宿食,作饮加茱萸、葱、姜良。"⑤其中所言之"寒""令人少睡",实际就是咖啡碱的药理作用;所言之"饮加茱萸、葱、姜良",则是以具温热之性的茱萸、葱、姜,去抵减茶的寒性。

南宋人胡仔《苕溪渔隐丛话前集》卷五十四:"《高斋诗话》云国初有名人作座

---

① [宋]吴礼之:《浣溪沙·橄榄》,《全宋词》第4册,第2277页。

② [宋]李纲:《献花铺唐相李德裕谪海南道此有山女献花因以名之次壁间韵》,《全宋诗》第27册,卷一五六一,第17729页。

③ [宋]姚述尧:《如梦令·寿茶》,《全宋词》第3册,第1557页。

④ [宋]唐慎微:《重修政和经史证类本草》卷九,四部丛刊本。

⑤ [宋]唐慎微:《重修政和经史证类本草》卷十三,四部丛刊本。

右铭云：避色如避雠，避风如避箭。莫吃空心茶，少餐中夜饭。"①南宋人赵希鹄《调燮类编》："茶能止渴消食，明目除灾，人固不可一日无茶，然只宜于饭后，过饮则损脾胃。"②又曰："空心茶去人脂，则清晨及饥时，俱不可饮茶也。"③亦均言"空心茶"（即空腹饮茶）之不可取。

生于宋徽宗宣和元年的袁文《瓮牖闲评》卷六："余生汉东，最喜啜畾茶……其法以茶芽盏许，入少脂麻，沙盆中烂研，量水多少煮之，其味极甘腴可爱。苏东坡诗云'柘罗铜碾弃不用，脂麻白土须盆研'者是矣。"④所言之畾茶乃以脂麻伴茶，正可避免空腹饮茶之弊。

而茶圣陆羽所倡导的清饮，排斥的恰是这种符合医理的加温热之物的混饮："或用葱、姜、枣、橘皮、茱萸、薄荷之等，煮之百沸，或扬令滑，或煮去沫，斯沟渠间弃水耳，而习俗不已。於戏！天育万物皆有至妙，人之所工，但猎浅易。"⑤

在这种情势下，不难想象茶食或茶点的应运而生。如黄庭坚《煎茶赋》："于是有胡桃、松实、庵摩、鸭脚、勃贺、糜芜、水苏、甘菊。既加臭味，亦厚宾客。前四后四，各用其一。少则美，多则恶。发挥其精神，又益于咀嚼。"⑥说的就是茶点或茶食的益处。

现存宋人笔记中亦时有对两宋繁花似锦的茶食、点心的记录，最著名最集中者，则莫过于北宋遗老孟元老《东京梦华录》、南宋遗民吴自牧《梦粱录》的记录。

如孟元老《东京梦华录》卷四，"食店"："大凡食店，大者谓之'分茶'，则有头羹、石髓羹、白肉、胡饼、软羊……寄炉面饭之类。吃全茶，饶齑头羹。……及有素分茶，如寺院斋食也。"⑦

特别是吴自牧《梦粱录》卷十六，"分茶酒店"条，竟录"点索茶食"名目239种，录"荤素点心包儿"名目50种，录"干果子"名目29种，录"陈州果儿"等名目13种，录秋天"炒栗子"等类名目5种，录"柏床卖熟羊"等物名目5种⑧；其"面食

① [宋]胡仔：《苕溪渔隐丛话前集》卷五十四，宋朝杂纪上，中华书局聚珍仿宋版《四部备要》本。

② [宋]赵希鹄：《调燮类编》，第59页，丛书集成初编本。

③ [宋]赵希鹄：《调燮类编》，第60页。

④ [宋]袁文撰，李伟国校点：《瓮牖闲评》卷六，上海古籍出版社1985年版，第57页。

⑤ [唐]陆羽：《茶经》卷下，"六之饮"，阮浩耕、沈冬梅、于良子点校注释《中国古代茶叶全书》，浙江摄影出版社1999年版，第8页。

⑥ [宋]黄庭坚：《煎茶赋》，[宋]黄庭坚撰《豫章黄先生文集》卷一，四部丛刊本。

⑦ [宋]孟元老撰，邓之诚注：《东京梦华录》卷四，中华书局1982年版，第127—128页。

⑧ [宋]吴自牧：《梦粱录》卷十六，"酒肆"，周峰点校《东京梦华录（外四种）》本，文化艺术出版社1998年版，第256—259页。

店”条，竟录“分茶”名目 14 种，“专卖素食分茶”名目 23 种；其“荤素从食店（诸色点心事件附）”条，竟录“蒸作面行”名目 51 种，“专卖素点心从食店”名目 25 种，“馒头店兼卖”名目 4 种，“粉食店专卖”名目 16 种，“沿街巷陌盘卖点心”名目 19 种，“沿门歌叫熟食”名目 10 种。

两宋茶诗词对此茶食点心也有很多记述。

宋祁《贵溪周懿文寄遗建茶偶成长句代谢》：“茗箧缄香自武夷，陆生家果最相宜。烹怜昼鼎花浮栅，采忆春山露满旗。”①释惟晤《次韵和酬》：“白云苍海一重重，傍舍遥闻隔坞钟。月上更无人语闹，雪深空认虎行踪。诗书共喜灯前论，茗果翻疑梦里逢。”②陈造《次章房陵韵四首》其四：“诗社有血指，铅刀齿鱼肠。横江限一锁，未易枝龙骧。山泽护我瑕，珠璧耀我箱。胜谭当不遗，茗果秋夜长。”③黄庭坚《和答子瞻和子由常父忆馆中故事》：“颇怀修故事，文会陈果茗。”④都讲的是以点心果子来作茶食。

南宋人周麟之《中原民谣·金澜酒》却记载了作为南使的周麟之所见到的燕京金人的茶食：“生平饮血狐兔场，酿糜为酒毡为裳。犹存故事设茶食，自注：胡俗重茶食。阿骨打开国之初，尤尚此品。若中州饼饵之类，多至数十种，用大盘累饤，高数尺。所至供养，并赐燕必用。金刚大镯胡麻香。自注：茶食中一种名为金刚镯，甚大。五辛盈柈雁粉黑，自注：虏人盛馔，以雁粉爲贵，以木柈贮之。其瀋黑色，以生葱蒜韭之属置于上，臭不可近。岂解玉食罗云浆。”⑤

曾几《食酥二首》其一：“贡包分自浙西东，函谷金城在眼中。泛酒煎茶俱惬当，满前腊雪化春风。”⑥则是以奶酥为茶食。

陆游《听雪为客置茶果》：“青灯耿窗户，设茗听雪落。不饤栗与梨，犹能烹鸭脚。”⑦陆游《幽居岁暮五首》其四：“燃薪代秉烛，煮茗当传杯。但恨朋侪少，那知日月催。衣裳任穿穴，芋栗且熘煨。”⑧所记茶食、茶点颇能与《东京梦华录》《梦

---

① ［宋］宋祁：《贵溪周懿文寄遗建茶偶成长句代谢》，《全宋诗》第 4 册，卷二一七，第 2500 页。

② ［宋］释惟晤：《次韵和酬》，《全宋诗》第 6 册，卷二八一，第 3578 页。

③ ［宋］陈造：《次章房陵韵四首》其四，《全宋诗》第 45 册，卷二四二五，第 28005 页。

④ ［宋］黄庭坚：《和答子瞻和子由常父忆馆中故事》，《全宋诗》第 17 册，卷九八四，第 11358 页。

⑤ ［宋］周麟之：《中原民谣·金澜酒》，《全宋诗》第 38 册，卷二〇八九，第 23560 页。

⑥ ［宋］曾几：《食酥二首》其一，《全宋诗》第 29 册，卷一六五九，第 18586 页。

⑦ ［宋］陆游：《听雪为客置茶果》，《全宋诗》第 40 册，卷二二〇九，第 25283 页。

⑧ ［宋］陆游：《幽居岁暮五首》其四，《全宋诗》第 41 册，卷二二三三，第 25646 页。

粱录》所记相印证。且其中所写之"芋",则涉禅宗懒瓒煨芋的事迹①,也是禅家习用的公案。冯取洽《贺新郎》:"应为拨,懒残芋。"②道士白玉蟾《张道士鹿堂》:"新茶寻雀舌,独芋煮鸱头。"③均亦关涉于此。

陆游《冬夜与溥庵主说川食戏作》:"唐安薏米白如玉,汉嘉栮脯美胜肉。大巢初生蚕正浴,小巢渐老麦米熟。龙鹤作羹香出釜,木鱼瀹菹子盈腹。未论索饼与饡饭,最爱红糟并缹粥。东来坐阅七寒暑,未尝举箸忘吾蜀。何时一饱与子同,更煎土茗浮甘菊。"④诗中列叙众多川食,读过孟元老《东京梦华录》、吴自牧《梦粱录》,自可明白,陆游说的都是茶食。吴自牧《梦粱录》所言"向者汴京开南食面店,川饭分茶,以备江南往来士夫,谓其不便北食故耳"。⑤ 则可资想见惯于作茶食的川饭的轻便。如今成都小吃饮茶仍是天下驰名,不能不让人感慨九百年的光阴,亦不过今日与昨日之间。

第十二节　清境相发

我们在第一章论茶道之"和"时,已谈到了这个宋人对饮茶环境的讲究,那是从道的角度看,现在则是从艺的角度再谈。实质是一样的,本可一带而过,因为例子较多,再罗列一些不同的例子如下,若与前章并观,自可加深道艺一体之感受焉。

一、处所

1. 华堂

华堂之上的饮茶,着意的是清欢雅趣,最能显出主宾之情重高雅。分茶之戏往往是重要的环节。热闹欢快之中,不乏自然之逸思。

---

① [宋]赞宁撰,范祥雍点校:《宋高僧传》卷十九,感通篇第六之二,"唐南岳山明瓒传":"相国邺公李泌避崔李之害隐南岳而潜察瓒所为。曰:'非常人也。'听其中宵梵呗,响彻山谷。李公情颇知音,能辩休戚,谓瓒曰:'经音凄怆而后喜悦,必谪堕之人时将去矣。'候中夜,李公潜往谒焉,望席门自赞而拜。瓒大诟,仰空而唾曰:'是将贼我。'李愈加郑重,唯拜而已。瓒正发牛粪火,出芋啖之,良久乃曰:'可以席地。'取所啖芋之半以授焉。李跪捧尽食而谢。谓李公曰:'慎勿多言。领取十年宰相。'李拜而退。"中华书局1987年版,第492页。

② [宋]冯取洽:《贺新郎》,《全宋词》第4册,第2655页。

③ [宋]白玉蟾:《张道士鹿堂》,《全宋诗》第60册,卷三一三六,第37518页。

④ [宋]陆游:《冬夜与溥庵主说川食戏作》,《全宋诗》第39册,卷二一七〇,第24623页。

⑤ [宋]吴自牧:《梦粱录》卷十六,"面食店",周峰点校《东京梦华录(外四种)》本,第259页。

苏轼《行香子·茶词》:"绮席才终。欢意犹浓。酒阑时、高兴无穷。共夸君赐,初拆臣封。看分香饼,黄金缕,密云龙。斗赢一水,功敌千钟。觉凉生、两腋清风。暂留红袖,少却纱笼。放笙歌散,庭馆静,略从容。"①

黄庭坚《看花回·茶词》:"夜永兰堂醺饮,半倚颓玉。烂熳坠钿堕履,是醉时风景,花暗烛残,欢意未阑,舞燕歌珠成断续。催茗饮、旋煮寒泉,露井瓶窦响飞瀑。　纤指缓、连环动触。渐泛起、满瓯银粟。香引春风在手,似粤岭闽溪,初采盈掬。暗想当时,探春连云询篁竹。怎归得,鬓将老,付与杯中绿。"②

晁端礼《金蕉叶》:"楼头已报咚咚鼓。华堂渐、停杯投箸。更闻急管频催,凤口香销炷。花映玉山倾处。主人无计留宾住。溪泉泛、越瓯春乳。醉魂一啜都醒,绛蜡迎归去。更看后房歌舞。"③

2. 茅庵(草庵、僧舍、草堂、山居)

这是一种淡泊的充满理思的状态,似最便于体道者。宋太宗的一首《缘识》对此境有很好的解释:"茅庵养道静深山,解笑光阴解驻颜。谁能苦志离人间,孤云情僻岂容攀。日餐松柏知其味,不问王侯朱紫贵。"④宋人诗词中,对此茅庵茶有许多生动的描写。

胡宿《寄题斋馆》:"东南有仙人,玉案经近侍。为爱飞来峰,翻然下平地。白云相与栖,绛雪居尝饵。日作冷泉游,时寻径山醉。径山有五峰,参差标紫翠。西山玉芝岩,缥缈多云气。岩间名胜僧,除馆待公至。施树得楩楠,开轩对松桂。啼鸟傍檐楹,鸣泉落阶砌。藓径阔三条,篮舆时一诣。汲井试茶腴,援琴和松吹。"⑤

徐照《游雁荡山　赠东庵约公》:"白发白髭须,僧年八十余。已成重阁在,别置一庵居。客喜逢煎茗,童寒免灌蔬。小师南北去,近日各无书。"⑥

徐照《重题翁卷山居》:"山中白日无尘迹,只有啼禽在树头。土蚁上鞋行径叶,楝花黏手掬溪流。高吟未许常人学,清福多应积世修。新茗一瓶蒙见惠,家童言是社前收。"⑦

翁卷《赠东庵约公》:"问今年八十,退院久清闲。白雪髭慵剃,青松户早关。

---

① [宋]苏轼:《行香子·茶词》,《全宋词》第1册,第302页。

② [宋]黄庭坚:《看花回·茶词》,《全宋词》第1册,第404页。

③ [宋]晁端礼:《金蕉叶》,《全宋词》第1册,第436页。

④ [宋]宋太宗:《缘识·茅庵养道静深山》,《全宋诗》第1册,卷三五,第418页。

⑤ [宋]胡宿:《寄题斋馆》,《全宋诗》第4册,卷一七九,第2054页。

⑥ [宋]徐照:《游雁荡山·赠东庵约公》,《全宋诗》第50册,卷二六七一,第31387页。

⑦ [宋]徐照:《重题翁卷山居》,《全宋诗》第50册,卷二六七一,第31388页。

取泉来煮茗，与客话游山。弟子何僧是，缁衣多往还。”①

韩淲《径山》：“明月池头国一禅，残僧依旧占三椽。薰风正绿门前树，积水都清涧下川。坐断千峰因底事，身轻百劫本何缘。篼舆有客登临久，斋罢茗盂香散烟。”②

留元崇《慈济庵二首》其二：“归自星坛日未斜，草庵留住一杯茶。道人自点花如雪，云是新收白露芽。”③

方岳《过缙云胡君作茶古松下丛兰中》：“十丈苍皮带雪僵，山云归晚泊书床。不缘曾读离骚熟，兰亦欺人未肯香。”④则是在山居中的饮茶，古松下丛兰中，真是格外骚雅。

3.园林

在园林中饮茶，既不放弃人间的舒适，又能亲近自然，状态清雅而中庸。

葛胜仲《再次韵四首呈至父》其四：“披卷疲劳亦暂停，相携款睇聚闲庭。绘图细阅吴生品，茗盌分评陆子经。”⑤

张镃《送京仲远次对制帅四川》其三：“山槛清持茗，花蹊笑说诗。”⑥

张镃《移石种竹橘》：“野性乐闲寂，况值秋气清。旋即东墙隈，削苔方甃平。石立稍退步，薜荔缠珠缨。橘香湖海趣，竹翠山林情。二物昔所嗜，未暇同经营。环种近百竿，叶叶琴筑声。对植才两树，颗颗金玉明。交枝与丛稍，拂巾须缓行。其间两席地，幽致吾主盟。静极坐累刻，焉有世虑萦。人生会心处，小大景不争。长年兴无涯，风月随阴晴。抽萌及吐蕊，预喜春林荣。客来开茗炉，礼意固匪轻。作诗渐忘言，此语亦老成。杜门安蹇拙，何急谋虚名。”⑦

4.野外

这是一种比较彻底的投身自然体道的状态，可惜不能持久。

吴则礼《兰皋煎茶》：“掠水纤纤紫燕斜，聊凭乌几竚幽花。今年未识云腴面，且拨去年官焙芽。”⑧

---

① [宋]翁卷：《赠东庵约公》，《全宋诗》第50册，卷二六七三，第31415页。

② [宋]韩淲：《径山》，《全宋诗》第52册，卷二七六二，第32602页。

③ [宋]留元崇：《慈济庵二首》其二，《全宋诗》第55册，卷二八七三，第34304页。

④ [宋]方岳：《过缙云胡君作茶古松下丛兰中》，《全宋诗》第61册，卷三一九八，第38313页。

⑤ [宋]葛胜仲：《再次韵四首呈至父》其四，《全宋诗》第24册，卷一三六五，第15650页。

⑥ [宋]张镃：《送京仲远次对制帅四川》其三，《全宋诗》第50册，卷二六九〇，第31678页。

⑦ [宋]张镃：《移石种竹橘》，《全宋诗》第50册，卷二六八二，第31540页。

⑧ [宋]吴则礼：《兰皋煎茶》，《全宋诗》第21册，卷一二六九，第14332页。

许中应《陪邑大夫登西岘峰》："晴曒发轻暑，惠风荡繁林。驱车青郊路，举趾西山岑。随流翫回转，就阴便清深。子规续哀响，仓庚流好音。侧径既窈窕，层崖亦岖嵚。石泉漱琼瑶，松风戛璆琳。云间渺虚旷，恍若韶濩临。水乐名其亭，上有坡仙吟。泉甘瀹新茗，芹香侑清斟。攀跻岂不劳，景胜忘所任。夕阳忽在山，清兴浩难禁。山灵应有约，何时重来寻。"①

徐大受《游石桥至塔头路》："招手晴云豁，妙高峰顶头。竹舆摇午梦，茗碗唤春愁。俎豆罗千嶂，虚空起一沤。危栏闲徙倚，万象入冥搜。"②

二、氛围

在茶的氛围中从艺，在艺的氛围中饮茶，雅道相和，艺事互发，也许可以使体道变得更容易一些吧。

1. 书画

梅尧臣《依韵和邵不疑以雨止烹茶观画听琴之会》："弹琴阅古画，煮茗仍有期。一夕风雨来，且喜农亩滋。"③是期待因雨而取消烹茶观画听琴之会。

张耒的《休日同宋遐叔诣法云遇李公择黄鲁直公择烹赐茗出高丽盘龙墨鲁直出近作数诗皆奇绝坐中怀无咎有作呈鲁直遐叔》，则真实地完整地描写了文人的诗画茶会：

> 休日不造请，出游贤友同。城南上人者，宴坐花雨中。金貌散香雾，宝铎韵天风。鸟语演宝相，饭香悟真空。尚书三二客，净社继雷宗。黄子发锦囊，句有造物功。握中一寸煤，海外千年松。谁降午睡魔，赐茗屠团龙。晁子卧城西，咫尺不可逢。岂无坐中客，终觉少此公。归帽见新月，扑衫暮尘红。困眠有余想，却听寺楼钟。④

葛胜仲《再次韵四首呈至父》其四："披卷疲劳亦暂停，相携款睇聚闲庭。绘图细阅吴生品，茗盌分评陆子经。"⑤写读书累了的文人，相于庭院中饮茶，细品

---

① [宋]许中应：《陪邑大夫登西岘峰》，《全宋诗》第51册，卷二七一八，第31980页。

② [宋]徐大受：《游石桥至塔头路》，《全宋诗》第51册，卷二七二二，第32014页。

③ [宋]梅尧臣：《依韵和邵不疑以雨止烹茶观画听琴之会》，《全宋诗》第5册，卷二五七，第3172页。

④ [宋]张耒：《休日同宋遐叔诣法云遇李公择黄鲁直公择烹赐茗出高丽盘龙墨鲁直出近作数诗皆奇绝坐中怀无咎有作呈鲁直遐叔》，《全宋诗》第20册，卷一一五八，第13054页。

⑤ [宋]葛胜仲：《再次韵四首呈至父》其四，《全宋诗》第24册，卷一三六五，第15650页。

吴道子的画，谈论陆羽的茶经。翁卷《寓南昌僧舍》："炉香碗茗晴窗下，数轴楞伽屡展舒。"①写寺院中的品画饮茶。

陆游《秋兴三首》其一："墨蛟飞下剡藤滑，苍璧碾成官焙香。"②则描写在碾茶点茶氛围里，诗人在名贵的剡藤纸上题写书法，笔墨潇洒，如墨蛟飞落。

2. 读书

陆游《闭门二首》其二："数简隐书忘世味，半瓯春茗过花时。"③严粲《自乐平阅视渡舟取道太阳渡宿地藏院》："研丹启囊书，点勘自成讽。佛香触深悟，僧茗来清供。"④

陆游《闲居书事》："玩易焚香消永日，听琴煮茗送残春。"⑤洪咨夔《钟惠叔转示赵临安两山堂诸公诗刻随喜二首》其二："觉圆熏穟直，梦破茗华浮。为问连山易，床头好在不。"⑥

王商翁《白云寺》："幽人何处住，古寺白云高。问路不知远，到山方觉劳。半窗看竹石，一枕听松涛。我亦清幽者，煮茶读楚骚。"⑦

3. 作诗

王十朋《薛师约抚幹召饭于圆通寺主僧瀹茗索诗》："官舍厌卑湿，僧庐访清幽。儒餐惯蔬饭，道话便茶瓯。鉴湖倘容觅，杖屦时来游。"⑧

洪咨夔《用韵答游司直见寄》："晚桂荐花熏鼎古，寒松堕子茗瓯斑。山中风味无人会，赖得新诗起老顽。"⑨

刘应李《上陈县尹》其一："满院茶香敲句稳，一帘花影韵琴清。"⑩

---

① [宋]翁卷：《寓南昌僧舍》，《全宋诗》第50册，卷二六七三，第31423页。

② [宋]陆游：《秋兴三首》其一，《全宋诗》第39册，卷二一七八，第24784页。

③ [宋]陆游：《闭门二首》其二，《全宋诗》第40册，卷二二一四，第25362页。

④ [宋]严粲：《自乐平阅视渡舟取道太阳渡宿地藏院》，《全宋诗》第59册，卷三一二九，第37392页。

⑤ [宋]陆游：《闲居书事》，《全宋诗》第39册，卷二一六九，第24613页。

⑥ [宋]洪咨夔：《钟惠叔转示赵临安两山堂诸公诗刻随喜二首》其二，《全宋诗》第55册，卷二八九三，第34533页。

⑦ [宋]王商翁：《白云寺》，《全宋诗》第72册，卷三七五九，第45339页。

⑧ [宋]王十朋：《薛师约抚幹召饭于圆通寺主僧瀹茗索诗》，《全宋诗》第36册，卷二〇二七，第22723页。

⑨ [宋]洪咨夔：《用韵答游司直见寄》，《全宋诗》第55册，卷二八九三，第34546页。

⑩ [宋]刘应李：《上陈县尹》其一，《全宋诗》第70册，卷三六五六，第43913页。按此诗又作刘爚《上陈县尹》，《全宋诗》第50册，卷二六四八，第31019页。

4. 听乐

胡宿《寄题斋馆》:"汲井试茶腴,援琴和松吹。"①

洪适《过妙缘寺听怀上人琴》:"断涧复危岑,红尘且满襟。疾驱触炎热,小憩得禅林。煮茗对清话,弄琴知好音。"②

陆游《闲居书事》:"玩易焚香消永日,听琴煮茗送残春。"③

虞俦《和孙尉登空翠堂鼓琴酌茗有怀冷令二首》其二:"花满芳洲月满楼,留连从事到青州。巧分茗碗消磨睡,静拂琴徽断送愁。"④

邓允端《过处士山斋》:"一室萧疏甚,禅床印佛宗。树阴生石藓,茶鼎带松风。去去水千里,行行山几重。佩琴与诗卷,回首翠微中。"⑤

5. 插花

赵师秀《移居谢友人见过》:"赁得民居亦自清,病身于此寄飘零。笋从坏砌砖中出,山在邻家树上青。有井极甘便试茗,无花可插任空瓶。"⑥

方回《秋晚杂书三十首》其二八:"独吟不愧声,独立不愧影。独行不愧履,独卧不愧枕。昏昏十日醉,炯炯一夕醒。古瓶插残菊,老碗贮冻茗。三嗅复三漱,浩然万虑屏。节食甘独饥,薄衣耐独冷。狸膏肥粟栗,出穴落匕鼎。此事世接踵,夜坐试独省。"⑦

6. 燃香

释德洪《赠僧》:"欹枕无人梦自惊,回廊广殿午风清。已浮春露浇诗胆,更炷水沉熏道情。"⑧

李纲《饮修仁茶》:"北苑龙团久不尝,修仁茗饮亦甘芳。夸研斗白工夫拙,辟瘴消烦气味长。江表露芽空绝品,蜀中仙掌可同行。从容饭罢何为者,一碗还兼一炷香。"⑨

姚述尧《如梦令·寿茶》:"龙焙初分丹阙。玉果轻翻琼屑。彩仗挹香风,搅

---

① [宋]胡宿:《寄题斋馆》,《全宋诗》第4册,卷一七九,第2054页。

② [宋]洪适:《过妙缘寺听怀上人琴》,《全宋诗》第37册,卷二〇七六,第23426页。

③ [宋]陆游:《闲居书事》,《全宋诗》第39册,卷二一六九,第24613页。

④ [宋]虞俦:《和孙尉登空翠堂鼓琴酌茗有怀冷令二首》其二,《全宋诗》第46册,卷二四六三,第28496页。

⑤ [宋]邓允端:《过处士山斋》,《全宋诗》第72册,卷三七四七,第45185页。

⑥ [宋]赵师秀:《移居谢友人见过》,《全宋诗》第54册,卷二八四一,第33853页。

⑦ [宋]方回:《秋晚杂书三十首》其二八,《全宋诗》第66册,卷三四八二,第41444页。

⑧ [宋]释德洪:《赠僧》,《全宋诗》第23册,卷一三三八,第15232页。

⑨ [宋]李纲:《饮修仁茶》,《全宋诗》第27册,卷一五六一,第17730页。

起一瓯春雪。清绝。清绝。更把兽烟频爇。”①

祝勋《题高城雪堂》：“筑室烟霞窟，门开紫翠堆。真成云挽住，不为景催回。山月窥檐入，溪风掠坐来。炉薰兼茗饮，净拂绿琴埃。”②

洪适《赠护国昌老》：“缓辔到禅扃，高谈得细听。茗花泛轻碗，烟篆度虚棂。门外云千片，轩中水一瓶。我来无好语，留此待丹青。”③

方回《丁亥生日纪事五首》其二：“山路访僧规已定，晓楼闻雨事还非。今年生日无人识，几度儿曹望我归。清茗半瓯浮雪乳，古香一剂炷烟霏。割牲酾酒贫难办，只待天晴浣虱衣。”④

7.观盆景

陆游《堂中以大盆渍白莲花石菖蒲翛然无复暑意睡起戏书》：“海东铜盆面五尺，中贮涧泉涵浅碧。岂惟冷浸玉芙蕖，青青菖蒲络奇石。长安火云行日车，此间暑气一点无。纱幮竹簟睡正美，鼻端雷起惊僮奴。觉来隐几日初午，碾就壑源分细乳。却拈燥笔写新图，八幅冰绡瘦蛟舞。”⑤描写堂中白莲花、石菖蒲、奇石组成的大盆景，使暑气顿消，在这磁的环境中写字画画，碾茶分茶，真是清雅快乐。

8.赏奇石

洪咨夔《夏初临》：“铁瓮栽荷，铜彝种菊，胆瓶萱草榴花。庭户深沈，画图低映窗纱。数枝奇石谽谺。染宣和、瑞露明霞。於菟长啸，风林未鸣，霜草先斜。

雪丝香里，冰粉光中，兴来进酒，睡起分茶。轻雷急雨，银篁迸插檐牙。凉入琵琶。枕帏开、又送蟾华。问生涯。山林朝市，取次人家。”⑥

洪咨夔的这首词，实际描写的不止奇石，还有盆景、插花、图画及自然界的声色光影。总之，都构成了他分茶的最美好的氛围。

结语

两宋茶诗词全方位呈现了宋人茶艺之种种，涉及植生、采摘、焙制、茶具、辨水、煮水、碾茶、罗茶、点茶、煎茶、茶荐、茶食、茶境等方面，展示了中国两宋时代

① [宋]姚述尧：《如梦令·寿茶》，《全宋词》第3册，第1557页。

② [宋]祝勋：《题高城雪堂》，《全宋诗》第50册，卷二六五三，第31088页。

③ [宋]洪适：《赠护国昌老》，《全宋诗》第37册，卷二〇七七，第23436页。

④ [宋]方回：《丁亥生日纪事五首》其二，《全宋诗》第66册，卷三四九二，第41614页。

⑤ [宋]陆游：《堂中以大盆渍白莲花石菖蒲翛然无复暑意睡起戏书》，《全宋诗》第39册，卷二一六五，第24520页。

⑥ [宋]洪咨夔：《夏初临》，《全宋词》第3册，第2464页。

饮茶方式的多彩多姿，不仅可与现存茶书载记相对照，亦可弥补其不足。于中可见，两宋人对饮茶艺术真真是格外的讲究，其中建茶制作的侈靡，确乎破越了和于自然、归于本真的茶道精神，终致废于明太祖的一道政令。但其广泛地被废止，应该说本质上还是茶道价值体系的约束。而其他的茶艺讲究，则至今仍然活在我们的饮茶生活之中。特别是当代最普通的清饮冲泡茶，则是明代茶道革命后的清饮冲泡茶道的直接遗存，最符合茶道之精神，较之并世其他饮茶方式，实乃处于茶道演化进程之最高端。道艺一体，茶道一直在中国，从没走远。

第四章　两宋茶诗词与茶人文化人格

《易·贲》彖曰："观乎天文，以察时变；观乎人文，以化成天下。"①此化即教化，"化成天下"，就是使天下人统归于王化，也就是荀子所说的"群"。《荀子·王制》："（人）力不若牛，走不若马，而牛马为用，何也？曰：人能群，彼不能群也。"②此群即合群，群体化也。所以我们有了"文化"这个观念。近现代以来，欧美的人类学家对此则有比较科学的分析研究。19 世纪末英国人类学家爱德华·泰勒对于文化的定义，自提出以后，便成为最流行的对于文化的定义："文化或文明，就其广泛的民族学意义来说，是包括全部的知识、信仰、艺术、道德、法律、风俗以及作为社会成员的人所掌握和接受的任何其他的才能和习惯的复杂体。"③1948 年，美国人赫斯科维茨（M. J. Herskovits）在其《人及其工作》提出了"濡化（enculturation）"的观念："把人类和其他生物加以区别的学习经验，能使人类在生命的开始和延续中，借此种经验以获得在其文化中的能力，即可称之为'濡化'。在本质上此种意识的或无意识的具有制约作用的过程，是在一种特定风俗的主体所认可的限度内运用的。"④与此濡化相关的是 1934 年美国人露丝·本尼迪克《文化模式》提出的个体人格为文化塑造的思想：

> 个体生活历史首先是适应由他的社区代代相传下来的生活模式和标准。从他出生之时起，他生于其中的风俗就在塑造着他的经验与行为。到他能说话时，他就成了自己文化的小小的创造物，而当他长大成

---

① ［宋］朱熹注：《周易本义》卷一，天津古籍书店 1988 年影印宋元人注《四书五经》本，第 22 页。

② ［战国］荀子撰，王天海：《荀子校释》卷五，上海古籍出版社 2005 年版，第 380 页。

③ （英）爱德华·泰勒著，连树声译：《原始文化》（重译本），广西师范大学出版社 2005 年版，第 1 页。

④ 芮逸夫主编：《云五社会科学大辞典（第十册）·人类学》，台湾商务印书馆股份有限公司 1975 年版，第 297 页。

> 人并能参与这种文化的活动时，其文化的习惯就是他的习惯，其文化的信仰就是他的信仰，其文化的不可能性亦就是他的不可能性。每个出生于这个团体的孩子都将与其一起分享它们，而出生在这个地球另一半球的孩子，则不能分享到这一半球的千分之一的风俗。①

而茶道，正是由具茶人文化人格或性格的人们所培育，反过来，茶道也促成了这种茶人文化人格的养成，晚唐时的著名诗人皮日休、陆龟蒙，就有以茶人为主题的唱和，生动地勾勒了茶人的品格形象。

唐皮日休《茶中杂咏·茶人》："生于顾渚山，老在漫石坞。语气为茶荈，衣香是烟雾。庭从懒子遮，果任獳师虏。日晚相笑归，腰间佩轻篓。"②

唐陆龟蒙《奉和袭美茶具十咏·茶人》："天赋识灵草，自然钟野姿。闲来北山下，似与东风期。雨后探芳去，云间幽路危。唯应报春鸟，得共斯人知。"③

而研读唐宋以来的茶诗词，我们也可以发现，具有这种文化人格的茶人数量不惟多，且在他们的诗词创作中，还带有一种普遍性的文化自觉，正乃宋人葛胜仲《新茶》所言："婺源苞贡及春分，玉食分甘赐旧勋。水厄阳侯宜避席，天随陆子合同群。"④本章拟从普泛化、基本内涵、基本特征三方面，对这种颇具审美性的文化人格予以分析。

第一节　茶人文化人格的普泛化

两宋茶诗词显示，这种颇具审美性的茶人文化人格是非常普泛化地存在的，大致表现为非地域性、非阶层性、非政治性、非关道德性、兼融性、群体性六个方面。

一、非地域性

茶本为南方之嘉木，在早期，饮食茶的生活习惯主要在中国的江淮以南的产茶区，北方不少人对于这种生活方式还不太理解。《太平御览》引南朝宋刘义庆《世说新语》："晋司徒王蒙好饮茶，人至辄命饮之，士大夫皆患之。每欲往候，必

---

① (美)露丝·本尼迪克特著，何锡章、黄欢译：《文化模式》，华夏出版社1987年版，第2页。

② [唐]皮日休：《茶中杂咏·茶人》，《全唐诗》第18册，卷六百十一，第7053页。

③ [唐]陆龟蒙：《奉和袭美茶具十咏·茶人》，《全唐诗》第18册，卷六百二十，第7144页。

④ [宋]葛胜仲：《新茶》，《全宋诗》第24册，卷一三六六，第15663页。

云：'今日有水厄。'"[①]北魏杨衒《洛阳伽蓝记》卷二记由南梁出使洛阳的陈庆之病，北魏中大夫杨元慎为之医治，"元慎即口含水噀庆之曰：'吴人之鬼，住居建康。小作冠帽，短制衣裳。自呼阿侬，语则阿傍。菰稗为饭，茗饮作浆。呷啜莼羹，唼嗍蟹黄。手把荳蔻，口嚼槟榔。乍至中土，思忆本乡。急急速去，还尔丹阳……'庆之伏枕曰：'杨君见辱深矣。'"[②]卷三则记由南齐来投北魏的王肃的生活习惯变迁："肃初入国，不食羊肉及酪浆。常饭鲫鱼羹，渴饮茗汁。京师士子，道肃一饮一斗，号为'漏巵'。经数年已后，肃与高祖殿会，食羊肉酪粥甚多。高祖怪之，谓肃曰'卿中国之味也。羊肉何如鱼羹？茗饮何如酪浆？'肃对曰：'羊者是陆产之最，鱼者乃水族之长。所好不同，并各称珍。以味言之，甚是优劣。羊比齐鲁大邦，鱼比邾莒小国。唯茗不中，与酪作奴。'"[③]又记曰："时给事中刘缟慕肃之风，专习茗饮，彭城王谓缟曰：'卿不慕王侯八珍，好苍头水厄。海上有逐臭之夫，里内有学颦之妇，以卿言之，即是也。'其彭城王家有吴奴，以此言戏之。自是朝贵讌会，虽设茗饮，皆耻不复食，唯江表残民远来降者好之。后萧衍子西丰侯萧正德归降时，元义欲为之设茗，先问：'卿于水厄多少？'正德不晓义意，答曰：'下官生于水乡，而立身以来，未遭阳侯之难。'举坐之客皆笑焉。"[④]这些记载，均可见出饮茶之风在北方推进的艰难，而视茶茗为"水厄""酪奴"，也的确是一种偏见。

到了唐代，情况则发生了逆转。在隋统一南北的基础上，经过初唐百年的经营，终于在玄宗开元时代，达到了中国封建社会的顶峰，成为当时世界上最发达的强盛国家。社会安定，南北一统，经济繁荣，漕运便利，也带来了社会生活方式的新变。饮茶生活普遍盛行，并以"茶道"称之，当是其中的一个显例。如唐封演《封氏见闻记·饮茶》载：

> 南人好饮茶，北人初不多饮。开元中，泰山灵岩寺有降魔师，大兴禅教。学禅务于不寐，又不夕食，皆许其饮茶，人自怀挟，到处煮饮。从此转相仿效，遂成风俗。自邹、齐、沧、棣，渐至京邑城市，多开店铺，煎茶卖之，不问道俗，投钱取饮。其茶自江淮而来，舟车相继，所在山积，

---

① [宋]李昉等：《太平御览》卷八六七，中华书局1960年版。又按：今查所见《世说新语》各本，无此条。

② [北魏]杨衒之撰，范祥雍校注：《洛阳伽蓝记校注》卷二，城东，第118—119页。

③ [北魏]杨衒之撰，范祥雍校注：《洛阳伽蓝记校注》卷三，城南，上海古籍出版社1978年版，第147页。

④ [北魏]杨衒之撰，范祥雍校注：《洛阳伽蓝记校注》卷三，城南，第148页。

色额甚多。楚人陆鸿渐为《茶论》，说茶之功效并煎茶炙茶之法，造茶具二十四事，以都统笼贮之。远近倾慕，好事者家藏一副。有常伯熊者，又因鸿渐之论广润色之。于是茶道大行，王公朝士无不饮者。……按，此古人亦饮茶耳，但不如今人溺之甚，穷日尽夜，殆成风俗。始自中地，流于塞外。往年回鹘入朝，大驱名马市茶而归，亦足怪焉。①

成书于唐宣宗大中十年(856)的杨煜《膳夫经》，也记载了类似的情形："茶，古不闻食之。近晋宋以降，吴人采其叶煮，是为茗粥。天宝之间，稍稍有茶，至德、大历遂多，建中以后盛矣。名系盐金铁，管榷存焉。"②所以，非地域性是唐开元以后就已经开始形成的。

但是，整个宋代，尤其是北宋，却也是有一些北方人对南方人有地域性歧视的。这方面虽与唐代有相似之处，但比唐代来得公开，来得严重。北宋邵伯温《邵氏闻见录》卷一："祖宗开国所用将相皆北人，太宗刻石禁中曰：'后世子孙无用南士作相，内臣主兵。'至真宗朝始用闽人，其刻不存矣。"③这个破天荒者就是真宗时临江军新喻(今江西新余)人王钦若。初真宗欲相王钦若，宰相大名莘(今属山东)人王旦即以"祖宗朝未尝有南人当国者"相阻，真宗遂止。王旦没后，钦若始大用，钦若语人曰："为王公迟我十年作宰相。"④抚州临川(今属江西)的神童晏殊，得帝嘉赏，赐同进士出身。宰相华州下邽(今陕西渭南)人寇准曰："殊江外人。"⑤《江邻几杂志》也有记："萧贯当作状元，莱公(寇准)进曰：'南方下国，不宜冠多士'，遂用蔡齐。出院顾同列曰：'又与中原夺得一状元。'"⑥

然而两宋时代北方人对于南方茶的爱好，却是于斯为盛。且不论李新《羌俗》诗记羌人"养生茶作命"⑦，北宋的都城东京，虽非产茶之地，乃是茶道大行的中心地带。北宋第二个皇帝宋太宗赵光义，存茶诗3首。北宋亡国太上皇宋徽宗赵佶，存茶诗6首，并存有茶学专著《大观茶论》。而留有茶诗的名公巨卿也多

---

① [唐]封演撰，李成甲校点：《封氏见闻记》卷六，辽宁教育出版社1998年版，第29—30页。又注：引文下画线为笔者所加。

② [唐]杨煜：《膳夫经》，江苏古籍出版社影印宛委别藏本，1988年版。按：笔者见《丛书集成初编》之晁载之《续谈助》第五卷本作杨华《膳夫经手录》。

③ [宋]邵伯温：《邵氏闻见录》卷一，中华书局1983年版，第4页。

④ 《宋史》：卷二八二，《王旦传》，第9548页。

⑤ 《宋史》：卷三一一，《晏殊传》，第10195页。

⑥ [宋]江休复：《江邻几杂志》，《全宋笔记》第一编本，大象出版社2006年版。

⑦ [宋]李新：《羌俗》，《全宋诗》第21册，卷一二五六，第14184页。

为北方人①，如李昉，深州饶阳（今属河北）人，存茶诗 5 首；寇准，华州下邽（今陕西渭南）人，存茶诗 1 首；宋庠，与其弟祁（998—1061），时称“大小宋”，开封雍丘（今河南杞县）人，后徙安州之安陆，宋庠存茶诗 11 首，宋祁存茶诗 12 首；文彦博，汾州介休（今属山西）人，存茶诗 8 首；王畴，曹州济阴（今山东曹县西北）人，存茶诗 1 首；张方平，应天宋城（今河南商丘）人，存茶诗 1 首。这当然不能排除朝廷重用北人的政策因素。而北宋最有名的在野名士，魏野与邵雍，则或可说明一些问题。魏野，陕州陕县（今属河南）人，一生不仕，存茶诗 14 首；邵雍，祖籍范阳（今河北涿州），仁宗皇祐元年定居洛阳，以教授生徒为生，存茶诗 13 首。固然不少南方诗人本身来自茶乡，作茶诗爱茶道，有其自然的因素，但不可否认，也有南方诗人，正是到了京城，方才了解到这种典雅的茶道，方才开始作茶诗。如茶诗词大家苏轼就是这一类情形。苏轼《寄周安孺茶》诗自述自己接触、“研讨”这种茶道的过程：“伊予素寡爱，嗜好本不笃。粤自少年时，低徊客京毂。虽非曳裾者，庇荫或华屋。颇见纨绮中，齿牙厌粱肉。小龙得屡试，粪土视珠玉。团凤与葵花，碔砆杂鱼目。贵人自矜惜，捧玩且缄椟。未数日注卑，定知双井辱。于兹事研讨，至味识五六。自尔入江湖，寻僧访幽独。高人固多暇，探究亦颇熟。”苏轼虽然来自茶乡四川眉山，也有自己乡土的饮茶方式②，但还是对于京城的茶道表现出新奇和热情。固然，茶道中心出现在北方的京城，也算是一种地域性，但相对于食茶生活方式自出现以来，就主要局限于南方的历史，毕竟是一种革命。

至于到了南宋，大批北方衣冠南渡来到产茶之地的南方，对于其中的嗜茶者来说，直是如鱼得水，更无所谓地域的区别了。

二、非阶层性

茶人，按照称谓产生的规律，应该与“农人”“渔人”“樵人”“牧人”“舟人”“工人”“匠人”等属于一个阶层，但似乎自皮陆吟咏唱和之后，便具有了一种文化意味，多指赏爱茶者。而原来的意味，则一般多用“茶农”“茶民”“茶户”“茶工”“茶

① 按，司马光的情况则比较特殊。司马光，陕州夏县（今属山西）涑水乡人，存茶诗 13 首，但司马光幼年成长于光山县，光山县属光州，正在著名的淮南茶区。参见[清]杨殿梓修，[清]钱时雍纂《光山县志》卷三一，游寓：“司马光，字君实，夏县人。父池知光山县，天禧三年十月十八日生于官舍。”（清乾隆五十一年刻本）又[唐]陆羽《茶经》卷下，“八之出”：“淮南以光州上，义阳郡、舒州次之。”（阮浩耕、沈冬梅、于良子点校注释：《中国古代茶叶全书》，浙江摄影出版社 1999 年版，第 11 页）

② [宋]苏轼《寄周安孺茶》：“姜盐拌白土，稍稍从吾蜀。”（《全宋诗》第 14 册，卷八〇五，第 9327—9328 页）《和蒋夔寄茶》：“老妻稚子不知爱，一半已入姜盐煎。人生所遇无不可，南北嗜好知谁贤。”（《全宋诗》第 14 册，卷七九六，第 9219—9220 页）

匠"等来指称了，而此赏爱茶者，便不再是局限于某一阶层的了，尽管他们的经济能力不同，尽管他们所能备办的茶档次不同，都无妨一颗爱茶之心，都是茶人。

宋元丰元年(1078)初夏，苏轼在徐州任上，徐门石潭酬谢神降雨的道上，"酒困路长唯欲睡，日高人渴漫思茶"，真是难为了这个茶人，于是他就"敲门试问野人家"①，因为他知道，农人家里都有茶，客来敬茶更是常礼。

陆游《浣花女》②也为我们描绘了一个农家爱茶女的形象。"江头女儿双髻丫，常随阿母供桑麻。当户夜织声咿哑，地炉豆秸煎土茶。"言江头女儿白日随母事桑麻，晚上还要纺织，并用豆秆烧地炉煎土茶来提神。"长成嫁与东西家，柴门相对不上车。青裙竹笥何所嗟，插髻爆爆牵牛花。城中妖姝脸如霞，争嫁官人慕高华。青骊一出天之涯，年年伤春抱琵琶。"则言江头女儿安贫自在的快乐。这样，豆秆煎土茶，就不是一种对艰辛生活的无奈，而是对生活的一种享受，江头女当然也是一个茶人了，尽管她的饮茶方式和所饮之茶都是很粗劣的。

贵为人君的宋太宗则称："争知道味却无言，时得茶香全胜酒。"③士大夫杨万里也称"老夫平生爱煮茗，十年烧穿折脚鼎"④。士大夫陆游则不仅把自己与隐士茶人魏野、林逋同列，更把自己比作了陆羽："魏野林逋久已仙，放翁寄傲镜湖边。松根偃蹇支琴石，岩窦潺湲洗药泉。半禄扫空虽在我，残年健甚岂非天。遥遥桑苎家风在，重补茶经又一编。"⑤而作为他一生总结的《八十三吟》之"桑苎家风君勿笑，它年犹得作茶神"⑥，则说得是更加直白，真是一个爱茶人。南宋理宗时的宰相郑清之《家园即事十三首》其十一："此风此竹堪谁共，着得茶经桑苎翁。"⑦亦以桑苎翁陆羽自比。

三、非政治性

北宋与南宋朝廷最主要的政治之争，其实是以党争来表现的。北宋是新旧之争，中心是变法；南宋是和战之争，中心是北伐。其斗争之激烈、牵连之广泛、

① [宋]苏轼：《浣溪沙·徐门石潭谢雨，道上作五首(其四)》，邹同庆、王宗堂《苏轼词编年笺注》，中华书局2002年版，第235页。

② [宋]陆游：《浣花女》，《全宋诗》第39册，卷二一六一，第24422页。

③ [宋]宋太宗：《缘识·患脚法师不解走》，《全宋诗》第1册，卷三七，第438页。

④ [宋]杨万里：《谢木韫之舍人分送讲筵赐茶》，《全宋诗》第42册，卷二二九一，第26293页。

⑤ [宋]陆游：《开东园路北至山脚因治路傍隙地杂植花草六首》其二，《全宋诗》第40册，卷二一九七，第25099页。

⑥ [宋]陆游：《八十三吟》，《全宋诗》第41册，卷二二三三，第25502页。

⑦ [宋]郑清之：《家园即事十三首》其十一，《全宋诗》第55册，卷二九〇二，第34646页。

延续之长久、影响之深远，为整个中国封建时代所仅见，而参加这些斗争的文人士大夫，往往也是两宋茶诗词创作的主体，但他们的茶诗词创作，则少见此斗争之迹。

譬如王安石与司马光，是熙宁变法的对手。司马光存茶诗13首，王安石存茶诗11首，但他们的茶诗除在诗艺方面有所不同外，其清美境界并无不同，如司马光《清燕亭》：

波澄荫群木，永日湛清华。碧筱静秋色，白苹低晚花。松声工醒酒，泉味最便茶。外事付丞掾，无妨风景嘉。①

如王安石《晚春》：

春残叶密花枝少，睡起茶多酒盏疏。斜倚屏风搔首坐，满簪华发一床书。②

又如南宋的宋高宗实际是主和派的总领，他的茶诗境界与在忧愤中去世的李纲的茶诗境界也十分相似，虽然李纲的其他类的很多诗篇都是十分慷慨的，充满着幽恨的。如下面这两首茶诗，就都展现了一种饮茶的闲散自由的境界。宋高宗《赐僧守璋二首》其一：

古寺春山青更妍，长松修竹翠含烟。汲泉拟欲增茶兴，暂就僧房借榻眠。③

李纲《寓崇阳西山定林院有感二首》其一：

踰年去天阙，长是寓僧庐。云水志方适，轩裳情已疏。午风吹茗碗，夜月照床书。忘我兼忘世，此生真有余。④

---

① [宋]司马光：《清燕亭》，《全宋诗》第9册，卷五〇五，第6137页。

② [宋]王安石：《晚春》，《全宋诗》第10册，卷五七六，第6778页。

③ [宋]宋高宗：《赐僧守璋二首》其一，《全宋诗》第35册，卷一九八二，第22219页。

④ [宋]李纲：《寓崇阳西山定林院有感二首》其一，《全宋诗》第27册，卷一五五八，第17694页。

不过关乎此最著名的故事，还是黄庭坚见富弼，富弼对黄庭坚的“只是分宁一茶客”的评价。其事见《宋稗类钞》：“富郑公初甚欲见黄山谷，及一见，便不喜。语人曰：‘将谓黄某如何？原来只是分宁一茶客。’”①这个故事清人潘永因编《宋稗类钞》归入“诋毁”类，想来也是不能认同富弼的评判。富弼为北宋忠臣名相，茂才异等，曾积极参加范仲淹庆历改革，数次出使辽国不辱使命，早年受知重于范仲淹，被誉为“真王佐才也”②。如果此故事属实，从富弼寻求政治管理人才的角度看，此语或亦不为无据。但从后世的流传看，茶人、茶客则全然已是一个褒奖性的称谓了。

四、非关道德性

两宋茶诗词的作者固多忠臣烈士，然奸回佞幸也不少见，但道德的不同，并没有带来他们所作茶诗词在审美上的太大的偏差。

如苏轼有《荔支叹》：“武夷溪边粟粒芽，前丁后蔡相笼加。争新买宠各出意，今年斗品充官茶。”③赵蕃有《从萧秀才求茶二首》其一：“丁蔡纷纷竞宠加，底如好事玉溪家。”④两诗所言之丁蔡，即丁谓与蔡襄。丁、蔡两人都曾为福建路转运使，在北苑监制贡茶，并各著有茶书。丁谓著《建安茶录》三卷，“录建安园焙之数，图其器具，叙采制入贡法式”⑤，此书现已佚，惟剩佚文数条。由于他还首次将创制于太宗朝的龙凤茶著录⑥，“故人多言龙凤团起于晋公，故张氏《画漫录》云：“‘晋公漕闽，始创为龙凤团。’此说得于传闻，非其实也。”⑦蔡襄在任上，“其年改造新茶十斤，尤极精好，被旨号为上品龙茶，仍岁贡之”⑧。并感于“昔陆羽茶经，不第建安之品；丁谓茶图，独论采造之本。至于烹试，曾未有闻。臣辄条数

---

① ［清］潘永因编，刘卓英点校：《宋稗类钞》（下册）卷六，“诋毁”，书目文献出版社 1985 年版，第 510 页。

② ［宋］范纯仁：《富公行状》，［宋］范纯仁《范忠宣集》卷十七，“行状”，文渊阁四库全书本。

③ ［清］王文诰辑注，孔凡礼点校：《苏轼诗集》卷三九，第 2126 页。

④ ［宋］赵蕃：《从萧秀才求茶二首》其一，《全宋诗》第 49 册，卷二六三五，第 30792 页。

⑤ ［宋］晁公武撰：《郡斋读书志》卷十二，《农家类》，丛书集成续编本（书名为《昭德先生郡斋读书志四卷附志一卷后志二卷考异二卷》）

⑥ ［宋］熊蕃《宣和北苑贡茶录》：“盖龙凤等茶，皆太宗朝所制。至咸平初，丁晋公漕闽，始载之于《茶录》。”阮浩耕、沈冬梅、于良子点校注释：《中国古代茶叶全书》，浙江摄影出版社 1999 年版，第 101 页。

⑦ ［宋］熊蕃《宣和北苑贡茶录》之原小字注。阮浩耕、沈冬梅、于良子点校注释：《中国古代茶叶全书》，浙江摄影出版社 1999 年版，第 101 页。

⑧ ［宋］蔡襄《北苑十咏》之《造茶》题注，《全宋诗》第 7 册，卷三八六，第 4763 页。

事，简而易明，勒成二篇，名曰《茶录》”[1]，所以丁、蔡二人都是当之无愧的茶人，但在个人品德上二人却相去甚远。丁谓位居宰辅，“憸狡过人”[2]，蔡襄则支持庆历新政，为人忠厚“尚信义”[3]，于欧阳修、苏轼都是好朋友。所以人们在记蔡襄改造小团茶这件事上，都是以比较惋惜的语气，如宋陈东《跋蔡君谟〈茶录〉》：“余闻之先生长者，君谟初为闽漕时，出意造密云小团为贡物，富郑公闻之，叹曰：‘此仆妾爱其主之事耳，不意君谟亦复为此！’”[4]然蔡襄终不愧为一个君子。

丁现存茶诗5首[5]，蔡现存茶诗26首，境界却并无大的差异。下面各选两人茶诗一首为证。这两首茶诗，一个详写煎茶，一个详写饮茶的感受，但在清静纯美的韵致上，竟然出奇地一致。丁谓《煎茶》：

> 开缄试雨前，须汲远山泉。自遶风炉立，谁听石碾眠。轻微缘入麝，猛沸却如蝉。罗细烹还好，铛新味更全。花随僧箸破，云逐客瓯圆。痛惜藏书箧，坚留待雪天。睡醒思满啜，吟困忆重煎。只此消尘虑，何须作酒仙。[6]

蔡襄《题僧希元禅隐堂》：

> 游锡遍他方，归休静默堂。孤吟时有得，诸念若为忘。删竹减庭翠，煮茶生野香。云山莫腾诮，心地本清凉。[7]

两宋茶诗名家还有一位方回，为人反复无操守，“尝赋《梅花百咏》以谀贾相（贾似道），遂得朝除。及贾之贬，方时为安吉倅，虑祸及已，遂反锋上十可斩之疏，以掩其迹”[8]。元兵至，出降仕元，后以诗游食元新贵间二十余年，甚至有谀

---

① [宋]蔡襄：《茶录》前序，阮浩耕、沈冬梅、于良子点校注释《中国古代茶叶全书》，浙江摄影出版社1999年版，第65页。

② 《宋史》：卷二八三，《丁谓传》，第9570页。

③ 《宋史》：卷三二〇，《蔡襄传》，第10400页。

④ [宋]费衮：《梁溪漫志》卷八，“陈少阳遗文”，上海古籍出版社1985年版，第89—90页。

⑤ 按：数目已包括笔者辑录的一首丁谓的茶诗，参见后附表。

⑥ [宋]丁谓：《煎茶》，《全宋诗》第2册，卷一〇一，第1149页。

⑦ [宋]蔡襄：《题僧希元禅隐堂》，《全宋诗》第7册，卷三八九，第4791页。

⑧ [宋]周密：《癸辛杂识》别集上《方回》，中华书局1988年版，第251页。

元“今日朝廷贞观同”之句①。方回现存茶诗37首，其爱茶之趣也是与君子并无分别。他的茶诗不惟做得闲雅清新，还屡以清高自诩、诩人。如其诗《九日北山寺二首》其一：“试回白首思前事，未觉青山减旧时。节后骚英应好在，煮茶更与野僧期。”②《二月十六日夜独酌思归四首》其四：“耆年极荷神祇借，直性难禁世俗哗。便可真归不须梦，烂烹新笋煮新茶。”③《次韵滕君宾日》：“遥闻古屋环修竹，拟汲寒泉荐苦茶。万镒黄金何足宝，四枝丹桂有余花。”④真是句句清美动人，甚至还自称“直性难禁世俗哗”，读之真是无法想见会出自如此厚颜之人，毋宁说乃是一种文化性格使然吧。

五、兼融性

这里的兼融性，主要是指茶人对于儒释道的兼融。一般而言，宗教都有一些排异性，但在中国却很少发生宗教的排异，甚至自唐代以来，儒释道兼融就成了士大夫思想的一般格局，这在两宋的茶文化、茶人身上更是有集中的反映。作为茶人的诗人们在描绘对茶的沉醉时，往往要表白儒、释、道的合一，这固然说明了寺院、道观茶的精好，却也说明了茶人的文化性格。如张耒《赠僧介然》：“寒窗写就白云篇，客至研茶手自煎。儒佛故应同是道，诗书本是不妨禅。”⑤李吕《复次韵二首》其一：“老作花下僧，瀹茗当杯酌。”⑥朱继芳《溪寺》：“误向山中参白足，不知头上着乌纱。煮茶烟暖浮新竹，洗钵泉香带落花。”⑦陆游则既自比僧人，又自比道士，如《闲居》：“土铛茶七碗，瓦甑稷三升。兀兀能言石，腾腾有发僧。”⑧其《山家五首》其二：“种药为生业，弹琴悦性灵。中宵煮白石，平旦诵黄庭。茶熟眠初起，儿扶酒半醒。意行无定处，猿鸟共忘形。”⑨

因此，他们在茶诗中所创造的境界，也往往是亦儒亦禅亦道。请看下面这两首茶诗中所描写的茶人，除了是个道士打扮外，与我们在两宋茶诗词中所惯见的文人、和尚茶人，没什么异样。如王炎《用元韵答李郎中》其一：“未问仙家九节

① [宋]方回：《送丘子正以能书入都……》，《全宋诗》第66册，卷三五〇四，第41803页。

② [宋]方回：《九日北山寺二首》其一，《全宋诗》第66册，卷三四八五，第41502页。

③ [宋]方回：《二月十六日夜独酌思归四首》其四，《全宋诗》第66册，卷三四九〇，第41580页。

④ [宋]方回：《次韵滕君宾日》，《全宋诗》第66册，卷三四九五，第41661页。

⑤ [宋]张耒：《赠僧介然》，《全宋诗》第20册，卷一一六九，第13199页。

⑥ [宋]李吕：《复次韵二首》其一，《全宋诗》第38册，卷二一〇九，第23811页。

⑦ [宋]朱继芳：《溪寺》，《全宋诗》第62册，卷三二七九，第39070页。

⑧ [宋]陆游：《闲居》，《全宋诗》第39册，卷二一七九，第24800页。

⑨ [宋]陆游：《山家五首》其二，《全宋诗》第40册，卷二一九八，第25106页。

蒲，且持茗碗对熏炉。黄冠也肯迎留客，咀嚼梅花费一壶。”[①]白玉蟾《赠危法师》：“曾见先生在九华，朝餐玉乳着琼花。鹿冠夜戴青城月，鹤氅晨披紫府霞。偶携剑在人间世，未把琴归仙子家。一笑相逢松竹里，炷香新话啜杯茶。”[②]而和尚茶人与道士、文人茶人也没有什么大不同，如释德洪《与客啜茶戏成》：“道人要我煮温山，似识相如病里颜。金鼎浪翻螃蟹眼，玉瓯绞刷鹧鸪斑。津津白乳冲眉上，拂拂清风产腋间。唤起晴窗春书梦，绝怜佳味少人攀。”[③]释文珦《焙茶》：“异荈云边得，山房手自烘。颇思同陆羽，全觉似卢仝。孤闷当先破，仙灵更可通。蓬莱知远近，我欲便乘风。”[④]也是大谈仙灵飞升。而状元公王十朋《薛师约抚幹召饭于圆通寺主僧瀹茗索诗》：“官舍厌卑湿，僧庐访清幽。儒餐惯蔬饭，道话便茶瓯。鉴湖倘容觅，杖屦时来游。”[⑤]也是儒释和乐。

六、群体性

纵览两宋茶诗词，我们可以看到，茶与诗的缘会，对于诗人们创作的群体化倾向有不小的推动作用。这些诗人之间往往有密切的关系，或为朋友，甚至被视为文人集团；或为师徒；或为父子；或为兄弟等，而茶则是使他们在思想文化上相关联的重要媒介。从茶道的角度，对他们的创作进行分析对照，定是很有意义的研究工作。兹仅选介如下。

1.“九僧”及魏野等隐逸

“所谓九诗僧者：剑南希昼，金华保暹，南越文兆，天台行肇，沃州简长，青城惟凤，淮南惠崇，江南宇昭，峨眉怀古也。”[⑥]虽各自行踪无定，但相互唱和，宋景德时人陈充编为《九僧诗》[⑦]。释希昼现存茶诗2首，释文兆、惟凤各现存茶诗1首，释简长现存茶诗3首。惠崇现存茶诗残句3个。

宋初的隐士魏野、林逋与释智圆的酬唱在当时也很有影响。九僧中的惠崇与他们也有酬唱。魏野，字仲先，陕州陕县（今属河南）人，一生不仕，现存茶诗

---

① [宋]王炎：《用元韵答李郎中》其一，《全宋诗》第48册，卷二五六五，第29781页。

② [宋]白玉蟾：《赠危法师》，《全宋诗》第60册，卷三一四〇，第37642页。

③ [宋]释德洪：《与客啜茶戏成》，《全宋诗》第23册，卷一三三六，第15204页。

④ [宋]释文珦：《焙茶》，《全宋诗》第63册，卷三三二三，第39624页。

⑤ [宋]王十朋：《薛师约抚幹召饭于圆通寺主僧瀹茗索诗》，《全宋诗》第36册，卷二〇二七，第22723页。

⑥ [宋]司马光：《温公续诗话》，[清]何焕《历代诗话》本，中华书局1981年版。

⑦ [宋]陈充编：《九僧诗》，《宋集珍本丛刊》影清康熙四十一年汲古阁影宋钞本，线装书局2004年版。

14首。林逋,字君复,杭州钱塘人,中年后隐居杭州孤山,相传二十年足不至城市,以布衣终身,现存茶诗1首。陆游《读林逋魏野二处士诗》对二人有高度的赞美:"君复仲先真隐沦,笔端亦自斡千钧。闲中一句终难道,何况市朝名利人!"①释智圆,字无外,钱塘人,居杭州孤山玛瑙院,与林逋为友,现存茶诗7首。

九僧与魏野等隐逸的茶诗都清淡精洁,颇有晚唐风调。

2.欧梅

北宋中前期的梅尧臣与欧阳修,号称"欧梅",也是一对茶人。梅尧臣,字圣俞,宣城(今安徽宣州)人。仁宗皇祐三年(1051)赐同进士出身,为国子直讲,累迁至尚书都官员外郎。现存茶诗62首;欧阳修,字永叔,卢陵(今江西吉安)人,仁宗天圣八年进士,谥文忠,现存茶诗15首。二人茶诗都很注重生活细节刻画,相比唐人,已完全是宋人的风致。如欧阳修《尝新茶呈圣俞》:

> 建安二千里,京师二月尝新茶。人情好先务取胜,百物贵早相矜夸。年穷腊尽春欲动,蛰雷未起驱龙蛇。夜闻击鼓满山谷,千人助叫声喊呀。万木寒痴睡不醒,惟有此树先萌芽。乃知此为最灵物,宜其独得天地之英华。终朝采摘不盈掬,通犀銙小圆复窊。鄙哉谷雨枪与旗,多不足贵如刈麻。建安太守急寄我,香蒻包裹封题斜。泉甘器洁天色好,坐中拣择客亦嘉。新香嫩色如始造,不似来远从天涯。停匙侧盏试水路,拭目向空看乳花。可怜俗夫把金锭,猛火炙背如虾蟆。由来真物有真赏,坐逢诗老频咨嗟。须臾共起索酒饮,何异奏雅终淫哇。②

3.苏轼、黄庭坚及其亲朋学生

苏轼及苏门所构成的文人与茶人群体,在整个宋代,无疑是最著名的了。他们不惟有文学上的呼应,也因为卷入新旧党争,被定为"元祐党人",受到了党争对手的残酷打击,又可称为政治上的同道。

我们先来看一看苏轼饮茶、爱茶的背景。据前引其《寄周安孺茶》诗,他所来自的四川眉山,也有乡土的饮茶方式。在入京前他就认识的张方平,曾为其父致书欧阳修,就是一位茶人,有茶诗1首。到京之后,因接触名公而了解茶道,这些名公就是推介其父子的欧阳修、梅尧臣、韩琦等人,也都是茶人,有茶诗传世。后来,苏轼又结交了文彦博、蔡襄、司马光、王安石、舒亶、焦千之、文同、范纯仁等,

① [宋]陆游:《读林逋魏野二处士诗》,《全宋诗》第40册,卷二一九三,第25034页。

② [宋]欧阳修:《尝新茶呈圣俞》,《全宋诗》第6册,卷二八八,第3646页。

还有方外的释净端、释道潜等，也都是茶人。当然，王安石、舒亶、司马光是后来与他政见不合者。他的父亲苏洵，曾得欧阳修推誉，有茶诗1首。他的弟弟苏辙有茶诗9首。

苏轼现存茶诗78首，茶词5首。苏门诸子有“四学士”与“六君子”之不同。四学士为黄庭坚、秦观、晁补之、张耒，再加上陈师道和李廌，便是六君子，他们均以诗文受知于苏轼，并因党争受牵连。黄庭坚，字鲁直，洪州分宁（今江西修水）人，英宗治平四年进士，存茶诗96首，茶词11首。秦观，字少游，一字太虚，高邮（今属江苏）人，神宗元丰八年进士，存茶诗10首，茶词1首。晁补之，字无咎，济州巨野（今山东巨野）人，神宗元丰二年进士，存茶诗17首。张耒，字文潜，祖籍亳州谯县（今安徽亳州），生长于楚州淮阴（今江苏淮阴西南），神宗熙宁六年进士，存茶诗30首。陈师道，字履常，一字无己，彭城（今江苏徐州）人，曾受业曾巩，存茶诗1首，茶词2首。李廌，字方叔，祖先由郓州迁华州，遂为华州（今陕西华县）人，屡举失利，存茶诗5首。苏轼及苏门茶诗词最大的特点是锐意创新，尚意而有韵致，尤其是苏黄，还有一种豪迈之气，为宋诗之典范。

其后黄庭坚又另辟天地，流风所及，乃形成江西诗派，据宋苕溪渔隐胡仔记载①，吕本中作《江西诗社宗派图》，以黄庭坚为诗派之祖，下列陈师道、韩驹、徐俯、二潘（潘大临、潘大观）、三洪（洪刍、洪炎、洪朋）、夏倪、二谢（谢逸、谢薖）、二林（林敏修、林敏功）、晁冲之、汪革、李彭、三僧（饶节、祖可、善权）、何觊、高荷、江端本、李錞、杨符、王直方。这些诗人除徐俯、潘大观、洪炎、夏倪、林敏修、林敏功、汪革、善权、何觊、高荷、江端本、杨符、王直方外，都有茶诗留存。

韩驹，字子苍，号牟阳，陵阳仙井（治今四川仁寿）人。少时以诗为苏辙所赏。

徐俯，字师川，自号东湖居士，原籍洪州分宁，后迁居德兴天门村。黄庭坚之甥。

潘大临，字邠老，一字君孚，从苏轼、黄庭坚、张耒游。

三洪（洪刍、洪炎、洪朋），豫章（今江西南昌）人，黄庭坚之甥。

晁冲之，字叔用，早年字用道。出济州巨野（今属山东）晁氏家族。晁补之从弟，早年师从陈师道。

李彭，字商老，南康军建昌（今江西永修南昌一带）人。尝与苏轼、张耒等唱和。

4.曾几、陆游师徒及其亲友

曾几，字吉甫，其先赣州（今江西赣县）人，徙居河南府（今河南洛阳）。徽宗朝试吏部优等，赐上舍出身。曾提举淮东、湖北茶盐，自号茶山居士，谥文清。以

① ［宋］胡仔：《苕溪渔隐丛话》前集卷四十八，中华书局聚珍仿宋版《四部备要》本。

茶诗名家，存茶诗 44 首。曾几与江西诗派大有渊源，一般也将其视为江西诗派中人。学诗以杜甫、黄庭坚为宗。其舅为著名诗人清江“三孔”：孔文仲、孔武仲、孔平仲。三孔与欧阳修、苏轼、黄庭坚友情甚深。其中孔武仲有 10 首茶诗、孔平仲有 13 首茶诗。曾几曾师事韩驹，与吕本中亦在师友之间，与陈与义、释正宗等亦有交往。韩、吕、陈、释正宗亦皆有茶诗名世。姚勉《寄题茶山》：“文献风流想故家，玉川室迩已人遐。何时细赏文清竹，与客同煎陆羽茶。”①即是对曾几的赞美。赵庚夫《读曾茶山诗集》：“茶山八十二癯仙，千首新诗手自编。吟到瘴烟因避寇，贵登从橐只栖禅。新于月出初三夜，澹比汤煎第一泉。咄咄逼人门弟子，剑南已见祖灯传。”②则是以茶来赞美曾几及其学生陆游。

陆游为南宋中兴时期的诗人，存茶诗 354 首，其祖父陆佃，为神宗熙宁三年进士，存茶诗 13 首。陆游与尤袤、范成大、杨万里、周必大、朱熹、辛弃疾、张孝祥、韩元吉、章甫、张镃等有交，与尤袤、范成大、杨万里并称“四大家”。这些诗人除尤袤外，都有茶诗存世。其中的杨万里、朱熹、辛弃疾还是茶诗词名家。他们的茶诗词亦往往深具工夫而或出以平淡，或出于豪俊，最具宋人之风神。

5. 二泉

“二泉”为赵蕃（章泉）、韩淲（涧泉），因其号中各有一个“泉”字，且交往密切，相互唱和，故时称“二泉”③。

赵蕃（1143—1229），字昌父，号章泉，原籍郑州，南渡后侨居信州玉山（今属江西）。现存茶诗 59 首。

韩淲（1159—1224），字仲止，号涧泉，祖籍开封，南渡后隶籍上饶（今属江西），其父韩元吉与曾几有过诗的唱和。现存茶诗 115 首。

“二泉”诗学江西，服膺曾几。赵蕃《李商叟传录临川与黎师侯唱酬怀曾文清公长句用韵作四首》其四：“叹息茶山识面迟，经过旧宅恨推移。听泉尚想甘瓢乐，抚竹如亲与物离。”④宋末谢枋得《叠山集》卷九《萧冰崖诗卷跋》：“诗有江西派，而文清昌之。传至章泉、涧泉二先生，诗与道俱隆。”⑤宋末方回《次韵赠上饶郑圣予沂并序》诗序云：“曾茶山得吕紫微诗法，传至嘉定中，赵章泉、韩涧泉，正

---

① ［宋］姚勉：《寄题茶山》，《全宋诗》第 64 册，卷三三九九，第 40448 页。

② ［宋］赵庚夫：《读曾茶山诗集》，《全宋诗》第 55 册，卷二八七三，第 34296 页。

③ 如［宋］方回《桐江续集》卷二，《秋晚杂书》十七：“上饶有二泉。”文渊阁四库全书本。

④ ［宋］赵蕃：《李商叟传录临川与黎师侯唱酬怀曾文清公长句用韵作四首》其四，《全宋诗》第 49 册，卷二六三二，第 30736 页。

⑤ ［宋］谢枋得：《叠山集》卷九，四部丛刊续编本。

脉不绝。”[①]诗云：“郑里茶山乃诗祖，继之章涧两泉吟。端能捷疾追芳躅，当复幽冥入苦心。”[②]

事实上，两宋时代的几乎每一个茶诗人词人背后似乎都有一个嗜茶的诗人群体，除了上述之外，著名的还有“永嘉四灵”：徐照（灵晖）、徐玑（灵渊）、赵师秀（灵秀）、翁卷（灵舒）；吴潜与其门客吴文英，以及两宋茶诗词的殿军——南宋遗民群等，都各具特色。可参见后附各种《茶诗人简表》。总之，体会着茶的精神，也感应着时代，嗜好着茶的诗人们，相互影响、相互激励，同样也以茶诗词的创作，清晰地勾勒着两宋诗词嬗变的轨迹。

第二节　茶人文化人格的基本内涵

两宋茶诗词完美呈现了茶人的文化人格或性格。这种文化人格，决定了茶道的形成，对于茶诗词的创作亦具有主体性的意义，研究这种文化人格，是两宋茶诗词与茶道研究题中应有之义。这种文化人格，受命于中国的大地山河及传统文化，具有丰富的内涵，笔者以为可以大致归结为求道之心、乐道之心、乐生之心、感物之心、审美之心五个基本方面。

一、求道之心

如前第一章第一节“原道”所述，道，乃是中华文化的永恒主题，而求道之心，则可谓中华文明走向辉煌的原动力，《易经·说卦传》有曰：

> 昔者圣人之作《易》也，幽赞于神明而生蓍，参天两地而倚数，观变于阴阳而立卦，发挥于刚柔而生爻，和顺于道德而理于义，穷理尽性以至于命。昔者圣人之作《易》也，将以顺性命之理，是以立天之道，曰阴与阳；立地之道，曰柔与刚；立人之道，曰仁与义。[③]

而纵观中国文化，举凡诸子百家、仙道神魔、经天纬地、王朝更替、富贵穷通、发迹变泰之类，莫非求道得道失道之演义，更有太史公司马迁发愤而通其道之说：

---

① ［宋］方回：《次韵赠上饶郑圣予沂并序》，《全宋诗》第 66 册，卷三四九五，第 41657 页。

② ［宋］方回：《次韵赠上饶郑圣予沂并序》，《全宋诗》第 66 册，卷三四九五，第 41658 页。

③ ［宋］朱熹注：《周易本义》卷四，说卦传，天津市古籍书店 1988 年影印宋元人注《四书五经》，第 70 页。

> 昔西伯拘羑里，演《周易》；孔子戹陈、蔡，作《春秋》；屈原放逐，著《离骚》；左丘失明，厥有《国语》；孙子膑脚，而论兵法；不韦迁蜀，世传《吕览》；韩非囚秦，《说难》《孤愤》；《诗》三百篇，大抵贤圣发愤之所为作也。此人皆意有所郁结，不得通其道也，故述往事，思来者。①

司马迁自己也是忍腐身之耻，"亦欲以究天人之际，通古今之变，成一家之言"②。因此，可以认为，求道之心，正是中国人自奋于草莱，揖别于猿类，焕发文明，一路走来的最本原的驱动力，可谓中国人最重要的文化人格或性格。

两宋茶诗词中，对此求道之心，亦有着很多精彩的表现。兹举数例如下。

如吕陶《以茶寄宋君仪有诗见答和之》："日高睡觉懒慵起，不欲世态昏瞳睛。诚宜玉筒摘佳品，或向武夷搜早英。汲将楚谷水，就取石鼎烹。可以助君淳深幽寂之道味，高古平淡之诗情。"③写寄茶与友，希望有助其对淳深幽寂的道的体会，可谓深情。

如陆游《北窗》："老人日夜衰，卧起常在背。窗间一编书，终日圣贤对。东皋客输米，粲粲珠出碓。南山僧饷茶，细细雪落硙。吾儿亦解事，稀甲自鉏菜。一饥既退舍，百念皆卷旆。闲身去俗远，澄念与道会。宿痾走二竖，美睡造三昧。"④身虽老迈而仍澄念求道，平淡中自有一种强健之气。

如冯去非《怀颐山老》："枯吟世虑轻，求道不求名。病起春风过，闲居野草生。游山寻旧屐，煮茗试新铛。"⑤直言求道不求名，而茶人生涯就是他这种人生观的高标。

二、乐道之心

乐道之心，即以道为乐，与求道之心最为相关。《庄子·大宗师》："鱼相造乎水，人相造乎道。相造乎水者，穿池而养给；相造乎道者，无事而生定。"唐成玄英疏曰："夫江湖淮海，皆名天池。鱼在大水之中，窟穴泥沙，以自资养供给也；亦犹

---

① [汉]司马迁：《太史公自序》，[汉]司马迁《史记》卷一百三十，太史公自序第七十，中华书局 1982 年 11 月第 2 版，第 3300 页。按：此文又见于司马迁《报任安书》，文字小异。载[汉]班固：《汉书》卷六十二，司马迁传第三十三，第 2735 页，中华书局 1962 年版。

② [汉]司马迁：《报任安书》，载[汉]班固《汉书》卷六十二，司马迁传第三十三，第 2735 页。

③ [宋]吕陶：《以茶寄宋君仪有诗见答和之》，《全宋诗》第 12 册，卷六六三，第 7762 页。

④ [宋]陆游：《北窗》，《全宋诗》第 40 册，卷二二一〇，第 25295 页。

⑤ [宋]冯去非：《怀颐山老》，《全宋诗》第 63 册，卷三三三一，第 39735 页。按：此诗又作[宋]姚镛：《怀云泉颐山老》，《全宋诗》第 59 册，卷三一〇八，第 37091 页。

人处大道之中，清虚养性，无事逍遥，故得性分静定而安乐也。”①可谓深刻地解释了以道为乐的根源。

北宋著名理学家邵雍(1011—1077)，有两首茶诗，即生动地描写了以道为乐的境界：

《自咏》：“天下更无双，无知无所长。年颜李文爽，风度贺知章。静坐多茶饮，闲行或道装。傍人休用笑，安乐是吾乡。”②

《坐右吟》：“万物备于身，直须资养深。因何为宝鉴，只被用精金。酒少如茶饮，诗多似史吟。颜渊方内乐，天下事难任。”③

并且其《坐右吟》所描写的，正是著名的“颜回之乐”④，则邵雍所写，乃是儒者的以道为乐。

陆游《送陈德邵宫教赴行在二十韵》：“相从何必早，白头或如新。登门虽尚疏，数面自成亲。昨者始见公，凛然须如银。败席留煮茗，寒厅无杂宾。平生事贤意，寸心渴生尘。乐哉得所从，贫病忘吟呻。恭惟大雅姿，信是邦国珍。”⑤描写的也是一个颇具“颜回之乐”的陈德邵的形象。

苏洞《见怀》：“颜渊乐箪瓢，曾子日三省。闭门谢往还，安此寂寞境。闲来爱我地，止渴望梅岭。玄谈破月胁，心对日光炯。荣枯百年事，如一弹指顷。吾侪各老大，妙契形问影。回味久乃知，酒固不胜茗。”⑥则由颜渊之乐，而入于玄思。

严粲《自乐平阅视渡舟取道太阳渡宿地藏院》：“康山问民涉，阳渡平地讼。褐来招提宿，疏峰结飞栋。研丹启囊书，点勘自成讽。佛香触深悟，僧茗来清供。阳颓岚气生，鸿没天宇空。向来山中乐，忽忽岂其梦。”⑦则是从佛教的角度，且以反笔，描写了饮茶悟道的快乐。

另一方面，乐道之心，也表现为对于粗粝荒寂的乐向。如释云知《郯公庵

① [清]郭庆藩撰，王孝鱼点校：《庄子集释》卷三上，内篇，大宗师第六，中华书局 1961 年版，第 272 页。

② [宋]邵雍：《自咏》，《全宋诗》第 7 册，卷三七三，第 4594 页。

③ [宋]邵雍：《坐右吟》，《全宋诗》第 7 册，卷三七四，第 4604 页。

④ 《论语·雍也》：“子曰：‘贤哉回也！一箪食，一瓢饮，在陋巷，人不堪其忧，回也不改其乐。贤哉，回也！’”杨伯峻译注：《论语译注》，雍也篇第六，中华书局 1980 年版，第 59 页。

⑤ [宋]陆游：《送陈德邵宫教赴行在二十韵》，《全宋诗》第 39 册，卷二二五四，第 24255 页。

⑥ [宋]苏洞：《见怀》，《全宋诗》第 54 册，卷二八四三，第 33867 页。

⑦ [宋]严粲：《自乐平阅视渡舟取道太阳渡宿地藏院》，《全宋诗》第 59 册，卷三一二九，第 37392 页。

歌》:"呼猿涧西藏石笋,丹桂苍松达鹫岭。几年陈迹绝纤埃,一旦佳名同清景。山家时喜来五马,相携款曲空岩下。遂许诛茅结小庵,异日功成伴潇洒。庵成可以资静观,目前直见江湖宽。郧公政简每频到,试茶笑傲浮云端。物外似忘轩冕贵,此中深得林泉意。野人陪著病维摩,游息自同方丈地。"[①]描写郧公庵的荒寂清美,赞美郧公在其中饮茶游乐,恰似维摩诘菩萨之潇洒。

又如张耒《西山寒溪》:"山溪并修涧,嘉木间蒲莲。杉松鸣古刹,始觉此溪寒。孤亭出屋背,石磴相牵攀。迎客穷道人,俯偻须眉斑。释子具粗粝,虽贫有余欢。午登西山去,路作九曲弯。山禽惯不惊,夏木秀且繁。缅怀紫髯公,奠玉祠天坛。豪强有遗韵,兴废无留观。空岩一泓泉,引予掬清甘。至人悲热恼,遗此消昏烦。我茶非世间,天上苍月团。为尔惜不得,烹瀹浇晨餐。深谷晚易阴,快雨时斑斑。但见夹道松,龙髯湿苍颜。念我亦闲人,屏居闭柴关。不使倒珠玉,济我胸中悭。之官亦漫浪,遇胜却盘桓。平生据顽钝,信命傲忧患。言归徒旅疲,就荫休征鞍。却视来时舟,一叶系荒湾。"[②]则精彩而不厌其烦地描写了夏日在荒寒清寂的西山寒溪,烹饮名贵的月团茶,所得到的无上的欣快。

三、乐生之心

乐生亦可谓中国人的一个本原性格。《左传·成公十三年》:"刘子曰:'吾闻之:民受天地之中以生,所谓命也。'"[③]庄子亦曰:"夫大块载我以形,劳我以生,佚我以老,息我以死,故善吾生者,乃所以善吾死也。"[④]尽管佛教讲"无生"[⑤],却也是没能改变中国人这个乐生的本性[⑥]。

李弥逊《陪大慈老登古院》:"林影横楂折脚床,禅翁唤我坐斜阳。诸天共说无生话,万壑同薰不尽香。茗碗泛云醒远目,藜羹煮玉闹枯肠。逢人若问峰头

---

① [宋]释云知:《郧公庵歌》,《全宋诗》第7册,卷三六〇,第4439页。

② [宋]张耒:《西山寒溪》,《全宋诗》第20册,卷一一五八,第13059页。

③《左传·成公十三年》,杨伯峻编著:《春秋左传注》,中华书局2009年第3版,第860—861页。

④ [清]郭庆藩撰,王孝鱼点校:《庄子集释》卷三上,内篇,大宗师第六,中华书局1961年版,第242页,又见于第262页。

⑤ 按:"无生"为佛教之重要观念,乃衍生于其最根本的"缘起"之说。如[唐]菩提流志译《大宝积经》卷八七:"无生者,非先有生后说无生,本自不生故名无生。非先有起后说无起,本来不起故名无起。非先有相后说无相,本来无相故名无相。非先有作后说无作,本自无作故名无作。非先有众生后说于空,众生性空故说为空。如是了知无生无灭本无所染,是名无生。"大正新修大藏经本。

⑥ 按:前面第一章第一节,我们已经谈了很多有关"生"的文化渊源问题,兹从略。

事，翠竹阴中菊正黄。”[①]虽然坐床损坏，高谈“无生”，末句“翠竹阴中菊正黄”，典出“青青翠竹，总是法身，郁郁黄华，无非般若”[②]，也不过是触目菩提之义，但翠竹黄菊的勃勃生机依然是被着意表现出来了。

陆游《睡起》：“深闭重门谢簿书，日长添得睡工夫。水纹笛簟凉如洗，云碧纱㡡薄欲无。半吐山榴看著子，新来梁燕见将雏。梦回茗碗聊须把，自扫桐阴置瓦炉。”[③]陆游《书喜二首》其一：“乞得身归镜水滨，此生真作葛天民。眼明身健何妨老，饭白茶甘不觉贫。瓮酒又笃三斗熟，园花时报一枝新。”[④]在清淡远世的氛围中，老茶人陆游所见依然是满眼的生机。

四、感物之心

感物之心，即梁刘勰《文心雕龙》之《物色》篇所总结者，盖“春秋代序，阴阳惨舒，物色之动，心亦摇焉”[⑤]。则“诗人感物，联类不穷。流连万象之际，沉吟视听之区；写气图貌，既随物以宛转；属采附声，亦与心而徘徊。……若乃山林皋壤，实文思之奥府，略语则阙，详说则繁。然屈平所以能洞监风骚之情者，抑亦江山之助乎”[⑥]！而溯其源，则正是我国文学的伟大的诗骚传统，也应了孔子所言的“道不行则乘桴浮于海”[⑦]，“智者乐水，仁者乐山”[⑧]；庄子所言的“天地与我并生，而万物与我为一”[⑨]，“山林与！皋壤与！使我欣欣然而乐与！乐未毕也，哀又继之。哀乐之来，吾不能御，其去弗能止”[⑩]；孟子所言的“万物皆备于我矣，反身而诚，乐莫大焉”[⑪]。其背后的哲思则是天人合一，这也是中国文化的一个永恒主题。

而两宋茶诗词，在笔者看来，大多就是饮茶后心境澄静的产物，因此其中对感物之绪的反照凝伫，自然是多不胜数。兹仅举数例。

---

① ［宋］李弥逊：《陪大慈老登古院》，《全宋诗》第30册，卷一七一四，第19314页。

② ［宋］普济著，苏渊雷点校：《五灯会元》卷三，大珠慧海禅师，第157页。

③ ［宋］陆游：《睡起》，《全宋诗》第39册，卷二一五五，第24295页。

④ ［宋］陆游：《书喜二首》其一，《全宋诗》第40册，卷二一九三，第25031页。

⑤ ［南朝梁］刘勰著，范文澜注：《文心雕龙》卷十，物色第四十六，人民文学出版社1958年版，第693页。

⑥ ［南朝梁］刘勰著，范文澜注：《文心雕龙》卷十，物色第四十六，第693—695页。

⑦ 杨伯峻译注：《论语译注》，公冶长篇第五，第43页。

⑧ 杨伯峻译注：《论语译注》，雍也篇第六，中华书局1980年版，第62页。

⑨ ［清］郭庆藩撰，王孝鱼点校：《庄子集释》卷一下，内篇，齐物论第二，第79页。

⑩ ［清］郭庆藩撰，王孝鱼点校：《庄子集释》卷七下，外篇，知北游第二十二，中华书局1961年版，第765页。

⑪ ［宋］朱熹：《孟子章句集注》卷十三，尽心章句上，天津古籍书店1988年影印宋元人注《四书五经》本，第101页。

寇准《秋晚闲书》:“吟情自觉都无趣,况复离居感物华。厌读群书寻野径,闲收落叶煮山茶。烧残寒菊花犹在,霜过香橙味转加。因想前朝重搔首,不堪秋思极长沙。”[①]描写在烹茶时所感受到的极度的秋悲,可谓直接屈骚贾赋之传统,最具感物之怀。但不得不说,寇准唯一的这首茶诗,在整个两宋茶诗词中都可算是别调。

欧阳澈《归自临川途中感物遇事得八绝句寄秀美》其三:“廉纤小雨破炎蒸,马上襟怀顿觉清。暂解征鞍访村叟,一瓯春露醒余酲。”[②]潘牥《元日登九山》:“不到鳌峰久,重来感物华。松应添岁寿,梅尚隔年花。清磬闻朝斗,丹炉借瀹茶。”[③]也都表现了茶人对于物候变化的敏感之心,但显然那种抑郁已经在饮茶中得到了有效的纾解。

五、审美之心

审美之心,即对美的感知、愉悦之心,可谓人之共性,但又最富民族文化的特征。《庄子·知北游》曰:“天地有大美而不言,四时有明法而不议,万物有成理而不说。圣人者,原天地之美而达万物之理,是故圣人无为,大圣不作,观于天地之谓也。”[④]可谓对人类审美的高妙的哲思。晋王羲之《兰亭序》则可称得上对一个具体审美行为的经典表述:

> 是日也,天朗气清,惠风和畅,仰观宇宙之大,俯察品类之盛,所以游目骋怀,足以极视听之娱,信可乐也。夫人之相与,俯仰一世,或取诸怀抱,悟言一室之内;或因寄所托,放浪形骸之外。虽取舍万殊,静躁不同,当其欣于所遇,暂得于己,快然自足,不知老之将至。及其所之既倦,情随事迁,感慨系之矣。向之所欣,俯仰之间,已为陈迹,犹不能不以之兴怀。[⑤]

两宋茶诗词于此审美之心的表现,也可谓最为长情,所在即是,而推其原委,则正在茶道之美矣。举凡植茶、摘茶、制茶、碾茶、点茶、饮茶、茶具、茶礼、茶俗、

---

① [宋]寇准:《秋晚闲书》,《全宋诗》第2册,卷九〇,第1012页

② [宋]欧阳澈:《归自临川途中感物遇事得八绝句寄秀美》其三,《全宋诗》第32册,卷一八五二,第20684页。

③ [宋]潘牥:《元日登九山》,《全宋诗》第62册,卷三二八九,第39204页。

④ [清]郭庆藩撰,王孝鱼点校:《庄子集释》卷七下,杂篇,知北游第二十二,第735页。

⑤ [晋]王羲之:《兰亭序》,《唐中宗朝冯承素奉勅摹晋右军将军王羲之兰亭褉帖》本,故宫博物院藏。

茶境、茶话之种种，均为其人发越澡雪精神之助也。兹随手举例如下。

文彦博《蒙顶茶》："旧谱最称蒙顶味，露牙云液胜醍醐。公家药笼虽多品，略采甘滋助道腴。"①言蒙顶茶既有露牙云液之美，胜于醍醐，更有助静虑进道，实令我钟情不已。寥寥几笔，便将当时已经过气的蒙顶茶描写得灵光四射起来。

苏轼《次韵曹辅寄壑源试焙新茶》："仙山灵草湿行云，洗遍香肌粉未匀。明月来投玉川子，清风吹破武林春。要知冰雪心肠好，不是膏油首面新。戏作小诗君一笑，从来佳茗似佳人。"②戏言佳茗如佳人，不须香粉膏油。

钱文《题梵竹卿蓬居》："梅绕蓬居不计株，水仙数畹斗芳腴。竺卿白业二香妙，世界红尘一点无。可比远公莲社胜，应嗟陶令菊园芜。炉薰清鼻茗浇舌，月浸松窗对结趺。"③描写饮茶于茅蓬之居，所感受到的清美而质朴的胜境。

虞似良《诗一首》："一杯山茗雪花白，数片甘瓜碧玉香。但得心闲无个事，人生何地不清凉。"④描写饮茶所带来的闲淡清凉的妙趣。

曹邍《午窗》："午窗破梦角巾斜，自涤铜铛煮茗芽。满院绿苔春色静，冥冥细雨落桐花。"⑤描写在春天的细雨中，满院绿苔，桐花烂漫，诗人自洗茶铛自煎茶。怡然自得之美，尽在其中。

第三节　茶人文化人格的基本特征

两宋茶诗词还多方面呈现了茶人的文化人格特征，本节仅择其中的超越性、直觉性、内省性，作为其基本特征，简述如下。

一、超越性

这种超越性，既表现为疏离性，也表现为"现成性"，与道家、儒家、释家思想的影响密切相关，《庄子・天下》篇的几句话可以概括之："独与天地精神往来而不敖倪于万物，……上与造物者游，而下与外死生无终始者为友。"⑥

---

① ［宋］文彦博：《蒙顶茶》，《全宋诗》第 6 册，卷二七四，第 3500 页。

② ［宋］苏轼：《次韵曹辅寄壑源试焙新茶》，《全宋诗》第 14 册，卷八一五，第 9428 页。

③ ［宋］钱文：《题梵竹卿蓬居》，《全宋诗》第 48 册，卷二五七三，第 29873 页。

④ ［宋］虞似良：《诗一首》，《全宋诗》第 48 册，卷二五九〇，第 30111 页。

⑤ ［宋］曹邍：《午窗》，《全宋诗》第 64 册，卷三三四八，第 39994 页。

⑥ ［清］郭庆藩撰，王孝鱼点校：《庄子集释》卷十下，杂篇，天下第三十三，第 1098—1099 页。

先言疏离性。此疏离，就是对现实的超脱，表现为游仙、浮海、避地、闭户等。

譬如游仙，其实就是汉代以来道家思想影响下的中国人的一种心灵体验，自唐卢仝创造性地描写到茶诗中后，就成了表现饮茶后的欣快的经典意象之一。两宋茶诗词中这方面的例子最是不胜枚举，如洪朋《和郭子骏见寄》："道家诸天屹高阁，井冽寒泉亦不恶。胡携苍璧澡雪我，为我托乘上寥廓。"①如孙迪《过惠山皞老试茶二首》其一："老僧荐茗粥，芳鲜凝露华。驱除鼻中雷，扫尽眼界花。飘飘思凌云，摄身上苍霞。"②吕南公《茶铛》："宾榻萧萧午户开，松枝火尽半寒灰。主人欲就游仙梦，休愿煎茶醒睡来。"③真山民《修真院访崔道士》："竹扉苍藓墙，林下小丹房。风定香烟直，月斜帘影长。瀹茶泉味别，点易露痕香。安得栖尘外，求师却老方。"④

譬如浮海，也即孔子所言的"道不行则乘桴浮于海"⑤，如王柏《和立斋荔子楼韵》："重楼一以眺，千古乘桴心。海风驾空来，徘徊振书襟。遥知意轩豁，尘袂何由亲。惟有清夜梦，栩栩踰南岑。曜灵倏西迈，剥啄来嘉音。见书如见面，瑰词衮鱼鳞。朋友正欢慰，喜气腾家林。呼童烹露芽，蟹眼时一斟。是中有隽永，透入肝肠深。"⑥

譬如避地，譬如闭户，其实与浮海之类本质一样，也都是对俗世纷扰的逃离。如晁说之《自乐》其一："避地悠悠处处居，何妨涕泪作欢娱。碾茶势软春心静，捣药香多病意除。梦寐未尝忘仗卫，儿童犹不恋江湖。心期归计嵩箕近，只恐风尘尚畏途。"⑦谢逸《怀吴迪吉》："朔风吹鬓幅巾斜，饭了呼童碾露芽。竹影萧萧围我舍，溪流渺渺对君家。古心莫为世情改，老眼聊凭文字遮。安得一蓑烟雨里，小船载酒卧芦花。"⑧李昭玘《赠子常二首》其一："闭户终年心似水，读书万卷眼生花。汗流不舍浯溪刻，粮绝犹须北苑芽。束帛不来人已老，只将清白付吾家。"⑨

① ［宋］洪朋：《和郭子骏见寄》，《全宋诗》第22册，卷一二七八，第14453页。

② ［宋］孙迪：《过惠山皞老试茶二首》其一，《全宋诗》第16册，卷九四九，第11149页。

③ ［宋］吕南公：《茶铛》，《全宋诗》第18册，卷一〇三八，第11878页。

④ ［宋］真山民：《修真院访崔道士》，《全宋诗》第65册，卷三四三四，第40868页。

⑤ 杨伯峻译注：《论语译注》，公冶长篇第五，第43页。

⑥ ［宋］王柏：《和立斋荔子楼韵》，《全宋诗》第60册，卷三一六六，第38000页。

⑦ ［宋］晁说之：《自乐》其一，《全宋诗》第21册，卷一二一二，第13809页。

⑧ ［宋］谢逸：《怀吴迪吉》，《全宋诗》第22册，卷一三〇六，第14843页。

⑨ ［宋］李昭玘：《赠子常二首》其一，《全宋诗》第22册，卷一二九一，第14638—14639页。

次言现成性。此现成，又称“一切现成”①，也即“即心即佛”②“平常心是道”③。现成性，无疑也是一种超越性，只不过相对于游仙、浮海等的疏离于人世，现成乃表现为一种当下的解脱。著名的宋代禅师克勤有《偈》曰：“佛法闻见总现成，当阳直下全超越。”④对此提撕得最为亲切。

两宋茶诗词中最具此现成性特征者，无疑是那些禅宗大德借茶言道的偈颂诗。如释崇岳《颂古六首》其二：“一口吸尽西江水，庞老不曾明自己。烂醉如泥胆似天，巩县茶瓶三只嘴。”⑤所言“巩县茶瓶三只嘴”，乃是平常惯见者，而实寓“无念”“无相”“无住”之幽玄。释法秀《偈四首》其一：“山僧不会巧说，大都应个时节。相唤吃碗茶汤，亦无祖师妙诀。禅人若也未相谙，踏着秤锤硬似铁。”⑥托意与释崇岳偈诗亦无二致。

但文人茶诗词中也不乏具此现成性特征者，且往往更加优美，更富于诗意的变化。如黄庭坚《赠郑交》：“高居大士是龙象，草堂丈人非熊罴。不逢坏衲乞香饭，唯见白头垂钓丝。鸳鸯终日爱水镜，菡萏晚风雕舞衣。开径老禅来煮茗，还寻密竹径中归。”⑦描写一切现成，高妙透彻，却又是那样的自然优美。

如吴激《偶成二首》其二：“蟹汤兔盏斗旗枪，风雨山中枕簟凉。学道穷年何所得，只工扫地与焚香。”⑧只一句即道出本来面目，可谓上解。

如曾几《张子公招饭灵感院》：“竹舆响肩舻哑呕，芙蕖城晓六月秋。露华犹泫草光合，晨气欲动荷香浮。给孤独园赖君到，伊蒲塞供为我羞。僧窗各自占山色，处处薰炉茶一瓯。”⑨在不动声色中，道出“且去吃茶”，也是比许多老和尚的偈诗文雅得太多了。

二、直觉性

直觉性，即感知性，指不必借助逻辑分析等，就可以作出判断、猜想、设想等。如老子所言的涤除玄鉴、庄子所言的坐忘心斋、禅宗所言的止观无念等，都属于

---

① [宋]普济著，苏渊雷点校：《五灯会元》卷十，清凉文益禅师，中华书局1984年版，第560页。

② [元]宗宝编：《六祖大师法宝坛经》，机缘第七，大正新修大藏经本。

③ [宋]普济著，苏渊雷点校：《五灯会元》卷四，赵州从谂禅师，第199页。

④ [宋]释克勤：《偈》，《全宋诗辑补》第3册，第1405页，黄山书社2016年版。

⑤ [宋]释崇岳：《颂古六首》其二，《全宋诗》第45册，卷二四一一，第27840页。

⑥ [宋]释法秀：《偈四首》其一，《全宋诗》第11册，卷六二〇，第7391页。

⑦ [宋]黄庭坚：《赠郑交》，《全宋诗》第17册，卷九七九，第11334页。

⑧ [宋]吴激：《偶成二首》其二，《全宋诗》第27册，卷一五三七，第17440页。

⑨ [宋]曾几：《张子公招饭灵感院》，《全宋诗》第29册，卷一六五六，第18554页。

直觉性的思维，都具有一种直觉性。兹以三家最为著名的直觉性的修道方法为纲，对两宋茶诗词所表现出的直觉性的特征，试作简单阐释如下。

1.涤除玄鉴

《老子》第十章曰："涤除玄览，能无疵乎！"高亨正诂曰："'览'读为'鉴'，'览''鉴'古通用。……玄者形而上也，鉴者镜也。玄鉴者，内心之光明，为形而上之镜，能照察事物，故谓之玄鉴。《淮南子·修务篇》：'执玄鉴于心，照物明白。'《太玄·童》：'修其玄鉴。''玄鉴'之名，疑皆本于《老子》。《庄子·天道篇》：'圣人之心，静乎天地之鉴，万物之镜也。'亦以心譬镜。洗垢之谓涤，去尘之谓除。《说文》：'疵，病也。'人心中之欲，如镜上之尘垢，亦即心之病也。故曰：'涤除玄鉴，能无疵乎！'意在去欲也。"①两宋茶诗词中于此"涤除玄鉴"，颇有生动的展现。

如强至《谢通判国博惠建茶》："浦阳贱官性怯酒，素许茶味为最良。日分牒诉费齿舌，口吻镇燥喉无浆。建溪奇品远莫致，日夕梦想驰闽乡。尘埃填心渴欲死，忽拜公赐喜可量。拆封碾破苍玉片，云脚浮动瓯生光。愚知公赐岂徒尔，欲俾下吏蠲俗肠。涤除诗冗起清思，驱逐睡兴穷缣缃。玉川不暇尽七碗，已觉两腋清风翔。"②言饮茶能蠲俗涤冗，使人两腋生风而登仙。

如郭祥正《龙眠行留别修颙禅师》："城中客少民事简，屡携茗酌来煎烹。叩师玄关问至理，心地拂拭菱花明。妙峰胜会岂殊此，迷即成凡随死生。明朝官满重回首，别师写作龙眠行。"③虽言禅理，却用老氏心法，正可见禅宗与中国文化的血肉关联。

如洪咨夔《作茶行》："磨斫女娲补天不尽石，磅礴轮囷凝绀碧臼刳。扶桑挂日最上枝，媻跚勃窣生纹漪。吴罡小君赠我杵，阿香藁砧授我斧。斧开苍璧粲磊磊，杵碎玄玑纷楚楚。出臼入磨光吐吞，危坐只手旋乾坤。碧瑶宫殿几尘堕，蕊珠楼阁妆铅翻。慢流乳泉活火鼎，淅瑟微波开溟涬。花风迸入毛骨香，雪月浸澈须眉影。太一真人走上莲花航，维摩居士惊起狮子床。不交半谈共细啜，山河日月俱清凉。桑苎翁，玉川子，款门未暇相倒屣。予方抱易坐虚明，参到洗心玄妙旨。"④混仙道老氏来解释家之妙旨，纯是直觉，一片虚明。

2.心斋坐忘

心斋、坐忘，均出自《庄子》。《庄子·人间世》："回曰：'敢问心斋。'仲尼曰：

---

① 高亨：《(重订)老子正诂》卷上，十章，古籍出版社1956年版，第24页。

② [宋]强至：《谢通判国博惠建茶》，《全宋诗》第10册，卷五八九，第6923页。

③ [宋]郭祥正：《龙眠行留别修颙禅师》，《全宋诗》第13册，卷七五五，第8796页。

④ [宋]洪咨夔：《作茶行》，《全宋诗》第55册，卷二八九五，第34580页。

‘若一志，无听之以耳而听之以心，无听之以心而听之以气！听止于耳，心止于符。气也者，虚而待物者也。唯道集虚。虚者，心斋也。”①《庄子·大宗师》：“堕肢体，黜聪明，离形去知，同于大通，此谓坐忘。”②观其辞义，当属一类。

李光《不出》：“老氏不出牖，庄生务内游。猿猱犹习定，难犬放须收。俛仰超三际，翱翔隘九州岛。坐忘师正一，辟谷慕留侯。客至酒三酌，睡余茶一瓯。萧然方丈内，卒岁更何求。”③描写自己的饮茶生活，完全是心斋坐忘的生动诠解。

王洋《路居士山水歌》：“老中强健闲中忙，经卷丹炉肘后方。金书千轴造理窟，赤城七篇谈坐忘。我年三十始相识，丈人年已几六十。往来出处三十年，体无作用神安然。静窥了不见根底，我谓君心衹如此。那知能事有别肠，笔下风光穷妙理。龟溪道人古衲师，心辞声利常无为。晨钟粥钵半炉火，午日茶瓯一局棋。”④塑造了一个年近九十而强健的老人形象，简单的茶人生涯，且深得心斋坐忘之旨，当是其长寿的原因。

3. 止观无念

止观、无念均为佛教修持的方法，二者亦是颇为相关者。止观，隋慧远《大乘义章》卷十有释曰：“止者外国名奢摩他，此翻名止。守心住缘离于散动，故名为止。止心不乱故复名定。观者外国名毗婆舍那，此翻名观。于法推求简择名观。观达称慧。”⑤无念，当以《坛经》所记六祖慧能的解说最为亲切，能大师曰：“智慧观照，内外明彻，识自本心。若识本心，即本解脱。若得解脱，即是般若三昧，即是无念。何名无念？若见一切法，心不染著，是为无念。用即遍一切处，亦不著一切处。但净本心，使六识出六门，于六尘中无染无杂，来去自由，通用无滞，即是般若三昧、自在解脱，名无念行。若百物不思，当令念绝，即是法缚，即名边见。善知识！悟无念法者，万法尽通；悟无念法者，见诸佛境界；悟无念法者，至佛地位。”⑥又曰：“前念不生即心，后念不灭即佛；成一切相即心，离一切相即佛。吾若具说，穷劫不尽。”⑦

两宋茶诗词中于此止观无念，也是颇有表现。如蒋堂《虎丘山》其一：“每来

---

① ［清］郭庆藩撰，王孝鱼点校：《庄子集释》卷二中，人间世第四，中华书局 1961 年版，第 147 页。

② ［清］郭庆藩撰，王孝鱼点校：《庄子集释》卷三上，大宗师第六，第 284 页。

③ ［宋］李光：《不出》，《全宋诗》第 25 册，卷一四二二，第 16394 页。

④ ［宋］王洋：《路居士山水歌》，《全宋诗》第 30 册，卷一六八七，第 18936 页。

⑤ ［隋］慧远：《大乘义章》卷十，大正新修大藏经本。

⑥ ［元］宗宝编：《六祖大师法宝坛经》，般若第二，大正新修大藏经本。

⑦ ［元］宗宝编：《六祖大师法宝坛经》，机缘第七，大正新修大藏经本。

寻香刹，常得峨野弁。久留莲漏移，相接犀谈款。露井汲云浆，冰甆试芳荈。最怜草树春，几爱烟岚晚。愿借一庵名，于兹修止观。”①描写在虎丘山汲井烹茶，既怜蓬勃的春草春树，也爱晚照中的烟岚，可谓深得止观三昧。

如释义青《第二十一赵州吃茶颂》：“见僧便问曾到否，有言曾到不曾来。留坐吃茶珍重去，青烟暗换绿纹苔。”②化用赵州“吃茶去”公案，借殷勤叮咛学僧吃茶，宣示一念不起的宗旨。

如释道宁《颂古十六首》其十二：“思量有个悟因由，万迭云山障路头。更话煎茶并扫地，泥中洗土转添愁。”③宣示思量就会“万迭云山障路头”，而提撕“说煎茶并扫地”，也是“泥中洗土转添愁”，只有一念不起，方能悟得本来面目。

三、内省性

内省，就是向内自我反省。我们在前面茶道精神里，已谈过“省”的精神，这种精神也表现在茶人的人格特征上。

苏轼《和钱安道寄惠建茶》：“我官于南今几时，尝尽溪茶与山茗。胸中似记故人面，口不能言心自省。”④化用禅机，表达对故人寄茶的感激，亦庄亦谐，发人深省，十分高妙。

李彭《宿西林寺有先特进及先学士诗》：“追还曾高风，熟复发深省。来归十阳秋，足不践斯境。猿鹤情未忘，拾松来煮茗。”⑤这种内省，则主要是对祖先的缅怀。

王庭珪《题洪觉范方丈》：“炉焚薰佛香，碗注浮雪茗。客散群动息，兹焉发深省。”⑥描写的是饮茶后的清思与省悟。

陆九韶《试茗泉》：“奇峰争呈露，独不见试茗。逶迤即道周，澄泓得幽井。淆之不可浊，凝然如自省。龟蒙于越来，傥亦煮石鼎。岂为渴者甘，醉梦当一警。”⑦描写茗泉淆不可浊，凝如自省，不为渴者而甘，所言令人惊警，诚为理学家之本色。

---

① [宋]蒋堂：《虎丘山》其一，《全宋诗》第3册，卷一五一，第1711—1712页。

② [元]释义青：《第二十一赵州吃茶颂》，《全宋诗》第12册，卷七一〇，第8201页。

③ [元]释道宁：《颂古十六首》其十二，《全宋诗》第19册，卷一一四三，第12906页。

④ [宋]苏轼：《和钱安道寄惠建茶》，《全宋诗》第14册，卷七九四，第9192页。

⑤ [宋]李彭：《宿西林寺有先特进及先学士诗》，《全宋诗》第24册，卷一三八一，第15848—15849页。

⑥ [宋]王庭珪：《题洪觉范方丈》，《全宋诗》第25册，卷一四五七，第16756页。

⑦ [宋]陆九韶：《试茗泉》，《全宋诗》第45册，卷二四一三，第27848页。

结语

两宋茶诗词完美呈现了茶人的文化人格或性格。这种文化人格，决定了茶道的形成，对于茶诗词的创作亦具有主体性的意义。研究这种文化人格，是两宋茶诗词与茶道研究题中应有之义。这种茶人人格，是一种普泛化的存在，表现为非地域性、非阶层性、非事功性、非关道德性、兼融性、群体性等方面。这种文化人格，受命于中国的大地山河及传统文化，具有丰富的内涵，大致可归结为求道之心、乐道之心、乐生之心、感物之心、审美之心五个方面。超越性、直觉性及内省性则是这种茶人人格的基本特征。

第五章　两宋茶道与两宋茶诗词创作之新变

研读唐宋以来的茶诗词，不难发现，作为中国诗歌文学的一个独特门类的茶诗词，不仅总体上存在着一种通性，且其嬗变也有着分明的辄迹。这自然是我们前面所谈到茶人文化人格对于茶诗词创作的主体作用。正是这种主体作用，使茶诗词广泛地隐存着一种文化的自觉，而那些最富创造性的诗人们的奇想，则不断被后来者消化成寻常，并唤起更为尖新的意趣，从而使茶诗词创作总体上存在着不同于其他诗歌门类的风貌。就本研究所关注的两宋时代而言，当时最富盛名的苏轼、黄庭坚、陆游，在茶诗词创作方面，也最是表现出他们大手笔的传承、创造及影响。

有关苏轼、黄庭坚、陆游，前人时贤的研究不啻汗牛充栋，然若就他们的茶诗词而论，则犹有可续貂之处。感应着时代风气，他们爱茶嗜茶，甘作茶人，以茶参禅体道，并将所悟纳入笔底。他们的茶诗词，不惟在现存两宋诗人词人存茶诗词数量排名中，列于前茅①，而且在意境、题材等质的方面，也都有着令人耳目一新的开拓，从而对两宋诗词的发展有着重要的意义。而他们用以开拓的法门，竟然都是释门之机趣，只不过由于人生遭际的不同，有不同的侧重而已，这也正是宋人所着力发展的茶道的禅思即"茶禅一味"的表现，甚至我们还可以再进一步说，他们的创造就是"诗茶禅一味"。

---

① 苏轼现存茶诗 78 首，黄庭坚现存茶诗 96 首，陆游现存茶诗 354 首，在现存两宋诗人存茶诗数量排名中，分别位居第四位、第三位、第一位，曾几现存茶诗 44 首，位居第十一位。苏轼、陆游二人各存茶词 5 阕，在现存两宋词人存茶词数量排名中，并列第二位，黄庭坚存茶词 11 阕，位居第一。

第一节　论苏轼茶诗词创作的开拓

关于苏轼的饮茶、爱茶的背景，我们在第一章已经讨论过了，兹不再举。苏轼对于茶诗词的开拓，笔者以为主要在茶诗境界与词的题材的开拓上，而其用以开拓的手法，则主要是引入更多的佛门意趣。

一、清逸豪俊的茶诗意境开拓

苏轼生在北宋中期，作为他的前辈和长辈，欧阳修、梅尧臣，合称“欧梅”，已经在大量写作茶诗并互相赓和而饮誉士林了。欧阳修现存茶诗15首，其中4首与梅有关。梅尧臣现存茶诗61，其中3首与欧有关。他们的茶诗虽不能说没有唐白居易茶诗的影响，描写日常的茶生活，贯彻着“平常心是道”①的理念，但他们更注重生活细节的刻画，注重思致，着意于平淡，已完全是宋人的趣味。欧梅的朋友范仲淹留有茶诗4首，且有脍炙人口的《和章岷从事斗茶歌》长诗，但其风格与欧梅大体一致。比苏轼年长2岁的苏轼的朋友郭祥正，比苏轼早登第6年，“少有诗声，梅尧臣方擅名一时，见而叹曰：‘天才如此，真太白后身也！’”②，是与苏轼同时的重要诗人，有茶诗34首，其茶诗或奔放想象如李白，或清淡精洁如晚唐以至宋初的九僧及魏野等人的风调，或有“欧梅”之日常化趣味。不能说郭祥正的茶诗都写于苏轼之前，但单是有九僧、魏野、林逋、欧、梅、范这些人的佳构，若想有所开拓，都是十分困难的。但苏轼还是以大量的不朽杰作，为茶诗也为整个宋诗创作开辟出了新的境界。

《求焦千之惠山泉诗》，作于熙宁五年(1072)，是苏轼较早的一首成功之作，想象惠山泉之奇美，希望无锡知州焦千之送惠山泉给自已煎茶：

> 兹山定空中，乳水满其腹。遇隙则发见，臭味实一族。浅深各有值，方圆随所蓄。或为云汹涌，或作线断续。或鸣空洞中，杂佩间琴筑。或流苍石缝，宛转龙鸾蹙。瓶罂走千里，真伪半相渎。贵人高宴罢，醉眼乱红绿。赤泥开方印，紫饼截圆玉。倾瓯共叹赏，窃语笑僮仆。岂如泉上僧，盥洒自挹掬。故人怜我病，蒻笼寄新馥。欠伸北窗下，昼睡美方熟。精品厌凡泉，愿子致一斛。③

① 参见第一章第十二节“禅”之“日用随缘”。

② [元]脱脱等：《宋史》卷四四四，《郭祥正传》，中华书局1977年版，第13123页。

③ [清]王文诰辑注，孔凡礼点校：《苏轼诗集》卷八，中华书局1982年版，第362页。

对于诗中的前半部，清纪昀评曰："意新语创，得此一起，并下四'或'字，习调亦觉生趣盎然，不为耳目之厌。"①连下四个排比，将泉水比作云汹涌，线断续，佩环琴筑之叮咚，龙鸾折蹙之宛转，的确十分生新，但这只是苏轼天机之初现。

熙宁六年(1073)上半年，苏轼作有一首《月兔茶》诗，十分有趣：

> 环非环，玦非玦，中有迷离玉兔儿。一似佳人裙上月，月圆还缺缺还圆，此月一缺圆何年。君不见斗茶公子不忍斗小团，上有双衔绶带双飞鸾。②

此诗将天上月、佳人、斗茶公子、玉环、玉兔茶、小团茶，颇有思致地关联成一串。首言茶形状，"环非环，玦非玦"，故若断若连，故迷离，而此"迷离"实为《木兰辞》"雌兔眼迷离"之迷离，故又联想到佳人裙上之玉环——"佳人裙上月"，故又想到天上月，但两月是大不同的，天上月缺还圆，月兔茶如果碾碎喝掉了，就再不会存在了，因此十分珍惜，不舍得用掉。这正如斗茶公子珍惜上有双衔绶带双飞鸾的小团茶一样啊。斗茶公子斗茶胜利，与所用之茶大有关系，小团自是上佳之选，但公子宁肯输掉，也不愿把茶用于斗茶游戏。此诗中除月兔茶外，全都是子虚乌有的想象，却被经营得相思满怀。而本意却是在吟咏月兔茶的珍贵，充满天才的想象，但并不易被读懂。

紧接其后，作于熙宁六年(1073)下半年的《和钱安道寄惠建茶》《惠山谒钱道人烹小龙团登绝顶望太湖》，则可谓两段华彩的乐章。前者将建溪所产的不同茶，一一与人中君子的不同个性相比，有"森然可爱不可慢，骨清肉腻和且正"，有"纵复苦硬终可录，汲黯少戆宽饶猛"；讥讽"草茶无赖空有名，高者妖邪次顽懭。体轻虽复强浮沉，性滞偏工呕酸冷。其间绝品岂不佳，张禹纵贤非骨鲠"③，完全把茶当人来写，自是奇特。后者更言"独携天上小团月，来试人间第二泉。石路萦回九龙脊，水光翻动五湖天。孙登无语空归去，半岭松声万壑传"④。其中"独携天上小团月"本意为独自携带着名贵的小团茶，然字面上却有比李白"欲上清天揽明月"更大的气势，堪称绝调。

作于元祐五年(1090)的《次韵曹辅寄壑源试焙新茶》，亦是传诵至今的佳作：

---

① ［清］王文诰对苏轼《求焦千之惠山泉诗》所作案语中引纪昀语，［清］王文诰辑注，孔凡礼点校：《苏轼诗集》卷八，第362页。

② ［清］王文诰辑注，孔凡礼点校：《苏轼诗集》卷九，第445页。

③ ［清］王文诰辑注，孔凡礼点校：《苏轼诗集》卷十一，第530页。

④ ［清］王文诰辑注，孔凡礼点校：《苏轼诗集》卷十一，第532页。

仙山灵草湿行云，洗遍香肌粉未匀。明月来投玉川子，清风吹破武林春。要知冰雪心肠好，不是膏油首面新。戏作小诗君一笑，从来佳茗似佳人。①

此诗写朋友曹辅寄来的壑源茶，乃是仙山产的灵草，像真正的佳人一样，自然天成，不施脂粉，注重内心世界优美，不是油头粉面可比。全诗始终一语双关，将茶与佳人的形象打成一片，亦茶亦人。最奇的是第二联，字面上写明月之光照到了茶人之家，清风吹来了杭州武林山的春色。实际是写朋友的茶寄到了家，爱茶的我立刻碾茶品饮，感受到了清风生两腋的惬意。字字触发联想，处处形神兼备，意蕴丰厚，清新优美，却又理路昭然。

像这样的茶诗佳作，在苏轼笔下还有多篇，如《汲江煎茶》、苏轼《记梦回文二首》其二、《次韵僧潜见赠》、《端午遍游诸寺得禅字》、《安平泉》、《次韵答黄安中兼简林子中》、《生日王郎以诗见庆次其韵并寄茶二十一片》，真乃篇篇佳构。充满奇特的想象，打破人、事、物之界限，韵味深长，生新生动，清美俊爽，而且自始至终，都贯穿着清明的理思，没有任何错乱的拼接与胡诌，千载之下，犹令人兴叹，惊为天人，何况当时！不要说当时的茶诗，就是当时的整个诗坛以至于前代，都没有他这种境界。当然，苏轼之后，包括他当时的学生黄庭坚、晁补之都有学习之作，但像他这样地集中推出，天才奋发，还是仅此一家。

那么，苏轼这种超人的想象是怎么来的呢？一是天才，一是释门的趣味。天才不可说，释门的趣味则可略表一二。我们在第二章之“禅”中，已经在不少处提到苏轼了。他出身于佛教炽盛的四川，母亲虔诚奉佛，在佛教最盛的东南杭州、湖州、润州、江州等地宦游时，每每乐于结交禅僧，其方外之友，有云门宗的大觉怀琏、金山宝觉、径山维琳、道潜、佛印了元、净慈法涌；临济宗的东林常总、南华重辩；曹洞宗的南华明禅师；天台宗的慧辩、南屏梵臻、辩才元净②，他们一起醉心茶道，体会禅茶之理：“未数日注卑，定知双井辱。于兹事研讨，至味识五六。自尔入江湖，寻僧访幽独。”③再加上他天生的慧根，乃成就了精深的禅学修养。因此，他在中国禅宗史上也很有地位。大概是他曾向东林常总呈过悟道诗（详见第一章之“禅”引文），在灯史中，他还被列为南岳下十三世东林常总禅师法嗣。

第一章中，我们也已经论述了禅思在茶诗中有无分别心、寂灭空相、真如

① ［清］王文诰辑注，孔凡礼点校：《苏轼诗集》卷三二，第 1696 页。

② 按，所列僧名据杨曾文《宋元禅宗史》，中国社会科学出版社 2006 年版，第 575 页。

③ ［清］王文诰辑注，孔凡礼点校：《苏轼诗集》卷二二，第 1164 页。

缘起、日用随缘、大道无言等相关联的几个方面。苏轼的茶诗对之均有表述，如《记梦回文二首》其二："空花落尽酒倾缸，日上山融雪涨江。红焙浅瓯新火活，龙团小碾斗晴窗。"[①]言人生之如梦、如空花。如《惠山谒钱道人烹小龙团登绝顶望太湖》篇末之"孙登无语空归去，半岭松声万壑传"，尤以"无语"，对"半岭松声万壑传"，正乃为无情说法也——面对演说着法性（佛性、自性、真如）的万壑松声，还需要孙登说什么呢？孙登为三国孙权长子，立为太子，为著名隐士，事见《三国志·吴志》，这里泛指狷洁的隐士。又如苏轼《试院煎茶》："且学公家作茗饮，砖炉石铫行相随。不用撑肠拄腹文字五千卷，但愿一瓯常及睡足日高时。"[②]《游诸佛舍一日饮酽茶七盏戏书勤师壁》："示病维摩元不病，在家灵运已忘家。何须魏帝一丸药，且尽卢仝七碗茶。"[③]则表现了平常心是道、随缘自适的思想。

但苏轼茶诗表现得最有意味之处，则是对于真如缘起、万法唯识的会心，试想若无万法从心出，怎能把那些不相干之事物，轻易地想象在一起？作于元符三年（1100），在贬至天涯海南时所写的《汲江煎茶》，则尤见阔大清奇：

> 活水还须活火烹，自临钓石取深清。大瓢贮月归春瓮，小杓分江入夜瓶。雪乳已翻煎处脚，松风忽作泻时声。枯肠未易禁三碗，坐听荒城长短更。[④]

其"大瓢贮月归春瓮，小杓分江入夜瓶"，最能拨动人心，大瓢所贮月，并非真月，而是映月之水，小杓取水虽小，却是从大江分得，大小相即，如梦似幻。正是胸中有"竹中一滴曹溪水，涨起西江十八滩"[⑤]的气派，才有可能对万法任意驱使，才有可能战胜巨大的人生苦难。

不能回避的是，郭祥正的茶诗中也有奔放的想象。兹以郭祥正两首最有想象力的茶诗作比较，《前云居行寄元禅师》：

---

① ［清］王文诰辑注，孔凡礼点校：《苏轼诗集》卷二一，第 1102 页。

② ［清］王文诰辑注，孔凡礼点校：《苏轼诗集》卷八，第 370 页。

③ ［清］王文诰辑注，孔凡礼点校：《苏轼诗集》卷十，第 508 页。

④ ［清］王文诰辑注，孔凡礼点校：《苏轼诗集》卷四三，第 2362 页。

⑤ ［宋］苏轼：《东坡居士过龙光求大竹作肩舆得两竿南华珪首座方受请为此山长老乃留一偈院中须其至授之以为他时语录中第一问》，［清］王文诰辑注，孔凡礼点校《苏轼诗集》卷四五，第 2423 页。

忆云居，乃在汇泽西南修川之隅。山盘盘兮，石门屹立磴道绝，飞瀑万丈淙冰壶。云沉沉兮方昼而忽暝，古木交错兮藏鼪鼯。攀崖欲上复自止，投险却忆骑鲸鱼。崖向时复造平野，绝顶乃有百顷之膏腴。群山下瞰若聚米，殿阁枕藉非人区。露华洗出太古月，桂子摇落阴扶疏。清风欲借羽仪展，秒念顿觉秋毫无。老禅底事不度我，红日东上还驱车。如今正似武陵客，放舟已远嗟迷途。青春一往二十二，白雪渐变千茎须。西来忽遇归飞鸟，青纸远寄黄金书。灵茶香味胜粉乳，满箧所赠逷琼琚。玉川七碗吃不得，灌顶未识真醍醐。南暹北讷惜已死，唯师秀出孤峰孤。潜深隐密自得所，岂不悯我栖榛芜。倒影射岩犹入石，异日三椽容野夫。①

《卧龙山泉上茗酌呈太守陈元舆》：

君不见，欧阳公，在琅琊。酿泉为酒饮辄醉，自号醉翁乐无涯。醉来落笔驱龙蛇，电雹万里轰雷车。浓阴却扫吐朝日，草木妍媚春争华。斯人往矣道将丧，虽遇绝景谁能夸。又不见卧龙山下一泓水，源接银河甘且美。惜哉无名人不闻，唯有寒云弄清泚。君携天上小团月，来就斯泉烹一啜。不觉两腋习习清风生，便欲飞归紫金阙。挽君且住君少留，人生难得名山游。汲泉涤砚请君发佳唱，铿金戛玉摇商秋。斯泉便与酿泉比，泉价诗名无表里。自愧学诗三十年，缩手袖间惊血指。君如欧阳公，我非苏与梅。但能泉上伴君饮，高咏阁笔无由陪。明年茶熟君应去，愁对苍崖咏佳句。②

以上所引郭祥正这两首诗所描写之景均可称奇，充满想象，但都是熟典，也没有深刻的禅意的表述。后一首诗虽出现了“君携天上小团月，来就斯泉烹一啜”，但不一定具有发明权，而且与苏轼的茶诗相比，终缺乏崇高的精神境界。的确，能够唱出“忽登最高塔，眼界穷大千。卞峰照城郭，震泽浮云天。深沉既可喜，旷荡亦所便”③，千古也只是苏轼一人而已。

---

① [宋]郭祥正：《前云居行寄元禅师》，《全宋诗》第13册，卷七五二，第8764页。

② [宋]郭祥正：《卧龙山泉上茗酌呈太守陈元舆》，《全宋诗》第13册，卷七五五，第8792页。

③ [宋]苏轼：《端午遍游诸寺得禅字》，[清]王文诰辑注，孔凡礼点校《苏轼诗集》卷十八，第951页。

二、清新优美茶词基调的奠定①

在苏轼之前，词的主要内容还只是娱宾遣兴，打发闲愁。苏轼对于词的开拓，已成为文学教科书告诉我们的常识。苏轼茶词创作，正属于这方面的内容，只不过大家一般不从茶方面着意而已。

纵观现存87首两宋茶词②，苏轼应是茶词的早期作者之一③，苏轼这方面的创作，正鲜明具体代表了他对词创作的开拓之功。

现存苏轼茶词有5阕：《望江南·暮春》（春未老），作于熙宁九年（1076）；《浣溪沙·徐门石潭谢雨，道上作》（簌簌衣巾落枣花），作于元丰元年（1078）；《西江月·茶词》（龙焙今年绝品），作于元丰五年（1082）；《浣溪沙·元丰七年十二月二十四日从泗州刘倩叔游南山》（细雨斜风作晓寒），作于元丰七年（1082）；《行香子·茶词》（绮席才终），作于元祐四年（1089）④。前二词属于茶词的解释，请见前第一章第一节“茶诗词辨义”，兹略。《西江月》与《行香子》原作有茶词标题，亦不用费辞。惟《浣溪沙》似需再作些说明：

浣溪沙⑤

元丰七年十二月二十四日，从泗州刘倩叔游南山

细雨斜风作晓寒。淡烟疏柳媚晴滩。入淮清洛渐漫漫。　雪沫乳花浮午盏，蓼茸蒿笋试春盘。人间有味是清欢。

此词上片写所见之自然美景，下片写野外茶会的清欢。“雪沫乳花浮午盏”，言茶点好之后，花乳浮溢的清美动人；“蓼茸蒿笋试春盘”，言饮茶时所用的茶点。景美、茶美、茶点美，天人合一，茶与境和，人人亲善，俭朴而清新，欢乐而又清淡，人间最有趣味的是什么，就是这样的清欢啊。其中“人间有味是清欢”，更是传诵至今的咏茶名句。

因此，认定这五阕词，分别描写在风景区（超然台）、农村、家庭后房、野外（南

① 此部分曾以《蘇軾にみる茶詞の基本詞法の成立について》为题，发表于《徽宗〈大観茶論〉の研究》（世界茶文化學術研究叢書Ⅲ），日本宫带出版社2017年版。

② 按，此据笔者所著《宋人茶词详注》，限于本书体例，拟另外梓行。

③ 参见后节《论黄庭坚茶诗词创作的开拓》之相关论述。

④ 据邹同庆、王宗堂《苏轼词编年笺注》之编年，中华书局2002年版。

⑤ ［宋］苏轼：《浣溪沙·元丰七年十二月二十四日，从泗州刘倩叔游南山》，《全宋词》第1册，第318页；邹同庆、王宗堂：《苏轼词编年笺注》，第550页。

山)、豪华的宴会上饮茶的闲适优雅,是没有问题的。现在我们再着重从艺术方面,对苏轼这5首茶词予以分析:

西江月　茶词[①]

龙焙今年绝品,谷帘自古珍泉。雪芽双井散神仙。苗裔来从北苑。
汤发云腴酽白,盏浮花乳轻圆。人间谁敢更争妍。斗取红窗粉面。[②]

词言宴会上有建州北苑早春最好的贡茶,有自古以来最适宜煎茶的庐山康王谷水帘名泉,还有出自皇家北苑、散落地方,就像不落仙籍管束的散神仙一样的洪州分宁的雪芽双井茶:真是好茶遇到了好水!煎出的茶汤精美膏腴,显示出上等的酽白如云的状态,盛在茶盏,美丽的茶浮轻圆如花飘飘然,只有闺中少女美丽白皙的容颜堪与它媲美啊。极言茶、水、煎茶之美,令人无限陶醉,直有"何似在人间"之感。末句"斗取红窗粉面",更是与他的"从来佳茗似佳人"[③]名句同妙。此词咏茶,不从寻常落笔,而是抓住最有特征的几点,富有冲击性,形象生动,声韵爽俊,令人难忘。

行香子　茶词[④]

绮席才终。欢意犹浓。酒阑时、高兴无穷。共夸君赐,初拆臣封。
看分香饼,黄金缕,密云龙。　斗赢一水,功敌千钟。觉凉生、两腋清风。暂留红袖,少却纱笼。放笙歌散,庭馆静,略从容。

此词从华丽的宴会尾声起笔,形象地描绘了主人上茶留客的欢乐与情重,从拆茶封到分茶饼,从斗茶之戏到饮茶后的神清心静等情态,一一写来。尤其是结

---

① [宋]苏轼:《西江月·茶词》,《全宋词》第1册,第284页。按:此词题,《全宋词》所依为曾慥本《东坡词》卷下本。宋傅幹《注坡词》十二卷本作"送建溪双井茶、谷簾泉与胜之。胜之,徐君猷家后房,甚丽,自叙本贵种也",明焦竑编《苏长公二妙集》之《东坡诗余》二卷本、毛晋汲古阁《东坡词》本,词题作"送茶并谷簾与王胜之"。邹同庆、王宗堂著《苏轼词编年笺注》则从傅幹《注坡词》本。(参见邹同庆、王宗堂:《苏轼词编年笺注》,中华书局2002年版,第445—446页)

② "斗取红窗粉面",《苏轼词编年笺注》作"斗取红窗白面"。(邹同庆、王宗堂:《苏轼词编年笺注》,第445页)

③ [宋]苏轼:《次韵曹辅寄壑源试焙新茶》,《全宋诗》第14册,卷八一五,第9428页。

④ [宋]苏轼:《行香子·茶词》,《全宋词》第1册,第302页;邹同庆、王宗堂:《苏轼词编年笺注》,第599页。

语，真切地描述了饮茶后归静的妙处：侍女且少待，纱灯笼也不要急忙打起，笙歌么就散了吧，让我们好好体会体会难得的从容不迫吧，道出了“人间有味是清欢”的具体况味：乐而不狂，清雅从容。

望江南 超然台作①

春未老，风细柳斜斜。试上超然台上看，半壕春水一城花。烟雨暗千家。

寒食后，酒醒却咨嗟。休对故人思故国，且将新火试新茶。诗酒趁年华。

此词起语即不凡，一句“春未老”，当句带转，格外警醒，但落在“风细柳斜斜”的细腻生动的近景画面上，倒也不觉突兀，接着镜头自然推远，“半壕春水一城花。烟雨暗千家”，春果然未老也。下片笔锋又一转，春色如许，畅饮之后，却要叹息，原来是思念家乡了，但是面对好不容易遇见的故人，就不要这样丧气了，这是二转，就让我们用寒食后的清洁的新火煎新茶吧，这实际上已经完成了第三转。此词抓住了最富有表征性的春天的景致及日常生活的细节，描写了在美好春天里的乡愁，深情婉转，清新自然。

浣溪沙 徐门石潭谢雨，道上作五首(其四)②

簌簌衣巾落枣花，村南村北响缫车。牛衣古柳卖黄瓜。 酒困路长惟欲睡，日高人渴漫思茶。敲门试问野人家。

此词向称名作，为乡村田园词之代表，屡入各家选本。上片一连推出农村初夏最富有特征的三个小景“簌簌衣巾落枣花”“村南村北响缫车”“牛衣古柳卖黄瓜”，色香音响俱全，清新美好，生机勃勃，恰与下片的“酒困路长唯欲睡，日高人渴漫思茶”的抒情主人公相映成趣，结句“敲门试问野人家”则客气中透着率真，揭示着抒情主人公与乡村已经融为和谐的一体了。

至于前已引述过的《浣溪沙·元丰七年十二月二十四日，从泗州刘倩叔游南

① [宋]苏轼：《望江南·暮春》，《全宋词》第1册，第295页；邹同庆、王宗堂：《苏轼词编年笺注》，第164页。

② [宋]苏轼：《浣溪沙·徐门石潭谢雨，道上作五首(其四)》，《全宋词》第1册，第316页；邹同庆、王宗堂：《苏轼词编年笺注》，第235页。按，“漫思茶”，《苏轼词编年笺注》本作“谩思茶”。

山》，上片写自然清美之景，下片则写友朋茶宴，只撷取两件物什，就表达了友朋间的深情：一个盛满茶汤的茶盏，一个装满春天的蓼茸蒿笥的春盘。如此美景清供，能不清欢乎？难怪"人间有味是清欢"，会打动一代又代的人心了。

现存两宋茶词较早的作者，还有舒亶（1041—1103），存有 2 阕茶词。他比苏轼小四岁，比苏轼晚登第 7 年，与苏轼年辈相仿。其词原本已散佚，现存为今人辑本。因此我们很难说出他与苏轼写茶词的先后。但仅从他的这 2 阕茶词看，都是在描写华宴中的饮茶，强调的也只是茶的无眠之功，自是无法与苏轼比肩：

醉花阴　试茶①

露芽初破云腴细。玉纤纤亲试。香雪透金瓶，无限仙风，月下人微醉。　相如消渴无佳思。了知君此意。不信老卢郎，花底春寒，赢得空无睡。

菩萨蛮　湖心寺席上赋茶词②

金船满引人微醉。红绡笼烛催归骑。香泛雪盈杯。云龙疑梦回。　不辞风满腋。旧是仙家客。坐得夜无眠。南窗衾枕寒。

又，现存茶词最多，茶词艺术成就又高的黄庭坚，少年时也作有《满庭芳·茶》，《惜馀欢·茶词》两阕茶词：

惜馀欢·茶词③

四时美景，正年少赏心，频启东阁。芳酒载盈车，喜朋侣簪合。杯觞交飞劝酬献，正酣饮、醉主公陈榻。坐来争奈，玉山未颓，兴寻巫峡。　歌阑旋烧绛蜡。况漏转铜壶，烟断香鸭。犹整醉中花，借纤手重插。相将扶上，金鞍騕褭，碾春焙、愿少延欢洽。未须归去，重寻艳歌，更留时霎。

满庭芳　茶④

北苑龙团，江南鹰爪，万里名动京关。碾轻罗细，琼蕊暖生烟。一种风流气味，如甘露、不染尘凡。纤纤捧，冰瓷莹玉，金缕鹧鸪斑。　相

---

① [宋]舒亶：《醉花阴·试茶》，《全宋词》第 1 册，第 360 页。

② [宋]舒亶：《菩萨蛮·湖心寺席上赋茶词》，《全宋词》第 1 册，第 364 页。

③ [宋]黄庭坚著，马兴荣、祝振玉校注：《山谷词》，上海古籍出版社 2001 年版，第 3 页；《全宋词》第 1 册，第 404 页。

④ [宋]黄庭坚著，马兴荣、祝振玉校注：《山谷词》，第 21 页；《全宋词》第 1 册，第 401 页。

如方病酒，银瓶蟹眼，波怒涛翻。为扶起尊前，醉玉颓山。饮罢风生两腋，醒魂到、明月轮边。归来晚，文君未寝，相对小窗前。

黄庭坚《惜馀欢·茶词》，据马兴荣、祝振玉考证，"当作于年轻未第时"[①]，写少年人筵宴上的狂浪恣肆，结构平铺直叙而乏味，内容形式几无可取者。黄庭坚《满庭芳·茶》词存在的问题，则请详见下编第七章《二阕〈满庭芳〉茶词作者考》。总之，可以认为，这两阕茶词在艺术上都不能算是成功之作。

而另一方面，黄庭坚于英宗治平四年(1067)登第，直至元丰元年(1078)致书苏轼，得苏轼推举，方始有名[②]。因此，黄庭坚的这两阕茶词创作，只是为他以后的茶词创作打下良好的基础，不具备在当时词坛上的倡导意义，而苏轼作茶词时，早已是天下闻名，他高妙的词创作，自是有天下翕然的效应。

综上所述，苏轼的茶词创作，在整个两宋时代，应该是既早，又富有开拓性的，鲜明地代表了他对词的富有艺术性的开拓，我们可以将之归结为二点：题材广泛，格调清美。因为茶之为性，至清至洁，所谓"其性精清，其味浩洁"[③]，所谓"茶之为用，味至寒，为饮，最宜精行俭德之人"[④]，所以自唐卢仝、皎然以来的茶诗[⑤]，即深体茶之为性，以清美为总体之审美特征，而词则尚未顾及于此。到了宋代，苏轼则不仅创作了茶词，亦以此清美为格调，更赋予了茶词深远的内涵，正如唐卢仝与皎然奠定了咏茶诗的基调一样，苏轼奠定了咏茶词的基调。

第二节　论黄庭坚茶词创作的开拓[⑥]

黄庭坚(1045—1105)，字鲁直，号山谷道人，又号涪翁，洪州分宁(江西修水)人。宋英宗治平四年(1067)进士。早年受知于苏轼，与秦观、张耒、晁补之并称"苏门四学士"。黄庭坚的茶缘可谓深矣。《宋稗类钞·诋毁》记有一条富弼见黄

---

① [宋]黄庭坚著，马兴荣、祝振玉校注：《山谷词》，第3页。

② 参见马兴荣、祝振玉校注《山谷词》后所附黄庭坚年谱简编。

③ [唐]裴汶：《茶述》，阮浩耕、沈冬梅、于良子点校注释《中国古代茶叶全书》本，浙江摄影出版社1999年版，第26页。

④ [唐]陆羽：《茶经》卷上，"一之源"，阮浩耕、沈冬梅、于良子点校注释《中国古代茶叶全书》本，第2页。

⑤ [唐]卢仝有《走笔谢孟谏议寄新茶》(《全唐诗》第12册，卷三八八，第4379页)，唐诗僧皎然有《饮茶歌诮崔石使君》(《全唐诗》第23册，卷八二一，第9260页)。

⑥ 本节原发表于《2010年词学国际学术研讨会论文集》(CNKI)。

庭坚的逸事:“富郑公初甚欲见黄山谷,及一见,便不喜,语人曰,将谓黄某如何?原来只是分宁一茶客。”[①]富弼虽语带讥讽,却也切中事实。宋代名播四方的双井茶[②],就是黄庭坚的家乡茶。他一生嗜茶,深得饮茶之道,并作有大量茶诗词,现存茶诗 96 首,茶词 11 首,在现存两宋人存茶诗词数量排名中,分别位居第 3 位与第 1 位[③]。而且,像他的老师兼朋友苏轼一样,他的茶诗词创作也是锐意创新,垂范当时及后世。兹仅就茶词一方面略作分说。

一、题材纳新

1.茶词的较早作者

两宋茶词最早有影响的作者是苏轼。现存苏轼茶词最早的是《望江南·暮春》(春未老),作于北宋熙宁九年(1076)[④]。黄庭坚也有一阕《满庭芳·茶》(北苑龙团),为其不成功之少作,具体考证请参见下编第七章《二阕〈满庭芳〉茶词作者考》[⑤],黄庭坚还有一阕《惜馀欢·茶词》(四时美景),据马兴荣、祝振玉考证,亦“当作于年轻未第时”[⑥]。黄庭坚于英宗治平四年(1067)登第,直至元丰元年(1078)致书苏轼,得苏轼推举,方始有名[⑦]。在当时,词的主要内容还只是娱宾遣兴,打发闲愁。因此,苏黄二人的茶词于此局面均有打破之功,只不过苏轼作茶词时,早已是天下闻名,并且他的茶词有一种高妙的境界,其创作自有一种天下翕然的效应,而黄庭坚的茶词创作,虽然主要是由于他的寂寂无闻而不具备这种效应,只不过是为他以后的茶词创作打下基础而已,但就纯粹文学体式而言,不能不说黄庭坚对茶词的创作,同样也是有开拓性的功绩的。

2.茶词创作引入西南少数民族生活

黄庭坚有一阕《踏莎行》词,为其宋绍圣三年(1096)或四年(1097),贬谪黔州

① [清]潘永因编,刘卓英点校:《宋稗类钞》(下册)卷六,“诋毁”,第 510 页,书目文献出版社 1985 年版。

② 如欧阳修《归田录》云:“自景祐已后,洪州双井白芽渐盛,近岁制作尤精,……其品远出日注上,遂为草茶第一。”梅尧臣《得雷太简自制蒙顶茶》:“近来江国人,鹰爪夸双井。”

③ 南宋陆游 354 首,南宋韩淲 114 首。此数据为笔者据《全宋诗》《全宋词》统计。

④ 据邹同庆、王宗堂《苏轼词编年笺注》编年,中华书局 2002 年版。

⑤ 亦可见黄杰《两宋茶诗词与茶事考四则》之一,沈松勤编:《庆贺吴熊和教授从教五十周年论文集》,浙江大学出版社 2008 年版,第 144 页。

⑥ [宋]黄庭坚著,马兴荣、祝振玉校注:《山谷词》,上海古籍出版社 2001 年版,第 3 页。

⑦ 马兴荣、祝振玉校注:《山谷词》后附黄庭坚年谱简编,上海古籍出版社 2001 年版。

(治在今重庆彭水苗族土家族自治县),寓居摩围阁所作[1],生动记载了西南少数民族的茶生产民俗和作者对这种黔州茶的醉心。词曰:

画鼓催春,蛮歌走饷。火前一焙谁争长。低株摘尽到高株,株株别是闽溪样。　碾破春风,香凝午帐。银瓶雪衮翻成浪。今宵无睡酒醒时,摩围影在秋江上。

词中所言"画鼓催春",为开茶仪式,目的是模拟雷声,催醒茶芽。欧阳修《尝新茶呈圣俞》:"建安三千里,京师三月尝新茶。人情好先务取胜,百物贵早相矜夸。年穷腊尽春欲动,蛰雷未起驱龙蛇。夜闻击鼓满山谷,千人助叫声喊呀。万木寒痴睡不醒,惟有此树先萌芽。乃知此为最灵物,宜其独得天地之英华。""蛮歌走饷"描写西南少数民族的人们唱着民歌,送饭至田间。"火前一焙谁争长",与前句连言,描写在寒食节进火前,人们紧张赶忙焙制早茶的情形。"低株摘尽到高株,株株别是闽溪样",描绘当地人摘茶的情景,且言其地之茶,与当时的贡茶——闽溪(即建溪龙团凤饼贡茶)很相像。

黄庭坚还有一阕《阮郎归》词:

黔中桃李可寻芳。摘茶人自忙。月团犀胯斗圆方。研膏入焙香。　青箬裹,绛纱囊。品高闻外江。酒阑传碗舞红裳。都濡春味长。[2]

词中虽无蛮夷字样,联系前之《踏莎行》,亦可同样看作西南少数民族茶生活之写照,描写了黔州都濡县的采茶、制茶情况,赞美了都濡茶味的悠长。

二、体式创新

1. 较早采用长调作茶词

一般而言,九十一字以上即为长调。从现存两宋茶词看,黄庭坚应该是较早采用长调填茶词的人。黄庭坚《满庭芳·茶》(北苑龙团),为其少作;《惜馀欢·茶词》(四时美景),亦"当作于年轻未第时",时间应都在其登第之前,即英宗治平四年(1067)之前,而除此之外,现存最早的宋人长调茶词,就是苏轼的《行香子·茶词》,作于元祐四年(1089)。

---

① 据马兴荣、祝振玉校注《山谷词》编年,第112页。

② 马兴荣、祝振玉校注:《山谷词》,第197—198页。

2.采用奇异体

黄庭坚还有一首茶词《阮郎归》,题曰"效福唐独木桥体作茶词",词云:

烹茶留客驻金鞍。月斜窗外山。别郎容易见郎难。有人思远山。归去后,忆前欢。画屏金博山。一杯春露莫留残。与郎扶玉山。①

福唐独木桥体,又称"福唐体""独木桥体"。清万树《词律》卷四:"黄山谷此词全用'山'字为韵,辛弃疾作《柳梢青》词全用'难'字为韵。"②此词为现存福唐体词之最早者,称其为较早的福唐体词当亦不为过。

三、意象生新

1.意象新变

现存黄庭坚茶词的意象十分繁密,有很多是唐宋以来的茶诗词所惯用者,但也有不少是罕有的,如前所言,他对西南少数民族风情的描绘,在宋人茶诗词中便属鲜见③。实际上,黄庭坚的这种生新,更多的是来自他一贯主张的"无一字无来历""换骨夺胎法"④的点化工夫。

唐诗人卢仝《走笔谢孟谏议寄新茶》:"一碗喉吻润,两碗破孤闷。三碗搜枯肠,惟有文字五千卷。四碗发轻汗,平生不平事,尽向毛孔散。五碗肌骨清,六碗通仙灵,七碗吃不得也。惟觉两腋习习清风生。蓬莱山,在何处。玉川子,乘此清风欲归去。"自此之后,"两腋清风"之类,便是茶诗词的熟典。如果说黄庭坚少作之《满庭芳·茶》(北苑龙团)之"饮罢风生两腋,醒魂到、明月轮边",尚不能摆脱窠臼,则其修改之作《满庭芳·茶》(北苑春风),此句换成了"搜搅心中万卷,还

---

① 马兴荣、祝振玉校注:《山谷词》,第193页。

② [清]万树:《词律》卷四,四部备要本。

③ 按:五代后蜀人赵崇祚辑《花间集》所录欧阳炯、李珣的《南乡子》词就有对南国少数民族风情的描写。

④ [宋]黄庭坚《豫章黄先生文集》卷十九《答洪驹父书》:"自作语最难,老杜作诗,退之作文,无一字无来处。盖后人读书少,故谓韩、杜自作此语耳。古之能为文章者,真能陶冶万物,虽取古人之陈言入于翰墨,如灵丹一粒,点铁成金也。"(四部丛刊初编本)[宋]释惠洪《冷斋夜话》卷一,"换骨夺胎法":"山谷云:诗意无穷,而人之才有限;以有限之才,追无穷之意,虽渊明、少陵,不得工也。然不易其意而造其语,谓之换骨法;窥入其意而形容之,谓之夺胎法。"(中华书局1988年版,第15—16页)

倾动、三峡词源”①，就十分显明了作者的务为生新的创作意识。此典出自杜甫《醉歌行》：“词源倒流三峡水，笔阵横扫千人军。”三峡，指巫峡、瞿塘峡、西陵峡，在今重庆市奉节县至湖北宜昌之间，水流汹涌湍急。此典虽然并不生僻，但在此前的茶诗词中一无所用，而黄庭坚在此化用为强调茶助诗思之功，着实生动而新颖。

《满庭芳·茶》“碾轻罗细，琼蕊暖生烟”，乃极言碾好的茶末的精美洁白，其中所用意象均有出处，而“暖生烟”之化用，尤为生新。此亦本唐人之句，宋王应麟《困学纪闻·评诗》载曰：“司空表圣云：‘戴容州叔伦谓诗家之景，如蓝田日暖，良玉生烟，可望而不可置于眉睫之前也。’李义山玉生烟之句盖本于此。”②

2. 意象雄奇

词本小道，在黄庭坚的时代，娱宾遣兴，打发闲愁，婉约妩媚仍为其本色。黄庭坚在茶词创作上，也对此做了突破，其茶词中所展现的雄奇意象就是一个方面。《满庭芳·茶》中的诸多意象，不可谓不雄奇：

> 北苑春风，方圭圆璧，万里名动京关。碎身粉骨，功合上凌烟。尊俎风流战胜，降春睡、开拓愁边。纤纤捧，研膏溅乳，金缕鹧鸪斑。　相如，虽病渴，一觞一咏，宾有群贤。为扶起灯前，醉玉颓山。搜搅心中万卷，还倾动、三峡词源。归来晚，文君未寝，相对小窗前。③

此词因茶之碎身粉骨，将茶比作可画像于凌烟阁的功臣；以茶能解酒，将茶比作于筵席上折冲制胜于千里之外的风流人物晏子；以茶能抗睡解忧，将茶比作能降睡魔、开拓愁边的将军。至于前已谈到的“搜搅心中万卷，还倾动、三峡词源”，更是雄伟澎湃。

其《阮郎归·茶词》末云：“只愁啜罢水流天。余清搅夜眠。”④苏轼《宿余杭法喜寺，寺后绿野亭望吴兴诸山，怀孙莘老学士》有云“水流天不尽，人远思何穷”⑤，自是一种雄奇，而黄庭坚化用后，则指饮茶后的一种心怀阔大的精神现象，尤为雄奇。

① 按：关于这两首茶词的考订，参见下编第七章二阕《满庭芳》茶词作者考。

② [宋]王应麟：《困学纪闻》，四部备要本。

③ 马兴荣、祝振玉校注：《山谷词》，第263页。

④ 马兴荣、祝振玉校注：《山谷词》，第197页。

⑤ [宋]苏轼撰，[清]王文诰辑注，孔凡礼点校：《苏轼诗集》第2册，卷七，中华书局1982年版，第343页。

四、结构开新

黄庭坚《答洪驹父书》云："凡作一文，皆须有宗有趣，始终关键，有开有阖。"①孔平仲《孔氏谈苑》卷五亦记黄庭坚语："山谷云：作诗正如作杂剧，初时布置，临了须打诨，方是出场。盖是读秦少章诗，恶其终篇无所归也。"②可谓其诗文结构布局之主张，细味现存黄庭坚11阕茶词，与此主张若合符契，而打诨之运用，则是其在茶词结构布局方面的创新。所谓打诨，王季思先生分析云：

> 宋诗一面固受禅宗的影响；而打诨通禅，宋诗于当时流行的参军戏，正复得到不少启示。……至山谷谓："作诗如作杂剧，临了须打诨，方是出场。"更明揭以示学人，而江西派之宗风以立。山谷题伯时顿尘马诗："竹头抢地风不举，文书堆案睡自语。"是打猛诨入；"忽看高马顿风尘，亦思归家洗袍裤。"则是打猛诨出矣。……下至杨诚斋，大而日月山川，小而虫鱼草木，无不可以打诨，江西派的宗风，可说发展到极限了。③

其后莫砺锋《江西诗派研究》、张高评《宋诗之新变与代雄》、周裕锴《中国禅宗与诗歌》、陶文鹏《宋诗的"打诨出场"》，亦对之有不断的发明，陶文鹏先生的总结，最为简明：

> "打浑"是借用宋代参军戏中的术语，原意为答以出乎寻常意想以外之解释。对于诗歌来说，就是在结尾时来个一百八十度的大转折，多数以诙谐的语言点明诗的旨趣所归。这种结尾，往往既"切题可笑"，又使读者"退思有味"。也有虽不可笑，却能使诗境诗意在出其不意的转换中获得升华与深化的。④

如《满庭芳·茶》(北苑春风)，首言北苑茶之名播天下，次言茶功及席上酒后饮茶解酒、催动诗思，末言"归来晚，文君未寝，相对小窗前"，转折出人意表而又合情合理，而有无限温馨之情状。确乎是"能使诗境诗意在出其不意的转换中获

---

① [宋]黄庭坚：《豫章黄先生文集》卷十九，《答洪驹父书》，四部丛刊初编本。

② [宋]孔平仲：《孔氏谈苑》卷五，丛书集成初编本。此条又见于宋陈善《扪虱新话》下集卷一丛书集成初编本，第57页等。

③ 王季思：《打诨、参禅与江西诗派》，王季思《玉轮轩曲论》，中华书局1980年版，第242页。

④ 陶文鹏：《宋诗的"打诨出场"》，《古典文学知识》1998年第5期。

得升华与深化的”。

又如《西江月·茶》：

> 龙焙头纲春早，谷帘第一泉香。已醺浮蚁嫩鹅黄。想见翻匙雪浪。
> 兔褐金丝宝碗，松风蟹眼新汤。无因更发次公狂。甘露来从仙掌。①

此词依次赞茶之美、水之美、茶碗之美、煎茶声之美，皆为庄语，而末句突作谐谑，云“无因更发次公狂。甘露来从仙掌”，意思说这茶太美了，以至于能很快解酒，发不成酒疯了，因为这茶汤实在是来自天上的甘露啊。转折很大，却紧扣美茶之主旨。

《看花回·茶词》：

> 夜永兰堂醺饮，半倚颓玉。烂熳坠钿堕履，是醉时风景，花暗烛残，欢意未阑，舞燕歌珠成断续。催茗饮、旋煮寒泉，露井瓶窦响飞瀑。
> 纤指缓、连环动触。渐泛起、满瓯银粟。香引春风在手，似粤岭闽溪，初采盈掬。暗想当时，探春连云询篁竹。怎归得，鬓将老，付与杯中绿。②

此词铺写永夜兰堂醺饮、催茗解醉的豪奢浪漫，而末句“怎归得，鬓将老，付与杯中绿”，看似突然转折，实则亦很自然：人之老，鬓发由绿转白，而茶为绿，这正好比把青春交付给了茶啊。有些悲伤，又有些好笑，很有趣味。

《品令·茶词》：

> 凤舞团团饼。恨分破、教孤令。金渠体净，只轮慢碾，玉尘光莹。汤响松风，早减了、二分酒病。　　味浓香永。醉乡路、成佳境。恰如灯下，故人万里，归来对影。口不能言，心下快活自省。③

此词起首即就有些滑稽“凤舞团团饼。恨分破、教孤令”，言点茶时，将茶饼掰开，茶饼上模压的双凤一下落了单。尾句“恰如灯下，故人万里，归来对影。口不能言，心下快活自省”，清人贺裳《皱水轩词筌》讥曰：“黄九时出俚语，如口不能

---

① 马兴荣、祝振玉校注：《山谷词》，第183—184页。

② 马兴荣、祝振玉校注：《山谷词》，第7—8页。

③ 马兴荣、祝振玉校注：《山谷词》，第81—82页。

言，心下快活，可谓伧父之甚。”[①]清人沈曾植则对贺裳此言有批曰：“黄是当行，加之刻画。”[②]因为黄庭坚此语正为禅门公案“哑子吃蜜”[③]的境界，本来就是十分好笑的，全词结构可谓诨入诨出。南宋人胡仔《苕溪渔隐丛话》亦有评曰：“苕溪渔隐曰：鲁直诸茶诗，余谓《品令》一词最佳，能道人所不能言，尤在结尾三四句。”[④]诚为知言。

总之，与他的老师兼朋友苏轼一样，黄庭坚对于茶词乃至于词的创作，也是有着开疆拓土、开宗立派的功绩。

第三节　论陆游茶诗词创作的开拓[⑤]

陆游生活于南宋中期，为“中兴四大家”之首，其茶缘亦可谓深矣。据周必大《送陆务观赴七闽提举常平茶事》，可知他曾赴七闽提举常平茶事，周必大此诗其二云：“暮年桑苎毁茶经，应为征行不到闽。今有云孙持使节，好因贡焙祀茶神。”[⑥]把他比作桑苎翁陆羽，而陆游则不仅频频自比陆羽，还玩笑着准备作茶神：“桑苎家风君勿笑，它年犹得作茶神。”[⑦]

陆游写茶诗也是有渊源的，他的祖父陆佃(1042—1102)，神宗熙宁三年进士，存茶诗 13 首。他的老师曾几(1085—1166)是著名的诗人，号茶山，尤以茶诗名世，存茶诗 44 首。

陆游的诗创作，与他同时及稍后的人已有评论。陆游诗中的茶与禅，也往往是他们的关注点。潘柽《次韵酬陆放翁》：“眼昏客枕多储菊，肺渴僧庖屡借茶。

---

① ［清］贺裳：《皱水轩词筌》“秦黄词评”，唐圭璋《词话丛编》第 1 册，中华书局 2005 年 10 月第 2 版，第 696 页。

② ［清］沈曾植：《手批词话三种》(龙榆生辑)，唐圭璋《词话丛编》第 4 册所收沈曾植《菌阁琐谈》之附录二，中华书局 2005 年 10 月第 2 版，第 3623 页。

③ ［宋］普济著，苏渊雷点校：《五灯会元》卷十六，东京慧林怀深慈受禅师语，中华书局 1984 年版，第 1088 页。

④ ［宋］胡仔：《苕溪渔隐丛话》前集卷四十六，中华书局聚珍仿宋版《四部备要》本。

⑤ 注：此篇曾以《禅的机趣：论陆游茶诗词意境的开拓》为题，发表于《浙江历史文化研究》(第 2 卷)，浙江大学出版社 2010 年版。

⑥ ［宋］周必大：《送陆务观赴七闽提举常平茶事》，《全宋诗》第 43 册，卷二三二五，第 26745 页。

⑦ ［宋］陆游：《八十三吟》，钱仲联校注《剑南诗稿校注》，第 3897 页，上海古籍出版社 1985 年版。

无事闲门便早睡，清灯唤起为吟家。”①楼钥《题陆放翁诗卷》：“茶灶笔床怀甫里，青鞋布袜想云门。何当一棹访深雪，夜语同倾老瓦盆。”②其中的“甫里”为唐代著名茶诗人陆龟蒙，别号甫里先生。“云门”指五代时云门宗的开创者云门文偃禅师。林景熙《书陆放翁诗卷后》：“天宝诗人诗有史，杜鹃再拜泪如水。龟堂一老旗鼓雄，劲气往往摩其垒。轻裘骏马成都花，冰瓯雪碗建溪茶。”③特别拈出其早岁成都军幕之豪放与其后期山阴闲居之平淡，作为其人其诗的重要代表，尤以茶作为其后期的生活与创作的标志。的确，主要完成于其闲居时期的茶诗词创作，是很有创造成就的，尽管他生于南宋的中期，前人在茶诗词创作方面已经取得了很多成就，尤其是他的老师曾几就是一个出色的茶诗人。那么，潘柽、楼钥、林景熙等人所着意推许的陆游茶诗，到底有什么非凡之处呢？智者微言大义，痴人则不妨臆断妄想。笔者以为，陆游的茶诗词最值得推许的，就是他能以从容写寂灭，以淡笔写浓情，且笔墨精熟，堪作宋人平淡风格的代表。如此，自然也是与陆游参透禅机有关了。

一、从容寂灭的茶诗意境开拓

陆游的茶诗以平淡为主，注重精微细致的刻画，为宋人面目之经典代表。其学生戴复古《读放翁先生剑南诗草》：“茶山衣钵放翁诗，南渡百年无此奇。入妙文章本平澹，等闲言语变瑰琦。三春花柳天裁剪，历代兴衰世转移。李杜陈黄题不尽，先生模写一无遗。”④可谓知言。他以平淡而无往不利的诗的语言，创作了大量的茶诗词，表现出日常的、朴野的、清丽的等各种人生境界，但是，这些境界都不自他而始，自他而始的乃是他以平淡精微之笔所描写的寂灭从容的境界。关于如何是寂灭，可参见本书第二章第十二节。

陆游对寂灭的描绘可谓十分深切。陆游一生都处在对于恢复大业的梦想中，可是从来没有实现过。他满腹才华，一腔热血，可是命运几乎没有给他什么机会，后半生几乎都是在闲居中度过，这对于一个以英雄自诩的人来说，是很残酷的。直到临终，他还在挂念着恢复：“王师北定中原日，家祭无忘告乃翁。”⑤而他的个人感情生活也十分不幸，他与前妻唐氏倾心相爱，却被自己的母亲活活拆散，另娶王氏，双方也只是礼数周全而已，唐氏后来郁郁而终，则令他至老难忘：

---

① ［宋］潘柽：《次韵酬陆放翁》，《全宋诗》第 38 册，卷二一五〇，第 24223 页。

② ［宋］楼钥：《题陆放翁诗卷》，《全宋诗》第 47 册，卷二五四三，第 29453 页。

③ ［宋］林景熙：《书陆放翁诗卷后》，《全宋诗》第 69 册，卷三六三三，第 43526 页。

④ ［宋］戴复古：《读放翁先生剑南诗草》，《全宋诗》第 54 册，卷二八一八，第 33570 页。

⑤ ［宋］陆游：《示儿》，钱仲联校注《剑南诗稿校注》，第 4542 页。

“此身行作稽山土，犹吊遗踪一泫然。”①可见其用情之专，为人之执，茹苦之深，然而，他并没有发疯，也没有短命。禅宗的思想熏染，应该是个重要原因。他的老师曾几就是一个居士，“客至但茗碗，谈诗复谈禅”②，陶醉于禅道之中。他自己也是广交僧友，每每自称僧人。“昔侍先君故里时，僧中最喜老璘师。”③“身似野僧犹有发，门如村舍强名官。”④“茶经每向僧窗读，菰米仍于野艇炊。”⑤

陆游的茶诗有不少篇章，是在平淡的不动声色甚至是比较愉快的状态下谈寂灭，所言及所用以言的方式，存在着很大的反差，如《幽居戏赠邻曲》：

> 暮年远屏天所借，落佩倒冠如得谢。虽无壶酒助歌呼，幸有蠹书供枕藉。市声不闻耳差静，车辙扫空身转暇。雨悭葵叶未吐甲，露重榴房初坼罅。深红菱角密覆水，烂紫蒲桃重垂架。直令掩关避世俗，未害煎茶唤邻舍。萧萧鸡犬衡门晚，寂寂灯火幽窗夜。劝君切勿纵高谈，性命如丝不禁吓。⑥

这首诗所言其实是很悲的，一片寂灭，命如游丝。但却是在自找乐的背景下发泄出来的，把坏境遇说成是天借给的，就像得到了谢礼，没有酒，幸亏还有几本虫蠹的书当枕头。没有热闹，正好耳根清净，没有车马来，正好多休息。而且园中还有葵、榴、红菱、蒲桃，恰适我心意。

陆游还有一首茶诗，在悠然的笔调下，诉说着寂灭空幻，《春晚杂兴六首》其一：

> 寂寂野人家，柴扉傍水斜。僧分晨钵笋，客共午瓯茶。燕户添新土，蛛丝罥落花。悠然便终日，惟此送年华。⑦

铺写从早到晚一天的所见，“添新”与“罥落”起伏，终归于幻灭。《舍北行饭书触目二首》其一：

---

① ［宋］陆游：《沈园》其二，钱仲联校注《剑南诗稿校注》，第 2478 页。

② ［宋］曾几：《盛夏东轩偶成五首》其四，《全宋诗》第 29 册，卷一六五三，第 18513 页。

③ ［宋］陆游：《酬妙湛阇梨见赠，妙湛能棋，其师璘公，盖尝与先君游云》，钱仲联校注《剑南诗稿校注》，第 27 页。

④ ［宋］陆游：《成都岁暮始微寒小酌遣兴》，钱仲联校注《剑南诗稿校注》，第 288 页。

⑤ ［宋］陆游：《野意》，钱仲联校注《剑南诗稿校注》，第 572 页。

⑥ 钱仲联校注：《剑南诗稿校注》，第 2034 页。

⑦ 钱仲联校注：《剑南诗稿校注》，第 2131 页。

晚餐初泼一瓯茶，曳杖闲行兴未涯。烟树参差墨浓淡，风鸦零乱字横斜。夕阳偏傍平桥路，寒蝶犹依晚菊花。堪笑衰翁耐荒寂，短衣沾露未还家。①

此乃一幅荒寒寂灭的夕照图。烟树参差，如墨变其浓淡，寒风中鸦乌鸦乱飞乱叫。夕阳斜照桥路，寒蝶还在晚菊花丛中流连，不知道菊花很快就会残败，还有一个可笑的老翁立在那里看残景。这种地老天荒般的寂灭，试问谁能承当？陆游竟然用了一个“笑”字放过，可以想见他的坦然超迈。其《局中春兴》也是这样：

天知病眼困风沙，借与蓬山阅物华。微暖已迎新到燕，轻阴犹护欲残花。幽窗寂寂书围座，倦枕时时梦过家。立马庭前还小驻，不妨闲试半瓯茶。②

天知道我有眼病，为风沙所困，借给了我一个到局中仙境游玩的机会。天气已微暖，燕儿新归来，残花在薄阴中可以多喘息几天。我在窗下读书倦了，时不时犯困，做些回家的梦，还是煎一杯茶来吧。这首诗格调虽比较愉快，但掩不住幻灭的意味。

然而，寂灭是唐王维山水诗之会心，荒寒自唐孟郊和贾岛以来，就不鲜见。五代至北宋，中国画还有专门的表现寂灭荒寒的山水画一派，如传世的北宋范宽的《雪景寒林图》《溪山行旅图》就是经典。但像陆游这样出以轻松幽默，出以精微平淡，似乎还没有。这也是对于苦难的一种参悟，一种随缘，也即“平常心是道”的一种体用。

陆游的这种风格，在后来的南宋遗民的诗创作中，得到了积极的响应。如俞德邻《闲居遣兴》：“数间破屋玉川家，纱帽笼头自煮茶。万卷图书三尺剑，半窗风雨一池蛙。诗情寂寞腹无稿，老态浸寻眼有花。鼎鼎百年成底事，醉乡端的是生涯。”③同样的寂灭荒寒，平淡精微，只是多了些许颓废，盖因改朝换代的遗民气所致。

---

① 钱仲联校注：《剑南诗稿校注》，第 2343 页。

② 钱仲联校注：《剑南诗稿校注》，第 3136 页。

③ [宋]俞德邻：《闲居遣兴》，《全宋诗》第 67 册，卷三五四七，第 42425 页。

二、淡笔浓情的茶词意境开拓

陆游现存茶词5阕，为《好事近》(小倦带馀酲)、《乌夜啼·题汉嘉东堂》(檐角楠阴转日)、《渔家傲·寄仲高》(东望山阴何处是)、《苏武慢·唐安西湖》(澹霭空蒙)、《乌夜啼》(从宦元失漫浪)，往往以平淡写浓情，独具面目。如《好事近》：

小倦带馀酲，澹澹数櫺斜日。驱退睡魔十万，有双龙苍壁。少年莫笑老人衰，风味似平昔。扶杖冻云深处，探溪梅消息。①

以平淡而精清的笔致，抒发了一种老而弥坚的意志。又如《渔家傲·寄仲高》：

东望山阴何处是，往来一万三千里。写得家书空满纸。流清泪，书回已是明年事。　寄语红桥桥下水，扁舟何日寻兄弟。行遍天涯真老矣。愁无寐，鬓丝几缕茶烟里。②

仲高即陆升之，为陆游之从兄。此词句句为细节描写，而情之深、意之切由以自然显现，寄托了对于故乡亲人的浓情。

另外3阕，则以平淡之笔，透露不平之鸣。如《乌夜啼》：

从宦元知漫浪，还家更觉清真。兰亭道上多修竹，随处岸纶巾。泉冽偏宜雪茗，秔香雅称丝蓴。翛然一饱西窗下，天地有闲人。③

此词言作官我本来就知道漫浪，回家就更觉悟清真了。兰亭道上修竹美，帽子歪戴谁管着？有泉甘冽最适宜把好茶煎，还有粳米和细切如丝的莼菜当茶点。吃饱喝足西窗下，天底下还有谁比得上我这个大闲人啊。笔调优美，描写真切，虽有牢骚、疏放，而同归于不二之法门、随缘之大道，与其茶诗同臻平淡精微之妙境。

总之，陆游创造性地在茶诗中以从容写寂灭，在茶词中以淡笔写浓情，体现

① [宋]陆游著，夏承焘、吴熊和笺注：《放翁词编年笺注》，上海古籍出版社1981年版，第85页。

② [宋]陆游著，夏承焘、吴熊和笺注：《放翁词编年笺注》，第55页。

③ [宋]陆游著，夏承焘、吴熊和笺注：《放翁词编年笺注》，第87页。

了一种精熟老到的平淡，体现了他于寂灭空相、随缘日用之会心，实为一种基于人生苦难的明了与觉悟。

结语

作为两宋最负盛名的茶诗词名家，苏轼、黄庭坚、陆游，均为地道的茶人，均以释门之机趣，在茶诗词意境、题材方面做出了充满个性特征的重要开拓，创造出诗歌艺术的生新境界，洵可谓之“诗茶禅一味”，对同时及后世人的创作有着典型的示范意义。

下篇

两宋茶诗词中的茶事杂考

第一章 葛长庚《水调歌头·咏茶》与乌龙茶起源无关考[①]

关于乌龙茶的起源，一直是茶学研究的一个话题。著名茶学家庄晚芳先生曾根据一首《水调歌头》的宋人茶词，提出过“北苑茶是乌龙茶的前身”的说法。他的原话是：

苏轼寄水调歌头咏茶词：“已过几翻雨，前夜一声雷，旗枪争战，建溪春色占先魁。采取枝头雀舌，带露和烟捣碎，结就紫云堆，轻动黄金碾，飞起绿尘埃。老龙团，真凤髓，点将来。兔毫盏里，霎时滋味舌头回。唤醒青州从事，战胜睡魔百万，梦不到阳台。两腋清风起，我欲上蓬莱。”对于当时北苑龙团凤饼的采制及其品饮的茶汤都有所描述。味浓香永，滋味舌头回，有如现在武夷岩茶一样的特点。采下茶枝头的雀舌(当然不是如今的细嫩茶叶)，经过蒸熟，乘热有烟时，把它捣碎，堆成一堆有如紫云堆，可能是指明叶底形成半红半绿之意。捣碎后再经堆积，也象现在所说“后发酵”一样，叶子变成紫色(古人也称它为“紫笋”)然后入模，压制成为龙团凤饼。照现在科学分类观点分析，绿茶类是酶性被抑止，不生发酵作用，被称为不发酵茶类；促进芽叶酶性充分氧化芽叶变红，为完全发酵的称为红茶类；芽叶酶性部分氧化成为紫色或褐色的，处于红绿茶之间的称为乌龙茶类。“结就紫云堆”，是对乌龙茶类原料本质生动的描绘。精炼词句，提供了可贵的资料。所以说北苑茶也是乌龙茶的前身是有科学根据的。[②]

---

① 按：此篇原作为《两首宋人茶词所记茶事考》之第二条，发表于《农业考古》2008 年第 2 期；又原作为《两宋茶诗词与茶事考四则》之第四条，收录于《庆贺吴熊和教授从教五十周年论文集》，浙江大学出版社 2008 年版。

② 浙江农业大学茶学系编，庄晚芳著：《庄晚芳茶学论文选集》，上海科学技术出版社 1992 年版，第 313 页。

庄先生这里所引词的作者，实际上应该是南宋著名的道士葛长庚，又名白玉蟾[①]，但归于葛氏名下者又有小异：

水调歌头

咏茶

二月一番雨，昨夜一声雷。枪旗争展，建溪春色占先魁。采取枝头雀舌，带露和烟捣碎，炼作紫金堆。碾破香无限，飞起绿尘埃。　汲新泉，烹活火，试将来。放下兔毫瓯子，滋味舌头回。唤醒青州从事，战退睡魔百万，梦不到阳台。两腋清风起，我欲上蓬莱。[②]

从以上所引可知，庄先生得出结论的主要依据是词中的"紫云"的描绘，但实际上，"紫云"只是宋人茶诗词中，对于宋代团茶（饼茶）的一种惯用的修辞，如程珌《西江月·茶词》："岁贡来从玉垒，天恩拜赐金奁。春风一朵紫云鲜。明月轻浮盏面。"[③]陆游《昼卧闻碾茶》："小醉初消日未晡，幽窗催破紫云腴。玉川七盌何须尔，铜碾声中睡已无。"[④]洪适《石桥》："来烹紫云腴，寒瓯散葩萼。"[⑤]均比喻鲜嫩色紫的茶饼。宋徽宗《大观茶论》"鉴辩"："茶之范度不同，如人之有首面也。膏稀者，其肤蹙以文；膏稠者，其理歙以实；即日成者，其色则青紫；越宿制造者，其色则惨黑。"[⑥]尤其是程珌《西江月·茶词》所云"岁贡来从玉垒，天恩拜赐金奁"，乃言其茶产自玉垒。玉垒，即玉垒关，在今四川成都西北，扼蜀中、吐蕃之茶马古道之喉，其地自古出茶。五代毛文锡《茶谱》："玉垒关外宝唐山。有茶树产于悬崖，笋长三寸、五寸，方有一叶二叶。"[⑦]

至于"紫金堆"之"紫金"，则既状茶色如紫金，又暗喻茶为令人长寿的紫金丹。紫金丹，全称太乙紫金丹，又名万病解毒丹、玉枢丹。宋张伯端《悟真篇》：

---

① [清]汪灏：《广群芳谱》卷二一，将这首词误收为苏轼作，文渊阁四库全书本。

② 据唐圭璋编《全宋词》第4册所录《彊村丛书》本之《玉蟾先生诗余》，中华书局1965年版，第2566页。

③ [宋]程珌：《西江月·茶词》，《全宋词》第4册，第2290页。

④ [宋]陆游：《昼卧闻碾茶》，《全宋诗》第39册，卷二一六四，北京大学出版社1998年版，第24495页。

⑤ [宋]洪适：《石桥》，《全宋诗》第37册，卷二〇七七，第23434页。

⑥ [宋]宋徽宗：《大观茶论》，阮浩耕、沈冬梅、于良子点校注释《中国古代茶叶全书》，浙江摄影出版社1999年版，第91页。

⑦ [五代]毛文锡：《茶谱》，阮浩耕、沈冬梅、于良子点校注释《中国古代茶叶全书》，浙江摄影出版社1999年版，第46页。

“保命全形明损益，紫金丹药最灵奇。”①葛长庚还有另外两首《水调歌头》词，也提到了“紫金”，同样都指的是紫金丹。其一：“金液还丹诀，无中养就儿。别无他术，只要神水入华池。采取天真铅汞，片晌自然交媾，一点紫金脂。”②其二：“寻得曹溪路脉，便把华池神水，结就紫金团。”③宋朱敦儒《鹊桥仙》：“囊中欲试紫金丹，待点化、鸾红凤碧。”④宋莫蒙《江城子》：“袖里春风医国手，应不惜，紫金丹。”⑤

现在让我们具体转到这首词对于建茶制作的描绘上。“二月一番雨，昨夜一声雷。枪旗争展，建溪春色占先魁”，乃言在报道春天到来的风雨雷电之中，建溪如枪似旗的茶芽争相萌生展开，是最好的春茶。建溪，闽江北源，为宋代著名的产茶区，其中的北苑为宋代最负盛名的御茶苑。春色，这里指代建溪的春茶。宋徽宗《大观茶论》有云：“本朝之兴，岁修建溪之贡，尤团凤饼，名冠天下。”⑥

“采取枝头雀舌”，此言采摘最细嫩的茶叶。宋徽宗《大观茶论》：“凡牙如雀舌谷粒者为斗品，一枪一旗为拣芽，一枪二旗为次之，余斯为下。”⑦这也应该是最明显的与现代乌龙茶制作的区别了。现代乌龙茶要求采摘的鲜叶有一定的成熟度，所谓的“开面采”，否则，是很难经受住后面的晒青、摇青、揉捻等工序的。

“带露和烟捣碎，炼作紫金堆”，意为带着露水与烟气，把茶芽捣碎，此言建茶的榨捣工序，据赵汝砺《北苑别录》、黄儒《品茶要录》记建茶制作，均有洗净、蒸、榨、研等工序，“带露和烟”，大概还是蒸的工序的形象化描写。宋赵汝砺《北苑别录》：

> 榨茶：茶既熟，谓之“茶黄”。须淋数过（欲其冷也），方上小榨以去其水。又入大榨出其膏（水芽则以高压之，以其芽嫩故也）。先是包以布帛，束以竹皮，然后入大榨压之，至中夜，取出，揉匀，复如前入榨。彻晓奋击，必至于干净而后已。盖建茶味远力厚，非江茶之比。江茶畏沉

---

① [宋]张伯端撰，[宋]翁葆光注，[元]戴起宗疏：《紫阳真人悟真篇注疏》卷六，《道藏》本。

② [宋]葛长庚：《水调歌头》，《全宋词》第4册，第2568页。

③ [宋]葛长庚：《水调歌头》，《全宋词》第4册，第2569页。

④ [宋]朱敦儒：《鹊桥仙》，《全宋词》第2册，第841页。

⑤ [宋]莫蒙：《江城子》，孔凡礼辑《全宋词补辑》，第27页，中华书局1981年版。

⑥ [宋]宋徽宗：《大观茶论·序》，阮浩耕、沈冬梅、于良子点校注释《中国古代茶叶全书》，浙江摄影出版社1999年版，第89页。

⑦ [宋]宋徽宗：《大观茶论》，“采择”，阮浩耕、沈冬梅、于良子点校注释《中国古代茶叶全书》，浙江摄影出版社1999年版，第90页。

其膏，建茶惟恐其膏之不尽，膏不尽，则色味重浊矣。

研茶：研茶之具，以柯为杵，以瓦为盆，分团酌水，亦皆有数。上而胜雪、白茶以十六水，下而拣芽之水六，小龙凤四，大龙凤二，其余皆十一二焉。自十二水以上，日研一团。自六水而下，日研三团，至七团。每水研之，必至于水干茶熟而后已。水不干，则茶不熟，茶不熟，则首面不匀，煎试易沉。故研夫尤贵于强有手力者也。①

至于此词后面的词句，则是吟咏建溪团茶的烹点、饮用等。白玉蟾还有《茶歌》诗一首，其前面部分之作意藻饰与此词有类似之处，兹节录如下：

柳眼偷看梅花飞，百花头上东风吹。壑源春到不知时，霹历一声惊晓枝。枝头未敢展枪旗，吐玉缀金先献奇。雀舌含春不解语，只有晓露晨烟知。带露和烟摘归去，蒸来细捣几千杵。捏作月团三百片，火候调匀文与武。碾边飞絮卷玉尘，磨下落珠散金缕。首山黄铜铸小铛，活火新泉自烹煮。蟹眼已没鱼眼浮，垚垚松声送风雨。定州红玉琢花瓷，瑞雪满瓯浮白乳。绿云入口生香风，满口兰芷香无穷。两腋飕飕毛窍通，洗尽枯肠万事空。……②

尤其是“带露和烟摘归去，蒸来细捣几千杵。捏作月团三百片，火候调匀文与武”，可以说就是对《水调歌头》“带露和烟捣碎，炼作紫金堆”的诠释，所吟咏的也是建溪团茶的制作、烹点、饮用等。

因此，这首《水调歌头》所咏与乌龙茶的起源了不相干。建溪北苑团茶制作是否是乌龙茶的前身，还须继续寻找证据。

---

① ［宋］赵汝砺：《北苑别录》，阮浩耕、沈冬梅、于良子点校注释《中国古代茶叶全书》，浙江摄影出版社1999年版，第118页。

② ［宋］白玉蟾：《茶歌》，《全宋诗》第60册，卷三一四〇，第37656页。

第二章　现代茉莉花茶制作工艺至迟形成于南宋末考[①]

茉莉花茶是中国特有的茶类。宋末元初人周密（弁山老人）辑《绝妙好词》卷四所收施岳《步月·茉莉》有弁山老人原注："此花四月开，直至桂花时尚有玩芳味，古人用此花焙茶，故云。"[②]周密选编《绝妙好词》，时在元初，所以，此注一直被当作茉莉花茶最早的记载。如梁家勉主编《中国农业科学技术史稿》所言："南宋施岳在《步月·茉莉》词注中已提到'古人用此花焙茶'，这可以说是我国最早的茉莉花茶，不过，还未见有加工方法的记载，但在施岳后不久，赵希鹄《调燮类编·清饮》卷三上，则已有了花茶方法的具体记载。"[③]

《调燮类编》的记载是："木樨、茉莉、玫瑰、蔷薇、兰蕙、橘、栀子、木香、梅花，皆可作茶，诸花开时，摘其半含半放，香气全者，量茶叶多少，摘花为伴，花多则太香，花少则欠香，而不尽美。三停茶叶一停花始称，如木樨花，须去其枝蒂及尘垢、虫蚁，用磁罐，一层茶，一层花，投间至满，纸箬扎固，入锅隔礶煮，取出待冷，用纸封裹，置火上焙干收用，诸花仿此。"[④]但是，《调燮类编》是否出自南宋赵希鹄，尚有争议[⑤]。

现存南宋末陈元靓撰《事林广记》本子多为元明人的增补本，笔者翻检所见《事林广记》的三种元人刻本，发现它们都有一相同的"百花香茶"条："木犀、茉莉、橘花、素馨花收，曝干，又依前法薰之。"其"前法"即"脑麝香茶"条："好茶不拘

---

① 按：此篇原作为《两首宋人茶词所记茶事考》之第一条，发表于《农业考古》2008 年第 2 期；又作为《两宋茶诗词与茶事考四则》之第三条，收录于《庆贺吴熊和教授从教五十周年论文集》，浙江大学出版社 2008 年版。

② ［宋］周密辑：《绝妙好词》卷四，四部备要本。

③ 梁家勉主编：《中国农业科学技术史稿》，农业出版社 1989 年版，第 454 页。

④ ［宋］赵希鹄：《调燮类编》卷三，丛书集成初编本。

⑤ 按：《调燮类编》丛书集成初编本第二页说明："本馆据海山仙馆丛书本排印初编各丛书仅有此本。"但《调燮类编》是否为宋赵希鹄所撰，尚有争议。如［清］俞樾《春在堂随笔》卷九有"国朝无名氏《调燮类编》有猫眼定时歌"云云。（清光绪刻《春在堂全书》本）

多少，细碾，置小盒中，用麝彀置中，喫尽再入之。”①则也反映了宋元间的茉莉花茶制作情况。

而明钱椿年著、顾元庆删校《茶谱·制茶诸法》②，明屠隆《考槃余事·茶笺·诸花茶》③，明高濂《遵生八笺·饮馔服食笺》上卷“茶泉类”之“藏茶”条④所记花茶之制作，例与《调燮类编》所记大同小异，而与《事林广记》很不相同。

明朱权《茶谱·熏香茶法》：“百花有香者皆可。当花盛开时，以纸糊竹笼两隔，上层置茶，下层置花。宜密封固，经宿开换旧花。如此数日，其茶自有香味可爱。有不用花，用龙脑熏者亦可。”⑤明宋诩《竹屿山房杂部》卷二十二“薰花茶”条：“用好锡打连盖四层盒子一个，下一层装上号高茶末一半，中一层底透作数十个筯头大窾，薄纸衬松，装花至一半，盒盖定，纸封缝密，经宿开盒去旧花换新花，如此一二次，汤点，其香拂鼻可爱。四时中，但有香头，皆可为之，只要晾干，不可带润，若纸微润，非徒无益，而又害之也。又法用净磁器将茶末捺实，用筯头签十数窾，每窾安花头一个，如此安满，却以茶末盖之，纸糊封口，待经宿，用此法惟造些少，暂时则可，若多造之，被湿气反害茶香味也。”⑥则可以视作比较明确的对于明人薰花茶制作工艺的记载。

然而细玩施岳词意，笔者以为，最早的记载，即应是施岳词本身，它已然用词的形式比较完整地记载了茉莉花茶的制作工艺过程，而且这个制作工艺过程竟然与当代茉莉花茶制作工艺过程基本一致，完全可补元明以来的各类记载的不足。施岳原词：

---

① 此引日本元禄十二年(1699)翻刻元泰定二年(1325)本《新编群书类要事林广记》癸集卷四“笃豢集珍门”之“百花香茶”与“脑麝香茶”条。(《事林广记》本，第530页，中华书局1999年版)元至顺年间(1330—1333)建安椿庄书院刻本《新编纂图增类群书类要事林广记》别集卷七“茶果类”之“百花香茶”条：“木犀、茉莉、橘花、素馨等花，又依前法薰之。”其“前法”亦为“脑麝香茶”条，云：“脑子随多少，用薄藤纸裹置茶合上，密盖定点供，自然带脑香，其脑又可移别用，取麝香彀安罐底，自然香透尤妙。”(《续修四库全书》本，第472页)元后至元六年(1340)郑氏积庆堂刻本《纂图增新群书类要事林广记》壬集“茶果类”之“百花香茶”“脑麝香茶”条与至顺本所载全同。(《事林广记》本，中华书局1999年版，第216页)

② [明]钱椿年著，顾元庆删校：《茶谱》，阮浩耕、沈冬梅、于良子点校注释《中国古代茶叶全书》，浙江摄影出版社1999年版，第147页。

③ [明]屠隆：《考槃余事》卷三，丛书集成初编本。

④ [明]高濂：《遵生八笺》，文渊阁四库全书本。

⑤ [明]朱权：《茶谱》，阮浩耕、沈冬梅、于良子点校注释《中国古代茶叶全书》，浙江摄影出版社1999年版，第141页。

⑥ [明]宋诩：《竹屿山房杂部》卷二十二，《续修四库全书》本。

玉宇薰风，宝阶明月，翠丛万点晴雪。炼霜不就，散广寒霏屑。采珠蓓、绿萼露滋，嗔银艳、小莲冰洁。花痕在，纤指嫩痕，素英重结。

枝头香未绝。还是过中秋，丹桂时节。醉乡冷境，怕翻成消歇。玩芳味、春焙旋熏，贮秾韵、水沈频爇。堪怜处，输与夜凉睡蝶。①

"玉宇薰风，宝阶明月，翠丛万点晴雪"，言在月光下，在台阶旁边，千万朵茉莉花开在枝头，宛若万点晴雪，阵阵香风弥漫于天外。"炼霜不就，散广寒霏屑"，其典出自《淮南子·天文训》："至秋三月，地气不藏，乃收其杀，百虫蛰伏，静居闭户，青女乃出，以降霜雪。"②广寒，即神话中的广寒宫，为月中宫殿名，代指月。此句言茉莉花开之繁盛，又好像霜神没有炼成的霜，芳菲细碎，从月宫里散落下来。"采珠蓓、绿萼露滋"，言采摘带着绿萼沾着露水像珍珠一样的茉莉花蓓蕾。"嗔银艳、小莲冰洁"，嗔怪像小莲花一样开放的银色的艳丽的冰洁的茉莉花，即不要已经完全开放的茉莉花。"花痕在，纤指嫩痕，素英重结"，此句乃是对采摘的半开的茉莉花的进一步的具体描写，言含苞待放的素白的层层花瓣的边缘，像指甲掐的纤纤印痕一样。这里借用了唐代开元钱的典故。传说唐高祖时，欧阳询进开元钱蜡样，"自文德皇后掐一甲迹，故钱上有掐文"③。"枝头香未绝。还是过中秋，丹桂时节"，则点明此茉莉花采摘的季节是刚过中秋的秋季。

据《茶叶生产200题》，制作茉莉花茶的茉莉花的产花季节在6到10月间，茉莉鲜花一般在晚上7到8时开放。采花时间最好在每日下午1到4时以前为宜，提前和推后采花都会影响鲜花质量。茉莉花应采花朵饱满、肥壮、洁白、光润、朵朵成熟、含苞欲放、当晚能开放的鲜花。对未成熟的青蕾，花质硬、色微黄、当天不能开放的花朵，不要采摘。如果盲目采下，既不能开放吐香，又影响产量。上一天漏采的开花，香气已散失，没有熏茶价值的也不应采。总之要按标准采花。④

不过，两相对比，似乎施岳词中记载的时间要晚得多，实则不然，现代茉莉花茶制作中，还有一个鲜花处理工序。茉莉花属于气质花，它的吐香与其生命活动密切相关，故在吐香过程中不能发生损害破坏鲜花正常的新陈代谢活动，鲜花进厂后应做好以下维护处理工作：其一，满足其有流通的新鲜空气，使它达到开放

---

① [宋]周密辑：《绝妙好词》卷四，四部备要本。

② 《淮南子》卷三，何宁撰《淮南子集释》本，中华书局1998年版，第231页。

③ 《唐会要》卷八九"泉货"引郑虔《会粹》，丛书集成初编本。

④ 参见安徽省农业科学院祁门茶叶研究所、安徽省徽州地区茶学会编《茶叶生产200题》，农业出版社1991年版，第222—223页。

吐香的最佳程度。其二，满足其开放吐香要求的最适宜温度（35℃—37℃）。其三，满足其有适当的运动来助花开吐香，并在温度条件的配合下，采用摊花、堆花、筛花、凉花等措施来促进空气的流通。但应防止产生机械损伤而影响吐香和造成损失。这样，使有80%—85%的花朵将近半开，香气吐露时，及时快速付窨。切忌开放程度超过85%，更忌完全开足而成废花。① 这个工序作完，在中秋节过后的秋季，月亮当然应该也是升上来了，只是在现代的作法中，茉莉花的吐香是完全处于人的掌控中了。

"醉乡冷境，怕翻成消歇"，言时节已经寒凉，担心茉莉花谢。"玩芳味、春焙旋熏"，春焙即春茶，春天焙制的茶，此言为了留住茉莉花的芳香气味，多多玩赏，就抓紧时间用茉莉花来熏茶。我们可以注意到，这里很特别地用了个"旋"字，正说明了由于没有人工的鲜花处理工序所导致的时间的紧迫。据《茶叶生产200题》，花茶的窨制原理是"利用鲜花吐香和茶坯吸香过程所产生一系列的较为复杂的理化变化后而形成花茶特有的品质特征，即是利用茶坯的吸附性能和鲜花的吐香规律，将茶与花拌和窨制，从而达到'引花香，益茶味'的目的。"②因此，词中所谓的"熏"，也就是用茉莉花窨制茉莉花茶。

"贮秾韵、水沈频爇"，水沉，即沉香，是一种芳香名贵的香料，此言为了保持并提高茉莉花的香浓度，频频熏燃有强烈香味的沉香。现代窨制茉莉花茶，也有相应的保持提高茉莉花的香浓度的工序，做法是再窨、提花及打底。再窨无须赘述。提花即是以少量优质的茉莉鲜花与茶叶拌和后静置。"茉莉花茶打底一般采用白兰花，但用花量不宜过多。"③可见古今提高茉莉花茶香浓度的作法相同，只是所用材料不同、工序繁简不同。

"堪怜处，输与夜凉睡蝶"，此言用茉莉花窨制花茶，过了一定的时间，茉莉花萎凋皱缩，既像是凉夜里睡着的蝴蝶，却又不如后者好看，真让人惋惜怜悯啊。这里写到的实际上就是窨制花茶的"起花"工序，即将茉莉花渣筛分出来。

因此，施岳的这首词不仅是一阕咏茉莉花的词，更是一阕咏茉莉花茶制作的词。而弁山老人周密原注"茉莉岭表所产，古今咏者不甚多。文公曾咏二绝句，邹道卿亦曾题咏，此篇'小莲冰洁'之句，状茉莉最佳。此花四月开，直至桂花时尚有玩芳味，古人用此花焙茶，故云"，也正是就此两方面而言的。

有关施岳生平，四部备要本《绝妙好词》施岳名下有小传云："岳字仲山，号梅川，吴人。《武林旧事》云：施梅川，吴人。精于律吕。其卒也，杨守斋为树梅作

① 参见《茶叶生产200题》，第234页。

② 《茶叶生产200题》，第233页。

③ 《茶叶生产200题》，第236页。

亭，薛梯飚为志其墓，李筼房、周草窗题，盖葬于西湖虎头岩下。沈义甫曰：梅川音律有源流，故其声无舛误，读唐诗多，故语雅淡。"①据之，施岳应为南宋末期人，在世时与周密有交往而早逝于周。而施岳所咏之茉莉花茶制作，也应该是南宋末已经比较成熟，也为人所熟知的一种窨制花茶工艺了。

① ［宋］周密：《绝妙好词》卷四，四部备要本。

第三章　鹧鸪斑茶盏考

鹧鸪斑茶盏是宋人所珍视的一种茶盏。宋人陶穀《清异录》“禽名门”，“锦地鸥”条：“闽中造盏，花纹鹧鸪斑点，试茶家珍之。因展蜀画鹧鸪于书馆，江南黄是甫见之曰：鹧鸪亦数种，此锦地鸥也。”①宋祝穆《方舆胜览》卷十一：“兔毫出瓯宁之水吉。黄鲁直诗曰：‘建安瓷碗鹧鸪斑’，又君谟《茶录》‘建安所造黑盏纹如兔毫’，然毫色异者，土人谓之毫变盏，其价甚高，且艰得之。”②

黄庭坚《满庭芳》：“碾深罗细，琼蕊暖生烟，一种风流气味，如甘露、不染尘凡。纤纤捧，冰瓷莹玉，金缕鹧鸪斑。”③周紫芝《摊破浣溪沙·茶词》：“醉捧纤纤双玉笋，鹧鸪斑。”④李流谦《德广至中途再示诗次其韵》：“几日褰衣扣黄阁，云腴重试鹧鸪斑。”⑤杨万里《和罗巨济山居十咏》其三：“自煎虾蟹眼，同瀹鹧鸪斑。”⑥杨万里《陈蹇叔郎中出闽漕别送新茶诗李圣俞郎中出手分似》：“鹧鸪碗面云萦字，兔褐瓯心雪作泓。”⑦都谈到了茶盏中珍贵的鹧鸪斑盏。

但是，这种鹧鸪斑盏到底情形如何，目前陶瓷学界还存有不同意见，如有把黑釉白卵点纹称为鹧鸪斑的，也有把黑釉带黄褐斑彩称为鹧鸪斑的(请参见彩图17、18)。

笔者以为，这还需要依据宋人自己的记载。笔者目前见到数条宋人留下来

---

① ［宋］陶穀撰：《清异录》卷二，宝颜堂秘籍本，民国十一年三月(1922)文明书局印行。

② ［宋］祝穆：《方舆胜览》卷十一，文渊阁四库全书本。

③ ［宋］黄庭坚：《满庭芳》，《全宋词》第1册，第401页；马兴荣、祝振玉校注：《山谷词》，上海古籍出版社2001年版，第21页。

④ ［宋］周紫芝：《摊破浣溪沙·茶词》，《全宋词》第2册，第873页。

⑤ ［宋］李流谦：《德广至中途再示诗次其韵》，《全宋诗》第38册，卷二一一九，第23964页。

⑥ ［宋］杨万里：《和罗巨济山居十咏》，《全宋诗》第42册，卷二二七八，第26124页。

⑦ ［宋］杨万里：《陈蹇叔郎中出闽漕别送新茶诗李圣俞郎中出手分似》，《全宋诗》第42册，卷二二九三，第26323页。按，此诗又作陈仲谔(蹇叔)《送新茶李圣俞郎中》，《全宋诗》第38册，卷二一四九，第24214页。杨诗出宋刊本，陈诗出清人张英、王士祯《渊鉴类函》卷三九〇，又据两诗题目，此诗当为杨万里作。

的记载,可资考证:

其一,范成大《桂海虞衡志・志香》:"鹧鸪斑香。亦得之于海南沉水、蓬莱及绝好笺香中,槎牙轻松,色褐黑而有白斑,点点如鹧鸪臆上毛,气尤清婉似莲花。"①虽然说的是鹧鸪斑香料,但对鹧鸪斑之形态有确定的描述。《桂海虞衡志・志禽》:"鹧鸪。大如竹鸡而差长。头如鹑,身文亦然,惟臆前白点正圆如珠,人采食之。"②则是对鹧鸪鸟斑纹的具体而确定的描述。

其二,周去非《岭外代答・香门》"鹧鸪斑香"条:"鹧鸪斑香,亦出海南。蓬莱、好笺香中,槎牙轻松,色褐黑而有白斑点点,如鹧鸪臆上毛,气尤清婉。"③又杨万里《南海陶令曾送水沈报以双井茶二首》其二:"沈水占城第一良,占城上岸更差强。黑藏骨节龙筋瘠,斑出文章鹧翼张。"④同样是对鹧鸪鸟斑纹的具体描写。

因此,宋人所谓的鹧鸪斑,应为黑地白卵点纹;宋人所谓的鹧鸪斑盏,应为黑釉白卵点纹盏,现藏日本东京静嘉堂文库之宋建窑鹧鸪斑盏者⑤即是。

---

① [宋]范成大:《桂海虞衡志》,中华书局 2002 年版,第 94 页。

② [宋]范成大:《桂海虞衡志》,第 104 页。

③ [宋]周去非著,杨武泉校注:《岭外代答》卷七,中华书局 1999 年版,第 244 页。

④ [宋]杨万里:《南海陶令曾送水沈报以双井茶二首》其二,《全宋诗》第 42 册,卷二二九四,第 26339 页。

⑤ 请参见彩图 17。

第四章 一条重要的黑釉茶盏史料[①]

南宋中后期著名的"永嘉四灵"之一的徐照(?—1211),有一首不太为人注意的《谢薛总幹惠茶盏》诗,可谓一条重要的有关宋代黑釉盏的资料。诗曰:

> 色变天星照,姿贞蜀土成。视形全觉巨,到手却如轻。盛水蟾轮漾,浇茶雪片倾。价令金帛贱,声击水冰清。拂拭忘衣袖,留藏有竹籯。入经思陆羽,联句待弥明。贪动丹僧见,从来相府荣。感情当爱物,随坐更随行。[②]

其中的"色变"即"窑变"或"曜变""耀变"等,指烧出的瓷器在色、彩、形、音、质等方面发生的奇特非凡的变异,具有不可重复性和不可预见性。"天星照"则言窑变形成的茶盏斑纹如天上的星星照耀。"盛水蟾轮漾"则可谓黑釉盏特有的一种现象,蟾轮即月轮。2005 年 12 月,笔者在浙江陶瓷博物馆,就有幸见识到了将宋代的黑釉茶盏注水之后,一轮明月般的光影荡漾在幽深的盏中的奇特与美丽。"浇茶"即倒出点好的茶。"弥明"即轩辕弥明,为唐元和间衡山道士,文彩高,有异行,尝与进士刘师服、侯喜作《石鼎联句》,吟咏石鼎,事见韩愈《石鼎联句序》[③]。"丹僧"即高僧,印度、西域一带的佛教僧侣习惯着赤衣。佛教传入中国之初,僧侣还是披赤衣的,《弘明集》卷一所引汉牟子的《理惑论》有两处言及此,一为"今沙门剃头发披赤布,见人无跪起之礼仪,无盘旋之容止",一为"今沙门被赤布,日一食,闭六情,自毕于世"。[④] 直到现在,佛门的袈裟还是以赤色为主。宋释道诚《释氏要览》卷上"五部衣色"引《舍利弗问经》:"昙无德部,通达理味,开

---

① 按:此章原作为《两宋茶诗词与茶事考四则》之第二条,收录于《庆贺吴熊和教授从教五十周年论文集》,浙江大学出版社 2008 年版。

② [宋]徐照:《谢薛总幹惠茶盏》,《全宋诗》第 50 册,卷二六七一,第 31381 页。

③ [唐]韩愈:《石鼎联句》,《全唐诗》第 22 册,卷七九一,第 8912—8914 页。

④ [梁]释僧祐:《弘明集》卷一,大正新修大藏经本。

导利益，表发殊胜，应着赤色衣。”[①]宋末元初大画家赵孟頫有《红衣罗汉图》名画传世[②]。“相府荣”则当用蔡京被宠之典，蔡京《太清楼特燕记》记北宋政和二年三月，宋徽宗召蔡京入内苑赐宴，“又以惠山泉、建溪毫琖，烹新贡太平嘉瑞斗茶饮之。”[③]此三者当时堪称三绝，其中的“建溪毫琖”即建窑兔毫盏，为宋代黑釉窑变茶盏之名贵品种之一。此事《宣和遗事》前集[④]亦有记载，大略与蔡京自记相同。兹将徐照的这首诗译意如下：

这黑釉茶盏有着如天星闪耀般的色变，有着坚贞的姿质，乃是用蜀土烧造而成。

看起来它形体挺巨大，拿在手里份量却像是很轻。

注进清水，盏中宛若一轮明月在幽深的水面荡漾；倒出茶来，泛涌的茶乳就像雪片一样飞倾。

它的高贵价值让金帛变得低贱，轻轻扣之，发出的声音就像寒冰一样清脆动听。

我用衣袖来拂拭它，全忘掉衣服要爱惜，我把它小心收藏在大竹簏。

作为茶具，它真值得被写入茶经。

可是写《茶经》的陆羽如今在哪里？它真值得被联句吟咏啊，就让我们等待着高才的轩辕弥明！

有道的高僧见了它也要动贪念，这样极品的黑釉茶盏从来就是宰府大人物的宠荣。

我对它已动了感情，把它当作了心爱之物，它随我起坐，更随我远行。

由于历代载记的不足，直到1953年修筑宝成铁路，发现了四川广元窑遗址，宋代四川也出产可与福建建窑、江西吉州窑所产媲美的黑釉瓷，才被人们重新知晓。因此，徐照的这首诗主旨虽是借赞叹友人所赠四川出产的黑釉茶盏，表达自己与友人之间的深深情谊，但这首诗实在也是记录南宋时代四川所产精美黑釉瓷的一条珍贵史料。诗中所描写之蜀地黑釉曜变茶盏可谓美好之至，堪与闽地

① [宋]释道诚：《释氏要览》卷上，大正新修大藏经本。

② 现藏辽宁省博物馆。

③ [宋]蔡京：《太清楼特燕记》，收[宋]王明清《挥麈录》“后录余话”卷之一，丛书集成初编本，第882—889页。

④ 佚名：《宣和遗事》，丛书集成初编本。

建窑所出的极品黑釉兔毫茶盏同列。

实际上这也不足为怪。精美茶盏总是出于茶盛之地，在宋代，建窑所在的建州，吉州窑所在的吉州，即是当时重要的茶区，而蜀地则可称我国的原茶地之一，其中的蒙顶茶则直至清代仍保有其“御用茶”的地位。北宋文同即有“蜀土茶称盛，蒙山味独珍”①之咏。又宋代茶贵白，饮茶讲究意境，风行斗茶，北宋蔡襄所谓“茶色白，宜黑盏，建安所造者绀黑，纹如兔毫，其坯微厚，熁之久热难冷，最为要用。出他处者，或薄，或色紫，皆不及也。其青白盏，斗试家自不用”②。所以在南宋的茶盛之地四川出产如此精妙的黑釉茶盏也是很自然的了。而根据我们现在所掌握的文物考古资料，徐照的这个茶盏，很有可能就是来自广元窑。广元窑所在，当时属于利州，“自古处于川陕交通要道上，是四川南北水陆交通重要的通道，因此，我国南北陶瓷工艺技术的交流在广元窑的器物上有广泛的体现”③。广元窑以烧制黑釉瓷为主，其“美学价值和观赏性可与吉州窑、建窑同类器物媲美”④，是宋代四川出产黑釉瓷最好最主要的窑口。

由此，我们也不难联想到那三个流散至日本的宋代建窑黑釉曜变盏：现藏日本静嘉堂文库美术馆的曜变天目⑤、现藏日本龙光院的曜变天目⑥、现藏日本藤田美术馆的曜变天目⑦，都被日本政府认定为国宝，盏面均有如夜空星辰般的曜变斑点，神秘幽丽，荡人心魄，堪为观止。而将徐照的这首诗与它们的图片对照，真也是十分契合啊！

---

① [宋]文同：《谢人寄蒙顶新茶》，《全宋诗》第8册，卷四三八，第5355页。

② [宋]蔡襄：《茶录》下篇论茶器，“茶盏”，阮浩耕、沈冬梅、于良子点校注释《中国古代茶叶全书》，浙江摄影出版社1999年版，第67页。

③ 张天琚：《谈谈广元窑及其瓷器》，《收藏界》2006年第2期。

④ 张天琚：《谈谈广元窑及其瓷器》，《收藏界》2006年第2期。

⑤ 请参见彩图13。

⑥ 请参见彩图19。

⑦ 请参见彩图20。又按：“天目”为日本对黑釉之称谓，当起因于宋时来中国浙江天目山一带的佛寺留学的日本僧人带回了中国的茶道、黑釉茶盏，其后则相沿成习。请参见方忆、(日)水上和则：《“天目”释名》，《东南文化》2012年第2期。

第五章 分茶考[①]

宋人茶事中，最不能让人明了的大概就是“分茶”了。钱锺书前后提出过两种意见，1958年版的《宋诗选注》释陆游《临安春雨初霁》之“晴窗细乳戏分茶”曰：“‘分’就是宋徽宗《大观茶论》所谓‘鉴辨’；唐代陆羽《茶经》里‘六之饮’说：‘茶有九难……二曰别’。”[②]

其1989年版则曰：“‘分茶’是宋代流行的一种‘茶道’，诗文笔记里常常说起，如王明清《挥麈余话》卷一载蔡京《延福宫曲宴记》、杨万里《诚斋集》卷二《澹庵座上观显上人分茶》；宋徽宗《大观茶论》也有描写。黄遵宪《日本国志》《物产志》日注说日本‘点茶’即‘同宋人之法’：‘碾茶为末，注之于汤，以筅击沸’云云，可以参观。据康熙时徐葆光《中山传信录》、嘉庆时李鼎元《使琉球记》等书，这种‘宋人之法’，也在琉球应用。”[③]

朱东润释陆游“晴窗细乳戏分茶”之“分茶”，乃曰：“把茶分等。”[④]

蒋礼鸿《“分茶”小记》言分茶有两解：其一，就是酒菜店或面食店；其二，用沸水（汤）冲（注）茶，使茶乳幻变成图形或字迹谓之分茶。[⑤]

钱仲联曰：“分茶，宋人泡茶之一种方法，即以开水注入茶碗之技术。杨诚斋（万里）《澹庵座上观显上人分茶》诗曰‘分茶何似煎茶好……’可想象其情况。”[⑥]

林正秋曰：“分茶，是一种饮茶时的游艺活动，约始于北宋，初名‘茶百戏’，陶穀《清异录·荈茗门》说：‘茶至唐始盛，近世有下汤运匕，别施妙诀，使汤纹水脉成物象者。禽兽虫鱼花草之属纤巧如画，但须臾即就散灭。此茶之变也，时人称

① 按：本章原为拙著《宋词与民俗》第四章“宋词与宴饮民俗”之“茶词”中一段落，现有较多增补。（《宋词与民俗》商务印书馆2005年12月1版，2007年7月重印）

② 钱锺书：《宋诗选注》，人民文学出版社1958年版，第206页。

③ 钱锺书：《宋诗选注》，人民文学出版社1989年9月第2版，第184页。

④ 朱东润：《陆游选注》，中华书局上海编辑所1962年版，第98页。

⑤ 蒋礼鸿：《“分茶”小记》，《蒋礼鸿集》第四卷，浙江教育出版社2001年版，第393—395页。

⑥ 钱仲联：《剑南诗稿校注》第二册《疏山东堂昼眠》之注释，上海古籍出版社1985年版，第964页。

为'茶百戏'。这种游艺百戏，与宋代泡茶方法有关。唐人饮茶，采用煮茶法，而宋人改用冲茶法，先把茶饼碾成粉末，冲以沸汤，然后搅拌而成，因搅拌之后茶面上往往会出现种种奇特的花纹，或像鸡鸭，或像狮虎，或像小虫，或像花朵，变化无穷。这种种有趣的花纹，仅仅短暂存在，随后即散灭。宋代文人称这种游戏为'分茶'或'茶百戏'，在文人中流行。南宋都城临安尤盛行。"①

《中国茶酒词典》"分茶"条："即泡茶。宋以前人所喝茶俱用煎茶，为区别起见，人们把注水入壶的泡茶方法技巧称为分茶。……杨万里《澹庵座上观显上人分茶》诗：'分茶何似煎茶好，煎茶不似分茶巧。'"②

《中国茶叶大辞典》"分茶"条云："①烹茶待客之礼。唐韩翃《为田神玉谢茶表》：吴主礼贤，方闻置茗；晋臣好客，才有分茶。②宋人沿袭唐人习俗，煎茶用姜盐，不用者则称分茶。胡仔《苕溪渔隐丛话》前集卷四十六记北苑贡茶云：分试其色如乳，平生未尝曾啜此好茶。③泡茶游戏，亦称茶百戏。流行于宋代，帝王与庶民都玩。玩时'碾茶为末，注之以汤，以筅击拂'，使茶乳幻变成图形或字迹。北宋陶谷《茗荈录》：近世有下汤运匕……杨万里《澹庵座上观显上人分茶》诗中有：'分茶何似煎茶好，煎茶不似分茶巧。'分茶法今已失传。④亦称'分茶店'。宋时指酒菜店或面食店。"③

《中国茶文化大辞典》对分茶有两处解释，其一："饮茶方式。谓分而饮之。清褚人获《坚瓠集·坚瓠甲集》卷三：明初某解元登第后，偕伴至妓馆。妓知其才名，欲试之，乃瀹茶，止两瓯，仓皇谢过，即三分之以进曰：'三分分茶，解解解元之渴。'某应声曰：'一朝朝罢，行行行院之家。'诸书因解字皆作解春雨事。"④其二："古代茶俗，唐宋时最为风行。有一定地位的士大夫往往能得到帝王赏赐的贡茶，把所得的散茶或饼茶分赠亲友或同僚一般称分茶，也有称'赠茶''赐茶''寄茶''分甘'的。唐韩翃《为田神玉谢茶表》：吴主礼贤，方闻置茗；晋臣好客，才有分茶。宋邵雍《十七日锦屏山下谢城中张孙二君惠茶》：'仍携二君所分茶，每到烟岚深处点。'"⑤

扬之水曰："其实所谓'分茶'，除蒋礼鸿先生所揭第一义外，两宋通常皆指点茶，或曰分茶即点茶之别称。""不过偶然也有专指，这时所谓'分茶'便是点茶法

---

① 林正秋：《宋代生活风俗研究》，中国商业出版社1997年版，第83页。

② 张哲永、陈金林、顾炳权主编：《中国茶酒辞典》，湖南出版社1992年版，第485页。

③ 陈宗懋主编：《中国茶叶大辞典》，中国轻工业出版社2000年版，第553页。

④ 朱世英、王镇恒、詹罗九主编：《中国茶文化大辞典》，汉语大辞典出版社2002年版，第335页。

⑤ 朱世英、王镇恒、詹罗九主编：《中国茶文化大辞典》，第508页。

中特有的一种技巧。"然观其下行文,又似认为即"茶百戏"。①

而研读宋人茶诗词所记分茶情形,则或许能对以上诸说有所补苴。

一、分茶乃一技艺

向子諲《浣溪沙·赵总怜以扇头来乞词戏有此词赵能著棋写字分茶弹琴》:

艳赵倾燕花里仙。乌丝阑写永和年。有时闲弄醒心弦。 茗碗分云微醉后,纹楸斜倚髻鬟偏。风流模样总堪怜。②

史浩《临江仙》:

忆昔来时双髻小,如今云鬓堆鸦。绿窗冉冉度年华。秋波娇殢酒,春笋惯分茶。 居士近来心绪懒,不堪老眼看花。画堂明月隔天涯。春风吹柳絮,知是落谁家。③

因之,可知分茶是与下棋、书法、弹琴同样高雅的一种技艺。

二、分茶乃赏心乐事

李清照《摊破浣溪沙》:"病起萧萧两鬓华。卧看残月上窗纱。豆蔻连梢煎熟水,莫分茶。"④李清照《转调满庭芳》:"当年,曾胜赏,生香熏袖,活火分茶。□□□龙骄马,流水轻车。不怕风狂雨骤,恰才称、煮酒残花。如今也,不成怀抱,得似旧时那。"⑤陆游《临安春雨初霁》:"世味年来薄似纱,谁令骑马客京华。小楼一夜听春雨,深巷明朝卖杏花。矮纸斜行闲作草,晴窗细乳戏分茶。素衣莫起风尘叹,犹及清明可到家。"⑥都是将分茶作为幸福快乐生活的表征。

洪咨夔《夏初临》:"兴来进酒,睡起分茶。"⑦白玉蟾《晓醒追思夜来句》其三:

---

① 扬之水:《两宋茶诗与茶事》,《文学遗产》2003 年第 2 期。

② [宋]向子諲:《浣溪沙·赵总怜以扇头来乞词戏有此词赵能着棋写字分茶弹琴》,《全宋词》第 2 册,第 975—976 页。

③ [宋]史浩:《临江仙》,《全宋词》第 2 册,第 1285 页。

④ [宋]李清照:《摊破浣溪沙》,《全宋词》第 2 册,第 933 页。

⑤ [宋]李清照:《转调满庭芳》,《全宋词》第 2 册,第 926 页。

⑥ [宋]陆游:《临安春雨初霁》,《全宋诗》第 39 册,卷二一七〇,第 24638 页。

⑦ [宋]洪咨夔:《夏初临》,《全宋词》第 3 册,第 2464 页。

“孤云野鹤寄山家，不料寒空瑑六花。越样月明浑不夜，个般天气好分茶。”[①]徐集孙《寄怀里中诸社友》：“客枕梦残听夜雨，乡心愁绝对秋灯。何时岁老梅花下，石鼎分茶共煮冰。”[②]连文凤《送沈伯·回雪》：“不为寻梅劳杖履，偶因问菊到家山。溪桥买酒经过熟，邻舍分茶笑语闲。”[③]则言分茶为人生乐事。

三、分茶过程类似于茶书所描绘的一般的茶的烹试过程

王之道《西江月·和董令升燕宴分茶》：“磨急锯霏琼屑，汤鸣车转羊肠。一杯聊解水仙浆。七日狂酲顿爽。”[④]写的是碾茶与候汤。

王千秋《风流子》：

> 夜久烛花暗，仙翁醉、丰颊缕红霞。正三行钿袖，一声金缕，卷茵停舞，侧火分茶。笑盈盈，溅汤温翠碗，折印启缃纱。玉笋缓摇，云头初起，竹龙停战，雨脚微斜。　清风生两腋，尘埃尽，留白雪、长黄芽。解使芝眉长秀，潘鬓休华。想竹宫异日，衮衣寒夜，小团分赐，新样金花。还记玉麟春色，曾在仙家。[⑤]

此词写宴会进行到夜深时刻，宾主都醉了，把歌舞用的地毯卷起，停止了歌舞，开始支起炉子分茶了。美丽的女子笑吟吟地把热汤倒在茶碗中，把它弄热——这就是熁盏；拆开饼茶的封印和缃纱的包裹；她那像玉笋一样的手缓缓摇动着茶筅，渐渐茶乳出来，等停下来时，茶乳花已经高高浮起，斜斜地咬着茶盏边沿。喝了这样的茶，真是飘飘欲仙。

王之望《满庭芳·赐茶》：

> 犀隐雕龙，蟾将威凤，建溪初贡新芽。九天春色，先到列仙家。今日磨圭碎璧，天香动、风入窗纱。清泉嫩，江南锡乳，一脉贯天涯。
> 芳华。瑶圃宴，群真飞佩，同引流霞。醉琼筵红绿，眼乱繁花。一碗分云饮露，尘凡尽、斗牛何赊。归途稳，清飙两腋，不用泛灵槎。[⑥]

---

① [宋]白玉蟾：《晓醒追思夜来句》其三，《全宋诗》第60册，卷三一三八，第37613页。

② [宋]徐集孙：《寄怀里中诸社友》，《全宋诗》第64册，卷三三九〇，第40340页。

③ [宋]连文凤：《送沈伯·回雪》，《全宋诗》第69册，卷三六二一，第43359页。

④ [宋]王之道：《西江月·和董令升燕宴分茶》，《全宋词》第2册，第1150页。

⑤ [宋]王千秋：《风流子》，《全宋词》第3册，第1466页。

⑥ [宋]王之望：《满庭芳·赐茶》，《全宋词》第3册，第1339页。

此词写宴会沉醉时刻，开始烹试茶。打开珍贵的印有龙凤纹的建溪刚刚进贡来的饼茶，一番碾磨，顿时满室飞香。再用煮到恰到好处的江南甘美如乳的泉水点注，大家分饮着云露般的茶乳，顿然消解了尘凡之气，直欲飞翔到斗牛星之间。而且是不带酒醉之意的，归途稳稳当当，只觉腋下清风飞动，毋须借助仙灵的浮槎。

韩淲《感风发汗卧病数日推枕翛然叙事为十诗》其三："病起思新茗，催煎蟹眼汤。分来香细腻，啜处味偏长。日永门庭静，风轻院宇凉。更寻双井试，瓯面乳如霜。"①也是泛言试茶。

四、宋人茶诗词所言之"分"之四意

以上可见，分茶既与一般的烹试非常类似，那么它又从何来呢？宋人茶诗词同样可决此疑。归纳宋人茶诗词所言之"分"，盖有四意。

其一，分予分得。陈师道《满庭芳·咏茶》："闽岭先春，琅函联璧，帝所分落人间。"②姚述尧《如梦令·寿茶》："龙焙初分丹阙。玉果轻翻琼屑。"③均言所咏之茶为从宫廷中分得。

其二，碾碎茶饼。苏轼《行香子·茶词》："共夸君赐，初拆臣封。看分香饼，黄金缕，密云龙。"④黄庭坚《品令·茶词》："凤舞团团饼。恨分破、教孤令。"⑤黄庭坚《阮郎归·茶词》："歌停檀板舞停鸾。高阳饮兴阑。兽烟喷尽玉壶干。香分小凤团。雪浪浅，露花圆。"⑥谢逸《武陵春·茶》："分破云团月影亏。雪浪皱清漪。"⑦刘过《临江仙·茶词》："饮罢清风生两腋，余香齿颊犹存。离情凄咽更休论。银鞍和月载，金碾为谁分。"⑧

其三，"茗碗分云"——击拂分出茶乳沫饽。向子諲《浣溪沙》(赵总怜以扇头来乞词，戏有此词。赵能著棋、写字、分茶、弹琴)⑨词云"乌丝阑写永和年"，用

---

① [宋]韩淲：《感风发汗卧病数日推枕翛然叙事为十诗》其三，《全宋诗》第52册，卷二七六〇，第32572页。

② [宋]陈师道：《满庭芳·咏茶》，《全宋词》第2册，第586页。

③ [宋]姚述尧：《如梦令·寿茶》，《全宋词》第3册，第1557页。

④ [宋]苏轼：《行香子·茶词》，《全宋词》第1册，第302页。

⑤ [宋]黄庭坚：《品令·茶词》，《全宋词》第1册，第405页。

⑥ [宋]黄庭坚：《阮郎归·茶词》，《全宋词》第1册，第402页。

⑦ [宋]谢逸：《武陵春·茶》，《全宋词》第2册，第648页。

⑧ [宋]刘过：《临江仙·茶词》，《全宋词》第3册，第2152页。

⑨ [宋]向子諲：《浣溪沙·赵总怜以扇头来乞词戏有此词赵能著棋写字分茶弹琴》，《全宋词》第2册，第975—976页。

《兰亭集序》之"永和九年"，言其"写字"之艺高；词云"有时闲弄醒心弦"，以"闲弄醒心"言其"弹琴"之艺高；词云"纹楸斜倚髻鬟偏"，乃以"斜倚髻鬟偏"，写其著棋时的轻松可人，言其著棋之艺高；词云"茗碗分云微醉后"，状其微醉后"分茶"的潇洒动人，言其分茶之艺高。可见，此词的题序与词句采用了一一对应的修辞格，也就是说题序所称的赵总怜的每一个技艺，词中都有一个具体的词句描绘它，所以"茗碗分云"理应是"分茶"的内容，或者说"分茶"就是"茗碗分云"，两者至少是密切相关的。而吴文英《望江南・茶》："石乳飞时离凤怨，玉纤分处露花香。"①词意也是与之相近的，均指击拂产生沫饽的过程。曾几《迪侄屡饷新茶二首》诗其二"欲作柯山点，当令阿造分"，二句分别自注曰："俗所谓衢点也。""造侄妙于击拂。"②也可参证。而在蔡襄《茶录》、宋徽宗《大观茶论》等宋人茶书中，"点"或"点茶"也是明确地包括了"调膏、冲注、击拂"的，所以分、分茶所指与点、点茶不同，乃指用击拂手法，从茶中分出茶沫饽。

那么，沫饽是什么呢？现代茶叶学认为，沫饽即茶皂素。它是一类比较复杂的甙(dai)类化合物，因其水溶液振荡时能产生持久性的、似肥皂溶液样的泡沫，故有皂甙之名。茶皂素具有植物皂素的一般性质，味苦而辛辣，具有很强的起泡力和一定的溶血作用。因为皂素不被肠胃吸收或在肠胃中被水解，口服皂素并无溶血毒性。具有多种生理活性，在药理方面具有祛痰消炎、镇痛止咳以及抗菌等多方面的效应。③ 古人认为"饮之宜人"④真是良有以哉。而且，这种沫饽浮于汤面的状态，也是那样的诗情画意。陆羽《茶经・五之煮》："沫饽，汤之华也。华之薄者曰沫，厚者曰饽，细轻者曰花，如枣花漂漂然于环池之上；又如回潭曲渚，青萍之始生；又如晴天爽朗，有浮云鳞然。其沫者，若绿钱浮于水渭，又如菊英堕于镈俎之中。饽者以滓煮之。及沸则重华累沫，皤皤然若积雪耳。《荈赋》所谓'焕如积雪，烨若春敷'。"⑤宋徽宗《大观茶论・点》所言之击拂出沫饽的过程更是令人心醉："妙于此者，量茶受汤，调如融胶。环注盏畔，勿使侵茶。势不欲猛，先须搅动茶膏，渐加击拂，手轻筅重，指绕腕旋，上下透彻，如酵蘖之起面。疏星皎月，灿然而生，则茶面根本立矣。第二汤自茶面注之，周回一线，急注急止，茶面不动，击拂既力，色泽渐开，珠玑磊落。三汤多寡如前，击拂渐贵轻匀，周环旋

① ［宋］吴文英：《望江南・茶》，《全宋词》第4册，第2897页。

② ［宋］曾几：《迪侄屡饷新茶二首》诗其二，《全宋诗》第29册，卷一六五五，第18540页。

③ 陈宗懋主编《中国茶经》之"茶皂素的利用"条，上海文化出版社1992年版，第528页。

④ ［唐］陆羽：《茶经》卷下，"七之事"引《桐君录》，阮浩耕、沈冬梅、于良子点校注释《中国古代茶叶全书》，浙江摄影出版社1999年版，第10页。

⑤ ［唐］陆羽：《茶经》卷下，"五之煮"，《中国古代茶叶全书》，第7页。

复，表里洞彻，粟文蟹眼，泛结杂起，茶之色十已得其六七。四汤尚啬，筅欲转稍宽而勿速，其清真华彩，既已焕然，轻云渐生。五汤乃可少纵，筅欲轻匀而透达，如发立未尽，则击以作之。发立已过，则拂以敛之，结浚霭，结凝雪，茶色尽矣。六汤以观立作，乳点勃然，则以筅着居，缓绕拂动而已。七汤以分轻清重浊，相稀稠得中，可欲则止。乳雾汹涌，溢盏而起，周回凝而不动，谓之咬盏。宜匀其轻清浮合者饮之。"①

其四，"一碗分云"——平分沫饽茶汤。王之望《满庭芳·赐茶》有"芳华。瑶圃宴，群真飞佩，同引流霞。醉琼筵红绿，眼乱繁花。一碗分云饮露，尘凡尽、斗牛何赊。归途稳，清飙两腋，不用泛灵槎"②。其言"一碗分云饮露"，是说自己在宴会中分得了一碗云露般的茶汤。此"分"又有平分茶汤与茶沫饽之意。陆羽《茶经》"五之煮"曰："凡酌，置诸碗，令沫饽均。"③《大观茶论》也强调在杓上要讲究："杓之大小，当以可受一盏茶为量，过一盏则必归其余，不及则必取其不足。倾勺烦数，茶必冰矣。"④即用小杓把已经点注好的茶汤公平又及时地分到各个茶碗中，供人饮用。张扩《均茶》亦云："密云惊散阿香雷，坐客分尝雪一杯。可是陈平长割肉，全胜管仲自分财。"⑤程垓《朝中措·茶词》："且约玉骢留住，细将团凤平分。一瓯看取，招回酒兴，爽彻诗魂。"⑥

然而，如前所述，分茶又是极具技术性的，考以上四意，唯有"茗碗分云"最能当之，因为四者之中，恰到好处地击拂尤其不易。而且，据前引茶词以及宋人各类茶书记载，如果选用的茶、水不好，或者碾茶、罗茶、候汤、熁盏等工序做得不好，即便技艺很高，也不能得到又好又多的沫饽，而茶沫饽又是唐宋人饮茶最为会心之处，因此，只有"茗碗分云"式的分茶，才是前述一切工序的实现。分茶——茗碗分云，优雅合度地击拂，幻化出各种清奇的沫饽乳花，称得上茶艺的综合体现。

五、点茶、茶百戏、斗茶、试茶试诠

由此，我们对于宋人诗词及茶书中提到的点茶、茶百戏、斗茶、试茶，也可以有比较确切的感受了。

---

① [宋]宋徽宗：《大观茶论》，阮浩耕、沈冬梅、于良子点校注释《中国古代茶叶全书》，浙江摄影出版社 1999 年版，第 92 页。

② [宋]王之望：《满庭芳·赐茶》，《全宋词》第 3 册，第 1339 页。

③ [唐]陆羽：《茶经》卷下，"五之煮"，《中国古代茶叶全书》，第 7 页。

④ [宋]宋徽宗：《大观茶论》，"勺"，《中国古代茶叶全书》，第 92 页。

⑤ [宋]张扩：《均茶》，《全宋诗》第 24 册，卷一三九九，第 16092 页。

⑥ [宋]程垓：《朝中措·茶词》，《全宋词》第 3 册，第 1999 页。

1.点茶

包括冲点、击拂。宋人茶书于此意揭橥最确，蔡襄《茶录》、宋徽宗《大观茶论》都对点茶有专门的描述。如毛滂《西江月·侑茶词》："汤点瓶心未老，乳堆盏面初肥。"①

2.茶百戏

是点注茶过程中形成的游戏，根本也在于沫饽，但关键还是茶人高妙的技艺。宋陶穀《清异录》"茗荈门"之"生成盏""茶百戏"条，叙述较明确，如"生成盏"条：

> 馔茶而幻出物象于汤面者，茶匠通神之艺也。沙门福全生于金乡，长于茶海，能注汤幻茶，成一句诗，并点四瓯，共一绝句，泛乎汤表。小小物类，唾手办耳。檀越日造门求观汤戏，全自咏曰："生成盏里水丹青，巧画功夫学不成。欲笑当时陆鸿渐，煎茶赢得好名声。"②

"茶百戏"条：

> 茶至唐始盛。近世有下汤运匕，别施妙诀，使汤纹水脉成物象者，禽兽虫鱼花草之属，纤巧如画。但须臾即就散灭。此茶之变也，时人谓之茶百戏。③

杨无咎《玉楼春·茶》：

> 酒阑未放宾朋散。自拈冰芽教旋碾。调膏初喜玉成泥，溅沫共惊银作线。　已知于我情非浅。不必宁宁书碗面。满尝乞得夜无眠，要听枕边言语软。④

此词言碾茶、调膏、注汤、击拂，可使茶碗面幻出表达深情的字迹。"已知于我情非浅。不必宁宁书碗面"，意为我已经知道您对我的情意，就不必要殷勤地

---

① [宋]毛滂:《西江月·侑茶词》,《全宋词》第2册,第680页。

② [宋]陶穀撰:《清异录》卷四,宝颜堂秘籍本,民国十一年三月(1922)文明书局印行。

③ [宋]陶穀撰:《清异录》卷四,宝颜堂秘籍本,民国十一年三月(1922)文明书局印行。

④ [宋]杨无咎:《玉楼春·茶》,《全宋词》第2册,第1193页。

注汤幻茶，写在茶碗面上了。但杨万里《澹庵坐上观显上人分茶》诗，也记述了“分茶”的情景：

分茶何似煎茶好，煎茶不似分茶巧。蒸水老禅弄泉手，隆兴元春新玉爪。二者相遭兔瓯面，怪怪奇奇真善幻。纷如劈絮行太空，影落寒江能万变。银瓶首下仍尻高，注汤作势字嫖姚。不须更师屋漏法，只问此瓶当响答。①

其“纷如劈絮行太空，影落寒江能万变。银瓶首下仍尻高，注汤作势字嫖姚”即击拂沫饽呈字的情形，也就是茶百戏，而诗人称之为“分茶”，原因正是前面已经说过的，分茶即着意于击拂，当然可代指“茶百戏”。

3.斗茶

指比试分茶之技艺高下，着眼仍在乳花。宋徽宗《大观茶论》“盏”：“底深则茶直立，易以取乳；宽则运筅旋彻，不碍击拂。……盏惟热，则茶发立耐久。”②所以，所谓“汤上盏，可四分则止，视其面色鲜明、着盏无水痕为绝佳。建安斗试以水痕先者为负，耐久者为胜，故较胜负之说，曰相去一水、两水。”③就是斗试乳花咬盏或凝结于茶汤表面时间长短而已。如果分茶技艺高，自然乳花退去得就迟，后见水痕，否则，先见水痕。如果斗试不止一次，那么，就有输赢的记录，计量单位为“水”，类似于今天体育比赛的场、次、局等，所谓赢（输）一水、两水，即少先见（多先见）一次水痕、两次水痕，即赢（输）了一场、两场④。苏轼与刘过的两首词都谈到了这种斗茶情形：

苏轼《行香子·茶词》：

绮席才终。欢意犹浓。酒阑时、高兴无穷。共夸君赐，初拆臣封。看分香饼，黄金缕，密云龙。　斗赢一水，功敌千钟。觉凉生、两腋清风。暂留红袖，少却纱笼。放笙歌散，庭馆静，略从容。⑤

---

① ［宋］杨万里：《澹庵坐上观显上人分茶》，《全宋诗》第42册，卷二二七六，第26085页。

② ［宋］宋徽宗：《大观茶论》，阮浩耕、沈冬梅、于良子点校注释《中国古代茶叶全书》，浙江摄影出版社1999年版，第91页。

③ ［宋］蔡襄：《茶录》上篇论茶，“点茶”，阮浩耕、沈冬梅、于良子点校注释《中国古代茶叶全书》，浙江摄影出版社1999年版，第66页。

④ 今天，在生活中，我们依然还存在着以“水”作计量单位的情况，譬如我们说“衣服洗了一水”“羽绒服洗了几水就不保暖了。”

⑤ ［宋］苏轼：《行香子·茶词》，《全宋词》第1册，第302页。

刘过《临江仙·茶词》：

红袖扶来聊促膝，龙团共破春温。高标终是绝尘氛。两箱留烛影，一水试云痕。

饮罢清风生两腋，余香齿颊犹存。离情凄咽更休论。银鞍和月载，金碾为谁分。①

4. 试茶

可泛指烹茶之全过程，宋人冲茶极其讲究技艺，试有试验、尝试之意，正可表明其意。在宋人茶词中，我们甚至可以看到“试”几乎可以用在每一个烹饮茶的阶段。

舒亶《醉花阴·试茶》：

露芽初破云腴细。玉纤纤亲试。香雪透金瓶，无限仙风，月下人微醉。

相如消渴无佳思。了知君此意。不信老卢郎，花底春寒，赢得空无睡。②

毛滂《摊声浣溪沙·天雨新晴，孙使君宴客双石堂，遣官奴试小龙茶》：

日照门前千万峰。晴飙先扫冻云空。谁作素涛翻玉手，小团龙。

定国精明过少壮，次公烦碎本雍容。听讼阴中苔自绿，舞衣红。③

以上词中的试茶，均泛指烹茶之全过程。

秦观《满庭芳·茶词》：“雅燕飞觞，清谈挥座，使君高会群贤。密云双凤，初破缕金团。窗外炉烟似动，开瓶试、一品香泉。轻淘起，香生玉尘，雪溅紫瓯圆。”④葛长庚《水调歌头·咏茶》：“汲新泉，烹活火，试将来。”⑤此“试”，指候汤、

---

① ［宋］刘过：《临江仙·茶词》，《全宋词》第3册，第2152页。

② ［宋］舒亶：《醉花阴·试茶》，《全宋词》第1册，第360页。

③ ［宋］毛滂：《摊声浣溪沙·天雨新晴孙使君宴客双石堂遣官奴试小龙茶》，《全宋词》第1册，第668页。

④ ［宋］秦观：《满庭芳·茶词》，《全宋词》第1册，第464页。

⑤ ［宋］葛长庚：《水调歌头·咏茶》，《全宋词》第4册，第2566页。

点注。

刘过《临江仙·茶词》："红袖扶来聊促膝，龙团共破春温。高标终是绝尘氛。两箱留烛影，一水试云痕。"①此"试"，指比试茶乳。

袁去华《金蕉叶》："涛翻浪溢。调停得、似饧似蜜。试一饮、风生两腋。更烦襟顿失。"②吴文英《望江南·茶》："瓷碗试新汤。"③此"试"，指饮用，品味。

胡仔《苕溪渔隐丛话》前集卷四十六，记北苑贡茶云"分试其色如乳，平生未尝曾啜此好茶"④，将"分"与"试"连言；晁冲之《陆元钧宰寄日注茶》云"争新斗试夸击拂"⑤，将"斗"与"试"并称，蔡襄《北苑十咏·试茶》："兔毫紫瓯新，蟹眼青泉煮。雪冻作成花，云闲未垂缕。愿尔池中波，去作人间雨。"⑥叶涛《试茶》诗残句："碾成天上龙兼凤，煮出人间蟹与虾。"⑦均反映了"试"可泛指茶艺的宋人言语实际，可资参证。

六、关于分茶店

那么"分茶店"又是从何而来呢？北宋遗老孟元老《东京梦华录》卷四追记汴京之"食店"："大凡食店，大者谓之'分茶'，则有头羹、石髓羹、白肉、胡饼、软羊……寄炉面饭之类。吃全茶，饶齑头羹。更有川饭店，则有插肉面、大燠面、大小抹肉、淘煎燠肉、杂煎事件、生熟烧饭。更有南食店，鱼兜子、桐皮熟脍面、煎鱼饭。……及有素分茶，如寺院斋食也。"⑧比照我们现在的生活常识，这些食店所卖者，花样实在是繁多。

南宋人灌园耐得翁《都城纪胜》记临安之"酒肆"："大抵店肆饮酒，在人出著如何，只知食次，谓之下汤水，其钱少，止百钱五千者，谓之小分下酒。"⑨此"分"与"小"相关，概非酒肆主营。又记"食店"："都城食店，多是旧京师人开张，如羊饭店兼卖酒。……南食店谓之南食，川饭分茶。"⑩又记有"茶坊"，为专业的茶馆。

---

① [宋]刘过：《临江仙·茶词》，《全宋词》第3册，第2152页。

② [宋]袁去华：《金蕉叶》，《全宋词》第3册，第1502页。

③ [宋]吴文英：《望江南·茶》，《全宋词》第4册，第2897页。

④ [宋]胡仔：《苕溪渔隐丛话》前集卷四十六，中华书局聚珍仿宋版《四部备要》本。

⑤ [宋]晁冲之：《陆元钧宰寄日注茶》，《全宋诗》第21册，卷一二一七，第13868页。

⑥ [宋]蔡襄：《北苑十咏·试茶》，《全宋诗》第7册，卷三八六，第4764页。

⑦ [宋]叶涛：《试茶》诗残句，《全宋诗》第16册，卷九四八，第11124页。

⑧ [宋]孟元老撰，邓之诚注：《东京梦华录》卷四，中华书局1982年版，第127—128页。

⑨ [宋]灌园耐得翁：《都城纪胜·酒肆》，周峰点校《东京梦华录(外四种)》本，文化艺术出版社1998年版，第81页。

⑩ [宋]灌园耐得翁：《都城纪胜·食店》，周峰点校《东京梦华录(外四种)》本，第82页。

南宋遗民吴自牧《梦粱录》卷十六，追记临安“酒肆”：“然店肆饮酒，在人出著，且如下酒品件，其钱数不多，谓之‘分茶’。”①记“分茶酒店”：“凡分茶酒肆，卖下酒食品厨子，谓之‘量酒博士’。”②似亦均涉量轻之意。又记“面食店”：

> 向者汴京开南食面店，川饭分茶，以备江南往来士夫，谓其不便北食故耳。南渡以来，几二百余年，则水土既惯，饮食混淆，无南北之分矣。大凡面食店，亦谓之“分茶店”。若曰分茶，则有四软羹、石髓羹、杂彩羹……更有面食名件：猪羊生面、丝鸡面、三鲜面……。又有下饭，则有鸡、生熟烧、对烧、烧肉、煎小鸡、煎鹅事件、煎衬肝肠、肉煎鱼、炸梅鱼……下饭。更有专卖诸色羹汤、川饭，并诸煎肉鱼下饭。……又有专卖素食分茶，不误斋戒，如头羹、双峰、三峰……又有卖菜羹饭店，兼卖煎豆腐、煎鱼、煎鲞、烧菜、煎茄子，此等店肆乃下等人求食粗饱，往而市之矣。③

从中我们可以注意到，“分茶”与“下饭”正相对，前者轻，而后者重，更有正餐的意味。但是“分茶”“下饭”之外，乃有“专卖家常饭食”，则可见“分茶”虽轻，但并不一般。又记有“茶肆”“荤素从食店”，但分别为专门的茶馆与点心店。

因此，“分茶店”之“分茶”实指一种精致的小吃，“分茶店”即出售精致小吃的食店。笔者以为，此“分茶”实从分茶而来。所谓“茶饭”一词，即为佐证。饭为正餐，茶乃副食，并有消食之用。饮茶或觉腹内小饥，则进食些许小吃，自是十分惬意。而根据吴自牧的记载，那些叫作“分茶”的食品，也并不是家常生活或求食粗饱的下层人民所力能备办的。所以，名之曰“分茶”，正是十分切当。

---

① [宋]吴自牧:《梦粱录》卷十六，“酒肆”，周峰点校《东京梦华录(外四种)》本，文化艺术出版社1998年版，第256页。

② [宋]吴自牧:《梦粱录》卷十六，“酒肆”，周峰点校《东京梦华录(外四种)》本，第256页。

③ [宋]吴自牧:《梦粱录》卷十六，“酒肆”，周峰点校《东京梦华录(外四种)》本，第259—260页。

第六章　汤词与熟水词考论①

由五代入宋的陶穀《清异录》之“茗荈门”有“汤社”条：“和凝在朝，率同列递日以茶相饮，味劣者有罚，号为汤社。”②此“汤社”为茶社，当指以茶冲泡的汤而言；吴潜《谒金门·和韵赋茶》“汤怕老，缓煮龙芽凤草”③；至今我们也还是称冲泡茶叶所得为“汤”，可见，茶也可言汤。近人张相《诗词曲语词汇释》卷六“点汤”条：“点汤，送客之义。……是知点汤即泡茶也。旧时主客会晤，有端茶送客之习惯，客濒行时，主人必端茶敬客，以为礼节。其有恶客不愿与之久谈者，主人亦端茶示意以速其行。此在元杂剧中则屡见点汤送客之事，情节正相同。《冻苏秦》剧三：张千云：‘点汤！’正末唱：‘哇！你敢也走将来喝点汤，喝点汤。’云：‘点汤是逐客，我则索起身。’《王粲从军》剧二：蒯越云：‘点汤！’正末云：‘点汤呼遣客，某只索回去’。”④同卷“点茶”条：“点茶，与点汤同，即泡茶也。”⑤王迈《〈元曲释词〉商补》“点汤”条：“汤即沸水，以沸水再瀹茗，即谓之点汤，非别有汤也。点汤与点茶，并无殊异。”⑥沈松勤《两宋饮茶风俗与茶词》曰：“茶、汤同义，均指茶水。”⑦陈彬藩主编《中国茶文化经典》也是将王千秋《醉蓬莱·送汤》⑧、曹冠《朝中措·汤》⑨二首汤词列入宋人茶诗词录中。

薛瑞兆《元杂剧中的“点汤”》则主张“汤与茶判然为两物”⑩。王锳《“点茶”、

---

① 注：拙文有《论宋人汤词与熟水词》，载《浙江大学学报（人文社会科学）》2005年第6期，又收作拙著《宋词与民俗》（商务印书馆2005年12月1版，2007年7月重印）第四章之“汤词”节、“熟水词”节。本章据之有较多改写。

② ［宋］陶穀撰：《清异录》卷四，宝颜堂秘籍本，民国十一年三月（1922）文明书局印行。

③ ［宋］吴潜：《谒金门·和韵赋茶》，唐圭璋编《全宋词》，中华书局1965年版，第2770页。

④ 张相：《诗词曲语词汇释》下册，中华书局1955年版，第851—852页。

⑤ 张相：《诗词曲语词汇释》下册，中华书局1955年版，第852页。

⑥ 王迈：《〈元曲释词〉商补》，《中国语文》1986年第3期，第233页。

⑦ 沈松勤：《两宋饮茶风俗与茶词》，《浙江大学学报（人文社会科学版）》2001年第1期。

⑧ 陈彬藩主编：《中国茶文化经典》，光明日报出版社1999年版，第176页。

⑨ 陈彬藩主编：《中国茶文化经典》，第183页。

⑩ 薛瑞兆：《元杂剧中的“点汤”》，《文史》第21辑（1983年），第178页。

“点汤”说义商补》，对此说又有所补苴①。

而从宋词的情况来看，汤确可专指，真是“别有汤也”。《全宋词》中计有十八首词，题云“汤词”，不予说明的尚有一些。据词意，此“汤词”之“汤”，主要是“汤药”之意，为中药基本剂型之一。“汤词”与“茶词”相比，自有礼仪、功用上的不同。以下所论，或可作“汤”与“茶”不同说之又一补充。

一、词人往往同一调下分咏茶与汤，饮茶意在留客，饮汤意在送客

程珌、程垓、黄庭坚、李处全、曹冠、杨无咎、周紫芝、吴文英等人既作茶词，又作汤词。且往往同一调下分咏茶与汤，是为一组词。如曹冠《朝中措·茶》《朝中措·汤》，程垓《朝中措·茶词》《朝中措·汤词》，李处全《柳梢青·茶》《柳梢青·汤》，周紫芝《摊破浣溪沙·茶词》《摊破浣溪沙·汤词》。据词意，这些同调茶词与汤词很可能作于一次宴会，在这宴会上，饮茶、饮汤都处于饮酒之后，有解酒之意，且饮汤往往后于饮茶。饮茶意在留客，饮汤意在送客。

宋程珌《程端明公洺水集》卷二一，有3篇宴会词，第一首为酒词，第二首为茶词，第三首为汤词，同样可以见出饮汤往往后于饮酒饮茶：《前筵勾曲》：“百世基图，光胙圣神之主……上奉台颜，后部献曲。”《醉蓬莱》：“望皇都清晓，瑞日祥烟，洞开阊阖。一朵红云，映重瞳日月。万岁山高，九霞杯暖，正想宸游洽。绝塞庭琛，重闱天笑，年年仙阙。　　韶凤徘徊，蒲鱼演漾，镐酒恩浓，龙蟠建业。玉琢麟符，分付人中杰。奠国安民，持将祝寿，乐作君臣悦。……”《后筵勾曲》：“天容不老，千龄已祝于尧年……上侑清欢，后部献曲。”《茶词·西江月》：“岁贡来从玉垒，天恩拜赐金奁。春风一朵紫云鲜。明月轻浮盏面。……”《汤词·鹧鸪天》：“饮罢天厨碧玉觞。仙韵九奏少停章。何人采得扶桑椹，捣就蓝桥碧绀霜。凡骨变，骤清凉。何须仙露与琼浆。……”②

以下所引的黄庭坚、晁端礼的汤词也可以明显见出饮茶先于饮汤。黄庭坚《好事近·汤词》：“歌罢酒阑时，潇洒座中风色。主礼到君须尽，奈宾朋南北。暂时分散总寻常，难堪久离拆。不似建溪春草，解留连佳客。”③建溪在建州（今属福建），为宋代最重要的产茶地，“不似建溪春草，解留连佳客”意即茶留客，汤

---

① 王锳：《“点茶”、“点汤”说义商补》，《文史》第34辑（1992年），第210页。

② 详见[宋]程珌《程端明公洺水集》卷二十一“致语”。《宋集珍本丛刊》第71册，据明嘉靖重刻本影印，线装书局2004年版。按：此致语《全宋词》第2289—2290页亦收录，辑自北京图书馆藏明嘉靖刊本[宋]程珌《洺水集》卷二十一，但第二首、第三首词的题目是《西江月·茶词》《鹧鸪天·汤词》。

③ [宋]黄庭坚：《好事近·汤词》，《全宋词》第1册，第410页。

送客。晁端礼的《少年游》，虽不标“汤词”之题，细味词意也是一首汤词，同样道明汤晚于茶的饮筵之习：“建溪灵草已先尝。欢意尚难忘。未放笙歌，暂留簪佩，犹有紫芝汤。　醉中纤手殷勤捧，欲去断人肠。”①

而且，汤是真正用来送客的。如王安中《小重山》：“椽烛乘珠清漏长。醉痕衫袖湿，有余香。红牙双捧旋排行。将歌处，相向更催妆。　明月映东墙。海棠花径密，迸流光。迟留春笋缓催汤。兰堂静，人已候虚廊。”②其中“迟留春笋缓催汤”即留客之意。又如黄庭坚《定风波·客有两新鬟善歌者，请作送汤曲，因戏前二物》：“歌舞阑珊退晚妆。主人情重更留汤。冠帽斜敧辞醉去，邀定，玉人纤手自磨香。”③葛胜仲《鹧鸪天·九月十三日携家游夏氏林亭燕集作，并送汤词》：“酬素景，泥芳卮。老人痴钝强伸眉。欢华莫遣笙歌散，归路从教灯影稀。”④此三首汤词，都描绘了宴会“歌舞阑珊”之时，主人情重留汤的情景。

二、汤与茶所冲泡之物显然不同

吴文英《望江南·茶》虽然有“瓷碗试新汤”⑤句，却始终讲的是茶的色香。与其另一首《杏花天·咏汤》所咏自是不同。词中的“豆蔻”即是药材：“蛮姜豆蔻相思味。算却在、春风舌底。江清爱与消残醉。悴憔文园病起。”⑥前引曹冠等人同调的茶词、汤词也可见出两者所咏之物的不同。曹冠《朝中措·茶》云“春芽北苑小方珪。碾畔玉尘飞。金箸春葱击拂，花瓷雪乳珍奇”⑦，曹冠《朝中措·汤》云“汤斟崖蜜，香浮瑞露，风味方回”⑧。程垓《朝中措·茶词》云：“细将团凤平分。”⑨程垓《朝中措·汤词》云“龙团分罢觉芳滋”“翠袖且留纤玉，沉香载捧冰”⑩。李处全《柳梢青·茶》云：“香尘碎玉，素涛翻雪。石乳香甘，松风汤嫩，一时三绝。”⑪

---

①　[宋]晁端礼：《少年游》，《全宋词》第1册，第434页。

②　[宋]王安中：《小重山》，《全宋词》第2册，第750页。

③　[宋]黄庭坚：《定风波·客有两新鬟善歌者请作送汤曲因戏前二物》，《全宋词》第1册，第403页。

④　[宋]葛胜仲：《鹧鸪天·九月十三日携家游夏氏林亭燕集作并送汤词》，《全宋词》第2册，第716页。

⑤　[宋]吴文英：《望江南·茶》，《全宋词》第4册，第2897页。

⑥　[宋]吴文英：《杏花天·咏汤》，《全宋词》第4册，第2933页。

⑦　[宋]曹冠：《朝中措·茶》，《全宋词》第3册，第1534页。

⑧　[宋]曹冠：《朝中措·汤》，《全宋词》第3册，第1534页。

⑨　[宋]程垓：《朝中措·茶词》，《全宋词》第3册，第1999页。

⑩　[宋]程垓：《朝中措·汤词》，《全宋词》第3册，第1999页。

⑪　[宋]李处全：《柳梢青·茶》，《全宋词》第3册，第1732页。

李处全《柳梢青·汤》云“丁宁玉笋磨香，为料理、十分醒着。”[1]周紫芝《摊破浣溪沙·茶词》云：“苍璧新敲小凤团。赤泥开印煮清泉。醉捧纤纤双玉笋，鹧鸪斑。雪浪溅翻金缕袖，松风吹醒玉酡颜。”[2]周紫芝《摊破浣溪沙·汤词》云：“凤饼未残云脚乳，水沉催注玉花瓷。”[3]都是对茶和各种甘香药材的分别描绘。

三、汤有不同名目，不同组方，为保健药汤

张炎《踏莎行·咏汤》：“瑶草收香，琪花采汞。冰轮碾处芳尘动……麾去茶经，袭藏酒颂。一杯清味佳宾共。从来采药得长生，蓝桥休被琼浆弄。”[4]杨泽民《六么令·壬寅四月，扶病外邑催租，寄内》云“酒病从来屡作，汤药宜谙熟”[5]之“汤药”很有可能就是指这种“汤”。王安中《小重山·汤》有云：“仙方调绛雪，坐初尝。”[6]无名氏《临江仙》：“促坐重燃绛蜡，香泉细泻银瓶。一瓯月露照人明。清真无俗韵，久淡似交情。　　正味能销酒力，余甘解助茶清。琼浆一饮觉身轻。蓝桥知不远，归卧对云英。”[7]其“促坐重燃绛蜡”，即指宴会将终，又进入一个新的饮汤阶段。其“正味能销酒力，余甘解助茶清。琼浆一饮觉身轻”。乃言饮用余甘汤解酒、助茶的妙用。四首词一致强调的就是汤对人的补益强健作用。《全宋词》中，还可见到如下比较明确的组方名目：

（一）紫芝汤

晁端礼《少年游》：“建溪灵草已先尝。欢意尚难忘。未放笙歌，暂留簪佩，犹有紫芝汤。”[8]紫芝即灵芝。《神农本草经》记载，芝有紫芝、赤芝、青芝、黄芝、白芝、黑芝等六种。紫芝：“味甘平。主耳聋，利关节，保神，益精气，坚筋骨，好颜色。”[9]此词说的是宴会结束之际，主人上茶给宾客解酒（即“建溪灵草已先尝”）后，又上珍贵的紫芝汤给宾客饮用的情形。

---

① [宋]李处全：《柳梢青·汤》，《全宋词》第3册，第1732页。

② [宋]周紫芝：《摊破浣溪沙·茶词》，《全宋词》第2册，第873页。

③ [宋]周紫芝：《摊破浣溪沙·汤词》，《全宋词》第2册，第873页。

④ [宋]张炎：《踏莎行·咏汤》，《全宋词》第5册，第3510页。

⑤ [宋]杨泽民：《六么令·壬寅四月扶病外邑催租寄内》，《全宋词》第4册，第3012页。

⑥ [宋]王安中：《小重山·汤》，《全宋词》第2册，第750页。

⑦ [宋]无名氏：《临江仙》，《全宋词》第5册，第3658页。

⑧ [宋]晁端礼：《少年游》，《全宋词》第1册，第434页。

⑨ [魏]吴普等述，清孙星衍、孙冯翼辑：《神农本草经》卷一，丛书集成初编本，第24页。以下简称《本经》。

(二)余甘汤

黄庭坚《更漏子·余甘汤》:"菴摩勒,西土果。霜后明珠颗颗。凭玉兔,捣香尘。称为席上珍。号余甘,争奈苦。"[①]宋唐慎微《证类本草》卷十三"菴摩勒":"味苦甘,寒,主风虚热气,一名余甘,生岭南。"[②],现在俗称油柑。宋寇宗奭《本草衍义》卷十四,"菴摩勒"条:"余甘子也。解金石毒,为末做汤点服。"[③]此词说的是宴会将终,主人使侍女捣碎原产于西土的菴摩勒果(余甘果),现场煎煮成余甘汤,说服宾客饮用的情景。

(三)长松汤

黄庭坚《鹧鸪天》(吉祥长老设长松汤,为作。有僧病痂癞,尝死金刚窟。有人见者,教服长松汤,遂复为完人):"汤泛冰瓷一坐春。长松林下得灵根。吉祥老子亲拈出,个个教成百岁人。　　灯焰焰。酒醺醺。壑源曾未醒酲魂。与君更把长生碗,聊为清歌驻白云。"[④]《证类本草》卷七"长松":"长松,味甘温,无毒,主风血、冷气、宿疾,温中,去风。草似松,叶上有脂。山人服之。生关内谷中。"[⑤]"壑源"为建茶的一个重要产地,宋子安《东溪试茶录》有"壑源"专目予以介绍[⑥]。"壑源曾未醒酲魂。与君更把长生碗",意为名贵的壑源茶也没有解去我们的酲醉,我们还是再饮一点令人长生的长松汤吧。此词生动记载了饮用长松汤,可以治疗皮肤痂癞、解酒、长生的功用。王千秋《醉蓬莱·送汤》:"正歌尘惊夜,斗乳回甘,暂醒还醉。再煮银瓶,试长松风味。玉手磨香,镂金檀舞,在寿星光里。翠袖微揎,冰瓷对捧,神仙标致。　　记得拈时,吉祥曾许,一饮须教,百年千岁。"[⑦]则生动地描绘了宴罢,饮茶解酒,不能完全奏效——"斗乳回甘,暂醒还醉",主人又上长松汤给宾客补益的情景——"再煮银瓶,试长松风味"。陈彬藩主编《中国茶文化经典》将王千秋的这首《醉蓬莱·送汤》当作茶词,可能是着眼于"再煮银瓶,试长松风味。玉手磨香,镂金檀舞"的缘故,因为词人咏烹茶,

---

① [宋]黄庭坚:《更漏子·余甘汤》,《全宋词》第1册,第390页。

② [宋]唐慎微:《重修政和经史证类本草》卷十三,四部丛刊本。

③ [宋]寇宗奭:《本草衍义》卷十四,第68页,丛书集成初编本。

④ [宋]黄庭坚:《鹧鸪天·吉祥长老设长松汤为作有僧病痂癞尝死金刚窟有人见者教服长松汤遂复为完人》,《全宋词》第1册,第397页。

⑤ [宋]唐慎微:《重修政和经史证类本草》卷七,四部丛刊本。

⑥ [宋]宋子安:《东溪试茶录》,阮浩耕、沈冬梅、于良子点校注释《中国古代茶叶全书》,浙江摄影出版社1999年版,第73页。

⑦ [宋]王千秋:《醉蓬莱·送汤》,《全宋词》第3册,第1466页。

往往把煎水将开未开之时发出的响声，比作松风声①，而以“玉手磨香”描绘碾茶，自然也是贴切的。但是，一、此词题云“送汤”。二、此词开头云“正歌尘惊夜，斗乳回甘，暂醒还醉，再煮银瓶，试长松风味”，意即斗茶饮茶，乃使酒意暂时有所缓解，但还是没能解决酒醉的问题，于是再次煎水，试一试长松风味。如果此“长松风味”是再次点试茶的话，这宴会便未免有些单调而缺少情趣。三、最重要的是“记得拈时，吉祥曾许，一饮须教，百年千岁”句，比照前引黄庭坚《鹧鸪天》之序与词，自可明白其词意正从黄作化出。

(四)沈香(沉香)汤

程垓《朝中措·汤词》：“龙团分罢觉芳滋。歌彻碧云词。翠袖且留纤玉，沉香载捧冰珀。”②《证类本草》“沉香”：“微温，疗风水毒肿，去恶气。”③此词描绘宴席将罢，先上茶(龙团分罢觉芳滋)，后上沉香汤，给客人调理的情形。

(五)扶桑椹汤

程珌《鹧鸪天·汤词》：“饮罢天厨碧玉觞。仙韵九奏少停章。何人采得扶桑椹，捣就蓝桥碧绀霜。　凡骨变，骤清凉。何须仙露与琼浆。”④《证类本草》卷十三，“桑根白皮”下附引《唐本草》⑤云：“桑椹，味甘，寒，无毒。单食，主消渴。”⑥此词描绘宫廷宴会中，饮罢美酒，美妙的音乐稍稍停下来，又饮用扶桑椹捣汁做成的汤，这扶桑椹捣就的汁，就像唐传奇中，蓝桥的仙姥让秀才裴航捣灵丹所得的玄霜一样⑦，饮用之后，“凡骨变，骤清凉”，真是人间的仙露与琼浆啊。明李时珍《本草纲目》卷三十六曰“捣汁饮，解中酒毒”⑧正与此相应。

---

① 这样的情况不胜枚举，如黄庭坚《西江月·茶》：“松风蟹眼新汤”(《全宋词》第1册，第397页)，黄庭坚《品令·茶词》：“汤响松风，早减了、二分酒病。”(《全宋词》第1册，第405页)周紫芝《摊破浣溪沙·茶词》：“雪浪溅翻金缕袖，松风吹醒玉酡颜。”(《全宋词》第2册，第873页)李处全《柳梢青·茶》：“石乳香甘，松风汤嫩，一时三绝。”(《全宋词》第3册，第1732页)王之望《满庭芳·赐茶》：“今日磨圭碎璧，天香动、风入窗纱。”(《全宋词》第3册，第1339页)林正大《括意难忘》檃栝黄庭坚《煎茶赋》：“汹汹松风。更浮云皓皓，轻度春空。”(《全宋词》第4册，第2458页)

② [宋]程垓：《朝中措·汤词》，《全宋词》第3册，第1999页。

③ [宋]唐慎微：《重修政和经史证类本草》卷十二，四部丛刊本。

④ [宋]程珌：《鹧鸪天·汤词》，《全宋词》第4册，第2290页。

⑤ 按：此指唐苏敬等撰《新修本草》，已散佚，今人尚志钧有辑复本可参。([唐]苏敬等撰，尚志钧辑校：《新修本草》(辑复本)安徽科学技术出版社1981年版)

⑥ [宋]唐慎微：《重修政和经史证类本草》卷十三，四部丛刊本。

⑦ 参见[唐]裴铏：《传奇·裴航》，上海古籍出版社1980年版，第54—56页。

⑧ [明]李时珍：《本草纲目》卷三十六，文渊阁四库全书本。

(六)豆蔻汤

吴文英《杏花天·咏汤》:"蛮姜①豆蔻相思味。算却在、春风舌底。"②姜为辛辣之物,至今仍为寻常日用,毋须赘言。《证类本草》"白豆蔻"云:"味辛,大温,无毒。主积冷气,止吐逆,反胃,消谷下气。"③宋王衮《博济方》有"豆蔻汤",组方为草豆蔻、生姜、甘草,"治脾胃虚弱,不思饮食,吐呕满闷,胸膈不利,心腹痛"④。此词咏宴席将罢,主人殷勤上来了一道豆蔻汤,其香辛味好像"相思"之味。饮罢酒也醒了,常年的老毛病也好了。上马归去,歌女还唱着惜别的歌曲。

(七)紫苏汤

逸民《江城子·中秋忆举场》:"秀才落得甚干忙。冗中秋,闷重阳。百年三万,消得几科场。吟配十年灯火梦,新米粥,紫苏汤。"⑤梁陶弘景《名医别录》中品载紫苏曰:"主治下气,除寒中,其子尤良。"⑥宋寇宗奭《本草衍义》:"苏:此紫苏也。……其味微辛甘,能散,其气香。今人朝暮汤其汁饮,为无益。医家谓芳草致富贵之疾者,此有一焉。脾胃寒人,饮之多泄滑,往往不觉。子,治肺气喘息。"⑦宋政和中徽宗敕编《圣济总录纂要》有"紫苏汤",组方为"紫苏二两、陈皮五钱,大枣酒,水煮三钱,温服","治卒短气"⑧。紫苏治气逆,与这首《江城子·中秋忆举场》词意正相符合⑨。秀才十年寒窗,到头来举场失意,落得干忙一场,"冗中秋,闷重阳",气逆烦闷,是要紫苏汤将息调养才好。

(八)花粉汤

张炎《踏莎行·咏汤》:"瑶草收香,琪花采汞。冰轮碾处芳尘动。竹炉汤暖

---

① 吴文英另有一首词《瑞龙吟·送梅津》又有"蛮江豆蔻",全句为"吴宫娇月娆花,醉题恨倚,蛮江豆蔻",张良臣《西江月》亦有"蛮江豆蔻影连梢"句,所以吴文英《杏花天·咏汤》之"蛮姜豆蔻"似本应作"蛮江豆蔻","蛮江"即闽江。

② [宋]吴文英:《杏花天·咏汤》,《全宋词》第4册,第2933页。

③ [宋]唐慎微:《重修政和经史证类本草》卷九,四部丛刊本。

④ [宋]王衮:《博济方》卷二,文渊阁四库全书本。

⑤ [宋]逸民:《江城子·中秋忆举场》,《全宋词》第5册,第3587页。

⑥ [梁]陶弘景集《名医别录》,已佚,今人尚志钧有辑校本,1986年由人民卫生出版社出版。此转引[明]李时珍《本草纲目》卷十四"草之三"之"苏"条引《名医别录》,文渊阁四库全书本。

⑦ [宋]寇宗奭:《本草衍义》卷十九,丛书集成初编本。

⑧ [宋]《圣济总录纂要》卷七,文渊阁四库全书本。

⑨ 按:这里提到的药书中药汤方子,只是说明汤词所言之汤属于保健药汤,并非认定它们组方相同,阅读方剂撰著可以知道,同一名目的方子,药味加减往往不同。

火初红，玉纤调罢歌声送。　麾去茶经，袭藏酒颂。一杯清味佳宾共。从来采药得长生，蓝桥休被琼浆弄。”①张炎另有一首《蝶恋花・山茶》：“花占枝头忻日焙。金汞初抽，火鼎铅华退。还似瘢痕涂獭髓。胭脂淡抹微酣醉。”②其“金汞初抽”之“金汞”显然指的就是花蕊上的花粉，所以“瑶草收香，琪花采汞。冰轮碾处芳尘动。竹炉汤暖火初红，玉纤调罢歌声送”，说的就是用珍奇花之花粉，和以珍奇草之香，碾碎做成汤，于酒茶之后，伴着歌声，献给客人饮用。

张方平《近自钟山采松花和汤甚美送汤一罂呈仲文学士》其一：“青松北山麓，春蕊摘金团。芳泽逾肪节，滋华本岁寒。功传上品药，饵胜曲晨丹。一泛彤霞液，天和入肺肝。”其二：“日精月华所滋结，金匮琼笈称灵珍。味胜仙人掌中露，色如游女衣上尘。饵之伐邪炼神魄，久且长年登高真。轻鄙茯菟乃沦滓，嘉赏当问清遐人。”③则生动描写了以松花粉和汤的美妙神灵。有关松花粉（或松黄）的功效，《唐本草》亦有载，《证类本草》卷十二“松脂”下附：“《唐本》注云松花名松黄。拂取似蒲黄正尔，酒，服身轻疗病，云胜皮叶及脂。”④

（九）崖蜜汤

曹冠《朝中措・汤》：“更阑月影转瑶台。歌舞下香阶。洞府归云缥缈，主宾清兴徘徊。　汤斟崖蜜，香浮瑞露，风味方回。”⑤词中“崖蜜”即山崖间的野蜂所酿之蜜，又名“石蜜”。《本经》卷一：“石蜜，味甘平。主心腹邪气，诸惊痫，安五脏诸不足，益气补中，止痛解毒，除众病，和百药。久服强志轻身不饥不老。一名石饴，生山谷。”⑥陶隐居（即陶弘景）云：“石蜜即崖蜜也，高山崖石间作之。”⑦

四、饮汤往往后于饮茶，自有药理

茶本来就入药，性味苦甘、凉。《唐本草》“茗”：“味甘苦，微寒，无毒。主瘘疮利小便，去痰热渴，令人少睡，春采之。”“主下气，消宿食，作饮加茱萸葱姜良。”⑧宋寇宗奭《本草衍义》载“茗”曰：“今茶也。……唐人有言曰：释滞消壅，一日之利

---

① ［宋］张炎：《踏莎行・咏汤》，《全宋词》第5册，第3510页。

② ［宋］张炎：《蝶恋花・山茶》，《全宋词》第5册，第3506页。

③ ［宋］张方平：《近自钟山采松花和汤甚美送汤一罂呈仲文学士》，《全宋诗》第6册，卷三〇六，第3844页。

④ ［宋］唐慎微：《重修政和经史证类本草》卷十二，四部丛刊本。

⑤ ［宋］曹冠：《朝中措・汤》，《全宋词》第3册，第1534页。

⑥ ［魏］吴普等述，［清］孙星衍、孙冯翼辑：《神农本草经》卷一，丛书集成初编本，第48页。

⑦ 按：陶隐居即陶弘景，此引［宋］唐慎微《重修政和经史证类本草》卷二十引陶隐居语。

⑧ ［宋］唐慎微：《重修政和经史证类本草》卷十三引《唐本草》，四部丛刊本。

暂佳。”①煎茶配以其他药草，在唐代非常流行，而提倡饮纯茶的茶圣陆羽则斥之曰：“或用葱姜枣橘皮茱萸薄荷之等，煮之百沸，或扬令滑，或煮去沫，斯沟渠间弃水耳，而习俗不已。於戏！天育万物皆有至妙，人之所工，但猎浅易。”②但这种饮茶之法宋代依然流行。苏辙《和子瞻煎茶》诗有云：“君不见闽中茶品天下高，倾身事茶不知劳。又不见北方俚人茗饮无不有，盐酪椒姜夸满口。”③黄庭坚《煎茶赋》云：“或者又曰：寒中瘠气，莫甚于茶。或济之盐，句贼破家。滑窍走水，又况鸡苏之与胡麻！涪翁于是酌岐雷之醪醴，参伊圣之汤液。斫附子如博投，以熬葛仙之垩。去蓏而用盐，去橘而用姜。不夺茗味，而佐以草石之良。所以固太仓而坚作强。于是有胡桃、松实、庵摩、鸭脚、勃贺、蘼芜、水苏、甘菊。既加臭味，亦厚宾客。前四后四，各用其一。少则美，多则恶。发挥其精神，又益于咀嚼。盖大匠无可弃之材，太平非一士之略。厥初贪味隽永，速化汤饼。乃至中夜，不眠耿耿。”④宋袁文《瓮牖闲评》卷六云：“余生汉东，最喜啜畾茶……其法以茶芽盏许，入少脂麻，沙盆中烂研，量水多少煮之，其味极甘腴可爱。苏东坡诗云：‘柘罗铜碾弃不用，脂麻白土须盆研’者是矣。”⑤

这种煎茶之法也进一步提示我们因何饮汤往往后于饮茶，就在于“寒中瘠气，莫甚于茶”，茶虽有诸利，苦寒之性，也不可不在意，因此，煎茶时“佐以草石之良”，“所以固太仓而坚作强”，从而使茶“既加臭味，亦厚宾客”，“发挥其精神，又益于咀嚼”。所以，前面谈到的饮茶后，又饮不同名目汤，其实与以上苏辙等人提到的煎茶法的用意类似。不同的是，一个是分而饮之，一个是一锅煮，道理差不多。只不过分而饮之使宴会更富波澜、更有情趣。

南宋人项安世《茱萸茶》诗：“城郭千山隘，晨昏二气并。乍如冰底宿，忽似甑中行。蚯蚓方雄长，茱萸可扞城。龙团宁小忍，异味且同倾。”⑥其自注曰：“峡中有蚯蚓瘴，饮此茶御之。”诗云“龙团宁小忍，异味且同倾”，则说明此茱萸茶的组方有名贵的建茶龙团、茱萸，也是以茶之寒来与茱萸之温辛相配。茱萸有吴茱萸、山茱萸、食茱萸之别，性质相类。《神农本草经》卷二：“吴茱萸”：“味辛温，主温中，下气，止痛，咳逆，寒热，除湿血痹，逐风邪，开腠理，根杀三虫，一名

---

① [宋]寇宗奭：《本草衍义》卷十四，丛书集成初编本。

② [唐]陆羽：《茶经》卷下，“六之饮”，阮浩耕、沈冬梅、于良子点校注释《中国古代茶叶全书》，浙江摄影出版社1999年版，第8页。

③ [宋]苏辙：《和子瞻煎茶》，《栾城集》卷四，四部丛刊本。

④ [宋]黄庭坚：《煎茶赋》，《豫章黄先生文集》卷一，四部丛刊本。

⑤ [宋]袁文撰，李伟国校点：《瓮牖闲评》卷六，上海古籍出版社1985年版，第57页。

⑥ [宋]项安世：《茱萸茶》，《全宋诗》第44册，卷二三七一，第27247页。

薮，生山谷。”[①]同卷“山茱萸”：“味酸平，主心下邪气，寒热，温中，逐寒湿痹，去三虫，久服轻身，一名蜀枣，生山谷。”[②]《证类本草》卷十三，引《唐本草》：“食茱萸，味辛、苦，大热，无毒。功用与吴茱萸同，少为劣尔，疗水气用之乃佳。”[③]

另外，辛弃疾《洞仙歌·丁卯八月病中作》词云“羡安乐窝中泰和汤，更剧饮，无过半”，此“泰和汤”是酒。此句典出邵雍。邓广铭《稼轩词编年笺注》注引邵雍《无名公传》云“性喜饮酒，尝命之曰泰和汤”，又引《宋史·邵雍传》云邵雍“名其居曰安乐窝。……旦则焚香燕坐，晡时酌酒三四瓯，微醺即止，常不及醉也。”[④]陶穀《清异录》“酒浆门”之“快活汤”条：“当涂一种酒，曲皆发散药，见风即消，既不久醉，又无腹滞之患，人号‘快活汤’，士大夫呼‘君子觞’。”[⑤]《墨庄漫录》卷五云：“僧谓酒为般若汤。”[⑥]这些故实一方面反映了饮酒的养生之道，另一方面也反映了“汤”为药汤的习惯用法。又，苏轼《浣溪沙》（绍圣元年十月二十三日，与程乡令侯晋叔、归善簿谭汲同游大云寺。野饮松下，设松黄汤，作此阕）：“罗袜空飞洛浦尘。锦袍不见谪仙人。携壶藉草亦天真。玉粉轻黄千岁药，雪花浮动万家春。醉归江路野梅新。”[⑦]张炎《华胥引·赋松花》：“香入蜂须，密房风味应别。笃酒浮汤，爱霏霏、粉黄清绝。”[⑧]玩味词意，说的也都是酒。这是应该特别注意的。

总之，汤充满芳香，或甘或苦，主要用来送客，与茶不同。这在宋人笔记中也是有体现的，可资对照。宋孟元老《东京梦华录》卷五“民俗”：“或有从外新来邻左居住，则相借借动使，献遗汤茶，指引买卖之类。”[⑨]从汉语的构词习惯看，显然此“汤茶”与“茶汤”不同。宋赵希鹄《调燮类编》卷三“清饮”列有“橘汤”“暗香”“天香汤”“茉莉汤”“柏叶汤”等配方[⑩]。南宋末陈元靓《事林广记》之《纂图增新群书类要事林广记》（至元本）壬集卷上“诸品汤”列有干木瓜汤、缩砂汤、无尘汤、

---

① [魏]吴普等述，[清]孙星衍、孙冯翼辑：《神农本草经》卷二，中经，丛书集成初编本，第78—79页。

② [魏]吴普等述，[清]孙星衍、孙冯翼辑：《神农本草经》卷二，中经，第81页。

③ [宋]唐慎微：《重修政和经史证类本草》卷十三，四部丛刊本。

④ 邓广铭：《稼轩词编年笺注》，上海古籍出版社1978年版，第540页。

⑤ [宋]陶穀撰：《清异录》卷四，宝颜堂秘籍本，民国十一年三月(1922)文明书局印行。

⑥ [宋]张邦基撰，孔凡礼点校：《墨庄漫录》卷五，中华书局2002年版，第143页。

⑦ [宋]苏轼：《浣溪沙·绍圣元年十月二十三日与程乡令侯晋叔归善簿谭汲同游大云寺野饮松下设松黄汤作此阕》，《全宋词》第1册，第317页。

⑧ [宋]张炎：《华胥引·赋松花》，《全宋词》第5册，第3522页。

⑨ [宋]孟元老撰，邓之诚注：《东京梦华录》卷五，中华书局1982年版，第131页。

⑩ [宋]赵希鹄：《调燮类编》，第60页，丛书集成初编本。

荔枝汤、木犀汤等十余种汤的配方、服法[①]，皆称芳香之品。宋龚鼎臣《东原录》记载，宋真宗“一日召知制诰晏殊，坐，赐茶……真宗点汤，既起。即召翰林学士钱惟演”[②]。宋佚名《锦绣万花谷》续集卷二“经筵”引吕希吉《家塾记》云：“本朝旧讲读官每见先赐坐饮茶……讲读毕，复坐饮汤乃退。”[③]宋魏泰《东轩笔录》卷五：“时陈升之知枢密院，(胡)收往谒求荐……陈公鄙其言，遽索汤使起。”[④]宋晁以道《晁氏客语》记载，范纯夫每当“进讲”前夕，往往在家里预讲，讲毕，“煮汤而退”。[⑤] 宋朱彧《萍洲可谈》卷一“茶汤”：“今世俗：客至则啜茶，去则啜汤。汤取药材甘香者屑之，或温或凉，未有不用甘草者，此俗遍天下。”[⑥]宋佚名《南窗纪谈》：“客至则设茶，欲去则设汤，不知起于何时，然上自官府，下至里闾，莫之或废。……盖客坐既久，恐其语多伤气，故其欲去则饮之以汤。”[⑦]可见，在宋代，客去设汤之俗，上自朝堂，下至民间，确乎“遍天下”。宋人汤词则反映了这种待客之俗与歌舞宴饮民俗的相结合及结合后发生的变化。宋袁文《瓮牖闲评》卷六曰：“古人客来点茶，茶罢点汤，此常礼也。近世则不然，客至点茶与汤，客主皆虚盏，已极好笑。而公厅之上，主人则有少汤，客边尽是空盏，本欲行礼而反失礼，此尤可笑者也。”[⑧]然而大半生都是在元代度过的张炎的汤词《踏莎行·咏汤》有“麾去茶经，袭藏酒颂。一杯清味佳宾共”[⑨]，明言汤与献酒、献茶不同时，可见袁文的记载并不全面。

宋代以前已有饮汤之俗。《荆楚岁时记》记载正月一日“长幼悉正衣冠，以次拜贺，进椒柏酒，饮桃汤，进屠苏酒……”[⑩]此后的元代，饮汤、点汤送客之习，依然盛行。前张相所引元杂剧点汤逐客的情形就是一个证明。至今待客之道，仍不乏其流风遗韵：筵会中，待主菜、主食上的差不多了，就会上汤，当然，这种汤不是保健药汤。南方广东一带稍异，客来即上汤，当是其地炎热之故。

---

① [宋]陈元靓：《事林广记》，中华书局影印元至元本与日本元禄翻刻合订本 1999 年版，第 217 页。

② [宋]龚鼎臣：《东原录》，丛书集成初编本，第 17 页。

③ [宋]佚名：《锦绣万花谷》续集卷二，文渊阁四库全书本。

④ [宋]魏泰撰，李裕民点校：《东轩笔录》卷五，中华书局 1983 年版，第 56—57 页。

⑤ [宋]晁以道：《晁氏客语》，丛书集成初编本，第 32 页。

⑥ [宋]朱彧：《萍洲可谈》，丛书集成初编本，第 2 页。

⑦ [宋]佚名：《南窗纪谈》，丛书集成初编本，第 9 页。

⑧ [宋]袁文撰，李伟国校点：《瓮牖闲评》卷六，上海古籍出版社 1985 年版，第 57 页。

⑨ [宋]张炎：《踏莎行·咏汤》，《全宋词》第 5 册，第 3510 页。

⑩ [梁]宗懔：《荆楚岁时记》，《笔记小说大观》本，台湾新兴书局有限公司 1989 年版。

五、有关熟水词

现在，我们应该提到《全宋词》中少有人注意的标题为“熟水”的九首词了。什么是熟水？陈元靓《事林广记》之《纂图增新群书类要事林广记》本（至元本）壬集卷上“诸品熟水”记有紫苏熟水、香花熟水等的制法、服法[①]，其《新编群书类要事林广记》本（元禄本）癸集卷三则有“御宣熟水”云：

仁宗敕翰林定熟水，以紫苏为上，沉香次之，麦门冬又次之。苏能下胸膈滞气，气效至大。炙苏须膈竹纸，不得翻，候香，以汤先泡一次，倾却再泡用，大能分气，极佳。[②]

而研读这九首熟水词意，笔者以为熟水的饮用是非常类似于汤的。陈彬藩主编《中国茶文化经典》将杨无咎《朝中措·熟水》《清平乐·熟水》以及史浩《南歌子·熟水》等3首熟水词列入宋人茶诗词录中[③]，显然有可商榷之处。

（一）据笔者统计，作汤词的词人未见作熟水词，但不一定不作茶词

黄庭坚是作茶词、汤词最多的了，却无一首熟水词。杨无咎有三首词题云“熟水”，有《玉楼春·茶》《醉蓬莱·见禾山凝秀，禾水澄清……》《朝中措》等三首茶词，没有一首汤词。

（二）有词人把熟水称作“汤”

易少夫人《临江仙·咏熟水话别》直接把熟水称作“汤”：“记得高堂同饮散，一杯汤罢分携。绛纱笼影簇行旗。更残银漏急，天淡玉绳低。 只恐曲终人不见，歌声且为迟迟。如今车马各东西。画堂携手处，疑梦又疑非。”[④]杨无咎《朝中措·熟水》：“打窗急听□然汤。沈水剩熏香。冷暖旋投冰碗，荤膻一洗诗肠。 酒醒酥魂，茶添胜致，齿颊生凉。莫道淡交如此，于中有味尤长。”[⑤]词中，“然汤”前虽缺一字，我们也可据之知道“熟水”也是可以叫“汤”的。

---

① ［宋］陈元靓：《事林广记》，中华书局影印元至元本与日本元禄翻刻合订本1999年版，第218页。

② ［宋］陈元靓：《事林广记》，中华书局影印元至元本与日本元禄翻刻合订本1999年版，第528页。

③ 陈彬藩主编：《中国茶文化经典》，光明日报出版社1999年版，第173、175页。

④ ［宋］易少夫人：《临江仙·咏熟水话别》，《全宋词》第5册，第3590页。

⑤ ［宋］杨无咎：《朝中措·熟水》，《全宋词》第2册，第1188页。

(三)筵会中,饮熟水亦紧跟饮茶之后

易少夫人《临江仙·咏熟水》:“何处甘泉来席上,嫩黄初汤银瓶。月团尝罢有余清。惠山名品在,歌舞暂留停。欲赏蜜源新气味,不应兼进豨苓。此中端有淡交情。相如方病酒,一饮骨毛轻。”①史浩《南歌子·熟水》:“藻涧蟾光动,松风蟹眼鸣。浓熏沈麝入金瓶。泻出温温一盏、涤烦膺。爽继云龙饼,香无芝术名。”②吕本中《西江月·熟水词》:“酒罢悠扬醉兴,茶烹唤起醒魂。却嫌仙剂点甘辛。冲破龙团气韵。”③均言在筵席中,饮熟水在饮茶之后。杨无咎《朝中措·熟水》在其同调之茶词之后,很可能也是同一宴会中先后所作。《朝中措》云:“杯盘狼藉烛参差。欲去未容辞。春雪看飞金碾,香云旋涌花瓷。　雍容四座,矜夸一品,重听新词。归路清风生腋,不妨轻捻吟髭。”④《朝中措·熟水》云:“打窗急听□然汤。沈水剩熏香。冷暖旋投冰碗,荤膻一洗诗肠。　酒醒酥魂,茶添胜致,齿颊生凉。莫道淡交如此,于中有味尤长。”⑤

(四)熟水词之组方类似于汤

如吕本中《西江月·熟水词》即云:“却嫌仙剂点甘辛。冲破龙团气韵。”⑥

1. 豨苓

易少夫人《临江仙·咏熟水》:“欲赏蜜源新气味,不应兼进豨苓。此中端有淡交情。相如方病酒,一饮骨毛轻。”⑦豨苓即猪苓,《本经》卷二载:“味甘平,主痎疟,解毒虫注、不祥,利水道。”⑧寇宗奭《本草衍义》卷十四则曰:“猪苓,行水之功多,久服必损肾气。”⑨此词说饮用豨苓熟水,司马相如(代指文人)的酒病都好了。

2. 沈(沉)麝

史浩《南歌子·熟水》:“浓熏沈麝入金瓶。泻出温温一盏、涤烦膺。爽继云龙饼,香无芝术名。”⑩沈麝为沉香与麝香的合称。沉香前已说明。麝香,《本经》

---

① [宋]易少夫人:《临江仙·咏熟水》,《全宋词》第5册,第3590页。

② [宋]史浩:《南歌子·熟水》,《全宋词》第2册,第1284页。

③ [宋]吕本中:《西江月·熟水词》,《全宋词》第2册,第936页。

④ [宋]杨无咎:《朝中措》,《全宋词》第2册,第1188页。

⑤ [宋]杨无咎:《朝中措·熟水》,《全宋词》第2册,第1188页。

⑥ [宋]吕本中:《西江月·熟水词》,《全宋词》第2册,第936页。

⑦ [宋]易少夫人:《临江仙·咏熟水》,《全宋词》第5册,第3590页。

⑧ [魏]吴普等述,[清]孙星衍、孙冯翼辑:《神农本草经》卷二,丛书集成初编本,第82页。

⑨ [宋]寇宗奭:《本草衍义》卷十四,丛书集成初编本,第65页。

⑩ [宋]史浩:《南歌子·熟水》,《全宋词》第2册,第1284页。

卷一载:“味辛温,主辟恶气,杀鬼精物、温疟、蛊毒、痫、去三虫,久服除邪,不梦寐厌寐。”①此词描绘了宴会中,现场冲泡碾碎的沉香、麝香成为沈麝熟水,涤除了烦膺,感觉同刚才饮用的名贵的云龙茶饼一样爽,芳香如芝术,却无芝术之名。

3.沈水(沈水)(沉香)

杨无咎《朝中措·熟水》:“沈水剩熏香。冷暖旋投冰碗,荤膻一洗诗肠。”②描写了饮用沉香熟水去腹中荤膻的情形。

4.豆蔻

李清照《摊破浣溪沙》:“病起萧萧两鬓华。卧看残月上窗纱。豆蔻连梢煎熟水,莫分茶。”③此词字面上写无人和自己玩分茶的游戏,只有自己一人煎煮豆蔻熟水。而豆蔻的祛除气滞,食滞,胸闷之类毛病的功用(参见本文前引《证类本草》等),则可以提示我们理解潜藏在字里行间的女词人孤独多病年老的哀伤,感受到一种含蓄而哀婉的美。

5.紫苏

杨无咎《点绛唇·紫苏熟水》:“宝勒嘶归,未教佳客轻辞去。姊夫屡鼠。笑听殊方语。清入回肠,端助诗情苦。”④《新编金匮要略方论》卷下有“食蟹中毒治之方”:“紫苏　右煮汁饮之三升。紫苏子捣汁饮之亦良。”⑤《肘后备急方》卷二“治伤寒啘不止”方:“赤苏(即紫苏)一把,水三升,煮取二升,稍稍饮。”⑥同书卷三又一方:“干苏叶(即干紫苏叶)三两,陈橘皮四两,酒四升煮取一升半,分为再服,可治卒得寒冷上气。”⑦皆与此词筵终之意有若合符:席间食热发汗或食寒凉而偶感风寒、泻泄,或者进食鱼蟹乃至中毒都是平常之事。故而“未教佳客轻辞去”,且饮一杯紫苏水。

6.门冬水

杨无咎《清平乐·熟水》:“开心暖胃。最爱门冬水。欲识味中犹有味。记取东坡诗意。笑看玉笋双传。”⑧其中“笑看玉笋双传”是席间侍女双手捧送之意,

---

① [魏]吴普等述,[清]孙星衍、孙冯翼辑:《神农本草经》卷一,第45页,丛书集成初编本。

② [宋]杨无咎:《朝中措·熟水》,《全宋词》第2册,第1188页。

③ [宋]李清照:《摊破浣溪沙》,《全宋词》第2册,第933页。

④ [宋]杨无咎:《点绛唇·紫苏熟水》,《全宋词》第2册,第1188页。

⑤ [汉]张机撰:《新编金匮要略方论》卷下,禽兽虫鱼禁忌第二十四,四部丛刊本。

⑥ [晋]葛洪撰,[梁]陶弘景、[金]杨用道补:《肘后备急方》卷二,文渊阁四库全书本。

⑦ [晋]葛洪撰,[梁]陶弘景、[金]杨用道补:《肘后备急方》卷三,文渊阁四库全书本。

⑧ [宋]杨无咎:《清平乐·熟水》,《全宋词》第2册,第1193页。

这首词也是一首席间之作。门冬有“天门冬”与“麦门冬”两种，中医师开方子，常配合使用。天门冬，《本经》卷一：“味苦平。主诸暴风湿偏痹。”①麦门冬，《本经》卷一：“味甘平。主心腹，结气伤中伤饱，胃络脉绝，羸瘦短气。”②从词意看，此“门冬水”应是麦门冬水。与前引《事林广记》之“仁宗敕翰林定熟水，以紫苏为上，沉香次之，麦门冬又次之”正同。

7.鸡苏水

杨无咎有一首《点绛唇》：“瓦枕藤床，道人劝饮鸡苏水。清虽无比。何似今宵意。红袖传持，别是般情味。歌筵起。绛纱影里。应有吟鞭坠。”③这首词是描写宴会将终，主人让侍女捧送鸡苏水劝客人饮用的情形。既然“门冬水”可以叫作熟水，又据“清虽无比”之句，“鸡苏水”似乎也应是熟水。《本经》卷二载“水苏”：“味辛微温，主下气，辟口臭，去毒，辟恶，久服通神明，轻身耐老。”辑者引《别录》(《名医别录》)曰：“一名鸡苏，一名劳祖。”④李时珍《本草纲目》卷十四亦载录。宋《太平惠民和济局方》卷六“龙脑鸡苏丸”方中“鸡苏”下小字注曰：“即龙脑薄荷。”⑤据《中药大辞典》“薄荷”条，江苏(苏州、太仓)栽培的龙脑薄荷，“亦同供药用”⑥。《唐本草》载“薄荷”曰：“主治贼风，伤寒，发汗，恶气腹胀满，霍乱，宿食不消，下气。”⑦现在中医常用的尚有“鸡苏散”，组方为滑石、甘草、薄荷叶，治暑湿烦渴⑧。

另外，张元幹有《浣溪沙·蔷薇水》：“月转花枝清影疏。露华浓处滴真珠。天香遣恨罥花须。　沐出乌云多态度，晕成娥绿费工夫。归时分付与妆梳。”⑨据词意，其“蔷薇水”应即今天的“蔷薇露”，乃从蔷薇中提取的香水，与熟水无涉。宋蔡絛《铁围山丛谈》卷五，对蔷薇水说得很明白：“旧说蔷薇水，乃外国采蔷薇花上露水，殆不然。实用白金为甑，采蔷薇花蒸气成水，则屡采屡蒸，积而为香，此所以不败。”⑩

---

① [魏]吴普等述，[清]孙星衍、孙冯翼辑：《神农本草经》卷一，丛书集成初编本，第12页。

② [魏]吴普等述，[清]孙星衍、孙冯翼辑：《神农本草经》卷一，丛书集成初编本，第17页。

③ [宋]杨无咎：《点绛唇》，《全宋词》第2册，第1188页。

④ [魏]吴普等述，[清]孙星衍、孙冯翼辑：《神农本草经》卷二，丛书集成初编本，第94页。

⑤ [宋]陈师文编：《太平惠民和济局方》卷六，文渊阁四库全书本。

⑥ 江苏新医学院编：《中药大辞典》，第2649页，上海科学技术出版社1986年版。

⑦ [明]李时珍：《本草纲目》卷十四“草之三”之“薄荷”条引《唐本草》。

⑧ 参见[金]刘完素：《伤寒直格》卷下，“诸证药石分剂”之“益元散”，人民卫生出版社1982年版，第63页。

⑨ [宋]张元幹：《浣溪沙·蔷薇水》，《全宋词》第2册，第1085页。

⑩ [宋]蔡絛撰，冯惠民、沈锡麟点校：《铁围山丛谈》卷五，中华书局1983年版，第97页。

因此，熟水与汤二者同为药物保健饮料。抑或因为二者太类似，当时的人即已混为一谈。从以上所引的汤词、熟水词中，我们也可以窥见到那个时代人的养生之道和宴饮生活的细节：歌舞宴会，极尽声色、美味之欲，当然是非常欢乐愉快的，但往往进行到深夜甚至通宵达旦，而且饮酒过量对人身体也不是什么好事，所以，在宴饮结束之际，奉上茶，犹嫌不足，又献上汤，以解酒消食，散寒解热，补中益气，和胃养肾……并唱起侑茶、侑汤、侑熟水之词，不仅使宴会之终再掀高潮，给主宾留下美好的回忆，也对客人身体大有裨益，从而不能不让人感念主人情谊之深长。

第七章　两阕《满庭芳》茶词作者考[①]

宋人茶词中有二阕调寄《满庭芳》者，内容语句相似而作者不定，第一是：

北苑龙团，江南鹰爪，万里名动京关。碾深罗细，琼蕊暖生烟。一种风流气味，如甘露、不染尘凡。纤纤捧，冰瓷莹玉，金缕鹧鸪斑。　相如，方病酒，银瓶蟹眼，波怒涛翻。为扶起，尊前醉玉颓山。饮罢风生两腋，醒魂到、明月轮边。归来晚，文君未寝，相对小窗前。

此据《全宋词》录明弘治刻嘉靖修本《豫章黄先生词》[②]。明毛晋《宋名家词六十一种》本《山谷词》所收与之小异，并于此词题下云："咏茶。或刻苏子瞻。旧刻六首，考'北苑春风'是秦少游作，删去。"[③]而毛晋本所删去"北苑春风"者，就是我们要说的第二阕词：

北苑春风，方圭圆璧，万里名动京关。碎身粉骨，功合上凌烟。尊俎风流战胜，降春睡、开拓愁边。纤纤捧，研膏溅乳，金缕鹧鸪斑。　相如，虽病渴，一觞一咏，宾有群贤。为扶起灯前，醉玉颓山。搜搅胸中万卷，还倾动、三峡词源。归来晚，文君未寝，相对小窗前。

---

① 按：本章原作为《两宋茶诗词与茶事考四则》之第一条，收录于《庆贺吴熊和教授从教五十周年论文集》，浙江大学出版社 2008 年版。

② 按：此词录于《全宋词》第 1 册，第 401 页，列于黄庭坚名下。《全宋词》第 1 册，第 414 页，《一落索》词尾小字注曰："以上八十九首见明弘治刻嘉靖修本《豫章黄先生词》。"《全宋词》卷首之《引用书目》，有"《豫章黄先生词》一卷　宋黄庭坚撰　明弘治刻嘉靖修本　北京图书馆藏"。

③ ［明］毛晋《宋名家词六十一种》之《山谷词》，续修四库全书本。

此据《全宋词》录《续古逸丛书》景宋本《山谷琴趣外编》卷一所收[①]。这首词还收录在秦观《淮海词》中。现存宋乾道九年高邮军学刻本绍兴三年谢雩重修本《淮海集》后附《淮海居士长短句》卷中，收此词作：

北苑研膏，方圭圆璧，名动万里京关。碎身粉骨，功合上凌烟。尊俎风流战胜，降春睡、开拓愁边。纤纤捧，香泉溅乳，金缕鹧鸪班。
相如方病酒，一觞一咏，宾有群贤。便扶起灯前，醉玉颓山。搜揽胸中万卷，还倾动、三峡词源。归来晚，文君未寝，相对小妆残。[②]

南宋人宋吴曾《能改斋漫录·乐府·茶词》："豫章先生少时尝为茶词，寄满庭芳，云'北苑龙团，江南鹰爪……'其后增损其词，止云建茶，云'北苑研膏，方圭圆璧……'辞意益工也。后山陈无已同韵和之，云'闽岭先春，琅函联璧……'。"[③]其中所录之词，与前引亦有小异。

唐圭璋《宋词互见考·黄庭坚与秦观》："案此黄庭坚词，见彊村本《山谷琴趣外编》。《能改斋漫录》云山谷少时尝作茶词，调寄满庭芳。其后增损前词，止咏建茶，即此词也。并有陈后山同韵和词。据此则为黄词明甚。《淮海词》收之，毛本《山谷词》删之，并误。"[④]今《全宋词》所收之黄庭坚、秦观词并录此词。

笔者通读《山谷词》《淮海词》，亦以为两词均应归于黄庭坚名下，兹补论如下。

首先，这两首词虽然作者不确定，究竟只是在苏轼、黄庭坚、秦观之间，三人则为师友之间，而二词内容词句非常相似，若非出于同一人之手，就有了抄袭的嫌疑，但这在苏门师友那里应该是不可能的事情。

其次，这两首词无论在内容还是在词句、声韵上，都存在着修改方面的层次递进关系。第一首词咏北苑与江南两地的名贵之茶，称其为"一种风流气味"。第二首词只咏北苑名茶，但在意义上又比第一首多了两重：赞美茶破睡、开愁之功，赞美宾客的贤德。还有一重意义不同：第一首云"饮罢风生两腋，醒魂到、明

---

① 按：此词录于《全宋词》第1册，第386页，列于黄庭坚名下，并有"茶"之小题。《全宋词》第1册，第390页，《撼庭竹》词尾小字注曰："以上二十七首《山谷琴趣外编》卷一。"《全宋词》卷首之《引用书目》，有"《山谷琴趣外编》三卷 [宋]黄庭坚撰《续古逸丛书》景宋本"。

② [宋]乾道九年高邮军学刻绍兴三年谢雩重修本《淮海集》后所附《淮海居士长短句》卷中，北京图书馆出版社影印2003年版。

③ [宋]吴曾：《能改斋漫录》卷十七，中华书局上海编辑所1960年版，第486页。

④ 唐圭璋：《词学论丛》，上海古籍出版社1986年版，第357页。

月轮边”，所用之典出于唐卢仝《走笔谢孟谏议寄新茶》：“七碗吃不得也。惟觉两腋习习清风生。蓬莱山，在何处。玉川子，乘此清风欲归去。”第二首云“搜搅心中万卷，还倾动、三峡词源”，所用之典出于杜甫《醉歌行》诗：“词源倒流三峡水，笔阵横扫千人军。”前者之典在宋人茶词中是熟典，后者虽然并不生僻，但在宋人茶词中所用并不多，而且强调茶助诗思之功，也非常贴切。另外，还有两阕《满庭芳》也很值得拿来作些比较，其一为秦观《满庭芳》词：

> 雅燕飞觞，清谭挥座，使君高会群贤。密云双凤，初破缕金团。窗外炉烟似动，开瓶试、一品香泉。轻淘起，香生玉尘，雪溅紫瓯圆。　娇鬟。宜美盼，双擎翠袖，稳步红莲。坐中客翻愁，酒醒歌阑。点上纱笼画烛，花骢弄、月影当轩。频相顾，余欢未尽，欲去且流连。①

此阕《满庭芳》，也收录于米芾《宝晋长短句》②，亦有小异。

其二为陈师道所作：

> 闽岭先春，琅函联璧，帝所分落人间。绮窗纤手，一缕破双团。云里游龙舞凤，香雾起、飞月轮边。华堂静，松风竹雪，金鼎沸湲潺。　门阑。车马动，扶黄籍白，小袖高鬟。渐胸里轮囷，肺腑生寒。唤起谪仙醉倒，翻湖海、倾泻涛澜。笙歌散，风帘月幕，禅榻鬓丝斑。③

我们可以注意到，这些满庭芳词均言茶，在用韵上基本属于第七部，元、寒、删、先韵通用，而且不管作者是谁，都有着交谊，显然存在着和韵的关系。现在，我们再来具体地比较一下四阕词的用韵：

《满庭芳》“北苑龙团”：关【删】，烟【先】，凡【咸】，斑【删】，山【删】，边【先】，前【先】。

《满庭芳》“北苑春风”：关【删】，烟【先】，边【先】，斑【删】，贤【先】，山【删】，源【元】，前【删】。

秦观或米芾《满庭芳》“雅燕飞觞”用韵：贤【先】，团【寒】，泉【先】，圆【先】，鬟

---

① ［宋］乾道九年高邮军学刻绍兴三年谢雩重修本《淮海集》后所附《淮海居士长短句》卷中，北京图书馆出版社影印2003年版。

② 参见彊村丛书本：《宝晋长短句》，上海古籍出版社1989年版。

③ ［宋］陈师道：《满庭芳》，《全宋词》第1册，第586页。（据［明］何焯校明弘治本《后山集》卷三十）

【删】，莲【先】，阑【寒】，轩【元】，连【先】。

陈师道《满庭芳》“闽岭先春”用韵：间【删】，团【寒】，边【先】，潺，阑【寒】，鬟【删】，寒【寒】，澜【寒】，斑【删】。

可以看到，只有《满庭芳》“北苑龙团”用韵不够严谨，其所用之“凡”属于【咸】部，并不能与这里所用的其他韵通用，属于出韵，《满庭芳》“北苑春风”就克服了这一瑕疵。讲究的词人是不应该出现出韵问题的，而作为少作，则是可以理解的。

所以，《满庭芳》“北苑春风”优于《满庭芳》“北苑龙团”，排除抄袭的可能性，《满庭芳》“北苑龙团”应早于《满庭芳》“北苑春风”；《满庭芳》“北苑春风”应是同一人的修改之作，而非和词；《满庭芳》“雅燕飞觞”与陈师道《满庭芳》“闽岭先春”一样，也应是和词，且他们所和之作可以明确为《满庭芳》“北苑春风”。

而通读过各本之山谷词就会感觉到，黄庭坚就是一个经常修改自己旧作的词人，而且其现存词中先作与后作并列的情形也不少见，我们可以找到以下这些例证，相同之处以下画线标出：

《醉蓬莱》：“对朝云叆叇，暮雨霏微，乱峰相倚。巫峡高唐，锁楚宫朱翠。画戟移春，靓妆迎马，向一川都会。万里投荒，一身吊影，成何欢意！　尽道黔南，去天尺五，望极神州，万里烟水。尊酒公堂，有中朝佳士。荔颊红深，麝脐香满，醉舞裀歌袂。杜宇声声，催人到晓，不如归是。”①

《醉蓬莱·窜易前词》：“对朝云叆叇，暮雨霏微，翠峰相倚。巫峡高唐，锁楚宫佳丽。蘸水朱门，半空霜戟，自一川都会。牓酒千杯，夷歌百转，迫人垂泪。　人道黔南，去天尺五，望极神京，万重烟水。悬榻相迎，有风流千骑。荔脸红深，麝脐香满，醉舞裀歌袂。杜宇催人，声声到晓，不如归是。”②

《两同心》：“一笑千金，越样情深。曾共结、合欢罗带，终愿效、比翼纹禽。许多时，灵利惺惺，蓦地昏沉。　自从官不容针，直至而今。你共人、女边著子，争知我、门里桃心。记携手，小院回廊，月影花阴。”③

《两同心》：“秋水遥岑，妆淡情深。尽道教、心坚穿石，更说甚、官不容针。霎时间，雨散云归、无处追寻。　小楼朱阁沉沉，一笑千金。你共人、女边著子，急知

① ［宋］黄庭坚：《醉蓬莱》，《全宋词》第1册，第387页。（据《续古逸丛书》景宋本《山谷琴趣外篇》卷一）

② ［宋］黄庭坚：《醉蓬莱·窜易前词》，《全宋词》第1册，第406页。（据明弘治刻嘉靖修本《豫章黄先生词》）

③ ［宋］黄庭坚：《两同心》，《全宋词》第1册，第401页。（据明弘治刻嘉靖修本《豫章黄先生词》）

我、门里挑心。最难忘，小院回廊，月影花阴。”①

《木兰花令·当涂解印后一日，郡中置酒，呈郭功甫》：“凌歊台上青青麦，姑熟堂前余翰墨。暂分一印管江山，稍为诸公分皂白。　江山依旧云空碧，昨日主人今日客。谁分宾主强惺惺，问取矶头新妇石。”②

《木兰花令·窜易前词》：“翰林本是神仙谪，落帽风流倾座席。坐中还有赏音人，能岸乌纱倾大白。　江山依旧云横碧，昨日主人今日客。谁分宾主强惺惺，问取矶头新妇石。”③

以上这些词都不是次韵之类，其词句之异也不应是传抄过程中产生的异文，甚至还有词题明确标出其为修改之作，像这样的情况在其他名家词中并不常见，但在黄庭坚这里，的确不能算少。

所以，与黄庭坚、秦观、陈师道相去不远的南宋人吴曾《能改斋漫录》所云之“并有陈后山同韵和词”不为虚，其所言之“山谷少时尝作茶词，调寄满庭芳。其后增损前词，止咏建茶。即此词也”，亦不能作虚看。

---

① [宋]黄庭坚：《两同心》，《全宋词》第1册，第401页。（据明弘治刻嘉靖修本《豫章黄先生词》）

② [宋]黄庭坚：《木兰花令·当涂解印后一日，郡中置酒，呈郭功甫》《全宋词》第1册，第405页。（据明弘治刻嘉靖修本《豫章黄先生词》）

③ [宋]黄庭坚：《木兰花令·窜易前词》，《全宋词》第1册，第405页。（据明弘治刻嘉靖修本《豫章黄先生词》）

第八章 《无象照公梦游天台山石桥颂轴》所反映的宋人茶道[①]

《无象照公梦游天台石桥颂轴》，又称《无象照公梦游天台偈》，集录偈颂84首，为入宋求法日僧无象静照邀41位宋僧赓和其作而成，后为其携归日本。无象静照，淳祐十二年(1252)入宋，登径山参石溪心月禅师，嗣其法。景定元年(1260)，至育王山广利寺，司知客之职，随侍住持虚堂智愚，直至咸淳元年(1265)归国。

该《颂轴》前部为渡日宋僧大休正念在日时应静照之请所作之序，叙其本末。大休正念亦为当时赓和者之一，其序墨迹现仍存日本五岛美术馆。该诗轴现有三种写本[②]，朱刚、陈珏《宋代禅僧诗辑考》、许红霞《珍本宋集五种——日藏宋僧诗文集整理研究》分别予以介绍收录。吕肖奂《宋日禅文化圈内的论辩式诗偈酬唱——〈无象照公梦游天台石桥颂轴〉解读》，从唱和诗歌文化的解度，对之作过深入的解读。[③]

而观此84首偈颂，恰为84首茶诗，其创作目的则是证道：静照举似，41位宋僧勘辨，机锋出对，峭峻凌厉，不仅反映了天台石桥的茶礼俗与茶艺，也在咏茶中透出了禅宗的机趣，可谓了解两宋茶诗与茶道关系的一个典型样本。兹分论如下。

一、《颂轴》所反映的天台山茶礼俗

静照诗偈前有小序曰："景定壬戌(1262)重阳前五日，登石桥，作尊者茶供，假榻桥边，梦游灵洞，所历与觉时无异。忽闻霜钟，不知声自何发。因缀小偈，以纪胜事云。"其偈诗第一首前二句曰"崎岖得得为煎茶，五百声闻出晚霞"[④]，即反

---

① 此章原载《中文学术前沿》第17辑，浙江大学出版社2020年版。

② 以上参见许红霞《珍本宋集五种——日藏宋僧诗文集整理研究》(北京大学出版社2013年版，第213页)，朱刚、陈珏《宋代禅僧诗辑考》(复旦大学出版社2012年版，第727页)。

③ 吕肖奂：《宋日禅文化圈内的论辩式诗偈酬唱——〈无象照公梦游天台石桥颂轴〉解读》，《西北师大学报(社会科学版)》2013年第2期。

④ 许红霞：《珍本宋集五种——日藏宋僧诗文集整理研究》，第221页。

映了著名的天台山石桥设茶供五百罗汉的礼俗。

天台山石桥(石梁),为一天然石桥,因晋时天竺白道猷于此见五百罗汉,遂于桥边安置五百罗汉。宋时僧俗以茶汤供养,往往出现灵异的茶乳花,传闻吟咏不绝,遂形成四方来设茶供罗汉的礼俗。以下所引,均可与静照所记述相印证。

明张联元《天台山全志》卷二,“石桥山”条,引旧志:“按,《赤城》旧志云:‘凡往来人供茗,必有乳花效应,或宝炬金雀,灵迹梵响,接于见闻云。’”①

入宋远早于静照的日僧成寻,亦来此设过茶供。其《参天台五台山》之延久四年(宋熙宁五年)五月十八日日记曰:“曩时,晋初中天竺国大那烂陀寺沙门白道猷,远涉流沙,礼五台山,至天台赤城山,降山神之后,寻来过石桥,亲见五百大阿罗汉,礼拜供养,所以奉安置尊者形像。庵主印成阇梨、知事共出来点茶,僧堂宿处,重重廊有其数。次参石桥,路坡造廊廿余间,过廊,至石桥头亭子,五间大屋也。公家每年供养五百罗汉舍也。”②

南宋李庚等人编《天台集》③,收录不少有关石桥的诗篇,也可与静照偈诗所言对照。例如李复圭《石桥》:“石梁嵲屼据山流,异迹尝闻记道猷。五百真如谁化灭,三千色界妄探求。灯龛焰古长年在,茗盏花浓继日浮。”④范宗尹《题石桥》:“古木森森白昼昏,瀑泉飞处两山分。石梁跨谷欣初睹,茗碗浮花信旧闻。”⑤均言天台山茶供的声闻遐迩。又例如楼光《石桥》:“溪流长卷千重玉,茗碗齐开五百花。方广只留方寸地,不须辛苦上仙槎。”⑥蒋璨《题石桥》:“石桥西去接烟霞,方广山头佛子家。今日我来生善念,分明盏上见茶花。”⑦贺允中《题石桥》:“敢祈方广现危梁,千古灯燃共此光。聊试茶花便归去,杖头挑得晚风凉。”⑧也是对两宋石桥旁方广寺的茶供之俗的具体记载。

---

① [明]张联元:《天台山全志》卷二,清康熙刻本。

② (日)成寻著,王丽萍校点:《参天台五台山》卷一,上海古籍出版社2009年版,第62页。

③ [宋]李庚、林师蒧等人编:《天台集》,文渊阁四库全书本。

④ [宋]李复圭:《石桥》,[宋]李庚、林师蒧等人编《天台集》续集卷中,文渊阁四库全书本。又录于《全宋诗》第10册,卷五七九,第6807页。

⑤ [宋]范宗尹:《题石桥》,[宋]李庚、林师蒧等人编《天台集》别集续编卷二,文渊阁四库全书本。又录于《全宋诗》第33册,卷一八七〇,第20922页。

⑥ [宋]楼光:《石桥》,[宋]李庚、林师蒧等人编《天台集》续集卷中,文渊阁四库全书本。又录于《全宋诗》第18册,卷一〇三一,第11775页。

⑦ [宋]蒋璨:《题石桥》,[宋]李庚、林师蒧等人编《天台集》续集别编卷二,文渊阁四库全书本。又录于《全宋诗》第29册,卷一六四六,第18440页。

⑧ [宋]贺允中:《题石桥》,[宋]李庚、林师蒧等人编《天台集》续集别编卷二,文渊阁四库全书本。又录于《全宋诗》第31册,卷一七六〇,第19602页。

二、《颂轴》所反映的天台山茶艺

该《颂轴》中，静照诗偈言“五百声闻出晚霞”、灵舟普度诗偈言“紫玉瓯中现瑞霞”、时翁普济偈言“各逞神通现瑞茶，非云非雪亦非茶”、台峤半云德昂偈言“白云影里现楼台，桥畔昙花朵朵开”、雁山惟益偈言“未洽涓滴赵州茶，先沐鸾舆降锦霞”、蜀东普应偈言“玻璃影里现飞霞”等，均描写天台山茶乳花如云似霞，美妙动人，这也就是前面《分茶考》中我们谈过的茶百戏。有关茶百戏，宋初的陶穀《清异录》“茗荈门”有“生成盏”“茶百戏”条，可资参观：

> 馔茶而幻出物象于汤面者，茶匠通神之艺也。沙门福全生于金乡，长于茶海，能注汤幻茶，成一句诗，并点四瓯，共一绝句，泛乎汤表。小小物类，唾手办耳。檀越日造门求观汤戏，全自咏曰：“生成盏里水丹青，巧画功夫学不成。欲笑当时陆鸿渐，煎茶赢得好名声。”①

“茶百戏”条：

> 茶至唐始盛。近世有下汤运匕，别施妙诀，使汤纹水脉成物象者，禽兽虫鱼花草之属，纤巧如画。但须臾即就散灭。此茶之变也，时人谓之茶百戏。②

日僧成寻《参天台五台山》之延久四年（宋熙宁五年）五月十九日也有记：十九日（戊戌）辰时，参石桥。以茶供养罗汉五百十六坏（杯），以铃杵真言供养，知事僧惊来告：‘茶八叶莲华文，五百余坏（杯）有花文。’知事僧合掌礼拜：‘小僧实知，罗汉出现，受大师茶供，现灵瑞也者。’即自见如知事告，随喜之泪与合掌俱下。”③

南宋人李吕《天台山石桥设茶供》：“闻说天台髻未鬒，中年方遂此煎茶。不行四十九盘岭，那见二千余盏花。”④郑伯英《石桥煎茶》：“白发青衫故倦游，何人能办钓鳌钩。却逢大士开青眼，现出茶花五百瓯。”⑤宋之瑞《游石桥二绝》其二：

---

① [宋]陶穀撰：《清异录》卷四，宝颜堂秘籍本，民国十一年三月(1922)文明书局印行。

② [宋]陶穀撰：《清异录》卷四，宝颜堂秘籍本，民国十一年三月(1922)文明书局印行。

③（日）成寻著，王丽萍校点：《参天台五台山》卷一，第70页。

④ [宋]李吕：《天台山石桥设茶供》，《全宋诗》第38册，卷二一一〇，第23829页。

⑤ [宋]郑伯英：《石桥煎茶》，[宋]李庚、林师蒧等人编《天台集》续集别编卷五，文渊阁四库全书本。又录于《全宋诗》第43册，卷二三六九，第27212页。

"应缘心在已心空，方广那知只此中。金爵茗花时现灭，不妨游戏小神通。"[①]亦可资对照。

该《颂轴》中，三山师心诗偈所言的"三展尼坛三注茶，却将余沥发云霞"，东嘉大休正念"浓浇一盏雨前茶，满室虚明现晓霞"，则说的是这种茶百戏的方法，大约是先将碾好的茶粉，加少量的水调膏，如是者三，然后再以余下的热汤滴沥于盏面上，幻化成不可思议的云霞、莲花等花纹。这种方法，前面《茶艺》《分茶考》，也已谈过，不再赘言。

但此天台山石桥供茶盏中所呈现的云霞一样的花纹，也是为此《颂轴》中多首偈诗所反复强调的，却是迄今笔者阅两宋相关茶百戏记载所仅见者，则应该算是天台山茶艺的一种独特的地方特色。因此，苏轼《送南屏谦师》言"天台乳花世不见，玉川风腋今安有"[②]，章凭《石桥》言"昔闻天台山，方广寺尤胜。石梁元自成，茶花随所应。见此绝世踪，嗟我拘三乘"[③]，均称天台山茶艺为绝艺，也应该不是"装铺席"式的赞辞吧。

三、《颂轴》所反映的禅宗机趣

《颂轴》中静照的偈诗曰：

> 崎岖得得为煎茶，五百声闻出晚霞。三拜起来开梦眼，方知法法总空花。
>
> 瀑飞双硐雷声急，云敛千峰金殿开。尊者家风只如是，何须赚我海东来。

静照此偈的主旨，就是阐述自己对于实相的心得。其第二首，乍看亦颇类于《坛经·般若第二》所言："世界虚空，能含万物色象，日月星宿，山河大地，泉源溪涧，草木丛林，恶人善人，恶法善法，天堂地狱，一切大海，须弥诸山，总在空中。世人性空，亦复如是。善知识！自性能含万法是大，万法在诸人性中。"[④]其结尾更是豪迈地宣称，既如此何必诓赚自己渡海而来！出锋不可谓不凌厉。然作此言，已落著相，哪还有什么正念？所谓"至道无难，唯嫌拣择"[⑤]，徒生一地葛藤，

---

① [宋]宋之瑞：《游石桥二绝》其二，《全宋诗》第46册，卷二四六六，第28602页。

② [宋]苏轼：《送南屏谦师》，《全宋诗》第14册，卷八一四，第9422页。

③ [宋]章凭：《石桥》，《全宋诗》第22册，卷一二九二，第14653页。

④ [元]宗宝编：《六祖大师法宝坛经》，大正新修大藏经本。

⑤ [宋]雪窦重显禅师颂古，[宋]圆悟克勤禅师评唱，李孚远、钟镇镗点校：《碧岩录》卷一，第二则赵州至道无难，河北禅学研究所2006年版，第25页。

功亏一篑。而纵观82首宋僧和偈，也都表达了对静照的不印可，惟表达方式有明喻与婉讽之别而已。具体情况如下。

明喻其不到家者有：育王物初、灵舟普度、吉祥古国德潭、云居东山惟俊、台峤半云德昂、商山宗皓、金华自宜、霞城德咏、东嘉大休正念、三山师心、三山广意、江东如莹、雁山惟益、西蜀一贤、金川惟一、顺度广焕、蜀德全、天台德琏、赤城无二、庐山惟玑、越山简、东蜀道信、江左永讷、蜀智堃、蜀祖宜、闽法垻、天台宗逸、天台智月、泉山守正、江左道宁、钱塘净覃、四明如寄、梓州希革。

婉讽其不到家者有：万年截流妙弘、时翁普济、绝浦了义、三山师心、龙山可宣、蜀东普应、晋陵道纯、字江道侏。

婉讽其不到家的诸偈，义理最为难深，以下仅选所涉偈诗中的重点句，略作解释。

万年截流妙弘："欲问昙猷旧遗迹，千山排闼送青来。"①所言约略类似于云门文偃禅师以"春来草自青"，来答僧问"如何是佛法大意"②，其意在名相俱遣，不容拟议。

时翁普济："踏断石桥成两段，才知亲过一回来。"③言粉碎虚空，打破两边之见，方能悟得正见，正应于《杂阿含经》："如来离于二边，说于中道，所谓此有故彼有，此生故彼生，谓缘无明有行，乃至生、老、病、死、忧、悲、恼、苦集；所谓此无故彼无，此灭故彼灭，谓无明灭则行灭，乃至生、老、病、死、忧、悲、恼、苦灭。"④正如释如琰《颂古五首》其五："赵州老汉热心肠，一盏粗茶验当行。回首路傍桥断处，白蘋红蓼映斜阳。"⑤释绍昙亦有类似偈诗："南宕湖边，天台山上。踏断石桥，绝人来往。"⑥可资参观。

绝浦了义："瘦藤孤策上天台，方广云深拨不开。金璧楼台都现了，他年应记过桥来。"⑦偈中"方广云深""金璧楼台"，可参见释怀深《题石桥》："苍崖瀑泻银河阔，方广云收金殿开。"⑧韩元吉《自国清寺至石桥》："浮空方广寺，楼殿若可

① 许红霞：《珍本宋集五种——日藏宋僧诗文集整理研究》，第224页。

② [宋]普济著，苏渊雷点校：《五灯会元》卷十五，第928页。

③ 许红霞：《珍本宋集五种——日藏宋僧诗文集整理研究》，第226页。

④ [刘宋]天竺三藏求那跋陀罗译：《杂阿含经》卷十，第二六二经，大正新修大藏经本。

⑤ [宋]释如琰：《颂古五首》其五，《全宋诗》第50册，卷二六六九，第31351页。

⑥ [宋]释绍昙：《偈颂一百零二首·南宕湖边》，《全宋诗》第65册，卷三四二六，第40760页。

⑦ 许红霞：《珍本宋集五种——日藏宋僧诗文集整理研究》，第230页。

⑧ [宋]释怀深：《题石桥》，《全宋诗》第24册，卷一四〇二，第16134页。

睹。石梁泻悬流，下有老蛟怒。我来净焚香，千花发茶乳。"①偈中"他年应记过桥来"，则当与"赵州石桥"公案相关。事见《碧岩录》卷六："举僧问赵州：'久向赵州石桥，到来只见略彴。'州云：'汝只见略彴，且不见石桥。'僧云：'如何是石桥？'州云：'渡驴渡马。'"②所以，绝浦了义此偈，其实是在反过来暗示静照：君若能悟得本来面目，当会记得来此石桥。

龙山可宣："谓是石桥亲跶到，急皈再打铁船来。"③蜀东普应："老僧跬步不知处，几度游山玩水来。"④均作奇谈怪论，实为打破著相而言。

晋陵道纯："逢人有问梦中事，向道亲从方广来。"⑤其意当与"且去吃茶"等公案类同，旨趣亦在无分别心、打破著相。

字江道侏："谁言尊者沈空寂，隐隐金灯木末来。"⑥破常言之空寂，其旨亦在破除两边之见。

而《颂轴》前部之大休正念之序所云：

> 无边刹境，自它不隔于豪端；十世古今，终始不离于当念。苟者一念子拶得破，那一步子踏得著。不妨朝离西天，莫归东土，天台游山，南岳普请，高挹峨眉，平步五台，手攀南辰，身藏北斗，大唐国里打鼓，日本国里作舞，田地稳密，神通游戏，揔不出这个时节，亦吾家本分事耳。⑦

亦正与其二十年前和静照偈诗相应：

> 浓浇一盏雨前茶，满室虚明现晓霞。若作梦中奇特见，知君眼底又添花。
>
> 桥横飞瀑跨层崖，尊者相逢笑脸开。机境一时俱裂破，又随烟雨下山来。

---

① [宋]韩元吉：《自国清寺至石桥》，《全宋诗》第38册，卷二〇九三，第23606页。

② [宋]雪窦重显禅师颂古，[宋]圆悟克勤禅师评唱，李孚远、钟镇锽点校：《碧岩录》卷六，第五十二则赵州度驴度马，河北禅学研究所2006年版，第207页。

③ 许红霞：《珍本宋集五种——日藏宋僧诗文集整理研究》，第234页。

④ 许红霞：《珍本宋集五种——日藏宋僧诗文集整理研究》，第238页。

⑤ 许红霞：《珍本宋集五种——日藏宋僧诗文集整理研究》，第241页。

⑥ 许红霞：《珍本宋集五种——日藏宋僧诗文集整理研究》，第248页。

⑦ 许红霞：《珍本宋集五种——日藏宋僧诗文集整理研究》，第214页。

大休正念和偈第一首言“若作梦中奇特见，知君眼底又添花”，乃是指出静照之“隔”，第二首言“机境一时俱裂破，又随烟雨下山来”，则是为他指出向上一路：打破著相，随缘而过。

总之，静照举似问难，可谓虎头捋须；41位宋僧则当机不让，或明谕或婉讽，道出对实相的正解，可谓壁立千尺，而这一切又都是在谈茶中进行的，堪称“茶禅一味”之又一佳例，正是渡静照之津筏，难怪静照要视如拱璧了。

综上所述，此《无象照公梦游天台石桥颂轴》，不仅生动记载了宋人茶俗、茶艺，更是“茶禅一味”的生动诠解，可谓宋人茶道典型的载记文本。“茶道独发生于日本”①的论调，可以休矣。

① 周作人：《〈茶之书〉序》，陈平原，凌云岚编《茶人茶话》，生活·读书·新知三联书店2007年版，第7页。

附录一 《全宋诗》录茶诗诗人简表

序号	诗人	录茶诗数目	小传	所在册目
1	释乾康	1	释乾康，零陵（今属湖南）人。以善诗为齐己所称。	第1册
2	徐铉	4	徐铉（917—992），字鼎臣，广陵（今江苏扬州）人。早岁与韩熙载齐名，江东谓之"韩徐"，又与弟锴并称"二徐"。先仕南唐，后仕宋。	第1册
3	李昉	5	李昉（925—996），字明远，深州饶阳（今属河北）人。后汉乾祐中进士。入宋曾任参知政事等职。谥文正。	第1册
4	伍乔	1	伍乔，庐江（今属安徽）人。南唐进士，曾居庐山国学。入宋曾任等户部员外郎等职。	第1册
5	阮思道	1	阮思道，字符恭，建阳（今属福建）人。南唐进士。归宋曾任兵部员外郎等职。	第1册
6	廖融	1	廖融，字元素。隐居衡山，与逸人任鹄、王正己、凌蟾、王元等为诗友。	第1册
7	孟贯	2	孟贯，字一之，建阳（今属福建）人，一说建安（今福建建瓯）人。后周显德中，释褐授官。	第1册
8	黄台	1	黄台，宋初人。官屯田员外郎。	第1册
9	刘兼	1	长安（今陕西西安）人。宋初为荣州刺史。太祖开宝七年为盐铁判官。曾受诏修《五代史》。	第1册
10	牧湜	1	牧湜，宋初人。官兵部员外郎。	第1册
11	梁藻	1	梁藻，字仲华，章贡（今江西赣州）人。	第1册
12	黄夷简	1	黄夷简（935—1011），字明举，福州（今属福建）人。尝仕吴越。入宋，曾直秘阁。	第1册
13	宋白	1	宋白（936—1012），字太素，一作素臣，大名（今属河北）人。太祖建隆二年进士。	第1册
14	滕白	1	滕白，宋初人。尝以户部判官为南面前转运使，并官工部郎中。	第1册

续表

序号	诗人	录茶诗数目	小　传	所在册目
15	宋太宗	3	宋太宗赵炅(939—997),初名匡义,后改光义。太祖弟。开宝九年(976)即位,建元太平兴国、雍熙、端拱、淳化、至道。在位二十二年卒。	第1册
16	田锡	4	田锡(940—1004),字表圣,嘉州洪雅(今属四川)人。太宗太平兴国三年进士。	第1册
17	钱昱	11	钱昱(943—999),字就之,临安(今浙江杭州)人。吴越王钱佐长子、俶侄。归宋,历知宋、寿、泗、宿等州。	第1册
18	李建中	1	李建中(945—1013),字得中,其先京兆(今陕西西安)人,后移居洛阳(今属河南)。太宗太平兴国八年进士。	第1册
19	李至	5	李至(947—1001),字言几,真定(今河北正定)人。太宗太平兴国初进士	第1册
20	李含章	1	李含章,字时用,宣城(今属安徽)人。太宗太平兴国五年(980)进士。	第1册
21	薛映	1	薛映(951—1024),字景阳,华阳(今四川成都)人。太宗太平兴国中进士。	第1册
22	郑文宝	1	郑文宝(953—1013),字仲贤,一字伯玉,宁化(今属福建)人。仕南唐至校书郎。入宋,太宗太平兴国八年进士。	第1册
23	王禹偁	29	王禹偁(954—1001),字符之,济州巨野(今山东巨野)人。太宗太平兴国八年进士。	第2册
24	梁鼎	1	梁鼎(955—1006),字凝正,益州华阳(今四川成都)人。太宗太平兴国八年进士。	第2册
25	崔端	1	崔端,太宗雍熙二年(985)为度支副司。真宗大中祥符间历知华州、梓州。	第2册
26	李仲殊	1	李仲殊,南唐元宗李璟之孙。	第2册
27	路振	1	路振(957—1014),字子发。永州祁阳(今属湖南)人。太宗淳化中进士。	第2册
28	李虚己	2	李虚己,字公受,建安(今福建建瓯)人。太宗太平兴国二年(977)进士。真宗天禧五年(1021),知洪州。卒年六十九。	第2册
29	赵湘	14	赵湘(959—993),字叔灵,祖籍南阳,居衢州西安(今浙江衢州。太宗淳化三年进士。	第2册
30	魏野	14	魏野(960—1020),字仲先,号草堂居士,陕州陕县(今属河南)人。一生不仕。广交僧道隐者,与当时名流寇准、王旦等亦有诗赋往还。卒后赠秘书省著作郎。	第2册

续表

序号	诗人	录茶诗数目	小传	所在册目
31	燕肃	1	燕肃(961—1040),字穆之,青州益都(今山东青州)人。进士。	第2册
32	寇准	1	寇准(962—1023),字平仲,华州下邽(今陕西渭南)人。太宗太平兴国五年进士。曾拜相,封莱国公。赐谥忠愍。	第2册
33	王钦若	1	王钦若(962—1025),字定国,新喻(今江西新余)人。太宗淳化三年进士。曾三拜相,封冀国公。谥文穆。	第2册
34	曹汝弼	1	曹汝弼,字梦得,号松萝山人,休宁(今属安徽)人。隐居不仕,真宗景德、大中祥符间与种放、魏野、林逋交游。	第2册
35	钱惟演	1	钱惟演(962—1034),字希圣,钱塘(今浙江杭州)人。吴越王俶之子。归宋,卒谥思,改谥文僖。	第2册
36	吕言	1	吕言,字造父,晋江(今福建泉州)人。太宗淳化三年(992)进士。	第2册
37	洪湛	1	洪湛(963—1003),字惟清,升州上元(今江苏江宁)人。南唐进士,归宋,又举太宗雍熙二年进士。	第2册
38	胡则	1	胡则(963—1039),字子正,婺州永康(今属浙江)人。太宗端拱二年进士。后徽宗宣和间封祐顺侯,理宗淳祐间进正惠公,宝祐初加忠祐。	第2册
39	释遵式	3	释遵式(964—1032),俗姓叶,字知白,天台宁海(今属浙江)人。少出家,历居景德寺、杭州昭庆等寺,赐号慈云。又号慈云忏主。	第2册
40	杨侃	1	杨侃(964—1032),避真宗藩邸讳改名大雅,字子正,钱塘(今浙江杭州)人。太宗端拱二年进士。	第2册
41	李堪	1	李堪(965—?)字仲任,号平坡,常州(今属江苏)人。真宗咸平二年(999)进士。大中祥符中为秘书丞。官至工部尚书。	第2册
42	李宗谔	1	李宗谔(965—1013),字昌武,饶阳(今属河北)人。昉子。太宗端拱二年进士。	第2册
43	丁谓	4	丁谓(966—1037),字谓之,后更字公言,长洲(今江苏吴县)人。太宗淳化三年进士。曾拜相。	第2册
44	钱昆	1	钱昆,字裕之,钱塘(今浙江杭州)人。五代吴越王钱倧之子。归宋,举太宗淳化二年进士。	第2册
45	林逋	1	林逋(968—1028),字君复,杭州钱塘(今浙江杭州)人。以布衣终身。仁宗赐谥和靖先生。	第2册

续表

序号	诗人	录茶诗数目	小传	所在册目
46	孙仅	2	孙仅(969—1017),字邻几,蔡州汝阳(今河南汝南)人。真宗咸平元年进士。	第2册
47	刘筠	1	刘筠(971—1031),字子仪,大名(今属河北)人。真宗咸平元年进士。	第2册
48	杨亿	6	杨亿(974—1021),字大年,建州浦城(今属福建)人。太宗雍熙元年年十一,召试诗赋,授秘书省正字。淳化三年赐进士及第。	第3册
49	释希昼	2	释希昼,剑南(今四川成都)人。九僧之一。	第3册
50	释文兆	1	释文兆,闽(今福建)人,一作南越人。九僧之一。	第3册
51	释行肇	1	释行肇,天台(今属浙江)人。九僧之一。	第3册
52	释简长	3	释简长,沃州(今河北赵县)人。九僧之一。	第3册
53	释惟凤	1	释惟凤,青城(今四川灌县)人,号持正。九僧之一。	第3册
54	释智圆	7	释智圆(976—1022),字无外,自号中庸子,钱塘(今浙江杭州)人,俗姓徐。八岁受具。居杭州孤山玛瑙院,与处士林逋为友。	第3册
55	杜衍	1	杜衍(978—1057),字世昌,越州山阴(今浙江绍兴)人。真宗大中符祥元年进士。主持新政。为相仅百日而罢。封祁国公。卒谥正献。	第3册
56	穆修	1	穆修(979—1032),字伯长,郓州汶阳(今山东汶上)人。真宗大中祥符二年赐进士出身。曾倡导古文,并从陈抟受易数学,为宋理学之先导。	第3册
57	释重显	5	释重显(980—1052),字隐之,俗姓李,号明觉大师,遂宁(今属四川)人。早年出家。曾主明州雪窦寺。	第3册
58	蒋堂	2	蒋堂(980—1054)字希鲁,号遂翁,本直兴(今属江苏)人。家于苏州(今属江苏)。真宗大中祥符五年进士。	第3册
59	许申	1	许申,字维之,潮阳(今属广东)人。真宗大中祥符三年举贤良方正,会真宗东封召对,擢上第。	第3册
60	李仲偃	1	李仲偃(982—1058),字晋卿,陇西(今属甘肃)人。南唐中主璟之孙。真宗大中祥符八年进士。	第3册
61	夏竦	2	夏竦(985—1051),字子乔,江州德安(今属江西)人。初以父荫出仕。曾为宰相,旋改枢密吏,封英国公,进郑国公。	第3册
62	蔡交	1	蔡交,其先洛阳(今属河南)人,后居莱州胶水(今山东平度)。以兄齐入仕。仁宗时以朝奉郎守尚书虞部郎中知洋州。	第3册

续表

序号	诗人	录茶诗数目	小 传	所在册目
63	范仲淹	4	范仲淹(989—1052),字希文,吴县(今江苏苏州)人。真宗大中祥符八年(一〇一五)进士。仁宗朝仕至枢密副使、参知政事。曾主持庆历新政。	第3册
64	释尚能	1	释尚能,浙右诗僧。真宗天禧年间为东京左街讲经文章,赐紫。曾以诗谒杨亿,与简长、孙仅等有交谊。	第3册
65	晏殊	2	晏殊(991—1055),字同叔,抚州临川(今属江西)人。真宗景德二年十五岁时即赐同进士出身。曾拜相。	第3册
66	梅挚	1	梅挚(995—1059),字公仪,成都新繁(今四川新都)人。仁宗天圣间进士。	第3册
67	胡宿	11	胡宿(995—1067),字武平,常州晋陵(今江苏常州)人。仁宗天圣二年进士。谥文恭。	第4册
68	宋庠	11	宋庠(996—1066),字公序,原名郊,入仕后改名庠。开封雍丘(今河南杞县)人,后徙安州之安陆(今属湖北)。卒谥元献。宋庠与其弟祁均以文学知名,时称"大小宋"。	第4册
69	章岷	2	章岷,字伯镇,建州浦城(今属福建)人,徙镇江(今属江苏)。仁宗天圣五年(1027)进士。	第4册
70	宋祁	12	宋祁(998—1061),字子京,开封雍丘(今河南杞县)人,后徙安州之安陆(今属湖北)。仁宗天圣二年与兄宋庠同举进士,时称"大小宋"。卒谥景文。	第4册
71	石待举	1	石待举(?—1044),字宝臣,新昌(今属浙江)人。仁宗天圣五年进士。	第4册
72	苏绅	1	苏绅(999—1046),字仪甫,泉州晋江(今属福建)人。真宗天禧三年进士。曾举贤良方正科。仕至翰林学士、史馆修撰、权判尚书省。	第4册
73	余靖	3	余靖(1000—1064),字安道,韶州曲江(今广东韶关)人。仁宗天圣二年进士。三使契丹。谥襄。	第4册
74	叶纲	1	叶纲,尝官著作佐郎,与余靖同时。	第4册
75	梅尧臣	62	梅尧臣(1002—1060),字圣俞,行二,又称梅二十五,宣城(今安徽宣州)人。初以从父梅询荫补太庙斋郎。仁宗皇祐三年赐同进士出身。	第5册
76	葛闳	2	葛闳(1003—1072),字子容,建德(今浙江建德东北)人。仁宗天圣五年进士。	第5册
77	陈诜	1	陈诜,晋江(今福建泉州)人。仁宗景祐元年(1034)进士。	第5册

续表

序号	诗人	录茶诗数目	小　传	所在册目
78	石介	3	石介(1005—1045),字守道,一字公操,兖州奉符(今山东泰安东南)人。学者称徂徕先生。仁宗天圣八年进士。	第5册
79	苏舜元	1	苏舜元(1006—1054),字才翁,旧字叔才,梓州铜山(今四川中江东南)人。仁宗朝,赐进士出身。	第5册
80	文彦博	8	文彦博(1006—1097),字宽夫,汾州介休(今属山西)人。仁宗天圣五年进士。拜太师,封潞国公。	第6册
81	王畴	1	王畴(1007—1065),字景彝,曹州济阴(今山东曹县西北)人。仁宗天圣八年进士。谥忠简。	第6册
82	释契嵩	2	释契嵩(1007—1072),字仲灵,自号潜子,俗姓李,藤州镡津(今广西藤县)人。七岁出家。赐号明教。	第6册
83	释惟晤	2	释惟晤,字冲晦。尝与契嵩、杨蟠唱和。	第6册
84	欧阳修	15	欧阳修(1007—1072),字永叔,号醉翁,晚又号六一居士,卢陵(今江西吉安)人。仁宗天圣八年进士。谥文忠。	第6册
85	张方平	1	张方平(1007—1091),字安道,号乐全居士,应天宋城(今河南商丘)人。仁宗景祐元年举茂材异等。谥文定。	第6册
86	苏舜钦	1	苏舜钦(1008—1049),字子美,原籍梓州铜山(今四川中江东南),自曾祖起移家开封(今属河南)。仁宗景祐二年进士。	第6册
87	韩琦	3	韩琦(1008—1075),字稚圭,相州安阳(今属河南)人。仁宗天圣五年进士。与范仲淹并称"韩范"。曾为相,封魏国公。谥忠献。	第6册
88	赵抃	10	赵抃(1008—1084),字阅道(一作悦道),号知非子,衢州西安(今浙江衢县)人。仁宗景祐元年进士。谥清献。	第6册
89	范镇	1	范镇(1008—1089),字景仁,成都华阳(今四川成都)人。仁宗宝元元年进士,累封蜀郡公。谥忠文。	第6册
90	湛俞	1	湛俞,字仲谟,闽县(今福建福州)人。仁宗景祐五年(1038)进士,时年二十五。	第6册
91	薛利和	1	薛利和,字天益,兴化(今福建莆田)人。仁宗景祐五年(1038)进士。	第6册
92	李觏	1	李觏(1009—1059),字泰伯,建昌军南城(今属江西)人。曾举茂才异等不第,教授生徒,学者称盱江先生。	第7册
93	苏洵	1	苏洵(1009—1066),字明允,号老泉,眉山(今属四川)人。与其子轼、辙合称三苏。举进士,茂才异等皆不第。仁宗嘉祐间,得欧阳修推誉,遂知名。	第7册

续表

序号	诗人	录茶诗数目	小传	所在册目
94	元绛	1	元绛(1009—1084),字厚之,钱塘(今浙江杭州)人。仁宗天圣八年进士。谥章简。	第7册
95	丁宝臣	2	丁宝臣(1010—1067),字符珍,晋陵(今江苏常州)人。仁宗景祐元年进士。	第7册
96	祖无择	3	祖无择(1010—1085),字择之,上蔡(今属河南)人。仁宗景祐五年进士。	第7册
97	释云知	1	释云知,杭州普福院僧。历仁宗、神宗朝。	第7册
98	邵雍	13	邵雍(1011—1077),字尧夫。祖籍范阳(今河北涿州),学者称百源先生。自号安乐先生。与周敦颐、程颐、程颢齐名。仁宗皇祐元年定居洛阳,以教授生徒为生。富弼、司马光、吕公著等退居洛阳时,恒相从游。哲宗元祐中赐谥康节。	第7册
99	吴中复	1	吴中复(1011—1079),字仲庶,兴国军永兴(今湖北阳新)人。仁宗宝元元年进士。	第7册
100	释元净	1	释元净(1011—1091),字无象,于潜(今浙江临安西)人,俗姓徐。年十岁出家。二十五岁赐紫衣及辩才号,后退居龙井寿圣院。	第7册
101	张伯玉	6	张伯玉,字公达,建安(今福建建瓯)人。早年举进士,又举书判拔萃科。范仲淹推荐应贤良方正能直言极谏科。	第7册
102	蔡襄	26	蔡襄(1012—1067),字君谟,兴化仙游(今属福建)人。仁宗天圣八年进士。谥忠惠。	第7册
103	俞汝尚	1	俞汝尚,字仁廓,一字退翁,号溪堂居士,湖州乌程(今浙江湖州)人。仁宗庆历二年进士。卒年七十余。	第7册
104	李师中	1	李师中(1013—1078),字诚之,楚丘(今山东曹县东南)人。举进士。	第7册
105	金君卿	3	金君卿,字正叔,浮梁(今江西景德镇北)人。仁宗庆历间进士。神宗熙宁尚在世。	第7册
106	李中师	1	李中师(1015—1075),字君锡,开封(今属河南)人。仁宗景祐元年进士。	第7册
107	陈舜俞	3	陈舜俞(?—1075),字令举,自号白牛居士,湖州乌程(今浙江湖州)人。仁宗庆历六年进士。	第8册
108	陶弼	5	陶弼(1015—1078),字商翁,永州祁阳(今属湖南)人。历知宾、容、钦、邕、鼎、辰、顺诸州。	第8册

续表

序号	诗人	录茶诗数目	小　传	所在册目
109	王益柔	1	王益柔(1015—1086),字胜之,河南(今河南洛阳)人。用荫出仕。	第8册
110	罗拯	2	(1016—1080),字道济,祥符(今河南开封)人。登进士第,仕至左司郎中,加天章阁待制。	第8册
111	陈襄	7	陈襄(1017—1080),字述古,福州侯官(今福建福州)人。人号古灵先生。仁宗庆历二年进士。	第8册
112	韩维	4	韩维(1017—1098),字持国,颍昌(今河南许昌)人。亿子,与韩绛、韩缜等为兄弟。以父荫为官。	第8册
113	文同	10	文同(1018—1079),字与可,号笑笑先生,人称石室先生,梓州永泰(今四川盐亭东)人。仁宗皇祐元年进士。	第8册
114	吕公著	1	吕公著(1018—1089),字晦叔,寿州(今安徽凤台)人。仁宗时以父荫补奉礼郎。举进士。谥正献。	第8册
115	黄庶	3	黄庶(1019—1058),字亚夫(或作亚父),晚号青社。洪州分宁(今江西修水)人,庭坚父。仁宗庆历二年进士。	第8册
116	曾巩	10	曾巩(1019—1083),字子固,世称南丰先生,建昌军南丰县(今属江西)人。仁宗嘉祐二年进士。理宗时追谥文定。曾巩出欧阳修门下,以散文著称。	第8册
117	刘敞	4	刘敞(1019—1068),字原父,或作原甫,新喻(今江西新余)人。仁宗庆历六年进士。	第9册
118	王珪	4	王珪(1019—1085),字禹玉,华阳(今四川成都)人。仁宗庆历二年进士。曾为相,封岐国公,谥文恭。	第9册
119	司马光	13	司马光(1019—1086),字君实,号迂夫,晚号迂叟,陕州夏县(今属山西)涑水乡人,世称涑水先生。仁宗景祐五年进士。曾主国政,赠温国公,谥文正。	第9册
120	李详	1	李详,万安(今属江西)人。仁宗皇祐元年(1049)知宜黄县。	第9册
121	张公庠	1	张公庠,字符善。仁宗皇祐元年(1049)进士。哲宗元符元年(1098)知晋州。三年,徙知苏州。	第9册
122	苏颂	17	苏颂(1020—1101),字子容,本泉州同安(今属福建)人,徙居丹阳。仁宗庆历二年进士。	第10册
123	钱公辅	1	钱公辅(1021—1072),字君倚,武进(今江苏常州)人。少从胡翼之学,有名吴中。仁宗皇祐元年进士。	第10册

续表

序号	诗人	录茶诗数目	小传	所在册目
124	王安石	11	王安石(1021—1086),字介甫,晚号半山,抚州临川(今属江西)人。仁宗庆历二年进士。两度为相,推行变法。封舒国公。后改封荆。赠太傅。绍圣中谥文。	第10册
125	李复圭	1	李复圭,字审言,徐州丰县(今属江苏)人,淑子。仁宗康定二年(1041)赐同进士出身。	第10册
126	郑獬	1	郑獬(1022—1072),字毅夫,一作义夫,纾子。安州安陆(今属湖北)人。仁宗皇祐五年进士。	第10册
127	强至	7	强至(1022—1076),字几圣,杭州(今属浙江)人。仁宗庆历六年进士。	第10册
128	刘攽	3	刘攽(1023—1089),字贡父,号公非,临江新喻(今江西新余)人。与兄敞同举仁宗庆历六年进士。	第11册
129	马云	1	马云,字里不详。仁宗皇祐五年(1053)为天平军节度推官。	第11册
130	王汾	1	王汾,字彦祖,巨野(今属山东)人。禹偁孙。第进士。仁宗嘉祐五年(1060)知潭州湘乡县哲宗绍圣三年(1096)落职致仕。	第11册
131	释法秀	1	释法秀(1027—1090),号圆通,时人称秀铁面,俗姓辛,秦州陇城(今甘肃天水)人。为青原下十一世,天衣怀禅师法嗣。住法云寺。	第11册
132	范纯仁	1	范纯仁(1027—1101),字尧夫,吴县(今江苏苏州)人。仲淹次子。举仁宗皇祐元年进士。	第11册
133	许广渊	1	许广渊,杭州新城(今浙江富阳西南)人。仁宗嘉祐二年(1057)进士。	第11册
134	沈遘	1	沈遘(1028—1067),字文通,钱唐(今浙江杭州)人。仁宗皇祐元年进士。遘与从叔括、弟辽,合称沈氏三先生。	第11册
135	王安国	1	王安国(1028—1074),字平甫,临川(今属江西)人。安石弟。神宗熙宁初召试,赐进士及第。政见与安石不合。	第11册
136	徐积	11	徐积(1028—1103),字仲车,楚州山阳(今江苏淮安)人。早年曾从胡瑗学。英宗治平二年进士。赐谥节孝处士。	第11册
137	罗适	1	罗适(1029—1101),字正之,别号赤城,宁海(今属浙江)人。英宗治平二年进士。	第11册
138	吕陶	5	吕陶(1028—1104),字符钧,叫净德,眉州彭山(今属四川)人。仁宗皇祐进士。	第12册
139	王伯虎	1	王伯虎,字炳之,福清(今属福建)人。仁宗嘉祐四年(1059)进士。哲宗元祐六年,为刑部员外郎、都官郎中。	第12册

续表

序号	诗人	录茶诗数目	小　传	所在册目
140	王觌	1	王觌，字明叟，泰州如皋（今属江苏）人。仁宗嘉祐四年（1059）进士。徽宗时知润州，卒年六十八。	第12册
141	刘挚	4	刘挚（1030—1097），字莘老，永静军东光（今属河北）人。仁宗嘉祐四年进士。	第12册
142	沈括	1	沈括（1031—1095），字存中，钱塘（今浙江杭州）人。年虽幼于沈遘，但辈分为遘之叔。嘉祐八年举进士。	第12册
143	蒋之奇	1	蒋之奇（1031—1104），字颖叔，常州宜兴（今属江苏）人。仁宗嘉祐二年进士。	第12册
144	焦千之	1	焦千之（？—1080），字伯强，丹徒（今属江苏）人。仁宗嘉祐六年（1061），召试舍人院，赐进士出身。	第12册
145	王令	1	王令（1032—1059），字逢原，初字锺美，原籍元城（今河北大名）。因幼年丧父，占籍广陵（今江苏扬州）。不求仕进，授生徒为生。得王安石识其文学，遂知名。	第12册
146	释义青	4	释义青（1032—1083），俗姓李，齐地人。青原下十世。七岁去妙相寺出家。初住白云山海会寺，后移住投子山。	第12册
147	沈辽	3	沈辽（1032—1085），字叡达，钱塘（今浙江杭州）人。遘弟。初以兄出仕。与从叔沈括、兄遘，合称沈氏三先生。	第12册
148	释了元	2	释了元（1032—1098），俗姓林，字觉老，饶州浮梁人（今江西景德镇北）人。历住江州承天，淮山斗方等寺。	第12册
149	释净端	2	释净端（1032—1103），俗姓邱，字表明，归安（今浙江吴兴）人。自号安闲和尚。	第12册
150	葛书思	1	葛书思（1032—1104），字进叔，晚号虚游子，江阴（今属江苏）人。神宗熙宁六年进士。	第12册
151	王靖	1	王靖，字詹叔，一作瞻叔，大名莘县（今属山东）人。以祖荫入仕。	第12册
152	韦骧	19	韦骧（1033—1105），原名让，字子骏，世居衢州，父徙钱塘（今浙江杭州）。仁宗皇祐五年进士。	第13册
153	冯山	8	冯山（？—1094），字允南，初名献能，安岳（今属四川）人。仁宗嘉祐二年进士。	第13册
154	王安礼	1	王安礼（1034—1095），字和甫，抚州临川（今属江西）人，安石弟。仁宗嘉祐六年进士。	第13册
155	张彦卿	1	张彦卿，英宗治平元年（1064）知江阴县。	第13册

续表

序号	诗人	录茶诗数目	小传	所在册目
156	郭祥正	34	郭祥正(1035—1113),字功父(甫),自号醉吟居士,谢公山人、漳南浪士,当涂(今属安徽)人。约举仁宗皇祐五年进士,为德化尉。同时人梅尧臣誉之为“真太白后身”。	第13册
157	孙直言	1	孙直言,英宗治平三年(1066),为广南东路转运判官。	第13册
158	苏轼/释来复	78/1	苏轼(1037—1101),字子瞻,一字和仲,自号东坡居士,眉山(今属四川)人。仁宗嘉祐二年进士。孝宗时谥文忠。伟大的文学家。/释来复,与苏轼同时。	第14册
159	张舜民	2	张舜民,字芸叟,自号浮休居士,长安(今陕西西安)人。英宗治平二年(1065)进士。	第14册
160	张景修	5	张景修,字敏叔,常州(今属江苏)人。英宗治平四年(1067)进士。	第14册
161	江公著	1	江公著,字晦叔,睦州建德(今浙江建德东北)人。英宗治平四年(1067)进士。	第14册
162	游师雄	1	游师雄(1039—1097),字景叔,武功(今陕西武功西北)人。英宗治平二年进士。知河中府、陕州等,权知秦州兼秦凤路经略安抚使等。	第15册
163	朱长文	2	朱长文(1039—1098),字伯原,吴郡(今江苏苏州)人。仁宗嘉祐二年进士。	第15册
164	苏辙	9	苏辙(1039—1112),字子由,一字同叔,晚号颍滨遗老,眉州眉山(今属四川)人。与父洵、兄轼同以文学知名。仁宗嘉祐二年(1057)进士。孝宗淳熙中,追谥文定。	第15册
165	邢恕	1	邢恕,字和叔,郑州原武(今河南原阳西)人。早年从二程学,举进士。	第15册
166	李深	1	李深,神宗熙宁三年(1070)为三司条例删定官。十年,为检详枢密院刑房文字。元丰三年(1080),徙权发遣提点淮南东路刑狱,改知饶州。	第15册
167	王仲修	2	王仲修,成都华阳(今四川成都)人,徙家开封。珪子。神宗熙宁三年(1070)进士。	第15册
168	徐彦孚	1	徐彦孚,吴县(今属江苏)人。神宗熙宁三年(1070)进士。徽宗时,知太原府。	第15册
169	顿起	1	顿起,字敦诗,汝南(今属河南)人。神宗熙宁三年(一〇七〇)进士。哲宗元祐四年(1089),通判泰州。后提点西川刑狱。	第15册

续表

序号	诗人	录茶诗数目	小　传	所在册目
170	孔武仲	10	孔武仲(1041—1097),字常父(甫),临江新喻(今江西新余)人。仁宗嘉祐八年进士。与兄文仲、弟平仲并称"三孔"。	第15册
171	舒亶	9	舒亶(1041—1103),字信道,号懒堂、亦乐居士,明州慈溪(今浙江慈溪东南)人。英宗治平二年进士。	第15册
172	郑侠	2	郑侠(1041—1119),字介夫,号大庆居士,又号西塘老人,祖籍光州固始(今属河南),后入闽,为福清(今属福建)人。英宗治平四年进士。赐谥介。	第15册
173	彭汝砺	5	彭汝砺(1042—1095),字器资,饶州鄱阳(今江西波阳)人。英宗治平二年进士。	第16册
174	陆佃	13	陆佃(1042—1102),字农师,越州山阴(今浙江绍兴)人。神宗熙宁三年进士。卒赠太师、楚国公。	第16册
175	翟思	1	翟思(？—1102),字子久,丹阳(今属江苏)人,汝文父。神宗熙宁三年(1070)进士。	第16册
176	刘珵	1	刘珵,字纯父。神宗熙宁五年(1072)以殿中丞知滑州。哲宗元祐八年知明州。	第16册
177	陈易	1	陈易,字体常,兴化(今福建仙游东北)人。尝隐庐山,后与释有需偕隐石门。徽宗宣和中卒。	第16册
178	释道潜	7	释道潜,本名昙潜,号参寥子,赐号妙总大师。俗姓王,钱塘(今浙江杭州)人。一说姓何,于潜(今浙江临安西南)人。幼即出家。与苏轼、秦观善,常有唱和。哲宗绍圣间,苏轼贬海南,道潜亦因诗获罪,责令还俗。徽宗建中靖国元年(1101),复为僧。崇宁末归老江湖。	第16册
179	孔平仲	13	孔平仲,字义甫,一作毅父,临江新喻(今江西新余)人。英宗治平二年进士。崇宁元年(1102),以元祐党籍落职,管勾兖州景灵宫,卒。平仲与兄文仲、武仲并称"三孔"。黄庭坚有"二苏联璧,三孔分鼎"之誉。	第16册
180	张商英	4	张商英(1043—1121),字天觉,号无尽居士,蜀州新津(今属四川)人。唐英弟。英宗治平二年进士。曾为相。卒赠少保。	第16册
181	黄裳	7	黄裳(1043—1129),字冕仲,号演山,延平(今福建南平)人。神宗元丰五年进士。谥忠文。	第16册
182	吴栻	5	吴栻(一作拭),字顾道,瓯宁(今福建建瓯)人。神宗熙宁六年(1073)进士。	第16册

续表

序号	诗人	录茶诗数目	小传	所在册目
183	孙迪	2	孙迪，神宗熙宁六年(1073)，为在京市易务勾当公事。九年，为两浙提举市易。	第16册
184	李之仪	12	李之仪，字端叔，自号姑溪居士，沧州无棣(今山东无棣西北)人。神宗熙宁六年(1073)进士。	第17册
185	周彦质	2	周彦质，字文之，江山人(今属浙江)，神宗熙宁六年(1073)进士。	第17册
186	黄庭坚	96	黄庭坚(1045—1105)，字鲁直，号山谷道人，晚号涪翁，洪州分宁(今江西修水)人。英宗治平四年进士。以诗文受知于苏轼，为"苏门四学士"之一。	第17册
187	姚孳	1	姚孳，字舜徒，鄞县(今浙江宁波)人，一作慈溪(今属浙江)人。神宗熙宁九年(1076)进士。哲宗元符中卒于知夔州任上。	第18册
188	楼光	1	楼光，鄞县(今浙江宁波)人。郁子。神宗熙宁九年(1076)进士。	第18册
189	胡志道	2	胡志道，生平事迹不详。	第18册
190	吕南公	8	吕南公(1047—1086)，字次儒，建昌南城(今属江西)人。以著书讲学为事。	第18册
191	曾肇	2	曾肇(1047—1107)，字子开，南丰(今属江西)人。巩幼弟。英宗治平四年进士。	第18册
192	毕仲游	1	毕仲游(1047—1121)，字公叔，郑州管城(今河南郑州)人。与兄仲衍同举进士。	第18册
193	萧渊	1	萧渊，神宗熙宁十年(一〇七七)为大理寺丞。	第18册
194	刘弇	5	刘弇(1048—1102)，字伟明，吉州安福(今属江西)人。神宗元丰二年进士。	第18册
195	秦观	10	秦观(1049—1100)，字少游，一字太虚，号淮海居士，高邮(今属江苏)人。神宗元丰八年进士。著名词人。	第18册
196	刘跂	3	刘跂，字斯立，时称学易先生，东光(今属河北)人。挚子。神宗元丰二年(1079)进士。卒于徽宗政和末。	第18册
197	孙勴	1	孙勴，字志举，宁都(今属江西)人。立节次子。偕兄勰从东坡游。朝廷举遗逸不应，卜居延春谷。年七十卒。	第18册
198	念禅师	1	念禅师，住郴州万寿。为南岳下十三世，华光恭禅师法嗣。	第18册

续表

序号	诗人	录茶诗数目	小传	所在册目
199	米芾	4	米芾(1051—1107),字符章,号襄阳漫士、鹿门居士、海岳外史等,世称米南宫。原籍太原(今属山西),徙居襄阳、丹徒。著名书画家。	第18册
200	华镇	2	华镇(1051—?),字安仁,号云溪居士,会稽(今浙江绍兴)人。神宗元丰二年(1079)进士。徽宗政和初知漳州。	第18册
201	莫洲	1	莫洲,神宗熙宁五年(1072),由隶刑房掌法令改隶河西房置边吏习事。元丰中,为左班殿直枢密院点检文字。	第18册
202	释仁钦	1	释仁钦,福建(今福州)人。徽宗建中靖国元年(1101)住持灵岩,赐号靖照大师。大观初赐紫。	第18册
203	李复	5	李复(1052—?),字履中,号潏水先生,原籍开封祥符(今河南开封),占籍长安(今陕西西安)人。与张舜民、李昭玘等为文字交。神宗元丰二年(1079)进士。靖康之难后卒。	第19册
204	贺铸	4	贺铸(1052—1125),字方回,号庆湖遗老、北宗狂客,卫州(今河南汲县)人。以唐贺知章为远祖,因自称越人。初以外戚恩入仕。	第19册
205	陈师道	1	陈师道(1053—1102),字履常,一字无己,自号后山居士,学者称后山先生,彭城(今江苏徐州)人。年十六,以文谒曾巩,遂留受业。哲宗元祐二年四月,以苏轼等荐,起为亳州司户参军,充徐州教授。	第19册
206	晁补之	17	晁补之(1053—1110),字无咎,号归来子,济州巨野(今山东巨野)人。神宗元丰二年进士。与黄庭坚等并称苏门四学士。	第19册
207	释道宁	4	释道宁(1053—1113),俗姓王,歙溪(今安徽歙县)人。住潭州开福寺。为南岳下十四世,五祖法演禅师法嗣。	第19册
208	杨时	1	杨时(1053—1135),字中立,学者称龟山先生,南剑州将乐(今属福建)人。神宗熙宁九年进士。先后从程颢、程颐学。	第19册
209	林放	1	林放(1055—1109),字达本,仙居(今属浙江)人。隐居东山。	第19册
210	阮阅	5	阮阅,字闳休,一字美成,号散翁,又号松菊道人,舒城(今属安徽)人。神宗元丰八年(1085)进士。高宗建炎初知袁州。	第19册
211	张耒	32	张耒(1054—1114),字文潜,人称宛丘先生,祖籍亳州谯县(今安徽亳州),生长于楚州淮阴(今江苏淮阴西南)。诗文受知苏轼,与黄庭坚、晁补之、秦观并称苏门四学士。神宗熙宁六年进士。	第20册

续表

序号	诗人	录茶诗数目	小传	所在册目
212	潘大临	1	潘大临，字君孚，一字邠老，黄州（今属湖北）人。家贫未仕，苏轼、张耒谪黄州时，多有交往。入江西诗派，与江西派诗人多有唱和。徽宗大观间卒，年未五十。	第20册
213	释行瑛	1	释行瑛，法号广鉴，俗姓毛，桂州（今广西桂林）人。住庐山开先寺。为南岳下十三世，东林照觉总禅师法嗣。	第20册
214	陈瓘	1	陈瓘（1057—1124），字莹中，号了翁，南剑州沙县（今属福建）人。神宗元丰二年进士。	第20册
215	张继先	6	张继先，字嘉闻，贵溪（今江西贵溪县西）人。住信州龙虎山上清观，嗣汉三十代天师。徽宗崇宁四年（1105）召至京，赐号虚靖先生。北宋末卒。	第20册
216	郭三益	1	郭三益（？—1128）），字慎求，常州（今属江苏）人，一作嘉兴（今属浙江）人。哲宗元祐三年（1088）进士。	第20册
217	孙发	2	孙发，字妙仲，丰城（今属江西）人。哲宗元祐三年（1088）进士。徽宗崇宁初为崇仁县尉，后知永丰县。	第20册
218	李廌	5	李廌（1059—1109），字方叔，号太华逸民、济南先生，祖先由郓州迁华州，遂为华州（今陕西华县）人。早年以文章受知苏轼。屡举失利，遂绝意仕进。	第20册
219	晁说之	15	晁说之（1059—1129），字以道，一字伯以，济州巨野（今山东巨野）人。因慕司马光为人，自号景迂生。神宗元丰五年进士。	第21册
220	周泰	1	周泰，字通老，改字次元，道州营道（今湖南道县）人。敦颐次子。哲宗元祐三年（1088）进士。徽宗重和元年（1118），知扬州。	第21册
221	晁冲之	4	晁冲之，字叔用，一作用道，济州巨野（今山东巨野）人。说之、补之从弟。未中第。世称具茨先生。约卒于宋南渡时，官终承务郎。	第21册
222	耿南仲	1	耿南仲（？—1129），字希道，开封（今属河南）人。神宗元丰五年（1082）进士。	第21册
223	邹浩	18	邹浩（1060—1111），字志完，自号道乡，常州晋陵（今江苏常州）人。神宗元丰五年进士。	第21册
224	毛滂	16	毛滂（1060—?）字泽民，号东堂居士，衢州江山（今属浙江）人。以父荫入仕。宣和六年（1124）尚存世。	第21册
225	李新	9	李新（1062—?），字符应，号跨鳌先生，仙井（今四川仁寿）人。哲宗元祐五年（1090）进士。	第21册

续表

序号	诗人	录茶诗数目	小传	所在册目
226	高衡	1	高衡，历阳(今安徽和县)人。鎛子，卫弟。	第21册
227	朱利宾	1	朱利宾，生平未详，与元勋同时。	第21册
228	吴则礼	30	吴则礼(？—1121)，字子副，号北湖居士，兴国永兴(今湖北阳新)人。以父中复荫入仕。	第21册
229	赵令畤	2	赵令畤(1061—1134)，初字景贶，苏轼为改字德麟。宋宗室。绍兴二年，封安定郡王。	第22册
230	鲍慎由	2	鲍慎由，一名由，字钦止，处州龙泉(今属浙江)人。哲宗元祐初以任子试礼部铨第一。元祐六年(1091)进士。少从王安石学，又尝亲炙苏轼。	第22册
231	葛次仲	1	葛次仲(1063—1121)，字亚卿，常州江阴(今属江苏)人。哲宗绍圣四年进士。	第22册
232	释克勤	1	释克勤(1063—1135)，字无著，号佛果，彭州崇宁(今四川郫县西北)人。俗姓骆。为南岳下十四世，五祖法演禅师法嗣。历住妙寂、六祖、昭觉等寺。赐号圆悟禅师。卒赐号灵照，谥真觉禅师。	第22册
233	李乘	1	李乘，字德载，淮西(今安徽北部)人。哲宗绍圣初知昆山县。	第22册
234	洪朋	2	洪朋，字龟父，号清非居士，南昌(今属江西)人。黄庭坚甥。与兄弟刍、炎、羽并称“四洪”，为江西诗派中著名诗人。曾两举进士不第，以布衣终身，卒年三十七。	第22册
235	洪刍	6	洪刍，字驹父，南昌(今属江西)人。与兄朋，弟炎、羽并称“四洪”。哲宗绍圣元年(1094)进士。	第22册
236	萧磐	1	萧磐，字安国，闽清(今属福建)人。哲宗绍圣元年(1094)进士。徽宗宣和中知梧州。	第22册
237	释守卓	1	释守卓(1065—1124)，俗姓庄，泉南(今福建泉州)人。主舒州甘露寺、庐州能仁资福寺、东京天宁万寿寺。称长灵守卓禅师，为南岳下十四世，黄龙清禅师法嗣。	第22册
238	饶节	10	饶节(1065—1129)，字德操，抚州临川(今属江西)人。少业儒，后落发为僧，法名如璧，自号倚松道人，驻锡杭州灵隐寺，晚年主襄阳天宁寺，又居邓州香严寺。为青原下十四世，香严海印智月禅师法嗣。	第22册
239	苏庠	1	苏庠(1065—1147)，字养直，丹阳(今属江苏)人。自号眚翁，后改称后湖居士。早年尝就举中程，以犯讳黜。高宗绍兴中，累召不起。	第22册

续表

序号	诗人	录茶诗数目	小传	所在册目
240	释祖可	1	释祖可，字正平，俗名苏序，丹阳（今属江苏）人。庠弟。自为僧，居庐山之下。工诗，诗人江西诗派。	第22册
241	李昭玘	1	李昭玘（？—1126），字成季，济州巨野（今山东巨野）人。神宗元丰二年进士。自号乐静先生。	第22册
242	章凭	1	章凭，哲宗绍圣三年（一〇九六）通判台州。	第22册
243	慕容彦逢	1	慕容彦逢（1067—1117），字叔遇，宜兴（今属江苏）人。哲宗元祐三年进士。谥文友。	第22册
244	释清远	4	释清远（1067—1120），号佛眼，临邛（今四川邛崃）人。俗姓李。年十四出家。住崇宁万寿、舒州龙门等寺。为南岳下十四世，五祖演禅师法嗣。	第22册
245	刘韐	1	刘韐（1067—1127），字仲偃，崇安（今福建武夷山市）人。哲宗元祐九年进士。遣使金营，金人欲用之，不屈，于靖康二年自缢死。高宗建炎初赠资政殿大学士，谥忠显。	第22册
246	刘韫	2	刘韫，字仲固，崇安（今属福建武夷山市）人。韐弟。以兄荫入仕。自号秀野。与刘子翚、朱熹唱酬甚多。	第22册
247	谢逸	8	谢逸（1068—1112），字无逸，号溪堂居士，临川（今属江西）人。屡举进士不第，以布衣终老。逸与从弟迈齐名，时称“二谢”。吕本中列两人入《江西诗派图》。	第22册
248	赵鼎臣	5	赵鼎臣，字承之，自号苇溪翁，韦城（今河南滑县东南）人。生于神宗熙宁初（1068?）。哲宗元祐六年（1091）进士。	第22册
249	程迈	1	程迈（1068—1145），字进道，黟县（今属安徽）人。哲宗元符三年进士。	第22册
250	刘安上	2	刘安上（1069—1128），字符礼，永嘉（今浙江温州）人。少以文行知名，与从兄刘安节并称“二刘”。哲宗绍圣四年进士。	第22册
251	袁植	1	袁植（？—1130），字材老，无锡（今属江苏）人。徽宗崇宁二年（1103）进士。宣和六年（1124）又举词学兼茂科。高宗建炎四年十一月，宣抚处置司参议官李允文叛，遇害。	第22册
252	鹿敏求	1	鹿敏求，哲宗元符中，知韶州仁化县。徽宗崇宁三年（1104），入党籍，降充簿尉。	第22册
253	王庠	1	王庠（1071—?），字周彦，荣州（今四川荣县）人。苏轼侄婿。徽宗崇宁元年（一一〇二）举八行，考定为天下第一，赐号廉逊处士，赐进士出身，辞不受。	第22册

续表

序号	诗人	录茶诗数目	小　传	所在册目
254	唐庚	8	唐庚(1071—1121),字子西,人称鲁国先生,眉州丹棱(今属四川)人。哲宗绍圣元年进士。张商英荐其才,商英罢相,坐贬惠州。庚诗文精密工致,有小东坡之称。	第23册
255	释德洪	65	释德洪(1071—1128),一名惠洪,号觉范,筠州新昌(今江西宜丰)人。俗姓喻。年十四出家。多与当时知名士大夫交游,于北宋僧人中诗名最盛。	第23册
256	廖刚	2	廖刚(1071—1143),字中用,号高峰居士,南剑州顺昌(今属福建)人。少从陈瓘、杨时学。徽宗崇宁五年进士。	第23册
257	苏过	1	苏过(1072—1123),字叔党,号斜川居士,眉州眉山(今属四川)人。轼第三子。	第23册
258	许景衡	11	许景衡(1072—1128),字少伊,温州瑞安(今属浙江)人。早年纵学程颐,哲宗元祐九年进士。谥忠简。	第23册
259	葛胜仲	30	葛胜仲(1072—1144),字鲁卿,常州江阴(今属江苏)人。哲宗绍圣四年进士。谥文康。	第24册
260	周氏	1	周氏,徽宗时人。古田(今福建古田东北)妓。	第24册
261	张洵	1	张洵,字仁仲,浚仪(今河南开封)人。徽宗宣和间官广南西路提点刑狱。	第24册
262	谢薖	4	谢薖(1074—1116),字幼盘,号竹友,临川(今属江西)人。曾举进士不第,家居不仕。诗文与从兄谢逸齐名,时称二谢。其名亦列吕本中《江西诗社宗派图》。	第24册
263	李彭	29	李彭,字商老,建昌(今江西永修西北)人。因家有日涉园,自号日涉翁。生平与韩驹、洪刍、徐俯等人交善,名列吕本中《江西宗派图》。	第24册
264	王安中	8	王安中(1076—1134),字履道,号初寮,中山阳曲(今山西太原)人。哲宗元符三年进士。	第24册
265	王庭秀	1	王庭秀(?—1136)字颖彦,先世居鄞,父徙慈溪(今浙江慈溪东南)。徽宗政和二年登上舍第。	第24册
266	张扩	12	张扩,字彦实,一字子微,德兴(今属江西)人。徽宗崇宁五年(1106)进士。	第24册
267	释怀深	8	释怀深(1077—1132),号慈受,俗姓夏,寿春六安(今属安徽)人。年十四祝发受戒。先后居镇江府焦山、真州长芦等寺。为青原下十三世,长芦崇信禅师法嗣。	第24册
268	叶梦得	1	叶梦得(1077—1148),字少蕴,吴县(今江苏苏州)人。后定居吴兴弁山,号石林居士。曾为江东安抚大使兼知建康府,兼寿春等六州宣抚使,抗击金兵。	第24册

续表

序号	诗人	录茶诗数目	小传	所在册目
269	卢襄	4	卢襄,原名天骥,字骏元。徽宗朝避讳改名襄,字赞元,衢州(今属浙江)人。徽宗大观元年(1107)进士。因册立张邦昌事,高宗建炎元年夺职,衡州安置。	第24册
270	程俱	11	程俱(1078—1144),字致道,衢州开化(今属浙江)人。哲宗绍圣四年,以外祖荫补苏州吴江县主簿,宣和二年(一一二〇),赐上舍上第。	第25册
271	李光	23	李光(1078—1159),字泰发,一作字泰定,号转物老人,越州上虞(今浙江虞东南)人。徽宗崇宁五年进士,高宗二十九年卒,年八十二。孝宗即位,赐谥庄简。	第25册
272	李若璞	1	李若璞,生平不详。	第25册
273	宇文虚中	1	宇文虚中(1079—1145),原名黄中,字叔通,别号龙溪老人,华阳(今四川成都)人。徽宗大观三年进士。高宗建炎二年(1128),以请使金被留,后仕金为翰林学士承旨。绍兴十五年,因以蜡书与宋通消息,并谋夺兵仗南奔被察觉,全家被害。	第25册
274	汪藻	9	汪藻(1079—1154),字彦章,饶州德兴(今属江西)人。徽宗崇宁二年进士。	第25册
275	钱绅	2	钱绅,字伸仲,无锡(今属江苏)人。徽宗大观三年(1109)进士。曾为知州,既仕而归,隐居漆塘山。	第25册
276	韩驹	5	韩驹(1080—1135),字子苍,蜀仙井监(今四川仁寿)人。早年从苏辙学。徽宗政和初以献赋召试舍人院,赐进士出身。诗人江西诗派。	第25册
277	权邦彦	1	权邦彦(1080—1133),字朝美,河间(今属河北)人。徽宗崇宁四年进士。	第25册
278	李弥大	1	李弥大(1080—1140),字似矩,号无碍居士,吴县(今江苏苏州)人。徽宗崇宁三年进士。	第25册
279	梘伯圜	1	梘伯圜,生平不详。存诗中有二首与赵善革同韵,当和赵同时。	第25册
280	刘一止	3	刘一止(1080—1161),字行简,号太简居士,湖州归安(今浙江湖州)人。徽宗宣和三年进士。	第25册
281	王庭珪	21	王庭珪(1080—1172),字民瞻,自号卢溪真逸,吉州安福(今属江西)人。徽宗政和八年(1118)进士。	第25册
282	石懋	1	石懋,字敏若,自号橘林,芜湖(今属安徽)人。弱冠登哲宗元符三年(1100)进士。徽宗崇宁中再举博学宏词科。卒年三十四。	第25册

续表

序号	诗人	录茶诗数目	小传	所在册目
283	陈克	2	陈克(1081—?),字子高,号赤城居士,临海(今属浙江)人。侨寓金陵,故一作金陵人。高宗绍兴七年(1137),宋将郦琼叛降刘豫,几于不免。	第25册
284	孙觌	5	孙觌(1081—1169),字仲益,号鸿庆居士,常州晋陵(今江苏武进)人。徽宗大观三年进士。为人依违无操。	第26册
285	李质	1	李质,字文伯,南京楚丘(今山东曹县东南)人。昌龄曾孙。晚始际遇,徽宗宣和间,为睿思殿应制。	第26册
286	宋徽宗	6	宋徽宗赵佶(1082—1135),神宗第十一子。哲宗元符三年(1100),即皇帝位,改元建中靖国。在位二十六年,建元建中靖国、崇宁、大观、政和、重和、宣和。靖康二年,与钦宗父子俱为金人所虏北行。	第26册
287	周紫芝	47	周紫芝(1082—?),字少隐,号竹坡居士、静观老人、蝇馆主人,宣城(今属安徽)人。绍兴十二年(1142),以廷对第三释褐。约卒于绍兴末,年近八十。	第26册
288	李易	2	李易(?—1142),字顺之,江都(今江苏扬州)人。高宗建炎二年(1128)进士。	第27册
289	李正民	10	李正民,字方叔,江都(今江苏扬州)人。徽宗政和二年(1112)进士。高宗绍兴十年(1140)知陈州时,为金人所执。十二年和议成,放归。官终徽猷阁待制。	第27册
290	李纲	28	李纲(1083—1140),字伯纪,号梁溪居士,邵武(今属福建)人,自其祖始居无锡(今属江苏)。徽宗政和二年进士。曾除江西安抚制置大使兼知洪州。谥忠定。为著名抗金志士。	第27册
291	张纲	2	张纲(1083—1166),字彦正,晚号华阳老人,金坛(今属江苏)人。徽宗政和四年试上舍及第。	第27册
292	王澧	1	王澧,徽宗政和中为阁门宣赞舍人。	第27册
293	刘庠	1	刘庠,徽宗时知新城县。	第27册
294	朱淑真	1	朱淑真,生当宋室南渡前后。自号幽楼居士,钱唐(今浙江杭州)人,出身宦家。	第28册
295	李清照	1	李清照(1084—?),号易安居士,济南(今属山东)人。格非女。徽宗建中靖国元年,适赵明诚,时年十八。高宗建炎三年,明诚改知湖州,途中病卒,清照流寓浙东各地。卒年七十余。	第28册

续表

序号	诗人	录茶诗数目	小传	所在册目
296	吕本中	25	吕本中(1084—1145),字居仁,学者称东莱先生,开封(今属河南)人。幼以荫授承务郎。高宗绍兴六年,召为起居舍人,赐进士出身。卒谥文清。曾作《江西诗社宗派图》,后人亦将其附入江西诗派。	第28册
297	释正宗	1	释正宗,字季渊,崇仁(今属江西)人。俗姓陈。出家后居梅山。吕本中、曾几寓临川时,与之有交。	第28册
298	释显万	1	释显万,字致一,涪溪僧。尝参吕本中。	第28册
299	释法忠	1	释法忠(1084—1149),字牧庵,俗姓姚,鄞县(今浙江宁波)人。晚住隆兴府黄龙寺。为南岳下十五世,龙门清远禅师法嗣。	第28册
300	贾宗谅	1	贾宗谅,徽宗政和时为梓州路安抚钤辖,五年(1115),除名勒停。	第28册
301	释冲邈	1	释冲邈,徽宗政和中居昆山。	第28册
302	陈渊	5	陈渊(? —1145),字知默,初名渐,字几叟,学者称默堂先生,南剑州沙县(今属福建)人。瓘从孙。徽宗宣和六年,以恩为吉州永丰簿。高宗绍兴八年,召对,赐进士出身。	第28册
303	赵鼎	4	赵鼎(1085—1147),字符镇,号得全居士,解州闻喜(今属山西)人。徽宗崇宁五年进士。曾知枢密院事,与张浚并相。为秦桧所挤,屡遭贬,在吉阳不食而卒。孝宗即位,追谥忠简。	第28册
304	蒋璨	1	蒋璨(1085—1159),字宣卿,号景坡,宜兴(今属江苏)人。之奇从子。以荫补入仕。	第29册
305	释法泰	1	释法泰,号佛性,俗姓李,汉州(今四川广汉)人。住鼎之德山,邵之西湖及谷山道吾,敕居潭州大沩。为南岳下十五世,圆悟克勤禅师法嗣。	第29册
306	曾几/曾逮	44/1	曾几(1085—1166),字吉甫,其先赣州(今江西赣县)人,徙居河南府(今河南洛阳)。徽宗朝,以兄弼恤恩授将仕郎。试吏部优等,赐上舍出身。自号茶山居士。卒谥文清。/曾逮,字仲躬,河南(今河南洛阳)人。几次子。孝宗乾道元年(1165),为浙西提刑,官终知湖州。(注:曾逮1首,与曾几诗1首重复。)	第29册/第38册
307	郭印	7	郭印(1090? —1169?),字不详,成都(今属四川)人。二十岁入太学肄业。徽宗政和五年(1115)进士。高宗绍兴四年(1134)前后在故乡云溪营别业,年八十尚存世。	第29册

续表

序号	诗人	录茶诗数目	小传	所在册目
308	陈东	2	陈东(1086—1127),字少阳,镇江丹阳(今属江苏)人。年十七入学,后以上舍贡入太学。钦宗即位,上书首论蔡京、王黼等六贼误国。高宗建炎元年,再上书乞留纲,为黄潜善斩于应天府。	第29册
309	沈与求	6	沈与求(1086—1137),字必先,德清(今属浙江)人。徽宗政和五年进士。	第29册
310	左纬	1	左纬,字经臣,号委羽居士,黄岩(今属浙江)人。约生于哲宗元祐初。终身未仕。与许景衡为忘年友,刘元礼、周行己皆兄事之。高宗建炎间尚在世。	第29册
311	刘才邵	7	刘才邵(1086—1157),字美中,自号檆溪居士,吉州庐陵(今江西吉安)人。徽宗大观三年上舍释褐。	第29册
312	李宏	1	李宏(1088—1154),字彦恢,宣城(今安徽宣州)人。徽宗政和五年进士。	第29册
313	释清了	1	释清了(1088—1151),号真歇,俗姓雍,左绵安昌(今四川安县东北)人。十一岁出家,住蒋山、住临安径山等。谥悟空禅师。为青原下十三世,丹霞子淳禅师法嗣。	第29册
314	叶椿	1	叶椿,字大年。徽宗重和元年(1118),因不容于公议,由尚书郎官放罢。	第29册
315	何大圭	1	何大圭,字晋之,广德(今属安徽)人。徽宗政和八年(1118)进士。	第29册
316	王洋	28	王洋(1087?—1154?),字符渤,原籍东牟(今山东蓬莱),侨居山阳(今江苏淮安)。徽宗宣和六年(1124)进士。自号王南池,辟室曰半僧寮。	第30册
317	郑刚中	12	郑刚中(1088—1154),字亨仲,一字汉章,号北山,又号观如,婺州金华(今属浙江)人。高宗绍兴二年进士。	第30册
318	洪皓	1	洪皓(1088—1155),字光弼,饶州鄱阳(今江西波阳)人。徽宗政和五年进士。以徽猷阁待制假礼部尚书使金被留,绍兴十三年始归。卒谥忠宣。	第30册
319	黄彦平	3	黄彦平(?—1146),字季岑,丰城(今属江西)人。徽宗政和八年(1118)进士。	第30册
320	郑毂	1	郑毂,字致远,号九思,建安(今福建建瓯)人。徽宗政和八年(1118)进士。高宗绍兴十年,知临江军。	第30册
321	李弥逊	14	李弥逊(1089—1153),字似之,号筠溪居士,又号普现居士,苏州吴县(今属江苏)人。徽宗大观三年进士。	第30册

续表

序号	诗人	录茶诗数目	小传	所在册目
322	罗汝楫	1	罗汝楫(1089—1158),字彦济,歙县(今属安徽)人。徽宗政和二年进士。	第30册
323	释道昌	2	释道昌(1089—1171),号月堂,又号佛行,俗姓吴。霅之宝溪(今浙江吴兴)人。年十三祝发,主临安府淨慈等寺。为青原下十四世,雪峰妙湛思慧禅师法嗣。	第30册
324	释宗杲	7	释宗杲(1089—1163),号大慧,俗姓奚,宣州宁国(今安徽宣城)人。年十七出家,结交张商英、张浚、张九成等。住明州阿育王山广利、径山能仁总之等禅寺。卒赐谥普觉。为南岳下十五世,圆悟克勤禅师法嗣。	第30册
325	释了朴	1	释了朴,号慈航,福州人。住庆元府天童寺。为南岳下十六世,育王无示介谌禅师法嗣。	第30册
326	傅察	18	傅察(1090—1126),字公晦,孟州济源(今属河南)人。徽宗崇宁五年同进士出身。宣和七年十二月七日金兵陷燕山时遇害,谥忠肃。	第30册
327	陈与义	4	陈与义(1090—1138),字去非,号简斋,洛阳(今属河南)人。徽宗政和三年登上舍甲科。	第31册
328	贺允中	1	贺允中(1090—1168),字子忱,蔡州汝阳(今河南汝南)人。徽宗政和五年进士。	第31册
329	苏籀	7	苏籀(1091—?),字仲滋,眉山(今属四川)人,侨居婺州(今浙江金华)。辙孙、适子。以祖荫入仕。	第31册
330	邓肃	4	邓肃(1091—1132),初字至宏,改德恭,号栟榈,南剑州沙县(今属福建)人。师事李纲,入太学。	第31册
331	释正觉	15	释正觉(1091—1157),号宏智,俗姓李,隰州隰川(今山西隰县)人。年十一出家住舒州太平兴国禅院、江州庐山圆通崇胜禅院、江州能仁寺、庆元府天童山景德寺、临安府灵隐寺等。为青原下十三世,丹霞子淳禅师法嗣。	第31册
332	张元幹	4	张元幹(1091—1161),字仲宗,号真隐山人、芦川居士,永福(今福建永泰)人。徽宗政和间以上舍释褐。著名爱国词人。	第31册
333	林季仲	2	林季仲(1090—1161?),字懿成,号竹轩,晚号芦川老人,永嘉(今浙江温州)人。徽宗宣和三年(1121)进士。约卒于高宗绍兴三十一年前。	第31册
334	释了一	1	释了一(1092—1155),号照堂,俗姓徐,明州奉化(今属浙江)人。年十四出家。诏住径山能仁禅院。为青原下十四世,雪峰妙湛思慧禅师法嗣。	第31册

续表

序号	诗人	录茶诗数目	小　传	所在册目
335	释了演	1	释了演，号谁庵。住临安府灵隐寺。为南岳下十六世，径山宗杲禅师法嗣。	第31册
336	潘正夫	1	潘正夫（？—1152），字蒙著，河南（今河南洛阳）人。徽宗政和二年（1112），尚哲宗女庆国长公主。	第31册
337	李若水	6	李若水（1093—1127），原名若冰，字清卿，广平曲周（今属河北）人。由上舍登第。钦宗靖康二年，从钦宗至金营，不屈被残杀。高宗建炎初赠观文殿学士，谥忠愍。	第31册
338	王之道	37	王之道（1093—1169），字彦猷，自号相山居士，无为（今属安徽）人。与兄之义、弟之深同河徽宗宣和六年进士第。曾提举湖北常平茶盐。	第32册
339	潘良贵	1	潘良贵（1094—1150），字子贱（原名京，字义荣），号默成居士，婺州金华（金属浙江）人。徽宗政和五年登上舍第。	第32册
340	张炜	3	张炜（1094—？），字子昭，杭（今浙江杭州）人。一作张伟，字书言，本贯秀州华亭（今上海松江），高宗绍兴十八年（1148）进士。仕历不详。	第32册
341	方云翼	1	方云翼，字景南，平阳（今属浙江）人。徽宗宣和六年（1124）进士。高宗绍兴二十六年，在浙东安抚司参议官任以事放罢，袁州编管。	第32册
342	李处权	10	李处权（？—1155）字巽伯，号崧庵惰夫，洛（今河南洛阳）人。淑曾孙。南渡后定居溧阳。转辗各地为幕僚，以诗游士大夫间。卒年逾七十。	第32册
343	刘著	1	刘著，字鹏南，舒州皖城（今安徽潜山北）人。晚年自号玉照老人。徽宗宣、政末进士，北方土地沦陷后入金，历知州县。	第32册
344	张嵲	1	张嵲（1096—1148），字巨山，襄阳（今湖北襄樊）人。徽宗宣和三年上舍中第。	第32册
345	张祁	2	张祁，字晋彦，和州乌江（今安徽和县东北）人。邵弟，孝祥父。以兄使金恩补官。自号总得翁。	第32册
346	释慧空	27	释慧空（1096—1158），号东山，俗姓陈，福州（今属福建）人。年十四出家。为南岳下十四世，泐潭清禅师法嗣。	第32册
347	欧阳澈	11	欧阳澈（1097—1127），字德明，抚州崇仁（今属江西）人。高宗建炎元年复徒步伏阙上书，与太学生陈东同时被杀。三年，赠承事郎。绍兴四年赠秘阁修撰。	第32册
348	朱松	10	朱松（1097—1143），字乔年，号韦斋，徽州婺源（今属江西）人。熹父。徽宗政和八年同上舍出身。	第33册

续表

序号	诗人	录茶诗数目	小传	所在册目
349	释慧方	1	释慧方，俗姓许，潭州醴陵（今属湖南）人。徽宗崇宁五年(1106)受具戒。为南岳下十六世，文殊心道禅师法嗣。	第33册
350	朱翌	18	朱翌(1097—1167)，字新仲，自号灊山道人、省事老人，舒州怀宁（今安徽潜山）人，晚年定居鄞县。徽宗政和八年，赐同上舍出身。孝宗乾道三年卒。	第33册
351	释慧晖	1	释慧晖(1097—1183)，号自得，俗姓张，会稽上虞（今浙江上虞东南）人。年十二出家。为青原下十四世，天童正觉禅师法嗣。	第33册
352	释智朋	3	释智朋，四明（今浙江宁波）人，俗姓黄。高宗绍兴七年(1137)住婺州天宁寺，后退居明州瑞岩。为青原下十三世，宝峰照禅师法嗣。	第33册
353	胡寅	13	胡寅(1098—1156)，字明仲，学者称致堂先生，建州崇安（今福建武夷山市）人。安国子。徽宗宣和三年进士。绍兴二十六年卒，年五十九。	第33册
354	曹勋	35	曹勋(1096—1174)，字公显，一作功显，阳翟（今河南禹州）人。徽宗宣和五年赐同进士出身。	第33册
355	汪任	1	汪任，号凤山居士，鄱阳（今江西波阳）人。高宗建炎四年(1130)知英州	第34册
356	释彦强	1	释彦强，居剡中惠安寺增胜堂，亦曾住云门寺。约与仲皎同时。	第34册
357	刘子翚	18	刘子翚(1101—1147)字彦冲，号病翁，崇安（今属福建）人。韐仲子。以荫补承务郎。后以疾退居故乡屏山，学者称为屏山先生，朱熹尝从其问学。绍兴十七年卒，年四十七。	第34册
358	范浚	2	范浚(1102—1150)，字茂明，兰溪（今属浙江）人。学者称香溪先生。高宗绍兴元年举贤良方正，不起，闭门讲学。朱熹以浚所撰《心箴》全载入《孟子集注》，由是知名。	第34册
359	陈焕	1	陈焕，字少微，博罗（今属广东）人。以礼行于间里，乡人称陈先生。	第34册
360	仲并	2	仲并，字弥性，江都（今江苏扬州）人。高宗绍兴二年(1132)进士。	第34册
361	李蒲	1	李蒲，字仲镇，号懒窝，宣城（今安徽宣州）人。宏子。高宗绍兴初官都昌尉。孝宗隆兴元年(一一六三)知溧阳县。	第34册
362	晁公武	1	晁公武，字子止，号昭德先生，巨野（今山东巨野）人。冲之子。靖康之乱入蜀。高宗绍兴中进士。孝宗七年，知扬州。	第34册

续表

序号	诗人	录茶诗数目	小　传	所在册目
363	胡铨	1	胡铨(1102—1180),字邦衡,号澹庵,吉州庐陵(今江西吉安)人。高宗建炎二年进士。以上书斥和议,乞斩王伦、秦桧、孙近,除名编管昭州。孝宗淳熙七年,以资政殿学士致仕。	第34册
364	冯时行	7	冯时行(?—1163),字当可,号缙云,璧山(今四川璧山)人。徽宗宣和六年(1124)进士。	第34册
365	释昙华	1	释昙华(1103—1163),号应庵,俗姓江,蕲州黄梅(今属安徽)人。年十七去发。历住江州东林太平兴隆寺、建康府蒋山太平兴国寺、平江府报恩光孝寺、明州天童山景德寺等。为南岳下十六世,虎丘绍隆禅师法嗣。	第34册
366	王之望	2	王之望(?—1170),字瞻叔,襄阳谷城(今属湖北)人。高宗绍兴八年(1138)进士。曾提举荆湖南常平茶盐公事。孝宗隆兴二年(1164拜参知政事,兼同知枢密院事。谥敏肃。	第34册
367	释慧远	5	释慧远(1103—1176),号瞎堂,俗姓彭,眉山(今属四川)人。年十三隶药师院为僧。赐号佛海禅师。为南岳下十五世,天宁佛果圆悟克勤禅师法嗣。	第34册
368	孟大武	2	孟大武,字世功(或作公),仙居(今属浙江)人。与吴芾有唱和。	第34册
369	谢伋	1	谢伋,字景思,号药寮居士,上蔡(今属河南)人。高宗绍兴三年(1133)为大宗正丞(《建炎以来系年要录》卷四一)。二十七年,提举两浙西路常平茶盐。	第34册
370	郑樵	1	郑樵(1104—1162),字渔仲,号溪西遗民,莆田(今属福建)人。居夹漈山,学者称夹漈先生。著述繁富,尤以《通志》为著。	第34册
371	葛立方	6	葛立方(?—1164),字常之,号懒真子,江阴(今属江苏)人。胜仲子。高宗绍兴八年(1138)进士。	第34册
372	吴芾	11	吴芾(1104—1183),字明可,号湖山居士,台州仙居(今属浙江)人。高宗绍兴二年进士。	第35册
373	陈棣	3	陈棣(又作褅),字鄂父,青田(今属浙江)人,汝锡子。以父荫入仕。	第35册
374	释云	1	释云,住别峰寺,为南岳下十六世,此庵景元禅师法嗣。	第35册
375	胡宏	1	胡宏(1105—1161),字仁仲,学者称五峰先生,建宁崇安(今福建武夷山市)人,安国子。初入太学,师事杨时。父荫补右承务郎。以秦桧专权不出。	第35册

续表

序号	诗人	录茶诗数目	小　传	所在册目
376	史浩	6	史浩(1106—1194),字直翁,自号真隐居士,鄞县(今浙江宁波)人。高宗绍兴十五年进士。曾拜相。封魏国公。卒封会稽郡王,谥文惠。	第35册
377	宋高宗	2	宋高宗赵构(1107—1187),字德基,徽宗第九子。靖康二年,即帝位于南京(今河南商丘)。后建行都于临安,史称南宋。在位三十六年,建元建炎、绍兴。	第35册
378	释师一	1	释师一(1107—1176),号水庵,俗姓马,婺州东阳(今属浙江)人。十六落发。为南岳下十六世,丹霞佛智蓬庵端裕禅师法嗣。	第35册
379	熊蕃	12	熊蕃,字叔茂,号独善先生,建阳(今属福建)人。	第35册
380	李石	12	李石(？—1181),字知几,号方舟子,资州(今四川资中)人。高宗绍兴二十一年(1151)进士。	第35册
381	释师体	1	释师体(1108—1179),号或庵,俗姓罗,黄岩(今属浙江)人。历住吴之报觉,润之焦山。为南岳下十六世,护国此庵景元禅师法嗣。	第35册
382	释智深	1	释智深,号湛堂,武林(杭州之别称)人。住常州华藏寺。为南岳下十六世,护国此庵景元禅师法嗣。	第35册
383	释齐已	1	释齐已(？—1186),号全庵,俗姓谢,邛州蒲江(今属四川)人。年二十五出世,住鹅湖寺、广慧寺、庆元府东山寺。为南岳下十六世,灵隐佛海慧远禅师法嗣。	第35册
384	晁公遡	2	晁公遡,字子西,济州巨野(今山东巨野)人,公武弟。高宗绍兴八年(1138)进士。	第35册
385	黄公度	5	黄公度(1109—1156),字师宪,号知稼翁,莆田(今属福建)人。高宗绍兴八年进士第一。	第36册
386	释宝印	1	释宝印(1109—1191),字坦叔,号别峰,俗姓李,嘉州龙游(今四川乐山)人。少出家。住保宁、金山、雪窦。孝宗淳熙七年,敕补径山,召对选德殿。谥慈辩。为南岳下十六世,华藏密印安民禅师法嗣。	第36册
387	员兴宗	4	员兴宗(？—1170),字显道,自号九华子,仁寿(今属四川)人。高宗绍兴二十七年进士。	第36册
388	侯宾	1	侯宾,芗溪(今江西信江)人。高宗绍兴二十一年(1151)前后知新城县。	第36册
389	李端民	1	李端民,字平叔,扬州(今属江苏)人,正民兄。高宗绍兴十一年(1141),知黄岩县(《嘉定赤城志》卷一一)。	第36册

续表

序号	诗人	录茶诗数目	小传	所在册目
390	王十朋	28	王十朋(1112—1171),字龟龄,号梅溪,温州乐清(今属浙江)人。高宗绍兴二十七年进士。乾道七年卒。	第36册
391	陈知柔	1	陈知柔(?—1184),字体仁,号休斋,永春(今属福建)人。高宗绍兴十二年(1142)进士。	第37册
392	释昭	1	释昭,号石庵。历住白云寺、鼓山寺。为南岳下十七世,蒙庵思岳禅师法嗣。	第37册
393	吕愿中	1	吕愿中(愿忠),字叔恭,睢阳(今河南商丘)人。曾知静江府、兼广西经略安抚使。谄附秦桧。	第37册
394	释印肃	10	释印肃(1115—1169),号普庵,俗姓余,袁州宜春(今属江西)人。孝宗乾道五年卒,年五十五。	第37册
395	沈枢	1	沈枢,字持要,安吉(今属浙江)人。高宗绍兴十五年(1145)进士。	第37册
396	林仰	1	林仰,字少瞻,长溪(今福建霞浦)人。岜子。高宗绍兴十五年(1145)进士。	第37册
397	邓深	7	邓深,字资道,一字绅伯,湘阴(今属湖南)人。高宗绍兴中进士。晚年号大隐居士。	第37册
398	洪适	30	洪适(1117—1184),字景伯,号盘洲。初名造,字温伯,一字景温,鄱阳(今江西波阳)人。皓子,与弟遵、迈皆知名于时。	第37册
399	周麟之	4	周麟之(1118—1164),字茂振,祖为郫(今四川郫县)人,因仕宦徙居海陵(今江苏泰州)。高宗绍兴十五年进士。曾使金。	第38册
400	释咸杰	2	释咸杰(1118—1186),号密庵,俗姓郑,福州福清(今属福建)人。为南岳下十七世,天童昙华禅师法嗣。	第38册
401	韩元吉	18	韩元吉(1118—?),字无咎,号南涧翁,祖籍开封雍丘(今河南杞县),南渡后居信州上饶(今属江西),维玄孙,淲父。早年尝师事尹焞,后举进士。曾出使金国。淳熙十三年(1186)尚存世。	第38册
402	洪遵	1	洪遵(1120—1174),字景严,号小隐,鄱阳(今江西波阳)人。皓次子、适弟。高宗绍兴十二年中博学宏词科,赐进士出身。	第38册
403	郑若冲	1	郑若冲,字季真,号梦溪,鄞县(今浙江宁波)人。与同里汪大猷、陈居仁、楼钥善。	第38册

续表

序号	诗人	录茶诗数目	小传	所在册目
404	谢谔	1	谢谔(1121—1194),字昌国,号艮斋,晚号桂山老人,临江军新喻(今江西新余)人。高宗绍兴二十七年进士。	第38册
405	崔敦礼	2	崔敦礼(?—1181),字仲由,通州静海(今江苏南通)人。高宗绍兴三十年(1160)进士。	第38册
406	林楠	1	林楠,字景实,长溪(今福建霞浦)人。高宗绍兴二十一年(1151)进士。宁宗庆元六年,使金贺正旦,嘉泰元年(一二〇一),为军器监。	第38册
407	李吕	3	李吕(1122—1198),字滨老,一字东老,邵武军光泽(今属福建)人。屡试不第,与朱熹多有交往。	第38册
408	释坚璧	3	释坚璧,号古岩。历住雪峰寺、瑞岩寺、雪窦寺。为青原下十五世,石窗法恭禅师法嗣。	第38册
409	李流谦	10	李流谦(1123—1176),字无变,号澹斋,德阳(今属四川)人。良臣子。高宗绍兴中以父荫补将仕郎。	第38册
410	洪迈	3	洪迈(1123—1202),字景卢,号容斋,鄱阳(今江西波阳)人。皓子,适、遵弟。高宗绍兴十五年进士。	第38册
411	范端臣	1	范端臣,字符卿,号蒙斋,兰溪(今属浙江)人。浚从子,受学于浚。高宗绍兴二十四年(1154)进士。	第38册
412	何异	1	何异,字同叔,号月湖,抚州崇仁(今属江西)人。高宗绍兴二十四年(1154)进士。卒年八十一	第38册
413	吴儆	2	吴儆(1125—1183),字益恭,原名偁,字恭父,休宁(今属安徽)人。与兄俯讲学授徒,合称江东二吴。高宗绍兴二十七年进士	第38册
414	姜特立	1	姜特立(1125—?),字邦杰,号南山老人,丽水(今属浙江)人。以父绶靖康中殉难恩入仕。八十岁时尚存世。	第38册
415	潘柽	1	潘柽,字德久,号转庵,永嘉(今浙江温州)人。以父荫选武职。与陆游、姜夔等多有交往,叶适谓永嘉四灵之徒。	第38册
416	刘应时	6	刘应时,字良佐,号颐庵,慈溪(今属浙江)人。隐居不仕,为诗得同时人范成大赏,陆游、杨万里皆为其诗集作序。	第38册
417	陆游	354	陆游(1125—1209),字务观,越州山阴(今浙江绍兴)人。年十二能诗文,以荫补登仕郎。孝宗即位,赐进士出身。自号放翁。宁宗开禧三年(1207),进爵渭南县伯。曾提举福建路常平茶监。为著名爱国诗人。	第39册、第40册、第41册
418	范成大	33	范成大(1126—1193),字至能,号石湖居士,吴(今江苏苏州)人。高宗绍兴二十四年进士。曾拜参知政事。	第41册/

续表

序号	诗人	录茶诗数目	小传	所在册目
419	杨万里/陈仲谔	71/1	杨万里(1127—1206),字廷秀,号诚斋,吉州吉水(今属江西)人。高宗绍兴二十四年进士。曾提举广东常平茶盐。开禧二年卒,年八十。/陈仲谔(1125—?),字蹇叔,闽县(今福建福州)人。高宗绍兴十八年(1148)进士。(注:此首陈仲谔茶诗题为《送新茶李圣俞郎中》,此诗又作杨万里《陈蹇叔郎中出闽漕别送新茶诗李圣俞郎中出手分似》。杨诗出宋刊本,陈诗出清人张英、王士祯《渊鉴类函》卷三九〇,当以杨万里作为是。)	第42册/第38册
420	周必大	23	周必大(1126—1204),字子充,一字洪道,晚年自号平园老叟,原籍管城(今河南郑州),高宗建炎二年祖诜通判庐陵(今江西吉安),因家焉。绍兴二十一年(一一五一)进士。嘉泰四年卒,年七十九。开禧三年,赐谥文忠。	第43册
421	周季	1	周季(1126—?)字德绍,淮海(今江苏扬州)人。与其侄周辉同庚同月。	第43册
422	徐得之	1	徐得之,字思叔,清江(今江西樟树西南)人。梦莘弟。孝宗淳熙十一年(1184)进士。	第43册
423	宋孝宗	1	宋孝宗赵昚(1127—1194),字符永,秀王偁子,生于秀州。高宗绍兴三十年,立为皇子。三十二年,立为皇太子。同年,即皇帝位。建元隆兴、乾道、淳熙。在位二十七年。	第43册
424	喻良能	15	喻良能,字叔奇,号香山,义乌(今属浙江)人。高宗绍兴二十七年(1157)进士。	第43册
425	戴敏	1	戴敏,字敏才,号东皋子,黄岩(今属浙江)人。复古父。敏卒时,复古方襁褓中。平生不事举子业,以诗自适。	第43册
426	元溥	2	元溥,字泉卿,号耘轩,晋陵(今江苏常州)人。与黄公择同时。	第43册
427	梁克家	1	梁克家(1128—1187),字叔子,泉州晋江(今福建泉州)人。高宗绍兴三十年进士。官至右丞相。谥文靖。有《淳熙三山志》四十二卷。	第43册
428	释宝昙	3	释宝昙(1129—1197),字少云,俗姓许,嘉定龙游(今四川乐山)人。自号橘洲老人。	第43册
429	李洪	9	李洪(1129—?),字可大,扬州(今属江苏)人。正民子。宋室南渡后侨寓海盐、湖州。官终知藤州。	第43册
430	郑伯英	1	郑伯英(1130—1192),字景元,号归愚翁,永嘉(今浙江温州)人。与兄伯熊齐名,人称大郑公、小郑公。孝宗隆兴元年进士。	第43册

续表

序号	诗人	录茶诗数目	小传	所在册目
431	项安世	26	项安世(1129—1208),字平甫,号平庵,其先括苍(今浙江丽水)人,后家江陵(今属湖北)。孝宗淳熙二年进士。嘉定元年卒。	第44册
432	朱熹	15	朱熹(1130—1200),字符晦,一字仲晦,号晦庵、晦翁、考亭先生、云谷老人、沧州病叟、遯翁,祖籍徽州婺源(今属江西),生于南剑州尤溪(今属福建)。高宗绍兴十八年进士,曾提举江西、浙东常平茶盐。宁宗庆元六年卒,年七十一。嘉定二年,追谥文。理宗淳祐元年,从祀孔庙。	第44册
433	钱闻礼	1	钱闻礼,嘉兴(今属浙江)人。高宗绍兴三十年(1160)进士。历知贺州。宁宗庆元四年(1198)以赃罢。	第45册
434	陈晛	1	陈晛,西安(今浙江衢县)人。高宗绍兴三十年(1160)进士。	第45册
435	袁枢	1	袁枢(1131—1205),字机仲,建安(今福建建瓯)人。孝宗隆兴元年进士。	第45册
436	郭知运	1	郭知运,字次张,自号息庵老人,盐官(今浙江海宁西南)人。高宗绍兴二十一年(1151)进士,时甫弱冠。秦桧欲与联姻,不屈。官至知荆门军。	第45册
437	张孝祥	10	张孝祥(1132—1170),字安国,号于湖居士,历阳乌江(今安徽和县东北)人。高宗绍兴二十四年进士第一。	第45册
438	释崇岳	7	释崇岳(1132—1202),号松源,俗姓吴,处州龙泉(今属浙江)人。二十三岁受戒于大明寺。宁宗庆元三年,诏住临安府景德灵隐寺。为南岳下十八世,密庵杰禅师法嗣。	第45册
439	陆九韶	1	陆九韶,字子美,金溪(今属江西)人。九渊四兄。自号梭山老圃。	第45册
440	陆九龄	1	陆九龄(1133—1180),字敬夫(钦夫),号南轩,祖籍绵竹(今属四川),寓居长沙(今属湖南)。浚子。从胡宏学,与朱熹、吕祖谦为友。以荫入仕。	第45册
441	张栻	20	张栻(1133—1180),字敬夫,号南轩,祖籍绵竹(今属四川),寓居长沙(今属湖南)。张浚子。以荫入仕。乾道初,主讲岳麓书院。曾任荆湖北路安抚使等。	第45册
442	陈造	47	陈造(1133—1203),字唐卿,高邮(今属江苏)人。自号江湖长翁。孝宗淳熙二年进士。	第45册
443	任诏	1	任诏(?—1193),字子严,新淦(今江西新干)人。官至转运使。	第45册

续表

序号	诗人	录茶诗数目	小传	所在册目
444	许及之	22	许及之(? —1209),字深甫,温州永嘉(今浙江温州)人。孝宗隆兴元年(1163)进士。	第46册
445	虞俦	20	虞俦,字寿老,宁国(今属安徽)人。孝宗隆兴元年(1163)进士。嘉泰二年,迁兵部侍郎。	第46册
446	宋之瑞	1	宋之瑞,字伯嘉,号樵隐,天台(今属浙江)人。孝宗隆兴元年(1163)进士。宁宗嘉定初,以龙图阁待制致仕。	第46册
447	姚申之	1	姚申之,字崧卿,昆山(今属江苏)人。孝宗隆兴元年(1163)进士。	第46册
448	薛季宣	3	薛季宣(1134—1173),字士龙,号艮斋,学者称常州先生,永嘉(今浙江温州)人,徽言子。以荫出仕。为学重事功,开永嘉学派先声。	第46册
449	周孚	7	周孚(1135—1177),字信道,先世济南(今属山东),寓居丹徒(今属江苏)人。孝宗乾道二年进士。	第46册
450	王质	10	王质(1135—1189),字景文,号雪山,其先郓州(今山东东平)人,后徙兴国军(今湖北阳新)。高宗绍兴三十年进士。	第46册
451	程洵	1	程洵(1135—1196),字钦国,后更字允夫,号克庵,婺源(今属江西)人。朱熹内弟,从熹学。累举进士不第,后以特恩授信州文学,历衡阳主簿、吉州录事参军。	第46册
452	朱晞颜	1	朱晞颜(1135—1200),字子渊,休宁(今属安徽)人。孝宗隆兴元年进士。	第46册
453	丘密	1	丘密(1135—1208),字宗卿,江阴(今属江苏)人。孝宗隆兴元年进士。宁宗嘉定元年,拜同知枢密院事。	第46册
454	赵公豫	2	赵公豫(1135—1212),字仲谦,常熟(今属江苏)人。高宗绍兴二十四年进士。	第46册
455	徐安国/陈中孚	1/1	徐安国,号春渚,浙江富阳(今属浙江)人。孝宗乾道二年(1166)进士。/陈中孚,字子正,吉阳人。举文学,绍兴间知万宁县,擢知昌化军。作继美堂,胡铨为之记,李光自琼移儋与其友善。/陈中孚,字子正,吉阳(今海南三亚东北)人。高宗绍兴间知万宁县,擢知昌化军。(注:一诗二属)	第46册/第37册
456	罗愿	1	罗愿(1136—1184),字端良,号存斋,歙县(今属安徽)人。高宗绍兴二十五年,以荫补承务郎。孝宗乾道二年进士。淳熙六年陛对,为孝宗赏异,命知鄂州,十一年卒于任。	第46册
457	林亦之	1	林亦之(1136—1185),字学可,号月鱼,学者称网山先生,福清(今属福建)人。与林光朝、陈藻并称城山三先生。终身布衣,	第47册

续表

序号	诗人	录茶诗数目	小传	所在册目
458	舒璘	1	舒璘(1136—1199),字符质,一字符宾,号广平,奉化(今属浙江)人。从张栻、陆九渊游。孝宗乾道八年,以上舍赐第。	第47册
459	杨寅	1	杨寅,字少云,山阴(今浙江绍兴)人。孝宗乾道二年(1166)同进士出身。	第47册
460	释祖先	1	释祖先(1136—1211),号破庵,广安新明(今属四川)人。俗姓王。幼出家。历住常州荐福、真州灵岩、平江秀峰、临安广寿慧云、平江穹窿山福臻、湖州凤山资福等寺。为南岳下十八世,密庵杰禅师法嗣。	第47册
461	章甫	11	章甫,字冠之,自号转庵、易足居士,饶州鄱阳(今江西波阳)人。以诗游士大夫间,与韩元吉、陆游、张孝祥等多有唱和。	第47册
462	奚商衡	1	奚商衡,字符美,临安(今属浙江)人。孝宗乾道二年(1166)进士。	第47册
463	何澹	1	何澹,字自然,龙泉(今属浙江)人。孝宗乾道二年(1166)进士。宁宗庆元二年(1196)除同知枢密院事兼参知政事,嘉泰元年(1201)罢知枢密院事。	第47册
464	徐似道	2	徐似道,字渊子,号竹隐,黄岩(今属浙江)人。孝宗乾道二年(1166)进士。嘉定四年(1211)为江西提刑。	第47册
465	李揆	1	李揆,字起宗,浏阳(今属湖南)人。孝宗乾道二年(1166)进士。	第47册
466	胡融	1	胡融,字小瀹,号四朝老农,宁海(今属浙江)人。与李揆同时,生平不详。	第47册
467	刘志行	1	刘志行,眉州(今四川眉山)人。孝宗乾道二年(1166)进士。累官知藤州。	第47册
468	吕祖谦	1	吕祖谦(1137—1181),字伯恭,学者称东莱先生,婺州(今浙江金华)人。孝宗隆兴元年进士。	第47册
469	廖行之	4	廖行之(1137—1189),字天民,号省斋,衡阳(今属湖南)人。孝宗淳熙十一年进士。	第47册
470	陈傅良	2	陈傅良(1137—1203),字君举,温州瑞安(今属浙江)人。早师事郑伯熊、薛季宣,为永嘉学派巨擘。孝宗乾道八年进士	第47册
471	楼钥	15	楼钥(1137—1213),字大防,旧字启伯,自号攻媿主人,明州鄞县(今浙江宁波)人。孝宗隆兴元年进士。	第47册

续表

序号	诗人	录茶诗数目	小传	所在册目
472	林用中	1	林用中，字择之，古田（今福建古田东北）人。朱熹高弟。孝宗乾道三年（1167），曾与朱熹、张栻同游衡山唱和。	第 47 册
473	舒邦佐	5	舒邦佐（1137—1214），字辅国，更字平叔，隆兴府靖安（今属江西）人。孝宗淳熙八年进士。	第 47 册
474	杨冠卿	4	杨冠卿（1138—?），字梦锡，江陵（今属湖北）人。尝举进士，官位不显，以诗文游幕府。与范成大、陆游等有唱和。	第 47 册
475	释道生	2	释道生，号曹源，住饶州妙果寺。为南岳下十八世，密庵咸杰禅师法嗣。	第 47 册
476	释允韶	1	释允韶，号铁鞭，住泉州光孝寺。为南岳下十八世，密庵咸杰禅师法嗣。	第 47 册
477	赵善括	1	赵善括，字无咎，号应斋居士，寓隆兴（今江西南昌）。太宗七世孙。第进士。	第 47 册
478	王炎	13	王炎（1138—1218），字晦叔，号双溪，婺源（今属江西）人。孝宗乾道五年进士。	第 48 册
479	陆九渊	2	陆九渊（一一三九～一一九三），字子静，号存斋、象山翁，学者称象山先生，金溪（今属江西）人。孝宗乾道八年（一一七二）进士。著名理学家。宁宗嘉定十年，赐谥文安。	第 48 册
480	沈继祖	1	沈继祖，字述之，兴国（今属江西）人。孝宗乾道五年（1169）进士。	第 48 册
481	钱文	1	钱文，字文叔，号恕斋，崇德（今浙江桐乡西南）人。孝宗乾道五年（1169）进士。	第 48 册
482	丁逢	2	丁逢，字端叔，晋陵（今江苏武进）人。孝宗乾道中进士。	第 48 册
483	梁竑	1	梁竑，孝宗乾道时人。	第 48 册
484	袁说友	13	袁说友（1140—1204），字起岩，号东塘居士，建安（今福建建瓯）人。侨居湖州。孝宗隆兴元年进士。	第 48 册
485	辛弃疾	2	辛弃疾（1140—1207），字坦夫，改字幼安，号稼轩，齐州历城（今山东济南）人。钦宗靖康末中原沦陷，率众抗金。高宗绍兴三十二年奉表归宋。历知滁州、提点江西刑狱、知绍兴府兼浙东安抚等。	第 48 册
486	蔡戡	2	蔡戡（1141—?），字定夫，仙游（今属福建）人，居武进（今属江苏）。襄四世孙。初以荫补溧阳尉。孝宗乾道二年（1166）进士。	第 48 册
487	杨简	2	杨简（1141—1226），字敬仲，学者称慈湖先生，慈溪（今浙江宁波西北）人。孝宗乾道五年进士。	第 48 册

续表

序号	诗人	录茶诗数目	小传	所在册目
488	虞似良	1	虞似良，字仲房，自号横溪真逸。余杭（今浙江余杭西南）人。寓黄岩。孝宗淳熙中为兵部郎官。	第48册
489	彭龟年	2	彭龟年（1142—1206），字子寿，临江军清江（今江西樟树西南）人。孝宗乾道五年进士。	第48册
490	曾丰	21	曾丰（1142—?），字幼度，号撙斋，乐安（今属江西）人。孝宗乾道五年进士。享年近八十。	第48册
491	释师观	2	释师观（1143—1217），号月林，俗姓黄，福州侯官（今福建福州）人。十四岁出家。历住平江府承天能仁寺、万寿报恩光孝寺、临安府崇孝显亲寺、开山湖州报因祐慈寺、平江府灵岩山崇报寺等。为南岳下十七世，大洪证禅师法嗣。	第48册
492	赵蕃	59	赵蕃（1143—1229），字昌父，号章泉，原籍郑州，南渡后侨居信州玉山（今属江西）。早岁从刘清之学，以曾祖旸致仕恩补州文学。二年卒，年八十七，谥文节。蕃诗宗黄庭坚，与韩淲（涧泉）有二泉先生之称。	第49册
493	袁燮	1	袁燮（1144—1224），字和叔，学者称絜斋先生，鄞（今浙江宁波）人。孝宗淳熙八年进士。	第50册
494	曾三异	1	曾三异，字无疑，号云巢，临江军新淦（今江西新干）人。三聘弟。孝宗淳熙间乡贡进士。卒年九十。	第50册
495	刘爚/刘应李	1/1	刘爚（1144—1216），字晦伯，号云庄，建阳（今属福建）人。早年从朱熹学。孝宗乾道八年进士。/刘应李，初名棨，字希泌，号省轩，建阳（今属福建）人。度宗咸淳十年进士。入元不仕，聚徒讲学。	第50册/第70册
496	马子严	1	马子严，字庄父，号古洲，建安（今福建建瓯）人。孝宗淳熙二年（1175）进士。	第50册
497	吕定	1	吕定，字仲安，新昌（今属浙江）人。由诚曾孙。孝宗朝以功迁从义郎，累官殿前都指挥使、龙虎上将军。	第50册
498	宋光宗	1	宋光宗赵惇（1147—1200），孝宗第三子。乾道七年（1171），立为太子。淳熙十六年（1189）受内禅，建元绍熙。在位五年，内禅第二子赵扩。	第50册
499	祝励	1	祝励，衢州（今属浙江）人。孝宗淳熙四年（1177），以宣教郎知万载县	第50册
500	释道济	1	释道济（1148—1209），号湖隐，又号方圆叟，俗姓李，天台临海（今属浙江）人。年十八于灵隐寺落发，嗜酒肉，人称济颠。	第50册
501	王阮	3	王阮（？—1208），字南卿，德安（今属江西）人。孝宗隆兴元年（1163）进士。	第50册

续表

序号	诗人	录茶诗数目	小　传	所在册目
502	巩丰	1	巩丰(1148—1217),字仲至,号栗斋,祖籍郓州须城(今山东东平),南渡后居婺州武义(今属浙江)。早年从吕祖谦学。孝宗淳熙八年进士。	第50册
503	何坦	1	何坦,字一叟,一字韦轩,东阳(今属浙江)人。孝宗淳熙五年(1178)进士。	第50册
504	徐自明	1	徐自明,字诚甫,号慥堂,永嘉(今浙江温州)人。孝宗淳熙五年(1178)进士。	第50册
505	叶适	6	叶适(1150—1223),字正则,号水心,温州永嘉(今浙江温州)人。孝宗淳熙五年进士。嘉定十六年卒,年七十四。	第50册
506	黄由	1	黄由(1150—?),字子由,自号盘墅居士,长洲(今江苏苏州)人。孝宗淳熙八年(1181)进士。	第50册
507	陈藻	1	陈藻,字符洁,号乐轩,长乐(今属福建)人,侨居福清(今属福建)之横塘。屡举进士不第,终身布衣。年七十六尚在世。理宗景定四年(1263)赠迪功郎,谥文远。	第50册
508	释如琰	1	释如琰(1151—1225),俗姓国,宁海(今属浙江)人。十五出家,终住径山。赐号佛心禅师,丛林敬称浙翁。	第50册
509	诸葛鉴	1	诸葛鉴,字大智,丹阳(今属江苏)人。孝宗淳熙八年(1181)进士。	第50册
510	徐照	25	徐照(?—1211),字道晖,一字灵晖,自号山民,永嘉(今浙江温州)人。工诗,与同郡徐玑(灵渊)、翁卷(灵舒)、赵师秀(灵秀)并称"永嘉四灵"。生平未仕,以诗游士大夫间。	第50册
511	翁卷	7	翁卷,字续古,一字灵舒,乐清(今属浙江)人。工诗,为"永嘉四灵"之一,以诗游士大夫间。	第50册
512	俞国宝	1	俞国宝,临川(今属江西)人。孝宗淳熙时太学生。	第50册
513	李自中	1	李自中,字文仲,南城(今属江西)人。宁宗嘉定间曾极贬,有诗送行。	第50册
514	张镃	32	张镃(1153—1211),字功甫,又字时可,号约斋居士,祖籍成纪(今甘肃天水),南渡后居临安(今浙江杭州)。俊曾孙。先后从杨万里、陆游学诗,并多唱和。嘉定四年,除名编管象州,死于贬所。	第50册
515	孙应时	3	孙应时(1154—1206),字季和,自号烛湖居士,余姚(今属浙江)人。早年从陆九渊学。孝宗淳熙二年进士。	第51册
516	刘过	4	刘过(1154—1206),字改之,号龙洲道人,吉州太和(今江西泰和)人。屡试不第,终生未仕。漂泊江淮间,与陆游、陈亮、辛弃疾等多有唱和。	第51册

续表

序号	诗人	录茶诗数目	小传	所在册目
517	敖陶孙	4	敖陶孙(1154—1227),字器之,号臞庵、臞翁,长乐(今属福建)人。宁宗庆元五年进士。	第51册
518	陈文蔚	1	陈文蔚(1154—1247),字才卿,学者称克斋先生,上饶(今属江西)人。曾举进士不第。后聚徒讲学,与徐昭然等创豫章学派。	第51册
519	许中应	1	许中应,字成甫,东阳(今属浙江)人。孝宗淳熙十一年(1184)进士。	第51册
520	高似孙	7	高似孙,字续古,号疎寮,鄞县(今浙江宁波)人,一说余姚(今属浙江)人,孝宗淳熙十一年(1184)进士。	第51册
521	徐大受	1	徐大受,字季可,号竹溪,天台(今属浙江)人。孝宗淳熙十一年(1184)特科。	第51册
522	周牧	1	周牧,字善叔,宁德(今属福建)人。孝宗淳熙十一年(1184)进士。	第51册
523	姜夔	4	姜夔(1155?—1221?),字尧章,鄱阳(今江西波阳)人。自号白石道人。卒年约为宁宗嘉定十四年。诗为杨万里、范成大等所重。	第51册
524	葛天民	2	葛天民,字无怀,越州山阴(今浙江绍兴)人,徙台州黄岩(今属浙江)。曾为僧,法名义铦,字朴翁,后还俗,居杭州西湖。与姜夔、赵师秀等有唱和。	第51册
525	任希夷	1	任希夷(1156—?),字伯起,号斯庵。伯雨曾孙。其先眉州(今四川眉山)人,徙居邵武(今属福建)。弱冠登孝宗淳熙二年(1175)进士。卒谥宣献。	第51册
526	释普岩	1	释普岩(1156—1226),字少瞻,号运庵,俗姓杜,四明(今浙江宁波)人。早年落发。历住真州报恩光孝、安吉州道场山护圣万寿等寺。为南岳下十九世,松源崇岳禅师法嗣。	第51册
527	曹彦约	2	曹彦约(1157—1229),字简甫,南康军都昌(今属江西)人。孝宗淳熙八年进士。	第51册
528	危稹	1	危稹,原名科,字逢吉,号巽斋,又号骊塘,抚州临川(今属江西)人。孝宗淳熙十四年(1187)进士。	第51册
529	金朋说	1	金朋说,字希传,号碧岩,休宁(今属安徽)人。曾从朱熹学。孝宗淳熙十四年(1187)进士。初为教官,后归隐于碧岩山。	第51册
530	杨光	1	杨光,字林碤,孝宗淳熙十四年(1187)曾避暑中岩。	第51册

续表

序号	诗人	录茶诗数目	小　传	所在册目
531	周南	2	周南(1159—1213),字南仲,平江(今江苏苏州)人。黄度婿。早年从叶适学。光宗绍熙元年进士。	第52册
532	裘万顷	5	裘万顷(?—1219),字符量,号竹斋,江西新建(今江西南昌)人。孝宗淳熙十四年进士。	第52册
533	李壁	1	李壁(1159—1222),字季章,号雁湖,又号石林,眉州丹棱(今属四川)人。焘子。以父任入官。光宗绍熙元年进士。	第52册
534	陈淳	1	陈淳(1155—1219),字安卿,学者称北溪先生,龙溪北溪(今福建漳州)人。孝宗淳熙十六年乡贡进士。	第52册
535	韩淲	115	韩淲(1159—1224),字仲止,号涧泉,祖籍开封,南渡后隶籍上饶(今属江西)。元吉子。早年以父荫入仕。与同时知名诗人多有交游,并与赵蕃(章泉)并称"二泉"。	第52册
536	卫泾	1	卫泾(1160—1226),字清叔,初号拙斋居士,改号西园居士,昆山(今属江苏)人。孝宗淳熙十一年进士。	第52册
537	徐侨	1	徐侨(1160—1237),字崇甫,号毅斋,婺州义乌(今属浙江)人。初从学于吕祖谦门人叶邽。孝宗淳熙十四年(1187)进士。	第52册
538	方暹	1	方暹,字明甫,学者称连云先生,平江(今属湖南)人。师事李燔,奉燔命学于黄榦,与饶鲁、张元简、赵师恕合称黄门四子。理宗淳祐间受举荐,辞不受。	第53册
539	徐玑	8	徐玑(1162—1214),字文渊,一字致中,号灵渊,永嘉(今浙江温州)人。诗学唐人,与同时赵师秀、翁卷、徐照合称永嘉四灵。以荫入仕。	第53册
540	汪晫	1	汪晫(1162—1227),字处微,徽州绩溪(今属安徽)人。早岁曾应科举,后绝意进取,隐居乡里。	第53册
541	刘学箕	2	刘学箕,字习之,号种春子,又号方是闲居士,崇安(今福建武夷山市)人。子翚孙。生平未仕。嘉定八年(1215)将届六十。	第53册
542	张次贤	1	张次贤,字子斋,仙居(今属浙江)人。光宗绍熙四年(1193)进士。宁宗嘉定十四年(1221),除左司谏。	第53册
543	冯多福	1	冯多福,字季求,一作季膺,无锡(今属江苏)人。光宗绍熙四年(1193)进士。	第53册
544	程珌	2	程珌(1164—1242),字怀古,号洺水遗民,休宁(今属安徽)人。光宗绍熙四年进士。	第53册

续表

序号	诗人	录茶诗数目	小传	所在册目
545	释居简	29	释居简(1164—1246),字敬叟,号北磵,潼川(今四川三台)人。俗姓龙。住常之显庆、碧云,苏之慧日,湖之道场,诏迁净慈,晚居天台。	第53册
546	尹直卿	1	尹直卿,字德邻,永丰(今属江西)人。光宗绍熙五年(1194)入太学。	第53册
547	路德章	1	路德章,孝宗时人。	第53册
548	刘宰	2	刘宰(1166—1239),字平国,自号漫塘病叟,金坛(今属江苏)人。光宗绍熙元年进士。	第53册
549	戴复古	14	戴复古(1167—?)字式之,黄岩(今属浙江)人,号石屏。敏子。少孤,笃志于诗,从林宪、徐似道游,又登陆游之门。以诗游江湖间几五十年,年八十余卒。	第54册
550	张弋	1	张弋,旧名奕(或作亦),字彦发,一字韩伯,号无隅翁,祖籍河阳(今河南孟县)。无意举子业,与戴复古、赵师秀等多有酬唱。	第54册
551	杜耒	2	杜耒(? —1227),字子野,号小山(《诗家鼎脔》卷上),南城(今属江西)人。尝官主簿。	第54册
552	度正	3	度正(1167—?),字周卿,合州(今四川合川)人。早岁从朱熹学。光宗绍熙元年(1190)进士	第54册
553	李兼	2	李兼(? —1208),字孟达,宣城(今安徽宣州)人。宁宗开禧三年(一二〇七)知台州。	第54册
554	周文璞	6	周文璞,字晋仙,号方泉,又号野斋、山楹。原籍阳谷(今属山东)。宁宗庆元间为溧阳丞。与姜夔、葛天民、韩淲等多唱和。	第54册
555	徐敏子	1	徐敏子,号秀野闲人。为释道冲方外友。	第54册
556	高颐	1	高颐,字符龄,号拙斋,宁德(今属福建)人。宁宗庆元五年(1199)进士。	第54册
557	卢祖皋	1	卢祖皋,字申之,又字次夔,号蒲江,永嘉(今浙江温州)人。宁宗庆元五年(1199)进士。	第54册
558	释梵琮	2	释梵琮,号率庵。宁宗嘉定十二年(1219)住庆元府仗锡山延胜禅院。理宗绍定元年(1228)住南康军云居山真如禅院。为南岳下十七世,佛照德光禅师法嗣。	第54册
559	赵师秀	13	赵师秀(1170—1219),字紫芝,号灵秀,又号天乐,永嘉(今浙江温州)人。太祖八世孙。光宗绍熙元年进士。晚寓钱塘。	第54册

续表

序号	诗人	录茶诗数目	小　传	所在册目
560	苏泂	7	苏泂(1170—?),字召叟,山阴(今浙江绍兴)人。颂四世孙。任过短期朝官。从陆游学诗,与辛弃疾、刘过、王柟、赵师秀、姜夔等多有唱和。卒年七十余。	第54册
561	潘亥	1	潘亥,字幼明,号秋岩,永嘉(今浙江温州市)人。柽子。与赵师秀同时。	第54册
562	刘植	1	刘植,字成道,永嘉(今浙江温州)人。安上曾孙。	第54册
563	陈宓	12	陈宓(1171—1230),字师复,学者称复斋先生,莆田(今属福建)人。俊卿子。少及登朱熹之门,长从黄榦学。以父荫入仕。	第54册
564	高翥	6	高翥(1171—1241),字九万,号菊涧,余姚(今属浙江)人。应试不第弃去,以教授为业。	第55册
565	释法熏	4	释法熏(1171—1245),号石田,赐号佛海,俗姓彭,眉山(今属四川)人。年十六出家,历住平江府枫桥普明、建康府太平兴国、临安府淨慈报恩光、景德灵隐等寺。为南岳下十九世,破庵祖先禅师法嗣。	第55册
566	赵汝鐩	18	赵汝鐩(1172—1246),字明翁,号野谷,袁州(今江西宜春)人。太宗八世孙。宁宗嘉泰二年进士。	第55册
567	陶崇	1	陶崇,字宗山,号激斋,阳朔(今属广西)人。宁宗嘉泰二年(1202)进士。	第55册
568	王遂	2	王遂,字去非,一字颖叔,号实斋,金坛(今属江苏)人。宁宗嘉泰二年(1202)进士。	第55册
569	黄崇义	1	黄崇义,号涧西,乐安(今属江西)人。师事黄榦,尝主汝水书院。	第55册
570	杨承祖	1	杨承祖,字庆袭,漳州龙溪(今福建漳州)人。汝南孙。以祖荫入仕,宁宗嘉定十五年(1222),由知梅州任罢。	第55册
571	赵庚夫	3	赵庚夫(1173—1219),字仲白,号山中,寓居兴化军(今福建莆田)。宋宗室。曾举进士不第。	第55册
572	留元崇	2	留元崇,泉州晋江(今福建泉州)人。�子,正孙。以荫仕,宁宗嘉定间通判兴化军。	第55册
573	倪思	1	倪思(1174—1220),字正甫,湖州归安(今浙江湖州)人。孝宗乾道二年进士。	第55册
574	张达明	1	张达明,宁宗嘉泰四年(1204)知吴江县,官至右丞。	第55册

续表

序号	诗人	录茶诗数目	小传	所在册目
575	钱时	1	钱时(1175—1244),字子是,学者称融堂先生,淳安(今属浙江)人。早年从杨简学,为朱熹所重。理宗嘉熙元年,以布衣召见,赐进士出身。	第55册
576	华岳	13	华岳(?—1221),字子西,号翠微,贵池(今属安徽)人。宁宗开禧元年,上书请诛韩侂胄等,下大理狱。嘉定十年(1217)复入学登第,为殿前司官属。十四年,谋去丞相史弥远,杖死。	第55册
577	张辑	1	张辑,字宗瑞,号东泽,鄱阳(今江西波阳)人。	第55册
578	洪咨夔	29	洪咨夔(1176—1236),字舜俞,号平斋,于潜(今属浙江)人。宁宗嘉泰二年进士。端平三年卒,年六十一,谥文忠。	第55册
579	郑清之	20	郑清之(1176—1251),字德源,初名燮,字文叔,鄞(今浙江宁波)人。宁宗嘉定十年进士,曾拜右丞相兼枢密使,迁左丞相。卒谥忠定。	第55册
580	汪莘	1	汪莘,字叔耕,休宁(今属安徽)人。不事科举。自号方壶居士,学者称柳塘先生。	第55册
581	方信孺	1	方信孺(1177—1223),字孚若,号好庵,自号柴帽山人,莆田(今属福建)人。以父荫出仕。	第55册
582	释师范	6	释师范(1177—1249),号无准,赐号佛鉴,俗姓雍,梓潼(今属四川)人。九岁出家,理宗绍定五年,诏住临安府兴圣万寿寺。为南岳下十九世,破庵祖先禅师法嗣。	第55册
583	薛师石	2	薛师石(1178—1228),字景石,号瓜庐,永嘉(今浙江温州)人。工诗善书,生平未仕,与赵师秀、徐玑等多有唱和。	第56册
584	真德秀	2	真德秀(1178—1235)字景元,一字希元,号西山,福建浦城(今属福建)人,宁宗庆元五年进士。	第56册
585	魏了翁	6	魏了翁(1178—1237),字华父,号鹤山,邛州蒲江(今属四川)人。宁宗庆元五年进士。	第56册
586	邹登龙	3	邹登龙,字震父,临江(今江西樟树西南)人。隐居不仕,结屋于邑之西郊,种梅绕之,自号梅屋。与魏了翁、刘克庄等多唱和。	第56册
587	释普济	1	释普济(1179—1253),号大川,俗姓张,四明奉化(今属浙江)人。历住宝陀观音、岳林大中、嘉兴府报恩光孝、庆元府大慈教忠报国、绍兴府天章十方、临安府淨慈报恩光孝、灵隐诸寺等。有《五灯会元》二十卷,《灵隐大川济禅师语录》一卷,收入《续藏经》。	第56册

续表

序号	诗人	录茶诗数目	小传	所在册目
588	吴泳	4	吴泳，字叔永，号鹤林，潼川府中江（今属四川）人。宁宗嘉定元年（1208）进士，曾知温州、泉州。	第56册
589	戴栩	5	戴栩，字文子，永嘉（今浙江温州）人。溪族子。尝学于叶适。宁宗嘉定元年（1208）进士	第56册
590	张尧同	1	张尧同，秀州（今浙江嘉兴）人，仕履未详。为宁宗以后人。	第56册
591	沈说	2	沈说，字惟肖，号庸斋，龙泉（今属浙江）人。宁宗时由上庠登科，未几即隐居不仕。	第56册
592	陈耆卿	1	陈耆卿（1180—1236），字寿老，号篔窗，临海（今属浙江）人。从叶适学。宁宗嘉定七年进士	第56册
593	郑会	2	郑会，字文谦，一字有极，号亦山，贵溪（今属江西）人。少游朱熹、陆九渊之门。宁宗嘉定四年（1211）进士。	第56册
594	杜范	1	杜范（1182—1245），初字仪甫，改字成己，学者称立斋先生，黄岩（今属浙江）人。宁宗嘉定元年进士。	第56册
595	岳珂	11	岳珂（1182—?），字肃之，号亦斋、东几，晚号倦翁，汤阴（今属河南）人，侨居江州（今江西九江）。飞孙，霖子。历江南东路转运判官、知镇江府等。卒年六十余。与刘过、辛弃疾等有交往。	第56册
596	程公许	20	程公许（1182—?），字季与，一字希颖，人称沧洲先生，眉州（今四川眉山）人，寄籍叙州宣化（今四川宜宾西北）。宁宗嘉定四年（1211）进士。	第57册
597	黄敏求	3	黄敏求，字叔敏，修水（今属江西）人。与郑会有唱和。	第57册
598	林表民	1	林表民，字逢吉，号玉溪，祖籍东鲁，寓台州临海（今属浙江）。师蔵子。仕历不详。	第57册
599	朱真静	1	朱真静（? ——1243），字复常，自号雪崖，临安（今属浙江）人。洞霄宫道士。理宗淳祐三年赐号妙行先生。	第57册
600	王迈	7	王迈（1184—1248），字实之，一作贯之，号臞轩，仙游（今属福建）人。宁宗嘉定十年进士。	第57册
601	陈郁	1	陈郁（1184—1275），字仲文，号藏一，崇仁（今属江西）人。世崇父。理宗时充缉熙殿应制。景定间为东宫讲堂掌书兼撰述。	第57册
602	吴钢（纲）	1	吴钢（纲）（1184—?），高宗吴后侄孙。光宗绍熙三年（1192）应童子试。宁宗嘉泰初通判临安府。九年，除太社令。	第57册

续表

序号	诗人	录茶诗数目	小传	所在册目
603	徐清叟	1	徐清叟,字真翁(《南宋馆阁续录》卷八,《宋史》本传作直翁),浦城(今属福建)人。宁宗嘉定七年(1214)进士。	第57册
604	徐荣叟	1	徐荣叟,字茂翁,号意一,浦城(今属福建)人。宁宗嘉定七年(1214)进士。	第57册
605	汪立中	1	汪立中,字强仲,鄞县(今浙江宁波)人。宁宗嘉定七年(1214)进士。	第57册
606	汤巾	1	汤巾,字仲能,号晦静,饶州安仁(今江西余江东北)人。汤中兄。宁宗嘉定七年(一二一四)进士。	第57册
607	史铸	2	史铸,字颜甫,号愚斋,山阴(今浙江绍兴)人。生平不详。	第57册
608	赵时韶	1	赵时韶,魏王廷美九世孙。曾为王伯大(留耕)客。	第57册
609	释智愚	5	释智愚(1185—1269),号虚堂,俗姓陈,四明象山(今属浙江)人。十六岁出家。住万松山延福、庆元府阿育王山广利、径山兴圣万寿等寺。运庵禅师法嗣。	第57册
610	释永颐	9	释永颐,字山老,号云泉,钱塘(今浙江杭州)人。居唐栖寺。与江湖诗人周晋仙、周伯弜父子等多有唱和。理宗淳祐十年(1250)尚在世。	第57册
611	陈元晋	2	陈元晋(1186—?),字明父,崇仁(今属江西)人。宁宗嘉定四年(1211)进士。	第57册
612	张即之	1	张即之(1186—1266),字温夫,号樗寮,鄞县(今浙江宁波)人。以父恩出仕。以书法闻名。	第57册
613	史弥宁	3	史弥宁,字安卿,鄞县(今浙江宁波)人。浩从子。知邵州。今存《友林乙藁》一卷。	第57册
614	陈鉴之	2	陈鉴之,初名璟,字刚父,闽县(今福建福州)人。理宗淳祐七年(1247)进士。	第57册
615	曾由基	1	曾由基,字朝伯,号兰墅,三山(今福建福州)人。曾仕宦临安,与陈鉴之(刚父)有交。	第57册
616	黄大受	1	黄大受,字德容,自号露香居士,南丰(今属江西)人。生平未仕,以诗游士大夫间。	第57册
617	阳枋	2	阳枋(1187—1267),字正父,原名昌朝,字宗骥,合州巴川(今四川铜梁东南)人,号字溪。理宗端平元年(1234)冠乡选。淳祐元年(1241),因蜀乱免入对,赐同进士出身。绍庆府学官。	第57册

续表

序号	诗人	录茶诗数目	小传	所在册目
618	刘克庄	22	刘克庄(1187—1269),初名灼,字潜夫,号后村,莆田(今属福建)人。宁宗嘉定二年以荫出仕。淳祐六年赐同进士出身。谥文定。	第58册
619	陈起	2	陈起,字辅圣,沅江(今属湖南)人。仁宗景祐元年(1034)进士。	第58册
620	盛世忠	1	盛世忠,字景韩,清源(今福建泉州)人。与胡仲弓(苇航)有交。	第59册
621	许棐	11	许棐,字忱夫,海盐(今属浙江)人。理宗嘉熙间隐居秦溪,自号梅屋。	第59册
622	释元肇	3	释元肇(1189—?),字圣徒,号淮海,通州静海(今江苏南通)人,俗姓潘。年十九薙染受具,历住天台万年、苏之万寿、永嘉江心、杭之淨慈、灵隐等寺,圆寂于径山。	第59册
623	徐鹿卿	7	徐鹿卿(1189—1251),字德夫,号泉谷樵友,丰城(今属江西)人。宁宗嘉定十六年进士。	第59册
624	戴昺	4	戴昺,字景明,号东野,天台(今属浙江)人。复古从孙。宁宗嘉定十二年(1219)进士。	第59册
625	陈梦庚	1	陈梦庚(1190—1267),字景长,号竹溪,闽县(今福建福州)人。宁宗嘉定十六年(1223)进士。	第59册
626	吴惟信	1	吴惟信,字仲孚,号菊潭,湖州(今属浙江)人,寓居嘉定(今属上海市)。以诗游江湖间,与同时达官名流如赵善湘(清臣)、高似孙(疎寮)等多有唱酬。	第59册
627	姚镛	4	姚镛(1191—?),字希声,一字敬庵,号雪蓬,剡溪(今浙江嵊州)人。宁宗嘉定十年(1217)进士。(注:姚镛有一首《怀云泉颐山老》,冯去非亦有《怀颐山老》。二诗除六句第二字外,全篇相同。冯诗此字作“茗”,姚诗此字作“药”。姚作非茶诗。)	第59册
628	张侃	9	张侃,字直夫,号拙轩,祖籍大梁(今河南开封),徙家扬州,高宗绍兴末渡江居湖州(今属浙江)。岩子。理宗宝庆二年知句容县。	第59册
629	徐经孙	1	徐经孙(1192—1273),初名子柔,字仲立,号矩山,丰城(今属江西)人。理宗宝庆二年进士。	第59册
630	严羽	2	严羽(1192?—1245?),字仪卿,一字丹邱,自号沧浪逋客,邵武(今属福建)人。一生隐居不仕。	第59册

续表

序号	诗人	录茶诗数目	小传	所在册目
631	林希逸	11	林希逸(1193—?),字肃翁,号鬳斋,又号竹溪,福清(今属福建)人。理宗端平二年(1235)进士。	第59册
632	蒋重珍	1	蒋重珍,初名奎,字良贵,号实斋,又号一梅老人,无锡(今属江苏)人。宁宗嘉定十六年(1223)进士。	第59册
633	戴翼	1	戴翼,闽县(今福建福州)人。宁宗嘉定十六年(1223)进士。	第59册
634	严粲	2	严粲,字坦叔,一字明卿,学者称华谷先生,邵武(今属福建)人。羽族弟。登进士第。曾知清湘县。淳祐间寓临安。	第59册
635	李龏	11	李龏(1194—?),字和父,号雪林,祖籍菏泽(今属山东),家吴兴三汇之交(今属浙江)。以诗游士大夫间,似曾短期出仕。享年登八十。	第59册
636	毛珝	2	毛珝,字符白,三衢(今浙江衢州)人。有《吾竹小稿》一卷,李龏为之作序。	第59册
637	白玉蟾	35	白玉蟾(1194—?),本名葛长庚,因继雷州白氏为后,改名。字白叟、以阅、众甫,号海琼子、海南翁、琼山道人等,闽清(今属福建)人,生于琼山(今属海南)。师事陈楠学道,遍历名山。宁宗嘉定中赐号紫清明道真人,全真教尊为南五祖之一。	第60册
638	释心月	2	释心月(?—1254),南宋临济宗虎丘派僧人。字石溪,号佛海,俗姓王,眉山(今属四川)人。历住平江府虎丘山云岩、临安府灵隐景德、径山兴圣等寺。法系:密庵咸杰—松源崇岳—掩室善开—石溪心月。	第60册
639	周弼	2	周弼(1194—?),字伯弜,祖籍汶阳(今山东汶上)。文璞子。与李龏同庚同里。宁宗嘉定间进士。	第60册
640	释善珍	2	释善珍(1194—1277),南宋临济宗大慧派僧人。字藏叟,泉州南安(今福建南安东)人。俗姓吕。年十三落发,历住四明之育王、临安之径山等寺。法系:大慧宗杲—佛照德光—妙峰之善—藏叟善珍。	第60册
641	徐元杰	3	徐元杰(1194?—1245),字仁伯,号楳埜,信州上饶(今属江西)人。早从朱熹门人陈文蔚学,后师事真德秀。理宗绍定五年进士。	第60册
642	吴潜	2	吴潜(1195—1262)字毅夫,号履斋,宁国(今属安徽)人。渊弟。宁宗嘉定十年进士。景定三年卒于贬所循州。	第60册
643	赵希迈	2	赵希迈,字端行,号西堂,乐清(今属浙江)人。宋宗室。理宗端平间通判雷州,知武冈军。	第60册

续表

序号	诗人	录茶诗数目	小传	所在册目
644	李涛	1	李涛，字养源，临川（今江西抚州）人。与宁宗开禧元年（1205）进士范应铃（西堂）子在舆有交，当亦生活于宁宗时。	第60册
645	罗大经	1	罗大经，字景纶，庐陵（今江西吉安）人。理宗宝庆二年（1226）进士。	第60册
646	李南金	1	李南金，字晋卿，自号三溪冰雪翁，乐平（今属江西）人。理宗宝庆二年进士，调光化军教授。	第60册
647	孙因	2	孙因，慈溪（今浙江慈溪东南）人。理宗宝庆二年（1226）进士。	第60册
648	葛绍体	4	葛绍体，字符承，建安（今福建建瓯）人，侨居黄岩（今属浙江）。早年师事叶适。仕历不详。曾在嘉兴等地做过地方官，亦曾寓居临安。	第60册
649	陈埙	1	陈埙，莆田（今属福建）人。俊卿之后。曾知南安县。	第60册
650	王柏	5	王柏（1197—1274），字会之，金华（今属浙江）人。从何基学，以教授为业，曾受聘主丽泽、上蔡等书院。	第60册
651	赵崇嶓	1	赵崇嶓（一作皤、磻）（1198—1255），字汉宗，号白云，居南丰（今属江西）。太宗九世孙。宁宗嘉定十六年进士。	第60册
652	赵崇鉘	1	赵崇鉘，字符治（一作元冶），南丰（今属江西）人。以兄崇嶓荫补官。宋亡隐居以终。	第60册
653	刘翼	2	刘翼（1198—?），字躔父，福唐（今福建福清）人。与林希逸同从陈藻学，不乐科举。理宗景定二年（1261）尚在世。	第60册
654	释了惠	1	释了惠（1198—1262），蓬州蓬池（今四川仪陇南）人。年十九出家受具。历住平江府定慧、江州东林、庆元府天童景德、瑞岩山开善诸禅寺。	第61册
655	王同祖	2	王同祖，字与之，号花洲，金华（今属浙江）人。早年侍父宦游。理宗淳祐间曾通判建康府。	第61册
656	刘应子	1	刘应子，号锦山，庐陵（今江西吉安）人。理宗绍定元年（1228）预解试。宝祐六年（1258）为江宁府教授。	第61册
657	宋伯仁	7	无传。	第61册
658	叶茵	10	叶茵（1199？—?），字景文，笠泽（今江苏苏州）人。曾出仕，后退居邑同里镇。	第61册
659	方岳	32	方岳（1199—1262），字巨山，号秋崖，祁门（今属安徽）人。理宗绍定五年进士。	第61册

续表

序号	诗人	录茶诗数目	小传	所在册目
660	孙锐	2	孙锐(1199—1277),字颖叔,号耕闲,吴江(今属江苏)人。度宗咸淳十年进士。	第61册
661	释普度	4	释普度(1199—1280),号虚舟,俗姓史,江都(今江苏扬州)人。历住数寺,终于径山兴圣万寿禅寺。	第61册
662	高斯得	1	高斯得,本名斯信,字不妄,邛州蒲江(今属四川)人。理宗绍定二年进士。	第61册
663	郑霖	1	郑霖,字景说,一字润父,号雪岩,亦号蒲溪,宁海(今属浙江)人。理宗绍定二年进士。	第61册
664	释绍嵩	5	释绍嵩,字亚愚,庐陵(今江西吉安)人。曾主嘉兴大云寺。	第61册
665	赵孟坚	1	赵孟坚(1200—?),字子固,号彝斋居士,海盐(今属浙江)人。宋宗室,孟俯从兄。理宗宝庆二年进士。	第61册
666	李曾伯	8	李曾伯,字长孺,号可斋,祖籍覃怀(今河南沁阳),侨居嘉兴(今属浙江)。理宗时曾任两淮制置使兼知扬州等职。	第62册
667	王谌	2	王谌,字子信,自号画溪吟客,阳羡(今江苏宜兴)人。能诗,与释绍嵩等多有唱和。	第62册
668	王志道	2	王志道,字希圣,义兴(今江苏宜兴)人。	第62册
669	宋自逊	1	宋自逊,字谦父,号壶山,金华(今属浙江)人,居南昌(今属江西)。与曾原一(子实)有唱和。	第62册
670	李昴英	10	李昴英(1201—1257),字俊明,号文溪,番禺(今广东广州)人。理宗宝庆二年进士。	第62册
671	赵汝腾	10	赵汝腾(?—1261),字茂实,号庸斋,晚年又号紫霞翁,太宗七世孙,居福州(今属福建)。理宗宝庆二年进士。	第62册
672	孙应凤	1	孙应凤(?—1261),丹徒(今江苏镇江)人。理宗淳祐四年进士。	第62册
673	赵希逢	3	赵希逢,字可久(一作可父),太祖九世孙,南省锁试第一,理宗淳祐元年(1241)为汀州司理参军。	第62册
674	释大观	1	释大观,字物初,号慈云,俗姓陆,鄞县横溪(今浙江宁波)人。理宗淳祐、景定间历住安吉州显慈、绍兴府象田兴教、庆元府智门、大慈名山教忠报国、庆元府阿育王山广利等禅寺。	第62册
675	武衍	1	武衍,字朝宗,原籍汴梁(今河南开封),南渡后寓临安(今浙江杭州)清湖河。	第62册

续表

序号	诗人	录茶诗数目	小　传	所在册目
676	林尚仁	2	林尚仁，字润叟，号端隐，长乐（今属福建）人。家贫攻诗，理宗淳祐十一年尚存世。曾游历吴越等地。	第62册
677	刘鑑	1	刘鑑，字清叟，号立雪，江西人。累举不第，入元不仕。与朱焕（约山）、萧𣂏（大山）、萧泰来（小山）有唱和。年踰七十而终。	第62册
678	俞桂	3	俞桂，字晞郄，仁和（今浙江杭州）人。理宗绍定五年（1232）年进士。	第62册
679	朱继芳	2	朱继芳，字季实，号静佳，建安（今福建建瓯）人。理宗绍定五年（一二三二）进士。	第62册
680	张至龙	4	张至龙，字季灵，号雪林，建安（今福建建瓯）人。与朱继芳同岁，生平嗜诗，未赴试。	第62册
681	萧立之	8	萧立之（1203—？），原名立等，字斯立，号冰崖，宁都（今属江西）人。理宗淳祐十年进士。宋亡归隐。	第62册
682	潘牥	9	潘牥（1204—1246），字庭坚，以字行。初名公筠，避理宗讳改。号紫岩，闽县（今福建福州）人。理宗端平二年进士。	第62册
683	程炎子	2	程炎子，字清臣，理宗时宣城（今安徽宣州）人。未仕。	第62册
684	张道洽	2	张道洽（1205—1268），字泽民，号实斋，衢州开化（今属浙江8人。理宗端平二年进士。	第62册
685	罗与之	1	罗与之，字与甫，螺川（今江西吉安南）人。举进士不第，浪迹江湖。	第62册
686	释子益	1	释子益（？—1267），号剑关，剑州（今四川剑阁）人。理宗嘉熙三年（一二三九），住隆兴府兴化、隆兴府云岩寿宁、福州西禅怡山长庆等寺。为南岳下二十世，无准师范禅师法嗣。	第63册
687	唐康	1	唐康，与郑玠（太玉）有交。	第63册
688	张蕴（辒）	3	张蕴（辒），字仁溥，号斗野，扬州（今属江苏）人。理宗嘉熙间为沿江制置使属官，宝祐四年（1256）为御试封弥官。	第63册
689	朱南杰	1	朱南杰，丹徒（今属江苏）人。理宗嘉熙二年（1238）进士。	第63册
690	翁合	1	翁合，字叔备、一字与可，号丹山，崇安（今福建武夷山市）人。理宗嘉熙二年（1238）进士。	第63册
691	卫宗武	9	卫宗武（？—1289），字淇父，自号九山，华亭（今上海松江）人。出身世家，理宗淳祐间曾为朝官，出知常州。	第63册

续表

序号	诗人	录茶诗数目	小传	所在册目
692	释文珦	14	释文珦(1210—?),字叔向,自号潜山老叟,于潜(今浙江临安西南)人。早岁出家,遍游东南各地。终年八十余。	第63册
693	冯去非	1	冯去非,字可迁,号深居,都昌(今属江西)人。理宗淳祐元年进士。(注:此诗为《怀颐山老》,姚镛亦有《怀云泉颐山老》。二诗除六句第二字外,全篇相同。冯诗此字作"茗",姚诗此字作"药"。)	第63册
694	胡仲弓	11	胡仲弓,字希圣,号苇航,清源(今福建泉州)人。仲参兄。进士。后弃官,以诗游士大夫间。	第63册
695	胡仲参	4	胡仲参,字希道,清源(今福建泉州)人。仲弓弟。应礼部试不第,后以诗游士大夫间,与冯去非等有交。	第63册
696	潘玙	10	潘玙(一作屿),四明(今浙江宁波)人。与柴望、贾似道等有交。	第64册
697	厉文翁	2	厉文翁,字圣锡,号小山,婺州(今浙江金华)人。曾知临安府、绍兴府、庆元府等,除两浙制置使、沿海制置使。度宗咸淳三年(1267)致仕。	第64册
698	释妙弘	2	释妙弘,字截流,约于理宗淳祐末曾和日僧静照诗。	第64册
699	释普济	2	释普济,字时翁,理宗淳祐末曾和日僧静照诗。	第64册
700	家铉翁	2	家铉翁(1213—?),号则堂,眉山(今属四川)人。以荫补官。元兵围临安,丞相吴坚、贾余庆檄告天下守,令以城降,铉翁独不联署。入元以《春秋》教授弟子。	第64册
701	邓希恕	1	邓希恕,字德父,度宗咸淳时平江(今江苏苏州)人。宋亡后预吴钘等九老会。	第64册
702	贾似道	1	贾似道(1213—1275),字师宪,号秋壑,天台(今属浙江)人。涉子。以父荫补嘉兴司仓。姐为贵妃,获宠理宗。因误国谪高州团练使循州安置,途中为郑虎臣杀。	第64册
703	丁开	1	丁开(?—1263),字复见,长沙(今属湖南)人。忤似道,羁管扬州,岁余卒。	第64册
704	曹邃	1	曹邃,字择可,号松山。官御前应制,贾似道门客。	第64册
705	顾逢	3	顾逢,字君际,号梅山,吴郡(今江苏苏州)人。举进士不第,诗与同时陈泷、汤仲友、高常擅名于理宗端平、淳祐间,有苏台四妙之称。元初辟为吴郡教谕。	第64册
706	方蒙仲	1	方蒙仲(1214—1261),名澄孙,以字行,号乌山,侯官(今福建福州)人,寄居兴化(今福建仙游东北)。理宗淳祐七年进士。	第64册

续表

序号	诗人	录茶诗数目	小　传	所在册目
707	陈著	15	陈著(1214—1297),字谦之,一字子微,号本堂,晚年号嵩溪遗耄,鄞县(今浙江宁波)人,寄籍奉化。理宗宝祐四年进士,宋亡,隐居四明山。	第 64 册
708	徐集孙	5	徐集孙,字义夫,建安(今福建建瓯)人。理宗时尝在临安作过小官,退居后名其居室为竹所。	第 64 册
709	吴锡畴	3	吴锡畴(1215—1276),字符范,后更字符伦,号兰皋子,休宁(今属安徽)人。	第 64 册
710	王朝佐	1	王朝佐(1215—?),字子材,庐江(今属安徽)人。理宗宝祐四年(1256)进士。	第 64 册
711	姚勉	10	姚勉(1216—1262),字述之,号雪坡,筠州高安(今属江西)人。理宗宝祐元年进士。	第 64 册
712	许月卿	1	许月卿(1216—1285),字太空,学者称山屋先生,婺源(今属江西)人。从魏了翁学。淳祐四年进士。宋亡,改字宋士,深居不言	第 65 册
713	释祖钦	1	释祖钦(1216—1287),号雪岩,闽之漳州(今属福建)人。五岁出家,依径山无准师范禅师最久。历住湘西道林、处州南明佛日、台州仙居护圣、湖州光孝、袁州仰山等禅寺。	第 65 册
714	释普宁	1	释普宁(?—1276),号兀庵,蜀(今四川成都)人。出家于蒋山,参育王无准师范禅师得法。历住庆元府象山灵岩广福、常州无锡南禅福圣等禅寺。	第 65 册
715	逍遥子	1	逍遥子,姓名不详,理宗淳祐中住罗浮山之茶庵。	第 65 册
716	刘黻	12	刘黻(1217—1276),字声伯(一作升伯),号质翁,学者称蒙川先生,乐清(今属浙江)人。理宗景定三年进士。恭帝德祐初随二王人广。行至罗浮病卒。	第 65 册
717	释绍昙	7	释绍昙(?—1297),字希叟。曾住平江府法华禅寺、庆元府雪窦资圣禅寺、瑞岩山开善禅寺等寺。	第 65 册
718	真山民	5	真山民,宋亡遁迹隐沦,所至好题咏,自称山民。或云名桂芳,括苍(今浙江丽水西)人,宋末进士。	第 65 册
719	舒岳祥	8	舒岳祥(1219—1298),字舜侯,以旧字景薛行,宁海(今属浙江)人。学者称阆风先生。理宗宝祐四年进士。	第 65 册
720	黄文雷	1	黄文雷,字希声,号看云,南城(今属江西)人。理宗淳祐十年(1250)进士。	第 65 册
721	陈必复	2	陈必复,字无咎,号药房,长乐(今属福建)人。理宗淳祐十年(1250)进士。	第 65 册

续表

序号	诗人	录茶诗数目	小传	所在册目
722	陈杰	3	陈杰，字焘父，洪州丰城(今属江西)人。理宗淳祐十年进士。宋亡，隐居东湖。	第65册
723	释道璨	4	释道璨，字无文，俗姓陶，南昌(今属江西)人。为退庵空禅师法嗣。	第65册
724	马廷鸾	4	马廷鸾(1222—1289)，字翔仲，晚年号玩芳病叟，饶州乐平(今属江西)人。端临父。理宗淳祐七年进士。至元二十六年卒。	第66册
725	乐雷发	4	乐雷发，字声远，宁远(今属湖南)人。累举不第，门人姚勉登科，上疏让第。理宗宝祐元年诏试，赐特科第一，授馆职。后以病告归，自号雪矶先生。	第66册
726	谢枋得	1	谢枋得(1226—1289)，字君直，号迭山，弋阳(今属江西)人。理宗宝祐四年进士。入元隐于卜。元世祖至元二十六年，参政魏祐强之北入燕，不食死，年六十四。门人诔之为文节先生。	第66册
727	方回	37	方回(1227—1307)，字万里，一字渊甫，号虚谷，别号紫阳山人，歙县(今属安徽)人。理宗景定三年进士。元兵至建德，出降。以诗游食元新贵间二十余年，也与宋遗民往还，长期寓居钱塘。	第66册
728	牟巘	7	牟巘(1227—1311)，字献甫，一字献之，学者称陵阳先生，井研(今属四川)人，徙居湖州(今属浙江)。以父荫入仕。入元杜门不出。	第67册
729	陈允平	1	陈允平，字衡仲，又字君衡，号西麓，鄞县(今浙江宁波)人。试上舍不遇。宋亡，以人才征至元大都，不受官，放还。	第67册
730	柳桂孙	1	柳桂孙，号月磵，为陈世崇师辈。	第67册
731	邓林	1	邓林，字性之，号四清社友，新淦(今江西新干)人。理宗宝祐四年(1256)进士。	第67册
732	李春叟	1	李春叟，字子先，东莞(今属广东)人。理宗宝祐四年(1256)省试中选，以误写谨对黜。宋亡不仕。	第67册
733	杨公远	20	杨公远(1227—?)，字叔明，号野趣居士，歙(今安徽歙县)人。终生未仕，以诗画游士大夫间。	第67册
734	葛起文	1	葛起文，字君容，丹阳(今属江苏)人。起耕弟。	第67册
735	张枢	1	张枢，字斗南，号雪窗，又号寄闲，西秦(今陕西)人，居临安(今浙江杭州)。炎父。	第67册

续表

序号	诗人	录茶诗数目	小传	所在册目
736	何梦桂	1	何梦桂(1229—?),字严叟,幼名应祈,字申甫,别号潜斋,严州淳安(今属浙江)人。度宗咸淳元年进士。入元累征不起。	第67册
737	方一夔	3	方一夔,一作方夔,字时佐,号知非子,淳安(今属浙江)人。累举不第。宋亡授徒讲学。	第67册
738	释希坦	1	释希坦,号率庵,宋末居青阳九华净信寺。	第67册
739	汪梦斗	3	汪梦斗,字以南,号杏山,绩溪(今属安徽)人。理宗景定二年魁江东漕试。宋亡,不受官。	第67册
740	俞德邻	6	俞德邻(1232—1293),字宗大,自号太玉山人,原籍永嘉平阳(今属浙江),侨居京口(今江苏镇江)。度宗咸淳九年浙江转运司解试第一。入元不仕。	第67册
741	刘辰翁	3	刘辰翁(1232—1297),字会孟,号须溪,吉州庐陵(今江西吉安)人。理宗景定三年进士。元成宗大德元年卒。	第67册
742	周密	5	周密(1232—1298),字公谨,号草窗、苹洲、弁阳老人、华不注山人、四水潜夫等,祖籍济南(今属山东),南渡后居湖州(今属浙江)。以荫入仕。宋亡家破,居杭州。	第67册
743	金履祥	1	金履祥(1232—1303),字吉父,婺州(今浙江金华)人,宋亡隐居授徒。	第68册
744	董嗣杲	11	董嗣杲,字明德,号静传,杭州(今属浙江)人。理宗景定中榷茶九江富池。宋亡,入山为道士,改名思学,字无益。	第68册
745	蒲寿宬	4	蒲寿宬,泉州(今属福建)人。生平不详。与刘克庄同时。晚年称心泉处士。	第68册
746	方逢振	2	方逢振,字君玉,淳安(今属浙江)人。逢辰弟。理宗景定三年进士。宋亡讲学。	第68册
747	徐钧	2	徐钧,字秉国,号见心,兰溪(今属浙江)人。以父荫为定远尉。宋亡不仕。	第68册
748	吴龙翰	3	吴龙翰,字式贤,号古梅,歙(今属安徽)人。理宗景定五年领乡荐,宋亡,乡校请充教授,寻弃去。	第68册
749	宋庆之	2	宋庆之,字符积,一字希仁,永嘉(今浙江温州)人。度宗咸淳元年(1265),监庆元府盐仓。	第68册
750	翁森	2	翁森,字秀卿,号一飘,仙居(今属浙江)人。宋亡,隐居授徒。	第68册

续表

序号	诗人	录茶诗数目	小传	所在册目
751	赵若恢	1	赵若恢，字文叔，东阳（今属浙江）人。度宗咸淳元年进士。宋亡，杜门不出。	第68册
752	文天祥	6	文天祥（1236—1283），初名云孙，字天祥，后以字为名，改字履善，中举后又字宋瑞，号文山，吉州吉水（今属江西）人。理宗宝祐四年进士。元兵渡江，应诏勤王。景炎二年，军溃被执北行，元世祖至元十九年十二月九日遇害。	第68册
753	范师孔	1	范师孔，字学可，崇安（今福建武夷山市）人。度宗咸淳三年预乡荐，肄业武夷书院，三司辟充讲书	第68册
754	王镃	4	王镃，字介翁，平昌（今浙江遂昌）人。宋末官金溪尉。宋亡，遁迹为道士，隐居湖山，与同时宋遗民结社唱酬，人称月洞先生。	第68册
755	赵文	2	赵文（1239—1315），字仪可，一字惟恭，号青山，庐陵（今江西吉安）人。入元曾任学职。	第68册
756	周才	1	周才（1239—1295），字仲美，余杭（今浙江余杭西南）人。	第69册
757	陈岩	5	陈岩（？—1299），字清隐，号九华山人，青阳（今属安徽）人。宋末屡举进士不第。入元，为避征辟，汗漫江湖。	第69册
758	欧阳庆甫	1	欧阳庆甫，道州（今湖南道县）人。度宗咸淳中隐州西白鲁井。	第69册
759	宋度宗	1	宋度宗赵禥（1240—1274），理宗侄。景定五年即位。委政权臣贾似道，朝政日坏。	第69册
760	方凤	5	方凤（1240—1321），字韶卿，一字景山，号岩南，浦江（今属浙江）人。宋末入太学，应礼部试不第。宋亡，联络故老，期望恢复。	第69册
761	连文凤	3	连文凤（1240—？），字百正，号应山，三山（今福建福州）人。度宗咸淳间入太学，似曾出仕。宋亡，流徙江湖，与遗民故老结交。	第69册
762	郑思肖	2	郑思肖（1241—1318），字忆翁，号所南，连江（今属福建）人。名与字、号皆宋亡后所改，寓不忘宋室之意，原名已不详。宋末太学生，入元不仕。	第69册
763	林景熙	13	林景熙（1242—1310），字德阳，号霁山，温州平阳（今属浙江）人。度宗咸淳七年太学上舍释褐，宋亡不仕。	第69册
764	黄庚	9	黄庚，字星甫，号天台山人，天台（今属浙江）人。出生宋末，以游幕和教馆为生，与宋遗民林景熙、仇远等多有交往。	第69册

续表

序号	诗人	录茶诗数目	小传	所在册目
765	戴表元	6	戴表元(1244—1310),字帅初,又字曾伯,号剡源先生,又称质野翁、充安老人,奉化(今属浙江)人。度宗咸淳七年第进士,入元曾任学职。	第 69 册
766	丘葵	5	丘葵(1244—1333),字吉甫,自号钓矶,泉州同安(今属福建)人。宋亡,杜门不出,与谢翱、郑思肖有“闽中三君子”之称。	第 69 册
767	陈观	1	陈观,字国秀,奉化(今属浙江)人。著之族弟。度宗咸淳十年进士。入元隐退,足不入城。	第 70 册
768	赵若槸	2	赵若槸,字自木,号霁山,崇安(今福建武夷山市)人。必涟弟。度宗咸淳十年进士。入元不仕。	第 70 册
769	赵必瑑	2	赵必瑑(1245—1295),字玉渊,号秋晓,东莞(今属广东)人。宋宗室。度宗咸淳元年进士,宋亡隐居,足不入城。	第 70 册
770	汪元量	1	汪元量,字大有,号水云,晚号楚狂(《湖山类稿》卷三《夷醉歌》),钱塘(今浙江杭州)人。宋亡,终老湖山。	第 70 册
771	胡斗南	1	胡斗南,号贯斋,庐陵(今江西吉安)人。宋遗民。	第 70 册
772	刘师复	1	刘师复,三会人。道士。与赵文等并称七逸。宋遗民。	第 70 册
773	夏天民	1	夏天民,宋遗民。	第 70 册
774	熊禾	1	熊禾(1247——1312),字去非,初名鉌,字位辛,号勿轩,又号退斋,建阳(今属福建)人。度宗咸淳十年进士。宋亡,教授乡里。	第 70 册
775	于石	6	于石(1247—?),字介翁,号紫岩,晚号两溪,兰溪(今属浙江)人。宋亡隐居不仕。	第 70 册
776	仇远	10	仇远(1247—?),字仁近,号近村,又号山村民,学者称山村先生,钱塘(今浙江杭州)人。度宗咸淳间以诗著,与同邑白珽合称仇白。元成宗大德九年(1305)为溧阳学正,秩满归。	第 70 册
777	陈士徽	1	陈士徽,端宗景炎间翰林学士,曾以事贬琼州。	第 70 册
778	郑传之	1	郑传之,字希圣,号稻田翁,吴(今江苏吴县)人。端宗景炎三年(1278)有诗。	第 70 册
779	葛庆龙	1	葛庆龙,号秋岩,又号寄渔翁、江南野道人,九江(今属江西)人,寓越。早年尝人匡庐学浮屠法,后归俗,放浪江湖以终。	第 70 册

续表

序号	诗人	录茶诗数目	小传	所在册目
780	艾性夫	10	艾性夫，字天谓，抚州（今属江西）人。宋末曾应科举，是否入仕不详。以能诗与叔可（无可）、宪可（元德）并称“抚州三艾”。宋亡，浪游各地。	第70册
781	周日明	1	周日明，生平不详。当为宋末人。	第70册
782	黎廷瑞	2	黎廷瑞（1250—1308），字祥仲。鄱阳（今江西波阳）人。度宗咸淳七年赐同进士出身。宋亡，幽居山中十年，与吴存、徐瑞等游。元世祖至元二十三年摄本郡教事。	第70册
783	陆文圭	2	陆文圭（1250—1334），字子方，江阴（今属江苏）人。度宗咸淳三年膺乡荐。宋亡隐居城东，学者称墙东先生。	第71册
784	张玉娘	1	张玉娘，字若琼，号一贞居士，松阳（今属浙江）人。适沈佺，未婚而夫死。生活于宋末，卒年二十八。	第71册
785	文起传	1	文起传，字果山。理宗景定间随侍其父子璋官道州。	第71册
786	刘边	1	刘边，字近道，建安（今福建建瓯）人。诗文与同邑虞韶、虞廷硕、毛直方齐名，与熊禾友善。	第71册
787	徐瑞	12	徐瑞（1255—1325），字山玉，鄱阳（今江西波阳）人。度宗咸淳间应进士举，不第。元仁宗延祐四年（1317）推为本邑书院山长。未几归隐，巢居松下，自号松巢。	第71册
788	感兴吟	1	感兴吟，姓名未详，桐江（今浙江桐庐）人。	第71册
789	君瑞	1	君瑞，姓名未详，桐江（今浙江桐庐）人。	第71册
790	宋无	3	宋无（1260—?），原名尤，字晞颜，宋亡后易名，改字子虚，吴（今江苏苏州）人。晚年隐居翠寒山。卒年八十余。	第71册
791	陈深	3	陈深（1260—1344），字子微，号清全，吴（今江苏吴县）人。宋亡，闭门著书，学者称宁极先生。	第71册
792	汪炎昶	3	汪炎昶（1261—1338），字懋远，婺源（今属江西）人。宋亡，与同里江凯隐于婺源山中，名其所居为雪蓑，自号古逸民。	第71册
793	无名氏	1	《靖州歌》（页45071）。	第71册
794	吴山	1	吴山，京口（今江苏镇江）人。	第71册
795	汤模	1	汤模，字符楷，金坛（今属江苏）人。	第71册
796	盛烈	1	盛烈，永嘉（今浙江温州）人。	第72册
797	邓允端	1	邓允端，字茂初，临江（今江西樟树西南）人。	第72册
798	黄中厚	1	无传。	第72册

续表

序号	诗人	录茶诗数目	小传	所在册目
799	无名氏	1	《题壁》(页 45230)。	第 72 册
800	易士达	1	易士达,又署寓言、涉趣、幼学。	第 72 册
801	谷倪子	1	无传。	第 72 册
802	崔次周	1	无传。	第 72 册
803	龚文焕	1	龚文焕,号菊岩,洞霄宫道士。	第 72 册
804	释自彰	1	释自彰,号濮溪。	第 72 册
805	吴涧所	1	吴涧所,永嘉(今浙江温州)人。	第 72 册
806	王商翁	1	无传。	第 72 册
807	杜柬之	1	无传。	第 72 册
808	杨旻	1	无传。	第 72 册
809	苏台父	1	无传。	第 72 册
810	傅梦得	2	无传。	第 72 册
811	谢安国	1	无传。	第 72 册
812	王翊龙	1	无传。	第 72 册
813	张简	1	张简,号槎溪。	第 72 册
814	无名氏	2	《仙迹岩题诗二十三首》之《天柱泉》(页 45416)、《茶岭》(页 45417)。	第 72 册
815	范心远	1	无传。	第 72 册
816	倪应渊	1	无传。	第 72 册
817	何筹斋	1	无传。	第 72 册
818	孙士廉	1	无传。	第 72 册
819	吕谿	1	无传。	第 72 册
820	徐一山	1	无传。	第 72 册
821	朱叔大	1	无传。	第 72 册
822	孙正平	1	无传。	第 72 册
823	无名氏	1	《题清隐堂》(页 45467)。	第 72 册
824	盛松坡	1	无传。	第 72 册

续表

序号	诗人	录茶诗数目	小　传	所在册目
825	程少逸	3	程少逸,尝官安抚使。	第 72 册
826	林杜娘	1	林杜娘,杭州新城(今浙江富阳西南)人。	第 72 册
827	释志芝	1	释志芝,住庐山归宗寺。	第 72 册
828	无名氏	1	《题桃源》其二(页 45530)。	第 72 册
829	司马允中	1	无传。	第 72 册
830	林拱中	2	林拱中,古田(今福建古田东北)人。	第 72 册
831	郑得彝	1	无传。	第 72 册
832	丁带	1	丁带,谯(今安徽亳州)人。曾知吴山县。	第 72 册
833	马仲珍	2	无传。	第 72 册
834	张大直	1	无传。	第 72 册
835	赵处澹	1	赵处澹,号南村,温州(今属浙江)人。曾官知录。	第 72 册
836	蔡槃	2	蔡槃,号邃庵,永嘉(今浙江温州)人。	第 72 册

注 1:小传主要依据《全宋诗》《宋代禅僧诗辑考》。
注 2:郭印、林季仲、曹勋生卒年据钱建状考证①。

① 钱建状《南宋初期的文化重组与文学新变》之附录:《郭印生卒年考》《林季仲生卒年考》《曹勋生卒年考》,厦门大学出版社 2006 年版,第 281—287 页。

附录二 《全宋诗》录茶句诗人简表

序号	诗人	录茶句数目	小传	所在《全宋诗》册目
1	卞震	句 1	卞震,益州成都(今属四川)人。举后蜀进士,为渝州判官。入宋,仍旧职,官终虢州录事参军。	第 1 册
2	梅询	句 1	梅询(964—1041),字昌言,宣州宣城(今属安徽)人。太宗端拱二年(九八九)进士。仕至翰林侍读学士,拜给事中,知审官院。梅尧臣从叔。	第 2 册
3	释惠崇	句 3	释惠崇(?—1017),淮南(今江苏扬州)人,一作建阳(今属福建)人。九僧之一,善诗工画。真宗天禧元年卒。	第 3 册
4	朱诗	句 1	朱诗,仁宗嘉祐中为虞部员外郎,权知岳州。	第 12 册
5	王企立	句 1	王企立,一作王企,仁宗嘉祐中知长乐县。	第 12 册
6	折彦质	句 1	折彦质(?—1160),字仲古,号葆真居士,祖籍云中(今山西大同),徙河西府谷(今属陕西)。可适子。高宗绍兴六年(1136),签书枢密院事兼权参知政事,与赵鼎同罢。	第 31 册
7	曾惇	句 1	曾惇,字竑父,南丰(今属江西)人。纡子。高宗绍兴二十六年(1156),知光州。	第 34 册
8	胡温彦	句 1	胡温彦,佚其名,庐陵(今江西吉安)人。铨侄。	第 38 册
9	曾季狸	句 1	曾季狸,字裘父,号艇斋,临川(今属江西)人。一作南丰(今属江西)人。宰曾孙。尝举进士不第,终身不仕。师事韩驹、吕本中、徐俯,又与朱熹、张栻书问往复,有声孝宗乾道、淳熙间。	第 38 册
10	欧阳铁	句 1	欧阳铁(1126—1202),字伯威,号寓庵,庐陵(今江西吉安)人。屡试不第。	第 43 册
11	王镐	句 1	王镐,字从周,永丰(今属江西)人。仕至知忠州。与潘文叔有唱和。	第 53 册
12	冯去非	句 1	前表有。	第 63 册

续表

序号	诗人	录茶句数目	小 传	所在《全宋诗》册目
13	吴觉	句 1	吴觉,字孔昭,号靓翁,人元后为婺源学山长。	第 66 册
14	佚名	句 1	无传。句:社近记穿黄茧子,雨前趱摘紫枪旗。(页 44736)	第 71 册
15	白元礼	句 1	无传。	第 72 册

注:小传主要依据《全宋诗》。

附录三 《全宋诗订补》录茶诗诗人简表

序号	诗人	录茶诗数目	小　传	所在《全宋诗》册目
1	宋祁	2	前有。	第 4 册
2	释克文	2	释克文(1025—1102),字云庵,俗姓郑,阌乡(今河南灵宝西北)人。为南岳下十三世,黄龙南禅师法嗣。年二十五受戒,神宗元丰中赐号真净大师。徽宗崇宁元年卒,年七十八。	第 11 册
3	苏轼	2	前有。	第 14 册
4	黄庭坚	2	前有。	第 17 册
5	苏庠	1	前有。	第 22 册
6	李錞	1	李錞,字希声,尝官秘书丞,与徐府、潘大临同时。	第 24 册
7	张栻	1	前有。	第 45 册
8	徐安国	1	前有。	第 46 册
9	辛弃疾	1	前有。	第 48 册
10	孙应时	2	前有。	第 51 册
11	周端臣	2	前有。	第 53 册
12	张蕴	2	前有。	第 63 册
13	家坤翁	2	家坤翁,号颐山,眉山(今属四川)人。理宗淳祐二年(1242)知诸暨县。景定三年(1262)知抚州。	第 64 册
14	释择璘	1	无传。	第 72 册
15	耕吴	1	无传。	第 72 册
16	释归省	1	释归省,冀州贾氏子。参首山省念悟。住叶县广教院。	《全宋诗》漏收的诗人
17	翁元广	2	翁元广,高宗绍兴间曾为知建安丘砺门客。	《全宋诗》漏收的诗人

续表

序号	诗人	录茶诗数目	小 传	所在《全宋诗》册目
18	林扬	4	林扬,字季谦,号芹斋,福清(今属福建)人。高宗绍兴三十一年进士。	《全宋诗》漏收的诗人
19	无名氏	2	《问人觅茶》二首(页911)	《全宋诗》漏收的诗人
20	无名氏	1	《谢人送茶》(页914)	《全宋诗》漏收的诗人
21	无名氏	1	《谢人惠诗并茶》(页914)	《全宋诗》漏收的诗人

注1:小传依据《全宋诗订补》。

附录四 《宋代禅僧诗辑考》录茶诗诗人简表

序号	诗人	录茶诗数目	小传	所在卷
1	释延珊	1	释延珊，五代入宋法眼宗僧人。法系：清凉文益—清凉泰钦—云居道斋—灵隐文胜—灵隐延珊。	卷一
2	释灵澄	1	释灵澄，北宋云门宗僧人。巴陵鉴禅师法嗣。住泐潭（今湖南长沙）。称灵澄散圣。法系：云门文偃—巴陵颢鉴—泐潭灵澄。《全宋诗》第1册录其诗1首。	卷三
3	释倚遇	3	释倚遇（1003—1079），北宋云门宗僧人。漳州（今属福建）人。俗姓林。师事北禅贤禅师，后住持分宁法昌寺。神宗元丰二年卒，年七十七。法系：云门文偃—洞山守初—福岩良雅—北禅智贤—法昌倚遇。《全宋诗》第5册录其诗3首。	卷三
4	释本逸	2	释本逸，北宋云门宗僧人。住东京智海寺，称本逸正觉禅师。法系：云门文偃—双泉仁郁—德山慧远—开先善暹—智海本逸。《全宋诗》第5册录其诗3首，句3。	卷三
5	释宗本	1	释宗本（1020—1100），北宋云门宗僧人。俗姓管，字无诘，常州无锡（今属江苏）人。神宗元丰五年归苏州福臻院。未几，召对，命住相国寺慧林院。哲宗即位，加号圆照禅师。元祐元年以老请归。晚居苏州灵岩寺。元符二年十二月甲子卒，年八十。法系：云门文偃—香林澄远—智门光祚—雪窦重显—天衣义怀—慧林宗本。《全宋诗》第9册录其诗2首。	卷三

续表

序号	诗人	录茶诗数目	小 传	所在卷
6	释可遵	1	释可遵,北宋云门宗僧人。号野轩。住福州中际。报本兰禅师法嗣。法系:云门文偃—香林澄远—智门光祚—雪窦重显—报本有兰—中际可遵。《全宋诗》第 9 册录其诗 3 首。	卷三
7	释法泉	6	释法泉,北宋云门宗僧人。俗姓时,号佛慧。随州(今属湖北)人。深谙内典,丛林谓之泉万卷。住金陵蒋山。晚年诏住大相国智海禅寺,未赴而卒。法系:云门文偃—德山缘密—文殊应真—洞山晓聪—云居晓舜—蒋山法泉。《全宋诗》第 9 册录其诗 11 首。	卷三
8	释修慧	1	释修慧,北宋云门宗僧人。号圆照。住处州慈云院。乃青原下十一世,云居舜禅师法嗣。法系:云门文偃—德山缘密—文殊应真—洞山晓聪—云居晓舜—圆照修慧。《全宋诗》第 16 册录以“圆照”之名录其诗 1 首。	卷三
9	释守一	1	释守一,北宋云门宗僧人。江阴(今属江苏)人,俗姓沈氏,字不二,号法真。历住秀州本觉、杭州净慈寺。法系:雪窦重显—天衣义怀—慧林宗本—本觉守一。	卷三
10	释惟白	1	释惟白,北宋云门宗僧人。号佛国,住东京法云寺。《建中靖国续灯录》编者。法系:雪窦重显—天衣义怀—圆通法秀—佛国惟白。《全宋诗》第 24 册录其诗 1 首。	卷三
11	释宗赜	1	释宗赜,北宋云门宗僧人。俗姓孙,洺州(今河北永年东南)人,称慈觉宗赜禅师。住真定洪济寺。法系:雪窦重显—天衣义怀—长芦应夫—长芦宗赜。《全宋诗》第 20 册录其诗 5 首。	卷三

续表

序号	诗人	录茶诗数目	小传	所在卷
12	释怀深	1	释怀深(1077—1132),北宋云门宗僧人。号慈受,俗姓夏,寿春六安(今属安徽)人。年十四祝发受戒。历住仪真资福寺、镇江府焦山寺、真州长芦寺、建康府蒋山寺、灵岩尧峰院。法系:雪窦重显—天衣义怀—长芦崇信—慈受怀深。《全宋诗》第24册录其诗602首。	卷三
13	释勤	1	释勤,北宋云门宗僧人。法系:雪窦重显—天衣义怀—圆通法秀—保宁子英—罗汉勤。	卷三
14	释善昭	4	释善昭,北宋临济宗僧人。太原(今属山西)人,俗姓俞。住汾州太子院。仁宗天圣初卒,年七十八。法系:风穴延沼—首山省念—汾阳善昭。《全宋诗》第1册录其诗6首。	卷四
15	释楚圆	1	释楚圆(986—1039),北宋临济宗僧人。俗姓李,号慈明。全州(今属广西)人。住潭州石霜。法系:风穴延沼—首山省念—汾阳善昭—石霜楚圆。《全宋诗》第3册录其诗1首。	卷四
16	释净端	1	释净端(1032—1103),北宋临济宗僧人。俗姓邱,字明表,丛林号为端师子,自号安闲和尚。归安(今浙江吴兴)人。法系:风穴延沼—首山省念—汾阳善昭—谷隐蕴聪—西余净端。《全宋诗》第12册录其诗42首。	卷四
17	释法璨	1	释法璨,北宋临济宗僧人。法系:风穴延沼—首山省念—汾阳善昭—琅琊慧觉—凉峰洞渊—隐山法璨。	卷四
18	释慧南	3	释慧南(1003—1069),一作惠南,北宋临济宗黄龙派创始人。信州(今江西上饶)人。俗姓章。住隆兴府黄龙寺。法系:风穴延沼—首山省念—汾阳善昭—石霜楚圆—黄龙慧南。《全宋诗》第5册录其诗4首。	卷五

续表

序号	诗人	录茶诗数目	小传	所在卷
19	释常总	1	释常总(1025—1091),北宋临济宗黄龙派僧人。号照觉。苏轼所嗣法之禅师。《五灯会元》卷十七:江州东林兴龙寺常总照觉禅师,延平施氏子。久依黄龙,密授大法决旨,出住泐潭,次迁东林,皆符谶记。法系:黄龙慧南—东林常总。	卷五
20	释祖心	1	释祖心(1025—1100),北宋临济宗黄龙派僧人。号晦堂,俗姓邬,南雄始兴(今属广东)人。住黄龙。哲宗元符三年卒,年七十六,赐号宝觉。法系:黄龙慧南—黄龙祖心。《全宋诗》第11册录其诗4首。	卷五
21	释守智	1	释守智(1025—1115),北宋临济宗黄龙派僧人。俗姓陈,剑州(今四川剑阁)人。年二十三受具于建州开元寺,后住潭州云盖。哲宗元佑六年退居西堂,闭户三十年。法系:黄龙慧南—云盖守智。《全宋诗》第11册录其诗4首。	卷五
22	释惟胜	1	释惟胜,北宋临济宗黄龙派僧人。号真觉。法系:黄龙慧南—黄檗惟胜。	卷五
23	释法宗	1	释法宗,北宋临济宗黄龙派僧人。住舒州三祖山。法系:黄龙慧南—三祖法宗。	卷五
24	释怀秀	1	释怀秀,北宋临济宗黄龙派僧人。弋阳(今属江西)人,俗姓应,与法云大秀禅师同时,丛林呼为沩山小秀。法系:黄龙慧南—大沩怀秀。	卷五
25	释梵卿	1	释梵卿(?—1116),北宋临济宗黄龙派僧人。法系:黄龙慧南—东林常总—象田梵卿。《全宋诗》第20册录其诗2首。	卷五
26	释悟新	4	释悟新(1043—1114),北宋临济宗黄龙派僧人。俗姓黄,韶州曲江(今广东韶关)人。自号死心叟。曾住黄龙寺。法系:黄龙慧南—黄龙祖心—死心悟新。黄庭坚友。《全宋诗》第16册录其诗1首。	卷五
27	释戒明	1	释戒明,北宋临济宗黄龙派僧人。住抚州石巩义泉院。法系:黄龙慧南—云居元祐—石巩戒明。	卷五

续表

序号	诗人	录茶诗数目	小　传	所在卷
28	释齐恂	1	释齐恂，北宋临济宗黄龙派僧人。法系：黄龙慧南—泐潭洪英—大沩齐恂。	卷五
29	释道轮	1	释道轮，北宋临济宗黄龙派僧人。法系：黄龙慧南—五祖晓常—月顶道轮。	卷五
30	释了常	1	释了常，北宋临济宗黄龙派僧人。法系：黄龙慧南—真净克文—兜率从悦—疏山了常。《全宋诗》第22册录其诗1首。	卷五
31	释智	1	释智，北宋临济宗黄龙派僧人。四明(今浙江宁波)人。住潭州大沩寺，称大圆智禅师。法系：黄龙慧南—祐圣法宧—道林了一—大沩智。《全宋诗》第22册录其诗1首。	卷五
32	释守端	1	释守端(1025—1072)，北宋临济宗杨岐派僧人。俗姓葛，衡阳(今属湖南)人。幼事翰墨。住舒州白云寺。法系：法系：杨岐方会—白云守端。《全宋诗》第11册录其诗15首。	卷六
33	释仁勇	1	释仁勇，北宋临济宗杨岐派僧人。俗姓竺，四明(今浙江宁波)人。住金陵保宁寺。法系：杨岐方会—保宁仁勇。《全宋诗》第11册录其诗8首；《全宋诗》第16册录其诗2首。	卷六
34	释智本	1	释智本(1035—1107)，北宋临济宗杨岐派僧人。筠州高安(今属江西)人，俗姓郭。年十九试经为僧，二十受具足戒。住潭州云盖山。法系：杨岐方会—白云守端—云盖智本。《全宋诗》第13册录其诗4首。	卷六
35	释克勤	2	释克勤(1063—1135)，北宋临济宗杨岐派僧人。字无著，号佛果，彭州崇宁(今四川郫县西北)人。俗姓骆。历住妙寂、六祖、昭觉等寺。徽宗政和中诏住金陵蒋山，敕补天宁、万寿。高宗建炎初，又迁金山，赐号圆悟禅师。改住云居，复领昭觉。绍兴五年卒，年七十三。赐号灵照，谥真觉禅师。有《圆悟佛果禅师语录》二十卷。法系：杨岐方会—白云守端—五祖法演—圆悟克勤。《全宋诗》第22册录其诗一卷72首，句二。《全宋诗》第29册录其诗1首。	卷六

续表

序号	诗人	录茶诗数目	小传	所在卷
36	释道兴	2	释道兴(1065—1135),北宋临济宗杨岐派僧人。原名元静。住彭州大随寺。法系:杨岐方会—白云守端—五祖法演—南堂道兴。《全宋诗》第22册以"释元静"名,录其诗9首。	卷六
37	释心道	1	释心道(1058—1129),北宋临济宗杨岐派僧人。法系:杨岐方会—白云守端—五祖法演—佛鉴慧懃—文殊心道。《全宋诗》第20册录其诗10首。	卷六
38	释一大	1	释一大,南宋临济宗杨岐派僧人。号铁庵,法系:五祖法演—开福道宁—大沩善果—铁庵一大。	卷六
39	释善净	1	释善净,南宋临济宗杨岐派僧人。号纯(淳)庵。住建康华藏寺。天童达观禅师法嗣。法系:五祖法演—圆悟克勤—佛智端裕—水庵师一—息庵达观—淳庵善净。	卷六
40	释有	1	释有,南宋临济宗杨岐派僧人。法系:五祖法演—圆悟克勤—此庵景元—或庵师体—痴钝智颖—荆叟如珏—空岩有。	卷六
41	释宗杲	2	释宗杲(1089—1163),南宋临济宗大慧派创始人。号大慧,俗姓奚,宣州宁国(今安徽宣城)人。谒丞相张商英,一言而契,名其庵曰妙喜,字之曰昙晦,并受荐往建康天宁寺见圆悟克勤。后克勤主云居席,命杲居第一座。后张浚延住临安径山能仁禅院。高宗绍兴七年,于临安府明庆院开堂。十一年,因结识张九成,为秦桧所恶,斥还俗,屏居衡州。二十年,移梅州。二十五年桧卒,特恩放还,复僧服,住明州阿育王山广利禅寺。二十八年,再住径山能仁总之禅院。又迁江西云门庵、福州洋屿庵。孝宗隆兴元年卒于径山明月堂,年七十五,赐谥普觉。法系:杨岐方会—白云守端—五祖法演—圆悟克勤—大慧宗杲。《全宋诗》第30册录其诗五卷426首。	卷八

续表

序号	诗人	录茶诗数目	小传	所在卷
42	释如琰	2	释如琰(1151—1225),南宋临济宗大慧派僧人。俗姓周,宁海(今属浙江)人。历住南剑之含清、越之能仁、明州之光孝、建康之蒋山,终住径山。赐号佛心禅师,丛林敬称浙翁。法系:大慧宗杲—佛照德光—浙翁如琰。《全宋诗》第50册录其诗5首。	卷八
43	释宗印	1	释宗印,南宋临济宗大慧派僧人。西蜀人。法系:大慧宗杲—佛照德光—空叟宗印。《全宋诗》第50册录其诗11首。	卷八
44	释居简	1	释居简(1164—1246),南宋临济宗大慧派僧人。字敬叟,号北磵,潼川(今四川三台)人。俗姓龙。住台之般若报恩,后居杭之飞来峰北磵十年。起应霅之铁佛、西余,常之显庆、碧云,苏之慧日,湖之道场,诏迁净慈,晚居天台。理宗淳祐六年卒,年八十三。法系:大慧宗杲—佛照德光—北磵居简。《全宋诗》第53册录其诗12卷1660首。	卷八
45	释处南	1	释处南,南宋临济宗大慧派僧人。会稽(今浙江绍兴)人。号野云。住明州雪窦寺。天童净全禅师法嗣。法系:大慧宗杲—无用净全—野云处南。	卷八
46	释希夷	1	释希夷,南宋临济宗大慧派僧人。号石鼓。住杭州灵隐寺。天童净全禅师法嗣。法系:大慧宗杲—无用净全—石鼓希夷。	卷八
47	释善珍	2	释善珍(1194—1277),南宋临济宗大慧派僧人。字藏叟,泉州南安(今福建南安东)人,俗姓吕。历住里之光孝、承天,安吉之思溪圆觉、福之雪峰等寺。后诏移四明之育王、临安之径山。法系:大慧宗杲—佛照德光—妙峰之善—藏叟善珍。《全宋诗》第60册录其诗1卷160首。	卷八
48	释行端	3	释行端(1254—1341),南宋临济宗大慧派僧人。字元(原)叟。住杭州径山、湖州资福、中天竺、灵隐。有《元叟行端禅师语录》八卷。法系:大慧宗杲—佛照德光—妙峰之善—藏叟善珍—元叟行端。	卷八

续表

序号	诗人	录茶诗数目	小传	所在卷
49	释仲谦	1	释仲谦,南宋临济宗虎丘派僧人。法系:密庵咸杰—松源崇岳—大歇仲谦。	卷九
50	释至道	1	释至道,南宋临济宗虎丘派僧人。法系:密庵咸杰—松源崇岳—大歇仲谦。	卷九
51	释法薰	1	释法熏(1171—1245),南宋临济宗虎丘派僧人。号石田,赐号佛海,俗姓彭,眉山(今属四川)人。历住平江府枫桥普明寺、建康府太平兴国寺、临安府净慈报恩光孝寺、景德灵隐寺。法系:密庵咸杰—破庵祖先—石田法熏。《全宋诗》第55册录其诗3卷344首。	卷九
52	释智愚	1	释智愚(1185—1269),南宋临济宗虎丘派僧人。号虚堂,俗姓陈,四明象山(今属浙江)人。历住嘉兴府兴圣寺、迁报恩光孝寺、庆元府显孝寺、瑞岩开善寺、万松山延福寺、婺州云黄山宝林寺、庆元府阿育王山广利寺、柏岩慧照寺、径山兴圣万寿寺。法系:密庵咸杰—松源崇岳—运庵普岩—虚堂智愚。《全宋诗》第57册录其诗5卷548首。	卷九
53	释濡泳	1	释濡泳,南宋临济宗虎丘派僧人。住慧严象潭,雪窦大歇仲谦禅师法嗣。法系:密庵咸杰—松源崇岳—大歇仲谦—象潭濡泳。	卷九
54	释邦慧	1	释邦慧,南宋临济宗虎丘派僧人。法系:密庵咸杰—破庵祖先—石田法熏—愚极邦慧。	卷九
55	释祖钦	6	释祖钦(1216—1287),南宋临济宗虎丘派僧人。号雪岩,闽之漳州(今属福建)人。历住潭州龙兴禅寺、湘西道林禅寺、处州南明佛日禅寺、台州仙居护圣禅寺、湖州光孝禅寺、袁州仰山禅寺。元世祖至元二十四年卒,年七十二。法系:密庵咸杰—破庵祖先—无准师范—雪岩祖钦。《全宋诗》第65册录其诗3卷259首。	卷九

续表

序号	诗人	录茶诗数目	小传	所在卷
56	释绍昙	2	释绍昙(？—1297)，南宋临济宗虎丘派僧人。字希叟。历住庆元府佛陇□□禅寺、平江府法华禅寺、庆元府雪窦资圣禅寺、庆元府瑞岩山开善禅寺。元成宗元贞三年卒。法系：密庵咸杰—破庵祖先—无准师范—希叟绍昙。《全宋诗》第65册录其诗7卷896首。	卷九
57	释道源	2	释道源，南宋临济宗虎丘派僧人。法系：密庵咸杰—破庵祖先—无准师范—灵叟道源。	卷九
58	释妙源	1	释妙源(1207—1281)，南宋临济宗虎丘派僧人。号宝叶，越州象山(今属浙江)人，俗姓陈。历住平江荐严寺、泉州水陆院，晚住定水寺。径山智愚禅师法嗣。法系：密庵咸杰—松源崇岳—运庵普岩—虚堂智愚—宝叶妙源。	卷九
59	释如芝	1	释如芝(1241？—？)，南宋临济宗虎丘派僧人。法系：密庵咸杰—松源崇岳—运庵普岩—虚堂智愚—灵石如芝。	卷九
60	释祖森	1	释祖森，南宋临济宗虎丘派僧人。法系：密庵咸杰—松源崇岳—掩室善开—石溪心月—柏堂祖森。	卷九
61	释怀庆	1	释怀庆，历住苏州圣寿、建宁开元、嘉兴本觉、虎丘云谷等寺。径山石溪心月禅师法嗣。法系：密庵咸杰—松源崇岳—掩室善开—石溪心月—云谷怀庆。有《云谷和尚语录》二卷。	卷九
62	释正忠	3	释正忠，南宋临济宗虎丘派僧人。法系：密庵咸杰—破庵祖先—无准师范—退耕德宁—月庭正忠。	卷九
63	释忠	1	释忠，北宋中后期僧人。法系未详。	卷十
64	释玉	1	释玉，普庵玉，疑似南宋僧人。法系未详。	卷十

续表

序号	诗人	录茶诗数目	小传	所在卷
65	大川普济	1	当为释普济。释普济(1179—1253),号大川,俗姓张,四明奉化(今属浙江)人。历住宝陀观音、岳林大中、嘉兴府报恩光孝、庆元府大慈教忠报国、绍兴府天章十方、临安府淨慈报恩光孝、灵隐诸寺等。有《五灯会元》二十卷,《灵隐大川济禅师语录》一卷,收入《续藏经》。《全宋诗》第56册录其诗155首。(前表有)	附录二《江湖风月集》
66	育王　物初	2(《全宋诗》已录)	释大观(1201—1268),南宋临济宗大慧派僧人。字物初,号慈云,俗姓陆,鄞县横溪(今浙江宁波)人。参北磵居简于净慈寺,悟旨,典文翰,声称籍甚。历住临安府法相禅院、安吉州显慈禅寺、绍兴府象田兴教禅院、庆元府智门禅寺、大慈名山教忠报国禅寺、住庆元府阿育王山广利禅寺,卒葬寺西庵。法系:大慧宗杲—佛照德光—北磵居简—物初大观。有元德溥等编《物初大观禅师语录》一卷,收入《续藏经》。《全宋诗》第62册录其诗1卷125首,并以"和静照诗韵"为题录此诗轴二诗。	附录三《无象照公梦游天台石桥颂轴》
67	虚舟　普度	2(《全宋诗》已录)	释普度(1199—1280),南宋临济宗虎丘派僧人。号虚舟,俗姓史,江都(今江苏扬州)人。历住建康府半山报宁禅寺、镇江府金山龙游禅寺、潭州鹿苑褒忠禅寺、抚州疏山白云禅寺、平江府承天能仁禅寺、临安府中天竺天宁万寿永祚禅寺、灵隐景德禅寺,终于径山兴圣万寿禅寺。元世祖至元十七年卒,年八十二。法系:密庵咸杰—松源崇岳—无得觉通—虚舟普度。有净伏等编《虚舟普度禅师语录》一卷,收入《续藏经》。《全宋诗》第62册录其诗1卷183首,并以"和静照诗韵"为题录此诗轴二诗。	附录三《无象照公梦游天台石桥颂轴》
68	万年　截流妙弘	2	无传。	附录三《无象照公梦游天台石桥颂轴》

续表

序号	诗人	录茶诗数目	小传	所在卷
69	时翁　普济	2(《全宋诗》已录)	释普济,字时翁。《全宋诗》第64册,以"和静照诗韵"为题录此诗轴二诗。	附录三《无象照公梦游天台石桥颂轴》
70	吉祥　古国德潭	2	无传。	附录三《无象照公梦游天台石桥颂轴》
71	云居　东州惟俊	2	释惟俊,南宋临济宗虎丘派僧人。法系:密庵咸杰—松源崇岳—运庵普岩—虚堂智愚—东州惟俊。《全宋诗》第57册录其诗1首。	附录三《无象照公梦游天台石桥颂轴》
72	台峤　半云德昂	2	无传。	附录三《无象照公梦游天台石桥颂轴》
73	绝浦　了义	2	无传。	附录三《无象照公梦游天台石桥颂轴》
74	商山　宗皓	2	无传。	附录三《无象照公梦游天台石桥颂轴》
75	金华　自宜	2	无传。	附录三《无象照公梦游天台石桥颂轴》
76	霞城　德咏	2	无传。	附录三《无象照公梦游天台石桥颂轴》
77	合沙　祖恩	2	无传。	附录三《无象照公梦游天台石桥颂轴》
78	东嘉　大休正念	2	释正念(1215—1289),南宋临济宗虎丘派僧人。永嘉(今浙江温州)人。号大休。度宗咸淳五年(1269),东渡日本。历住日本禅兴、建长、寿福、圆觉诸寺。日本正应二年示寂,年七十五。谥佛源禅师。法系:密庵咸杰—松源崇岳—掩室善开—石溪心月—大休正念。	附录三《无象照公梦游天台石桥颂轴》
79	三山　师心	2	无传。	附录三《无象照公梦游天台石桥颂轴》
80	三山　广意	2	无传。	附录三《无象照公梦游天台石桥颂轴》
81	龙山　可宜	2	待考。	附录三《无象照公梦游天台石桥颂轴》

续表

序号	诗人	录茶诗数目	小　传	所在卷
82	江东　如莹	2	无传。	附录三《无象照公梦游天台石桥颂轴》
83	雁山　惟益	2	无传。	附录三《无象照公梦游天台石桥颂轴》
84	西蜀　一贤	2	无传。	附录三《无象照公梦游天台石桥颂轴》
85	蜀东　普应	2	无传。	附录三《无象照公梦游天台石桥颂轴》
86	金川　惟一	2	待考。	附录三《无象照公梦游天台石桥颂轴》
87	顺度　广焕	2	无传。	附录三《无象照公梦游天台石桥颂轴》
88	蜀　德全	1	无传。(注:许红霞本所录为2首)	附录三《无象照公梦游天台石桥颂轴》
89	天台　德琏	2	无传。	附录三《无象照公梦游天台石桥颂轴》
90	赤城　无二	2	虚堂智愚(1185—1269)有《送小师无二回中川》诗,所称者或是其人。待考。	附录三《无象照公梦游天台石桥颂轴》
91	晋陵　道纯	2	无传。	附录三《无象照公梦游天台石桥颂轴》
92	庐山　惟玑	2	无传。	附录三《无象照公梦游天台石桥颂轴》
93	越山　简	2	无传。	附录三《无象照公梦游天台石桥颂轴》
94	东蜀　道信	2	无传。	附录三《无象照公梦游天台石桥颂轴》
95	江左　永讷	2	无传。	附录三《无象照公梦游天台石桥颂轴》
96	蜀　智堃	2	无传。	附录三《无象照公梦游天台石桥颂轴》
97	蜀　祖亘	2	无传。	附录三《无象照公梦游天台石桥颂轴》

续表

序号	诗人	录茶诗数目	小传	所在卷
98	闽　法垻	2	无传。	附录三《无象照公梦游天台石桥颂轴》
99	天台　宗逸	2	无传。	附录三《无象照公梦游天台石桥颂轴》
100	天台　智月	2	无传。	附录三《无象照公梦游天台石桥颂轴》
101	泉山　守正	2	无传。	附录三《无象照公梦游天台石桥颂轴》
102	江左　道宁	2	无传。	附录三《无象照公梦游天台石桥颂轴》
103	字江　道供	2	无传。	附录三《无象照公梦游天台石桥颂轴》
104	钱塘　净覃	2	释净覃，南宋临济宗虎丘派僧人。法系：密庵咸杰—松源崇岳—运庵普岩—虚堂智愚—葛庐净覃。	附录三《无象照公梦游天台石桥颂轴》
105	四明　如寄	2	无传。	附录三《无象照公梦游天台石桥颂轴》
106	梓州　希革	2	释希革，南宋临济宗虎丘派僧人。法系：密庵咸杰—破庵祖先—无准师范—希叟绍昙—辙翁希革。	附录三《无象照公梦游天台石桥颂轴》

注：小传主要依据《宋代禅僧诗辑考》《全宋诗》《珍本宋集五种》《全宋诗辑补》。

附录五 《珍本宋集五种——日藏宋僧诗文集整理研究》录茶诗诗人简表

序号	诗人	录茶诗数目	小 传	所在集
1	释居简	2(《全宋诗》已录)	前表有。	《北磵和尚外集》
2	释梦真	1	释梦真,南宋临济宗虎丘派僧人。字友愚,号觉庵,宣城(今属安徽)人,俗姓汪。历住永庆寺、何山、承天诸寺。法系:密庵咸杰—松源崇岳—大歇仲谦—觉庵梦真。	《鸣籁续集》
3	《无象照公梦游天台偈》所录41位宋僧(《宋代禅僧诗辑考》已录)	82(《宋代禅僧诗辑考》已录81首)	前表有。	《无象照公梦游天台偈》
4	释大观	16	释大观(1201—1268),南宋临济宗大慧派僧人。字物初,号慈云,俗姓陆,鄞县横溪(今浙江宁波)人。参北磵居简于净慈寺,悟旨,典文翰,声称籍甚。历住临安府法相禅院、安吉州显慈禅寺、绍兴府象田兴教禅院、庆元府智门禅寺、大慈名山教忠报国禅寺、住庆元府阿育王山广利禅寺,卒葬寺西庵。法系:大慧宗杲—佛照德光—北磵居简—物初大观。有元德溥等编《物初大观禅师语录》一卷,收入《续藏经》。《全宋诗》第62册录其诗1卷125首。	《物初賸语》

注1:小传依据《珍本宋集五种》《宋代禅僧诗辑考》《全宋诗》。

注2:此《珍本宋集五种》之《无象照公梦游天台偈》一种,即《宋代禅僧诗辑考》附录三之《无象照公梦游天台石桥颂轴》,41位宋僧名号及小传,请见前表。

附录六 《全宋诗辑补》录茶诗诗人简表

序号	诗人	录茶诗数目	录茶句数目	小　传	所在册
1	宋太宗	2	0	前表有。	第1册(《全宋诗已收作者补》之部)
2	释善昭	4(《宋代禅僧诗辑考》已录)	0	前表有。	第1册(《全宋诗已收作者补》之部)
3	魏野	1(《宋代禅僧诗辑考》已录)	0	前表有。	第1册(《全宋诗已收作者补》之部)
4	曹汝弼	1	0	前表有。	第1册(《全宋诗已收作者补》之部)
5	梅询	1	0	前表有。	第1册(《全宋诗已收作者补》之部)
6	陈亚	1	0	陈亚,字亚之,扬州(今属江苏)人。真宗咸平五年(1002)进士,历知湖州、越州、润州,仕至太常少卿。年七十卒。有《澄源集》,已佚。《全宋诗》第2册录诗10首,句10。	第1册(《全宋诗已收作者补》之部)
7	释楚圆	2(题目不同,实为1首。)(《宋代禅僧诗辑考》已录)	0	前表有。	第2册(《全宋诗已收作者补》之部)
8	孙抗	1	0	孙抗(998—1051),字和叔,黟县(今属安徽)人。仁宗天圣五年,以同学究出身补滁州来安县主簿,洪州右司理。再举进士。仕至提点江南西路刑狱,广西转运使。《全宋诗》第4册录诗8首。	第2册(《全宋诗已收作者补》之部)

续表

序号	诗人	录茶诗数目	录茶句数目	小　传	所在册
9	苏绅	1	0	前表有。	第2册(《全宋诗已收作者补》之部)
10	释慧南	3(《宋代禅僧诗辑考》已录)	0	前表有。	第2册(《全宋诗已收作者补》之部)
11	释倚遇	3(《宋代禅僧诗辑考》已录)	0	前表有。	第2册(《全宋诗已收作者补》之部)
12	释本逸	2(《宋代禅僧诗辑考》已录)	0	前表有。	第2册(《全宋诗已收作者补》之部)
13	释法泉	6(《宋代禅僧诗辑考》已录)	0	前表有。	第2册(《全宋诗已收作者补》之部)
14	释可遵	1(《宋代禅僧诗辑考》已录)	0	前表有。	第2册(《全宋诗已收作者补》之部)
15	释法演	1	0	释法演(? —1104),北宋临济宗杨岐派僧人。俗姓邓,绵州巴西(今四川绵阳)人。年三十五出家。后住蕲州。徽宗崇宁三年卒,年八十余。法系:杨岐方会—白云守端—五祖法演。《全宋诗》第11册录诗10首。	第2册(《全宋诗已收作者补》之部)
16	释守端	1(《宋代禅僧诗辑考》已录)	1	前表有。	第2册(《全宋诗已收作者补》之部)
17	释仁勇	2(其中1首《宋代禅僧诗辑考》已录)	0	前表有。	第2册(《全宋诗已收作者补》之部)
18	释守智	1(《宋代禅僧诗辑考》已录)	0	前表有。	第2册(《全宋诗已收作者补》之部)
19	释净端	3(《全宋诗》已录1首,但少后四句。《宋代禅僧诗辑考》已录2首)	0	前表有。	第3册(《全宋诗已收作者补》之部)
20	林通	1	0	林通,字达夫,富川(今广西钟山)人。仁宗时官御史,旋弃官,归隐富川豹山。《全宋诗》第13册录诗2首。	第3册(《全宋诗已收作者补》之部)

续表

序号	诗人	录茶诗数目	录茶句数目	小传	所在册
21	释智本	1(《宋代禅僧诗辑考》已录)	0	前表有。	第3册(《全宋诗已收作者补》之部)
22	黄庭坚	1	0	前表有。	第3册(《全宋诗已收作者补》之部)
23	米芾	1	0	前表有。	第3册(《全宋诗已收作者补》之部)
24	释梵卿	1(《宋代禅僧诗辑考》已录)	0	前表有。	第3册(《全宋诗已收作者补》之部)
25	释宗赜	1(《宋代禅僧诗辑考》已录)	0	前表有。	第3册(《全宋诗已收作者补》之部)
26	释克勤	2(《宋代禅僧诗辑考》已录)	0	前表有。	第3册(《全宋诗已收作者补》之部)
27	僧某	1	0	无传。见于《圆悟佛果禅师语录》。	第3册(《全宋诗已收作者补》之部)
28	释惟白	1(《宋代禅僧诗辑考》已录)	0	前表有。	第4册(《全宋诗已收作者补》之部)
29	释怀深	1(《宋代禅僧诗辑考》已录)	0	前表有。	第4册(《全宋诗已收作者补》之部)
30	释绍隆	0	1	释绍隆(1077—1136),南宋临济宗虎丘派始祖。和州含山(今属安徽)人。得法於圆悟克勤禅师。历住和州开圣禅院、彰教寺、住平江府虎丘寺。法系:杨岐方会—白云守端—五祖法演—圆悟克勤—虎丘绍隆。《全宋诗》第24册录其诗32首。	第4册(《全宋诗已收作者补》之部)
31	曾几	1	0	前表有。	第4册(《全宋诗已收作者补》之部)
32	释宗杲	2(《宋代禅僧诗辑考》已录)	0	前表有。	第4册(《全宋诗已收作者补》之部)

续表

序号	诗人	录茶诗数目	录茶句数目	小传	所在册
33	曾慥	2	0	曾慥(? —1155),字端伯,号至游居士,晋江(今福建泉州)人。曾知虔州、知荆南、庐州。有《类说》《高斋漫录》《乐府雅词》行世。《全宋诗》第32册录诗五首。	第4册(《全宋诗已收作者补》之部)
34	陆九龄	1	0	前表有。	第5册(《全宋诗已收作者补》之部)
35	释如琰	1(《宋代禅僧诗辑考》已录)	0	前表有。	第5册(《全宋诗已收作者补》之部)
36	葛天民	1	0	前表有。	第5册(《全宋诗已收作者补》之部)
37	释妙堪	1	0	释妙堪(1177—1248),南宋临济宗大慧派僧人。号笑翁,四明(今浙江宁波)人。俗姓毛。得法于天童无用禅师。历住妙胜、金文、光笑、报恩、雪峰、灵隐、净慈诸名寺。法系:大慧宗杲—无用净全—笑翁妙堪。《全宋诗》第55册收其诗2首。	第5册(《全宋诗已收作者补》之部)
38	释元肇	1	0	前表有。	第5册(《全宋诗已收作者补》之部)
39	释心月	1	0	前表有。	第5册(《全宋诗已收作者补》之部)
40	常颛孙	1	0	常颛孙,海盐澉浦(今属浙江)人。尝官判曹。《全宋诗》第60册收其诗1首。	第5册(《全宋诗已收作者补》之部)
41	余玠	1	0	余玠(1198—1253),字义夫,号樵隐,衢州开化(今属浙江)人,一作蕲州(今湖北蕲春东北)人。淳祐元年(1241),为四川安抚制置使兼知重庆府,在蜀十余年。《全宋诗》第61册收其句1。	第5册(《全宋诗已收作者补》之部)

续表

序号	诗人	录茶诗数目	录茶句数目	小传	所在册
42	方岳	1	0	前表有。	第5册(《全宋诗已收作者补》之部)
43	释智朋	1	0	释智朋,南宋临济宗大慧派僧人。号介石。理宗绍定二年(1229),历住温州雁山罗汉寺、临安府平山佛日净慧寺、庆元府大梅山保福寺、香山孝慈真应寺、婺州云黄山宝林寺、平江府承天能仁寺、安吉州柏山崇恩资寿寺、临安府淨慈报恩光孝禅寺。法系:大慧宗杲—佛照德光—浙翁如琰—介石智朋。有《介石智朋禅师语录》一卷,收入《续藏经》。《全宋诗》第61册收其诗228首。	第5册(《全宋诗已收作者补》之部)
44	王庆升	1	0	王庆升,字吟鹤,号果斋,道号爰清子。理宗淳佑九年(1249)著《爰清子至命篇》二卷。《全宋诗》第63册收其诗19首。	第6册(《全宋诗已收作者补》之部)
45	冯去非	0	1	前表有。	第6册(《全宋诗已收作者补》之部)
46	邓道枢	1	0	邓道枢,字应叔,号山房,绵州(今四川绵阳)人。道士。理宗端平中随魏了翁出蜀,一时名辈皆与游。后住持吴郡文昌宫。宋亡,栖城东上官氏废圃,名会道观。《全宋诗》第64册收其诗1首。	第6册(《全宋诗已收作者补》之部)
47	释普宁	1	0	前表有。	第6册(《全宋诗已收作者补》之部)
48	方回	1	0	前表有。	第6册(《全宋诗已收作者补》之部)

续表

序号	诗人	录茶诗数目	录茶句数目	小 传	所在册
49	刘壎	1	0	刘壎（1240—1319），字起潜，号水云村，南丰（今属江西）人。入元后，年五十五为建昌路学正，年七十为延平路儒学教授。有《隐居通议》《水云村稿》。《全宋诗》第69册收其诗14首。	第6册（《全宋诗已收作者补》之部）
50	戴表元	6	0	前表有。	第6册（《全宋诗已收作者补》之部）
51	杨称	1	0	杨称，生平不详。见洪武《无锡县志》卷四上，排序在北宋。	第7册（《全宋诗未收作者补》之部）
52	章贲	2	0	章贲，字元明，青阳（今属安徽）人。宣和六年（1124）进士，遭时乱，栖隐九华。高宗时授主簿。终奉议郎。	第7册（《全宋诗未收作者补》之部）
53	王承绪	2	0	王承绪，字绍之，洛州（今河南洛阳）人。蔡薿榜（1106）登科，为夔州教授。后悟道，年八十余康强如壮时。	第7册（《全宋诗未收作者补》之部）
54	郭邛	1	0	郭邛，夔州通判，当与王承绪同僚。（注：此诗名为《次韵曾慥劝道歌》。《全宋诗》收有郭印《和曾端伯安抚劝道歌》，与此诗内容一样。参见《全宋诗》第29册，卷一六七三，第18743页。）	第7册（《全宋诗未收作者补》之部）
55	黄韶	1	0	黄韶，邵武（今属福建）人。绍兴间任福州转运司判官、建州知州等职。	第7册（《全宋诗未收作者补》之部）
56	翁元广	0	1	翁元广，名衍，以字行，号逃禅翁，高宗绍兴间曾为知建州丘砺门客。	第7册（《全宋诗未收作者补》之部）
57	何格非	1	0	何格非，营山（今属四川）人。嘉泰元年（1201）知昌州。	第7册（《全宋诗未收作者补》之部）

续表

序号	诗人	录茶诗数目	录茶句数目	小传	所在册
58	俞琰	4	0	俞琰，字玉吾。号林屋山人、石磵道人，长洲(今江苏苏州)人。咸淳末应举。入元隐林屋山，以研易自娱。	第8册(《全宋诗未收作者补》之部)
59	马臻	6	0	马臻(1254—?)，字志道，别号虚中，钱塘(今浙江杭州)人。宋亡着道服隐居西湖滨，以诗咏书画名世。	第8册(《全宋诗未收作者补》之部)
60	黄真人	1	0	黄真人，罗浮道士，两宋之交在世，与苏庠有交往。	第8册(《全宋诗未收作者补》之部)
61	释精	1	0	释精，住兴元府牛头山，芭蕉慧清禅师法嗣。	第9册(《全宋诗未收作者补》之部)
62	释惠明	1(《宋代禅僧诗辑考》已录)	0	释惠明，一作慧明，号延珊，俗姓张，住杭州景德灵隐寺，灵隐文胜禅师法嗣。(即前表之释延珊。)	第9册(《全宋诗未收作者补》之部)
63	释怀秀	1(《宋代禅僧诗辑考》已录)	0	释怀秀，北宋临济宗黄龙派僧人。弋阳(今属江西)人，俗姓应，与法云大秀禅师同时，丛林呼为沩山小秀。法系：黄龙慧南—大沩怀秀。(前表有)	第9册(《全宋诗未收作者补》之部)
64	释守一	1(《宋代禅僧诗辑考》已录)	0	释守一，北宋云门宗僧人。江阴(今属江苏)人，俗姓沈氏，字不二，号法真。历住秀州本觉、杭州净慈寺。法系：雪窦重显—天衣义怀—慧林宗本—本觉守一。(前表有)	第9册(《全宋诗未收作者补》之部)
65	释智珣	1	0	释智珣，北宋云门宗僧人。号心印，饶州(今江西鄱阳)人。住庐山开先寺。法系：雪窦重显—天衣义怀—圆通法秀—开先智珣。	第9册(《全宋诗未收作者补》之部)

续表

序号	诗人	录茶诗数目	录茶句数目	小传	所在册
66	释道旻	1	0	释道旻(1055—1122),北宋临济宗黄龙派僧人。兴化(今福建莆田),俗姓蔡。住江州圆通寺。赐号圆机。世称古佛。法系:黄龙慧南—东林常总—宝峰应乾—古佛道旻。	第9册(《全宋诗未收作者补》之部)
67	释戒明	1(《宋代禅僧诗辑考》已录)	0	释戒明,北宋临济宗黄龙派僧人。住抚州石巩义泉院。法系:黄龙慧南—云居元祐—石巩戒明。(前表有)	第9册(《全宋诗未收作者补》之部)
68	释道轮	1(《宋代禅僧诗辑考》已录)	0	释道轮,北宋临济宗黄龙派僧人。住蕲州月顶延福寺。法系:黄龙慧南—五祖晓常—月顶道轮。(前表有)	第10册(《全宋诗未收作者补》之部)
69	释常悟	1	0	释常悟,俗姓李,杭州(今属浙江)人。初住龙华,后住径山承天禅院,法云善本禅师法嗣。	第10册(《全宋诗未收作者补》之部)
70	释善修	1	0	释善修,北宋云门宗僧人。住庐山罗汉院。法系:雪窦重显—天衣义怀—圆通法秀—保宁子英—罗汉善修。	第10册(《全宋诗未收作者补》之部)
71	释希颜	1	0	释希颜,又作晞颜、睎颜,释希颜,南宋天台宗法久弟子。字圣徒,自号雪溪。四明奉化(今属浙江)人。文藻高妙,性刚果。精通禅、教、律三宗。	第10册(《全宋诗未收作者补》之部)
72	释玉	1(《宋代禅僧诗辑考》已录)	0	前表有。	第10册(《全宋诗未收作者补》之部)
73	释处南	1(《宋代禅僧诗辑考》已录)	0	释处南,南宋临济宗大慧派僧人。会稽(今浙江绍兴)人。号野云。住明州雪窦寺。天童净全禅师法嗣。法系:大慧宗杲—无用净全—野云处南。(前表有)	第10册(《全宋诗未收作者补》之部)

续表

序号	诗人	录茶诗数目	录茶句数目	小　传	所在册
74	释希夷	1(《宋代禅僧诗辑考》已录)	0	释希夷,南宋临济宗大慧派僧人。号石鼓。住杭州灵隐寺。天童净全禅师法嗣。法系:大慧宗杲—无用净全—石鼓希夷。(前表有)	第10册(《全宋诗未收作者补》之部)
75	释庆如	1	0	释庆如,南宋临济宗虎丘派僧人。号一翁,住金陵蒋山,天童咸杰禅师法嗣。法系:虎丘绍隆—应庵昙华—密庵咸杰——翁庆如。	第10册(《全宋诗未收作者补》之部)
76	释善净	1(《宋代禅僧诗辑考》已录)	0	释善净,南宋临济宗杨岐派僧人。号纯(淳)庵。住建康华藏寺。天童达观禅师法嗣。法系:五祖法演—圆悟克勤—佛智端裕—水庵师—息庵达观—淳庵善净。(前表有)	第10册(《全宋诗未收作者补》之部)
77	释嗣清	1	0	释嗣清,南宋临济宗大慧派僧人。号梦窗,山阴(今浙江绍兴)人,俗姓于。住四明寿国寺。径山如琰禅师法嗣。法系:大慧宗杲—佛照德光—浙翁如琰—梦窗嗣清。	第10册(《全宋诗未收作者补》之部)
78	释妙源	1(《宋代禅僧诗辑考》已录)	0	释妙源(1207—1281),南宋临济宗虎丘派僧人。号宝叶,越州象山(今属浙江)人,俗姓陈。历住平江荐严寺、泉州水陆院,晚住定水寺。径山智愚禅师法嗣。法系:密庵咸杰—松源崇岳—运庵普岩—虚堂智愚—宝叶妙源。	第10册(《全宋诗未收作者补》之部)

续表

序号	诗人	录茶诗数目	录茶句数目	小 传	所在册
79	释祖元	3	0	释祖元(1226—1286),南宋临济宗虎丘派僧人。字子元,号无学,俗姓许。鄞县(今属浙江)人。径山无准师范禅师法嗣。宋亡东渡日本,入主建长寺,创圆觉寺,为第一祖。谥佛光圆满常照国师。法系:密庵咸杰—破庵祖先—无准师范—无学祖元。有《佛光圆满常照国师语录》十卷。	第10册(《全宋诗未收作者补》之部)
80	释益	1	0	释益,号栯堂,温州(今属浙江)人。主明州太平寺等。净慈东叟仲颖禅师法嗣。	第11册(《全宋诗未收作者补》之部)
81	释行端	3(《宋代禅僧诗辑考》已录)	0	释行端(1254—1341),南宋临济宗大慧派僧人。字元(原)叟。住杭州径山、湖州资福、中天竺、灵隐。有《元叟行端禅师语录》八卷。法系:大慧宗杲—佛照德光—妙峰之善—藏叟善珍—元叟行端。(前表有)	第11册(《全宋诗未收作者补》之部)
82	释泳	1(《宋代禅僧诗辑考》已录)	0	释泳,即前表之释濡泳。	第11册(《全宋诗未收作者补》之部)
83	释觉恩	1	0	释觉恩,字以仁,号断江,慈溪(今属浙江)人。俗姓顾。历住保福、天衣等。育王如珙禅师法嗣。	第11册(《全宋诗未收作者补》之部)
84	释庆	2(《宋代禅僧诗辑考》已录1首)	0	释庆,即前表之释怀庆。释怀庆,历住苏州圣寿、建宁开元、嘉兴本觉、虎丘云谷等寺。径山石溪心月禅师法嗣。法系:密庵咸杰—松源崇岳—掩室善开—石溪心月—云谷怀庆。有《云谷和尚语录》二卷。(前表有)	第11册(《全宋诗未收作者补》之部)

续表

序号	诗人	录茶诗数目	录茶句数目	小　传	所在册
85	无名氏	1	0	《全宋诗辑补》第 5475 页。	第 11 册(《其他一　无名》之部)
86	《汉史平话》	1	0	《全宋诗辑补》第 6021 页。	第 12 册(《其他　三　话本小说》之部)
87	歌谣语谚	1	0	《全宋诗辑补》第 6090 页。	第 12 册(《其他　四　歌谣语谚》之部)
88	歌谣语谚	1	0	《全宋诗辑补》第 6102 页。	第 12 册(《其他　四　歌谣语谚》之部)
89	歌谣语谚	1	0	《全宋诗辑补》第 6120 页。	第 12 册(《其他　四　歌谣语谚》之部)

注 1:小传主要依据《全宋诗》、《全宋诗辑补》、《宋代禅僧诗辑考》、《珍本宋集五种》。
注 2:释法泉 6 首茶诗,其中 5 首在其《永嘉真觉禅师证道歌继颂》中。《全宋诗辑补》将《永嘉真觉禅师证道歌继颂》全诗视为 1 首,兹仍沿《宋代禅僧诗辑考》视为 320 首。
注 3:《全宋诗辑补》第 7 册录吴澄 578 首诗,句 1 则,其中有茶诗 2 首。但吴澄入元仕至翰林学士同修国史,卒谥文正,亦颂元为"天朝"(《贡院中和张仲美》),当为元人,故不录。

附录七 《全宋词》录茶词词人简表

序号	词人	录茶词数目	小 传	所在册目
1	苏轼	5	前有。	第1册
2	舒亶	2	前有。	第1册
3	黄庭坚	11	前有。	第1册
4	晁端礼	1	晁端礼(1046—1113),亦名晁元礼,字次膺,其先澶州清丰(河南清丰)人,徙家彭门(江苏徐州)。熙宁六年(1073)进士。有《闲适集》,不传。有《闲斋琴趣外篇》传世。	第1册
5	李元膺	1	李元膺,生卒年不详。东平(山东东平)人,南京教官。曾嘲蔡京落水。	第1册
6	秦观	1	前有。	第1册
7	陈师道	2	前有。	第1册
8	谢逸	1	前有。	第2册
9	毛滂	5	前有。	第2册
10	王安中	3	前有。	第2册
11	张元幹	1	前有。	第2册
12	王庭珪	1	前有。	第2册
13	周紫芝	1	前有。	第2册
14	程邻	1	生平不详。	第2册
15	毕良史	1	毕良史(?—1150),字少董,东平人。四举礼部不第。南渡后为高宗鉴定字画古董。金人背盟,陷敌三年,后南归,以直秘阁知盱眙军。	第2册
16	赵鼎	1	前有。	第2册

续表

序号	词人	录茶词数目	小　传	所在册目
17	陈与义	1	前有。	第 2 册
18	王之道	1	前有。	第 2 册
19	扬无咎	3	扬无咎(1097—1169),字补之,号逃禅老人、清夷长者,清江(今属江西)人。高宗时,不附秦桧,累征不起,隐居而终。善画梅,有盛名。有《逃禅词》。(按:其姓一作杨,《全宋词》从之。然据其传世《四梅图》(故宫博物院藏)落款及元夏文彦《图绘宝鉴》卷四所记,当以扬为是。)	第 2 册
20	史浩	1	前有。	第 2 册
21	王之望	1	前有。	第 2 册
22	张抡	1	张抡,生卒年不详,字材甫,号莲社居士,开封人。绍兴间,知阁门事。淳熙五年,为宁武军承宣使。有《莲社词》。	第 3 册
23	王千秋	1	王千秋,生卒年不详。字锡老,号审斋,东平(今属山东)人。有《审斋词》一卷。	第 3 册
24	袁去华	1	袁去华,生卒年不详,字宣卿,江西奉新人。绍兴十五年(1145)进士。有《袁宣卿词》一卷。	第 3 册
25	程大昌	1	程大昌(1123—1195),字泰之,休宁(今属安徽)人。绍兴二十一年进士。著有《易原》《演繁露》等。	第 3 册
26	曹冠	1	曹冠,字宗臣,号双溪居士,东阳(今属浙江)人。绍兴二十四年进士。秦桧门客。有《燕喜词》。	第 3 册
27	姚述尧	1	姚述尧,字进道,钱塘(今浙江杭州)人。高宗绍兴二十四年(1154)进士。有《箫台公余词》一卷。	第 3 册
28	陆游	5	前有。	第 3 册
29	王质	1	前有。	第 3 册
30	杨万里	1	前有。	第 3 册
31	张孝祥	1	前有。	第 3 册
32	李处全	1	李处全(1134—1189),字粹伯,号晦庵,丰县(今属江苏徐州)人。绍兴三十年(1160)进士。有《晦庵词》一卷。	第 3 册
33	辛弃疾	4	前有。	第 3 册

续表

序号	词人	录茶词数目	小传	所在册目
34	张镃	1	前有。	第3册
35	刘过	2	前有。	第3册
36	程垓	1	程垓，生卒年不详，字正伯，号书舟，眉山(今属四川)人，苏轼中表程之才之孙。有《书舟词》。	第3册
37	卢炳	1	卢炳，字叔阳，号醜斋。嘉定七年(1214)时，守融州。被论凶狠奸贪，放罢。有《烘堂词》一卷。	第3册
38	程珌	1	前有。	第4册
39	林正大	1	林正大，字敬之，号随庵，永嘉(今浙江温州)人。宁宗开禧中，为严州学官。有《风雅遗音》二卷。	第4册
40	葛长庚(白玉蟾)	1	前有。	第4册
41	冯取洽	1	冯取洽，生卒年不详，字熙之，号双溪拟巢翁，延平(今福建南平)人。有《双溪词》。	第4册
42	夏元鼎	1	夏元鼎，生卒年不详，南宋时期永嘉(今浙江温州)人。字宗禹，自号云峰散人。屡试不第，后人道。有《蓬莱鼓吹》一卷。	第4册
43	吴潜	1	前有。	第4册
44	方岳	1	前有。	第4册
45	吴文英	2	吴文英(？1200—？1260)，字君特，号梦窗，晚号觉翁，四明(浙江宁波)人。本翁氏，出为吴后。曾客荣王邸，从吴潜等人游。以布衣终老。有《梦窗词》。	第4册
46	杨泽民	1	杨泽民，南宋末乐安(今属江西抚州)人，有《和清真词》，时人合周邦彦、方千里词刻之，号《三英集》。	第4册
47	施岳	1	施岳，南宋末人，生卒年不详，字仲山，号梅川，吴人。	第5册
48	尹济翁	1	尹济翁，字礀民，南宋末庐陵(今江西吉安)人。	第5册
49	仇远	1	前有。	
50	张炎	2	张炎(1248—1320)，字叔夏，号玉田，又号乐笑翁。先世成纪(甘肃天水)，寓居临安(浙江杭州)。张俊六世孙，张枢子。宋亡后落拓以终。有《山中白云词》、《词源》。	第5册
51	张半湖	1	张半湖，生平不详。	第5册

续表

序号	词人	录茶词数目	小　传	所在册目
52	无名氏	1	《西江月》(灯火楼台欲下),《全宋词》,页 3653。	第 5 册
53	无名氏	1	《渔家傲》(轻拍红牙留客住),《全宋词》,页 3657。	第 5 册

注:小传主要依据《全宋词》。

附录八　作者辑录茶诗诗人简表

序号	诗人	茶诗数目	小传	诗全文	出处
1	丁谓	1	前表有。	《咏茶》：建水正寒清，茶民已夙兴。萌芽先社雨，采掇带春冰。碾细香尘起，烹新玉乳凝。烦襟时一啜，宁羡酒如渑。	[明]陈继儒辑《茶董补》卷下，海山仙馆丛书。[明]高元浚辑《茶乘》卷五，明天启刻本。
2	罗大经	1	前表有。	松风桧雨到来初，急引铜瓶离竹炉。待得声闻俱寂后，一瓯春雪胜醍醐。（此首《全宋诗》第60册，卷三一六一，第37922页，已据[宋]罗大经《鹤林玉露》丙编卷三录入。）分得春茶谷雨前，白云裹里且鲜妍。瓦瓶旋汲三泉水，纱帽笼头手自煎。	[明]喻政辑《茶集·诗类》，万历四十年《茶书全集》本。
3	刘说道	1	无传。	《武夷茶》：灵芽得先春，龙焙收奇芬。进入蓬莱宫，翠瓯生白云。坡诗咏粟粒，犹记少时闻。	[明]喻政辑《茶集·诗类》，万历四十年《茶书全集》本。

参考文献

B

[南朝齐]王僧虔:《笔意赞》,[清]《御定佩文斋书画谱》卷五,文渊阁四库全书本。

[唐]虞世南:《笔髓论》,[唐]韦续纂《墨薮》卷二,文渊阁四库全书本。

[唐]三藏法师玄奘译:《般若婆罗蜜多心经》,大正新修大藏经本。

[宋]米芾:《宝晋长短句》,《彊村丛书》本。

[宋]赵汝砺:《北苑别录》,阮浩耕、沈冬梅、于良子点校注释《中国古代茶叶全书》,浙江摄影出版社 1999 年版。

[宋]寇宗奭:《本草衍义》,丛书集成初编本。

[宋]王衮:《博济方》,文渊阁四库全书本。

[宋]雪窦重显禅师颂古,[宋]圆悟克勤禅师评唱,李孚远、钟镇锽点校:《碧岩录》,河北禅学研究所 2006 年版。

[明]李时珍:《本草纲目》,文渊阁四库全书本。

沈松勤:《北宋文人与党争》,人民出版社 1998 年版。

(日)山口益:《般若思想史》,上海古籍出版社 2006 年版。

C

杨伯峻编著:《春秋左传注》,中华书局 2009 年第 3 版。

[宋]洪兴祖撰,白化文等点校:《楚辞补注》,中华书局 1983 年版。

[晋]杜育:《荈赋》,[唐]欧阳询《艺文类聚》卷八十二,上海古籍出版社 1982 年版。

[唐]窥基:《成唯识论述记》,台湾新文丰出版公司 1974 年版。

[唐]陆羽:《茶经》,阮浩耕、沈冬梅、于良子点校注释《中国古代茶叶全书》,浙江摄影出版社 1999 年版。

[唐]裴汶:《茶述》,阮浩耕、沈冬梅、于良子点校注释《中国古代茶叶全书》,

浙江摄影出版社 1999 年版。

[五代]毛文锡:《茶谱》,阮浩耕、沈冬梅、于良子点校注释《中国古代茶叶全书》,浙江摄影出版社 1999 年版。

[宋]蔡襄:《茶录》,阮浩耕、沈冬梅、于良子点校注释《中国古代茶叶全书》,浙江摄影出版社 1999 年版。

[宋]晁以道:《晁氏客语》,丛书集成初编本。

[宋]唐慎微:《重修政和经史证类本草》,四部丛刊本。

[宋]程珌:《程端明公洺水集》,《宋集珍本丛刊》第 71 册本,线装书局 2004 年据明嘉靖重刻本影印。

[宋]审安老人:《茶具图赞》,阮浩耕、沈冬梅、于良子点校注释《中国古代茶叶全书》本,浙江摄影出版社 1999。

(日)成寻著,王丽萍校点:《参天台五台山》,上海古籍出版社 2009 年版。

[明]黄龙德:《茶说》,阮浩耕、沈冬梅、于良子点校注释《中国古代茶叶全书》,浙江摄影出版社 1999 年版。

[明]朱权:《茶谱》,阮浩耕、沈冬梅、于良子点校注释《中国古代茶叶全书》,浙江摄影出版社 1999 年版。

[明]钱椿年著,[明]顾元庆删校:《茶谱》,阮浩耕、沈冬梅、于良子点校注释《中国古代茶叶全书》,浙江摄影出版社 1999 年版。

[明]张源:《茶录》,阮浩耕、沈冬梅、于良子点校注释《中国古代茶叶全书》,浙江摄影出版社 1999 年版。

[明]许次纾:《茶疏》,阮浩耕、沈冬梅、于良子点校注释《中国古代茶叶全书》本,浙江摄影出版社 1999 年版。

[清]万树:《词律》卷四,四部备要本。

[清]俞樾:《春在堂随笔》,清光绪刻《春在堂全书》本。

周作人:《〈茶之书〉序》,陈平原、凌云岚编《茶人茶话》,生活·读书·新知三联书店 2007 年版。

唐圭璋:《词学论丛》,上海古籍出版社 1986 年版。

安徽省农业科学院祁门茶叶研究所、安徽省徽州地区茶学会编:《茶叶生产 200 题》,农业出版社 1991 年版。

吴言生:《禅宗思想渊源》,中华书局 2001 年版。

吴言生:《禅宗哲学象征》,中华书局 2001 年版。

吴言生:《禅宗诗歌境界》,中华书局 2001 年版。

关剑平:《茶与中国文化》,人民出版社 2001 年版。

庄昭:《茶诗三百首》,南方日报出版社 2003 年版。

周文棠:《茶道》,浙江大学出版社 2003 年版。

(日)千鹤大师原著,张桂华编译补述:《茶与悟》,中国长安出版社 2004 年版。

靳飞:《茶禅一味——日本的茶道文化》,百花文艺出版社 2004 年版。

(日)伊藤古鉴著,冬至译,张哲俊审译:《茶和禅》,百花文艺出版社 2005 年版。

沈冬梅:《茶与宋代社会生活》,中国社会科学出版社 2007 年版。

(日)桑田忠亲:《茶道的历史》,南京大学出版社 2011 年版。

关剑平主编:《禅茶:历史与现实》,浙江大学出版社 2011 年版。

余悦:《禅悦之风+佛教茶俗几个问题考辨》,《农业考古》1997 年第 4 期。

D

[后秦]龟兹国三藏鸠摩罗什译:《大智度论》,大正新修大藏经本。

[北周]于阗国三藏实叉难陀译:《大方广佛华严经》,大正新修大藏经本。

[梁]真谛译,高振农校释:《大乘起信论校释》,中华书局 1992 年版。

[隋]慧远:《大乘义章》,大正新修大藏经本。

[唐]菩提流志译:《大宝积经》,大正新修大藏经本。

[唐]天竺三藏地婆诃罗译:《大乘密严经》,大正新修大藏经本。

[宋]朱熹:《大学章句集注》,天津古籍书店 1988 年影印宋元人注《四书五经》本。

[宋]宋徽宗:《大观茶论》,阮浩耕、沈冬梅、于良子点校注释《中国古代茶叶全书》,浙江摄影出版社 1999 年版。

[宋]宋子安:《东溪试茶录》,阮浩耕、沈冬梅、于良子点校注释《中国古代茶叶全书》,浙江摄影出版社 1999 年版。

[宋]龚鼎臣:《东原录》,丛书集成初编本。

[宋]魏泰撰,李裕民点校:《东轩笔录》,中华书局 1983 年版。

[宋]孟元老撰,邓之诚注:《东京梦华录》,中华书局 1982 年版。

[宋]灌圃耐得翁:《都城纪胜》,周峰点校《东京梦华录(外四种)》,文化艺术出版社 1998 年版。

[宋]谢枋得:《叠山集》,四部丛刊续编本。

陈寅恪:《邓广铭宋史职官志考证序》,陈寅恪《金明馆丛稿二编》,生活·读书·新知三联书店 2001 年版。

王锳:《"点茶"、"点汤"说义商补》,《文史》第 34 辑(1992 年)。

E

杨玉锋:《2005 年以来〈全宋诗〉辑佚成果文献综述》,《华北电力大学学报(社会科学版)》2017 年第 6 期。

F

[唐]封演撰，李成甲校点：《封氏见闻记》，辽宁教育出版社1998年版。

[宋]范纯仁：《范忠宣集》，文渊阁四库全书本。

[宋]祝穆：《方舆胜览》，文渊阁四库全书本。

[宋]陆游著，夏承焘、吴熊和笺注：《放翁词编年笺注》，上海古籍出版社1981年版。

李明权：《佛学典故汇释》，浙江古籍出版社1990年版。

蒋礼鸿：《“分茶”小记》，《蒋礼鸿集》第四卷，浙江教育出版社2001年版。

方立天：《佛教哲学》，中国人民大学出版社2012年版。

G

[梁]慧皎撰，汤用彤校注：《高僧传》，中华书局1992年版。

[唐]符载：《观张员外画松图》，何志明、潘运告编著《唐五代画论》，湖南美术出版社2006年版。

[宋]欧阳修撰，李伟国点校：《归田录》，中华书局1981年版。

[宋]范成大：《桂海虞衡志》，中华书局2002年版。

[宋]周密：《癸辛杂识》，中华书局1988年版。

[清]汪灏：《广群芳谱》，文渊阁四库全书本。

[清]杨殿梓修，[清]钱时雍纂：《光山县志》，清乾隆五十一年刻本。

H

[战国]韩非撰，陈奇猷校注：《韩非子新校注》，上海古籍出版社2000年版。

[汉]班固：《汉书》，中华书局1962年版。

何宁：《淮南子集释》，中华书局1998年版。

[南朝宋]宗炳：《画山水序》，[唐]唐彦远《历代名画记》卷六，卢辅圣主编《中国书画全书》，上海书画出版社1993年版。

[后蜀]赵崇祚辑：《花间集》，文学古籍刊行社1955年据北京图书馆藏本影印本。

[宋]程颢，[宋]程颐撰：《河南程氏遗书》，《二程集》，中华书局2004年第2版。

[宋]秦观：《淮海集》，北京图书馆出版社2003年影印宋乾道九年高邮军学刻绍兴三年谢雩重修本。

[宋]王明清：《挥麈录》，丛书集成初编本。

[宋]白玉蟾：《海琼传道集》，《道藏》本。

[宋]罗大经撰,王瑞来点校:《鹤林玉露》,中华书局 1983 年版。

[清]曹雪芹、[清]高鹗著,段炼校点:《红楼梦》,凤凰出版社 2001 年版。

汤用彤:《汉魏两晋南北朝佛教史》,北京大学出版社 1997 年版。

J

[梁]宗懔:《荆楚岁时记》,《笔记小说大观》,台湾新兴书局有限公司 1989 年版。

[唐]房玄龄等撰:《晋书》,中华书局 1974 年版。

[姚秦]三藏法师鸠摩罗什译:《金刚般若波罗蜜经》,杭州上天竺法喜寺流通本。

[隋]智𫖮:《金刚般若经疏》,大正新修大藏经本。

[唐]三藏法师玄奘译:《解深密经》,大正新修大藏经本。

[姚秦]三藏法师鸠摩罗什译:《金刚般若波罗蜜经》,杭州上天竺法喜寺流通本。

[隋]智𫖮:《金刚般若经疏》,大正新修大藏经本。

[唐]三藏法师玄奘译:《解深密经》,大正新修大藏经本。

[唐]张又新:《煎茶水记》,阮浩耕、沈冬梅、于良子点校注释《中国古代茶叶全书》,浙江摄影出版社 1999 年版。

[宋]释道元撰:《景德传灯录》,大正新修大藏经本。

[宋]陈充编:《九僧诗》,《宋集珍本丛刊》影清康熙四十一年汲古阁影宋钞本,线装书局 2004 年版。

《集注分类东坡先生诗》,四部丛刊初编本。

[宋]辛弃疾撰、邓广铭笺注:《稼轩词编年笺注》,上海古籍出版社 1978 年版。

[宋]周密:《绝妙好词》,四部备要本。

[宋]晁公武撰:《郡斋读书志》,《丛书集成续编》,台湾新文丰出版公司 1991 年版。

钱仲联校注:《剑南诗稿校注》,上海古籍出版社 1985 年版。

[宋]江休复:《江邻几杂志》,《全宋笔记》第一编本,大象出版社 2006 年版。

[宋]周无所住:《金丹直指》,《道藏》本。

[宋]佚名:《锦绣万花谷》,文渊阁四库全书本。

周法高主编:《金文诂林》第 2 册,香港中文大学出版社 1975 年版。

欧阳世彬:《建窑兔毫盏与〈大云寺茶诗〉》,《陶瓷学报》1997 年第 3 期。

K

[宋]孔平仲:《孔氏谈苑》,丛书集成初编本。

[宋]王应麟:《困学纪闻》,四部备要本。

[明]屠隆:《考槃余事》,丛书集成初编本。

L

高亨:《(重订)老子正诂》,古籍出版社 1956 年版。

[晋]王羲之:《兰亭序》,《唐中宗朝冯承素奉勅摹晋右军将军王羲之兰亭禊帖》本,故宫博物院藏。

[刘宋]天竺三藏求那跋陀罗译:《楞伽阿跋多罗宝经》,福建莆田广化寺印行本。

[宋]朱熹:《论语章句集注》,天津古籍书店 1988 年影印宋元人注《四书五经》本。

杨伯峻译注:《论语译注》,中华书局 1980 年版。

[宋]陈澔:《礼记集说》,天津古籍书店 1988 年影印宋元人注《四书五经》本。

王文锦译解:《礼记译解》,中华书局 2001 年版。

[北魏]杨衒之撰、范祥雍校注:《洛阳伽蓝记校注》,上海古籍出版社 1978 年版。

[唐]中天竺国般剌密谛译:《楞严经》,大正新修大藏经本。

[元]宗宝编:《六祖大师法宝坛经》,大正新修大藏经本。

[宋]苏辙:《栾城集》,四部丛刊本。

[宋]费衮:《梁溪漫志》,上海古籍出版社 1985 年版。

朱东润:《陆游选注》,中华书局上海编辑所 1962 年版。

王双启:《陆游词新释辑评》,中国书店 2001 年版。

[宋]周去非著,杨武泉校注:《岭外代答》,中华书局 1999 年版。

于北山:《陆游年谱》,上海古籍出版社 2006 年版。

李寅生:《论宋元时期的中日文化交流及相互影响》,巴蜀书社 2007 年版。

付玲玲:《陆游茶诗研究》,曲阜师范大学硕士论文(2006 年)。

沈松勤:《两宋饮茶风俗与茶词》,《浙江大学学报》2001 年第 1 期。

扬之水:《两宋茶诗与茶事》,《文学遗产》2003 年第 2 期。

M

[宋]朱熹:《孟子章句集注》,天津古籍书店 1988 年影印宋元人注《四书五经》本。

[唐]钟离权:《秘传正阳真人灵宝毕法》,《道藏》本。

[宋]陶穀:《茗荈录》,阮浩耕、沈冬梅、于良子点校注释《中国古代茶叶全书》,浙江摄影出版社 1999 年版。

[宋]张邦基撰，孔凡礼点校：《墨庄漫录》，中华书局2002年版。

[宋]吴自牧：《梦粱录》，周峰点校《东京梦华录(外四种)》，文化艺术出版社1998年版。

[宋]陈善：《扪虱新话》，丛书集成初编本。

《明太祖实录》，“中研院”历史语言研究所1962年版。

N

[梁]萧子显：《南齐书》，中华书局1972年版。

[宋]吴曾：《能改斋漫录》，中华书局上海编辑所1960年版。

[宋]佚名：《南窗纪谈》，《丛书集成初编》本。

沈松勤：《南宋文人与党争》，人民出版社2005年版。

钱建状：《南宋初期的文化重组与文学新变》，厦门大学出版社2006年版。

郭学雷：《南宋吉州窑瓷装饰与世俗文化》，《收藏》2012年第21期。

O

刘德清：《欧阳修咏茶诗的文化意蕴》，《农业考古》2007年2期。

P

[唐]裴铏：《裴铏传奇·裴航》，上海古籍出版社1980年版。

[宋]黄儒：《品茶要录》，阮浩耕、沈冬梅、于良子点校注释《中国古代茶叶全书》，浙江摄影出版社1999年版。

[宋]朱彧：《萍洲可谈》，丛书集成初编本。

Q

[宋]陶穀撰：《清异录》，宝颜堂秘籍本，民国十一年三月(1922)文明书局印行。

[清]彭定求等编：《全唐诗》，中华书局1960年版。

朱孝藏辑校编撰，夏敬观手批评点：《彊村丛书》，上海古籍出版社1989年版。

唐圭璋编：《全宋词》，中华书局1965年版。

孔凡礼辑：《全宋词补辑》，中华书局1981年版。

汤华泉辑撰：《全宋诗辑补》，黄山书社2016年版。

[宋]朱长文：《琴史》，中华书局2010年版。

[清]徐世昌：《清儒学案序》，[清]徐世昌纂，周骏富编，《清儒学案小传》，明文书局1985年版。

北京大学古文献研究所编:《全宋诗》,北京大学出版社 1991—1998 年陆续出版。

徐培均、罗立刚:《秦观词新释辑评》,中国书店 2003 年版。

陈新、张如安等:《全宋诗订补》,大象出版社 2005 年版。

高志忠、张福勋编著:《〈全宋诗〉补阙》,商务印书馆 2018 年版。

张如安、傅璇琮:《求真务实　严格律己——从关于〈全宋诗〉的补订谈起》,《文学遗产》2003 年第 5 期。

李亚静:《浅论宋代茶事茶词与文人生活》,《青海师专学报(教育科学)》2007 年 2 期。

R

滕军:《日本茶道文化概论》,东方出版社 1992 年版。

(日)千玄室监修:《日本茶道论——天津商学院里千家茶道短期大学成立十周年纪念论文集》,中国社会科学出版社 2004 年版。

林瑞萱:《日本茶道》,台北坐忘谷茶道中心 2014 年版。

S

[宋]蔡沈:《书经集传》,天津古籍书店 1988 年影印宋元人注《四书五经》本。

[宋]朱熹:《诗经集传》,天津古籍书店 1988 年影印宋元人注《四书五经》本。

[汉]司马迁撰:《史记》,中华书局 1982 年版。

[汉]许慎撰,[清]段玉裁注:《说文解字注》,上海古籍出版社 1988 年版。

[后汉]西域沙门迦叶摩腾共法兰译:《四十二章经》,大正新修大藏经本。

[魏]吴普等述,[清]孙星衍、孙冯翼辑:《神农本草经》,丛书集成初编本。

传[晋]王羲之:《书论四篇》,[宋]朱长文编《墨池编》卷一,文渊阁四库全书本。

[唐]王昌龄:《诗格》,张伯伟《全唐五代诗格汇考》,江苏古籍出版社 2002 年版。

[唐]释皎然:《诗式》,张伯伟《全唐五代诗格汇考》,江苏古籍出版社 2002 年版。

[唐]杨煜:《膳夫经》,江苏古籍出版社 1988 年影印宛委别藏本。

[唐]张怀瓘:《书议》,[唐]张彦远撰《法书要录》卷四,文渊阁四库全书本。

[宋]赞宁撰,范祥雍点校:《宋高僧传》,中华书局 1987 年版。

[宋]《圣济总录纂要》,文渊阁四库全书本。

[宋]苏轼、[宋]沈括:《苏沈良方》(《苏沈内翰良方》),文渊阁四库全书本。

[清]王文诰辑注,孔凡礼点校:《苏轼诗集》,中华书局 1982 年版。

邹同庆、王宗堂笺注:《苏轼词编年笺注》,中华书局 2002 年版。

[明]毛晋:《宋名家词六十一种》之《山谷词》,续修四库全书本。

马兴荣、祝振玉校注:《山谷词》,上海古籍出版社2001年版。

[宋]释子璿:《首楞严义疏注经》,大正新修大藏经本。

[宋]邵伯温:《邵氏闻见录》,中华书局1983年版。

朱刚、陈珏:《宋代禅僧诗辑考》,复旦大学出版社2012年版。

钱锺书:《宋诗选注》,人民文学出版社1958年第1版,1989年第2版。

[金]刘完素:《伤寒直格》,人民卫生出版社1982年版。

[元]脱脱等:《宋史》,中华书局1977年版。

[宋]陈元靓:《事林广记》,中华书局影印元至元本与日本元禄翻刻合订本1999年版。

[宋]陈元靓:《事林广记》,续修四库全书本。

[清]沈曾植:《手批词话三种》(龙榆生辑),唐圭璋《词话丛编》第4册所收沈曾植《菌阁琐谈》之附录二,中华书局2005年10月第2版。

[清]潘永因编,刘卓英点校:《宋稗类钞》,书目文献出版社1985年版。

(日)熊仓功夫校注:《山上宗二记》(付《茶话指月集》),岩波书店2006年版。

王国维:《宋戏曲史》,上海古籍出版社1998年版。

张相:《诗词曲语词汇释》,中华书局1955年版。

孔凡礼:《苏轼年谱》,中华书局1998年版。

林正秋:《宋代生活风俗研究》,中国商业出版社1997年版。

石韶华:《宋代咏茶诗研究》,台湾文津出版社1996年版。

吕瑞萍:《宋代咏茶词研究》,台湾师范大学硕士论文(2000年)。

杨曾文:《宋元禅宗史》,中国社会科学出版社2006年版。

(日)冈仓天心著,张唤民译:《说茶》,百花文艺出版社2003年版。

黄杰:《宋词与民俗》,商务印书馆2005年12月1版,2007年7月重印。

吴水金、陈伟明:《宋诗与茶文化》,《农业考古》2001年第4期。

刘玉红:《苏轼咏茶诗与宋代茶俗》,《华夏文化》1999年4期。

刘玉红:《宋代的分茶诗与分茶习俗》,《华夏文化》2001年3期。

付以琼:《宋代茶词与宋代文人日常生活审美化》,《农业考古》2006年5期。

游修龄:《说茶(代序)》,黄志根主编《中华茶文化》,浙江大学出版社2007年版。

吕肖奂:《宋日禅文化圈内的论辩式诗偈酬唱——〈无象照公梦游天台石桥颂轴〉解读》,《西北师大学报(社会科学版)》2013年第2期。

T

[汉]王褒:《僮约》,[明]张溥辑《汉魏六朝百三家集》卷六,清光绪十八年善

化章经济堂重刊本。

《唐会要》,丛书集成初编本。

[宋]李昉等:《太平御览》,中华书局1960年版。

[宋]陈师文编:《太平惠民和济局方》,文渊阁四库全书本。

[宋]蔡絛撰,冯惠民、沈锡麟点校:《铁围山丛谈》,中华书局1983年版。

[宋]曾季狸:《艇斋夜话》,丁福保:《历代诗话续编》,中华书局1983年版。

[宋]胡仔:《苕溪渔隐丛话》,中华书局聚珍仿宋版《四部备要》本。

[宋]李庚、林师蒧等人编:《天台集》,文渊阁四库全书本。

[宋]赵希鹄:《调燮类编》,丛书集成初编本。

[宋]方回:《桐江续集》,文渊阁四库全书本。

[明]张联元:《天台山全志》,清康熙刻本。

陈允吉:《唐音佛教辨思录》,上海古籍出版社1988年版。

杨曾文:《唐五代禅宗史》,中国社会科学出版社1995年版。

张天琚:《谈谈广元窑及其瓷器》,《收藏界》2006年第2期。

方忆、(日)水上和则:《"天目"释名》,《东南文化》2012年第2期。

W

旧题[周]辛钘撰:《文子》,文渊阁四库全书本。

[姚秦]三藏鸠摩罗什译:《维摩诘所说经》,大正新修大藏经本。

[南朝梁]刘勰著,范文澜注:《文心雕龙注》,人民文学出版社1958年版。

[宋]司马光:《温公续诗话》,[清]何文焕《历代诗话》,中华书局1981年版。

[宋]普济著,苏渊雷点校:《五灯会元》,中华书局1984年版。

[宋]袁文撰,李伟国校点:《瓮牖闲评》,上海古籍出版社1985年版。

(美)露丝·本尼迪克特著,何锡章、黄欢译:《文化模式》,华夏出版社1987年版。

释印顺:《唯识学探源》,中华书局2011年版。

X

[战国]荀子撰,王天海校释:《荀子校释》,上海古籍出版社2005年版。

[汉]张机撰:《新编金匮要略方论》,四部丛刊本。

逯钦立辑校:《先秦汉魏晋南北朝诗》,中华书局1983年版。

[唐]苏敬等撰,尚志钧辑校:《新修本草》(辑复本),安徽科学技术出版社1981年版。

《新刊五百家注音辨昌黎先生文集四十卷》,民国上海商务印书馆涵芬楼依宋板影印本。

[宋]晁载之:《续谈助》,丛书集成初编本。

[宋]《宣和书谱》,文渊阁四库全书本。

[宋]熊蕃:《宣和北苑贡茶录》,阮浩耕、沈冬梅、于良子点校注释《中国古代茶叶全书》,浙江摄影出版社 1999 年版。

[宋]陆九渊:《象山先生全集》,《四部丛刊初编》本。

朱德才、薛祥生、邓红梅:《辛弃疾词新释辑评》,中国书店 2006 年版。

[宋]李焘:《续资治通鉴长编》,上海古籍出版社 1986 年版。

[宋]彭□辑撰,孔凡礼点校:《续墨客挥犀》,中华书局 2002 年版《侯鲭录 墨客挥犀 续墨客挥犀》本。

佚名:《宣和遗事》,丛书集成初编本。

[明]冯梦龙辑:《醒世恒言》,《续修四库全书》据明叶敬池刻本影印本。

Y

[唐]佛陀多罗译:《圆觉经》,大正新修大藏经本。

[宋]黄庭坚:《豫章黄先生文集》,四部丛刊本。

[宋]张君房纂辑:《云笈七签》,华夏出版社 1996 年版。

[宋]程大昌:《演繁露》,文渊阁四库全书本。

[宋]王应麟:《玉海》,文渊阁四库全书本。

[金]元好问:《遗山先生诗集》,《四库全书存目丛书》,齐鲁书社 1997 年版。

[元]方回撰,李庆甲集评校点:《瀛奎律髓汇评》,上海古籍出版社 1986 年版。

[清]刘熙载:《艺概》,上海古籍出版社 1978 年版。

王季思:《玉轮轩曲论》,中华书局 1980 年版。

(英)爱德华·泰勒著,连树声译:《原始文化》(重译本),广西师范大学出版社 2005 年版。

芮逸夫主编:《云五社会科学大辞典(第十册)·人类学》,台湾商务印书馆股份有限公司 1975 年版。

李莫森:《咏茶诗词曲赋鉴赏》,上海社会科学院出版社 2006 年版。

释印顺:《印度佛教思想史》,中华书局 2010 年版。

薛瑞兆:《元杂剧中的“点汤”》,《文史》第 21 辑(1983 年)。

王迈:《〈元曲释词〉商补》,《中国语文》1986 年第 3 期。

Z

[晋]葛洪撰,[梁]陶弘景、[金]杨用道补:《肘后备急方》,文渊阁四库全书本。

[刘宋]天竺三藏求那跋陀罗译:《杂阿含经》,大正新修大藏经本。

[宋]朱熹:《周易本义》,天津古籍书店 1988 年影印宋元人注《四书五经》本。

《周礼注疏》,北京大学出版社 1999 年版。

[清]郭庆藩撰,王孝鱼点校:《庄子集释》,中华书局 1961 年版。

[宋]朱熹:《中庸章句集注》,天津古籍书店 1988 年影印宋元人注《四书五经》本。

[唐]颜真卿:《张长史十二意笔法》,收[唐]韦续纂《墨薮》卷二,文渊阁四库全书本。

[后蜀]彭晓:《周易参同契通真义》,文渊阁四库全书本。

[宋]张伯端撰,[宋]翁葆光注,[元]戴起宗疏:《紫阳真人悟真篇注疏》,《道藏》本。

[宋]张伯端撰,[明]陆西星测疏:《紫阳真人金丹四百字测疏》,《藏外道书》本,巴蜀书社 1992 年版。

[宋]朱熹撰:《周易参同契考异》,文渊阁四库全书本。

许红霞:《珍本宋集五种——日藏宋僧诗文集整理研究》,北京大学出版社 2013 年版。

[明]高濂:《遵生八笺》,文渊阁四库全书本。

[明]宋诩:《竹屿山房杂部》,续修四库全书本。

[清]程雨亭:《整饬皖茶文牍》,阮浩耕、沈冬梅、于良子点校注释《中国古代茶叶全书》,浙江摄影出版社 1999 年版。

[清]贺裳:《皱水轩词筌》,唐圭璋《词话丛编》第 1 册,中华书局 2005 年 10 月第 2 版。

(日)青木正儿著,范建明译:《中华名物考(外一种)》,中华书局 2005 年版。

(日)忽滑谷快天著,朱谦之译:《中国禅学思想史》,上海古籍出版社 2002 年版。

葛兆光:《中国思想史》,复旦大学出版社 2001 年版。

钱时霖:《中国古代茶诗选》,浙江古籍出版社 1989 年版。

梁家勉主编:《中国农业科学技术史稿》,农业出版社 1989 年版。

叶羽:《中国茶诗》,轻工业出版社 2004 年版。

刘景文:《中国茶诗》,山西古籍出版社 2004 年版。

麻天祥:《中国禅宗思想史略》,中国人民大学出版社 2007 年版。

张哲永、陈金林、顾炳权主编:《中国茶酒辞典》,湖南出版社 1992 年版。

陈宗懋主编:《中国茶叶大辞典》中国轻工业出版社 2000 年版。

朱世英、王镇恒、詹罗九主编:《中国茶文化大辞典》,汉语大辞典出版社 2002 年版。

陈彬藩主编:《中国茶文化经典》,光明日报出版社 1999 年版。

陈宗懋主编:《中国茶经》,上海文化出版社 1992 年版。

滕军:《中日茶文化交流史》,人民出版社 2004 年版。

江苏新医学院编:《中药大辞典》,上海科学技术出版社 1986 年版。

释印顺:《中观今论》,中华书局 2011 年版。

庄晚芳著,浙江农业大学茶学系编:《庄晚芳茶学论文选集》,上海科学技术出版社 1992 年版。

李家治:《浙江临安天目窑黑釉瓷的科学技术研究》,《陶瓷学报》1997 年 4 期。

图 版

彩图 1 ［唐］宫乐图 绢本设色 纵 48. 7cm 横 69. 5cm 台北故宫博物院藏

彩图 2 ［唐］阎立本 萧翼赚兰亭图卷（北宋摹本）绢本墨笔 纵 26cm 74.4cm 辽宁省博物馆藏

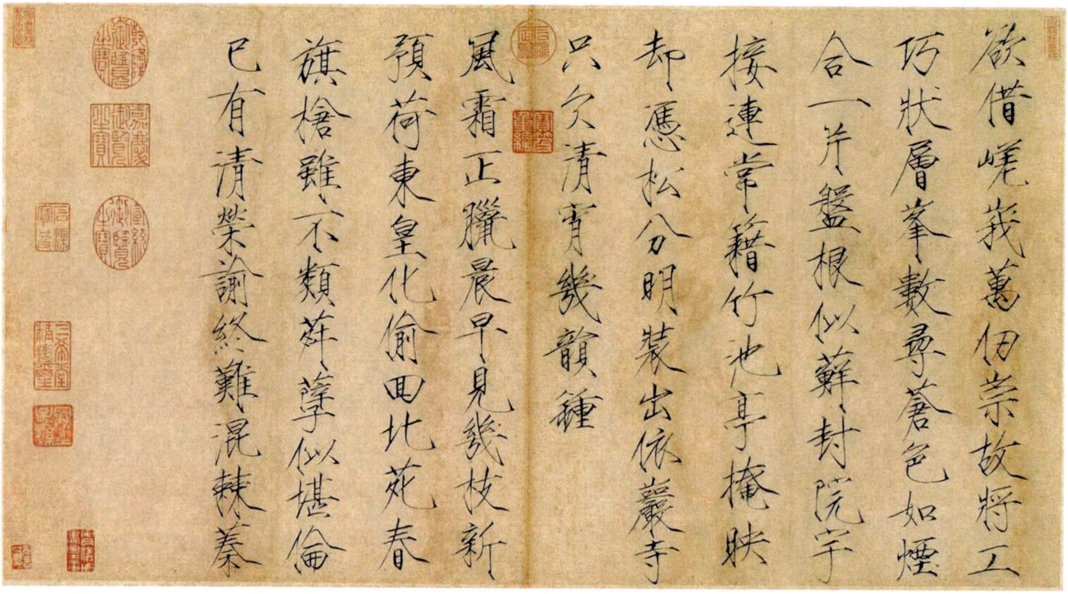

彩图 3 ［宋］宋徽宗赵佶 欲借风霜二诗帖 纸本 纵 33.2cm 横 63cm 台北故宫博物院藏

彩图 4 [宋]传宋徽宗赵佶 文会图 轴 绢本设色 纵 184.4cm 横 123.9cm 台北故宫博物院藏

彩图 5 [宋]刘松年 卢仝烹茶图 手卷 绢本设色 纵 24.1cm 横 120.6cm 故宫博物院藏

彩图 6 [宋]刘松年 撵茶图 绢本设色 纵 66.9cm 横 44.2cm 台北故宫博物院

彩图 7 ［宋］刘松年 四景山水图之夏景 绢本水墨 纵 41.3cm 横 69cm 故宫博物院藏

彩图 8 ［宋］夏圭 雪堂客话图 绢本设色 纵 28.2cm 横 29.5cm 故宫博物院藏

彩图 9 [宋]无款人物册 绢本设色 纵 29cm 横 27.8cm 台北故宫博物院藏历代画幅集册第一帧

彩图 10 [元]赵原 陆羽烹茶图 纸本水墨 纵 27cm 横 78cm 台北故宫博物院

彩图 11 [明]仇英 人物故事图—高山流水 绢本设色 纵 41.4cm 横 33.8cm 台北故宫博物院藏

彩图 12 ［宋］建窑兔毫盏 日本京都国立博物馆藏 采用中国科普博览网图片 http://www. kepu. net. cn/gb/civilization/chinaware/history/progress/074b. jpg

彩图 13 ［宋］建窑乌金釉曜变天目盏 日本东京静嘉堂文库藏 采用百度百科“曜变天目盏”词条图片 https://baike. baidu. com/item/%E6%9B%9C%E5%8F%98%E5%A4%A9%E7%9B%AE%E8%8C%B6%E7%A2%97/8622599? fr=aladdin

彩图 14 ［宋］黑釉茶盏 杭州中国茶叶博物馆藏 采用胡小军著《茶具》第 99 页图版 浙江大学出版社 2003

彩图 15 ［宋］吉州窑漏花吉语盏 日本大阪鸿池家族传世 采用郭学雷《南宋吉州窑瓷装饰与世俗文化》图片 《收藏》2012 年第 21 期

彩图 16 [宋]吉州窑漏花折枝瑞果吉语盏 广东省博物馆藏 采用郭学雷《南宋吉州窑瓷装饰与世俗文化》图片 《收藏》2012 年第 21 期

彩图 17 [宋]建窑鹧鸪斑盏 日本东京静嘉堂文库藏 采用中国科普博览网图片 http://www.kepu.net.cn/gb/civilization/chinaware/history/progress/075b.jpg

彩图 18 [宋]建阳窑乌金釉鹧鸪斑碗 台北故宫博物院藏 采用搜狐网文化频道所推送台北故宫博物院编著《宋瓷名品图录》图片(日本学习研究社出版 1973 年版)http://m.sohu.com/a/169706489_528935

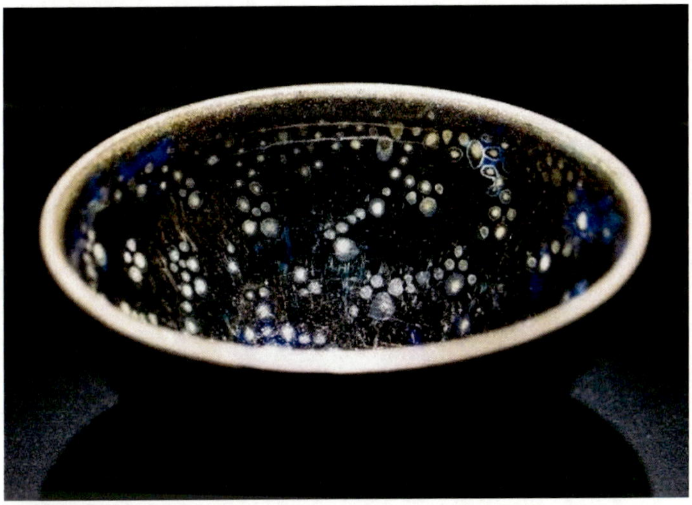

彩图 19 [宋]建窑乌金釉曜变天目盏 日本大德寺龙光院子藏 采用新浪网新闻图片 http://k.sina.com.cn/article_5135808743_1321e38e702700eqey.html

彩图 20 [宋]建窑乌金釉曜变天目盏 日本藤田美术馆藏 采用腾讯财经图片 https://money.qq.com/a/20170310/010096.htm

后　记

本书涉及茶道精神、茶人、茶艺、茶礼、茶俗、茶具、茶境等，内容广泛，而解会道、禅，无疑是会心古人，将研究推至精微之处的关键。五年前访学东国，作的虽是美术学的课题，却再次得到研读禅宗的机缘，时常惹来茶诗词的遐想，奈时间所限，只能止于心游，然从茶禅与诗人创作关系方面对书稿增补的念头也更加明确了。但自 2009 年春参加“宋画综合研究”团队后，修订这个书稿的时间就越来越少。如今回望过去，修订工作其实早已停摆，约好的编辑叶抒先生也已退休几年，而我总想着假以时日非从茶禅方面再用力一下，执念不可谓不深，自称研读过禅宗，怕也只能当作笑谈吧。

既有的研究所得是：茶道是中华文化结晶，继有唐之盛，茶道在赵宋得到了更为广大而精微的发展，为中国古来独有的道思想体系之具体而微者，具有鲜明的民族文化特征和时代特征，茶道生活所促成的茶人文化人格在茶诗词创作中具有主体作用。这样的结论现在看来仍然可以成立。当初的研究初衷是有益于当代中华茶文化之保护、发展和研究，并为中日茶道文化乃至中日文化交流研究提供一个参照，现在看仍不失其意义。而从茶禅与诗人的创作关系方面再深入地研究，则可以另作选题吧。既然不能从容地继续下去，为何不让已有的工作给有缘人一些助益？哪怕是用作批判，也比存在电脑里强吧，况复肘柳频生，郁悒憔悴，人应该接受自己能力有限的现实，遂重启了增补修订的工作。

自开题、中期到出站，导师黄霖先生给予了认真的指导与支持帮助。特别是为中日茶道研究提供参照的想法，得到黄师的认可，使我倍添勇气与使命感。在出站报告答辩会上，黄师又作为导师郑重对此予以抉发，高屋建瓴，是我顺利出站最具成效的保驾护航。每次我到黄师家中问学求道，都得到了黄师、黄师母的热情接待，令我如沐春风，而黄师母当时是患有腿疾的。每次告别，黄师又总是不顾年高，送我至车站附近，自称顺便散步，嘱我注意安全，我也担心老人家，黄师却总笑说天天走惯了。这次听闻书稿将要梓行，在百忙暑热之中，又为我作了精彩的序言，为拙稿增光增重。

本研究缘起于我的硕士与博士导师吴熊和先生。2004 年 7 月初，我的博士论文将交付出版，吴师抱病再审一过后，建议把其中的茶词一节扩展为专题研究，之后我便断断续续作起宋人茶词的集录注释工作。因缘殊胜，2006 年初，又从黄师问学，蒙黄师鼓励，遂以之作为出站报告选题。吴师一直关怀着这部书稿，对于书稿原有的茶词注释部分（限于本书体例，将另外单行），竟抱病亲自审读，并为我抄录了一份茶书目录。我从吴师问学求道二十余年，从懵懂年少到勉力作人师，离不开吴师与吴师母的教导培养。一晃吴师遽归道山也快七年了，多次我都在梦中见到吴师，吟诗讲道，好似从未走远。

参与评审的专家章培恒教授、王水照教授、陈思和教授、朱立元教授、吴金华教授、陈广宏教授、戴耀晶教授、龚群虎教授、陈正宏教授、刘钊教授给予了中肯的意见与鼓励，没有他们的进站、中期、出站三次审核指正，书稿之面目实难预料。进站时的秘书李玉珍老师，中期与出站时的秘书张业松教授，人事处负责博后工作的顾美娟老师，料理琐细，无私奉献。一起在站的众多同学们，每次缘会，都带来欢喜。

在杭州的沈松勤教授、李越深教授、徐枫教授、张兴武教授、吴蓓研究员、胡可先教授、陶然教授，给予了大力的支持与帮助，实助我穿过暗昧。

我学习茶学，始于 2002 年初春，先后得到过朱晓玲老师、龚淑英教授、黄志根教授、关剑平教授、屠幼英教授的指教与帮助。

出版社宋旭华先生、叶抒先生、吴超同志黾勉付出，周灵同志精心设计装帧，但愿书稿梓行后不至于立覆酱瓮。

往事如烟，今昔若水，因成长句，略表心意：

两间钟秀气，嘉木秉元贞。绻绻结高谊，翩翩去俗伧。忽迷阆苑境，漫讶妙高城。堪喜月如旧，揭来江有声。不辞远相汲，为汝瀹琼英。

愿所有教我助我益我爱我的亲人师长朋友同志们人天欢喜无量！

二〇一九年初秋黄杰谨识于杭州